莫斯科紳士

亞莫爾・托歐斯　李靜宜 譯

A Gentleman in Moscow

Amor Towles

《莫斯科紳士》媒體評論

有趣、聰明，出奇的樂觀……這本小說是部迷人故事，內容包羅萬象、細節豐富。有很棒的愛情故事、政治局勢、間諜、親情和詩歌。就手法而言，既是歷史小說，同時也是本懸疑故事和愛情故事。——比爾．蓋茲

無法抵擋……托歐斯在他第二本優雅的時代故事裡，再次探索了人如何能在存亡掙扎間，依舊過著真誠的日子……這個故事宛如俄羅斯彩蛋的華麗掐絲裝飾，散發著托爾斯泰和屠格涅夫的黃金歲月餘光。——《歐普拉雜誌》

幸好有裁縫、主廚、酒保和門房，羅斯托夫方能逃脫國家的各種入侵。結尾作家展現出的絕佳敘事效果，不是那些奇跡與巧合發生的時刻，而是那些周圍的工作人員在數十年間有了大幅的變化，變成了知己、同儕和至交。身邊有了這些人，無限期置身這些華麗廳堂間，也能讓羅斯托夫成為俄羅斯最幸運之人。——《紐約時報》

三百六十度無死角的偉大小說，以其獨特的魅力、智慧與極富洞察力的哲思，帶給你無窮的閱讀快感。即便殘酷的時代也無法消弭人類的尊嚴、榮耀與記憶。——《科克斯書評》

這是一本關於擺脫世俗的書。《莫斯科紳士》有著絕妙的結構和精緻的文風……這一切都讓人聯想到魏斯．安德森的《布達佩斯大飯店》。——《泰晤士報》

如果你想找本小說度過假期，這是個好選擇。故事的文筆優美，描述一個俄羅斯貴族在一九三〇

年的動盪時代，受困於莫斯科。富含聰明、學問與洞見，一本將老派表現得淋漓盡致的小說。——印度裔美籍記者兼作家法里德．扎卡利亞（Fareed Zakaria），CNN評論節目「全球公共廣場」（Global Public Square）

憑藉極具魅力的主人公及其棲身的奇特世界，托歐斯毫不費力地脫穎而出。——《紐約客》

在這個亂象叢生的時代，亞莫爾．托歐斯以舊世界的優雅，成就了這部小說的美好。——《華盛頓郵報》

這部作品有著各式各樣的冒險、愛情，命運的轉折和可笑的滑稽橋段，而且充滿活力。——《華爾街日報》

這本書彷彿一帖香膏。我以為現代的世界已經失去秩序感，故事中的伯爵，展現出的精緻和溫雅，正是我們渴求的。——美國小說家安．派契特（Ann Patchett）

一部非常成功且風格別致的小說。——NPR（美國國家公共廣播電臺）

與托歐斯首部作品《上流法則》一樣，有著華麗與繁複。——《娛樂週刊》

莫斯科
西元 1922 年

聖彼得堡 400 哩
聖彼得堡車站
花園環道
林蔭環道
特維爾大街
菲利波夫糕餅鋪
盧比揚卡
中央作家大樓
劇院廣場
莫斯科音樂學院
紅場
阿爾巴特區
克里姆林宮
亞歷山大花園
莫斯科河
劇院廣場
250 呎
中央百貨公司
波修瓦劇院
馬利劇院
工會大廈
大都會飯店

目錄

第三部

第四部

目錄

我清晰記得
那徒步而來
與我們同在的
宛如山貓一般的旋律。

噢，如今我們的目標安在？

我回答這個問題
如同之前的許多問題
就只是轉開目光削著梨。

我領首道晚安
穿過露臺的門
踏進另一個
燦爛如常的春夜。

但我知道：
那並未和彼得廣場的秋葉同時凋零，
那並未與雅典神廟的骨灰罐一齊湮沒，

那並未深鎖在你藍色的東方寶塔裡。

不在佛倫斯基的鞍袋裡，
不在莎翁十四行詩第三十首的第一節裡，
不在賭場輪盤的紅色二十七號上……

《如今安在？》（第一至十九行）
亞歷山大．伊里奇．羅斯托夫伯爵
一九一三年

一九二二年六月二十一日

亞歷山大．伊里奇．羅斯托夫伯爵出席內政人民委員部緊急委員會

主席：V．A．伊格納托夫同志、M．S．薩柯夫斯基同志、A．N．柯薩瑞夫同志

檢察官：A．Y．維辛斯基

維辛斯基檢察官：請說出你的名字。

羅斯托夫：亞歷山大．伊里奇．羅斯托夫伯爵，獲授聖安德魯勳章，為馬會會員與宮廷成員。

維辛斯基：你的這些頭銜自個兒留著吧，對其他人一點用處都沒有。但為了紀錄所需，請問你是不是一八八九年十月二十四日出生於聖彼得堡的亞歷山大．羅斯托夫？

羅斯托夫：是的。

維辛斯基：在我們正式開始之前，我必須說，我從沒看過誰身上的外套有這麼多顆鈕扣的。

羅斯托夫：謝謝你。

維辛斯基：這並不是讚美。

羅斯托夫：那麼，為了捍衛我的榮譽，我要求決鬥。

（笑聲）

伊格納托夫書記：旁聽席請安靜。

維辛斯基：你目前的住址是？

羅斯托夫：莫斯科大都會飯店三一七號套房。

維辛斯基：你住在那裡多久了？

羅斯托夫：我從一九一八年九月五日開始住在那裡。快四年了。

維辛斯基：你的工作是？

羅斯托夫：紳士哪裡需要工作。

維辛斯基：很好。那你是怎麼打發時間的？

羅斯托夫：吃飯，討論，看書，思考。一般的瑣事。

維辛斯基：你也寫詩？

羅斯托夫：我是能寫點東西。

維辛斯基：（拿起一本小冊子）你是一九一三年的這首長詩《如今安在？》的作者？

羅斯托夫：大家都認為是我寫的。

維辛斯基：你為什麼寫這首詩？

羅斯托夫：這首詩需要我把它寫出來。某天早上，我坐在某張書桌前面，這首詩就這樣來到我腦海裡，要求我把它寫出來。

維辛斯基：確切的地點是在哪裡？

羅斯托夫：在埃鐸豪爾的南廳。

維辛斯基：埃鐸豪爾？

羅斯托夫：是羅斯托夫家族在下諾夫高羅德的宅邸。

維辛斯基：噢，是啊，沒錯。好地方。但是讓我們把焦點轉回到你的詩。這首詩寫於一九〇五年革命失敗之後士氣消沉的時期，很多人認為是在鼓動民眾採取行動。你同意這個論點嗎？

羅斯托夫：所有的詩都是在鼓動採取行動。
維辛斯基：（查看他的筆記）隔年的春天，你離開俄國，前往巴黎……
羅斯托夫：我記得那時好像蘋果花正盛開。嗯，沒錯，應該是春天。
維辛斯基：正確來說，是五月十六日。我們瞭解你自我放逐的原因，甚至也有點同情你為情勢所迫，不得不離開。但我們更關心的是你在一九一八年回來。我們不禁好奇，你是否回來參與武裝行動，如果是的話，你是贊成或反對革命？
羅斯托夫：關於這一點，恐怕我參與武裝行動的日子早就過去了。
維辛斯基：那你為什麼回來？
羅斯托夫：我懷念這裡的天氣。

（笑聲）

維辛斯基：羅斯托夫伯爵，你似乎不明白自己的處境有多嚴重，也不尊重在你面前的這幾位同志。
羅斯托夫：皇后在世的時候也經常這麼說我。
伊格納托夫：維辛斯基檢察官，我是不是可以……
維辛斯基：伊格納托夫書記，您請說。
伊格納托夫：羅斯托夫伯爵，我確信旁聽席有很多人會意外於你竟然這麼有魅力。但是我一點都不意外。歷史證明，魅力是有閒階級追求的最終目標。讓我覺得意外的是，寫出這首詩的詩人，竟然會變得這麼胸無大志。
羅斯托夫：我從小就以為，凡人該追求什麼目標，只有上帝知道。
伊格納托夫：是啊。對你來說，這真是個方便的藉口。

（委員會退席十二分鐘）

伊格納托夫：亞歷山大·伊里奇·羅斯托夫，聽完你所做的證詞之後，我們只能認為，當初滿腔熱血，寫出長詩《如今安在？》的那個人，已經被自己的階級永遠腐化了，對自己曾經追求的理想造成莫大威脅。基於上述理由，我們樂於把你從這裡拖出去槍斃。但是，黨內高階同志視你為革命謀劃階段的英雄。因此，本委員會的裁決是，你應當回到你所喜歡的那間飯店。但請別會錯意：你只要再踏出大都會飯店一步，馬上就會被槍決。下一案。

簽名

V·A·伊格納托夫

M·S·薩柯夫斯基

A·N·柯薩瑞夫

第一部

一九二二年

大使

一九二二年六月二十一日下午六點半，亞歷山大・伊里奇・羅斯托夫伯爵在衛隊陪同下，穿過克里姆林宮大門，踏進紅場。陽光燦爛，空氣涼爽。伯爵挺起雙肩，繼續邁著大步，像剛離開泳池的泳者那樣深吸一口空氣。天空澄藍得像聖巴索大教堂的彩繪穹頂。粉紅、綠色、金色在陽光裡閃閃發亮，彷彿宗教的唯一目的就是取悅其神性。就連在國營百貨公司櫥窗前交談的布爾什維克女孩，似乎都因為春季即將消逝而特別打扮一番。

「哈囉，老夥計！」伯爵喊著廣場邊上的費奧德，「今年的黑莓比較早上市喔！」

伯爵沒讓這嚇了一跳的水果販子有機會回答，就踩著輕快的步伐繼續前行，上了蠟的鬍子伸展如海鷗雙翼。經過復活門，他轉身背對紫丁香盛放的亞歷山大花園，走向劇院廣場。大都會飯店就堂堂矗立在此。走到大門口，伯爵對值下午班的門僮帕維爾眨眨眼，轉過身，對跟在背後的兩名士兵伸出手。

「謝謝兩位送我安全抵達。我應該不再需要你們的協助了。」

這兩個揹著槍帶的年輕士兵，必須從帽子底下抬起頭，才能迎上伯爵的目光。因為伯爵承襲了羅斯托夫家族長達十代的遺傳，身材高大，身高超過六呎三吋。

「繼續走，」看起來比較凶狠的那個說，手握著步槍槍托，「我們要看著你進房間。」

在大廳裡，伯爵對著同樣臨危不亂的亞卡迪（他負責櫃臺）和甜美的瓦倫蒂娜（她正在撢長沙發）揮手。儘管伯爵打招呼的方式和過去上百次一樣，但兩人都只瞪大眼睛看他。那個模樣，就像看見有人來參加晚宴，卻忘了穿褲子似的。

有個特別喜歡黃顏色的女孩，坐在她最愛的大廳椅子上看雜誌，伯爵從她身邊走過之後，突然在棕櫚盆栽前停下腳步，對押送他的士兵說：

「兩位想搭電梯或走樓梯？」

兩個士兵面面相覷，轉頭看伯爵，然後又看著彼此，顯然無法拿定主意。

伯爵心想，這兩個士兵連怎麼上樓都下不了決定，上了戰場可怎麼打仗？

「爬樓梯。」他替他們決定，然後一步兩階地往上爬，這是他從唸書時就養成的習慣。

到了三樓，伯爵穿過鋪紅地毯的走廊，到他的套房，裡頭有臥房、浴室、餐廳和大客廳。客廳有八呎的大窗戶，可以俯瞰劇院廣場上的菩提樹。敞開的房門前站著警衛隊隊長，旁邊是飯店的服務生帕夏和派特亞。這兩個年輕人一臉尷尬，顯然很不喜歡被指派的任務。伯爵問隊長：

「這是怎麼回事，隊長？」

這個問題似乎讓隊長微感驚訝，但他訓練有素，處變不驚。

「我是來帶你去你的住處。」

「這裡**就是**我的住處啊。」

隊長忍不住露出一絲微笑，回答說：「恐怕不再是了。」

隊長留下帕夏和派特亞，帶著伯爵和兩名士兵走向一道員工樓梯。樓梯躲在旅館正中央，一扇隱密的梯門後面。昏暗的樓梯宛如塔樓，每隔五階就一個急轉彎。往上轉過三個樓梯平臺之後，到了一道門，穿出去是一條窄仄的走廊，兩旁有一間浴室和六間臥房，讓人想起往昔修道院苦行僧的小房間。這個閣樓原本是用來安置大都會飯店貴客的貼身男僕與女傭的，但帶僕人旅行的方式既已過時，這些沒人用的房間，就拿來應付偶爾可能出現的緊急狀況，也用來堆廢棄品、破損的家具和各式各樣的零碎雜物。

今天稍早，最靠近樓梯間的房間已經清空，現在裡面只有一張鑄鐵床，一只三腳抽屜櫃，和累積了整整十年的灰塵。靠近門邊的角落裡有個衣櫃，大小像個電話亭，大概是後來才想到要搬進房間裡來的。因為屋頂是斜的，所以天花板也順著屋頂的走勢，從房門朝外牆逐漸往下傾斜。靠外牆處，伯爵唯一能挺直身體站立的，就只是凸出於屋頂的老虎窗，雖然那上面的窗戶也小得像棋盤。

兩個士兵得意地站在走廊上朝裡張望。隊長說，他叫那兩個服務生來幫伯爵收拾一些個人用品，搬到這個新住處來。

「其餘的呢？」

「都成為人民的財產。」

這就是他們玩的花樣，伯爵想。

「非常好。」

再次回到陰暗的塔樓樓梯，伯爵腳步輕快，跟在他後面的兩名士兵，步槍不時撞到牆。到了三樓，他闊步沿著走廊回到套房，兩名服務生帶著悲傷的表情抬頭看他。

「沒關係的，朋友，」伯爵說，然後指著他的東西：「這個。那個。那些。**全部**的書。」

至於可以用在新住處的家飾，他挑了兩張直背椅，一張祖母留下的東方風情茶几，他最喜歡的一套瓷盤，黑檀大象造型的檯燈，以及妹妹艾蓮娜的一幅肖像畫。這是一九〇八年畫家塞洛夫（Valentin Serov）造訪埃鐸豪爾時為她畫的。他當然也沒漏掉倫敦愛絲普蕾珠寶公司特地為他設計製作、並由好友米哈伊爾命名為「大使」的那個真皮盒子。

不知哪個善心人士幫伯爵把行李箱拿到臥房，所以飯店服務生幫他把東西搬上樓的時候，他在行李箱裡裝進衣服和個人用品。兩名士兵盯著擺在落地櫃上的兩瓶白蘭地，但伯爵也把酒塞進行李箱裡。行李箱搬上樓之後，他又指著他的書桌。

兩名服務生因為費力搬運，淺藍制服已經汙漬斑斑，這時又一人一邊抬起桌子。

「這也太重了吧。」其中一個對另一個說。

「國王擁城堡以自衛，」伯爵說，「紳士則擁書桌以自重。」

服務生把書桌抬出走廊時，註定要被留下的落地大鐘憂傷地敲響八聲。隊長老早就回到他的工作崗位去了，兩個原本一臉凶狠的士兵也變得無聊疲憊，靠在牆邊抽菸，菸灰彈在拼花地板上。莫斯科夏日流連忘返的晝光流洩到客廳裡。

伯爵神情哀傷地走向套房西北角的窗戶。他曾在這窗前消磨多少時光？有多少個早晨，他穿著晨袍，端著咖啡，看著從聖彼得堡來的旅人步下火車，因為搭夜車而疲態盡現？有多少個冬日夜晚，他看著雪花緩緩飄落，某個孤獨短小的身影走過街燈下？就在他望向窗外的此刻，廣場北端，有個年輕的紅軍軍官快步跑上波修瓦劇院的臺階，已然錯過今晚前半場的演出了。

伯爵回想起自己年輕時老愛在節目開演後才抵達劇院的習慣，不禁露出微笑。他總是說他還來得及在英國俱樂部再喝一杯，結果喝了三杯。接著跳上等候的馬車，狂奔飛馳穿過城區，像這個年輕的軍官一樣，跑上宏偉的臺階，偷偷溜進金色大門。芭蕾伶娜正在舞臺上優美旋舞，而他一路輕聲說著不好意思、借過，走到他慣坐的第二十排座位，那個可以看見包廂仕女的座位。

遲到啊，伯爵輕輕嘆了口氣。多美好的青春。

他轉身，開始走過套房裡的每一個房間。他先欣賞寬敞大氣的客廳和兩盞華麗的水晶吊燈。他欣賞小餐廳上了漆彩的鑲板，和可以固定臥房雙扉門的精巧銅製機械裝置。簡而言之，他細細欣賞這個套房的內部裝潢，宛如是第一次踏進這裡的可能買家。在臥房裡，伯爵停在一張桌子前面。這桌子的大理石桌面擺滿各式小玩意。他從中拿起一把剪刀，這是他妹妹珍愛之物。剪刀做成白鷺形狀，長長的銀刃是鳥喙，小小的金色軸心螺絲是鳥的眼睛。這剪刀非常精緻小巧，他的手指甚至很難穿過握把的圈圈。

伯爵在套房的各個角落梭巡，把即將留下來的東西迅速看了一圈。他四年前帶到套房裡的個人用品、家飾和藝術品，原本就都經過精挑細選，是精品中的精品。伯爵一聽到沙皇被處決的消息，就立刻從巴黎啟程。在長達二十天的路程裡，途經六個國家，繞過插著五種不同旗幟的八隊大軍，終於在一九一八年八月七日返抵埃鐸豪爾，身上除了一個帆布背包，什麼都沒帶。儘管他發現暴動的陰影已隱隱逼近鄉間，而且家裡的僕傭也都愁雲慘霧，但他的祖母，伯爵夫人，卻還是一貫的從容鎮靜。

「阿亞，」她坐在椅子裡說，「你回來了真好。一定餓壞了吧？來和我一起喝茶。」

他對祖母解釋她必須離開俄國的原因，也詳細說明他為她的旅程所做的安排。伯爵夫人知道自己別無選擇。雖然每個僕人都準備和她一起離開，但她知道自己只能帶兩個人一起上路。她也理解，她這個孫子、同時也是家族唯一的繼承人，這個她從十歲一手帶大的孩子，為什麼不能和她一起離開。

伯爵七歲的時候，有回和鄰居男生下棋，被狠狠打敗，大哭大鬧自不可免，但他還張口罵人，把棋子掃落一地。這缺乏運動精神的表現惹來父親嚴厲斥責，把他趕進房間，不准吃晚飯。小伯爵傷心地捏著毯子時，祖母來看他了。伯爵夫人坐在床尾，表達適度的同情。「輸當然很難受，」她說，「而且歐波林斯基家那孩子很討人厭。可是，阿亞，親愛的，你為什麼要如他所願呢？」也就是秉持這樣的精神，他和祖母在彼得霍夫碼頭告別，一滴淚都沒掉。接著，伯爵返回宅邸，指揮善後事宜。

他們迅速展開一系列行動，打掃煙囪，清理食物儲藏室，給家具蓋上防塵布，彷彿他們只是要返回聖彼得堡住一季。然而，他們把狗圈裡的狗放掉了，馬廄裡的馬放掉了，宅邸裡的僕役也都放走了。最後，伯爵把羅斯托夫家族萬中選一的精品裝上馬車，鎖好大門，啟程赴莫斯科。

說來好笑，伯爵站在他行將放棄的套房裡不禁這麼想。從人生最初的階段，我們就學會對親人朋友告別。我們在車站為父母手足送行。我們拜訪親戚，上學，從軍。我們結婚，或遠赴國外旅行。我們都不乏這樣的人生經驗，抓著好朋友的肩膀，祝他好運，聽他滿口答應很快會寫信來，心裡覺得寬慰。

但是，我們的人生經驗卻沒教我們學會如何與最心愛的物品道別。就算有，我們也不想學吧。畢竟，我們和最喜愛的物品，遠比和朋友來得更親近。我們隨身帶著這些東西到處去，有時還得花上不少的費用，忍受相當的不便。我們為這些東西撣灰塵，上油擦亮，孩子們愛不釋手地過度把玩，還會挨我們的罵。同時，因為經年累月的回憶，讓我們賦予它們越來越大的重要性。我們無限神往地回憶，這個雕花衣櫃是我們小時候躲迷藏的地方；這些銀製燭臺是聖誕夜妝點餐桌的器皿；而這條手帕是她曾拿來拭淚的。諸如此類。到最後，我們甚至想像，在形單影隻的時刻，或許只有這些慎重保存的物品可以寬慰我們的傷情。

但是，當然啦，東西終究只是東西罷了。

於是，伯爵把妹妹的小剪刀塞進口袋，回頭再望一眼他帶不走的傳家之寶。這些東西他既帶不走，也永遠不要再為它們心痛。

★

一個鐘頭之後，伯爵在新床墊上跳了兩次，確認彈簧發出的是升G調的聲音。他環顧堆疊在周遭的家具，想起年輕時渴望搭輪船到法國，或搭夜間火車到莫斯科。

為什麼他會想起這些旅程呢？

因為輪船與火車的鋪位也是這麼狹小！

餐桌竟然可以摺疊收起，完全看不見痕跡，真是太神奇了。還有床鋪底座專門打造的抽屜，以及牆上那盞剛剛好只能照亮一頁書的夜燈。這些巧妙的設計，對他年輕的心靈來說，宛若美妙的音樂。既具備完善的功能，也帶來探險的憧憬。在海底航行兩萬哩的尼莫船長，住的很可能就是像這樣的小房間。任何一個稍稍有點抱負的小男生，難道不會想用在皇宮住一百夜，換得在《鸚鵡螺號》住上一夜嗎？

嗯，終於，讓他等到了。

況且，二樓有一半的房間暫時被布爾什維克黨人徵用，沒日沒夜地在打字機上打出指令。搬到六樓，至少能讓人聽得見自己思考的聲音*。

伯爵站起來，頭撞到傾斜的天花板。

「正是如此。」他說。

他拉開一張直背椅，把大象檯燈移到床邊，打開行李箱。首先，他拿出代表團的照片，重新擺回書桌上。接著拿出兩瓶白蘭地，以及他父親那座一天只敲響兩次的時鐘。但就在他把祖母看歌劇用的小望遠鏡擺在書桌上時，老虎窗上有個撲飛的東西吸引了他的注意。透過只有晚宴請柬大小的窗戶，伯爵看見有隻鴿子棲在窗臺的小銅條上。

「嘿，哈囉，」伯爵說，「你真好，還來看我。」

鴿子擺出當仁不讓的主人架勢，回頭看他一眼，爪子在防雨板上搔了搔，鳥喙迅速連敲了窗戶好幾下。

「嗯，沒錯，」伯爵說，「你說的也不無道理。」

正要對這位新鄰居解釋他不請自來的原因時，走廊傳來輕聲淺咳的聲音。伯爵不必回頭，也知道來人是安德烈，博雅斯基餐廳的經理。用清清嗓子打斷別人的談話，是安德烈的招牌動作。

伯爵再次對鴿子點點頭，表示稍後再聊，忙著重新扣上外套鈕扣。他一轉身，發現來的不只是安德烈，擠在門口的一共有三名飯店員工。

除了神情泰然自若、雙手修長靈巧的安德烈之外，還有飯店無可匹敵的禮賓經理瓦西里，以及剛從客房部服務生調升為裁縫師的瑪莉娜。她眼神飄忽，但是個羞怯快活的女孩。三人盯著伯爵看的那種不可置信的眼神，他幾個鐘頭前在亞卡迪和瓦倫蒂娜臉上也見過，他心中了然：今天早上他被帶走之後，他們都以為他再也不會回來了。他走出克里姆林宮的高牆，宛如駕駛員走出失事的飛機殘骸。

「親愛的朋友啊，」伯爵說，「你們對今天發生的事情一定很好奇。你們知道嗎，我受邀到克里姆林宮參與祕密晤談。幾位留山羊鬍子的當朝高官判定，我因為出身貴族所以有罪，我的刑罰就是，終此一生都要待在……這個飯店裡。」

三名來客報以掌聲，伯爵和他們一一握手，對他們的情誼表達由衷感激。

「請進，請進。」他說。

這三名飯店員工從堆疊得彷彿隨時會墜落的家具中間擠進房間裡。

「麻煩你。」伯爵說，把一瓶白蘭地交給安德烈。然後他蹲在「大使」前面，解開鎖扣，像翻開一本大書那樣打開來。慎重其事存放在裡面的，是五十二只玻璃杯，或者更精確來說，是二十六對玻璃杯，每一對都依據用途目的而做成不同的形狀，從喝勃艮地紅酒的大杯子，到喝顏色繽紛明亮的南歐酒品的迷人小杯，不一而足。在這個場合，伯爵隨意挑了四個杯子遞給大家，而安德烈已經打開酒瓶的瓶塞，為大家斟酒。

待每個人手上都有酒之後，伯爵高高舉起酒杯。

「敬大都會！」他說。

「敬大都會！」他們回應說。

伯爵天生是個擅長宴客的好主人，接下來的一個鐘頭，他不時給這個杯子斟酒，和那人聊幾句，完全掌控了房間裡的氣氛。安德烈放下經理身分的拘謹，面帶微笑，偶爾還眨眨眼。平常為客人指引旅遊景點時言談一絲不苟的瓦西里，突然變得輕鬆愉快，彷彿今天說了什麼，明天很可能就不記得了。而羞怯的瑪莉娜，聽到什麼笑話都咯咯笑，連手都不掩住嘴巴。

在這個夜晚，伯爵深深感謝他們帶來的歡笑，但他也不會這麼自負地以為他們只是為了慶祝他的死裡逃生。他非常清楚，一九〇五年九月，代表團簽署樸茨茅斯條約，結束俄日戰爭。但在和約簽署之後的十七年裡——還不到一個世代的時間——俄國經歷了一場世界大戰，一場內戰，兩場饑荒，以及所謂的「紅色恐怖」[1]。簡而言之，俄國人經歷了動盪不安的年代，沒有任何一個人得以倖免。無論立場是左派或右派，是支持紅軍或白軍[2]，個人的處境是因此而好轉或惡化，時至今日，此時此刻，每個人都應該為國家的長治久安舉杯一飲。

☆

十點鐘，伯爵送客人走下塔樓，祝他們晚安，那神態就像他在聖彼得堡家族大宅門口送別貴客時一樣。回到小房間裡，他打開窗戶（雖然窗戶小得像郵票），把瓶裡僅餘的白蘭地倒到酒杯裡，坐在書桌前。

這張路易十六時期於巴黎製造的書桌，有那個時代流行的真皮桌面與鍍金裝飾，是伯爵的教父迪米鐸夫大公留給他的。大公留著白色大鬍子，有一雙淺藍眼睛，會講四國語言，懂六國文字。終生未婚的他，代表國家出席樸茨茅斯和會，經營三處莊園，重勤勉，輕閒談。更重要的是，他和伯爵的父親在騎兵隊裡一起出生入死，因而成為伯爵的監護人。一九〇〇年，伯爵雙親染上霍亂，在短短幾個鐘頭之內相繼病逝之後，是大公把年齡尚小的伯爵拉到一旁，告訴他，為了妹妹，他必須堅強。大公說，厄運會以很多面貌出現在世人面前，一個人倘若無法掌控自己的處境，就會被該處境掌控。

伯爵輕撫著略微不平整的桌面。

大公在這裡寫過多少字，才會在桌面留下這些小凹洞？四十年來，他在這張桌子上寫過給代理人

---

1 Red Terror，蘇聯共產黨為鎮壓「反革命」勢力，而於一九一八年開始發動的大規模迫害行動。

2 俄國內戰發生於一九一七年至一九二二年，交戰雙方是布爾什維克黨的「紅軍」與反布爾什維克的鬆散聯軍「白軍」，紅軍勝利後，蘇聯正式成立。

的簡短指示，寫過給政治人物的論理雄辯，寫過給朋友的真心忠告。換言之，這是一張必須珍重以待的書桌。

伯爵喝光杯裡的酒，把椅子往後推，坐在地板上。他伸手摸著書桌右前方的桌腳，找到機關所在，用力一壓，一個天衣無縫的暗門打開來，露出一個鑲襯絲絨的空間，其他三條桌腿也有同樣挖空的暗格，裡頭裝滿金幣。

【作者注】

＊事實上，伯爵那間套房正下方是全俄執行委員會第一任主席雅科夫・斯維爾德洛夫的房間，他把憲法起草委員會的人鎖在房間裡，說除非他們完成工作，否則他不會打開門鎖。所以打字員徹夜不停打字，終於完成歷史性的文件，保障所有俄羅斯人擁有良知的自由（第十三條）、言論表達的自由（第十四條）、集會的自由（第十五條），以及在「有損社會主義革命」的情況下可撤回這些權利的自由（第二十三條）！

沖上荒島的英國人

九點半，他翻了個身。在這將醒未醒的時刻裡，亞歷山大・伊里奇・羅斯托夫伯爵細細品嘗即將開展的這一日，所具有的萬千滋味。

不到一個鐘頭之後，他將迎著暖暖的春風，走在特維爾大街上，鬍子隨風招展。途中，他會在葛茲尼巷的報攤買份《前鋒報》，經過菲利波夫糕餅鋪（只停下來欣賞一下櫥窗裡的糕點），然後繼續往前走，去見他的銀行經理。

但停在路邊時（為了等車子駛過才好過街），伯爵想到他在馬會的午餐訂位是下午兩點，雖然銀行經理十點半就等著見他，但他們全心全意為存款人服務，所以等等也無妨……這樣想著，他就會往回走，摘下頭上的帽子，推開菲利波夫糕餅鋪的門。

在這一瞬間，他的所有感官會因為這名糕點師傅無人可及的手藝而得到充分滿足。空氣裡瀰漫著柔和的香味，是剛烤好的椒鹽脆餅、甜麵包捲和麵包，這些滋味完美絕倫的糕點，每日都用火車載運到聖彼得堡的冬宮。而整整齊齊擺放在玻璃櫃第一排的，是妝點著各色糖霜的蛋糕，色彩繽紛，宛如阿姆斯特丹盛開的鬱金香。走近櫃檯時，伯爵會請穿著淺藍圍裙的年輕小姐給他千層酥（這名字取得多貼切啊），然後以讚賞的眼光，看著她用小茶匙輕輕把美味佳餚從銀鏟推到瓷盤上。

伯爵一手端著點心，找到儘量接近牆角那張小桌子的座位，因為有幾位打扮入時的年輕女士正坐在那張小桌子旁討論前一晚的際遇。剛開始，這三位小姐還顧忌周遭的人，壓低會透露她們高貴出身的嗓音，但隨著情緒愈益高漲，聲音也無可避免越來越高，到了十一點十五分，就算是最謹言慎行的甜點品嘗者也別無選擇，只能偷聽著有千種複雜層次的女人幽微心事了。

十一點四十五分，伯爵吃完盤裡的糕點，拂去鬍子上的餅渣，揮手謝謝櫃檯後面的女孩，對著剛才曾短暫交談過幾句的那三位小姐碰碰帽簷致意，便回到特維爾大街，停下腳步思索：**接下來要做什麼？**是到貝特蘭藝廊去看看剛從巴黎送來的新油畫，或者溜進音樂學院的音樂廳，聽年輕學生練習貝多芬的四重奏。再不然就繞回亞歷山大花園，找張長椅，欣賞紫丁香，聽著鴿子咕咕叫，爪子在窗臺的黃銅防雨板上刮擦。

窗臺的黃銅防雨板……

「噢，對了，」伯爵意識到，「牠應該已經不在了。」

倘若伯爵再閉上眼睛，轉身面牆，他有沒有可能再度回到花園的長椅上，在糕餅店那三位小姐經過時，及時說一聲「還真巧啊」呢？

絕對可以。但是老想著情況如果不同，會如何如何，肯定沒別的下場，只會走向瘋狂。

伯爵坐起來，腳底板放到沒鋪地毯的地板上，扯了扯他那指南針似的兩撇鬍子。

大公的書桌上有一只香檳杯和一只白蘭地杯。瘦長的香檳杯俯望著矮胖的白蘭地杯，讓人忍不住想起莫雷納山的唐吉訶德與桑丘．潘薩，或雪塢森林的羅賓漢與塔克修士，再不然就是哈爾王子和孚斯塔夫……

但是有人敲門。

伯爵站起來，頭撞到天花板。

「請等一下。」他高聲說，揉揉頭頂，在行李箱裡找晨袍。穿好衣服之後，他打開門，看見一名勤奮的年輕人站在走廊上，端著伯爵的每日早餐：一壺咖啡，兩個小麵包，一份水果（今天是一顆李子）。

「很好，尤利！請進，請進！擺在那裡就好。」

尤利把早餐擺在行李箱上，伯爵坐在書桌前面振筆疾書，寫了一張便箋給多諾夫克西街的康斯坦丁．康斯坦丁諾維奇。

「你可以幫我送個信嗎，孩子？」

尤利向來不推托，開開心心接過信箋，保證親手送達，一鞠躬接下小費。但他走到門口又停下來。

「我應該……讓門開著嗎？」

「請開著吧。」

這是個合理的問題。因為屋裡通風不良，而且位在六樓，也不必太擔心有隱私的問題。

尤利的腳步聲在塔樓裡漸行漸遠，伯爵把餐巾攤在腿上，倒了杯咖啡，加上幾滴奶油。啜第一口，他很滿意，尤利想必是三步併一步地跑上樓來，因為咖啡像平常一樣熱，一點都沒涼掉。

但伯爵用刀子切下一塊李子時，突然注意到一道銀色的影子，彷彿一縷輕煙般的飄緲，竄到他的行李箱後面。他側身在高背椅裡轉頭，發現那個幻影是大都會飯店大廳的貓。這隻獨眼的俄羅斯藍貓對飯店之內的一切從不放過，無所不知，此刻顯然親自蒞臨閣樓來視察伯爵的新住處。牠從暗處走出來，從地板跳上「大使」，再從「大使」跳到茶几，又再跳上三腳抽屜櫃，沒有弄出絲毫聲響。到達這個制高點之後，牠凌厲地環顧房間一圈，失望地搖搖頭。

「是啊，」伯爵自己也打量了四周一圈，說：「我懂你的意思。」

雜亂堆擠在一起的家具，讓伯爵這方小領土看來活像阿爾巴特大街上的舊貨託售店。在這樣大小的房間裡，他應該只需要一張高背椅，一張茶几，和一盞檯燈就夠了。他甚至完全不需要祖母留下的瓷器。

那麼書呢？**全部的書！**他當時好大的口氣。但在晨光裡，他不得不承認，昨夜下達的這個指令並非深思熟慮的結果，而更近似孩子氣的衝動，只是為了讓飯店服務生佩服，為了讓那兩名士兵知道自己的斤兩。這些書甚至不是伯爵愛看的。他個人珍貴的藏書，如巴爾札克、狄更斯、托爾斯泰等大師的鉅作都留在巴黎了。服務生扛上閣樓的其實是他父親的藏書，都是關於理性哲學和現代建築科學的研究，每一本都很有分量，看來他完全讀不懂。

肯定得再篩選一次。

於是伯爵吃早餐，洗澡，換裝，開始動手整理。他從隔壁房間的門開始，但那裡肯定有相當重的東西卡住了，因為伯爵的肩膀用力頂，門還是紋風不動。再過去的三個房間都堆滿雜物，從地板到天花板無一空隙。但最後一個房間，在屋瓦石板和一捆捆防雨板之間，有個壺身凹痕累累的老舊俄式茶壺，周圍清空出一塊寬敞的空間，想必是以前修屋頂的工人喝茶的地方。

伯爵回到自己的房間，把幾件外套掛進衣櫃，長褲和襯衫擺進抽屜櫃的右後角（確保這只有三條腿的櫃子不會重心不穩倒下來）。然後把行李箱、一半的家具和他父親的書（只留下一本），全拖到走廊另一頭的房間裡。就這樣，不到一個鐘頭，他房裡就只剩下最基本的生活所需：書桌和椅子，床和床頭櫃，一張給客人坐的高背椅，和一條十呎寬的走道，恰恰夠讓紳士繞著房間沉思。

自覺滿意的伯爵看著貓（牠正舒舒服服窩在高背椅上，舔著自己爪子上的奶油）。「現在覺得如何啊，你這個老賊？」

他在書桌前坐下，拿下他留下的唯一一本書。這是一本享譽全球的著作，他父親視若珍寶。他十年前就答應要好好讀一讀，但他每一次手指著行事曆說：「我這個月應該要好好讀《蒙田隨筆》！」的時候，生活裡就有種種意料不到的事情探頭進來，不是有人突如其來對他表達愛慕之意，讓他不得不好好處理，再不然就是銀行經理找他，甚至是馬戲團進城來表演了。

畢竟人生處處布滿誘惑。

但在此時此刻，總算沒有任何事情可以打擾伯爵了，他有充裕的時間和孤獨，可以好好讀這一本書了。於是，他手捧著書，一腳擱在抽屜櫃上，身體往後靠，讓椅子只靠兩腳保持平衡，開始讀：

我們曾經得罪過的人伸出復仇之手，讓我們無力抵抗時，想讓他們心軟而饒恕我們，最尋常的方法就是以屈服來取得他們的同情與憐憫。然而，無畏與堅定，也就是完全相反的作法，有時也可以達到相同的效果……

伯爵從在埃鐸豪爾宅邸的時候，就養成看書時把椅子後仰的習慣。

燦爛的春日，蘭花怒放，狐尾草高高冒出草叢，他和艾蓮娜會找個宜人的角落消磨幾個鐘頭。今天可能是二樓陽臺下的藤架，明天可能是俯瞰河流彎曲處的大榆樹旁。艾蓮娜繡著花，伯爵把椅子往後仰，自己一腳輕輕擱在噴泉池邊或樹幹上保持平衡，這樣他才能大聲朗讀他最愛的普希金的詩。一個鐘頭又一個鐘頭，一節詩又一節詩，她的繡花針一圈又一圈地繡縫。

「這些東西要繡到什麼時候才完啊？」他讀完一頁時，偶爾會問。「我們家裡的每個枕頭都已經繡上蝴蝶，每條手帕也都繡上名字縮寫了。」他說她八成像希臘神話裡的潘妮洛普，每天夜裡把白天繡好的花拆掉，好讓他繼續讀詩給她聽，而她只露出高深莫測的微笑。

伯爵從蒙田的文章裡抬起頭，目光停駐在艾蓮娜的畫像上。靠在牆邊的這張畫像，是八月在埃鐸豪爾畫的，妹妹坐在餐桌前，面前一盤桃子。塞洛夫把她畫得多傳神啊——黑亮如烏鴉的頭髮，微微泛紅的臉頰，溫柔寬諒的表情。或許在她的針線裡還隱藏了別的東西，伯爵想，說不定她透過一圈圈精心刺縫的繡線，掌握了某種溫柔的智慧。沒錯，十四歲的她就展現了這樣的溫婉氣質，讓人不難想像二十五歲的她該有多麼優雅……

輕輕的敲門聲，把伯爵從沉思中喚醒。他闔上父親的書，轉頭看見有個六十歲的希臘人站在門口。

「康斯坦丁・康斯坦丁諾維奇！」

伯爵砰一聲放下椅子前腳，走到門口，拉起客人的手。

「你來了，我好開心。我們只見過一兩次，所以你可能不記得了，我是亞歷山大・羅斯托夫。」

希臘老人點點頭，表示他不需要人提醒。

「請進，請進。請坐。」

伯爵揮著蒙田大作趕走獨眼貓（牠嘶叫一聲跳到地板上），然後請客人坐在高背椅上，自己坐了書桌前的那把椅子。

希臘老人用稍帶好奇的眼神看著伯爵。他很好奇接下來會怎麼發展，因為這和他們以前見面的情況都不一樣。伯爵畢竟不是習慣屈居下風的人，所以他率先開口。

「如你所見，康斯坦丁，我的處境有了變化。」

伯爵的客人露出驚訝的表情。

「不，是真的，」伯爵說，「變化還挺大的。」

希臘老人再度打量四周，揚起手，表示他知道伯爵眼前的窘境了。

「您或許是想找……資金？」他試探說。

希臘老人在說出「資金」兩字之前略微沉吟一下。在伯爵看來，這沉吟恰到好處，是個累積數十年經驗，深諳微妙對話的人才會有的說話藝術。透過沉吟，他表達了對交談者的同情，卻絲毫未表露出兩人的相對地位有了任何改變。

「不，不，」伯爵搖搖手，強調借錢絕非羅斯托夫家族的習慣。「恰恰相反，康斯坦丁，我手上有些我想你會感興趣的東西。」這時，彷彿無中生有似的，他拿出一枚原本藏在大公書桌裡的金幣，捏在拇指和食指指尖。

希臘老人凝神看著這枚金幣，緩緩吁了一口氣表示讚賞。康斯坦丁・康斯坦丁諾維奇做放款這行已經很久了，頗有一套本領，任何東西只要看上一分鐘，拿在手上一會兒，就能知道真正的價值。

「我可不可以……」他問。

「請便。」

他接過金幣，翻過來看了一下，就恭敬地交還給伯爵。這個金幣不只質地精純，而且背面那閃閃發亮的雙頭鷹，是老道的人一眼就能認得出來的，這是為慶祝凱薩琳大帝登基所鑄造的五千枚金幣之一。在時機好的時候，從需錢孔急的紳士手裡購得這樣一枚金幣，就算轉手賣給最謹慎小心的銀行，也可以賺得可觀的差價。而在動盪的時期呢？儘管一般的奢侈品已無市場，但這種寶物的價值卻只漲不跌。

「請恕我好奇，伯爵大人，但這是……僅有的一枚嗎？」

「僅有？噢，不。」伯爵搖搖頭說，「這就像軍營裡的士兵，坑道裡的奴隸，恐怕永遠不會落單。」

希臘老人再次吁一口氣。

「很好……」

僅僅幾分鐘的時間，兩人毫不遲疑地達成協議。尤有甚之，希臘老人說他很樂於親自送達伯爵當場寫就的三封短箋。於是他們宛如舊友般握握手，約定三個月後再見。

希臘老人正準備走出房門時，又停下腳步。

「伯爵大人……可否容我請教個私人問題？」

「請說。」

他羞怯地指著大公的書桌。

「我們還能讀到您的更多詩作嗎？」

伯爵露出得體的微笑。

「很遺憾，康斯坦丁，恐怕我寫詩的歲月已經結束了。」

「倘若您寫詩的歲月已結束，羅斯托夫伯爵，覺得遺憾的應該是我們。」

☆

躲在飯店二樓東北角的博雅斯基餐廳，就算不是全俄羅斯最好的餐廳，也絕對是莫斯科最頂尖的餐廳。圓拱的天花板，暗紅的牆壁，瀰漫著沙俄時期的思古幽情。博雅斯基餐廳引以為豪的是擁有全市最典麗高雅的裝潢，最貼心老練的侍者，以及技藝最精湛細膩的主廚。

博雅斯基餐廳聞名遐邇，無論哪天光臨，你都必須擠過擁擠的人潮，才能勉強看見安德烈。安德烈面前那本黑色大本子，登錄了有幸入座的貴客姓名。而餐廳經理招手讓你入內之後，你一路上可能還要停下來五次，用四種不同的語言和朋友打招呼，才能走到位在內角的座位，接受身穿白色晚宴服的侍者體貼入微的伺候。

在一九二〇年之前確實是如此。但如今，國界已封鎖，布爾什維克決定禁止高級餐廳使用盧布，實質上也就等同於禁止百分之九十九的國人進入這些餐廳。所以今晚，伯爵開始吃主餐的時候，水杯撞著餐具叮噹響，鄰桌夫妻尷尬地壓低聲音，就連最擅長應付各種狀況的侍者都只能盯著天花板。

但是任何時代都有其優點，即便是動盪不安的時代……

埃米爾．朱可夫斯基是一九一二年到大都會飯店擔任主廚的，負責指揮一群訓練有素的員工和規模頗大的廚房。此外，他還擁有維也納以東首屈一指的食品儲藏室。他的香料架宛如一本記錄全球珍品的百科事典，而冷凍庫裡，各式各樣的禽鳥野味都頭下腳上地倒掛在勾子上。基於此，我們很容易就驟下結論，認為一九一二年是衡量主廚才華最為恰當的一年。在食材豐足的時期，稍微有點頭腦的人，隨便拿根杓子就可以滿足味蕾的需求。要真正考驗主廚的能耐，必須在物資缺乏的年代。若是如此，有什麼能比戰爭造成更大的匱乏呢？

革命結束，餘波蕩漾的時期，那時經濟衰退，穀物歉收，貿易中斷，上好的食材在莫斯科，就像海上的蝴蝶那般罕見。大都會食品儲藏室裡的備料一蒲耳一蒲耳、一磅一磅、一點一滴的用完了。最後主廚只能用玉米粉、花椰菜和包心菜來滿足食客的期待。也就是說，能拿到什麼，就用上什麼。

沒錯，有人覺得埃米爾．朱可夫斯基脾氣很壞，也有人覺得他個性魯莽。還有人說他是個脾氣耐性比個頭更短小的人。但沒有人可以否定他的才華。拿伯爵剛剛享用的這道肉捲來說吧，就是用手邊的食材搭配而成。埃米爾敲平一塊雞胸肉，用來取代平常用的小牛肉。烏克蘭火腿削片，取代帕瑪火腿。而用來將所有的香氣凝聚在一起的細葉鼠尾草怎麼辦呢？他用上和鼠尾草同樣柔嫩清香、但味道稍苦一些的某種草本植物……伯爵確定這不是羅勒，也不是牛至，但以前肯定在哪裡嘗過……

「今晚的餐點如何，伯爵大人？」

「噢，安德烈，和往常一樣，完美得不得了。」

「肉捲還行嗎？」

「很有創意。但我有個問題：埃米爾塞在火腿下面的那個葉子，我知道不是鼠尾草，但有可能是蕁麻嗎？」

「蕁麻？我想應該不是吧。但我會問問。」

餐廳經理鞠個躬，退開了。

埃米爾．朱可夫斯基無疑是個天才，伯爵想，但是確保餐廳內一切運作順暢，以維持博雅斯基餐廳聲譽的人是安德烈．杜拉斯。

出生在法國南部的安德烈外貌英俊，身材高大，兩鬢灰白，但他最出眾的不是他的長相、身高或頭髮，而是他的那一雙手。比起身高差不多的人，他的手指大約長上半吋。倘若是個鋼琴家，他必定可以輕而易舉彈出十二度音。倘若是個傀儡師，他肯定可以演出三個女巫看著馬克白與麥克德夫持劍決鬥的場景。但安德烈既非鋼琴家，也非傀儡師——至少不是傳統定義裡的那種。他是博雅斯基餐廳的船長，每回欣賞他那雙手貫徹使命的模樣，總令人嘖嘖稱奇。

例如，剛才帶領一群女士到她們的座位時，安德烈像是同時能幫她們每一位拉開椅子。其中一名女士掏出菸，安德烈手中馬上變出打火機，一手點菸，一手護住火燄（彷彿博雅斯基餐廳裡有股穿堂風似的）。有個女士拿起酒單請他推薦時，他沒粗魯地指著一九〇〇年的波爾多，而是輕輕伸出食指，讓人不禁想起西斯汀大教堂穹頂上的壁畫，創世紀的上帝食指一伸，傳送出生命火光。之後，他就鞠躬告退，穿過餐廳，推門走進廚房。

但還不到一分鐘，廚房門就再度推開了。這回走出來的是埃米爾。

這位身高五呎五吋，體重兩百磅的主廚目光迅速掃過餐廳一圈，然後闊步朝伯爵走來，安德烈跟在後面。走來的時候，主廚撞到客人的椅子，還差點打翻一名服務生的托盤。他走到伯爵桌前陡然停住，上下打量，彷彿要決鬥前打量對手那般。

「太棒了，先生，」他有點激動地說，「太棒了！」

接著又一轉身，消失在廚房裡。

有點喘不過氣來的安德烈一鞠躬，既是致歉，也是恭賀。

「確實是蕁麻，伯爵大人。您的味覺無人可敵。」

儘管伯爵不是自鳴得意的人，但也忍不住露出滿意的微笑。

安德烈很瞭解伯爵喜愛甜食，於是指著甜點推車。

「請容我招待您吃塊李子塔……」

「謝謝你的好意，安德烈。通常呢，我絕對不會放棄這個大好機會。但今晚，我另有安排。」

☆

伯爵深知人必須掌控自己的境遇，否則就會為境遇所掌控。而被判終生監禁的人，又該如何達成這個目標，他認為值得好好思索一番。

《基督山恩仇記》裡被無辜囚禁在伊夫堡的愛德蒙·唐泰斯靠著復仇的心念，保持頭腦清醒，策劃一系列的行動，成功復仇。而塞萬提斯被海盜擄到阿爾及爾為奴，靠著還待完成的文學創作而支撐下去。至於流放厄爾巴島的拿破崙，踩著一灘灘泥水，行走於雞群之間，雙手不停揮趕蒼蠅，是凱旋巴黎的夢想讓他有活下去的動力。

但是伯爵沒有復仇的意念，沒有創作史詩的想像力，更沒有帝國復辟的幻想。不，他掌控自己境遇的方式和其他囚徒完全不同。他採取的是英國人被沖上荒島的方式。就像置身絕望島的魯賓遜一樣，伯爵靠著務實生活來維持自己的決心。與世隔絕的魯賓遜不再抱持迅速得救的幻想，而是尋找棲身之處與乾淨水源，自己學會鑽木取火的方法，研究小島的地形、氣候、植物花草，但還不忘訓練自己目光敏銳，隨時留意航過海平面的船隻，與踏過沙地的足跡。

就是為了這個目的，伯爵請希臘老人代送三封短箋。短短幾個鐘頭的時間裡，就有兩名信差來向伯爵覆命：一個是穆爾暨米里利斯百貨公司[3]的小夥子，送來精美的亞麻床單與適合的枕頭；一個來自佩洛斯基精品店，為伯爵送來他最喜歡的四塊香皂。

那麼第三個呢？肯定是伯爵吃晚餐的時候來的。擺在他床上的是一個淺藍色的盒子，裡面裝了一塊千層酥。

3 Muir&Mirrieless，莫斯科高級精品百貨公司，一八五七年由蘇格蘭商人所創，位於劇院廣場，原址現為TsUM百貨公司（中央百貨公司），亦為莫斯科最知名的精品百貨公司。

約會

十二點鐘的鐘聲，從未如此令人喜悅。在俄羅斯沒有過。在歐洲沒有過。在全世界都沒有過。倘若茱麗葉告訴羅密歐，說她正午將出現在窗前，這位維洛那年輕人等待約定時刻來臨時的迷醉癡狂，也比不上伯爵此時此刻的心情。倘若「胡桃鉗」故事中斯塔爾鮑姆博士的兩個孩子——佛里茲和克拉拉——聖誕清晨就知道客廳的門會在午夜打開來，他們的雀躍狂喜也比不上伯爵聽見第一聲鐘響時的快樂。

伯爵成功拋開漫步特維爾大街（以及邂逅幾位時髦年輕仕女）的遐想，洗完澡，換好衣服，喝過咖啡，吃過水果（今天是無花果），十點剛過，就捧起蒙田的大作，卻發現每看個十五行，目光就不由自住地飄向時鐘……

老實說，昨天第一次從書桌上拿起這本書時，他就隱隱有些擔憂。單就一本書來看，這書的密度之高，堪比字典或《聖經》，也就是大家會拿來查閱、翻看，但絕對不會從頭到尾**細讀**的書。看過目錄上一〇七篇隨筆的篇目之後，諸如〈論堅毅〉、〈論節制〉、〈論睡眠〉等，更加印證了伯爵最初的疑慮，也就是說，這是一本為冬夜所寫的書。毫無疑問的，這是為雁鳥南飛，壁爐旁堆滿柴薪，田野覆蓋白雪的時節所寫的書。亦即，在沒有人想出門，也沒有朋友會來探訪的時候，你可以讀的書。

然而，他宛如經驗豐富的船長，必須記下從港口啟航的正確時間一般，毅然絕然地瞥了時鐘一眼，然後再次投入那如浪濤一波波湧來的沉思之中：〈殊途同歸〉。

這是隨筆集的第一篇，作者從歷史紀錄裡引經據典，提出最有說服力的論述，認為人若陷入任由他人擺布的境地，就應該乞憐以求活命。

或者堅持尊嚴，寧死不屈。

確立這兩個論述都可能是正確的之後，作者進一步提出他的第二個省思：〈論憂傷〉。

蒙田在本篇引述許多不容質疑的黃金時代權威論述，歸納出結論：憂傷最好有人分擔。

或者獨自承擔。

就在讀到第三篇時，伯爵發現自己瞄了時鐘第四次或第五次。還是第六次？雖然正確的數字不得而知，但證據顯示，伯爵已經不只一次瞥著時鐘看。

可是說起來，時鐘還真是個設計精巧的機械啊！

這座一天只鳴響兩次的時鐘，是伯爵父親請名聞遐邇的寶璣公司特別製作的，本身就是個傑作。白色的琺瑯鐘面只有葡萄柚大小，青金石的鐘座從頂端到底座呈現對稱的勻稱斜度。鑲嵌珠寶的鐘殼由享譽世界的工匠親手打造，他們的技藝精準完美，絕非浪得虛名。他眼睛繼續看著第三篇（這章裡面談到柏拉圖、亞里斯多德和西塞羅，最後連馬克西米利安大帝[4]也來插上一腳），耳朵卻明明白白聽見時鐘的每一聲滴答。

十點二十分五十六秒，時鐘說。

十點二十分五十七秒。

五十八秒。

五十九秒。

為什麼這時鐘的每一秒都準確得像荷馬史詩的每一個抑揚頓挫，像彼得記下的每一樁罪人罪行呢？

可是我唸到哪兒啦？

噢，對了，第三篇。

4 Emperor Maximilian，1459-1519，神聖羅馬帝國皇帝，亦為哈布斯王朝鼎盛時期的奠基者。

伯爵把椅子略為往左挪了一下，好讓自己看不見時鐘，然後找著自己剛才正在看的那一段。他幾乎可以確定，他讀到第十五頁的第五段。但是重新鑽研這段文字時，這內容好像變得非常陌生，就連前面的那一段也是。事實上，他往回翻了整整三頁，才找到熟悉的段落，可以繼續往下讀。

「你就是故意要我這樣讀的對吧？」伯爵問蒙田，「前進一步，退後兩步？」

伯爵決心不受作者宰制，誓言要讀到第二十五篇才抬頭。在決心的驅動下，伯爵迅速讀完第四篇、第五篇和第六篇。他甚至更為輕快地讀完第七與第八篇，第二十五篇似乎近在眼前，就像餐桌上的水壺一樣伸手可得。

但讀到第十一、十二與十三篇時，他的目標似乎又退向遠方了。轉瞬之間，橫亙在他和這本書之間的，不再是一張小餐桌，而是廣袤的撒哈拉沙漠。水壺裡的水已經喝光了，伯爵很快就要匍匐著爬過一行行文字，好不容易翻過困難重重的一頁，但緊接著出現在眼前的又是另一頁……

好吧，那也只好這樣。伯爵繼續慢慢往前爬。

就這樣過了十一點。

就這樣讀完了第十六篇。

這時，長途跋涉的分針終於在鐘面頂端和他的短腿兄弟重逢了。兩人擁抱時，鐘殼裡的彈簧鬆開，齒輪轉動，小巧的鐘槌落下，響起了悅耳的第一聲鐘響，宣告正午來臨。

伯爵的椅子前腳砰一聲落地，蒙田先生凌空轉了兩圈落在床單上。第四聲鐘響時，伯爵已經衝下塔樓的樓梯。第八聲鐘響時，他已經穿過大廳，往更下一層樓走。他和亞洛斯拉夫．亞洛斯拉夫爾，也就是大都會飯店無可匹敵的理髮師，約好了每週一次在此時見面。

☆

兩個多世紀以來（歷史學家是這麼告訴我們的），俄國文化的進步發展都源於聖彼得堡的沙龍。不論是新菜餚、潮流時尚或新的觀念，都是從俯瞰豐坦卡運河的宏偉房間裡踏出進入俄羅斯社會的第一步。倘若真是如此，那麼應該把大部分功勞歸於在客廳下方樓層忙碌進行的活動。就在比街面略低幾階的地下室空間裡，管家、廚師、男僕的努力，促成了達爾文或馬內的見解能暢行無阻地傳揚開來。

在大都會飯店亦復如此。

自一九〇五年開幕以來，這座飯店的套房和餐廳就是最魅力四射、最博學多聞、最具影響力的人士匯聚之處。但是，如果沒有地下樓層所提供的服務，這些看似得來全不費功夫的優雅氛圍絕對不可能存在。

從大廳步下寬闊的大理石樓梯，首先會經過一個報攤，提供給名流紳士上百種各國報紙，雖然如今只剩俄文報紙了。

接著是芳婷瑪．菲德洛瓦的花店。由於天災的影響，芳婷瑪的架子上空無花草，櫥窗從一九二〇年就糊上報紙，讓飯店最光芒璀璨的亮點成為最淒涼的處所。但在鼎盛時期，花店販售的花不可計數，為飯店大廳布置大型插花，為客房提供百合，還有一束束將被拋擲到波修瓦劇院芭蕾伶娜腳邊的玫瑰，當然，贈花給芭蕾伶娜的那些仕紳，外套扣眼裡的鮮花也是芳婷瑪花店提供的。更重要的是，芳婷瑪對騎士時代以來主宰俄國政經社會的花卉儀節知之甚詳。她不僅知道該送什麼花致歉，甚至還知道遲到時該送什麼花，說錯話時該送什麼花，或者不小心被門邊的某位小姐吸引、忽略了自己的女伴時，該送什麼花賠罪。簡而言之，芳婷瑪對花的香味、色澤與代表的意義無所不知，比蜜蜂還清楚。

嗯，伯爵想，芳婷瑪的花店是被關掉了，但是，在波旁政權時期被迫關門的巴黎花店，如今不是再度滿城綻放嗎？大都會的繁花有朝一日也會回來的。

走廊盡頭，就是亞洛斯拉夫的理髮廳了。一方樂觀、嚴謹、沒有政治立場的淨土。這裡是飯店的瑞士。倘若伯爵誓言要透過實用主義來主宰自己的處境，那麼從這裡就可以略知他的方法：每週如期履約來理髮。

伯爵踏進店裡，亞洛斯拉夫正在打理一位身穿淺灰西裝、頭髮銀白的顧客。一名外套皺巴巴的胖子，坐在牆邊的長椅上等候。理髮師以微笑迎接伯爵，請他坐到旁邊的空椅子。

伯爵坐上椅子，對那個胖子點頭致意，然後靠在椅背上，目光停駐在亞洛斯拉夫店裡最不可思議的東西上：他的櫃子。如果有人問拉魯斯（Pierre Larousse）「櫃子」的定義是什麼，這位知名的辭典編纂家可能會回答：「一種家具，外表通常有精緻裝飾，內可收納物品，不讓人從外面看見。」毋庸置疑，這是很實用的定義，從鄉間廚房的碗櫃，到白金漢宮的齊本德爾精品櫥櫃都可適用。但是亞洛斯拉夫的櫃子卻不太符合這個定義，因為是用鎳和玻璃製成，所以並非設計來掩藏收納其中的物品，反而是要將之暴露於肉眼前。

這樣做一點都沒錯。因為這櫃子裡裝的東西足以令人自豪：裹著蠟紙的法國香皂，裝在象牙圓筒裡的英國刮鬍皂液，瓶子千奇百怪的義大利鬍後水。而藏在後面的呢？是個黑色的小瓶子，亞洛斯拉夫總眨眨眼說這是「青春之泉」。

伯爵透過鏡子，把目光移到亞洛斯拉夫身上，看他同時拿著兩把剪刀，對銀髮紳士使出魔法般的技藝。他手上的剪刀總讓人想起芭蕾舞男星的entrechat，也就是凌空跳躍，雙腿前後移動碰觸的動作。他雙手的速度越來越快，到最後簡直像哥薩克人跳的高帕克舞一樣！最後一剪靈巧完成之前，應該要落下布幕，頃刻後再揭起來，讓理髮師謝幕時，觀眾也能為他的精湛手藝高聲喝彩。

亞洛斯拉夫手一揮，取下顧客身上的白色披巾，甩一甩，雙腳腳跟用力一碰，收下這完美工作所得的報酬。這位先生離開店裡後（看起來比進店時更年輕，也更體面），理髮師帶著一條乾淨的披巾朝伯爵走來。

「伯爵大人，您好嗎？」

「非常好，亞洛斯拉夫。好得不能再好了。」

「您今天打算怎麼剪？」

「稍微修一下，我的朋友。稍微修一下就好。」

剪刀開始靈巧活動起來時，伯爵覺得坐在長椅上那個胖子好像有點怪怪的。儘管伯爵不久之前還客氣地對他點頭致意，但才過不到一會兒，那人的臉似乎變紅了。伯爵非常肯定，因為那顏色已經擴散到他的耳朵了。

伯爵想再次和他眼神接觸，打算客氣地對他點個頭，但這傢伙卻只瞪著亞洛斯拉夫的後背看。

「下一個是我。」他說。

亞洛斯拉夫就像多數的藝術家一樣，沉浸在自己的手藝裡，以效率與優雅兼而有之的動作繼續修剪，所以那人只好再說一遍，只是語氣更為強調：

「**下一個是我！**」

這句有點尖銳的話，讓亞洛斯拉夫暫時從藝術情境裡抽離出來，很有禮貌地回答說：

「我馬上為您服務，先生。」

「我來的時候，你就這樣說了。」

這句話帶著明顯的敵意，亞洛斯拉夫放下剪刀，用驚詫的表情面對顧客的怒火。

儘管伯爵從小所受的教養是別打斷別人的談話，但他覺得不應該讓理髮師代替自己去解釋這個情況。所以他說：

「亞洛斯拉夫無意失禮，親愛的朋友。只是我是長期預約的客人，每週二中午十二點鐘固定來剪頭髮。」

這人把怒氣轉到伯爵身上。

「長期預約？」他說。

「是的。」

他猛然起身，長椅往後撞到牆面。站起來的他，身高頂多五呎六吋，從外套袖口伸出來的拳頭，和他的耳朵一樣紅。他往前一步，亞洛斯拉夫後退靠在櫃檯上。這人又往前一步，搶下理髮師手裡的剪刀。接著，以不像他這矮胖身材的人會有的靈巧動作，轉身抓住伯爵的衣領，喀嚓一刀，剪下伯爵右邊的鬍子。他加重力道，把伯爵拉近跟前，兩人幾乎鼻子對鼻子。

「你很快就要再預約了。」他說。

說完，他把伯爵推回椅子裡，剪刀往地上一丟，大步走出店門。

「伯爵大人，」亞洛斯拉夫驚駭大叫，「我這輩子從沒見過這個傢伙。我甚至不知道他是不是飯店的房客。可是我向您保證，我這家店永遠不再歡迎他來。」

伯爵站起來，打算要附和亞洛斯拉夫的憤慨，並譴責這人犯下的罪行應該受什麼懲罰。但是再想想，他對攻擊他的這個人又有多少瞭解呢？

伯爵第一眼看到他身穿皺巴巴衣服坐在長椅上時，立時斷定他是個工作辛勞的人，正好經過理髮店，就打算剪個頭髮。但伯爵再想想，這人很可能是二樓那群新房客之一。他長年在鐵工廠工作，可能在一九一二年加入工會，在一九一六年領導罷工，一九一八年指揮一營紅軍部隊，如今，掌管了一家大企業。

「他說的沒錯，」伯爵對亞洛斯拉夫說，「他等了很久。但你也沒辦法，因為我已經先預約了。是我的錯，我應該讓出我的椅子，讓你先為他服務的。」

「可是我們現在該怎麼辦？」

伯爵轉身面對鏡子，仔細端詳自己。他仔細端詳自己，很可能是好幾年來的第一次。

他長久以來都認為，紳士應該抱持懷疑的態度照鏡子。鏡子不是自我發現的工具，而是自我欺騙的工具。他曾多次看見年輕美女側轉三十度，好讓鏡裡的自己看起來最漂亮。（彷彿自此而後，整個世界都會以這個角度看她似的！）他也曾多次看見年邁貴婦戴著過時甚久的帽子，卻毫無自覺，只因為那面鏡子的樣式也同屬於那個消逝已久的年代。伯爵向來以身穿訂製西服為豪，但他更自豪的是，自己非常明白，紳士的丰采是由他的教養，他的言談，與他的舉止所決定，而不是他外套的剪裁樣式。

是啊，伯爵想，世界轉動不居。

事實上，地球自轉的同時，也繞著太陽旋轉，而銀河系也同樣在轉動。大輪子套著小輪子，發出大自然的鐘響，完全不同於時鐘裡那個小鐘槌的聲音。待宇宙鐘聲響起之時，鏡子或許就突然發揮其更為真實的作用，讓人不再看見想像中的自己，而是真實的自我。

伯爵回到椅子上。

「剃乾淨吧，」他對理髮師說，「剃乾淨吧，親愛的朋友。」

相識

大都會飯店有兩家餐廳。一家是我們已經提過，位在二樓隱密處的知名餐廳博雅斯基；另一家是緊鄰大廳的大餐廳，正式名稱為大都會，但伯爵喜歡暱稱為「廣場」。

不可諱言的，廣場的裝潢比不上博雅斯基的優雅高貴，服務比不上博雅斯基的體貼入微，餐點也比不上博雅斯基的精緻考究。但廣場本來就不追求優雅高貴、體貼入微與精緻考究。廣場以大理石噴泉為中心，周圍散落八十張餐桌，提供的菜餚五花八門，從波蘭白菜餃到小牛肉排都有，最初始的設計就是成為城市（包括其花園、市場與大街）的延伸。這是各形各色的俄羅斯人都可以來喝杯咖啡，見見朋友，爭辯討論，或閒混調情的地方，甚至坐在大玻璃頂下獨自用餐的人，不必起身，就可以融入旁人的讚賞、議論、懷疑與笑聲之中。

那麼服務生呢？就像巴黎的咖啡館一樣，對廣場服務生的最高讚譽就是「有效率」。他們習於帶領大隊人馬入座，可以把你們八個人好好塞進四人桌裡。在此起彼落的嘈雜聲裡，他們可以把你們點的東西聽得一清二楚，不出幾分鐘，就用托盤端來飲料，以平穩迅速的動作一一擺上桌，一杯都不會錯。要是你手拿菜單，就算只遲疑一秒未點餐，他們也會挨近你肩頭，指出餐廳的招牌菜。你一享受完最後一口甜點，他們馬上收走盤子，奉上帳單，不到一分鐘就找好錢給你。換言之，廣場的服務生是餐飲業的好手，對這行無所不知，一塊麵包屑，一根湯匙，一戈比[5]都逃不過他們的眼睛。

至少在戰前是如此……

今天，廣場幾乎空無一人，伺候伯爵的人不只對廣場餐廳所知不多，甚至對「服務」的藝術也一

5 Kopek，俄國貨幣，一百戈比等於一盧布。

無所知。這人高高瘦瘦，一張窄臉，態度不可一世，活像剛從棋盤上被拿起的主教。伯爵帶著報紙入座——這是獨自用餐的標記，全世界通用——這傢伙竟然懶得收掉另一套餐具。伯爵闔上菜單，擺在盤子旁邊——這是準備點菜的標記，全世界通用——這傢伙竟然還需要人招手才來。伯爵點好俄羅斯冷湯和鰈魚排之後，這傢伙竟然問他要不要來杯貴腐甜白酒。貴腐甜白酒確實是很好的建議，只可惜伯爵點的並非鵝肝！

「或許來瓶波特萊爾堡的葡萄酒吧。」伯爵很客氣地糾正他。

「沒問題。」這個主教露出神職人員似的微笑。

老實說，自己一個人吃午飯，佐一瓶波特萊爾堡的酒確實有些太過奢華，但一個早上不屈不撓地和蒙田奮戰之後，伯爵覺得需要鼓舞自己的士氣。好幾天以來，他一直在想辦法抗拒焦躁不安的感覺。像往常一樣下樓到大廳的時候，他竟然發現自己數著步伐。坐在最喜歡的座位讀報紙頭條新聞時，他不自覺地舉起手想摸摸已經不存在的鬍尖。他發現自己十二點零一分走進廣場的大門吃午飯；一點三十五分，爬上一百一十階樓梯回到房間時，他已經在算著還要再等幾分鐘，才可以下樓喝杯酒。如果他繼續這樣，要不了多久，天花板就會往下壓，牆壁往內縮，地板往上抬，最後整個飯店就會被壓縮成像餅乾罐那麼小。

伯爵等待葡萄酒上桌的時候，環顧餐廳，但一同用餐的人並沒讓他感覺到安慰。走道對面那桌，坐著兩個沒有新職的外交使節團成員，他們戳著盤裡的菜餚，等待新的外交時代降臨。角落裡是個戴眼鏡的二樓房客，四大冊文件攤在桌上，一面吃飯一面逐字比對。沒有什麼看來特別出眾的人，也沒有人特別注意伯爵。除了那位格外喜歡黃顏色的女孩。她坐在噴泉後面，偷偷觀察他。

據瓦西里說，這名一頭金色直髮的九歲女孩是位喪偶的烏克蘭官員女兒。一如既往，她有家庭女教師陪在身邊。她發現伯爵在看她，就躲到菜單後面。

「您的湯。」主教說。

「啊，謝謝，朋友。看起來很可口，但別忘了我的酒！」

「當然。」

伯爵把注意力轉到俄羅斯冷湯上，光是瞥上一眼就知道，這湯做得非常好，坐在這個餐廳裡的每一個俄國人，或許都嘗過自己祖母做的這道湯。伯爵閉上眼睛專心品嘗第一口，這恰到好處的冷涼溫度讓他不禁點點頭，鹽稍微多了一些些，克瓦斯[6]略少了一點點，但蒔蘿畫龍點睛，恰到好處。這預告初夏將至的美食，讓人想起蟋蟀的吟唱，與心神舒暢的怡然美景。

伯爵睜開眼睛，手裡的湯匙差點掉了。站在他桌邊的，是那名喜愛黃顏色的小女孩，正很不禮貌地盯著他看，那種意興盎然的眼神，只有在小孩和狗身上看得見。她的突然出現已經夠令人意外的，但讓伯爵更驚訝的是，她今天穿的是檸檬色的洋裝。

「他們去哪兒啦？」她問得沒頭沒腦。

「不好意思，誰去哪裡啦？」

她歪著頭，更仔細看著他的臉。

「你的鬍子啊。」

伯爵和小孩互動的機會不多，但從小家教很好，知道小孩不該隨便接近陌生人，不該打斷別人用餐，當然更不應該問人有關外貌的問題。難道現在學校都不再教學生只管好自己的事情就夠了嗎？

「就像燕子一樣，」伯爵回答說，「它們到別的地方過夏天了。」

他抬起一手，做出翅膀拍飛的動作，既是模仿燕子，也是暗示小女孩可以離開了。

她點點頭，對他的回答很滿意。

6 Kvass，以黑麥發酵而成的一種低酒精飲料，口感酸甜，盛行於俄羅斯、烏克蘭等東歐地區，可作為飲品，也是俄羅斯冷湯的材料。

「我夏天有段時間也要去別的地方。」

伯爵微微點頭，表示替她高興。

「到黑海。」她又說。

然後她拉開空椅子，坐下。

「你要和我一起坐？」他問。

她的回答方式是身體前後扭動，挪個舒服的姿勢，雙手手肘擱在桌上。她脖子上掛著金項鍊，有個小小的鍊墜，是護身符或小紀念盒之類的吧。伯爵轉頭看小女孩的家庭教師，希望引起她的注意，但她顯然早有經驗，仍舊埋頭看書。

小女孩又像狗似的歪著頭。

「你真的是伯爵啊？」

「是的。」

她眼睛瞪得大大的。

「那你認識公主嗎？」

「我認識很多公主。」

她眼睛瞪得更大，然後瞇起來。

「要當公主很難嗎？」

「非常難。」

這時，儘管伯爵的俄羅斯冷湯還有半碗沒喝，主教已經端著伯爵的鰈魚排來了，端起湯碗，換上主菜餐盤。

「謝謝。」伯爵說，湯匙還握在手裡。

「沒問題。」

伯爵開口正要問波特萊爾堡葡萄酒的下落，這名主教就已經消失無蹤了。伯爵轉頭看他的小客人，她正盯著他的魚看。

「這是什麼？」她想知道。

「這個？這是鰈魚排。」

「好吃嗎？」

「你自己沒有午餐嗎？」

「我不喜歡我的午餐。」

伯爵把一塊魚叉到小盤子上，遞過桌子。「請用。」

她叉起整塊魚，往嘴裡送。

「好好吃喔。」她說，雖然措辭不夠優雅，但至少是事實。她露出稍微有點哀傷的微笑，輕嘆一口氣，那雙藍眼睛直盯著他盤裡剩下的魚排。

「好吧。」伯爵說。

他拿回小盤子，把一半的魚排和等量的菠菜、小紅蘿蔔一起裝到小盤子裡給她。她再次在椅子裡前後挪動，想是因為要坐得久，所以得挪個更舒服的姿勢。她小心翼翼地把蔬菜推到盤子邊上，把魚切成四等份，叉起右上角的那塊送進嘴裡，然後又開始沒完沒了的問題。

「公主一整天都在做什麼？」

「和所有的年輕小姐一樣啊。」伯爵說。

小女孩點點頭，鼓勵他繼續說。

「早上，她要上法文、歷史和音樂課。下課之後，可能去看朋友，或到公園散步。午餐的時候，就好好吃她的蔬菜。」

「我父親說，公主是腐敗的象徵，代表一個已經消失的時代。」

伯爵嚇了一跳。

「有的可能是吧，」他說，「但請相信我，並非每個公主都是這樣的。」

她揮著叉子。

「別擔心，爸爸人很好，所有和拖拉機有關的事情，他什麼都知道。但是對公主在做什麼，他肯定什麼也不知道。」

伯爵給她一個如釋重負的表情。

「你參加過大舞會嗎？」她想了想，繼續問。

「當然。」

「你會跳舞？」

「大家都知道我很會跳舞，把舞池地板都跳壞了。」伯爵的眼神閃現亮光。當年在聖彼得堡的每一個沙龍，只要他一出現，這流光生輝的眼神都會讓所有的人停止交談，讓每一位名媛淑女回眸凝望。

「把舞池地板都跳壞？」

「嗯，」伯爵說，「我在舞會上跳舞。」

「你住在城堡裡嗎？」

「在我們國家，城堡並不像童話故事裡那麼多。」伯爵解釋說，「但我曾經在城堡裡用餐……」

小女孩雖不滿意，但也接受他的這個回答。這會兒，她蹙起眉頭，又把一塊魚送進嘴裡，若有所思地嚼著，然後突然往前靠。

「你有沒有決鬥過？」

「決鬥？」伯爵有點遲疑，「我想我是有過某種決鬥……」

「拿著手槍走三十二步？」

「我的決鬥比較是象徵意義的。」

由於這位小客人對他的澄清表現出失望之情，所以伯爵安慰她：

「我祖父當過決鬥的副手，而且不只一次。」

「副手？」

「某位紳士如果被人得罪，要求用決鬥捍衛榮譽，他和他的對手會各找一名副手，基本上就是他的副官。決鬥的規則是由這兩名副手協商訂定的。」

「哪一種決鬥規則？」

「就是決鬥的時間和地點，用什麼武器。如果是手槍，那就要再進一步規定各走多少步，可不可以開一槍以上。」

「你說是你的祖父。他當時住在哪裡？」

「就在莫斯科。」

「他是在莫斯科參加決鬥的？」

「有一次是。事實上，那次決鬥的起因就是在這家飯店發生的糾紛。一個是海軍上將，一個是王子。我想他們已經有好長一段時間看對方不順眼了，但是導火線是有天晚上他們在飯店大廳狹路相逢，當場下了戰帖。」

「當場？是哪裡？」

「就在禮賓經理的辦公桌。」

「就是我常坐的那個地方！」

「沒錯，我想就是。」

「他們愛上了同一個女人嗎？」

「我想和女人的事情無關。」

小女孩不可置信地看著伯爵。

「決鬥永遠都和女人的事情有關。」她說。

「好吧，不管原因是什麼，反正有人被得罪了，要求對方道歉，但對方拒絕，於是摔下手套，要求決鬥。當時管理這家飯店的是個德國人，叫凱夫勒的，他自己也是個男爵。大家都知道他在辦公室的鑲板裡面藏了兩支手槍，所以意外發生時，兩名副手不僅有地方可以私下商議，也可以立刻叫來馬車，讓決鬥雙方帶著武器上路。」

「在天亮之前……」

「在天亮之前。」

「某個荒涼的地方……」

「某個荒涼的地方。」

她身體往前靠。

「蘭斯基在決鬥裡被奧涅金殺死了。」

她壓低嗓音說，彷彿引述普希金的詩必須慎重其事[7]。

「沒錯，」伯爵也小聲回答，「普希金也是這麼死的。」

她嚴肅地點點頭。

「在聖彼得堡，」她說，「黑河河岸。」

「在黑河河岸。」

小女孩盤裡的魚全吃光了。她把餐巾擺在盤子上，點點頭，彷彿說伯爵真是位午餐良伴似的，從椅子裡起身。但還沒走開，她就又停住。

---

7 小女孩引述的這幾句話，出自俄國詩人普希金的詩體小說《尤金・奧涅金》（*Eugene Onegin*）。

「我比較喜歡沒有鬍子的你。」她說，「沒有鬍子讓你……更英俊。」

她有點笨拙地行了個屈膝禮，就消失在噴泉後面了。

☆

Affaire d'honneur（決鬥）……

這天晚上坐在飯店的酒吧裡，獨酌白蘭地時，伯爵有點自責地想。

這間美式酒吧遠離大廳，內有幾張舒服的靠背長椅，一座桃花心木吧檯，一面陳設各色酒瓶的牆，伯爵把酒吧暱稱為「夏里亞賓」，以紀念偉大的俄羅斯歌劇明星。因為革命之前，費奧多爾．夏里亞賓（Feodor Shalyapin）常到這裡來。曾經門庭若市的夏里亞賓酒吧，如今更像適合祈禱與沉思的小教堂，而今天晚上，這恰恰切合伯爵的心境。

是啊，他順著思路繼續想，只要用正統的法文表達，人的任何行為感覺都顯得非常完美……

「能容我為您效勞嗎，伯爵大人？」

說話的是奧德里斯，夏里亞賓的酒保。這位留著金色山羊鬍的立陶宛人，隨時準備好露出微笑，還擁有一手調酒的好手藝。只要你一落座，他就手肘擱在吧檯上，傾身問你想喝什麼。而你的杯子一空，他馬上就斟滿。但是伯爵不確定奧德里斯為什麼這樣問，他是要效勞什麼？

「您的外套。」酒保解釋說。

伯爵穿外套的時候，確實頗費了一番功夫才把手套進袖子裡。他根本不記得自己之前什麼時候脫掉外套的。一如既往，伯爵在六點鐘抵達夏里亞賓。他向來限制自己在晚餐前只能喝一杯開胃酒。但是今天中午的葡萄酒始終沒送上桌，所以他允許自己再來第二杯杜本內紅酒，接著又是兩小杯白蘭地。然後，他就只記得……只記得……

「現在幾點了，奧德里斯？」

「伯爵大人，十點了。」

「十點！」

奧德里斯走到吧檯外面來，幫伯爵從椅子上站起來。他扶著伯爵穿過大廳（這根本沒必要），伯爵則把自己的思緒滔滔不絕說給他聽。

「你知道嗎，奧德里斯，決鬥最開始是俄國軍官在十八世紀初發明的。他們熱衷決鬥，到後來沙皇不得不下令禁止，免得軍隊裡很快就沒人可用了。」

「這我並不知道，伯爵大人。」酒保微笑回答。

「噢，這是事實。決鬥不只是《奧涅金》的情節重心，在《戰爭與和平》、《父與子》和《卡拉馬助夫兄弟》裡也都是關鍵的轉折點。顯然我們這些擁有偉大創造力的俄國大師，構思得出來的最好情節，就是兩個主角各走三十二步，用手槍來了斷恩怨。」

「我瞭解您的意思了。可是我們到了。要我幫您按五樓嗎？」

伯爵這才發現自己站在電梯前面，一臉驚駭看著酒保。

「可是，奧德里斯，我這輩子從來不搭電梯！」

伯爵拍拍酒保肩膀，開始爬樓梯。爬到二樓的平臺，他坐了下來。

「為什麼我們這個國家，比其他國家更加熱衷決鬥呢？」他語氣誇張地對著空無一人的樓梯間發問。

毫無疑問，有些人必定會把決鬥貶低為野蠻主義所衍生的副產品。因為俄羅斯冬季漫長而嚴酷，時有饑荒，正義難以彰顯等等，所以仕紳階級就自然而然採取極端暴力的方式來解決彼此的爭端。但伯爵深入思索之後認為，決鬥之所以在俄羅斯如此風行，最主要的起因是俄國仕紳性好浮誇，極度重視自己的榮譽。

沒錯，決鬥都是在破曉時分，選在荒僻的地方舉行，以保護兩位紳士的隱私。但他們都是躲在垃圾堆或廢物場後面決鬥嗎？當然不是！他們都是在林中空地舉行，周圍是飄滿雪花的白樺林。再不然就是在某條蜿蜒的河流岸邊。或是在某人的莊園邊緣，微風輕輕吹落蘋果樹的花朵……也就是說，他們決鬥的場景，是我們在歌劇第二幕裡會看見的那種美麗場景。

在俄羅斯，只要場景壯麗，聲勢浮誇，再可怕的事情都會有追隨者。事實上，這些年來，隨著決鬥場景越來越優美，決鬥手槍越來越精良，這些出身良好的紳士也越來越容易因為瑣碎的小事而起意捍衛自己的榮譽。因此，決鬥剛開始可能是因為極大的罪行而起——變節、背叛、通姦，但到了一九〇〇年，原因的合理性不斷下降，到最後甚至只為了一頂戴歪的帽子、一個盯得過久的眼神、甚至逗點該標注何處而決鬥。

決鬥有一套已為大家普遍接受的老規矩。決鬥雙方在開槍前應該背對背走開幾步，必須視冒犯行為的嚴重性而定。換言之，最公然、也最應該譴責的冒犯行為，走的步數應該越少，確保決鬥雙方有一人絕對無法活著離開這捍衛榮譽之地。倘若是這樣，伯爵總結道，在當前的這個新時代裡，決鬥者背對背走上一萬步都還嫌不夠遠呢。如是之故，決鬥的兩位紳士指派好副手，挑選好武器之後，冒犯人的就該搭船前往美國，而被得罪的，則搭船前往日本，兩人抵達之後，就可以穿上最漂亮的外套，走下梯板，在碼頭上轉身，開槍射擊了。

哎……

五天之後，伯爵很開心地收到一封請柬，是新認識的妮娜．庫利柯娃請他去喝茶。時間是下午三點，地點在飯店一樓東北角的咖啡廳。伯爵提前十五分鐘到，要了個靠窗的兩人座。三點五分，他的女主人以水仙花之姿翩翩降臨，身穿鵝黃的洋裝，繫上暗黃的腰帶。伯爵起身，為她拉開椅子。

「謝謝。」她用法語說。

「不客氣。」伯爵用法語回答。

接下來幾分鐘，他們叫來侍者，點了一壺俄羅斯茶。窗外的劇院廣場上空已烏雲密布，所以他們聊了幾句，揣測今天究竟會不會下雨。茶一倒好，餅乾上桌，妮娜的表情就轉為嚴肅——這該是談比較嚴肅問題的時候了。

有人或許會認為這個轉變有點突兀，或者時機有點不宜，但伯爵並不這麼認為。恰恰相反的，他覺得盡快結束寒暄，進入正題，完全符合喝茶的儀節，甚至覺得這才是喝茶的宗旨。

畢竟，伯爵參加過的每一場正式邀請的茶會，都是按這個形式進行的。無論是在俯瞰豐坦卡運河的客廳，或是公園裡的茶館，在第一塊蛋糕入口之前，請喝茶的**目的**就已經攤在桌上了。事實上，在幾句客氣寒暄之後，最善交際的女主人可以用簡單的一個字，就讓話題轉入正事。

就伯爵的祖母來說，那個字就是「嗯」，例如說：「嗯，亞歷山大，我聽說你的一件事，讓我很擔心，孩子……」長年受心臟病折磨的玻莉雅柯娃公主用的則是「啊」，她會說：「啊，亞歷山大，我犯了一個可怕的錯誤……」但對年輕的妮娜來說，這個字顯然是「哎」。例如：

「你說的一點都沒錯，亞歷山大．伊里奇。再下一個下午的雨，那些紫丁香都撐不住了。哎……」

說出這個關鍵字，妮娜的語氣馬上就變了，而伯爵也準備好了。他前臂擱在大腿上，身體前傾七十度，臉上的表情嚴肅但不動聲色，好讓自己可以隨著情況的需要，表現出同情、關切或義憤填膺的情緒。

「……如果你能告訴我一些成為公主的規矩，」妮娜說，「我會非常感激。」

「規矩？」

「是的，規矩。」

「但是，妮娜，」伯爵面露微笑說，「當公主並不是辦家家酒。」

妮娜盯著伯爵看，表情耐心十足。

「我確信你知道我說的是什麼意思。就是大家會**希望**公主怎麼做。」

「噢，是啊，我明白了。」

伯爵靠在椅背上，仔細思索一下女主人的提問。

「這個嘛，」他一會兒之後說，「除了我們那天討論到的人文科目之外，我想身為公主，第一條規矩就是讓言行舉止變得更優雅。為了達到這個目的，要有人教她如何應對進退，要學習說話的語氣，餐桌禮儀，儀態……」

妮娜對伯爵提出的每一個項目都點頭贊成，但聽到最後一項，突然抬起頭來。

「儀態？儀態指的是態度嗎？」

「是的，」伯爵回答說，措詞有點謹慎，「沒錯。彎腰駝背的儀態，通常代表了個性上的懶散，同時也表示對其他人缺乏興趣。相反的，端正挺拔的儀態，可以證明這人冷靜泰然，言而有信，這些都是公主最重要的特質。」

這番言論顯然打動了妮娜，她馬上坐得更挺直一些。

「繼續。」

伯爵想了想。

「公主從小受的教養就是要尊敬長輩。」

妮娜對伯爵深深點頭，表示敬意。他咳了一聲。

「我指的不是我，妮娜。畢竟我也沒比你大幾歲，我還很年輕。不是的，所謂的『長輩』指的是頭髮灰白的人。」

妮娜點點頭，表示理解。

「你指的是大公和大公夫人。」

「這個嘛，沒錯，他們當然是。但我指的長輩包括各種社會階級的人。店員啦，擠牛奶的女工啦，鐵匠、農人都算。」

妮娜的表情馬上表露了她內心的想法。她蹙起眉頭。伯爵進一步解釋。

「基本上是這樣的，新生代應該對上一輩所有人表達感謝。我們的長輩種田，上戰場；他們讓藝術與科學得以發展，也為我們做出了奉獻。所以他們的努力，不管多麼微小，都應該得到你的尊敬與感謝。」

妮娜似乎還是無法信服，所以伯爵苦苦思索應該如何更清楚表達他的意思。就在這時，咖啡廳的大窗外，他看見有人撐開傘了。

「舉例來說吧。」他說。

於是他講了葛麗欣公主和庫德洛夫老太太的故事：

一個風雨交加的夜晚，在聖彼得堡，伯爵說，年輕的葛麗欣公主正要去圖森宅邸參加年度大舞會。馬車經過羅莫諾索夫橋的時候，她看見一名八十歲的老太太，駝著背，走在大風雨裡。她想也沒想，就要車夫停下馬車，請這位可憐人上車。這位眼睛幾乎全瞎的老太太，由僕人攙扶著上車，迭聲對公主道謝。公主自然而然以為這位老太太應該就住在附近，畢竟，在風雨交加的夜晚，像她這樣的瞎眼老太太，又能走多遠呢？但是公主問老太太要到哪裡去的時候，老太太卻說她要去看她當鐵匠的兒子。她兒子住在庫德洛夫，遠在七哩之外！

圖森宅邸正在等候公主的大駕光臨。不到幾分鐘，馬車就經過了那幢大宅。整座屋子從地窖到天花板都燈火輝煌，每一級臺階都站了男僕等候接待。如果公主就在圖森宅邸下車，讓馬車載老太太去庫德洛夫，也完全不失禮。馬車駛近圖森宅邸的時候，車夫放慢車速，轉頭看公主，請求指示……

伯爵停了一下，以強化戲劇效果。

「那，」尼娜問：「她怎麼做？」

「她請車夫繼續走。」伯爵露出得意的微笑，「不只如此，抵達庫德洛夫以後，鐵匠一家人圍在馬車旁邊，老太太邀請公主進屋喝茶。公主欣然接受老太太的邀請，因此錯過了圖森家的舞會。」

伯爵清楚闡釋完自己的論點，端起茶杯，再次點點頭，喝了一口。

妮娜一臉期待地看著她。

「然後呢？」

伯爵把茶杯放回小茶碟上。

「什麼然後？」

「她是不是嫁給鐵匠的兒子？」

「嫁給鐵匠的兒子！我的天哪，當然沒有。她喝完一杯茶，坐上馬車，回家去了。」

妮娜又想了想。她顯然覺得公主嫁給鐵匠的兒子是更好的結局。但她對歷史所知不多，所以點點頭，表示伯爵說了個好聽的故事。

伯爵不想破壞這個故事，所以沒有透露聖彼得堡這個美麗童話的真正結局：葛麗欣公主那輛鮮豔的藍色馬車在聖彼得堡無人不曉，當天圖森伯爵夫人站在大門柱廊下迎接賓客，看見這輛馬車在大門口放慢車速，然後又加速駛離。這次事件造成兩家關係的裂痕，花了長達三個世代的時間才勉強彌合，直到革命爆發，才算讓他們的恩怨真正了結。

「這才是合乎公主身分的行為。」妮娜明白。

「一點都沒錯。」伯爵說。

他端起小蛋糕遞出，妮娜拿了兩塊，一塊擺在自己的碟子裡，一塊放進嘴裡。

伯爵沒有當眾糾正別人社交儀節的習慣，但剛才那個故事反應太好，讓他有點飄飄然，於是不由自主地露出微笑說：

「還有一個例子。」

「還有一個例子？」

「公主從小受的教育，就是想吃蛋糕的時候要說『請』，別人請她吃蛋糕的時候要說『謝謝』。」

妮娜似乎有點吃驚，但馬上又露出不以為然的表情。

「公主開口要一個蛋糕的時候說『請』，我可以理解，但是有人請她吃蛋糕的時候，她何必要說『謝謝』？我覺得沒道理。」

「儀態禮貌和蛋糕不一樣，妮娜。你不能只挑你自己喜歡的，也不能把咬了一半的蛋糕放回盒子裡……」

妮娜用竭力忍耐的表情看著伯爵，或許是為了讓他聽得更清楚，所以講得更慢一些。

「公主想要別人給她蛋糕的時候說『請』，我可以理解，因為她想要說服別人給她東西。開口要蛋糕，也拿到蛋糕，她當然必須說『謝謝』。但是你剛才舉的例子後半段並不是這個情況，你說的是公主沒開口要蛋糕，而是別人請她吃蛋糕。公主只是接下別人送她的東西，我不懂她為什麼要說謝謝。」

為了強調自己的重點，妮娜把檸檬塔送進嘴裡。

「我承認你的說法確實有幾分道理，」伯爵說，「但是我只能用我的人生經驗告訴你……」

妮娜搖搖手指，打斷他的話。

「你剛才還說你很年輕。」

「我是很年輕沒錯。」

「所以你的人生經驗可能還不太成熟。」

是啊，伯爵想，這個說法倒也沒錯。

「我會更加注意我的儀態。」妮娜用毅然決然的語氣說，拍掉指頭上的蛋糕屑。「我以後問別人要東西的時候，一定會說『請』和『謝謝你』。但是我沒開口要東西，別人主動拿給我，我是不會說謝謝的。」

逛逛

七月十二日，七點鐘，伯爵越過大廳，往博雅斯基餐廳去的時候，瞥見妮娜躲在一棵棕櫚盆栽後面，對他招手。這是她第一次在這麼晚的時間叫他過去。

「快點，」他走到樹後時，她對伯爵說，「那位紳士出去吃飯了。」

那位紳士？

為了不引人注意，他倆若無其事地走上樓梯，但才轉進三樓，就碰上一名房客拍著口袋在找鑰匙。電梯正對面的樓梯口有扇鑲嵌染色玻璃的窗子，彩繪著幾隻涉過淺水的長腿鳥。伯爵從這裡經過不知幾千次了，妮娜這會兒卻非常仔細看著這面玻璃。

「嗯，你說的沒錯，」她說，「這是一種鶴。」

但那名房客一走進房間，妮娜就繼續往前衝。他們輕快的步伐踩在地毯上，經過三一三號，三一四號，三一五號房，以及房門口有張小桌子擺著一尊神話人物赫密士雕像的三一六號房。伯爵一陣茫然之後才醒悟過來，他們要去的是他原本住的那間套房。

但是，慢著。

我們未免操之過急了。

☆

打從那天晚上坐在二樓樓梯自言自語之後，伯爵就戒了每晚必喝的開胃酒，覺得那酒必定對他的心智產生了負面影響。但是戒了開胃酒，並沒能提振他的心情。他有大把的時間，卻沒有什麼事情可做。無聊是最可怕的一種情緒，而這樣的無聊倦怠，讓他的心靈不再平靜。

伯爵想，僅僅三個星期，他就已經覺得心神渙散，那麼經過三年之後，情況會糟到什麼地步呢？然而，命運之神總是會現身指引迷了路的善良好人。在克里特島上，翟修斯靠著亞瑞安妮公主和她的線團指引，安全離開牛頭人米諾陶的迷宮。同樣從幽魂棲息的黑暗洞穴脫身，奧德修斯靠的是他的先知提瑞西阿斯，但丁靠的是他的維吉爾。而在大都會飯店，亞歷山大・伊里奇・羅斯托夫伯爵靠的則是年僅九歲，名叫妮娜・庫利柯娃的小女孩。

七月的第一個星期三，伯爵坐在大廳，正在思索該做些什麼，突然看見妮娜飛快走過，臉上帶著頗不尋常的堅決表情。

「哈囉，我的朋友，你要去哪裡？」

妮娜像是正在採取什麼行動卻被逮到似的，轉過身來，先讓自己鎮靜下來，然後才搖著手說：

「到處逛逛。」

伯爵挑起眉毛。

「究竟到哪裡逛逛？」

……

「現在嘛，去牌局室。」

「啊，你喜歡玩牌？」

「不是……」

「那你去那裡幹嘛？」

……

「噢，快說吧，」伯爵抗議，「我們之間不應該有祕密的。」

妮娜想了想伯爵的這句話，看看自己的左邊，又看看右邊，才從實招來。她說牌局室很少有人用，但每週三下午三點鐘，總有四個女人約好在那裡玩牌，每個星期都是。要是你趕在兩點半以前到，躲在櫃子裡，就可以聽到她們講的每一句話——包括很多罵人的髒話。等這幾位女士離開之後，你還可以吃她們留下來的餅乾。

伯爵坐直起來。

「你還去什麼地方打發時間？」

她又思索了一下伯爵的這句話，緊接著東張西望一番。

「明天下午兩點，」她說，「和我在這裡碰面。」

於是，伯爵的啟蒙教育就此展開。

伯爵在大都會飯店住了四年，自認堪稱這家飯店的專家。他叫得出每個員工的名字，親身享受過各種服務，也熟知每一間套房的裝潢風格。但妮娜一拉起他的手，他才知道自己只能算是個門外漢。

妮娜在大都會住了十個月，過的是另一種型式的軟禁生活。因為父親在莫斯科的工作只是「暫時的」，所以沒費事幫她找學校註冊入學。而她那位來自偏遠地區的家庭教師還未適應城市生活，寧可把責任範圍局限在飯店之內，如此一來，就比較不容易被大都市的街燈或街車給誘惑腐化了。因此，大都會飯店的旋轉門儘管鎮日轉動不止，卻從來沒為妮娜轉動過。生性活潑進取的妮娜，就只能善用自己的處境，深入探索飯店。她對飯店的每一個房間瞭若指掌，不僅知道這些房間是做什麼用的，甚至也知道該如何提升它們的效用。

沒錯，伯爵是到過大廳後面的小窗口前拿郵件，但他到過分揀郵件的小房間，看過郵件在上午十點和下午兩點送來之後堆放在桌上的情景嗎？包括那些蓋著紅色戳章，標明要「即刻送達」的信件？

沒錯，在芳婷瑪花店還開著的時候，他是去過店裡，但他到過修剪室嗎？在花店後面有一道小門，通往一個小隔間，裡面只有一張淺綠色的長桌，用來修剪花莖，去除玫瑰花刺。現在地板上也還散落著多年生植物的乾枯花瓣，都是當年製作花束不可或缺的材料。

說得對！伯爵對自己說。在大都會飯店裡，房間後面總是還有房間，門後面總是還有門。有裝床單的櫃子，有洗衣房，有食品儲藏室，還有配電間！

這就像搭郵輪出航。乘客可以在船頭打飛靶，消磨一個下午，然後換上晚宴服，和船長共桌晚餐，玩幾局撲克牌，給那個驕傲的法國人好看，然後挽著新認識的女伴在星光下漫步。他沾沾自喜，以為自己在海上度過最美妙的航程。但是，事實上，他只略窺船上生活的一角。他完全忽略了充滿生命力的下艙，也忘了就是因為有下艙，才能成就他們的旅程。

妮娜不讓自己的眼界局限於上艙。她到過下面，到過後面，到處都去過。妮娜在飯店裡的時光，牆壁不是往內壓縮，而是往外擴展，不論是範圍或複雜程度都在擴展。住進飯店才幾個星期，這幢建築就擴展成跨越兩個街區的生活範圍。幾個月之後，已經把半個莫斯科含括進來。要是她在飯店住得夠久，整個俄羅斯就要全部被納進飯店的範圍裡來了。

為了循序漸進教導伯爵，妮娜很明智地從最底層開始，也就是地下室、四通八達的走道和死胡同。她推開一道沉重的鐵門，先帶他進到鍋爐室，一股股蒸汽從閥門冒出來。她借助伯爵的手帕，輕手輕腳打開爐上的一個小鑄鐵門，看見日夜燃燒的火燄，這裡也是整個飯店最適合銷毀祕密訊息與不當情書的地方。

「你收過不當的情書嗎，伯爵？」

「當然有。」

接下來是配電間。妮娜警告伯爵什麼都不准碰。其實這警告一點都不必要，因為到處都是金屬的嗡嗡聲和硫磺味，就算是最不顧後果的探險家，來到這裡也必定會小心翼翼。在牆面纏繞的電線後面，妮娜指點他看見了一根操縱桿。只要一拉這根桿子，宴會廳就會陷入黑暗。而小偷正好可以藉此掩護，偷走珠寶。

先是左轉，接著又右轉兩次，他們來到一個塞滿東西的小房間。這裡簡直是展示各式奇珍異寶的陳列櫃。這裡收藏的，是飯店客人遺留下來的東西，譬如雨傘，旅遊指南，雖沒讀完卻不想增加行李重量而留下的厚重小說。而堆在牆角，看起來不太陳舊的，是兩條東方小地毯，一盞立燈，和一個椴木小書櫃，是伯爵當時留在套房沒帶走的。

在地下室的盡頭，伯爵和妮娜朝後梯走去時，經過一道鮮豔的藍門。

「這裡有什麼？」伯爵問。

妮娜有點困惑。她不常有這種表情的。

「我沒進去過。」

伯爵試試門把。

「啊，恐怕是上鎖了。」

但是妮娜又左右張望一番。

伯爵也跟著張望一番。

然後她抬起手，伸到頭髮底下，解開掛在脖子上的那條細鍊子。金鍊子底下垂著一個小墜子，也就是那天伯爵在廣場餐廳一眼就看見的。只不過，這不是護身符，也不是小紀念盒，而是飯店的萬用鑰匙！

妮娜取下掛在鍊子上的鑰匙，交給伯爵，也把開門的榮幸讓給他。伯爵把鑰匙伸進鎖蓋上頭顱形狀的鎖孔裡，輕輕一轉，聽見鎖栓發出令人滿意的喀噠一聲。他打開門，眼前的寶藏讓妮娜倒抽一口氣。

這是如假包換的寶藏。

從天花板到地板，是一個個靠著牆面的架子，擺滿飯店的各式銀器，閃閃發亮，彷彿每天早上都擦拭一番。

「這是做什麼用的？」妮娜不可置信地問。

「是宴會用的。」伯爵回答說。

印有飯店標誌的法國賽弗爾瓷盤一個疊一個堆得高高的，旁邊是足足有兩呎高的俄式茶壺，和宛如諸神酒杯的帶蓋湯碗。除了咖啡壺和調味醬罐之外，還有各式各樣的餐具，每一種器皿都設計得非常用心，都是專門為某種特定的功能而打造。妮娜從中挑起一個像精巧小鑷子的器皿，上面有個柱塞，還有象牙握柄，只要往下一壓，相對的兩個刀刃就打開闔上。妮娜一臉疑惑地看著伯爵。

「這是切蘆筍器。」他解釋說。

「宴會真的用得到切蘆筍器？」

「管弦樂團真的需要巴松管嗎？」

妮娜把切蘆筍器輕輕放回架上，而伯爵心想，自己曾經用過這個器具多少次？而這裡的杯盤碟碗又曾經為他提供過多少次服務？聖彼得堡的兩百週年慶是在大都會飯店宴會廳舉行的，普希金百年誕辰紀念會和雙陸棋俱樂部年度晚宴也都是。在緊鄰博雅斯基餐廳的兩間私人包廂——黃廳和紅廳——舉行過更多場私人聚會。在全盛時期，上流人士總是在這些隱密的處所坦率說出內心話。倘若有人躲在餐桌底下偷聽一個月，那麼有誰會破產、有誰要結婚、未來一年要和誰打仗，他肯定都瞭若指掌。

伯爵的目光在架子上梭巡，搖搖頭，表示不解。

「布爾什維克黨一定已經發現這個寶藏了，但為什麼沒運走呢？」

妮娜以孩子慣有的清晰判斷說：

「也許在這裡還會用得到啊。」

也對，伯爵想。是這樣沒錯。

儘管布爾什維克代表無產階級，在對抗特權階級的戰爭裡取得決定性的勝利，但他們終究很快就要舉行宴會了吧。也許不像羅曼諾夫王朝統治下那麼頻繁（不會有什麼秋季舞會或即位六十週年大慶之類的），但總是會有事情要慶祝，譬如《資本論》問世一百週年，或是列寧留鬍子二十五週年等等。賓客名單擬了又刪，請柬印好發送，然後，新的達官貴人圍坐在餐桌旁，對著侍者點頭（免得打斷站著的那人滔滔不絕的演說），表示自己想再來幾根蘆筍。

因為奢華是頑強不屈的力量，同時也是詭計多端的力量。

君王被拉下寶座，丟到街上時，奢華會謙遜地低下頭。但是靜待時間過去，它會替新獲任命的領袖穿上華麗的外衣，讚美他的外表，建議他戴上一兩個勳章。或者，奢華會伺候他吃正式的晚宴，高聲質問，對擔負這麼重大職務的人來說，不是應該有張更高的椅子才合適嗎？普通百姓所組成的軍隊或許已經用勝利的烈燄把舊政權的旗幟燒得一乾二淨了，但號角馬上又將響起，奢華再度回到寶座之側，再一次掌握歷史與君王。

妮娜的手指摸著各種餐具器皿，不住欽佩讚嘆。這時，她突然停了下來。

「那是什麼？」

架上的燭臺後面，有個銀製的女人雕像，差不多只有三吋高，身穿大蓬裙，梳著像法國皇后瑪麗・安東尼般高聳的髮型。

「這是召喚鈴。」伯爵說。

「召喚鈴？」

「擺在餐桌上，女主人的旁邊。」

伯爵抓著這個銀雕女人梳得高高的頭髮，把召喚鈴拿起來，前後晃動一下，她裙子底下傳來悅耳的叮噹聲（是高音C）。這個聲音宣告著一千道菜的晚宴已結束，五萬個碟子可以撤掉了。

接下來幾天，妮娜帶著她的這名學生走過一個又一個房間，很有條理地展開教學課程。一開始，伯爵以為課程只局限於飯店底層，也就是用於維修和提供各種服務的地方。但是參觀過地下室、郵務室、配電間和一樓所有的小隔間之後，有天下午，他們爬上樓梯，開始探索客房。

不可諱言的，闖進別人居住的私人空間，確實有點不合儀節，但是妮娜進到這些房間，並不是為了偷竊，也不是為了偷窺。而是為了房間裡的景觀。

大都會飯店的每一個房間都有全然不同的窗景，不僅是因為方位與角度不同的關係，也因為季節的嬗遞與晨昏的變化。因此，如果有人想在十一月七日欣賞紅場上的閱兵儀式，那最好待在三二二號房。但是如果有人想對著過往行人丟雪球，那最好的位置就是窗臺很大的四〇五號房。就連窗子只能看見飯店後方小巷的二四四號房，也有可觀之處：因為你可以從窗子探頭出去，如果探得夠遠，就能看見群聚在廚房門口的水果販子，偶爾還能接到一顆從樓下往上拋的蘋果。

但如果你想要在夏日夜裡看見進入波修瓦劇院的觀眾，最佳的位置，毫無疑問，就是三一七號房西北角的窗戶。於是……

七月十二日晚間七點鐘，伯爵穿過大廳，瞥見妮娜，妮娜對他招手。兩分鐘之後，他和妮娜一起爬上樓梯，跟在她後面經過三一三號房，三一四號房，三一五號房，走到他以前住的這間套房門口。妮娜開鎖，溜進房裡，伯爵只能乖乖跟著進去，但心裡有著非常不祥的預感。

伯爵目光一掃，立時對房裡一景一物感到無比熟悉。鋪著紅色軟墊的長沙發和單人座椅還在，從埃鐸豪爾帶來的落地老爺鐘和大瓷甕也都還在。法式茶几（用來取代他祖母的那張茶几）上有份折起來的《真理報》，一套純銀茶具，以及一杯沒喝完的咖啡。

「快點。」妮娜又說，踮起腳尖穿過房間到西北角。

位在劇院廣場另一端的波修瓦劇院，從柱廊到山形牆都燈火輝煌。布爾什維克黨人一如既往，穿著打扮活像《波希米亞人》裡的角色，在大柱子之間走動交談，享受溫暖的夜風。大廳的燈突然閃了閃。男士們紛紛踩熄香菸，挽起女伴。就在最後一位觀眾踏進大門時，一輛計程車停到路邊，車門敞開，穿著紅衣的女子拉起裙襬，衝上臺階。

妮娜身體往前傾，掌心貼在玻璃上，瞇起眼睛。

「真希望在那裡的是我，在這裡的是她。」她嘆氣說。

是啊，伯爵想，任誰都會有這樣的感慨。

☆

那天深夜，伯爵躺在自己的床上，回想造訪舊房間的情景。

讓他念念不忘的不是那座祖傳大鐘還在門邊滴答走，也不是房間裡富麗堂皇的裝潢，甚至不是西北角那扇窗戶的大好景觀。讓他難以釋懷的，是擺在茶几上報紙旁邊的那套茶具。

這小小的場景無意間反射了伯爵這些天來的沉重心事。光是瞥上一眼，伯爵就完全瞭解這場景所代表的意義。這房間目前的房客白天因事外出，大約四點鐘回來，脫下外套，掛在椅背上，叫人送上來一壺茶和一份晚報。然後他舒舒服服坐在沙發上，好好享受一段優雅時光，等時間差不多了，才更衣去吃晚飯。換句話說，伯爵在三一七號房看見的不只是一份下午茶，而是一位來去自如的紳士日常生活的縮影。

想到這裡，伯爵看看自己如今的住處，這分配給他的一百平方呎空間，此刻顯得格外窄仄。床挨著茶几，茶几挨著高背椅，而每次要打開櫃子，就得先把高背椅挪開。簡單來說，這裡沒有足夠的空間可以用來享受優雅的時光。

就在他以孤絕至極的目光打量自己處境時，一個聲音突然在腦海裡響起，那是他自己的聲音，但又不太像，提醒他說大都會飯店裡房間後面有房間，門後面有門……

伯爵從床上跳起來，繞過祖母的茶几，拉開高背椅，站在小得像電話亭的衣櫃前面。衣櫃和牆面接合的地方是一長條漂亮的裝飾條板，伯爵向來覺得這道飾條有點太過華麗，但如果衣櫃所在的位置原本是一扇門呢？伯爵打開櫃門，撥開衣服，仔細輕敲裡側的牆板。從聲音聽起來，牆板很薄。他用三根手指用力一推，就感覺到牆板變形了。他把衣櫃裡所有的外套全拿出來，丟在床上。接著抓住門框，抬腿用後腳跟狠狠踢衣櫃裡側的牆板，聽見撕裂的聲音，他暗暗開心，再次往後退，又踢一腳，再一腳，踢到板子裂開。然後他扯下碎裂的木板，穿過洞口。

他置身於漆黑的狹小空間，有乾燥杉木的味道，想必是隔壁房間的衣櫃。他深吸一口氣，轉動門把，打開門，進到一個和他的房間左右對稱的房間裡，只是這裡堆放了五張沒用的床架。床架原本全靠牆站立，但其中兩個不知何時倒了了下來，卡住通往門外走道的房門。伯爵拉開床架，打開門，把所有的東西全拖到房間外面，開始重新布置。

首先，他把兩張高背椅和祖母的茶几重新團聚。然後他衝下塔樓樓梯到地下室，分三趟從珍寶庫裡把他的東方地毯、立燈和小書櫃搬回樓上。接著，他又兩步併一步地跑下樓，再到珍寶庫，從房客丟下的書裡挑了十本厚重的小說。等新書房布置完成，他又穿過走廊，到屋頂維修工的休息室，借來他們的榔頭和五根釘子。

伯爵上次用榔頭還是孩提時代，初春時節，在埃鐸豪爾幫宅邸的年長工人提克宏修園籬。榔頭往下一敲，正中釘子頭，釘子穿透木板，扎進木樁裡，那清脆的撞擊聲在清晨的風中迴盪，感覺真好。只不過，他的榔頭第一次敲中的不是釘子，而是他的拇指（怕諸位不記得，提醒一下，榔頭敲中指背有多痛啊。肯定痛得讓你跳起來，嘴裡呼天搶地，求上帝行行好，但一點用都沒有。）

還好，膽大就能招來好運。他的第二捶，擦過釘子，到第三下，就打著釘子了。釘第二根釘子的時候，伯爵已經可以掌握節奏了，釘子就位，榔頭一揮，穩穩釘入。這古老的節奏在四對舞、六步格詩律或佛倫斯基[8]的馬鞍袋裡可都找不到呢。

不到半個鐘頭，這四根釘子就穿透門的邊緣，釘進門框裡。從此以後，想進入伯爵的這個新房間，別無他法，只能撥開他掛在衣櫃裡的外套才行。他把第五根釘子釘到書櫃上方的牆面，好掛上妹妹的畫像。

大功告成。伯爵坐在一張高背椅上，意外的有種幸福感。伯爵的臥房和這間改裝的書房大小相仿，但對他的心情卻產生了全然不同的影響。在某種程度上來說，這差別是來自於兩個房間的擺設。隔壁的那個房間有床、抽屜櫃和書桌，是屬於實用層面的；而這間書房有書，有名為「大使」的皮箱，還有艾蓮娜的畫像，是比較屬於精神層面的。但是這麼相似的兩個房間，之所以有這麼大的差異，更大的原因是各自的緣起。在他人權威宰制下存在的房間，感覺上一定比實際的空間更小。而祕密存在的房間，無論大小，必定可以隨著想像力而無限擴展。

伯爵站起來，在地下室搬來的那十本書裡，挑了一本最厚的。沒錯，這是一本他早就讀過的書了。但有什麼關係呢？難道可以因為他以前讀過這本小說兩三遍，就給他套上懷舊的罪名嗎？伯爵又坐下來，一腳擱在茶几上，椅子往後仰到只靠兩只後腳保持平衡，然後翻開第一頁，讀著第一個句子：

「幸福的家庭都是相似的，不幸的家庭則各有其不幸。」

「精彩極了！」伯爵說。

8 Vronsky，小說《安娜・卡列妮娜》裡與安娜熱戀的軍官。伯爵最後看的就是這本書。

大會

「欸，走嘛。」

「我不去了。」

「別這麼老古板嘛。」

「我才不是老古板。」

「你這麼肯定？」

「誰也不能完全肯定自己不是老古板，這個名詞的定義本來就不清楚。」

「沒錯。」

就這樣，妮娜又說動了伯爵參加她最喜歡的活動：躲在大宴會廳樓上的看臺偷看。伯爵不願意陪妮娜去做這件事，有兩個原因。第一，宴會廳的看臺非常窄，而且滿是灰塵，為了不被人看見，他得要彎腰駝背躲在欄杆後面，對身高超過六呎的大男人來說，絕對是非常不舒服的姿勢。（上次伯爵陪妮娜到看臺來，不只褲子裂了條縫，脖子也痛了三天。）第二個原因是，這天下午的集會幾乎可以肯定又是一場大會。

這個夏天以來，飯店裡越來越常舉行大會。雖然不一定是什麼時間，但常有一小群人橫衝直撞穿過大廳，一路比手畫腳，不停互相打岔，急著想表達自己的看法。在大宴會廳裡，他們和弟兄們肩併肩，人手一菸吞雲吐霧。

在伯爵看來，布爾什維克黨人似乎隨時隨地可以用各種想得出來的理由召開大會。單單一個星期裡，就可能召開委員會、幹部會議、討論會、代表大會和會員大會，開會的內容從制定規章、擬訂行動綱領到處理陳情，不一而足。但整體說來，他們開會爭吵的，不外是世界上最古老的問題，只不過換上一個最新的名詞罷了。

伯爵不想來看這些大會，並不是因為討厭出席者的意識型態傾向。即使辯論的是西塞羅和喀提林[9]，甚至是哈姆雷特和他自己，伯爵也絕對不願意蹲在欄杆後面偷看。不，這不是意識型態的問題。簡單來說，伯爵只是覺得和政治有關的討論都太無趣了。

但是，這不就是所謂的老古板嗎……

當然，伯爵還是跟著妮娜爬上樓梯到二樓。他們繞過博雅斯基餐廳的入口，確定附近沒有人，才用妮娜的鑰匙打開一扇沒有任何標示的門，進入看臺。

在他們下方，有一百個人已經就座，另外有一百個擠在座位之間的走道上。舞臺上擺了一張長木桌，桌後坐了三個讓人望而生畏的人。也就是說，這大會差不多要開始開會了。

今天是八月二日，而且稍早之前已經開過兩場會了，所以現在宴會廳裡的溫度高達攝氏32°。妮娜手腳著地爬到欄杆後面。伯爵也和她一樣趴下來，褲子的後面縫線瞬間裂開了。

「可惡！」他低聲用法語說。

「噓。」妮娜說。

伯爵第一次和妮娜到看臺來的時候，簡直不敢置信，因為宴會廳變化如此之大。不到十年前，莫斯科的社會名流還都穿著華美衣飾，在巨大的水晶吊燈下跳馬祖卡舞，或是舉杯敬祝沙皇政躬康泰。但在看過幾場大會之後，伯爵得到更為驚人的結論：儘管已歷經革命，但這間宴會廳可說幾乎沒有任何改變。

9 西塞羅（Cicero，106-43 BC）和喀提林（Catiline，108-62 BC）為羅馬共和國政治家，西塞羅發現喀提林意圖推翻共和國的野心，加以揭發，兩人在元老院發表了慷慨激昂的演說。

例如，就在這時，兩名年輕人穿門而入，一副躍躍欲試的模樣。但他們沒先和任何人打招呼或講話，逕自穿過大廳，去向坐在牆邊的一名老人致敬。這位老人大概是參加過一九〇五年的革命，或是在一八八〇年寫過傳單，再不然就是一八五二年和卡爾．馬克思吃過飯吧。不管擁有如此顯赫地位的原因為何，這位老革命家都坦然接受這兩名年輕布爾什維克份子的敬意，坐在椅子上沒動，只頗為自信地點了點頭。當年安娜波娃公主在她每年舉行的復活節舞會上，就是坐在他現在所坐的這把椅子上，接受王子們行禮如儀的致意。

還有那個長相頗迷人的傢伙，以泰特拉柯大王子的派頭在宴會廳裡走來走去，握這人的手，拍那人的背。他有條不紊地繞會場一圈，讓每個角落的人都對他留下深刻印象，在這裡講幾句有分量的話，在那裡說幾句俏皮話，然後請恕他失陪「一會兒」。只是他一走出廳門，就沒再回來。因為他已經成功地讓宴會廳裡的每個人都注意到他出席了，現在他要趕赴另一場完全不同的會議，在阿爾巴特區一間溫馨小屋子裡舉行的會議。

今晚的會議行將結束之際，必定會有個年輕的少壯派闖進來，據說他是列寧的親信，就像當年沙皇身邊的拉德揚科上尉一樣。這個年輕人完全不理會什麼禮儀，只忙著表現自己是個重要得必須參加每一場會議、但又忙得每一場會議都待不了多久的大紅人。

當然，如今在宴會廳裡，穿帆布粗衣的人比穿喀什米爾羊毛的人多，而且大多都一身灰暗，而不是穿金戴銀。但是，衣袖手肘的補丁和肩膀上的肩章真的有那麼大的區別嗎？頭戴普通工人帽，不就像以前戴雙角軍帽或高筒禮帽一樣，是用來代表自己的身分特別嗎？就拿站在臺上手握議事槌的那個官員來說吧，他絕對負擔得起訂製西裝和燙得筆挺的長褲。但他就是要穿得一身襤褸，讓參與大會的會員認為他也是個徹頭徹尾的勞工階級！

彷彿聽見伯爵腦袋裡的想法似的，臺上的這位祕書長突然用議事槌敲了敲桌面，宣布全俄鐵路勞工工會莫斯科分會第一次代表大會第二次會議正式開始。廳門關起來，會員就座，妮娜屏住呼吸，大會就此開始。

在剛開始的十五分鐘裡，提出了六案管理事項，一一迅速解決，讓人不禁以為這場會議在你腰背酸痛之前就會結束。但接下來的問題顯然比較有爭議。這是提議修改工會章程的提案。要修改的是第二章的第七條，祕書長唸出全條條文。

老實說，這真是個讓人聽了就覺得可怕的句子，對逗點不離不棄，卻對句點不理不睬。這條條文的目的顯然是要毫不遲疑地把工會所有的優點全述說一遍，包括但不限於：堅定可靠的肩膀，不屈不撓的步伐，夏日裡敲榔頭，冬日裡鏟煤炭，以及火車汽笛在夜裡帶來的希望。只是，這個感人的句子氣勢蓄積到頂點之後，卻在結尾下了一個結論，說是透過不懈的努力，俄羅斯鐵路勞工「為各省之間的交通貿易提供便利」。

在竭力鋪陳之後，卻來個反高潮，伯爵不禁想。

但是反對者並不是因為這文字的缺乏張力而提出抗議，而是對「提供便利」這幾個字有意見。他們認為這幾個字太輕描淡寫，不足以彰顯廳裡所有勞工辛勤付出的寶貴價值。

「我們又不是替哪個夫人小姐套上她的外套！」後排有人嚷著。

「也不是替她塗指甲油！」

「對！說得好！」

嗯，這樣說也沒錯。

但要用什麼樣的詞彙才能表達工會的付出呢？什麼樣的詞彙才能充分彰顯揮汗如雨的工程師真正的工作價值呢？還有那時刻警惕的煞車員和身強力壯鋪設鐵軌的工人呢？

臺下紛紛提出許多建議。

促進。

推動。

造就。

每個詞彙的優點與局限都經過熱烈討論。整體來說，所謂的討論包括了三個部分，也就是修辭問題、情緒煽動和後排的叫囂，再加上主席不停敲著議事槌的聲音。此時看臺周圍的溫度已升高到攝氏36°。

這時，就在伯爵感覺到有暴動隱隱逼近時，坐在第十排一個看起來有點害羞的小夥子提出建議，「提供便利」也許可以改成「促成並確保」。這小夥子解釋說（他臉已經紅得像覆盆子了），這兩個詞彙不只可以涵蓋鐵軌鋪設與引擎維修的工作，也包括了鐵路運作的後續養護。

「對，就是這個了！」

「鋪設、維修、養護。」

「促成並確保。」

場內各角落響起熱烈掌聲，這小夥子的提議看來宛如一列馳騁在西伯利亞大草原上的工會火車，眼看著就要迅速獲得通過，抵達終點。然而，就在即將抵站之前，坐在第二排的一個瘦巴巴的傢伙站起來。這人骨瘦如柴，讓人不禁懷疑，他一開始怎麼能在工會謀得一席之地。等廳裡的人都注意到他之後，這位可能是後勤職員、會計或全俄羅斯最出色的文書工作員，用和「提供便利」這幾個字一樣乏味呆板的語氣說：「詩的文字必須簡潔，可以用一個詞彙表達的，絕對不用成雙的兩個字彙。」

「什麼意思？」

「他在說什麼？」

有好幾個人站起來，想扯住他的衣領，拖出宴會廳。但還來不及碰到他，第五排一個魁梧的傢伙就坐在位子上出聲了。

「你說詩的文字必須簡潔，照你的說法，這世界上只要有單一性別就夠了，何必有雌性來配上雄性呢？」

掌聲如雷！

眾人熱烈的鼓掌與頓足聲，通過了以「促成並確保」取代「提供便利」的決議。身在看臺上的伯爵默默承認，政治討論也不見得都乏味無趣。

大會結束時，伯爵和妮娜爬出看臺，回到走廊。伯爵很開心，因為會場內致敬的人、寒暄拍背的人、擺架子遲到的人，都讓他覺得和過去沒什麼不同。他也想出許多可以取代「促成與確保」的有趣詞彙，從「奔忙與載運」到「衝撞與疾馳」不一而足。妮娜當然又要問他對今天的辯論有什麼看法，伯爵本想回答說很有莎士比亞戲劇的風格。他指的是莎士比亞喜劇《無事生非》裡道格伯利[10]的行事作風。沒錯，就是無事生非。伯爵原本是打算這樣講的。

但運氣不錯，他沒機會講。因為妮娜問他對大會有什麼感想，卻不等他回答，就忙著表達自己的意見了。

「真的很精彩，對吧？好有趣喔。你搭過火車嗎？」

「我最喜歡搭火車旅行了。」伯爵說。這個問題有點讓他吃驚。

妮娜拚命點頭。

「我也是。你搭火車的時候，會不會欣賞窗外不停變換的風景，聽著其他旅客的交談，在輪子的哐噹哐噹聲裡睡著？」

「這些我都有。」

「沒錯！但是你是不是曾經，就算只是一下下，想過煤炭是怎麼餵進火車頭引擎裡的？你有沒有想過，火車一開始是怎麼開進森林或爬上山坡的？」

10 Dogberry，莎劇《無事生非》（*Much Ado About Nothing*）裡多嘴的巡警。

伯爵沉吟。他思索，想像，最後承認。

「從來沒有。」

她會意地看他一眼。

「很令人驚奇吧？」

從這個角度來看，誰能否認呢？

☆

幾分鐘之後，伯爵用報紙遮著長褲臀部，去敲羞怯可愛的瑪莉娜工作室房門。

伯爵記得，不算太久之前，這個房間裡還有三名縫紉師，每個人面前一部美國製的縫紉機。宛如三位命運女神，一起紡紗，量生命長度，然後剪斷。這三名縫紉師就像她們的前輩一樣，把長袍改窄、裙襬改短、褲腰放大。革命之後，她們三人遭遣散，沉默無聲的縫紉機想必已成為人民的財產。而縫紉室呢？就像芳婷瑪的花店一樣閒置了。因為這些年來，大家不再需要改窄長袍或改短裙子，就像不再需要丟花給芭蕾伶娜或配戴胸花一樣。

一九二一年，因為有越來越多磨損的床單、破舊的窗簾和撕裂的餐巾，而且沒有人打算更新，飯店就拔擢瑪莉娜為縫紉師，讓必須縫補的織品可以在飯店內修補完成。

「啊，瑪莉娜，」她帶著針線來開門，伯爵對她說，「還好你在縫紉室。」

瑪莉娜看著伯爵，一臉狐疑。

「不然我還能去哪裡？」

「也是。」伯爵說，露出最親切的微笑，九十度轉身，微微掀起報紙，客客氣氣地請她幫忙。

「我上個星期不是才幫你補好一條褲子？」

「我又和妮娜去偷看了。」他解釋說，「在大宴會廳的看臺上。」

縫紉師看著伯爵，眼神半是驚訝，半是不可置信。

「要是你打算和個九歲女孩到處爬來爬去，幹嘛非穿這種長褲不可？」

縫紉師的語氣嚇了伯爵一跳。

「我今天早上換衣服的時候，並沒有打算和她到處爬來爬去。話說回來，你要知道，我的這些褲子都是在倫敦薩維爾路訂製的。」

「我知道啊。這是量身訂做的，讓你可以穿來坐在客廳，或在起居室裡畫畫。」

「我從來沒在起居室裡畫畫。」

「這樣倒好，否則你肯定會把墨水灑得到處都是。」

今天的瑪莉娜似乎不那麼害羞，也沒那麼開心可愛，伯爵對她深深一鞠躬，彷彿就要離去。

「好，夠了。」她說，「到屏風後面去吧，把褲子脫下來。」

伯爵沒再多說一句，就走到更衣屏風後面，脫到只剩內褲，把長褲遞給瑪莉娜。在靜默中，他可以想見她拉過凳子，舔舔線頭，小心穿過針孔的動作。

「嗯，」她說，「你也許可以說說你們在看臺上幹嘛。」

於是，瑪莉娜替伯爵縫褲子的時候——想想，這和鋪鐵軌很像，只不過是縮小版罷了——他述說大會召開的情形，以及他的種種印象。他幾乎有點感傷地提到，他看見的是社會集會的難以駕馭與人類的過度看重自己，而妮娜卻為大會的活力與使命感而著迷不已。

「這樣有什麼不對？」

「沒什麼不對，我想。」伯爵承認，「只是幾個星期之前，她才邀我喝茶，問我公主的生活規矩……」

瑪莉娜把伯爵的長褲遞到屏風後面，搖搖頭，彷彿準備把事實的真相告訴某個天真的人。

「小女孩很快就會脫離幻想當公主的階段。」她說，「事實上，她們對公主失去興趣的時候，小男生都還長不大，到處爬來爬去呢。」

伯爵對瑪莉娜道謝，揮手，穿著完好如初的長褲離開縫紉室，一出門就撞上站在門邊的飯店服務生。

「不好意思，羅斯托夫伯爵！」

「沒關係，派特亞，不要道歉。是我的錯，我很確定。」

這可憐的小夥子吃驚地瞪大眼睛，甚至沒注意到自己的帽子掉了。伯爵從地板上撿起帽子，幫他戴回頭上，祝他工作順利，就轉身準備離開。

「但我的工作和您有關。」

「和我有關？」

「是赫雷基先生。他有事要和您說。在他的辦公室。」

難怪這小夥子要瞪大眼睛。赫雷基先生不只沒找過伯爵，伯爵住在大都會飯店的這四年來，見到赫雷基先生的次數恐怕五根手指頭都數得出來。

約瑟夫．赫雷基是很罕見懂得授權祕訣的高階行政主管。也就是說，他知道該如何把飯店的各種工作交付給能幹的手下管理，讓自己可以不必出面。赫雷基先生向來在早上八點半抵達飯店，直接進自己的辦公室，行色匆匆，彷彿開會已經遲到似的。一路上，碰見和他打招呼的人，他也會草草點頭致意。他走過祕書桌前的時候（腳步還是沒停下來），告訴祕書說不要讓人打擾他。然後就關上門，不見人影了。

他進了辦公室之後做什麼呢？

很難說，因為沒幾個人親眼見過。（儘管據偶然瞥見一眼的人說，他桌上一份文件都沒有，電話很少響，牆邊一張躺椅，上面的墊子有深深的凹痕……）

總經理的手下別無選擇，只能來敲他門的時候，例如廚房起火，或帳單有爭議之類的，總經理打開辦公室門時，臉上的神情總是疲憊、失望，來打擾的人會因此自覺道德有愧，甚至對總經理產生了同情，向他保證，他們會自己把事情搞定，接著道歉退出門外。結果，大都會飯店運作圓滿無礙，就像歐洲的其他飯店一樣。

不消說，總經理突然要見他，伯爵當然覺得既不安又好奇。派特亞沒再囉嗦，帶著伯爵穿過走廊，經過位在飯店深處的行政辦公區，終於來到總經理辦公室門口。一如預期，門是關著的。伯爵以為派特亞會正式為他引見，所以離辦公室還有幾呎的距離就停下腳步。但這位服務生怯怯地指指門，就一溜煙不見了。伯爵別無選擇，只能自己敲門。辦公室裡響起一陣窸窣聲，接著安靜了一會兒，有個莫可奈何的聲音喊著進來。

伯爵打開門，看見赫雷基先生坐在辦公桌後面，手裡緊握著鋼筆，但桌上看不見半張紙。儘管伯爵不是驟下結論的人，但他確實發現總經理的頭髮塌了一邊，鼻梁上的老花眼鏡也歪了。

「您要見我？」

「啊，羅斯托夫伯爵。請進。」

辦公桌前有兩張空椅子，伯爵朝其中一張走去。這時他注意到酒紅色躺椅上方掛了一系列漂亮的手工染色鐫刻版畫，描繪的是英國風格的狩獵場景。

「畫得很好。」伯爵坐下時說。

「什麼？噢，這些畫。是很好。沒錯。」

總經理一面說，一面拿下眼鏡，揉揉眼睛，然後搖搖頭，嘆口氣。見他這樣，伯爵心中不禁湧出一股同情。「我有什麼可以效勞的嗎？」伯爵往前坐，問他。

總經理老練地點點頭，這句話他想必已經聽過上千次了吧。他雙手擱在辦公桌上。

「羅斯托夫伯爵，」他說，「您已經是本飯店多年的貴客了。事實上，我知道您首度光臨本飯店，是在我還沒到任之前……」

「沒錯，」伯爵報以微笑確認，「是在一九一三年八月。」

「確實是。」

「我記得當時住的是二一五號房。」

「啊，舒適可喜的客房。」

兩人陷入沉默。

「我聽說，」總經理略有點猶豫地繼續說，「飯店員工和您交談的時候，仍然使用……尊稱。」

「尊稱？」

「是的。更確切來說，他們現在還稱您為**伯爵大人**……」

伯爵細細思索了總經理的這句話。

「嗯，是沒錯，您有些員工是這樣叫我的。」

總經理點點頭，露出稍微有些哀傷的微笑。

「我相信您會瞭解，這讓我陷入了困境。」

事實上，伯爵並不瞭解，這讓總經理陷入了什麼困境。但伯爵依舊很同情他，決定不讓他陷入任何困境，所以專心傾聽赫雷基先生接下來說的話：

「如果我能作主，這件事就一點問題都沒有。但是因為……」

話說到這裡，總經理原本可以明明白白指出箇中原因，但他卻沒有，只含含糊糊地擺擺手，留下沒說完的一句話。接著，他清清嗓子。

「所以我別無選擇，只能要求我的員工在和您交談時，不再使用這樣的尊稱。畢竟，我們都應該承認時代變了，這點無庸置疑、無可反駁。」

做了這個結論之後，總經理滿懷希望地看著伯爵，彷彿期待伯爵能長痛不如短痛，馬上讓他放下心來。

「時代確實改變了，赫雷基先生。身為紳士，也應該隨著時代改變。」

總經理極為感激地看著伯爵。竟然有人可以這麼精確理解他所說的話，不需要更進一步的解釋。

有人敲門，探頭進來的是飯店櫃檯領班亞卡迪。一看見他，總經理的肩膀就垮下來。他指著伯爵。

「你沒看見嗎，亞卡迪，我正在和我們的客人談話。」

「對不起，赫雷基先生，羅斯托夫伯爵。」

亞卡迪對他們兩人鞠躬，但沒離開。

「好吧，」總經理說，「什麼事？」

亞卡迪微微撇頭，表示他們應該私下談。

「太好了。」

總經理雙手撐住辦公桌，站了起來，繞過桌子，走到門外的走廊，關上辦公室門。如此一來，辦公室裡就只剩下伯爵一個人了。

伯爵大人，伯爵彷彿思考哲學問題，**主教大人**，**教宗陛下**，**殿下**。以前，這些尊銜的使用是判斷一個國家文不文明的標準，但如今卻……

想到這裡，伯爵不禁也擺擺手。

「嗯，也許這樣最好。」他說。

他站起來，走到鐫刻版畫前。近看才發現，這三幅描繪的是獵狐的三個場景，包括：「追蹤氣味」、「發現獵物」和「追捕」。第二幅畫裡，有個穿黑色厚馬靴和鮮紅外套的年輕男子在吹一把銅號。銅號的吹嘴到號身足足有三百六十度的大弧彎。毫無疑問，這把精心打造的銅號代表了極致的美與傳統，但在現代社會還有用處嗎？說到底，我們真的需要這樣一群衣冠楚楚的男子，騎著純種馬，帶著訓練有素的狗來把狐狸追得無處可逃嗎？伯爵給了否定的答案，這點無庸置疑，無可反駁。

因為時代確實改變了。時代的改變永不停歇，無可避免，推陳出新。時代的改變帶來思想的變革，不只讓尊稱和獵號變得過時，也讓銀製召喚鈴、珍珠母貝歌劇望遠鏡，和所有精心打造的器具失去作用。

精心打造的器具失去作用，伯爵想，我很想知道……

伯爵迅速穿過辦公室，一只耳朵貼在門上，聽見總經理、亞卡迪和另一個人在門外講話的聲音。儘管聲音很小，但聽來他們要達成結論恐怕還得花上不少功夫。伯爵快步回到掛版畫的那面牆壁，從「追捕」那幅畫往外算兩塊鑲板，他把手貼在鑲板正中央，用力一推。鑲板微微凹陷，發出喀啦一聲，伯爵縮回手指，看見鑲板彈開，露出隱藏在後的櫃子。這櫃子就像大公所描述的，有個鑲黃銅的雕花盒子。伯爵伸手，輕輕掀開盒蓋。那東西就在裡面，如此精緻完美，靜靜躺在盒子裡。

「不可思議，」他說：「太不可思議了！」

考古

「抽一張牌。」伯爵對三名芭蕾舞者中最嬌小的那個說。

伯爵又恢復晚餐前喝開胃酒的習慣。這天晚上，他到夏里亞賓酒吧，看見她們三個站成一排，纖細的手指搭在吧檯，彷彿就要開始練習屈膝下蹲的基礎動作。吧檯雖然還有另一個人，但他兀自低頭喝酒，放著這三位小姐不理。所以在伯爵看來，唯一恰當的作法，就是過去陪她們說說話。

他一眼就看出她們才剛到莫斯科不久，應該是葛斯基[11]每年九月從偏遠省份挑選來加入芭蕾舞團的新人。身軀嬌小、四肢修長，正是這位總監最愛的古典體態，但她們都還欠缺老練芭蕾舞星那種冷漠高傲的氣質。在沒有人陪同的情況下就跑到大都會飯店喝酒，更可以看得出她們的天真稚嫩。飯店鄰近波修瓦劇院，自然成為年輕芭蕾舞者排練之後溜出來喝一杯的首選。但正因為地點鄰近，所以葛斯基希望和手下的首席舞者討論藝術問題時，也很愛到這裡來。要是總監發現這幾個天真女孩在這裡喝麝香葡萄酒，肯定會馬上把她們發配到堪察加半島的彼特洛帕夫斯科去跳雙人舞。

或許應該提醒她們一下，伯爵想。

但是，意志自由是遠從希臘時代就已獲大眾認同的道德哲學原則了。而且伯爵的浪漫青春雖然已經結束，但基於純粹的假設性問題，就把這幾位可愛的小姐趕走，是心地再善良的紳士都做不到的。

因此，伯爵讚美這幾位小姐的美貌，問她們為什麼到莫斯科來，恭喜她們成就斐然，堅持她們的酒由他請客，和她們聊起她們的家鄉，最後還主動提議為她們露一手魔術。

11 Alexander Gorsky，1871-1924，俄國知名芭蕾舞星與編舞家，曾重編《天鵝湖》、《胡桃鉗》等知名舞劇，原任職聖彼德堡芭蕾舞團，後出任波修瓦劇院舞團總監。

永遠服務周到的奧德里斯，拿出一副印有大都會標誌的撲克牌。

「我已經好幾年沒玩過這個魔術了。」伯爵承認，「所以你們得要擔待。」

他開始洗牌，三個女孩專心看他。但就像古老神話裡的半神人物一樣，她們看他的角度各有不同：第一個是透過天真無邪的眼睛；第二個是透過浪漫的眼睛；第三個是透過懷疑的眼睛。伯爵請有雙天真無邪眼睛的那個女孩抽牌。

就在這名芭蕾舞者考慮要抽哪一張牌時，伯爵發現有人站在他後面，但這並不是什麼意外的事。在這樣的酒吧，變魔術總是會吸引來一兩個好奇的人旁觀。但他轉身準備對觀眾眨眨眼時，卻沒看見好奇的人，只看見永遠鎮定自若的亞卡迪。只是，亞卡迪這時一點也不鎮定。

「對不起，羅斯托夫伯爵，抱歉打擾您了。能否借一步說話？」

「當然沒問題，亞卡迪。」

櫃檯領班對芭蕾舞者微笑致歉，帶伯爵走開幾步，把今晚發生的事情一五一十告訴他。今晚六點半，有位先生敲了塔拉柯夫斯基書記的房門。尊貴的書記打開門時，那位先生責問他是誰，在這裡幹嘛！塔拉柯夫斯基同志嚇了一跳，解釋說他是這間套房目前的房客，他就住在這裡。那位先生不相信他的說法，堅持要進去。塔拉柯夫斯基同志拒絕，但這位先生推開他，硬闖進去，搜尋一個個房間，包括……呃，化妝間，當時塔拉柯夫斯基夫人正為了晚上的活動在裡面梳妝。

亞卡迪就在這時趕到現場。他是被電話緊急召來的。塔拉柯夫斯基同志非常激動，揮著手杖，說要「以大都會飯店老主顧和資深黨員的身分」，立刻叫總經理來。

闖進客房的這位先生雙手抱胸，坐在沙發上，說這樣正好，因為他自己也想把總經理叫來。要論黨員資歷，他說，他入黨的時候，塔拉柯夫斯基同志都還沒出生咧。這個說法令人難以置信，因為塔拉柯夫斯基同志已經八十二歲了……

伯爵津津有味聽著亞卡迪講的每一句話，而且由衷覺得這真是個好聽的故事。國際飯店就應該有這些多彩多姿的意外來增添傳奇色彩。身為飯店的客人，他很樂意一有機會就轉述這些故事。但他不明白的是，亞卡迪為什麼挑這個時間來告訴他這個故事。

「這個嘛，因為塔拉柯夫斯基同志住的是三一七號套房，而那位先生想找的人是您。」

「我？」

「恐怕是。」

「他的名字是？」

「他不肯說。」

……

「他現在人呢？」

亞卡迪指著大廳。

「他在棕櫚盆栽後面走來走去，地毯都快被他踩破了。」

伯爵從夏里亞賓探頭往大廳方向望去，亞卡迪也躲在他背後跟著探頭看。沒錯，那位先生就在大廳的那頭，在相距十步的兩棵盆景之間來回飛快踱步。

伯爵綻開微笑。

米哈伊爾．費奧多拉維奇．敏狄奇雖然胖了一些，但還是一臉參差不齊的鬍子，步伐焦躁不安，和他們二十二歲的時候一樣。

「您認識他？」領班問。

「他是我的好兄弟。」

一九〇七年秋天，伯爵和米哈伊爾．費奧多拉維奇在聖彼得堡的帝國大學初次見面時，兩人可以說是南轅北轍。伯爵在擁有十四名僕役、二十個房間的宅邸長大，而米哈伊爾和母親住在只有兩間房的公寓裡。伯爵以風趣才智與迷人魅力風靡首都的每一個沙龍時，米哈伊爾則沒沒無聞，寧可一個人靜靜看書，也不願每天晚上浪費時間交際應酬，講些無聊的話。

因此，這兩個人看似不可能成為好友。然而，命運之神向來就不按牌理出牌。米哈伊爾是個與人意見稍有不合就要大打出手的人，不管對方個子有多魁梧，或人數有多少。而亞歷山大．羅斯托夫伯爵恰好又是個喜歡行俠仗義的人，只要看見有人寡不敵眾，就要出手搭救，不管那人的理由有多麼站不住腳。於是，大一開學的第四天，這兩名學生就這樣挨了一頓揍，兩人從地上爬起來，拍掉膝蓋上的泥土，擦掉嘴唇上的血。

年少時不明所以的所謂壯舉，在當時或許覺得不值一提，而到成年之後，更絕少想起；然而，我們一輩子都擺脫不了這些行徑的宰制。因此，在因挨打而相識之後，伯爵不時目瞪口呆聽著米哈伊爾慷慨激昂陳述自己的偉大理想；而米哈伊爾也同樣不可置信地聽著伯爵談起大都市沙龍的種種。不到一年，他們就在斯列德尼街旁邊的鞋鋪樓上一起租房子住。

後來伯爵覺得，住在鞋鋪樓上還真是明智之舉，因為全俄羅斯再也沒有比米哈伊爾．敏狄奇更容易穿壞鞋子的人了。他在兩呎長的小房間裡，竟然動不動就可以踱步走上二十哩。在歌劇包廂裡，他可以走上三十哩，在教堂的懺悔室裡，則可以走上五十哩沒問題。簡而言之，踱步是米哈伊爾的生活常態。

若是伯爵給他倆弄了獲邀到普拉托諾夫家喝酒、到彼德羅夫斯基家晚宴，或到佩特洛西安公主家參加舞會的機會，米哈伊爾總是拒絕，而拒絕的理由也千篇一律，說是在書架後面找到某個叫弗拉明赫舍的人寫的書，他得要馬上從頭讀完，一刻都不能延挨。但是米哈伊爾一個人在屋裡，讀完五十頁弗拉明赫舍的內心獨白之後，就跳起來，開始踱步，從這個牆角到那個牆角來回走，充滿熱情地大聲講出他對作者的論點、文風、甚至標點符號的種種不同意見。等伯爵凌晨兩點回到住處，米哈伊爾書才讀了五十頁，鞋底磨損的程度卻比徒步去聖保羅大教堂的朝聖客還嚴重。

所以，闖進飯店套房，把大廳地毯踩到破，完全就是他這位老朋友向來的行事風格。但是米哈伊爾最近才剛接任他們聖彼得堡母校的新職，所以他會突然出現在莫斯科，又是用這樣的方式登場，確實讓伯爵很意外。

兩人擁抱之後，爬上五層樓，到伯爵所住的閣樓。因為已有心理準備，所以米哈伊爾對老友的新處境倒沒有表現出驚訝。但他停在三腳抽屜櫃前，還歪著頭看了看櫃子底部。

「《蒙田隨筆》？」

「是的。」伯爵說。

「我以為你不喜歡隨筆。」

「恰恰相反，我覺得非常好看。可是告訴我，朋友，你怎麼會到莫斯科來的？」

「名義上呢，阿亞，我是來協助策劃ＲＡＰＰ[12]六月的成立大會。但更主要的……」

米哈伊爾說著，手探進肩包裡，拿出一瓶葡萄酒，酒標上方的玻璃瓶身刻有兩把交叉的鑰匙[13]。

「希望我來得還不算太晚。」

伯爵接過葡萄酒，拇指摸著上面的紋章。他感動不已，搖搖頭，露出微笑。

「不，阿米，你來得正是時候。」他帶著好友從他的外套之間穿過去。

☆

伯爵從「大使」裡拿出兩只酒杯。他去洗酒杯時，米哈伊爾以同情的眼光看著朋友的這間書房。

12 Russian Association of Proletarian Writers，俄羅斯無產階級作家協會。

13 這是法國教皇新堡區的名貴葡萄酒標誌。

桌子，椅子，藝術品，每一樣他全都認得。而且他也知道，伯爵遠從埃鐸豪爾的廳堂把這些東西帶來，是為了紀念那段如天堂般的歲月。

大約是在一九〇八年吧，亞歷山大開始邀他每年七月到埃鐸豪爾住一個月。從聖彼得堡要轉好幾趟車，然後搭乘小火車，才能抵達鐵路支線上綠草蒼蒼的小站。羅斯托夫家的四駕馬車已在站外恭候。他們把行李擺在車頂，然後伯爵就把車夫趕到車廂裡，自己拿韁繩駕車，一路在鄉間奔馳，對沿途碰見的每一個農村姑娘招手，直到轉進兩旁栽滿蘋果樹，通往家族宅邸的那條路。

一進門，他倆在玄關脫下外套，行李由下人搬到東翼的大臥房。那幾間大臥房設備齊全，只要扯扯絲絨繩，僕人就會送來金黃色的啤酒，或沐浴用的熱水。但首先，他們要到客廳，伯爵夫人正在那裡款待住附近的貴族太太喝茶，她們用的那張有紅色東方寶塔的茶几，正是此刻米哈伊爾眼前這張。

總是一身黑衣的伯爵夫人，生性獨立，有年長者的威嚴，卻又非常有耐心，所以和桀驁不馴的年輕人也很合得來。孫子打斷客氣的對話，質疑教堂或統治階級的存在時，她不只可以忍受，甚至還覺得很有意思。而她的客人臉紅氣惱的時候，她會心照不宣地對米哈伊爾眨眨眼，彷彿他們正手拉著手，一起對抗粗魯無禮與過時落伍的態度。

向伯爵夫人致意之後，米哈伊爾和亞歷山大就走出露臺的門，去找艾蓮娜。有時候他們會在俯瞰花園的涼亭找到她，有時候是在河邊的榆樹下。不管她人在哪裡，只要一聽見他們走近，她就放下書，綻開微笑歡迎他們。牆上這幅肖像就如實地捕捉到她這個微笑。

和艾蓮娜在一起的時候，亞歷山大總是格外古怪，一躺在草地上，就說他們剛才在火車上碰見托爾斯泰，或說他經過深思熟慮之後，決定進修道院當神父，立誓永守緘默。而且馬上就去喔，一刻都不延挨。嗯，也許等他們先吃完午飯再動身吧。

「你真的覺得你可以一輩子不講話啊？」艾蓮娜問。

「當然啦，就像貝多芬耳聾也沒關係一樣啊。」

艾蓮娜親切地看米哈伊爾一眼，笑了起來，又轉頭看哥哥，問：「你到底想怎樣啊，亞歷山大？」

艾蓮娜、伯爵夫人和大公都問伯爵同樣的問題：**你到底想怎樣啊，亞歷山大**？但三個人問的方式都不一樣。

對大公來說，這個問題當然只是個修辭。收到不及格的學期成績單或沒付的帳單，大公就會把教子叫到書房裡，大聲唸信給他聽，然後把信往桌上一丟，問出這個問題，但沒打算聽他回答，因為答案會是什麼，他早就瞭然於胸：不是入獄就是破產，甚至兩者兼而有之。

至於祖母，她總是在伯爵講出格外駭人聽聞的話時說：「你到底想怎樣啊，亞歷山大？」但這句話的意思是要在場的人都知道，這是她最疼愛的人，所以誰也別指望她拘束他的言行。

但是艾蓮娜問這個問題的時候，彷彿是真的不懂答案為何。彷彿除了哥哥時好時壞的課業表現和凡事無所謂的態度之外，世人實在很難知道他未來會成為什麼樣的人。

「你到底想怎樣啊，亞歷山大？」艾蓮娜問。

「這是個問題。」伯爵也承認。接著，他又躺回草地上，若有所思地凝視蜻蜓，彷彿正思索著這個難解的重要謎團。

沒錯，那宛如天堂般的歲月，米哈伊爾想。但是，就和天堂極樂一樣，這一切都屬於過去。屬於背心和束腰緊身外套的年代，屬於四對舞和比齊克牌戲的年代，屬於還有僕奴、進貢、崇拜宗教偶像的年代。那個年代有著精緻的工藝和基本的迷信，幸運的少數人天天山珍海味，而大多數人卻日日飽受無知的煎熬。

這些東西都屬於那個年代，米哈伊爾想，目光從艾蓮娜的畫像轉到熟悉的小書櫃。那裡擺了一排十九世紀的小說，都是探險和傳奇故事，是他這位舊友喜歡的幻想風格。但是，在書櫃頂端，放在一個狹長相框裡的，才是真正的精緻工藝。這是一張黑白相片，影中人是簽署樸茨茅斯條約，結束俄日戰爭的人。

米哈伊爾拿起那張照片，看著一張張嚴肅但充滿信心的臉孔。俄國與日本代表團成員排成正式的隊形站立，個個身著白色豎領襯衫，留鬍子，打黑領結，表情流露出大功告成的成就感。因為他們剛才的大筆一揮，由同胞所挑起的這場戰爭就此終結。站在中央靠左的，正是身為沙皇特使的大公本人。

一九一〇年在埃鐸豪爾，米哈伊爾第一次見識到羅斯托夫家族淵遠流長的傳統，也就是在家族成員去世的十週年祭日舉行大型聚會，以法國教皇新堡區的葡萄酒舉杯致意。他和伯爵來到埃鐸豪爾渡假的第二天，賓客開始陸續抵達。下午四點，宅邸外已停滿一排馬車，有輕型四輪馬車，摺篷馬車，敞篷馬車，還有二輪馬車，都是從莫斯科、聖彼得堡和鄰近地區趕來的。五點鐘，家族群聚大廳，由大公代表，首先舉杯，紀念伯爵僅隔數小時先後離世的雙親。

大公是位威儀堂堂的大人物。彷彿生來就穿著全套大禮服的他，很少坐下，不喝酒，就連過世時都還騎在馬背上。那是一九二二年九月二十一日，距今整整十年。

「這老頭可真是號人物。」

米哈伊爾一回頭，就看見伯爵拿著兩個紅酒杯站在他背後。「另一個時代的人物。」米哈伊爾說，語氣裡不無景仰之意，把照片擺回架上。他們開酒，倒酒，兩個老朋友把酒杯舉得高高的。

★

「我們邀了好多重要人士，阿亞……」

舉杯向大公致意，緬懷了過往歲月之後，這對老朋友把話題轉向即將到來的ＲＡＰＰ，也就是俄羅斯無產階級作家協會的大會。

「這會是一場非比尋常的大會。在非比尋常的時刻舉行的非比尋常的大會。阿赫瑪托娃[14]、布爾加科夫[15]、馬亞柯夫斯基[16]、曼德斯坦[17]等人都會出席。這些作家沒多久之前都還因為怕被逮捕，連一起用餐都不敢。沒錯，過去這些年來，他們以不同的寫作風格各領風騷，但六月時，他們會齊聚一堂，開創Novaya Poeziya，也就是新詩歌。那會是一種世界性的詩歌，阿亞。一種不需要遲疑，不必屈膝叩首的詩歌。一種以人類精神為主題，以人類未來為靈感的詩歌！」

米哈依爾的第一個「一種」還沒出口，人就跳了起來，開始在伯爵的小書房裡踱步，從這個牆角，走到那個牆角，彷彿自己一個人躲在公寓裡構思理念似的。

「你一定記得，那個丹麥人湯姆森寫的書……」

（伯爵不記得哪個丹麥人湯姆森寫的書，但米哈伊爾站著的時候，他絕對不會打斷他，就像沒有人會打斷韋瓦第拉小提琴一樣。）

「湯姆森是個考古學家，他把人類的發展分成石器時代、銅器時代與鐵器時代，當然，他是依據各個時代人類所使用的器具來分類的。但是人類**心智**的發展呢？**道德**發展呢？我告訴你，依循的也是大致相同的路線。在石器時代，穴居人的腦袋就像他們手裡的棍子那麼鈍，就像他們使用的打火燧石那麼粗糙。在銅器時代，幾個腦袋最靈光的傢伙發現了冶金學的祕密，但看看才過多久，他們就知道

14 Anna Akhmatova，1889-1966，俄羅斯「白銀時代」的知名女詩人，與普希金齊名，被譽為「俄羅斯詩歌的月亮」，但在一九二〇年代，蘇聯當局以意識型態問題，剝奪其發表作品的權利，多次遭批鬥與迫害。

15 Mikhail Bulgakov，1891-1940，俄羅斯作家與劇作家，作品《大師與瑪格麗特》被譽為二十世紀經典，一九二九年，蘇聯審查當局禁止他的作品出版。儘管在史達林的保護下免於下獄，但作品無法發表，讓他抑鬱而終。

16 Vladimir Mayakovsky，1893-1930，蘇聯時期知名詩人，學生時代即參與地下活動，十月革命後寫作多部讚頌革命的作品，史達林譽為「蘇維埃時代最有才華的詩人」。但一九三〇年因感情問題與遭人毀謗而舉槍自盡。

17 Osip Mandelstam，1891-1938，猶太裔俄國詩人與散文家，一九三〇年代在整肅中被捕流放，死於勞改營。

要鑄造硬幣、皇冠和寶劍，然後利用這邪惡的三位一體，在接下來的一千年裡奴役平民百姓。」

米哈伊爾停下來盯著天花板看。

「接著是鐵器時代，發明了蒸汽引擎、印刷機和槍砲。這是和銅器時代迥然不同的三位一體。因為這些機器雖然是資產階級發明來進一步增進自己階級利益的，但透過引擎、印刷和槍械，無產階級也開始從勞動、無知與暴政之中得到解放。」

米哈伊爾搖搖頭，不知道是為了強調自己對歷史發展軌跡的瞭解，或只是為了語氣轉折所需。

「嗯，我的朋友，我們面前已展開了一個新的時代：鋼鐵時代。我們已經有能力建造發電廠、摩天大樓和飛機了。」

米哈伊爾轉頭看伯爵。

「你看過蘇霍夫無線電塔嗎？」

伯爵沒見過。

「真的好漂亮，阿亞。用鋼鐵搭建螺旋狀建築，高達兩百呎，可以播送最新的新聞與訊息——沒錯，還有你最愛的柴可夫斯基——到一百哩內的每一戶人家裡。隨著這樣的發展步伐，俄羅斯人的民心士氣也會隨之高昂起來。在我們的時代，我們或許可以親眼見到愚昧無知的終結，奴役壓迫的終結，見到四海之內皆兄弟的理想完成。」

米哈伊爾停下腳步，手往空中一揮。

「**那詩歌呢？**你或許要問。**文學創作呢？**我可以向你保證，文學的步伐也沒有落後。以前由銅和鐵所鑄造的一切，如今都由鋼鐵打造。詩歌不再只是四行詩或揚抑抑格的藝術，也不再只是精心推敲的修辭，而是一種行動的藝術。可以迅速橫掃整個世界，把音樂傳揚到星球之上的藝術！」

假使伯爵是在咖啡館裡無意間聽到某個學生這麼說，他或許會抬眼一瞥，心想，顯然現在詩人光寫詩句是不夠的。如今，一首詩必須從自己所主張的學派出發，使用第一人稱複數和未來式，堆疊大量的修辭問題、大寫字母與無數的驚嘆號。更重要的是，必須要**創新**。

假使這段話出自他人之口，伯爵心裡肯定要這麼想的。但是聽到米哈伊爾說出這些話，伯爵卻不勝欣喜。

人確實可以和自己身處的時代完全脫節。某人或許出生在素以獨特文化聞名的城市，但這城市受世人景仰的習俗、風格與理念，在他眼中卻毫無意義。在生命歷程裡，他以困惑的目光看著周遭的一切，對於同僚的喜好與抱負，他全然無法理解。

像這樣的人，勢必難以有機會成就浪漫傳奇或事業功勳。因為傳奇與功勳都只屬於跟得上時代腳步的人。這樣的人只能像驢子般嘶鳴，或在乏人問津的書店裡找幾本同樣乏人問津的書來自我安慰。等室友在凌晨兩點腳步踉蹌歸來時，他也別無選擇，只能滿腹狐疑地靜靜聆聽室友講述市區沙龍最近發生的奇聞軼事。

米哈伊爾此前的人生大抵都是如此。

但世事變化如此之快，僅僅一夜之間，跟不上時代腳步的人，卻發現自己在正確的時間站在正確的地點。他向來覺得陌生的風格與態度，突然之間被掃到一旁，取而代之的風格與態度，恰恰契合他內心深處的感受。於是，他宛如在海上漂流多年的孤獨旅人，夜半醒來，突然發現頭頂上出現了熟悉的星座。

在星象異常的這個時刻，這名向來跟不上時代腳步的人頓時大徹大悟，明白之前所發生的一切，都只是必要的過程；而未來即將發生的一切，也自有其節奏與緣由。

一天只響兩次的這座鐘響起十二點的鐘聲時，就連米哈伊爾都覺得有必要再喝一杯。但他們舉杯致敬的對象不只是大公，他們也敬艾蓮娜和伯爵夫人，敬俄羅斯和埃鐸豪爾，敬詩歌與踱步，敬他們所能想起的、人生中每一件值得敬上一杯的事。

偶遇

十二月底的一個夜裡，伯爵沿著走廊往「廣場」餐廳去，突然直覺感受到一股冰涼冷風，儘管離馬路最近的出口還在五十碼外。那是冬季星夜清冷澄澈的風。他停下腳步張望一下，發現這風是從……衣帽間來的。衣帽間的服務生唐雅，這會兒沒在崗位上服務。所以，伯爵看看左邊，又看看右邊，就走進衣帽間裡。

幾分鐘之前，飯店想必擠進了很多趕赴晚宴的客人，因為他們的外套都還散發著冬天的寒意。這件軍服大衣肩上還留有殘雪，那件官員的厚外套還是濕的，而那件鑲著鼬毛（還是紫貂毛？）的貂皮大衣，想必屬於某個政治委員的情婦。

伯爵拉起貂皮大衣的一只衣袖，還聞得到壁爐的煙味，和東方風情香水的隱約香氣。這位年輕的美人想必住在林蔭環道的高雅豪宅，搭著和她外套一樣烏亮的黑色轎車前來。也或許她喜歡沿著特維爾大街步行過來，經過無懼飄雪，昂然聳立在冬夜裡的普希金雕像。說不定更好的是，她搭著馬車前來，馬蹄達達在鵝卵石路上輕脆響起，和車夫的「呀！呀！」聲相應和。

伯爵和妹妹在平安夜常這樣挑戰冬夜。他們向祖母保證，午夜之前一定會回來，然後駕著馬車，駛進凜冽的冬夜，拜訪鄰居。兩人腿上蓋著狼皮，伯爵手握韁繩，抄捷徑穿過地勢較低的牧草地，轉上村道，一面喊著：**應該先拜訪誰呢？鮑林斯基家嗎？還是達維多夫家？**

但不論是拜訪這一家，那一家，還是其他的任何一家，都會有豐富的餐餚、溫暖的爐火和敞開的雙臂迎接他們。人人服裝色彩豔麗，皮膚興奮泛紅，感情豐沛的叔伯眼眶泛淚地敬酒，而孩童則躲在樓梯上偷看。至於音樂呢？一首首的歌會讓你一飲而盡杯中酒，忍不住想站起來。一首首的歌，讓你渾然忘記自己的年齡，只想盡情跳躍；讓你不停搖擺旋轉，直到分不清自己是在誰家的客廳或沙龍，不知道自己是在天堂還是人間。

午夜將近時，羅斯托夫兄妹才從第二家或第三家鄰居宅邸出來，步履蹣跚地找著他們的馬車。他們的笑聲在星辰下迴盪，他們的步伐在雪地上來回繞圈，和抵達時踩出的筆直腳印互相纏繞。隔天早上，他們的主人家將會發現他們的靴子在雪地上踩出的高音譜號。

回到馬車上，他們會在鄉野間奔馳，抄近路穿過佩特羅夫斯柯伊村，遠遠可以看見耶穌升天教堂矗立在修道院院牆旁邊。落成於一八一四年的這座教堂，是為紀念擊敗拿破崙而蓋的，鐘樓美麗非常，只有克里姆林宮的伊凡大帝塔樓堪與匹敵。鐘樓裡的二十口大鐘，是用拿破崙軍隊撤退時拋下的大砲鑄成的，因此每一聲鐘響都彷彿在高呼：**俄羅斯萬歲！沙皇萬歲！**

接近馬路轉彎處時，伯爵習慣拉拉韁繩，讓馬兒加速朝他們家的方向奔馳。但艾蓮娜會伸手搭在他的臂上，暗示他放慢速度，因為午夜到了，在他們背後一哩處，耶穌升天教堂的鐘聲開始響起，鐘聲和著聖歌在冰凍的大地傳揚。如果仔細聽，在樂音稍歇的間隙裡，除了馬的喘息和風的呼嘯之外，還可以聽見十哩外聖米迦勒教堂的鐘聲，甚至更遠處聖蘇菲亞教堂的鐘聲，彼此呼應，宛如暮色裡隔著水塘互相呼叫的鵝群。

耶穌升天教堂的鐘聲……

一九一八年，伯爵從巴黎趕回埃鐸豪爾途中，行經佩特羅夫斯柯伊，正好碰見農夫群集在修道院牆外，個個沉默不語，卻又驚駭莫名。紅軍當天早上駕著一隊空馬車來到村裡。在年輕上尉的指揮之下，哥薩克士兵爬上鐘樓，把大鐘一個個從尖塔上抬起來。要抬最大的一口鐘時，又有一隊哥薩克士兵爬上樓去。他們把這巨大的古鐘從掛勾上抬起來，擺在欄杆上，往下一推，翻了幾滾，砰一聲重重落到地上。

修道院院長從院裡跑出來找上尉，以上帝的名義，要求他停止這褻瀆上帝的行為，但上尉斜倚著牆，點亮一根菸。

「凱撒的歸凱撒，」他說，「上帝的歸上帝。」說完，就要手下把修道院長拖上鐘樓樓梯，從尖塔頂端往下扔，讓他回到他的造物主懷抱裡。

耶穌升天教堂的鐘大概是被布爾什維克黨人拿去鑄造槍械了吧，怎麼來的，就怎麼去。就伯爵所知，當初拿破崙撤退時遺留下來被鑄成大鐘的那些大砲，原本是用法國拉羅榭爾教堂的鐘所鑄造的。而拉羅榭爾的鐘，又是用三十年戰爭擄獲的英國霰彈槍鑄造的。從鐘變成大砲，又再變成鐘，反覆不休，直到時間的盡頭。這就是鐵石永遠不變的命運。

「羅斯托夫伯爵……？」

伯爵從沉思中抬起頭，看見唐雅站在門口。

「我想這應該是紫貂。」伯爵放下貂皮大衣的袖子說，「沒錯，絕對是紫貂。」

★

廣場餐廳的十二月……

打從大都會飯店開幕的那一天起，莫斯科人就靠廣場餐廳來為季節定調。十二月一日的清晨五點，整個餐廳就已經瀰漫新年將至的氣氛。噴泉掛起點綴著紅色莓果的冬青花環。陽臺垂下一串串燈泡。縱酒狂歡的人呢？等八點鐘，樂團奏起第一支節慶曲子的時候，他們就會從莫斯科各地蜂擁而至。到了九點鐘，侍者就會開始把走廊上的椅子拖進餐廳裡，好讓晚到的人可以和朋友並肩而坐。在每一張桌子的正中央都會有一份魚子醬，不管坐在那裡的人身分是高是低。這真是神來一筆之作，因為這美食不管是小口品嘗或大口下肚，都同樣能讓滿桌賓主盡歡。

正因為如此，伯爵在冬至這天踏進廣場時，不免失望，因為噴泉沒有冬青花環，欄杆沒有燈泡，舞臺上只有一個人拉手風琴，而桌子呢，有三分之二都是空的。

然而，每個孩童都知道，季節的鼓聲是從內心敲響的。妮娜坐在噴泉旁她慣坐的位子，一身鮮黃洋裝，腰間繫著墨綠緞帶。

「聖誕快樂。」伯爵走到桌前，鞠躬說。

妮娜站起來，屈膝行禮，「也祝你聖誕快樂，先生。」

他們一起坐下，餐巾鋪在腿上，妮娜說她稍晚一點就要和父親一起吃飯，所以她只能點一道開胃菜。

「非常合理。」伯爵說。

這時，那個像主教的侍者出現了，端來堆得像小塔一般高的冰淇淋。

「開胃菜？」

「是的。」妮娜用法語回答。

主教露出教士般的微笑，把盤子擺在妮娜面前，然後轉身問伯爵是否需要菜單。（好像伯爵不記得廣場餐廳有什麼菜似的！）

「不用了，謝謝。給我來杯香檳，還有一根湯匙。」

妮娜做所有的事情都很有條理，她一次只吃一種口味的冰淇淋，按顏色分，從最淺的顏色開始吃起，最後才吃顏色最深的。因此，吃完法國香草口味之後，她挖起一勺檸檬冰淇淋，這顏色和她身上的衣服非常之搭。

「那麼，」伯爵說，「你要回家了，很開心嗎？」

「是啊，回去可以見到大家，很開心。」妮娜說，「但是一月回莫斯科之後，我就要開始上學了。」

「你好像不怎麼想要上學？」

「我怕學校很無聊，」她承認，「而且肯定有很多幼稚的小孩。」

伯爵凝重地點點頭，同意她的看法，學校裡確實很多小孩。但看著她用湯匙舀起草莓冰淇淋時，他告訴妮娜說，他很喜歡學校。

「每個人都這樣說。」

「我喜歡讀《奧德賽》和《埃涅阿斯紀》，還交了幾個這輩子最要好的朋友……」

「是啊，是啊，」她翻個白眼說，「每個人都這樣說。」

「每個人都這樣說，是因為這就是事實。」

「有時候，」妮娜說，「每個人都這樣說，只是因為他們是凡夫俗子。但是我們為什麼要聽凡夫俗子的話？凡夫俗子寫得出《奧德賽》嗎？凡夫俗子寫得出《埃涅阿斯紀》嗎？」她搖搖頭，下了定論，「凡夫俗子其實也就是無足輕重的人。」

也許伯爵不該再爭辯，但一想到他這位年輕的朋友要用這麼悲涼的觀點，展開在莫斯科的學校生活，他就覺得很受不了。看她舀起深紫色的冰淇淋（應該是黑莓口味的吧），他思索著該怎麼好好勾勒正規教育的好處。

「學校當然有讓人討厭的地方，」沉吟了一會兒之後，他說，「但是你最終會發現，上學的經驗可以擴展你的視野，你肯定會很開心。」

妮娜抬起頭。

「你這樣說是什麼意思？」

「我怎樣說？」

「**擴展你的視野**？」

伯爵原本覺得這句話朗朗上口，人人明白，所以也沒想到要多做解釋。在回答之前，他招手叫主教過來，再點了一杯香檳。幾個世紀以來，香檳都是用來慶賀結婚與新船下水。大部分人認為，這是因為香檳本身就帶有喜慶的意味，但真正的原因是香檳可以提振決心，所以人們才會在展開這些危險行動之前喝它。香檳上桌時，伯爵灌了一大口，氣泡往上衝，讓他的鼻腔有些癢。

「擴展你的視野，」他試著解釋，「我的意思是，教育可以讓你瞭解世界的廣大，世界的種種奇觀，以及各式各樣的生活。」

「要達成這個目的，旅行不是更快？」

「旅行？」

「我們談的是視野，不是嗎？視野的極限不就是地平線？比起坐在課桌椅整整齊齊排列的教室裡，走向真正的地平線，不是才能看見更遠處的東西嗎？就是因為這樣，馬可．波羅才到中國去，哥倫布才到美洲去。而彼得大帝也才會隱姓埋名遊歷歐洲！」

妮娜停下來，吃一大口巧克力冰淇淋，看見伯爵想要開口，她忙搖搖湯匙，表示她還沒說完。他耐心等她吞下冰淇淋。

「昨天晚上我爸帶我去聽《天方夜譚》。」

「哇，」伯爵說（很慶幸她改變話題了），「那是林姆斯基—高沙可夫最好的作品。」

「大概吧，我不知道。重點是：根據節目表的介紹，這首曲子是為了讓聽眾能『沉醉』在『阿拉伯之夜的世界裡』。」

「阿拉丁和神燈的世界裡。」伯爵微笑說。

「沒錯，而音樂廳裡的每一個人確實都很沉醉。」

「嗯，真是太好了。」

「但是，他們沒有半個人想『去』阿拉伯，雖然神燈就在那裡。」

不知是什麼神祕的命運安排，妮娜講到這裡的時候，臺上拉手風琴的人也正好拉完一首古老的名曲，客人不多的餐廳響起稀稀落落的掌聲。妮娜身體往後靠，舉起雙手，對周圍的客人比了個手勢，彷彿他們的掌聲是為了贊同她的觀點。

頂尖棋手若是看見大勢已去，不管還有多少步棋可以走，就會自己推倒國王。而眼前正是這樣的情勢。所以伯爵問：

「你的開胃菜好吃嗎？」

「好吃極了。」

手風琴樂手拉起活潑快樂的曲子，讓人想起英國的聖誕頌歌。伯爵把握這個時機，表示他想要敬酒。

「人生無可避免的可悲事實是，」他說，「隨著年歲增長，社交圈就變得越小。不管是因為習性越來越多，還是活力越來越少，我們會發現自己只和幾個熟人往來。所以我覺得非常幸運，在人生的這個階段，還能認識你這位新的好朋友。」

伯爵從口袋裡掏出一個禮物，送給妮娜。

「這是我在你這個年紀時，覺得很有用的東西。說不定在你隱姓埋名旅行的時候，派得上用場。」

妮娜露出微笑，似乎是要說他大可不必這麼做（但這表情很難讓人信服）。她打開包裝紙，裡面是羅斯托夫伯爵夫人的六角形歌劇望遠鏡。

「這是我祖母的。」伯爵說。

自從他們認識以來，妮娜第一次呆若木雞，不知道該說什麼。她拿著小望遠鏡在手裡翻看，讚賞那珍珠母貝的外殼與精緻的黃銅佩件。然後她把望遠鏡舉到眼前，慢慢看著餐廳的各個角落。

「你比誰都瞭解我，」過了一會兒之後，妮娜說，「我會好好珍惜，直到死的那天。」

她沒想到要送禮物給伯爵，伯爵覺得完全可以理解。畢竟，她還只是個孩子。而且，對他來說，拆開禮物的驚喜，早已屬於往日歲月了。

「時間不早了，」伯爵說，「我不想害你父親等太久。」

「是啊，」她用遺憾的口氣說，「我是該走了。」

妮娜轉頭對領班舉起一隻手，像要結帳那樣。但領班走近餐桌，手上拿的並不是帳單，而是一個很大的黃色盒子，紮著墨綠色緞帶。

「喏，」妮娜說，「這是給你的小東西。但是你要答應，午夜之前不許打開。」

妮娜離開廣場去和父親會合之後，伯爵本想結帳，去博雅斯基餐廳吃晚餐（他要來一份覆滿香草的羊排），然後回書房喝一杯波特紅酒，等待十二點的鐘聲響起。但手風琴樂手拉起第二首聖誕頌歌時，伯爵突然注意到鄰桌那個看似剛開始約會的年輕人。

這個才剛長鬍子的小夥子，八成是在教室裡迷上了才智聰慧且態度認真的女同學，終於鼓起勇氣邀她出來，或許是偽稱要討論什麼意識型態的問題。此時她就在眼前，和他一起面對面坐在廣場餐廳裡，打量著四周，臉上沒有一絲笑容，也沒開口講任何一句話。

小夥子想打破沉默，聊起旨在團結蘇維埃各共和國的大會即將召開。她看起來嚴肅認真，所以這應該是個很合理的開場白。確實，這位小姐對這個問題頗有看法，但她提到外高加索問題的時候，兩人的對話眼看著就要變成學術討論了。更慘的是，表情裝得同樣嚴肅認真的這個小夥子，對問題的看法和深度遠遠不及她。倘若大膽提出自己的意見，以他對時事的孤陋寡聞，淺薄的真面目肯定要暴露無遺了。再這樣下去，這個晚上的情況只會每況愈下，到最後，他就會像傷心的孩子拖著玩具熊上樓那樣，拖著破滅的希望蹣跚回家。

就在這位小姐請他就這個問題發表看法時，手風琴樂手開始演奏洋溢西班牙風情的曲子。這曲子想必是觸動了她的心弦，因為她話說到一半，就轉頭看樂手，尋思這是哪首曲子的旋律。

「是《胡桃鉗》裡的曲子。」小夥子想都沒想就說。

「《胡桃鉗》……」她說。

她表情還是一樣嚴肅，很難判斷她對這另一個時代的曲子究竟有什麼看法。在這樣的情況下，情場老將會勸小夥子稍安勿躁，等著聽聽這首曲子和她有什麼淵源再說。然而，他立即採取行動。冒進的行動。

「小時候，我奶奶每年都帶我去看。」

年輕女孩轉回頭來，不看樂手，看著眼前的同伴。

「有人可能覺得這個音樂有點感傷，」他繼續說，「但是每年十二月，這齣芭蕾舞劇上演的時候，我一定會去看。就算自己一個人，也要去看。」

幹得好，小子。

女孩臉上的表情柔和下來，眼神裡透出一絲意興，她看見了這位新朋友意外的一面——純粹、真摯、無悔的一面。她嘴唇掀動，正準備開口問問題——

「你們準備好點菜了嗎？」

是主教，傾身站在他們桌前。

他們當然還沒準備要點菜，伯爵恨不得張口罵他，**白癡都看得出來！**

這年輕人如果聰明，應該要把主教打發走，請女孩把她的問題問完。但他並沒有，只乖乖拿起菜單。他八成以為最完美的餐館會主動從菜單裡跳出來，報出自己的名字。但對一個滿懷期待，很想讓嚴肅女孩留下好印象的男孩來說，廣場餐廳的菜單簡直像美西納海峽[18]一樣險惡。左邊有斯庫拉海妖[19]駐守：這一頁全是廉價的菜餚，點這些菜，會讓你顯得寒酸，欠缺品味。而右邊呢，又有卡律布狄斯漩渦：這一頁盡是高貴餐餚，不只會掏空你的口袋，也會有炫富之嫌。這年輕男子的目光在兩者之間

18　Straits of Messina，位於義大利西西里島與本島之間的狹窄海峽。

19　在希臘神話裡，美西納海峽左岸是個六頭女妖斯庫拉，倘若有船經過，女妖就會吃掉六個水手。但海峽右側是會吞噬所有東西的卡律布狄斯漩渦。船行經海峽時，總是左右為難。

來回穿梭，但最後神來一筆似的，點了拉脫維亞燉菜。

這道由豬肉、洋蔥和杏桃燉煮而成的傳統菜餚，不只價格恰到好處，而且也帶著恰到好處的異國風情，同時更呼應了他們還沒被無禮打斷談話之前，正聊著的祖母、假日與感傷曲調氛圍。

「我也一樣。」這位嚴肅的女孩說。

一樣！

她看著她這位滿懷期待的新朋友，流露出一絲溫柔，很像《戰爭與和平》第二部結尾處，娜塔莎對皮耶表現出來的那種感情。

「你們想來瓶葡萄酒配燉菜嗎？」主教問。

年輕人遲疑了一會兒，很沒把握地拿起酒單。這很可能是他這輩子頭一次點一整瓶酒。他不只分不清一九〇〇和一九〇一年份的優劣，也搞不清楚勃艮地和波爾多之間的區別。

年輕人才考慮了不到一分鐘，主教就傾身，露出紆尊降貴的笑容，往酒單上一戳。

「或許來瓶里奧拉吧。」

里奧拉？這西班牙葡萄酒拿來配燉菜，簡直像阿基里斯碰上赫克特[20]一樣，勢難兩立。這酒會一棒打死這道菜，然後拖在雙輪戰車後面，測試每一個特洛伊男人的剛強程度。尤有甚之的是，這瓶酒要價極高，肯定三倍於這個小夥子所能負擔的價格。

伯爵搖搖頭，心想，經驗這東西還真是無可取代。眼前分明是個大好機會，可以讓侍者發揮功能。推薦一瓶理想的酒，讓這男孩放輕鬆，吃頓完美的晚餐，讓兩人的浪漫情感往前更踏進一步，簡直是一舉多得。但這個主教不知道是粗線條還是少根筋，非但沒能發揮功能，還把客人逼到牆角。這個年輕人顯然不知如何是好，開始覺得整個餐廳的人都在看他，眼看著就要接受主教的建議了。

---

20 阿基里斯（Achilles）和赫克特（Hector）是特洛伊戰爭中敵對陣營的兩名大將，最後赫克特為阿基里斯所殺。

「恕我冒昧，」伯爵說，「如果要配拉脫維亞燉菜，沒有比喬治亞的穆庫茲尼紅酒更好的選擇了。」

他傾身靠近他們的餐桌，像安德烈那樣姿態優美地伸出手指，指著酒單上的酒名。這支酒的價格只有里奧拉的幾分之一，但這不是紳士該討論的重點。伯爵只指出：「其實呢，喬治亞人之所以種葡萄，都是為了有朝一日可以釀酒來搭配這道菜的。」

年輕人飛快瞥了女伴一眼，彷彿在說：**這古怪的人是誰啊？**但隨即轉頭看主教。

「來瓶穆庫茲尼。」

「沒問題。」主教回答說。

幾分鐘之後，酒上桌，也斟到酒杯裡，年輕女孩向男孩問起他祖母的事。而伯爵呢，已經拋開到博雅斯基餐廳享用香草羊排的念頭。他叫來派特亞，幫他把妮娜送的禮物送回房間，然後也點了一份拉脫維亞燉菜和一瓶穆庫茲尼紅酒。

不出伯爵所料，這正是適合這個季節的菜餚。洋蔥已熬出焦糖般的甜味，豬肉細火慢燉，而杏桃在起鍋前才入鍋添加風味，所有的食材完美融合成一道熱氣蒸騰的甜美佳餚，令人想起大雪封途時窩在小酒館裡的溫暖舒適，以及吉普賽人鈴鼓的叮噹響。

伯爵啜一口酒，鄰桌那對年輕人和他眼神交接，舉起酒杯向他致意也致謝。他們兩人繼續交談，已顯得親密自在，在手風琴的琴聲裡，已聽不見他們在說什麼了。

年輕的戀人，伯爵露出微笑。一點都不新奇。

「您還需要別的嗎？」

主教對伯爵說。伯爵想了想，要了一球香草冰淇淋。

伯爵一踏進大廳，就注意到四個身穿黑色晚宴服的男子穿門而來，每個人手裡一個黑色皮盒，顯然是偶爾應邀到樓上私人晚宴演奏的四重奏樂團。

其中三名樂手看似從十九世紀就開始一起合作，都是滿頭白髮，一臉疲憊。但是第二小提琴手和他們都不一樣，不只因為年齡看起來頂多二十二歲，而且步伐輕快。這四個人走近電梯時，伯爵才認出他是誰。

伯爵最後一次見到尼可拉・佩特洛夫大概是一九一四年，這位王子當年才剛滿十三歲。經過這麼多年，如果不是他臉上那招牌似的微笑──這微笑是佩特洛夫家族代代相傳的招牌表情──伯爵很可能認不出他來。

「尼可拉？」

伯爵喊他，電梯前的這四名樂手全轉頭，好奇地盯著他看。

「亞歷山大・伊里奇……？」愣了一晌之後，王子問。

「正是。」

王子請其他同事先走，又對伯爵露出那熟悉的微笑。

「好高興見到你，亞歷山大。」

「我也很高興。」

兩人沉默了一會兒，王子的表情從驚喜變成好奇。

「這是……冰淇淋？」

「什麼？噢！是啊！不過不是我要吃的。」

王子不解地點點頭，但沒再多問。

「告訴我，」伯爵說，「你有狄米崔的消息嗎？」

「我想他在瑞士。」

「啊，」伯爵微笑說，「歐洲最純淨的空氣。」

王子聳聳肩，彷彿以前聽人這麼說過，但不知道是誰說的。

「我上一次看見你，」伯爵說，「是你在令祖母的晚宴上演奏巴哈。」

王子笑起來，舉起琴盒。

「我也還是在晚宴上演奏巴哈。」

他指著剛離開的電梯，喜形於色地說：

「那位是塞吉．埃森諾夫。」

「不會吧！」

在世紀之交，林蔭大道上有一半的男孩都上過塞吉．埃森諾夫的音樂課。

「像我們這樣的人很難找工作，」王子說，「塞吉只要有機會，就給我工作。」

伯爵有好多問題想問：佩特洛夫家的其他人也還在莫斯科嗎？他還住在普希金廣場那幢美麗豪宅嗎？但他們兩人站在大廳中央，男女賓客急著上樓，有些還穿著非常正式的晚禮服。

「他們會擔心我怎麼了。」王子說。

「噢，沒錯，我沒打算耽誤你。」

王子點點頭，轉身走向樓梯，但馬上又轉回來。

「我們星期六晚上還會來這裡演出。」他說，「也許我們之後可以一起喝杯酒。」

「那就太好了。」伯爵說。＊

☆

伯爵回到六樓，舌頭先彈了三下，才回到房間裡，但沒把房門關上。派特亞把妮娜的禮物擺在桌上。伯爵把禮物夾在腋下，鑽過外套，到他的書房，把盒子放在大公的書桌上，那碗已融化的冰淇淋則擺在地板上。伯爵給自己倒一杯葡萄酒，一條銀色的影子繞過他的腳，走向碗邊。

「節日快樂啊，卓賽麥爾先生[21]。」

「喵。」貓咪回答說。

依據那座一天只響兩次的鐘，現在才十一點鐘。所以伯爵一手端著紅酒，一手拿著《小氣財神》，椅子往後仰，信守承諾等待十二點鐘鐘響。老實說，包裝精美的禮物伸手可及，在場的又只有一隻獨眼貓，卻要乖乖坐在椅子裡看書——儘管是一本很應景的書——實在需要很大的自制力。但伯爵從小就養成這樣的自制力，接近聖誕節的時候，他不時邁著大步，像白金漢宮的衛兵一樣，目不斜視地經過客廳門口。

伯爵年少時期的自律，並非源於從小嚮往軍隊生活，也並非嚴守家規。才十歲的他，就明顯表現出他既不死守規矩，也不適合軍旅生涯（許多老師、管家和警衛都可以證明）。不是的，小伯爵之所以嚴格自律，經過大門緊閉的客廳而不闖進去，是因為經驗告訴他，這是讓節日綻放奪目光彩的最佳方式。

到了平安夜，父親終於發出信號，准許他和艾蓮娜拉開客廳門。客廳裡有棵高達十二呎的聖誕樹，從樹幹到樹頂都亮晶晶，而每一個架子上都掛著聖誕花圈。一個個缽裡裝滿塞爾維亞來的橘子和維也納來的各色鮮豔糖果。藏在樹下的是意料不到的禮物，可能是用來守護堡壘的木劍，或是可以帶到木乃伊墳塚裡探險的油燈。

童年時代的聖誕節就是這麼神奇，伯爵有點傷感地想。就這樣一個禮物，就可以讓人足不出戶，

21 Drosselmeyer，《胡桃鉗》裡送給小女孩克拉拉胡桃鉗當聖誕禮物的獨眼角色。

在家裡展開無止盡的探險之旅。

盤據了另一張高背椅，舔著爪子的卓賽麥爾，突然頭一轉，獨眼盯著衣櫃門，一對小耳朵豎了起來。牠一定是聽見鐘裡齒輪轉動的聲音。因為僅僅一秒鐘之後，午夜的鐘聲敲響了第一聲。

伯爵擱下酒杯和書，抓起妮娜的禮物擺在腿上，手指拉著墨綠色緞帶，耳朵聽著鐘聲響。等到第十二聲鐘聲響完，才拉開蝴蝶結。

「你想是什麼呢，先生？一頂禮帽？」

貓抬頭看伯爵，配合這節慶的氣氛，喵喵叫了幾聲。伯爵點點頭，小心地掀起蓋子……卻發現裡面還有另一個盒子，裹著黃色包裝紙，紮著墨綠色緞帶蝴蝶結。

伯爵把空盒子擺在一旁，再次對貓點點頭，解開第二個蝴蝶結，掀起第二個盒蓋……結果裡面還是另一個盒子。伯爵乖乖的再解開一個蝴蝶結，掀開第三個盒蓋。直到最後，終於出現一個大小像火柴盒的小盒子。等他拆開蝴蝶結，掀開盒蓋，看見躺在舒適的小盒裡，繫在一條墨綠色緞帶上的，是妮娜的那把飯店萬用鑰匙。

伯爵十二點十五分帶著狄更斯爬上床，心想再讀一兩段就要熄燈。但他卻讀得津津有味，欲罷不能。

他讀到守財奴史古基和「現在的聖誕精靈」相遇的那一部分。這本《小氣財神》，伯爵小時候讀了不下三遍。他當然記得精靈帶著史古基造訪外甥家那笑聲不斷的派對，也記得他們到了史古基手下職員克瑞奇那簡陋樸實卻真情流露的聖誕慶祝會。但他卻完全不記得，離開克瑞奇家之後，這第二個精靈帶著史古基離開倫敦市區，到寒風刺骨的荒涼沼澤，在礦坑邊上一棟搖搖欲墜的破房子裡，看見礦工一家人在慶祝聖誕。接著從礦坑又到了岩崖上的燈塔，崖下波濤轟隆如雷，兩名滿臉風霜的守塔人一起唱著聖誕歌曲。然後，精靈帶著史古基越走越遠，踏進洶湧大海咆哮的黑暗深淵裡，最後來到一艘船的甲板上。在這艘船上，無論是好人壞人，談起自己的家，都充滿美好的回憶，而對自己同伴也都讚不絕口。

天曉得。

觸動伯爵心弦的，或許是故事裡那些住在荒郊野外的人吧，他們儘管在艱困的環境裡辛苦度日，卻還是開心慶祝節日。或許是早些時候在廣場餐廳碰見的那對年輕人，循著如此老派的作風展開戀情。或許是因為碰到尼古拉，儘管出身有問題，卻還是在新的俄羅斯找到立足之地。也或許是妮娜這完全出乎他意料的友誼舉動。無論原因為何，伯爵闔上書，熄了燈之後，是帶著幸福的感覺入睡的。

但是，倘若未來精靈在此時突然現身，讓伯爵瞥見自己的未來，他就會發現自己的這份幸福感來得太早。因為不到四年，亞歷山大．伊里奇．羅斯托夫在仔細聆聽他的鐘敲響十二聲鐘聲之後，就會穿上他最好的一件外套，爬上大都會飯店的屋頂，堅決地走向欄杆，準備躍向下方的街道。

【作者注】

＊對閱讀歐洲小說的讀者來說，俄國小說角色的名字格外麻煩。俄國人不只有名和姓，還喜歡用尊稱、父祖的名字，以及許多的暱稱，所以在同一本小說裡的同一個角色，很可能在僅僅四頁裡就出現了四種不同的名字和稱呼。尤有甚之的是，這些偉大的作者，不知是基於根深柢固的傳統意識，或是徹底缺乏想像力，他們筆下的角色，往往就只局限在三十個名字裡。不管你拿起的是托爾斯泰、杜斯妥也夫斯基或屠格涅夫的作品，都會碰到安娜、安德烈和亞歷山大。如是之故，我們西方讀者碰到俄國小說裡的新人物登場時，總是驚恐不安，知道機會就算不大，但這個人物也可能在後面的情節裡扮演重要角色，所以

往往得先停下來，好好記住這個人物的名字。

因此，我想我應該先告訴各位，尼可拉．佩特洛夫王子答應在週六晚上和伯爵一起喝杯酒，但卻沒能履約。

因為這天午夜，四重奏演出結束之後，年輕的尼可拉王子穿上大衣，圍好圍巾，走回位在普希金廣場的家族宅邸。他十二點三十分返抵家門的時候，當然不會有男僕在門口迎接他。他手裡拎著小提琴，爬上樓梯，回到四樓留給他使用的那個房間。

雖然屋子看似沒人，但尼可拉在二樓碰到兩個新住戶在抽菸。尼可拉認得其中一個中年婦女，是現在住在育嬰室的。另一個是公車司機，帶著一家四口住在他母親原本的起居室。王子露出謙遜的笑容，向他們道晚安，他們卻一聲不吭。走到四樓，他才知道他們為什麼緘默不語，這不能怪他們。因為有三名祕密警察組織契卡（Cheka）派來的人站在走廊上，等著要搜查他的房間。

王子看見他們，既沒大吵大鬧，也沒說半句無謂的抗議。畢竟，這已經是六個月來，他們第三次搜查他的房間了，他甚至認得其中的一名祕密警察。王子熟知搜查進行的程序，而且也因為熬過漫長的一天而疲憊不堪，所以對他們露出同樣的謙遜微笑，讓他們進門，自己在窗邊的小桌旁坐下，聽任他們搜查。

王子沒有任何東西需要隱藏。冬宮淪陷那年，他才十六歲，沒讀過任何傳單，心中也沒有任何仇恨。要是你叫他演奏沙俄帝國的國歌，他連旋律都想不起來。他甚至覺得他家這幢大房子分給其他人住是有道理的。他母親和姐妹都在巴黎，而祖父已過世，家裡的僕傭也都已經遣散，他一個人要三十個房間做什麼呢？他真正需要的就只是一張床，一個洗臉臺，和一個工作的機會。

但是凌晨兩點，帶隊的警察把王子推醒。他手裡拿了一本教科書，是尼古拉在皇家學院唸書時的拉丁文文法課本。

「這是你的？」

沒必要撒謊。

「是的，」他說，「我小時候唸皇家學院的課本。」

那個警察翻開課本，在第一頁上，威儀堂堂，看來英明睿智的，正是沙皇尼古拉二世的照片。收藏沙皇照片是犯法的。王子不禁笑起來，他當初花了好多功夫丟掉屋裡所有的肖像、紋章和皇室徽記。

隊長用刀子割下文法課本的那一頁，在後面標注時間和地點，要王子簽字。

王子被帶到祕密警察總部盧比揚卡，關了好幾天，一再接受忠貞度的審訊。第五天，命運之神眷顧了他。因為他沒被帶到院子裡，貼牆站立，也沒被載到西伯利亞。他只單純被判了「六城之外」的刑罰，也就是准許他遷居到俄羅斯的任何一個地方，但不能踏進最大的六個城市一步——莫斯科、聖彼得堡、基輔、卡爾可夫、葉卡捷琳堡和提比里斯。

年輕的王子在距莫斯科六十哩外的圖奇柯夫重新展開生活，整體而言，他心中並沒有怨懟不滿，也不懷念舊有的生活。在這個新的落腳處，綠草一樣會生長，果樹一樣會開花，而年輕的女孩一樣會成熟。除此之外，也因為距離遠，他才不必聽到壞消息：就在他被判刑的一年之後，塞吉·埃森諾夫回家時看見三名祕密警察等在他和年邁妻子住的小公寓門口。他之所以被拖上命運的馬車，送往勞改營，是因為祕密警察掌握證據，證明他明知違法，卻還是數度僱用前皇族尼可拉·佩特洛夫，在他的四重奏樂團裡演出。

雖然我說過各位不必費心記住佩特洛夫王子的名字，但我還是必須提醒各位，那名有張圓臉、髮際線開始後退的年輕官員在短暫現身之後，之後會再次登場，你們必須記住這個人物，因為多年之後，他對這個故事的結局有著重大的影響。

第二部

一九二三年

女明星，幽靈，養蜂場

六月二十一日下午五點鐘，伯爵站在衣櫃前，手拉著他的灰色素面獵裝，猶豫不決。再過幾分鐘，他就要去理髮店。今天是他每週例行理髮的日子。理完髮之後，他要和米哈伊爾見面。他這位朋友八成會穿從一九一三年就穿的那件褐色外套。如果是這樣，這件灰色的獵裝倒也是最合適的選擇。只是，今天也算某種紀念日，因為距離伯爵上一次踏出大都會飯店到今天，恰恰滿一年。

但這種紀念日該如何慶祝呢？話說回來，真的應該慶祝嗎？軟禁絕對是對人身自由的一種侵犯，同時還帶有羞辱的意味。所以只要有自尊和理智的人都會建議，像這樣的紀念日還是忘了的好。

然而……

即便是身處最艱困環境的人，譬如迷失在海上或被監禁在牢獄裡的人，也會想辦法記錄下一年日月的流逝。儘管正常生活裡美好的四季流轉與多彩多姿的節慶，已經被分不出昨天今天的生活所取代，但處在這種困境裡的人仍然會在木頭或牢房牆上刻下三百六十五道痕跡。

他們為什麼要費事記下時間呢？這明明看起來是對他們最不重要的事。這個嘛，一個原因是，他們可以藉此想像他們所遠離的那個世界必然的進展：**啊，埃利夏現在應該會爬院子裡的那棵樹了；而娜迪雅，親愛的娜迪雅，就快到可以婚嫁的年齡了……**

但同等重要的是，詳盡記錄時日可以讓孤立的人知道，自己又熬過了艱苦的一年，戰勝了這艱苦的困境，活了下來。無論支撐他們活下去的力量是來自堅定不屈的決心或某些愚昧的樂觀，這三百六十五道刻痕都是他們毅力堅強的明證。因為，如果專注力應該以分鐘來衡量，自律應該以小時來計算，那麼毅力就應該以年作為測量的標準吧。或者，如果你不喜歡哲學思辨，那我們就簡單說吧，聰明的人會隨時找機會慶祝。

於是，伯爵穿上他最漂亮的一件晚宴西服（在巴黎訂製的紅色絲絨外套）下樓去。

伯爵到了大廳，還沒往理髮店走去之前，目光就被剛走進飯店大門的一個柳腰款擺的身影給吸引了。大廳裡的每個人都被她給吸引了。這位高䠷的女子約二十四、五歲，彎彎的眉毛，赤褐色的頭髮，非常令人驚豔。她朝櫃檯走去，步伐輕盈如微風。有根羽毛從帽子上飄落，服務生拖著行李跟在她背後，但她彷彿毫無所覺。而真正讓她成為眾所矚目對象的，肯定是她用皮帶拴著的那兩條俄國牧羊犬。

伯爵一眼就看出這兩條狗很凶猛。銀色皮毛，體格精瘦，對周圍的一切極其警覺敏銳，像這樣的狗是養來在嚴寒的冬季緊隨狩獵隊追趕獵物的。一天的捕獵結束之後呢，牠們會在豪宅的壁爐前，窩在主人腳邊，而不是被個楊柳般的窈窕女子牽在手裡，當成裝飾品，出現在豪華飯店的大廳裡……

這兩條狗想必也覺得不公平，所以女主人在櫃檯前和亞卡迪講話的時候，牠們左竄右動，拚命嗅著，想找到熟悉的地標。

「別動！」窈窕女子罵狗，嗓音意外的低啞。她把皮帶用力一扯，看來她對這兩條狗的瞭解，並不比為她帽子貢獻出羽毛的鳥兒多。

伯爵看了這情況，只能搖搖頭。正要轉身離開時，他卻瞥見有趣的一幕：一條纖瘦的影子突然從一把扶手椅跳到棕櫚盆栽的邊緣。這動作簡直像庫圖佐夫元帥[22]取得制高點觀察敵軍一樣。兩條狗豎起

22 Field Marshal Kutuzov，1745-1813，俄國軍事將領，一八一二年率軍擊退拿破崙，贏得俄法戰爭。他因負傷失去右眼，有「獨眼將軍」之稱。

耳朵，同時轉頭，獨眼貓迅速溜到樹幹後面。看見狗被拴住，貓很滿意地從棕櫚樹後跳到地板上，連背都懶得拱起，只張開小嘴喵喵叫。

兩條狗發出可怕的吼叫聲，跳起來往外衝，力道之猛，扯得站在櫃檯辦入住手續的女主人身體也隨之一歪，手上的筆都掉了。

「嗚喔。」她大聲喊牠們，「嘿！」

但她顯然不知道要發號什麼命令才能讓牠們安靜下來，因為這兩條俄國牧羊犬又跳了起來，從窈窕女子的手裡掙脫出來，爭先恐後奔向獵物。

庫圖佐夫元帥箭也似的飛快溜走，鑽進大廳西側靠牆的一排椅子底下，往大門口衝，像是要逃到外面的馬路上。兩條狗一刻也不遲疑，開始追這隻獨眼貓。牠們選擇鉗形攻勢，在棕櫚盆栽旁兵分兩路，從椅子的兩側包抄，希望能在門口逮住貓。第一條狗前進的路線上有一盞立燈，被牠撞倒在地，立時火花四射。而第二條狗面前則是一個立式的菸灰缸架，被整個撞翻過去，揚起一陣塵雲。

就在兩條狗快要接近之際，獨眼貓不負庫圖佐夫元帥之名，善用地利之便，立刻改變路線。牠從茶几前面竄過，鑽進大廳東側靠牆的那排長椅，奔向樓梯。

不出幾秒鐘的功夫，這兩條俄國牧羊犬也洞悉了獨眼貓的計謀。但是，如果專注力應該以分鐘來衡量，自律應該以小時來計算，而毅力應該以年作為測量的標準，那麼在戰場上的得失勝負卻往往只在轉瞬之間。就在這兩條俄國牧羊犬發現獨眼貓轉向，也準備轉身去追時，牠倆卻已跑到大廳昂貴的東方地毯盡頭了。於是兩條狗往前滑過大理石地板，撞上一位剛抵達的客人的行李。

遙遙領先對手一百呎的庫圖佐夫元帥跳上幾級樓梯，停下來欣賞自己的傑作，然後就在轉角處失去了蹤影。

你可以嫌狗吃相難看，或責怪牠們不管青紅皂白狂追著樹枝跑的傻勁，但是你絕對不會看到哪隻狗放棄希望。儘管獨眼貓已占有絕對的領先地位，同時對飯店樓上的每一處角落都瞭若指掌，但這兩條狗一穩住腳步，就齊聲高吠，越過大廳，想往樓上衝。

但大都會飯店畢竟不是獵場。這裡是頂尖的豪華飯店，是可以讓疲憊旅人身心安頓的一處綠洲。於是伯爵捲起舌頭，吹出G大調的口哨聲。一聽到這個聲音，兩條牧羊犬馬上放棄追逐，不安地繞著樓梯腳打轉。伯爵又連續吹了兩聲短促的口哨，這兩條狗知道今天的追獵遊戲已經結束，朝伯爵小跑步過來，緊貼在他腳邊。

「好了，孩子，」他說，搔了搔牠們耳後，「你們是哪裡來的？」

「汪。」兩條狗回答說。

「哈，」伯爵說，「太可愛了。」

那名如楊柳款擺的窈窕女子撫平裙子，扶正帽子，穿過大廳朝伯爵走來。還好有這雙法國高跟鞋，她才能和他雙眼平視。距離如此之近，伯爵才發現她比他原來以為的更美，也更高傲。他對這兩條狗油然生出同情之心。

「謝謝你，」她說（露出彷彿能引發戰爭的微笑），「牠們的血統實在不好。」

「恰恰相反，」伯爵說，「牠們的血統顯然很好。」

窈窕女子又勉強擠出微笑。

「我的意思是，牠們太沒規矩了。」

「是啊，也許是太沒規矩，但這和血統無關，是和照管牠們的人有關。」

這名窈窕女子仔細打量伯爵，伯爵發現她眉毛的弧度很像音譜上的加強記號，也就是要樂手把樂句彈得更大聲一點的那個記號。而這也解釋了這位窈窕女子為什麼會如此喜歡發號施令，她的嗓音又為何如此沙啞。伯爵做出這個結論時，這窈窕女子顯然也做出了自己的判斷，因為她這時已不再企圖施展任何的魅力了。

「看來怎麼把狗管好，要比狗是什麼血統來得重要，」她挖苦說，「就因為這樣，我應該認為，就算是血統最好的狗，有些也可能需要最嚴格的管教。」

「這結論很合理。」伯爵說，「但我的想法是，血統最好的狗，需要最老練的人來帶。」

☆

一個鐘頭之後，伯爵頭髮整整齊齊修剪好，下巴也剃得乾乾淨淨，踏進夏里亞賓酒吧，挑了角落裡的一張小桌子，等米哈伊爾來。米哈伊爾是到莫斯科來開俄羅斯無產階級作家協會成立大會的。

他才剛落座，就發現那位楊柳款擺般的窈窕美女已換上一襲藍色長洋裝，坐在他正對面的靠背長椅上。她沒把狗帶來，所以酒吧也就倖免於難。陪她一起來的是個圓臉的傢伙，髮際線已開始後退，但小狗似的巴結神情看起來倒頗為自然。伯爵為自己的觀察心得露出微笑，卻不巧迎上那位美女的目光。理所當然的，這兩個成年人一副從沒打過照面的樣子，一個把目光轉回到她的小狗身上，一個則轉頭看門口。幸運的是，米哈伊爾就在這時出現在酒吧門口。他今天穿了全新的外套，鬍子修得整整齊齊……

伯爵從桌子後面站起來，擁抱老友。但他沒再坐回原位，而是讓米哈伊爾坐進靠背長椅。這個舉動既顯得有禮，又非常合宜，因為這麼一來，伯爵就背對著那位窈窕美女了。

「好了，」伯爵雙手合掌說，「要喝什麼呢，親愛的朋友？香檳？伊肯堡貴腐酒？晚餐前先來點鱘魚魚子醬？」但米哈伊爾搖搖頭，只點了啤酒，說他不能留下來吃晚餐。

這個消息當然讓伯爵很失望，因為他偷偷打聽過，今晚博雅斯基餐廳的特別餐點是烤鴨，正適合老朋友一起分享。而且安德烈保證會給他留一瓶法國頂級酒莊的紅酒，不只可以用來佐鴨肉，而且也可以讓他們再次聊起那個很不名譽的夜晚，也就是伯爵和一位年輕的男爵夫人，一起被鎖在羅斯柴爾德家的酒窖裡……

伯爵儘管失望，但從老友坐立不安的神態裡，他知道米哈伊爾也有事要告訴他。所以，啤酒一送上桌，伯爵就問大會進行得怎麼樣。米哈伊爾喝了一口酒，點點頭，說這是目前最熱門的話題，很快就會傳遍全俄羅斯，甚至全世界。

「今天沒有人壓低嗓音講話，阿亞，沒有人打瞌睡或玩鉛筆。因為每一個角落裡的每一個人都有工作要完成。」

讓米哈伊爾坐進靠背長椅，不只有禮且合宜，同時也讓他可以老老實實留在座位上。因為他被桌子困住，無法跳起來，在酒吧裡踱步。大會有什麼工作要完成呢？就伯爵想得出來的，包括起草「意向宣言」、「效忠聲明」和「團結公開宣示」。事實上，俄羅斯無產階級作家協會毫不遲疑地表現了他們的團結一致。他們努力團結的對象不只是作家、出版人和編輯，也包括石匠、碼頭工人、焊工與鉚工，甚至是掃街的清道夫*。

大會第一天開得非常熱烈，開到十一點鐘才吃晚餐。在擠了六十個人的餐桌上，他們聽到馬亞柯夫斯基本人的演講。提醒一下，那裡沒有講臺。盤子端上來的時候，他就敲敲桌子，站了起來。奉行寫實主義的米哈伊爾想要站起來，差點撞倒了他的啤酒。所以他還是坐下，但朝大豎起手指：

霎時——我
渾身發亮，
黎明已到來。
繼續發亮吧，
照亮每一個角落，
照亮末日最黑暗的深淵，

照亮吧——
其他的一切都去死吧！
這是我的座右銘——
也是太陽的座右銘！

馬亞柯夫斯基的詩，當然引來眾人的喝采和舉杯致敬。就在每個人都安靜下來，準備切開他們盤上的雞肉時，有個叫澤林斯基的傢伙站了起來。

「當然啦，澤林斯基的詩我們**當然**是要聽的啦。」米哈伊爾嘟囔說，「他以為自己和馬亞柯夫斯基一般高，其實呢，他只和一瓶牛奶差不多高吧。」

米哈伊爾又喝了口酒。

「你應該記得澤林斯基的。不記得？在大學比我們低幾屆的那個啊。一九一六年戴著單片眼鏡，隔年戴上水手帽的。好吧，反正，你也知道那種人，阿亞，什麼事都想管的那種人。比方說，吃完晚飯之後，你們兩個坐在那裡繼續討論之前就在討論的事，這個澤林斯基就會說他知道有個很適合討論的地方。等你回過神來，就已經在某個地下室咖啡館，和一堆人擠在桌子旁邊了。你想要坐下，他就一手搭在你肩上，帶你到桌子盡頭之類的。有人要點麵包，他就說他有更好的主意，說這裡有全莫斯科最好吃的甜麵包卷。你還沒反應過來，他已經舉手打響指頭叫服務生來點餐了。」

米哈伊爾說到這裡，也用力打響了三次手指，動作之快，讓伯爵不得不揮手制止總是留意客人需求的奧德里斯，因為他已經從酒吧另一頭走了過來。

「他永遠都有主意！」米哈伊爾鄙夷地說，「他說個沒完沒了，彷彿在寫作這件事上，他有資格啟發每一個人。但他又對身旁那些容易受影響的學生說了什麼呢？說詩終究要臣服在日本俳句之下。**詩終究要臣服在日本俳句之下！**你想像得到嗎？」

「我只覺得，」伯爵說，「還好荷馬不是出生在日本。」

米哈伊爾瞪著伯爵看了一晌，然後哈哈大笑。

「沒錯！」他拍著桌子，抹著眼淚，「還好荷馬不是出生在日本！我要記住這句話，講給凱特琳娜聽。」

米哈伊爾唇邊漾起微笑，顯然是在想像告訴凱特琳娜的情景。

「凱特琳娜……？」伯爵問。

米哈伊爾伸手拿起啤酒。

「凱特琳娜．李特文諾娃。我沒提過她嗎？她是基輔人，很有天分的詩人，還在唸大二。我們在大會上坐在一起。」

米哈伊爾身體往後靠，喝掉杯裡的酒。伯爵身體往後靠，為的卻是給他這位同伴一個微笑，因為這一切都說得通了……

新外套，精心修剪的鬍子……

晚餐後繼續今天稍早討論的話題……

還有老愛把大家拉到他喜歡的酒吧去的那個澤林斯基，非得要把容易受影響的女詩人安排在桌子的這一頭，把米哈伊爾安排在另一頭……

米哈伊爾繼續講著前一天晚上的情景，但伯爵仍不免覺得這場景實在非常諷刺：同住在鞋鋪樓上的那些年，整天足不出戶的是米哈伊爾；而伯爵是那個對室友道歉，無法陪他晚餐的人，也是出門幾個鐘頭之後回來，眉飛色舞講著晚宴敬酒、蜚短流長、或一時興起跑到燭光酒吧廝混故事的那個人。

伯爵喜歡聽他們前一晚的唇槍舌劍嗎？他當然喜歡。特別是聽到夜晚將盡之際，一行人分別坐上三輛計程車，米哈伊爾提醒澤林斯基，他忘了帽子，澤林斯基跑回酒吧拿帽子的時候，基輔來的凱特琳娜從計程車裡探頭出來喊著：**嘿，米哈伊爾．費奧多拉維奇，你過來和我們一起搭……**

沒錯，伯爵很喜歡聽他這位老友浪漫的唇槍舌劍，但並不表示他沒感覺到嫉妒的刺痛。

半個鐘頭之後，米哈伊爾離開飯店，去參加未來格律的討論會（基輔的凱特琳娜也會參加），伯爵準備到博雅斯基餐廳，去吃註定要一人獨自享用的烤鴨大餐。就在這時，奧德里斯招手要他過去。

奧德里斯把一張折起來的字條推過吧檯，低聲說：「有人請我交給您。」

「給我？誰？」

「伍芭諾娃小姐。」

「伍芭諾娃小姐？」

「安娜．伍芭諾娃。那個電影明星。」

伯爵還是一臉不解，所以酒保稍微拉高嗓音解釋：「就是坐在您對面桌子的那位。」

「噢，是喔，謝謝你。」

奧德里斯回去忙自己的工作，伯爵打開字條，看見那宛如楊柳款擺的筆跡寫著：

請再給我一次機會，改變你的第一印象。

二〇八號套房

★

伯爵敲敲二〇八號套房的門，開門的是位年紀稍長的婦人，很不耐煩地打量他。

「有事嗎？」

「我是亞歷山大．羅斯托夫……」

「伍芭諾娃小姐在等你。請進，她馬上就出來。」

伯爵出於本能反應，想和婦人聊一下天氣，但才踏進套房，她就走開，關上門，讓他一個人站在玄關。

二〇八號套房的裝潢風格以威尼斯宮殿為藍本，是這一層樓最豪華的房間。之前在這裡日夜不休為指導方針打字的打字員，終於搬去克里姆林宮了。儘管遭受他們的長期蹂躪，但這房間仍不顯滄桑。套房正中央是一間大客廳，兩側各是臥房與起居室，天花板彩繪了各色寓言角色，從天堂俯望人間。精雕細琢的茶几上擺了兩大束花，一束海芋，一束長梗玫瑰。這兩束花奢麗的程度不相上下，而顏色又互成強烈對比，顯見是來自於相互競爭的仰慕者。第三位仰慕者該送什麼花才能匹敵，著實難以想像……

「我馬上就好。」聲音從臥房裡傳出來。

「慢慢來。」伯爵回答說。

他話剛出口，就聽見有指甲敲著地板的聲音，兩條俄國牧羊犬從起居室走了出來。

「哈囉，小夥子！」他說，又搔搔牠們的耳後。

兩條狗和伯爵打過招呼，就小跑步到俯瞰劇院廣場的窗前，前掌趴在窗臺上，看著底下來往的車流。

「羅斯托夫伯爵！」

伯爵一轉頭，看見女明星已經換上今天的第三套服裝：黑色長褲與象牙白襯衫。她臉上掛著看見老朋友的微笑，伸出手，跨步向前。

「好高興你能來。」

「是我的榮幸，伍芭諾娃小姐。」

「真的嗎？請叫我安娜吧。」

伯爵還來不及回答，就有人敲門。

「啊，」她說，「來了！」

她打開門，站到一旁，讓負責客房服務的歐列格可以進來。歐列格看見伯爵，嚇了一跳，餐車差點撞到那兩束爭妍鬥豔的鮮花。

「也許擺在窗前吧。」女明星說。

「好的，伍芭諾娃小姐。」歐列格說，恢復鎮靜，為兩人擺好餐具，點亮蠟燭，走出房門。

女明星轉身面對伯爵。

「你吃過了嗎？我今天去了兩家餐廳和一間酒吧，卻連一口東西都沒吃，快餓死了。你要陪我一起吃嗎？」

「當然。」

伯爵為女主人拉開椅子，然後隔著蠟燭，坐在她對面。趴在窗邊的兩條狗轉頭望著他們。這場面大概是這兩條狗之前沒料到的吧，但牠們對人心的反覆無常早就失去興趣了，所以把前腳放到地板上，再也沒看他們一眼，就小跑步回起居室。

女明星看著牠們離開，有點哀怨。

「我承認，我並不是愛狗的人。」

「那你幹嘛養狗？」

「牠們是……禮物。」

「噢，仰慕者的禮物。」

她幽幽一笑。「我寧可要一條項鍊。」

伯爵報以微笑。

「好了，」她說，「我們來看看有什麼吃的。」

女明星掀開餐盤上的銀蓋，裡面是埃米爾的招牌好菜：佐黑橄欖、茴香與檸檬的全條烤鱸魚。

「太好了。」她說。

伯爵再同意不過了。埃米爾把烤爐的溫度設定在攝氏230°，才能確保魚肉維持鮮嫩，逼出茴香的香氣，讓檸檬片又焦又脆。

「嗯，今天去了兩家餐廳和一間酒吧，卻連一口東西都沒吃……」

伯爵這麼說，用意當然是要在他為她夾菜的同時，讓女明星講述自己這一天的遭遇。但他還來不及動手，她就拿起刀叉。一面講著占掉她一下午時間的工作，一面用刀尖戳進鱸魚的脊骨，斜刀切下魚頭和魚尾，接著把刀滑進脊骨與魚肉之間，俐落地片下整塊魚肉。再幾個熟練簡潔的動作，把適量的茴香、黑橄欖擺在盤上，並在魚排上加了幾片焦脆的檸檬片。她把這擺盤完美的魚排遞給伯爵，接著把骨頭整個剔掉，然後也為自己盛了一盤加有配料的魚排。這整個動作只花了不到一分鐘。她把分菜的刀叉擺回大盤子上，注意力轉到酒上。

天哪，伯爵想，光是驚歎地欣賞她精湛的技巧，卻忽略了自己的職守。他忙跳起來，抓住酒瓶脖子。

「我來？」

「謝謝你。」

伯爵倒酒的時候，發現這是醇厚的蒙哈榭白酒，和埃米爾的鱸魚是絕佳搭配，顯然是安德烈親手挑選的。伯爵對女主人舉起酒杯。

「我得說，你給魚剔骨的動作，簡直是專業水準。」

她笑起來。

「這是讚美嗎？」

「當然是讚美！嗯，至少我是打算讚美……」

「這樣的話，就謝謝你。這其實也沒什麼，我在黑海海濱的漁村長大，所以我編的魚網、切的魚片比誰都多。」

「每天晚上都有魚吃，倒也還算不錯。」

「話是沒錯，但住在漁夫家裡，吃的大概都是賣不掉的魚。所以我們常吃的都是比目魚和鯛魚。」

「大海魚產豐饒……」

「大海還是饒了我吧。」

因為這乍然浮現的回憶，安娜．伍芭諾娃對伯爵談起她小時候，是怎麼在黃昏時分偷偷瞞著母親溜出門，沿著村裡的下坡路走到海邊，找到父親，幫他修補漁網。聽著她的描述，伯爵不禁再次印證，對人千萬別妄下定論。

畢竟，對於在飯店大廳驚鴻一瞥的人，我們如何憑藉第一印象得知她的一切？事實上，我們如何憑藉第一印象去瞭解任何人？啊，我們只有從音樂旋律裡才能瞭解貝多芬，從畫筆的筆觸裡才能瞭解波提切利。人類天生就如此善變，如此複雜，如此矛盾而迷人。因此對於人，我們不只要深入思索，甚至必須**再三思索**，必須掌握一切可能的時間，利用一切可能的機會與他們相處，才能作出最後的判斷。

就拿安娜．伍芭諾娃的嗓音當個簡單的例子吧，在大廳的時候，她拚命想拉住兩條牧羊犬時發出的沙啞聲音，讓人覺得她是個驕傲自大，動輒大呼小叫的年輕女人。這或許一點都沒錯。但在二〇八號套房，眼前有著焦脆的檸檬片，有法國美酒，還有大海的回憶，她的嗓音卻讓你知道，她的職業讓她難得有放鬆歇息的時刻，更遑論要享受一頓像樣的美食。

伯爵再次為他倆的杯子斟滿酒，也聊起了自己的一段回憶。

「我小時候大部分的時間都是在下諾夫高羅德度過的。」他說，「那裡恰好也是世界蘋果之都。

在下諾夫高羅德，鄉間到處長著蘋果樹，不是一棵一棵的，而是一大片一大片的蘋果林，和俄羅斯一樣繁茂古老的蘋果樹林，長出的蘋果像七色彩虹，什麼顏色都有，大大小小，有小得像胡桃，也有大得像砲彈。」

「我想你吃蘋果肯定也吃夠了。」

「噢，我們早餐的蛋卷裡有蘋果，午飯的湯裡有蘋果，晚餐的雉雞肚子裡也塞蘋果。到了聖誕節，樹林裡各類品種的蘋果，我們全部吃個遍。」

伯爵正要舉杯為自己吃了這麼多種蘋果而乾一杯，卻又搖搖手指，自我糾正。

「事實上，有一種蘋果我們是不吃的……」

女明星挑起眉毛，露出迷惑的表情。

「哪一種？」

「根據當地的傳說，森林深處有一種蘋果，果子黑得像煤炭，要是你找到那棵樹，吃了它的果子，你就能得到重生。」

伯爵喝了一大口蒙哈榭，很高興自己從過往的記憶裡撈出了這個小傳說。

「你會嗎？」女明星問。

「會什麼？」

「要是你在森林深處找到那顆蘋果，會不會咬上一口？」

伯爵放下杯子，搖搖頭。

「能重獲新生當然是很有吸引力，但是，我又怎麼能抹去對我的家，我的妹妹，和我學校生活的記憶？」伯爵指著桌子，「我怎麼能抹去對這一切的記憶？」

安娜．伍芭諾娃把餐巾擺在盤子上，椅子往後推，繞過桌子，抓起伯爵的衣領，親吻他的唇。

打從在夏里亞賓讀過那張字條之後，伯爵就覺得伍芭諾娃小姐始終棋高一著。套房裡的輕鬆接待，兩人的燭光晚餐，剔除魚骨勾起童年回憶，這一步步的發展，都是他始料未及的。這個吻當然更讓他猝不及防。此時，她柳腰款擺，朝臥房走去，解開襯衫的扣子，以一個優美的姿勢，讓衣服滑落在地板上。

年輕時的伯爵向來為自己的處處贏得機先而引以為傲。任何場合都準時出席，舉止合宜，設想到別人的需求，在伯爵認為，這都是出身良好的男人必備的條件。但是在眼前的這個情況下，他卻發現，讓別人領先一步，也別有好處。

首先，這樣就輕鬆多了。想在浪漫關係裡贏得先機，就必須隨時保持警覺。想要成功取得進展，就得凝神聆聽每一句話，仔細觀察每一個動作，不放過任何細微表情。換言之，要在浪漫關係裡占得機先是很累人的。而如果落後一步呢？被動接受誘惑呢？啊哈，那就只要靠在某人的椅子裡，啜飲某人的酒，不管某人問什麼問題，就只要用腦筋裡蹦出來的第一個想法回答就成了。

然而，矛盾的是，儘管被動要比主動來得輕鬆，卻也比主動來得更刺激。處於被動的這人原本以為和新識朋友的這頓晚餐，會像其他晚餐一樣風平浪靜：東聊西扯一番，然後在門口親切互道晚安。結果，飯吃到一半，突然有了意想不到的讚美，某人的手指意外拂過你的手，溫柔敞開心房，淺淺一笑，接著突如其來的一吻。

就從這裡開始，驚喜的程度與範圍有增無減。譬如，那襯衫褪落地板之後，你發現那背上的肌膚有點點雀斑，宛如鑲著點點星辰的夜空。又如，輕輕鑽進被子時，床單突然一掀，你仰躺著，某人的一雙手貼著胸口，嘴唇發出嬌喘連連的號令。這些驚喜都會讓你邁進一個嶄新的美妙狀態，但比起凌晨一點鐘的詭異經驗，卻是小巫見大巫。因為，就在凌晨一點鐘，床上的女人翻過身去，含糊不清地說：「走的時候，記得要拉上窗簾。」

這一句叮囑就夠了。伯爵穿上衣服後，就乖乖把窗簾拉好。還不只，他衣衫不整地踮著腳尖走向房門時，還花了點時間，把女明星的象牙白襯衫從地上撿起來，掛回衣架上。畢竟，就像伯爵幾個鐘頭之前所說的，血統最好的狗，也需要最老練的人來帶才行。

☆

門喀噠一聲在背後關上……

伯爵不確定自己以前是否確實聽過這樣的聲音。這聲音很輕微，不引人注目，然而，卻又不折不扣代表著揮之即去的意思。這不免讓人陷入哲學式的思考。

伯爵手上拎著鞋子，襯衫沒紮進褲腰，站在空蕩蕩的走廊上，而方才與他同床共枕的女人卻正在酣睡。就算是對無禮行為最不以為然的人，看到這樣的境況，想必也會覺得伯爵是咎由自取吧。因為他既然有幸被個傲慢的美女從眾人裡挑中，不是早該料到會這樣無禮地被趕出門外嗎？

嗯，大概吧。但是像這樣站在空蕩蕩的走廊上，對面房門口一碗吃了一半的羅宋湯，伯爵覺得自己不像哲學家，反倒像是條鬼魂。

沒錯，就是條鬼魂，伯爵悄悄穿過走廊的時候想。就像哈姆雷特的父親午夜之後仍在埃爾西諾城牆上徘徊……或者像果戈里小說裡的孤魂野鬼阿卡奇．阿卡基耶維奇，三更半夜流連在卡林金橋上，找尋他被偷的外套……

為什麼有這麼多孤魂野鬼喜歡半夜在走廊上徘徊？要是問活著的人，他們會告訴你說，這些鬼魂若非有著尚未滅絕的欲望，就是有著無法言說的悔恨，讓他們無法安眠，跑到這世界上尋找安慰。

但活著的人都太自我中心了。

他們當然會認為鬼魂在半夜到處遊蕩，是因為忘不了塵世的記憶。事實上，這些騷動不安的鬼魂如果想要正中午跑到熙來攘往的鬧街上，應該也沒有人能阻止得了吧。

不對。他們之所以在半夜出來遊蕩，並不是嫉妒活著的人。相反的，他們是壓根兒不想見到活人。就像蛇不想見到園丁，或狐狸不想見到獵犬一樣。他們在半夜遊蕩，是因為這個時間通常不會被塵世喧擾的聲音或情緒所干擾。經歷這麼多年的挨餓與掙扎，盼望與祈禱，肩負期待，忍受批評，時刻注意自己的言行舉止，不得不和其他人虛與委蛇之後，他們想要的，就只是片刻的平靜與安寧。至少，伯爵穿過走廊的時候是這麼想的。

伯爵彷彿遵守什麼規則似的，一向都走樓梯。這天晚上走到二樓平臺的時候，卻不知為什麼，決定搭電梯。他以為這個時間電梯裡肯定只有他一個人，沒想到門一開，卻看見了那隻獨眼貓。

「庫圖佐夫！」他驚喜大喊。

獨眼貓好好打量了衣衫不整的伯爵，表情就像當年大公碰到相同情況時一樣：一臉嚴肅，失望沉默。

「啊哈。」伯爵說。他走進電梯裡，一手拎著鞋子，一手想辦法要把襯衫下襬塞進褲腰裡。

☆

伯爵在五樓和獨眼貓道別，走向塔樓的狹窄樓梯，知道自己的週年慶祝活動全盤失敗。他想在牆壁刻下時間的印記，沒想到牆壁反倒在他身上刻下印記了。依據伯爵多年前學到的經驗，這時最好是洗洗臉，刷刷牙，拉起被子蒙住頭。

伯爵正要打開自己房門的時候，頸背突然感覺到有股微微的風，讓他想起夏日微風吹拂的感覺。他轉身向左，一動也不動地站著。又來了，是從這層樓的另外一頭吹來的……

伯爵很不解地穿過走廊，發現每一扇門都關得嚴嚴的。走廊盡頭看來什麼也沒有，只有一堆亂七八糟的管線。但是在最遠的牆角，最大的那根管子的陰影裡，他看見一道貼在牆面的梯子，通向屋頂的一道掀門。有人把掀門打開了。伯爵放下鞋子，輕手輕腳爬上梯子，踏進夜色裡。

方才召喚伯爵的夏日微風，此刻擁抱著他。溫暖而包容的微風，讓他想起了年少時的夏夜，以及那許許多多的情緒——五歲、十歲、二十歲，在聖彼得堡的街頭，或在埃鐸豪爾草地的那些個夏夜。往日情懷撲天蓋地而來，讓他幾乎無法招架，他不得不停下腳步，暫停片刻，才能繼續走向屋頂的西緣。

在他面前的，是古老的莫斯科城。耐心等待兩百年之後，莫斯科終於再次成為俄羅斯的政治中樞。儘管已是深夜，但克里姆林宮的每一扇窗戶都還亮著燈，彷彿最新的主人還沉醉在權力的美妙感覺裡，無法入睡。克里姆林宮燈光輝煌，但就像之前世世代代的燈火一樣，比起他們頭頂上的穹蒼星辰，都不免黯然失色。

伯爵伸長脖子，想辨認出他小時候學到的一些星座：英仙座，獵戶座，大熊座，每一個星座都完美無瑕，永恆不滅。他不禁想，上蒼究竟為何要創造出這一顆顆星星，讓人在前一天覺得備受鼓舞，在隔天卻又覺得自己微不足道呢？

伯爵的視線從天空往下移向地平線，望向城市之外，望見自古以來撫慰水手心靈的金星，發出比其他星辰更耀眼的光芒。

接著閃了閃。

「早安，伯爵大人。」

伯爵猛然轉身。

站在他背後幾呎之外的，是個頭戴帆布帽，年約六十出頭的男子。這人跨步向前，伯爵發現他是飯店的維修工人，專門和漏水的水管、吱嘎作響的門奮戰。

「那是蘇霍夫。」那人說。

「蘇霍夫？」

「無線電塔。」

他指著遠處那撫慰水手心靈的亮光。

啊，伯爵想起來了，那就是米哈伊爾說的那座傳送最新消息與情報的螺旋狀建築……

兩人沉默了一晌，彷彿等待電塔再次閃爍亮光，而燈光果然盡責的亮起。

「嗯，咖啡準備好了，請您隨我來。」

這名年長的工人帶著伯爵到屋頂的東北角，在兩根煙囪之間，他搭了個像帳篷的東西。除了有張三腳凳之外，還有個咖啡壺在火盆上冒著蒸氣。老人挑的地點很好，既可以避風，又可以看見波修瓦劇院，景觀很好，只稍微被屋頂邊緣堆疊的幾個板條箱遮蔽了一些視野。

「我的客人不多，」這工人說，「所以我只有一張凳子。」

「沒關係，」伯爵說，拿起一條長約兩呎的木板，坐在上面，努力保持平衡。

「要幫您倒一杯咖啡嗎？」

「麻煩你。」

老人倒咖啡的時候，伯爵不禁好奇，這是他一天的結束或開始。但無論如何，此時來杯咖啡正合他意。還有什麼東西比咖啡更萬能呢？無論是裝在家用錫杯或法國高級瓷杯裡，咖啡總能一大早讓人活力充沛地開始勤奮工作，中午讓人安定心神，半夜裡讓坐困愁城的人提振精神。

「太好喝了。」伯爵說。

老人身體往前傾。

「祕訣在磨咖啡豆，」他指著一個附有小鐵柄的木製小器具。「一磨完馬上煮。」

伯爵像個門外漢那樣佩服地挑起眉毛。

是啊，在視野遼闊的夏夜裡，老人的咖啡無比完美。事實上，唯一破壞此刻氣氛的，是空氣中隱約傳來的嗡嗡聲，感覺像是保險絲或無線電接收器故障發出的聲音。

「是因為那個電塔嗎？」伯爵問。

「因為那個電塔怎麼了？」

「這個嗡嗡聲。」

老人抬頭望天，聽了一會兒之後笑起來。

「是女孩們在工作。」

「女孩？」

老人伸出拇指，指著擋住波修瓦劇院的那堆板條箱。在尚未破曉的微光裡，伯爵只能看見模糊的輪廓，在那箱子上方好像有什麼東西在盤旋。

「那是……蜜蜂？」

「一點都沒錯。」

「牠們在這裡幹嘛？」

「釀蜂蜜啊。」

「蜂蜜！」

老人又笑了起來。

「蜜蜂本來就是釀蜂蜜的啊。在這裡釀。」

老人傾身遞出一塊瓦片，上面有兩片塗著蜂蜜的黑麵包。伯爵拿起一塊，咬了一口。

首先讓他感到訝異的是黑麵包的味道。他上次吃黑麵包是什麼時候的事？老實說，他還真不好意思承認。黑麥和顏色更深的糖漿，是搭配咖啡的良伴。但蜂蜜呢？卻帶來非比尋常的強烈對比。如果說麵包宛如大地，是黃褐色，代表著沉思；那麼蜂蜜就宛如陽光，是金色的，代表著歡樂。但不僅僅是這樣……還有某種難以描述，但非常熟悉的元素……在那甜美的口感底下、背後或裡面，還有一個裝飾音。

「這個味道是……」伯爵自言自語。

「是紫丁香。」老人回答說。他沒轉身，大拇指朝後指著亞歷山大花園的方向。

當然了，伯爵想。確實是。他怎麼會沒想到？有段時間，他是全莫斯科最瞭解亞歷山大花園紫丁香的人。花季時，他常在白紫交織繁花似錦的樹下，快快樂樂消磨一整個下午。

「太特別了。」伯爵讚賞萬分地搖著頭說。

「這是期間限定。」老人說，「紫丁香盛開時，蜜蜂忙著飛向亞歷山大花園，蜂蜜嘗起來就有紫丁香的風味。但再過一個星期，牠們就飛向林蔭環道了，於是你就會嘗到櫻桃香的蜂蜜。」

「林蔭環道！飛那麼遠？」

「有人說，蜜蜂會為了一朵花橫越大海，」老人微笑說，「雖然我沒看過這樣的蜜蜂。」

伯爵搖搖頭，又咬了一口，接過第二杯咖啡，「小時候，我常待在下諾夫高羅德。」這是他今天第二度回憶童年往事。

「那裡的蘋果花飄落下來像雪花一樣，」老人微笑說，「我也是在那裡長大的。我父親是切尼克莊園的看門人。」

「我知道那個地方！」伯爵大叫起來，「那裡好漂亮……」

夏日朝陽開始升起時，火慢慢熄了，蜜蜂在兩人頭頂盤旋。他們聊起童年，聊起馬車輪子在路上喀啦喀啦，蜻蜓在草地上飛舞，極目所見，都是繁花盛放的蘋果樹。

【作者注】

*啊，特別是掃街的清道夫！

這些默默無聞的人黎明即起，踏遍大街，掃拾時代所遺棄的垃圾，不只是火柴、糖果紙、票根，而且還有報紙、雜誌和傳單，教義問答小冊與讚美詩集，歷史與回憶錄，契約、轉讓合同、頭銜、條約、憲法，和十誡的每一條誡律。

掃吧，清道夫！掃吧，掃吧，把俄羅斯掃得閃閃發亮，像金子一樣！

附記

就在伯爵聽見二〇八號套房的門喀噠一聲關上時，安娜．伍芭諾娃其實正要睡著，但未睡熟。

女明星叫伯爵離開的時候（翻身背對他，發出慵懶的嘆息），雖不動聲色，心中其實略有幾分欣喜，看著他撿起衣服，拉上窗簾，後來看見他駐足拾起她的上衣，掛在衣櫃裡，她甚至還有些滿足。

但睡到半夜，伯爵拾起她上衣的這個影像，卻開始讓她睡不著。返回聖彼得堡的火車上，她竟然還對這件事暗自嘀咕個沒完。等回到家，她的嘀咕已經轉成怒火了。接下來的一整個星期，緊湊的行程裡只要稍稍有空檔，這個影像就立即浮現，她那名聞遐邇的雪白雙頰也會氣得發紅。

「這個羅斯托夫伯爵，他以為自己是誰？替我拉椅子，對狗吹口哨？根本就是高高在上，看不起人嘛。他究竟有什麼權利？誰准他幫我撿起襯衫，掛在衣架上啦？我就是想把襯衫丟在地上，又怎樣？那是我的衣服，我愛怎樣就怎樣！」

有時她發現自己根本不是在找誰評理，只是自言自語。

有天晚上，參加完派對回來，一想到伯爵那個矯揉造作的小動作，她就怒火中燒。脫衣服的時候，她不只把紅色的真絲禮服丟在地上，還叫佣人不准碰。接下來的每個晚上，她都把換下的衣服丟在地上。洋裝與襯衫，不管是天鵝絨或真絲，也不管是倫敦或巴黎買的，越貴的衣服越好。她把衣服丟在浴室地板，丟在垃圾桶旁邊。簡而言之，就是愛丟哪就丟哪。

兩個星期之後，她的閨房看起來像是阿拉伯人的帳篷，腳下堆滿五顏六色的織品衣衫。

伯爵那天在二〇八號套房門口見到的六十歲喬治亞婦人奧爾嘉，從一九二〇年就開始擔任女明星的梳妝女僕，工作非常盡心。眼見女主人的行為，她原本一派世故，顯得漠不關心。但有天晚上，安娜把一件藍色露背洋裝丟在白色真絲晚禮服上時，奧爾嘉實事求是地說：

「親愛的，你表現得像小孩子一樣。要是你不撿起你的衣服，我別無選擇，只能打你屁股了。」

安娜．伍芭諾娃臉紅得像果醬。

「撿起我的衣服？」她咆哮說，「你叫我撿起我的衣服？那我就撿起來！」

她把二十件外出服抱在懷裡，大步走到敞開的窗前，丟到下面的街道。看著衣服飄散掉落在地上，女明星非常滿意。她正要轉身，得意地面對自己的梳妝女僕，但奧爾嘉只冷冷的說，這下鄰居可樂了，因為大家都說女明星脾氣壞，他們現在眼見為憑了。說完，她就轉身離開房間。

安娜熄燈，爬上床，嘴裡還嘟嘟囔囔，口沫橫飛，像根燭油直滴的蠟燭。

「誰理鄰居說什麼，我就是脾氣壞！聖彼得堡的人說什麼，全俄羅斯的人說什麼，我都不在乎！」

但是凌晨兩點鐘，輾轉反側的安娜．伍芭諾娃躡手躡腳走下寬闊的樓梯，溜到街上，把衣服一件一件撿起來。

一九二四年

隱姓埋名

自有民俗傳說以來，人們就對隱形充滿幻想。透過某些法寶或藥水，甚至是藉由神明的協助，活生生的英雄獲得隱形的能力，在法力有效的時間裡，可以在人群之間行走，卻沒人看得見他。

任何一個十歲小孩都可以滔滔不絕告訴你，擁有這個能力究竟有什麼好處。例如可以偷偷從惡龍身邊溜過，可以偷聽壞人的陰謀，偷偷潛進埋有寶藏的地方，或者從糕餅店裡偷走一個派，摘掉警察頭上的帽子，點火燒掉校長大衣的下襬，他們可以告訴你幾萬個故事，證明隱形的種種好處。

但是少有人提及的一類故事是，隱形的魔法是以下咒的方式，施加於毫不知情的英雄身上。這位主角曾經歷戰火洗禮，曾是社交談論的主題人物，在劇院裡擁有第二十排的特選座位，從這個座位可以看見包廂，對坐在裡面的名媛淑女一舉一動全都看得清清楚楚。然而，一夕之間，他突然發現自己在朋友和敵人眼中全成了隱形人。一九二三年，安娜．伍芭諾娃在伯爵身上所施的，就是這樣的隱形魔咒。

在那個決定命運的夜晚，伯爵和這位女明星在她的套房裡共進晚餐，她應該有能力當場對他施下這個隱形咒的。但沒有，她為了玩弄他平靜的心靈，選擇讓她的魔咒在長達一年的時間裡點點滴滴地慢慢釋放出來。

在那個夜晚之後的幾個星期裡，伯爵突然發現自己有時會有幾分鐘在他人眼中消失無蹤。例如他在廣場餐廳用餐的時候，一對夫婦走向他的桌子，顯然是要坐到他所在的這張桌子。有時候，他站在櫃檯前面，匆匆進來的客人會差點被他的腳絆倒。到了冬天，通常遠遠看見他就用微笑迎接的人，彷彿要等他走到十呎之內的距離，才看得見他。而一年之後呢？他穿過大廳的時候，最親近的朋友往往也要花上一分鐘的功夫，才會發現他就站在他們面前。

「噢，」瓦西里把電話放回座架說，「不好意思，伯爵，我沒看見您。有什麼可以效勞的嗎？」

伯爵輕輕敲了禮賓經理的桌面。

「你該不會剛好知道妮娜人在哪裡吧？」

伯爵是特意來找瓦西里探問妮娜的行蹤。他可不會逢人就問小女孩哪裡去了。什麼人什麼時間在什麼地方，瓦西里向來瞭若指掌。

「我想她在牌棋室。」

「哈。」伯爵露出會心的微笑。

他轉身穿過走廊，走向牌棋室，悄悄打開門，以為會看見四個中年婦女交換餅乾吃，滿口髒話地打牌，而那個小精靈正躲在櫃子裡，專心聽她們講話。結果沒有，他發現他正要找的對象獨自坐在牌桌上。她面前兩疊紙，手裡握著鉛筆，像個用功唸書的模範生。鉛筆運行流暢，宛如一支儀隊，昂首闊步踏過紙頁，走到邊緣又迅速轉身往回走。

「你好啊，我的朋友。」

「哈囉，伯爵！」妮娜頭也沒抬地說。

「你晚餐前要不要和我去探險啊？我想去配電間。」

「恐怕我現在走不開。」

伯爵在她對面的椅子坐下，看她寫完面前的這張紙，然後又拿了一張空白的紙。他出於習慣，拿起桌角的那疊紙牌，洗了兩次。

「你想看我變戲法嗎？」

「也許下次吧。」

伯爵把紙牌收攏整齊，放回原位。他拿起妮娜寫好的那疊紙最上面的一張。在整齊排列的格子裡，妮娜寫下從一一〇〇到一一九九之間的所有基數。不知基於什麼規則，每十三個數字就用紅筆圈起來。

伯爵當然覺得很不解。

「你在做什麼？」

「寫數學啊。」

「我感覺得出來你對這門課很用心。」

「李西特斯基老師說我們要像和熊搏鬥那樣，去和數學搏鬥。」

「真的啊？那今天我們要和哪一種熊搏鬥啊？是北極熊，不是貓熊吧，我猜。」

妮娜抬頭，狠狠瞪了伯爵一眼。

伯爵清清嗓子，換上比較嚴肅的語氣。

「我想這是要給數字做某種分組……」

「你知道什麼是質數嗎？」

「就是二、三、五、七、十一、十三……」

「沒錯，」妮娜說，「就是除了一和自己本身之外，無法被除盡的數字。」

她說「無法被除盡」這幾個字的時候，表情極為誇張，不知道的人還以為妮娜是在說哪座城堡堅不可摧呢。

「反正啊，」她說，「我要把它們全部列出來。」

「全部！」

「這就像西西弗斯推石頭一樣，是永遠也做不完的，我知道。」她坦承（但她那熱切的語氣，讓人不禁懷疑她是否真的知道西西弗斯故事的意義）。

她指著桌上已經寫好的那疊紙。

「質數從二、三、五開始，就像你說的。但是數字越大，質數就越少。所以找出七或十一是一回事，找出一千零九就完全是另一回事了。你想像得出來在六位數裡要怎麼找出質數？在八位數裡……？」

妮娜望向遠方，彷彿看見最大也最堅不可摧的數字，站在岩石嶙峋的岬角上，歷經噴火惡龍與野蠻部落的襲擊，依舊聳立千年，難以撼動。接著，她低下頭繼續寫。

伯爵低頭看著自己手上那些寫滿數字的紙張，非常欽佩。畢竟，受過教育的人，對其他人抱持好奇與努力而進行的研究，都應當懷有敬意，無論那課題有多晦澀難解。

「喏，」他打斷她說，「這個數字不是質數。」

妮娜抬起頭來，一臉難以置信的表情。

「哪一個數字？」

他把那張紙攤在她面前，指著一個用紅筆圈起來的數字。

「一千一百七十三。」

「你怎麼知道這不是質數？」

「如果一個數字的每一位數相加，總數可以被三除盡的話，那麼這個數字也可以被三除盡。」

面對這個異乎尋常的事實，妮娜用法語回答說：

「我的天哪。」

她靠在椅背上，打量著伯爵，那神態彷彿在說，她之前或許是低估他了。

人若是被朋友低估，絕對有理由生氣，因為既然是我們的朋友，應該要**高估**我們才對啊。對於我們的道德操守，我們的審美能力，我們的智慧見識，都應該有超乎事實的高度評價。啊，在他們的想像裡，我們在危急時刻，應該可以一手抓著莎士比亞作品，一手握槍，跳出窗外。但伯爵卻覺得自己沒有什麼資格生氣。因為他怎麼也想不出來，這個不可思議的畫面，是從他年少心靈的哪個黑暗角落裡蹦出來的。

「好吧，」妮娜說，指著伯爵手上那疊已寫上數字的紙，「你最好把那些還給我。」

伯爵讓妮娜繼續進行研究，安慰自己說，再過十五分鐘，他就要和米哈伊爾一起吃晚餐了。而且，他也還沒看今天的報紙。於是，他走回大廳，從茶几上拿起《真理報》，舒舒服服坐在兩棵棕櫚盆景之間的椅子裡。

伯爵的目光掃過一遍標題，開始細讀一篇介紹某家工廠的報導。這家位在莫斯科的工廠，生產的總量超過預定的標準。接著，又讀了一篇描述俄國農村生活種種進步發展的報導。等到開始讀起一篇喀山市學童生活多麼快樂的報導時，他忍不住覺得這種新的報導風格一再重覆，簡直令人厭倦。布爾什維克不只每天耽溺於相同的題材，也喜歡用有限的字彙陳述狹隘的觀點，不免讓人覺得每篇報導以前都讀過。

讀到第五篇的時候，伯爵才發現，他是真的讀過了。因為這是昨天的報紙。他咕噥一聲，把報紙丟回桌上，看著櫃檯後面的時鐘。米哈伊爾已經遲到十五分鐘了。

然而，同樣是十五分鐘，對於忙碌的人和無所事事的人，感覺起來的長度完全不同。對伯爵來說，如果前十二個月的生活可以輕描淡寫為「平靜無波」，對米哈伊爾來說，則完全不是這麼一回事。伯爵的這位老朋友，一九二三年離開俄羅斯無產階級作家協會大會的時候，接下了一樁任務，要彙集俄國的短篇故事，加以編輯、添增注釋，成為一套多冊的文集。光是這個任務，就足以讓他有合理的藉口可以遲到。但米哈伊爾的生活還有另一個發展，讓他和別人的約會有了更多迴旋空間……

年輕的時候，人人都知道伯爵是個神槍手。為人津津樂道的是，他可以站在灌木林裡，拿石頭丟中掛在校園另一頭校舍上方的校鐘。他也可以把銅板穩穩丟進教室另一頭的墨水瓶裡。拿起弓箭，他就可以射穿五十步外的橘子。但比起他一眼就看出好友對基輔來的凱特琳娜情有獨鍾的敏銳觀察，以前的這些事跡都算不了什麼。一九二三年大會結束之後不到幾個月，在米哈伊爾心中，她的美不可方物，她的心溫柔善良，她的言行溫婉親切，米哈伊爾別無選擇，只能躲在聖彼得堡的舊皇家圖書館裡，以書為屏障。

「她就像螢火蟲，阿亞，像孩子吹的風車。」米哈伊爾有時會說。他臉上充滿渴望，彷彿從未領略過世界之美的人，獲准在頃刻間瞥上一眼，對這個美麗的世界讚歎不已。

然後，在一個秋日午後，她出現在他的狹小天地裡，來找他傾訴心聲。他們在書牆後面輕聲細語了一個鐘頭，圖書館閉館的鐘聲響起時，他們離開圖書館，沿著涅夫斯基大街，一路走到可以俯瞰涅瓦河的季赫溫墓園。這位小螢火蟲，小風車，世界的奇蹟，突然拉起他的手。

「啊，羅斯托夫伯爵，」從他身邊走過的亞卡迪嚷著，「原來您在這裡！我有個口信要給您……」他回到櫃檯，迅速在一疊字條裡翻找，「找到了。」

這口信是飯店的接待員記下的，米哈伊爾致歉，解釋說因為凱特琳娜身體不適，他必須提早回聖彼得堡。伯爵沉吟一晌，掩飾自己的失望，才抬頭謝謝亞卡迪，但這位禮賓經理早就忙著去招呼其他客人了。

「晚安，羅斯托夫伯爵，」安德烈飛快瞄了一眼訂位簿，「今晚是兩位，對吧？」

「恐怕只有一位了，安德烈。」

「即便如此，蒙您光臨，還是我們莫大的榮幸。您的位子再過幾分鐘就準備好。」

隨著德國、英國、義大利近來陸續承認蘇聯，在博雅斯基餐廳等上幾分鐘才能就座的情況，變得越來越常見。這是重建邦交與重新建立貿易關係所必須付出的代價。

伯爵站到一旁等待的時候，一名鬍子尖尖的男子闊步穿過大廳，後面跟著一名隨從。伯爵雖然只見過他一兩次，但知道他是某個什麼委員會的大官，因為他不只走路急，講話急，連停下腳步的時候都像緊急煞車。

「晚安，索洛夫斯基同志。」安德烈露出笑容迎接。

「嗯。」索洛夫斯基說，彷彿經理是問他要不要馬上入座。

安德烈點頭表示理解，招手叫來一名侍者，交給他兩份菜單，要他帶這位同志到十四號桌。

以整個空間來看，博雅斯基餐廳像個廣場，正中央是插得高高的一大盆花（今天插的是盛開的連翹花），周圍擺設二十張大小各異的桌子。如果用羅盤的方位來看餐桌的安排，在安德烈的指示下，那名侍者帶那位大官和隨從走向東北角的一張兩人桌，旁邊正在用餐的是個有雙下巴的白俄羅斯人。

「安德烈吾友……」

低頭看訂位簿的經理馬上抬頭。

「他不就是幾天前才和那個長得像牛頭犬的傢伙抬過槓的人嗎？」

「抬槓」是很委婉的說法。事發的那天下午，索洛夫斯基大聲對著和他一起吃午飯的同伴說，為什麼白俄羅斯遲遲無法接受列寧的思想，那個牛頭犬（就坐在隔桌）把餐巾丟在盤子上，追問「這話是什麼意思！」索洛夫斯基就像他那尖尖的翹鬍子一樣目中無人，說理由有三，開始一一細數：

「第一，他們那裡的人相當懶，白俄羅斯人懶散的個性人盡皆知。第二，他們癡迷於西方的一切，這大概是因為他們長期與波蘭人通婚的結果。但是第三點最重要——」

可惜，全餐廳的人都無緣知道第三點是什麼。因為索洛夫斯基才說完「通婚」兩個字，牛頭犬就把椅子往後一推，伸手把索洛夫斯基從椅子上拎了起來。之後，餐廳得動用三名侍者才能把他們的手從另一人的衣領上拉開，此外，還加派兩個雜工來把地板上的法式燉雞掃乾淨。

安德烈回想起當天慘烈的情景，轉頭看第十三桌，那個牛頭犬正和一名女子共餐，他倆神態如此相似，任何有經驗的邏輯學家都會推斷她是他的妻子。安德烈馬上轉身，繞過盛開的連翹花，走近索洛夫斯基與他的隨從，帶他們往回走到第三桌——位在東南偏南的一個舒服位置，那座位足足可以坐四個人。

「萬分感謝。」安德烈回來之後用法語說。

「沒什麼。」伯爵也用法語回答。

伯爵對安德烈說「沒什麼」，並不只是學法國人講客套話。事實上，伯爵這舉手之勞，就像燕子的啼鳴，是天生就會的，並不需要多加感謝。因為，打從十五歲起，羅斯托夫伯爵就是安排餐桌座位的高手。

學校放假回家時，祖母總是叫他到書房。她喜歡坐在壁爐旁邊的單人椅上織毛衣。

「過來，孩子，陪我坐一會兒。」

「沒問題，奶奶。」伯爵說，坐在壁爐鐵柵的邊緣。「有什麼可以幫忙的嗎？」

「主教星期五晚上要過來吃飯，還有歐波林斯基公爵夫人，凱拉金伯爵，明斯基—波羅托夫……」

她會拖長尾音，沒再多做解釋。但其實也不需要進一步解釋。在伯爵夫人心中，晚餐應該可以讓人擺脫生活的考驗與煩惱，好好歇息。因此，她絕不容許在她的餐桌上討論宗教、政治或個人煩惱。但棘手的是，主教左耳失聰，愛講拉丁格言，一杯葡萄酒下肚，就要盯著女賓袒露的胸口看；而歐波林斯基公爵夫人一到夏天就格外刻薄，一聽到格言警句就皺眉頭，尤其受不了有人討論藝術。至於凱拉金伯爵呢？一八一一年，凱拉金伯爵的曾祖父被明斯基—波羅托夫王子指責是「拿破崙同路人」，從此以後兩家反目成仇，形同陌路。

「總共有多少位出席？」伯爵問。

「四十位。」

「是常來的那些？」

「差不多。」

「奧西波夫夫婦呢？」

「太太會來，但皮耶在莫斯科。」

「哈。」伯爵像棋賽冠軍選手在開局讓棋時那樣，露出胸有成竹的微笑。下諾夫高羅德有一百多個顯赫的家族，兩百多年來，經過通婚離婚，你借我貸，接納，懊悔，冒犯，捍衛，決鬥，競逐著因輩份、性別與房產而定奪高低的地位。而這混沌的中心正是羅斯托夫伯爵夫人那兩張各可以容納二十人的大餐桌。

「別擔心，奶奶，」伯爵要她放心，「我會有辦法的。」

伯爵走到花園裡，閉上眼睛，在腦海裡把每位客人的座位挪來移去。而妹妹則以取笑他的工作為樂。

「你幹嘛皺眉頭啊，阿亞？不管座位怎麼安排，我們吃飯的時候都同樣聊得很開心啊。」

「不管座位怎麼安排！」伯爵嚷了起來，「聊得很開心！我告訴你，親愛的妹妹啊，座位隨便排，有可能讓婚姻破碎，讓長期的和平相處灰飛煙滅。事實上，當初在墨涅拉俄斯的皇宮裡，若不是帕里斯坐在海倫旁邊，就不會有後來的特洛伊戰爭[23]了。」

這回答妙極了，時隔這麼多年，伯爵仍然記得。但是歐波林斯基和明斯基—波羅托夫家族如今安在？

23 墨涅拉俄斯是絕世美人海倫之夫，也是斯巴達國王。在宴請帕里斯的晚宴上，帕里斯與海倫暗生情愫，兩人私奔回特洛伊，引發後來的特洛伊戰爭。

和赫克特與阿基里斯一同湮沒於時光裡了。

「您的座位準備好了，羅斯托夫伯爵。」

「啊，謝謝你，安德烈。」

兩分鐘之後，伯爵端著一杯香檳（這是安德烈的小小謝意，感激他及時出手相助），舒舒服服坐在他的位子上。

伯爵喝了一小口香檳，拿起菜單，從後往前看。這是他一向的習慣，因為他從經驗裡得知，先選擇開胃菜，再決定主菜，往往只會懊悔。眼前就是個極佳的例子。菜單的最後一道菜才是他今晚所需要的：燉牛膝。要配這道菜，最好是挑清淡爽口的開胃菜。

伯爵闔上菜單，環顧餐廳。剛才爬上樓梯到博雅斯基的時候，他的心情確實有點低落，但此刻手裡一杯香檳，晚餐有燉牛膝可吃，而且又幫了一個朋友的忙，讓他心滿意足。這或許是命運女神刻意的作為，好提振他的精神。

「您有任何問題嗎？」

有人在伯爵背後問。

伯爵毫不遲疑，就要開口點他已經決定好的餐點。但他一回頭，就說不出話來，因為傾身挨近他肩膀的是主教，身穿博雅斯基餐廳的白色制服外套。

沒錯，近來隨著飯店外國客人的回流，博雅斯基餐廳是有點人手不足。但是廣場有那麼多服務生，這世上有那麼多服務生，幹嘛非挑這一個不可？

主教似乎聽見了伯爵的思緒，因為他的笑容越發顯得沾沾自喜。**沒錯**，他似乎在說，**我調到你這家有名的餐廳來了，是少數幾個出類拔萃，可以自由進出朱可夫斯基主廚廚房大門的人。**

「還是您需要多一點時間……」主教說，但鉛筆已經在他的小本子上準備記下點餐了。

有那麼一瞬間，伯爵想打發他離開，要求換座位。但是羅斯托夫家族有個引以為豪的傳統，那就是言行舉止絕對不可有失寬厚。

「不，小夥子，」伯爵回答說，「我可以點餐了。開胃菜要茴香柳橙沙拉，主菜要燉牛膝。」

「沒問題。」主教說，「您的牛膝要幾分熟？」

伯爵幾乎要不可置信地叫起來。**我要幾分熟？他難道是要我指定燉肉的溫度嗎？**

「就照主廚的意思吧。」伯爵寬宏大量地說。

「沒問題。那您要來瓶酒嗎？」

「當然要。來瓶聖羅倫佐的巴羅洛，一九一二年的。」

「那您想要紅酒還是白酒呢？」

「巴羅洛，」伯爵耐住性子解釋，「是義大利北部產的紅酒。配米蘭燉牛膝是絕配。」

「這麼說，您是要紅酒囉。」

伯爵盯著主教看了好一會兒，這傢伙看來不像耳聾啊，他想，而且，從口音聽起來，確實也是個俄羅斯人。這時他不是應該轉身朝廚房走去嗎？但是，就像羅斯托夫伯爵夫人常說的：耐心若非這麼常考驗我們，就稱不上是美德了。

「是的，」伯爵心中默數五秒之後，說：「巴羅洛是**紅酒**。」

主教還是站在原地，鉛筆筆尖貼在點餐簿上。

「對不起，」但他的語氣裡沒有一絲歉意，「我或許說得不夠清楚，您今天晚上的葡萄酒，只有白酒和紅酒兩種選擇。」

兩人盯著彼此。

「也許你應該請安德烈過來一下。」

「沒問題。」主教像神職人員那樣微微頷首，往後退開。

伯爵的手指敲著桌面。

沒問題，他說。沒問題，沒問題，沒問題，究竟什麼沒問題？因為你在那裡，我在這裡，所以沒問題？因為你說了話，我就得回答，所以沒問題？因為人活在世上的時間終有期限，隨時都可能結束，所以沒問題！

「有問題嗎，羅斯托夫伯爵？」

「啊，安德烈。是你那個新人。他以前在樓下工作的時候，我就很了解他的情況。在那個地方，稍微欠缺經驗，我想還可以容忍，甚至也料想得到。但是在博雅斯基……」

伯爵雙手一攤，指著這神聖的餐廳，看著餐廳經理，希望他能明白。

對安德烈略微有一絲瞭解的人都知道，他是個謹言慎行的人。他不是在嘉年華會上大聲招徠客人，或在巡迴劇團當經理的那種人。身為博雅斯基餐廳經理，他的工作需要他審慎明智，老練圓融，進退得體。所以伯爵很習慣看見安德烈一臉嚴肅。只是，在博雅斯基用餐這麼多年以來，他從沒見過安德烈的表情如此嚴肅過。

「是赫雷基先生直接下令提拔他的。」餐廳經理平靜地解釋。

「為什麼呢？」

「我不確定。我想他是有什麼朋友吧。」

「朋友？」

安德烈聳聳肩，這又是個有違他個性的動作。

「是個有影響力的朋友吧。也許是在餐飲服務業工會，或全俄工會，甚至是黨內的高階人士也說不定。這個年頭，誰說得準呢？」

「太遺憾了。」伯爵說。

安德烈感激地微微鞠躬。

「唉，他們硬要把這個人塞給你，出了事，當然也不能把帳算在你頭上。我也會調整我自己的期待。但是你離開之前，可以幫我一個忙嗎？不知為什麼，他不肯讓我點酒。我只是希望能有瓶聖羅倫佐的巴羅洛來配我的燉牛膝。」

令人難以想像的是，安德烈的表情更加凝重了。

「或許您該隨我來……」

伯爵跟在安德烈背後，走過餐廳，穿過廚房，走下盤旋的長樓梯，到了一個連妮娜都沒來過的地方：大都會飯店的酒窖。

磚砌的拱道，冰涼陰暗的環境，大都會飯店的這座酒窖讓人聯想起地下墓穴的陰翳之美。只不過，這裡擺放的不是安置聖徒的石棺，而是一排排延伸到地窖深處的架子，收藏一瓶瓶的葡萄酒。這裡有數量多得驚人的卡本內蘇維翁和夏多內，麗絲玲和希哈，波特酒和馬德拉。產自歐洲大陸各地，百年來釀製的上好葡萄酒。

據說，這裡有將近一萬箱的好酒。超過十萬瓶。但是，每一瓶都沒有標籤。

「怎麼回事？」伯爵驚呼。

安德烈沉著臉，點點頭。

「有人向食品委員會的特奧多羅夫同志打了報告，說我們提供酒單，嚴重違反革命精神。因為這代表了貴族的特權，知識份子的腐敗，讓投機份子可以抬高價格，強取豪奪。」

「這也太荒謬了。」

從不聳肩的安德烈，在一個鐘頭之內，第二次聳肩。

「他們開會，投票，下達命令……從此以後，博雅斯基餐廳就只供應紅酒與白酒，而且每一瓶的價錢都一樣。」

安德烈那向來負有高尚任務的手，此時一伸，指著牆角，就在五個水桶旁邊，有一大堆酒標丟在地上。「十個人花了十天的功夫，才完成這個工作。」他哀傷地說。

「究竟是誰去打這種報告？」

「我不確定，但是有人說可能是你那位朋友……」

「我的朋友？」

「從樓下調上來的那位。」

伯爵不敢置信地看著安德烈。就在這時，一段回憶自動浮現腦海——有個聖誕節的時候，這個服務生推薦客人用里奧拉紅酒配拉脫維亞燉菜，伯爵忍不住側身去糾正他。當時伯爵還沾沾自喜地想，經驗是無可取代的。

嗯，伯爵想，還是可以取代的。

落後安德烈幾步的伯爵，走在酒窖的中央走道，就像戰役過後，指揮官與副官巡視戰場那般。在靠近走道盡頭處，伯爵轉進另一排酒架。他迅速數了數酒架與層板的數目，斷定光是這一排，就有超過一千瓶——一千瓶外觀與重量都極其相似的葡萄酒。

他隨手拿起一瓶，欣賞那完美的玻璃曲線，以及握在手裡的完美手感與重量。可是裡面呢？在這墨綠色的玻璃瓶裡面，裝的究竟是什麼呢？可以佐卡芒貝爾乾酪的夏多內？或是可以配山羊乳酪的蘇維翁白酒？

不管裝在瓶裡的是哪一種酒，絕對都和左右的酒不同。絕對不同。他手裡的這個酒瓶裡裝的是歷史的產物，像國家或個人一樣，獨一無二，層次複雜。顏色、香味、口感，在在表現產地特殊的地理環境與氣候特性。除此之外，也表現出釀造年分的整體自然現象。淺酌一口，就能讓人知道那年融雪的時間，那年夏季雨水的多寡，還有季風刮起與陰雲蔽天的頻率。

是的，一瓶酒就是時間與空間蒸餾之後所產生的菁華，每一瓶都以詩意的方式表現出自己的獨特個性。而今，卻被淹沒在隱姓埋名的汪洋裡，成為凡夫俗子，無人聞問。

就在這一瞬間，伯爵大徹大悟。如同米哈伊爾領悟到現在只是過去自然而然衍生的副產品，由現在也可以清楚看見未來如何型塑而成，伯爵頓時明白自己在流逝的時光裡所處的位置。

隨著年歲增長，我們會越來越體認到，生活方式必須耗費幾代的時間才可能慢慢消失。祖父輩喜愛的歌曲，我們很熟悉，但我們絕不會一聽到那些歌曲就開心地跳起舞來。在節慶裡，我們會從抽屜裡拿出已流傳數十年的家傳食譜，有些甚至是早就過世的先輩在很久很久以前親手寫下的。還有我們家裡的珍藏，東方風味的茶几，代代相傳、刻痕累累的書桌，儘管已經「過時」，但這些物品不只可以增添我們日常生活的美感，也讓我們更加相信，時代的流轉是相當緩慢的。

但伯爵終於明白，在某些情況下，這個過程也可能在轉瞬之間就完成。人民起義，政治動盪，工業發展，這些因素的隨意組合，都會導致社會的進化跳蛙似的跳過幾代。以往要花好幾十年才可能慢慢消逝的東西，如今一夕之間就全盤改變。而新取得權力的人，如果對細微的差異或任何形式的躊躇猶疑都不信任，急著想要獲得自信，就特別容易導致這種遽變的發生。

伯爵露出一抹微笑說，這一切早就已經過去了，就像他寫詩或追求浪漫感情的歲月一樣，都過去了。只是，他從來不肯真的相信而已。在內心深處，儘管只是不經意，但他總還是想像著，他過往的生活還在某處等待著，有朝一日可能會重返他的身邊。但是看著手裡的這瓶酒，伯爵訝然意識到，他過去的生活其實早就消失了。因為布爾什維克黨人如此渴望以他們方式塑造未來，除非把他內心裡的那個俄羅斯僅存的絲絲縷縷連根拔起，粉碎成灰，除清抹淨，他們是不會罷休的。

伯爵把酒瓶放回架上，跟上安德烈的腳步，走到樓梯口。就在經過一個個酒架的時候，他突然想到，他過去的一切差不多消失了，但並沒有完全消失。因為他還有最後一個任務要做。

「請等一下，安德烈。」

伯爵從酒窖的底端開始，很有次序地在一排排酒架之間來回穿梭，從上到下看著層層擺放的酒，讓安德烈不禁懷疑他是不是腦筋有問題了。但他在第六排停下腳步，在及膝高的那一層，小心翼翼地從一千瓶酒裡抽出一瓶。他拿起酒，臉上露出哀傷的微笑，拇指輕輕撫著鐫刻在玻璃瓶身上的那兩把交叉的鑰匙。

一九二六年六月二十二日──艾蓮娜去世十週年的日子──亞歷山大・伊里奇・羅斯托夫伯爵為了懷念妹妹，會喝杯酒，然後準備擺脫塵世的煩惱。永遠擺脫。

一九二六年

告別

人生不可避免的，最終總是要選擇某一種哲學。至少這是伯爵的看法。此刻，他站在以前住的三一七號套房窗前。溜進這個房間，當然是拜妮娜那把萬能鑰匙之賜。

不論是大量閱讀書籍之後爬梳出來的想法，或是凌晨兩點喝著咖啡激烈爭辯之後所得到的結論，甚至只是天生的個性癖好，我們終究都需要一個基本的框架，一個合理且連貫的因果關係系統，讓我們不只可以理解時時刻刻發生的事件，也可以瞭解構成我們每日生活的所有微小行動與互動，不管是刻意或偶發、是無可避免或出乎意料的一切。

幾個世紀以來，對大部分俄羅斯人來說，教堂簷下是尋求哲學撫慰的最佳處所。儘管有人愛的是《舊約》的嚴厲約束，也有人愛的是《新約》的寬厚包容，但他們都透過服從上帝的意旨來瞭解、或至少接受無可迴避的命運諸事。

但為了趕上時代潮流，伯爵大部分的同學都背棄了教會。可是他們之所以這麼做，只是為了選擇其他的撫慰之道。有人喜歡達爾文的理念，因為他的理論清晰地讓我們看見物競天擇的每一個轉折。也有人喜歡尼采和他的永劫輪迴，還有人喜歡黑格爾和他的辯證法。毫無疑問的，只要你能把他們的作品讀到第一千頁，就會發現他們的理論很有道理。

但對伯爵來說，他的哲學素養基本上和氣象學有關。特別是，他相信好天氣與壞天氣會帶來無可避免的影響。他相信早降的霜、拖長的夏、不祥的雲、稀薄的雨，甚至霧氣、陽光和落雪都會帶來影響。他尤其相信，溫度計上最微小的變化，都會改變一個人的命運。

只要站在這個窗口往下看，這樣的例子隨手可得。不到三個星期之前，氣溫都在攝氏7°左右，劇院廣場空蕩蕩的，一片灰暗。但平均溫度才升高五度，樹木開始冒出花朵，麻雀開始鳴唱，老老少少就開始在長椅上成雙成對流連不去。這麼微小的溫度變化，就能對一個公共廣場的生活產生如此巨大的影響，我們憑什麼認為，人類歷史的進程不會受到同樣的影響呢？

拿破崙應該會是頭一個跳出來承認氣候影響的人吧。當年他帶領英勇將領與十五個師的大軍，全面評估敵人弱點，詳盡研究地形，仔細規劃作戰計畫，結果卻必須和氣溫奮戰，溫度計上的度數不只決定軍隊行進的速度，也決定補給的充足與否，以及手下官兵士氣的高低。（唉，拿破崙，你或許永遠也征服不了我的祖國俄羅斯，但假若氣溫高個十度，你最起碼還可以帶著一半的官兵安全返鄉，不至於在莫斯科城門與涅曼河之間多損失了三十萬條性命。）

如果戰場上的實例不合你的品味，那麼就不妨想想深秋的宴會吧，你和一群不算太熟的朋友，應邀去參加生日宴會，慶祝迷人的諾佛芭絲基公主的二十一歲生日……

五點鐘之後，你從更衣室的窗戶往外看，今天的慶生活動看來是會受天候影響了。氣溫只有攝氏1°，極目所見都是灰沉的烏雲，甚至飄起了毛毛細雨。賓客抵達公主慶生宴的會場肯定又冷又濕，衣著不那麼光鮮亮麗。但等你六點鐘出門時，溫度又下降了，滴落在你肩頭的不是灰暗的秋雨，而是這一季的初雪。於是，原本可能為宴會蒙上一層陰影的秋雨，反而因為新雪而營造出驚喜的氛圍。這景色太迷人了。雪花從天空飛旋而下，你的馬車被逼出路面，因為一輛馬車從後面全速超車，有名年輕的軍官站立拉著韁繩，乍看之下彷彿古羅馬時代駕著戰車的百夫長。

你花了一個鐘頭的功夫才把馬車拉出水溝，抵達慶生會場時已經遲到，幸好，有位胖胖的朋友也遲到了。他是你在寄宿學校就認識的老朋友。你眼睜睜看他從馬車上下來，雙肩往後揚，胸口往前挺，給嚴守儀節的男僕出了個大難題：他在冰上一滑，屁股狠狠著地。你趕緊上前扶他，架著他站起來，帶他走進屋裡。這時其餘的賓客正好從客廳移步前往餐廳。

在餐廳裡，你迅速繞著餐桌轉了一圈，找尋你的名牌，以為又會被安排在某個笨拙的表親旁邊（因為你的健談是出了名的）。但天哪，你竟然被安排在主賓的右手邊。至於公主的左邊……不是別人，正是方才駕車把你給逼出路面的那個年輕人。

只消瞥上一眼，你就知道他想讓公主把注意力全集中在他一個人身上。很顯然，他打算用部隊裡的故事引起她的興趣，同時找機會替她多斟幾杯葡萄酒，等一頓飯吃完，他就可以挽著她踏進跳舞廳，好好展現一下他的馬祖卡舞天分。樂團演奏華爾滋時，他不必帶著公主滑進舞池，因為這時他已經和她依偎在露臺上了。

但就在這位年輕的中尉準備講第一個有趣故事時，廚房的門敞開來，三名男僕端著大銀盤出現。所有的人都轉頭，想看特蘭德太太為今晚的盛會準備了什麼大菜，三個銀盤圓蓋同時掀開，大家都讚嘆驚呼。為了慶賀公主生日，她做了最拿手的菜：英國烤牛肉與約克夏布丁。

自人類有歷史以來，就沒有人嫉羨軍隊的食堂。因為軍隊只重視效率，不在乎味道，同時又缺乏女性的巧手烹調，軍隊廚房裡的所有食材都是用白水煮到鍋蓋喀喀響。因此，連吃了三個月水煮包心菜與馬鈴薯的年輕中尉，對特蘭德太太精心調製的這道牛肉，顯然一點心理準備都沒有。這牛肉先以230°的高溫略煎，接著以170°炙烤兩個鐘頭，烤出來的肉外表酥脆焦褐，內裡卻還是柔嫩粉紅。於是，我們這位年輕軍官忘了他的軍中趣聞，肉吃了一塊又一塊，酒添了一杯又一杯。這時，按照約定俗成的禮儀規範，就該由你負責講一些有趣的故事來取悅公主了。

我們這位年輕中尉用僅餘的布丁皮抹淨餐盤上的肉汁之後，終於把注意力又轉回到女主人身上。就在這個時候，樂團開始在大舞廳裡調音，賓客紛紛推開椅子站起來。他對公主伸出手，但你那位胖的朋友走到你身邊。

你這位朋友非常想要下場跳舞。他儘管長得胖，但跳躍如兔子般靈活，闊步如雄鹿般昂揚，是每個人都知道的。只是他手摸著尾椎骨，說剛才在車道上跌的那一跤，讓他疼痛不堪，沒辦法跳舞，所以問你願不願意和他玩幾把牌，你回答說樂意之至。不巧，年輕的中尉聽到你們的交談，心高氣傲的他竟然覺得這是個大好機會，可以教教這些紈絝子弟怎麼玩這機運的遊戲。況且，他對自己解釋說，樂團要演奏好幾個鐘頭呢，公主人就在這裡，又不可能不見。所以他沒多想，就把她的手交給最接近的一位紳士，說他要和你們一起去玩牌，同時對侍者打個手勢，再多要了一杯酒。

很好。

或許就是多喝的這杯酒惹了禍。也或許是中尉向來低估衣著考究的人。當然也可能純粹就只是運氣不好。不管原因是什麼，反正兩個鐘頭之後，輸掉一千盧布的是中尉，而他的賭金欠條都在你手裡。

但是不管這年輕人剛才駕馬車的時候如何目中無人，你也不希望他惱羞成怒。「今天是公主生日。」你說，「為了替她慶生，我們就算和局吧。」說完，你把那張欠條一撕為二，丟在牌桌上。而中尉是怎麼表達感激之意的呢？他把酒杯掃落到地板上，推倒椅子，腳步踉蹌地走向露臺的門，消失在夜色裡。

儘管參加牌局的只有五個人，外加兩名觀賽人，但撕掉賭金欠條的事，馬上在大廳裡傳開了，公主突然過來找你，對你的騎士風度表達感謝之意。你鞠躬，回答說：**這沒什麼**。這時樂團奏起華爾滋，你別無選擇，只能挽著她，帶她滑進舞池。

公主舞姿曼妙，腳步輕盈，如陀螺般流暢旋轉。因為翩翩起舞的超過四十對舞伴，再加上兩座火燒得比平常更旺的壁爐，大廳裡的溫度高達攝氏27°，公主臉頰緋紅，胸膛起伏。你當然擔心她會暈過去，所以問她要不要出去透透氣……

明白了吧？

如果特蘭德太太沒完美掌握烤肉的烹調手藝，那名年輕的中尉很可能全副心思都會在公主身上，就不會一連吞下三份牛肉，灌下八杯葡萄酒。如果那天晚上氣溫並未在幾小內陡降六度，車道就不會結冰，你那位胖嘟嘟的朋友就不會跌倒，也就不會有後來的牌局。如果不是因為看見室外下雪，男僕就不會把壁爐的火燒得格外旺，你最後就不可能挽著這天過生日的女孩走到陽臺上，而這時那位年輕的中尉，正忙著把這晚吃下肚的東西全吐到草地上。

更重要的是，伯爵表情凝重地想，後來的一切憾事也就不會發生了。

「怎麼回事？你是誰？」

伯爵從窗邊轉身，看見一對中年夫婦站在門口，手裡拿著套房的鑰匙。

「你在這裡幹嘛？」那位先生問。

「我……我是做窗簾的。」伯爵回答說。

他又轉身面對窗戶，抓起窗簾，拉一拉。

「很好，」他說，「看來都沒問題。」

儘管沒戴帽子，他還是做個了推推帽子致意的動作，快步逃到走廊上。

☆

「你好，瓦西里。」

「噢，您好，羅斯托夫伯爵。」

伯爵輕輕敲了一下桌子。

「你有沒有看到妮娜？」

「我想她在大宴會廳。」

「噢，原來。」

知道妮娜又去她以前喜歡去的地方，伯爵有些意外，但很開心。如今已十三歲的妮娜，已經不玩小時候的那些遊戲，成天忙著看書，應付老師。能讓她拋下功課，想必是有大型會議召開。

但是伯爵推開宴會廳的門，沒看見臺下聽眾忙著拉椅子，也沒聽見臺上有人慷慨激昂演說。妮娜獨自一個人，坐在水晶吊燈下的一張小桌子旁。伯爵看見她把頭髮塞到耳後，顯示她在忙著什麼重要的事。肯定是，她面前的本子上畫著六行三欄的格子，桌上還有一組秤，一把捲尺，和一個碼表。

「你好啊，我的朋友。」

「噢，你好啊，伯爵。」

「欸，請告訴我，你在忙什麼？」

「我們準備要做實驗。」

伯爵抬頭看看宴會廳四周。

「我們？」

妮娜揚起鉛筆，指著樓上的看臺。

伯爵仰頭，看見一個和妮娜年齡相仿的男孩，蹲在他們以前藏身的那個欄杆後面。這男孩衣著樸素但潔淨，有雙大眼睛，表情熱切專注。欄杆上排著一列大小形狀都不一樣的物品。

妮娜替他們介紹。

「波利斯，這位是羅斯托夫伯爵。羅斯托夫伯爵，他是波利斯。」

「你好，波利斯。」

「您好，先生。」

伯爵回頭看妮娜。

「你們是在做什麼實驗？」

「我們想用一個實驗證明兩個知名的數學假設。我們要測試的是，牛頓的重力定律，以及伽利略不同質量物體以相同速率墜落的理論。」

伯爵看見蹲在欄杆後面睜大眼睛的波利斯拚命點頭。

為了進一步說明，妮娜用鉛筆指著表格上的第一欄，上面寫了六種不同物品，按照體積大小依序列出。

「你從哪裡弄來鳳梨？」

「在大廳的水果缽裡拿的。」波利斯興奮地說。

妮娜放下鉛筆。

「我們就從硬幣開始吧，波利斯。記得要先拿到和欄杆頂端齊平的高度，我一說開始，就放手讓它掉下。」

有那麼片刻，伯爵懷疑欄杆的高度是不是夠用來測試不同質量對物體墜落速率的影響。畢竟，伽利略當年可是爬上比薩斜塔去進行實驗的，欄杆的高度顯然並不足以測量重力加速度。但是偶然路過的旁觀者，是沒有資格質疑經驗豐富的科學家所採行的方法的。於是，伯爵只把懷疑留在心裡，沒說出口。

波利斯拿起硬幣，對這個嚴肅的任務謹慎以待，小心調整位置，讓手上的硬幣剛剛好和欄杆頂端齊高。

妮娜在本子上做了個記號，拿起碼表。

「我數到三，波利斯。一，二，三！」

波力斯放開手裡的硬幣，一晌沉寂之後，硬幣噹一聲落在地板上。

妮娜看看碼表。

「一點二五秒。」她對波利斯喊著。

「收到。」他回答說。

妮娜仔細把數據記錄在相應的格子裡，然後在另一張紙上用這個數字除以一個因數，然後把得出來的餘數減去差數，持續運算之後，把最後的數字四捨五入到小數點後兩位。她搖搖頭，顯得很失望。

「每秒平方三十二呎。」

波利斯像個科學家似的，對這個數字露出狐疑的表情。

「雞蛋。」妮娜說。

雞蛋（想必是從廣場餐廳的廚房拿來的）在準確的位置就定位，一秒不差地落下，時間計算到百分之一秒。實驗就這樣依序進行，茶杯、撞球、字典、鳳梨，都以同樣的時間落在大宴會廳的地板上。於是，一九二六年六月二十一日這天，伽利略的學說就在大都會飯店的大宴會廳裡，隨著一聲聲噹、啪、哐、咚、乒、砰的聲響，得到了證實。

在這六種物體裡，伯爵最喜歡的是茶杯，茶杯落地時，不只發出悅耳的撞擊聲，而且隨後還有瓷片飛濺過地板，宛如橡實在冰上滑滾的聲音。

完成計算之後，妮娜有點難過地說：

「李西特斯基老師說，這些假說都已經被證實過很多遍……」

「是啊，」伯爵說，「我想這些……」

為了讓她心情好起來，他建議說，既然快八點了，或許她和她的這位年輕朋友願意和他一起到博雅斯基餐廳吃晚飯。唉，她和波利斯還有其他實驗要做——得需要一桶水、一輛腳踏車和一整個紅場那麼大的空間。

在這個特別的夜晚，妮娜和她的年輕朋友不能和他一起吃晚飯，他是不是很失望呢？當然失望。然而，伯爵總是相信，明明可以輕易讓日夜時間均等分配的上帝，卻刻意選擇讓夏日的白晝比黑夜更長一些，就是為了讓像這樣的科學探險可以進行。況且，伯爵也暗自欣喜，像波利斯這樣熱情專注躑在欄杆後面丟雞蛋、載著水桶騎腳踏車的年輕人，必定會接踵而至，波利斯只不過是第一個罷了。

「那我就讓你們繼續忙吧。」伯爵微笑說。

「好啊。可是你來找我是有什麼事嗎？」

「沒事。」伯爵沉吟一會後說，「沒什麼特別的事。」但是轉身走向門口的時候，卻想到一件事，「妮娜……」

她抬頭看他。

「雖然這些假說已經被證實過很多次了，但我覺得你再一次實驗印證，絕對是正確的作法。」

妮娜盯著伯爵看了好一會兒。

「是的，」她點頭說，「你向來最瞭解我。」

★

十點鐘，伯爵還坐在博雅斯基餐廳裡，桌上一個空盤子，和一瓶幾乎快喝光的白酒。這一天就快結束了，知道一切都安排得井然有序，他頗為自豪。

這天早上，康斯坦丁·康斯坦丁諾維奇來訪，之後，他就把穆爾暨米里利斯百貨公司（現在已改名為中央百貨公司）、菲利波夫糕餅鋪（現在改名為莫斯科第一糕餅店），當然還有大都會飯店，截至目前為止的帳都結清了。他在大公的書桌上寫了封信給米哈伊爾，然後交待派特亞在隔天寄出。午後，他照每週例行的行程，去了理髮店，整理了他的房間。他穿上酒紅色的晚宴外套（老實說，這件外套穿在身上還真舒服）。他在口袋裡擺了一枚金幣給葬儀社的人，交待要給他換上剛熨好的黑色西裝（擺在床上的那一套），同時把他葬在埃鐸豪爾的家族產業上。

若說伯爵因為自己把一切都安排得井然有序，而覺得自豪，那麼，知道沒有了他這個人，世界依舊如常運轉，伯爵心裡應該會很舒坦。事實上，現況早就是如此了。前一天晚上，他站在禮賓櫃檯前面的時候，正好看見瓦西里拿出一張莫斯科地圖給一位飯店客人。瓦西里從市中心畫了一條鋸齒狀的線到花園環道，他指出的道路名稱，有一半伯爵都沒聽過。前一天，瓦西里才告訴伯爵，波修瓦劇院知名的藍色鑲金大廳已經被漆成白色；阿爾巴特大街那尊鬱鬱寡歡的果戈里雕像，被從基座整個鏟掉，換上了比較振奮人心的高爾基[24]塑像。就這樣，莫斯科這座城市會不斷出現新的街名，新的大廳，新的雕像，但是觀光客、欣賞芭蕾舞的觀眾，甚至鴿子，卻都沒特別覺得有什麼不便。

從主教獲得拔擢開始，這種用人新風潮也方興未艾，影響力比經驗更占上風，如今任何年輕人都可以穿上資深侍者的白色西裝外套，從左手邊端走餐盤，把酒倒進水杯裡。

以前很歡迎伯爵到縫紉室作伴的瑪莉娜，如今有個年輕的裁縫要帶，家裡還有個幼兒要照顧（老天保佑）。

妮娜也已經邁開第一步，走進現代世界，發現這值得用智慧專心去理解，就像她當年一心想瞭解公主那樣。她和父親搬進新蓋好給黨內官員居住的大公寓裡。

六月的第三個星期，全俄無產階級作家協會召開第四屆年會，但米哈伊爾沒參加。為了完成他的短篇小說彙編（現在已經編到第五冊了），他向任教的大學告假，同時隨他的凱特琳娜遷居基輔，因為她在當地的小學教書。

伯爵偶爾還是到屋頂和老工人阿布朗一起喝杯咖啡，聊聊下諾夫高羅德的夏夜。但老人的近視越來越嚴重，腳也站不穩了。彷彿預知老人終將退休似的，蜜蜂有一天就從蜂巢消失得無影無蹤了。

就這樣，人生滾滾向前翻轉，一如既往。

24　Maxim Gorky，1868-1936，蘇聯文學的開創人，也是社會主義與現實主義文學的奠基人。沙皇時代因參與革命而流亡國外，一九一三年獲特赦回國，但一九一七年共黨革命後，與列寧發生路線衝突，再次流亡，直到列寧死後都未回國。一九二七年，蘇聯科學院以慶祝他寫作三十五週年為名，授與他「無產階級作家」榮譽，並將他的出生地改名為「高爾基市」。

回首過往，伯爵驀然想起被軟禁的第一個晚上，他是怎麼用教父的話來鼓舞自己的。他對自己保證，一定要掌握自己的境遇。如今想想，教父也曾告訴過他另一個故事，同樣值得他效法。故事的主角是大公的好朋友，在俄日戰爭中指揮俄羅斯皇家艦隊的史捷潘·馬卡羅夫司令（Stepan Makarov）。一九〇四年四月十三日，亞瑟港遇襲，馬卡羅夫率領旗艦直入戰區，把日艦趕回黃海。但一路風平浪靜回到港口時，這艘旗艦卻誤觸水雷，開始進水。於是，贏得勝利，國土在望的馬卡羅夫換上全套軍裝，與自己的船一起沉入海底。

伯爵的這瓶白酒（他很確定這是勃艮地產的夏多內，在攝氏12.7°時喝最好）在桌上汗涔涔地淌著水珠。他伸手越過餐盤，抓起酒瓶，給自己斟了一杯，向博雅斯基餐廳敬酒。伯爵喝乾杯裡的酒，到夏里亞賓酒吧喝最後一杯白蘭地。

★

伯爵到夏里亞賓，原本是打算要喝杯白蘭地，向奧德里斯致意，然後回書房等待午夜十二點的鐘聲響起。但一杯酒快見底時，他不由自主地聽著吧檯另一頭的兩名客人交談。一個是意興高昂的英國年輕人，一個是對旅行顯然已經失去興致的德國旅客。

首先引起伯爵興趣的，是這名英國人對俄羅斯的興奮熱情。這年輕人對千奇百怪的教堂建築與高八度的喧譁語言尤其感到驚喜。但那名德國人沉著臉回答說，俄國人對西方世界的唯一貢獻，就是發明了伏特加，然後，彷彿要印證自己的論點似的，一口喝乾杯裡的酒。

「不會吧，」那英國人說，「你這是開玩笑的吧？」

那德國人瞥了這個年輕人一眼，彷彿在說：我這人從來不開玩笑。「要是酒吧裡有任何人可以再講出其他三項貢獻，」他說，「我就請他喝杯伏特加。」

伏特加並不是伯爵喜歡的酒。事實上，儘管他很愛自己的國家，卻很少喝伏特加。更何況，他已經喝完一瓶白酒，一杯白蘭地，而且還有相當重要的事得處理。可是，聽見別人這麼誣衊自己的國家，他沒辦法以自己的好惡或私事做為藉口，尤其是在喝了一瓶白酒和一杯白蘭地之後。於是，伯爵匆匆在餐巾背面寫下給奧德里斯的指示，塞在一盧布的紙鈔下面，然後清清嗓子。

「不好意思，兩位。我不小心聽到你們的談話。我毫不懷疑，mein Herr（**先生**），您方才所說俄國對西方世界的貢獻，是個負面誇飾法——純粹為了表達詩意的效果，而對事實做了誇張的刪節。無論如何，我還是把您的話當真，樂意接受您的挑戰。」

「有好戲看了！」那英國人說。

「但我有一個條件。」伯爵說。

「什麼條件？」那德國人說。

「只要我講出一個貢獻，我們三個就各喝一杯伏特加。」

那德國人蹙起眉頭，揮揮手，彷彿要打發走伯爵，就像他也想打發走俄羅斯那樣。但向來服務周全的奧德里斯已經把三個空杯擺在吧檯上，酒斟得滿到杯緣。

「謝謝你，奧德里斯。」

「我的榮幸，伯爵大人。」

「第一，」伯爵故意停頓一下，製造戲劇效果，「契訶夫和托爾斯泰。」

德國人咕噥一聲。

「沒錯，沒錯。我知道您要說，每個國家的萬神殿裡都有他們的詩人。但是有了契訶夫和托爾斯泰，我們俄國人就在敘事的壁龕上有了一對青銅書擋。從今爾後，所有的小說家，無論來自何方，都必須把自己擺在這對書擋中間，從這一頭開始，到另一頭結束。請問，契訶夫在他那些完美至極的短篇小說裡展現的爐火純青技巧，有誰比得上？這些簡潔洗練的故事，帶我們在片斷的時刻裡踏進某人家裡的角落，人生的種種境遇立時展現在我們面前，伸手可觸，儘管如此令人心碎心痛。至於另一個極端：你能想像得出來，有哪一部作品的格局能比得上《戰爭與和平》？故事可以如此巧妙地從客廳一路延伸到戰場，然後再回到客廳？這部小說完整呈現個人的命運如何受到歷史的宰制，以及歷史如何因個人而改變。在未來的數個世代裡，我可以告訴您，沒有任何作家能取代他們兩位，因為他們就是文學敘事的化身。」

「我覺得他說的有理。」那英國人說。他舉起酒杯，一口喝盡。伯爵也一飲而盡。那德國人嘟囔幾句，也喝掉了。伯爵準備繼續往下說。

「第二呢？」奧德里斯一為他們斟滿酒，英國人就問。

「《胡桃鉗》的第一幕第一景。」

「柴可夫斯基？」德國人放聲大笑。

「您笑了，mein Herr（**先生**）。沒錯，要是您也可以構思出一個像這樣的場景，我願意輸給您一千克朗。平安夜，在裝飾著聖誕花圈的房間裡，與家人親友一起慶祝聖誕，克拉拉和她漂亮的新玩具在地板上睡著了。但午夜十二點的鐘響時，獨眼的卓賽麥爾像隻貓頭鷹，棲息在落地大鐘上，聖誕樹開始長高……」

伯爵緩緩揚起手，以手勢表示出樹慢慢長高的模樣，英國人開始用口哨吹出第一幕那首知名的進行曲。

「一點都沒錯！」伯爵對英國人說，「大家都說英國人最懂得如何慶祝聖誕節來臨前的待降節。但是請恕我冒昧，要瞭解冬季節慶的本質，你還是應該到比倫敦更北的地方。一定要到北緯五十度以北的地方才行，因為那裡日照最短，而風又最強。陰暗、寒冷，冰天雪地的氣候，讓俄羅斯擁有最燦爛的聖誕氣氛。也就因為這樣，柴可夫斯基所捕捉到的聖誕旋律才會比任何人都動聽。我告訴你們，二十世紀的每一個歐洲兒童不只對《胡桃鉗》的旋律耳熟能詳，也都能在腦海裡勾勒出芭蕾舞劇裡描繪的聖誕節情景，就算邁入年老昏聵的暮年，每到平安夜，柴可夫斯基的聖誕樹還是會從他們的記憶深處長出來，越長越高，讓他們再一次抬頭凝望，不可置信。」

英國人發出感性的笑聲，喝光杯裡的酒。

「但這故事是普魯士人寫的。」德國人說，很不情願地端起杯子。

「您說的沒錯，」伯爵承認，「但如果不是柴可夫斯基，這個故事到現在還只有普魯士人知道。」

奧德里斯為他們再次斟滿酒。這位細心周到的酒保注意到伯爵探詢的眼神，點點頭，給予肯定的回覆。

「第三……」伯爵說。他沒繼續往下說，只指著夏里亞賓的門口。有個侍者突然用手掌托著一個大銀盤，出現在門口。他把大銀盤擺在兩個外國人之間的吧檯上，掀開蓋子，露出好大一份魚子醬，搭配了俄式小薄餅與酸奶油。就連那名德國人也不由自主綻開微笑，胃口遠遠壓倒了他的偏見。

任何人一杯接一杯喝伏特加，只要喝上一個鐘頭就會發現，酒量和身材一點關係都沒有。有些人個子很小，可以連喝七杯沒事；但有人身材魁梧，卻只喝兩杯就倒。至於我們這位德國朋友，極限顯然是三杯。若說托爾斯泰把他推進桶裡，柴可夫斯基讓他在酒裡載浮載沉，那麼魚子醬就等於讓他跌下瀑布了。他伸出一根手指，像是斥責似的對著伯爵搖了搖，就坐在吧檯的角落，頭埋在臂彎裡，去夢裡見《胡桃鉗》裡的糖梅仙子了。

伯爵見到德國人醉了，就準備推開凳子站起來，但那名英國年輕人又斟滿酒。

「這魚子醬真是神來一筆。」他說，「但你是怎麼辦到的？你明明一直坐在這裡沒離開。」

「魔術師是不會透露自己的祕訣的。」

英國人笑起來。接著，他又打量起伯爵，彷彿生出了新的好奇心。

「你是什麼人？」

伯爵聳聳肩。

「我只是你在酒吧碰到的人。」

「不，不只是這樣。我知道你是位博學多聞的人，而且我也聽到酒保對你的稱呼。你究竟是什麼人？」

「以前呢，我是亞歷山大．伊里奇．羅斯托夫伯爵，獲授聖安德魯勳章，為馬會成員與宮廷成員……」

英國年輕人伸出手。

「我是查爾斯．亞伯涅西，威斯特莫蘭伯爵的法定繼承人，金融見習生，一九二〇年帶領劍橋大學船隊參加泰晤士河船賽，輸給了牛津。」

兩位紳士握手，喝酒。這位威斯特莫蘭伯爵的法定繼承人再次打量伯爵。「這十年對你來說肯定很難熬……」

「是可以這麼說。」伯爵說。

「革命之後，你曾經嘗試過要離開嗎？」

「恰恰相反，查爾斯，我是革命之後才回來的。」

查爾斯看著伯爵，一臉詫異。

「你回來？」

「冬宮淪陷的時候，我人在巴黎。我在戰爭還沒有爆發之前就出國了，因為某些……原因。」

「你該不會是無政府主義者吧？」

伯爵笑起來。

「應該不是。」

「那是為什麼？」

伯爵看著自己的空杯子。他已經很多年沒提起這些事了。

「夜深了，」他說，「而且這個故事說來話長。」

查爾斯為他斟滿酒，當成是回答。

於是伯爵為查爾斯話說從頭，回到一九一三年的那個秋天，啟程趕赴諾佛芭絲基公主二十一歲慶生宴的那個晚上。他提到車道結冰，描述特蘭德太太的烤肉，撕掉的賭金欠條，以及高了幾度的暖意讓他最後擁著公主在露臺上，而那名中尉卻在草地上大吐特吐。

查爾斯大笑。

「可是，亞歷山大，這故事雖然精彩，但肯定不是促使你離開俄羅斯的原因。」

「不是，」伯爵承認，接著講起影響他一生命運的故事。「過了七個月，查爾斯，一九一四年春天，我回老家去看看。到書房去見過祖母之後，我走到屋外去找我妹妹艾蓮娜。她向來喜歡坐在河灣處的榆樹下看書。遠遠的，我就看出來她和平日不太一樣。我的意思是，我看得出來她的心情比平常還好。她一看見我，就坐直起來，眼睛閃現亮光，唇邊泛起微笑，顯然有好消息想要告訴我，而我也非常想聽她講。只是在我穿過草地走近她時，她卻看著我的背後，笑得更加燦爛。她看著的是個騎在駿馬上的修長身影——穿著軍服的修長身影……

「現在你知道了吧，查爾斯，這狡猾的傢伙讓我陷入何等進退兩難的局面。趁我在莫斯科狂歡作樂的時候，他找上了我妹妹。他找機會認識她，殷勤追求，周到，耐心，而且**成功了**。那天，他下了馬，和我四目交接，唇邊的微笑怎麼也抹不去。但是，我要怎麼向艾蓮娜解釋這個狀況呢？我這位擁有千百種美德的天使妹妹。我要怎麼告訴她，她愛上的這個男人之所以追求她，並不是因為喜歡她這個人，而是為了報復？」

「那你怎麼做？」

「啊，查爾斯，我唯一能做的，就是什麼都不做。我心想，他的本性總會露出真面目的，就像在諾佛芭絲基公主的慶生宴上那樣。所以接下來幾個星期，他倆約會的時候，我就在旁邊打轉。不管是吃午飯或喝下午茶，我都煎熬難耐。看著他倆在花園散步，我總是緊咬牙關。儘管我耐心等待，但他自我控制的能力遠遠超過我的預期。他為她拉開椅子，摘花送她，唸詩給她聽，甚至還寫詩！而他每次迎上我的目光，嘴角總是隱隱浮現笑意。

「後來，我妹妹二十歲生日的那天下午，他去外地演習，我們出門拜訪鄰居，黃昏回來時，看見他的馬車停在我們家門口。光是瞥一眼艾蓮娜，我就感覺到她的狂喜。她心想，他大老遠從營區趕回來，就為了祝我生日快樂。她立刻跳下馬背，衝上門階，而我跟在她背後，像個要上絞刑架的人。」

伯爵喝乾杯裡的酒，緩緩把酒杯擺回吧檯上。

「但是一踏進玄關，我並沒有看見妹妹依偎在他懷裡。我看見她站在離門口兩步的地方，渾身顫抖。倚在牆邊的是我妹妹的貼身女僕娜茲達。她胸衣已被扯破，用雙臂摟著胸口，臉頰因為羞愧而漲得通紅，只看我妹妹一眼，就轉身跑上樓梯。我妹妹驚駭不已，腳步踉蹌地走過玄關，癱倒在椅子上，把臉埋進手裡。而我們這位高尚的中尉呢？他像隻貓似的對我咧嘴笑。

「我表現出心中的狂怒時，他說：『噢，算了吧，亞歷山大，今天是艾蓮娜的生日。看在她的份上，我們就扯平了吧。』他哈哈大笑，走出門口，連看都沒看我妹妹一眼。」

查爾斯輕聲吹了聲口哨。

伯爵點點頭。

「但是在這個節骨眼，查爾斯，我不能再什麼都不做。我穿過玄關，取下牆壁上那兩把掛在家紋徽章底下的手槍。我妹妹抓住我的衣袖，問我要去哪裡，我也同樣看都沒看她一眼，就走出門去。」

伯爵搖搖頭，對自己當時的行為也很不以為然。

「他比我早走一分鐘，但並沒有利用這一分鐘來拉開我們之間的距離。他渾然不在意地爬上馬車，讓馬兒輕輕鬆鬆地小跑步。總的來說呢，我的朋友，他這個人，趕赴宴會的時候匆匆忙忙，做了壞事，卻不慌不忙的離開。」

查爾斯又把杯子斟滿，等待他繼續往下說。

「我們家的車道是一個環形，從房子到外面的大馬路，是兩條往相反方向延伸的弧形道路，兩旁種滿蘋果樹。我剛騎回來的馬還繫在屋外，所以我一看見他駕車離去，就跳上馬，從車道另一邊快步奔馳。僅僅幾分鐘，我就已經抵達兩條車道連接大馬路的地方。我下馬，站在那裡等他來。

「你可以想見那個場景——天空澄藍，微風輕拂，蘋果樹花開芬芳，而我自己一個人站在車道上。雖然他離開我家的時候顯得不慌不忙，但這時看見我，他卻站起來，揚起馬鞭，開始要馬全速奔跑。他心裡想什麼，我非常明白。所以我想也沒想，就舉起手臂，瞄準目標，扣下扳機。子彈的衝擊力讓他倒了下來，韁繩無人駕馭，馬衝出車道，馬車翻滾，把他甩到泥土裡。他躺在那裡一動也不動。」

「你殺了他？」

「是的，查爾斯，我殺了他。」

這位威斯特莫蘭伯爵法定繼承人緩緩點頭。

「就在那裡……」

伯爵嘆口氣，喝了一口酒。

「不，是在八個月之後。」

查爾斯一臉不解。

「八個月之後……」

「是的。在一九一五年二月。你知道嗎，我從年輕就是個遠近知名的神射手，當時也確實想一槍擊中那個畜牲的心臟。但是車道路面高低不平……他正揮著馬鞭拉著韁繩……蘋果花隨風飄揚……簡而言之，我沒擊中目標，只擊中他這裡。」

伯爵摸摸右肩。

「所以你當時沒殺死他……」

「當時沒有。我幫他包紮好傷口，把馬車翻回來，然後送他回家。一路上，輪子只要顛簸一下，他就要用髒話罵我一聲，真是活該。這個槍傷雖然沒要他的命，卻讓他的右手廢了，所以他只好從軍中退伍。他父親為此事提出司法訴訟，我祖母就送我去巴黎。那年頭碰上麻煩，大家都是這麼做的。那年夏天，戰爭爆發，他不顧手傷，堅持要回部隊領軍。在波蘭馬祖里湖的第二場戰役裡，他中槍落馬，被奧地利騎兵用刺槍刺死了。」

兩人靜默下來。

「亞歷山大，這傢伙死在戰場上，我覺得很遺憾，但持平而論，你太過於自責了。」

「但是還發生了另一件事，也與此事相關：十年前的明天，我在巴黎混日子的時候，我妹妹死了。」

「因為傷心過度……？」

「年輕女孩傷心而死，是小說裡才有的情節，查爾斯。她是因為猩紅熱病逝的。」

這位伯爵法定繼承人搖搖頭，非常困惑。

「難道你看不出來嗎？」伯爵解釋說，「這些事環環相扣。在諾佛芭絲基公主宅邸的那天晚上，我撕掉他的賭金欠條，心裡非常清楚，話一定會傳開，公主會聽說我的大方義舉。能讓那個無賴反勝為敗，我非常得意。但是，如果我沒那麼沾沾自喜，把他逼到絕境，他就不會去追求艾蓮娜，也不會故意羞辱她，然後我當然就不會開槍打他，他或許就不會死在馬祖里，而十年前，我就會待在我該在的地方，也就是我妹妹身邊，在她咽下最後一口氣的時候。」

★

原本只打算喝杯白蘭地的伯爵，最後喝掉了六杯伏特加。午夜將近之時，他打開閣樓的掀門，東倒西歪走過飯店的屋頂。風有點大，房子左搖右擺，感覺上像是走在船隻甲板上，越過驚濤駭浪的汪洋。實在是太妙了，伯爵想，停在一根高煙囪前面，穩住身體。接著，就穿過這裡凸那裡凹的不規則陰影，來到大樓的西北角。

伯爵最後一次看著這座曾經是他的、卻也不是他的城市。靠著主要道路較為密集的街燈，他可以認出林蔭大道和花園環道，那幾個同心圓的正中央就是克里姆林宮，而往外，就是整個俄羅斯。

伯爵想，自地球上有人類以來，就有被放逐的人。從原始部落到較為現代的社會，不時會有人被自己的同胞逼迫，收拾行囊，穿越邊界，再也不能踏足自己的故鄉土地一步。但這或許並不意外。畢竟，放逐原本就是上帝在人類喜劇的第一章給亞當的懲罰，而且在幾頁之後，又放逐了該隱。沒錯，放逐的歷史和人類的歷史一樣久遠。但是，若論及把人放逐於自己國土之內，俄羅斯可以說是第一個精於此道的民族。

早在十八世紀，沙皇就不再把敵人趕出國家，而是把他們送到西伯利亞。為什麼？因為他們斷定，像上帝把亞當趕出伊甸園那樣，把人放逐到俄羅斯之外，還不足以懲罰這些人的罪行。因為到了另一個國家，這些人還是可以沉浸於他們的工作，蓋他們自己的房子，成家立業。繼而可以展開新的生活。

然而，你把一個人放逐於國土之內，就不會有任何嶄新的開始。因為在國土內放逐，無論是被遣送到西伯利亞或六大城市以外的任何地方，他對祖國的愛就不會因為時間迷霧的遮掩而變得模糊。事實上，我們人類已經進化成新的族類，越是得不到的東西，越是關注。因此，被放逐到莫斯科以外的人，反而比自由自在享受莫斯科生活的人，更加嚮往莫斯科的燦爛輝煌。

但已經夠了。

伯爵從「大使」裡拿來了一只波爾多酒杯，擺在煙囪頂端。他打開一瓶沒有標籤的酒。這是一瓶教皇區的葡萄酒，是他一九二四年從大都會飯店的酒窖裡拿出來的。光是把酒倒出來，他就知道這是絕佳年份的好酒。也許是一九〇〇年或一九二一年的吧。倒滿酒杯，他朝著埃鐸豪爾的方向舉杯。

「敬艾蓮娜．羅斯托夫，」他說，「下諾夫高羅德之花，普希金的愛好者，亞歷山大的捍衛者，巧手刺繡每一只枕頭套的淑女。生命太過短暫，心地太過善良。」他一飲而盡，杯底朝天。

儘管酒瓶裡的酒還很多，但伯爵沒再斟酒，也沒把酒往背後扔。他小心翼翼地把酒瓶擺在煙囪頂端，然後走到屋頂邊緣的矮牆前，挺直身子。

在他眼前展開來的城市，宏偉壯麗。滿城燈火輝煌閃爍，與滿天的星辰融而為一，令人目眩神迷，分不清哪些是人類的傑作，哪些是上天的作為。

亞歷山大．伊里奇．羅斯托夫伯爵的右腳踩在矮牆邊緣，說：「再見了，我的祖國。」

彷彿回應他的話似的，蘇霍夫無線電塔閃了一下。

再來是最簡單不過的事。就像春天到臨時，站在碼頭上準備開始這一季第一次游泳的人一樣，只需要往下一跳就成了。縱身往六層樓下方的地面一躍，以和銅板、茶杯、鳳梨同等的速度往下墜，整個過程只需要幾秒鐘，然後整個循環就完成了。就像有日出就有日落，塵歸塵，土歸土，每一條河流終究會回到大海，每一個人也終究會被世人遺忘，無論——

「伯爵大人？」

伯爵一驚，轉頭看是誰打斷了他。站在他背後的是阿布朗，非常興奮的阿布朗。其實呢，阿布朗因為過度興奮，所以看見伯爵站在屋頂邊緣，差一點點就要墜落，卻毫不詫異。

「我沒聽見您的聲音，」這位老工人說，「您在這裡，真是太好了。您一定要馬上跟我來。」

「阿布朗，我的朋友……」伯爵想要解釋，但這老人的興奮有增無減：

「要是我告訴您，您一定不相信。您要自己親眼看看。」他沒等伯爵回答，就朝自己的地盤走去，動作異常輕快。

伯爵嘆口氣，向眼前的城市保證，一會兒就回來。他跟著阿布朗穿過屋頂，到火盆旁邊。老人停下腳步，指著飯店的東北角。那個方向，因著波修瓦劇院的明燦燈光，他只看得見隱隱約約的輪廓，一個個小小的黑影忙亂飛來飛去。

「牠們回來了！」阿布朗大叫。

「蜜蜂……？」

「是的，而且不只這樣。」阿布朗指著伯爵常拿來當椅子坐的那塊木板。

伯爵把木板豎起來，阿布朗俯身靠近他姑且權充的桌子。桌上有個從蜂巢裡拿出來的托盤。他把刀子戳進巢裡，拿湯匙舀起蜂蜜，遞給伯爵。然後往後退開，臉上露出期待的笑容。

「來，」他說，「請用。」

伯爵乖乖把湯匙放進嘴裡。霎時，嘴裡一股熟悉的香甜，是新鮮蜂蜜的味道，吸收了飽滿的陽光，金黃潤澤，燦爛歡愉。因為是這個季節，所以伯爵以為緊接著會嘗到亞歷山大花園的紫丁香或花園環道的櫻花香味。但這甜美的瓊漿在舌尖緩緩融化，伯爵嘗到了完全不同的滋味。這蜂蜜的味道不是莫斯科市中心的花樹，而是河畔的茵茵青草……是夏日微風的氣息……那攀著藤蔓的涼亭……但更重要的，也絕對不容錯認的，那香味的主調，是成千上萬棵繁花盛放的蘋果樹。

阿布朗點點頭。

「下諾夫高羅德。」他說。

的確是。

絕對是。

「這麼多年來，牠們肯定都在偷聽我們講話。」阿布朗輕聲說。

伯爵和老人一起望向屋頂邊緣，這些心甘情願飛越一百哩的蜜蜂，在蜂巢上方盤旋，一個個小小的黑影，宛若無數的星辰。

伯爵和阿布朗道別，回到自己房間時，已接近凌晨兩點。他從口袋裡掏出金幣，放回大公書桌的桌腳暗格裡。這些金幣會在這裡繼續待上二十年。隔天傍晚六點，博雅斯基餐廳開門時，伯爵是第一個上門的。

「安德烈，」他對餐廳經理說，「可以借用你幾分鐘嗎……？」

第三部

一九三〇年

亞歷山大．伊里奇．羅斯托夫伯爵因為打在屋簷上的雨聲而醒來。他半睜開眼睛，掀開被子，爬下床。他穿上晨袍，趿著拖鞋，然後從櫃子上拿出一個錫罐，舀出一匙咖啡豆，放進磨豆機裡，轉動搖柄。

儘管一圈一圈轉著搖柄，但房間裡仍然瀰漫濃濃的睡意。睏倦的睡意主宰宇宙似的籠罩了視覺與感官，具體的形體與抽象的意念，所說的與所該做的一切，全都在睡意的陰影下，無力抵抗。但是等伯爵一拉開磨豆機的木頭小抽屜，整個世界與世界所含括的一切都為之改觀，這剛磨好的新鮮咖啡粉香味，帶來巨大的改變力量，足以讓鍊金術士望塵興嘆，妒羨不已。

就在這一瞬間，黑暗與光明，海水與陸地，天與地，都分開來了。樹木結出果實，森林裡的鳥雀、動物和各式各樣生物忙碌穿梭，颯颯作響。近在眼前的，是一隻鴿子，耐住性子在窗外的擋雨板上走來走去。

伯爵動作輕緩地拉出磨豆機的小抽屜，把磨好的咖啡粉倒進咖啡壺裡（他前一天夜裡就細心準備好一壺水了）。他點亮爐火，甩甩手把火柴弄熄。在等待咖啡煮好的時間裡，他做了三十下深蹲，三十次伸展，以及三十個深呼吸。他從牆角的小櫃子裡拿出一小罐乳脂，兩個英國小麵包，和一份水果（今天是蘋果）。接著他倒出咖啡，開始享受今天早晨最豐美的滋味：

蘋果的微酸爽脆……

咖啡的熱燙苦香……

麵包的香甜風味與裡面的醇厚奶油……

這些味道綜合起來完美非常，讓伯爵吃完之後，還想要再轉一轉磨豆機的搖柄，切四分之一蘋果，取出小麵包，從頭再享受一遍早餐。

但是時機不待人。所以伯爵從壺裡倒出僅餘的咖啡之後，就把盤子裡的麵包碎屑掃到窗臺上，給他那位披著羽毛的朋友。接著，他把小罐子裡的乳脂全倒在小碟子裡，轉身走向門口，想把碟子擺在門外的走廊上。就在這時，他看見了躺在地板上的那個信封。

一定是有人半夜從門縫底下塞進來的。

他把碟子擺在門外給他那位獨眼朋友，撿起信封，心裡突然有種異樣的感覺，彷彿裡面裝的不是信，而是完全不同的東西。信封背面印著深藍色的飯店名稱，而正面，在通常寫著地址與收信人名字的地方，只寫著：**四點鐘？**

伯爵坐在床上，喝掉最後一口咖啡，用水果刀的刀尖戳進信封蓋，整個劃開來，盯著裡面的東西看。

「我的天哪。」他用法語說道。

奧拉克妮[25]的藝術

所謂的史學就是舒舒服服坐在高背椅裡，細數各種重大事件。占有時間之利的歷史學家，往往會以身經百戰的老將軍之姿，指著地圖上的某個河彎處：**就在這裡**，他說，**這就是轉捩點。最關鍵的因素。就在這關鍵的一天，扭轉了之後的一切。**

一九二八年一月三日，歷史學家告訴我們，第一個五年計畫開始施行。這個歷史性的計畫，讓俄羅斯從十九世紀的農業社會轉型成為二十世紀的工業強權。一九二九年十一月十七日，開國元勳尼古拉·布哈林[26]，他是《真理報》編輯，也是農民的最後一位真誠好友，在與史達林的爭鬥中落敗，被逐出政治局，為回到專制的老路（這一次是有實無名的）清除了路障。一九二七年二月二十五日，《刑法》第五十八條草案出爐，密密編織成一張網，讓我們每一個人有朝一日都將身陷網中，無法逃脫。

還有五月二十七日，十二月六日，或某個早晨八點，某日上午九點。

就是這一刻，他們說。就像在歌劇院裡一樣，布幕落下，工作人員拉動桿子，把前一幕的布景拉起到橫梁上，下一幕的布景降落到舞臺上，於是等布幕再度揭起時，觀眾會發現自己已經從精雕細琢的大宴會廳到了林木蓊鬱的河岸……

然而，這些日子所發生的重大事件，並沒有讓莫斯科陷入動盪。因為日曆的那一頁撕去時，臥房窗外並沒有馬上亮起一百萬盞電燈；每一張書桌與每一個人的睡夢裡，也沒有馬上出現那宛如天父般

25 Arachne，希臘神話裡善於編織的凡間女子，因為過於傲慢，挑戰主掌編織的女神戴安娜，落敗後又不服輸，被罰變成蜘蛛。

26 Nikolai Bukharin，1888-1938，為蘇聯共產黨重要的理論家，也是早期的重要領導人物，列寧死後，與史達林一起領導蘇共，後兩人產生齟齬，被逐出政治局，並在「大清洗」中被控以「人民公敵」等罪名處死，至一九八八年才獲平反。

時時刻刻關注的目光[27]；而那一百輛囚車的司機也沒有馬上發動引擎，朝四面八方開向陰影幢幢的街道。五年計畫的實施，布哈林的失勢，或權力擴增到可以逮捕任何異議人士的《刑法》，都只是初見端倪，只是徵兆，只是奠定基礎而已。要完全感受到這些變革的威力，還得等到十年之後。

不。對我們大多數人來說，一九二〇年代末期並沒有發生這麼多重大事件。相反的，那些年就像轉動萬花筒似的，一轉眼就過了。

在萬花筒的圓筒底端，有著隨意組合的彩色玻璃碎片，由於陽光的照射，鏡面的交互反射與對稱所產生的神奇魔力，我們拿起萬花筒往裡看的時候，就會看見如此繽紛、如此精巧璀璨的圖案，看起來像是經過巧妙設計一般。然後只要輕輕一晃動，彩色碎片就開始移動，變化成新的圖案，由自身的對稱形狀、繽紛色彩與精巧設計而形成的新圖案。

這就是一九二〇年代末期的莫斯科。

這就是當時的大都會飯店。

事實上，如果某個久居莫斯科的人在一九三〇年春季穿過劇院廣場，必定會覺得這家飯店和他記憶裡的模樣差不多。身穿大衣的帕維爾・伊萬諾維奇依舊站在門階上，看起來和以往一樣健壯（只是現在每逢起霧的下午，他的臀部就很不舒服）。旋轉門另一側仍然是頭戴藍帽、殷勤熱絡的小夥子，隨時準備幫客人提行李（只是他們的主管不再是帕夏與派特亞，而是葛利夏與簡亞）。對所有人的行蹤都瞭若指掌的瓦西里，依舊主掌禮賓服務辦公桌，他的正對面是隨時準備好遞給入住客人一支筆的亞卡迪。而在總經理辦公室裡，赫雷基先生依舊坐在一絲不紊的辦公桌後面（只是他那位臉上掛著神職人員般笑容的新助理，不時會為了違反飯店規則的雞毛蒜皮小事來打斷他的神遊漫想。）

27 這裡指的是史達林的肖像，一九三〇年代開始，蘇聯開始推行對史達林的個人崇拜。

廣場餐廳裡有著各形各色的俄國人（至少是可以弄得到外幣的人），來這裡喝杯咖啡，見見朋友。大宴會廳仍然有著義正辭嚴的發言與姍姍來遲的賓客，只是集會的形式不再是各式大會，而是國宴（只是再也沒有愛穿黃衣服的間諜躲在看臺偷看了。）

至於博雅斯基餐廳呢？

才兩點鐘，餐廳廚房已經忙翻了。資淺的廚師圍在木頭長桌旁剝胡蘿蔔和洋蔥，二廚史坦尼斯拉夫一邊吹著口哨，一邊熟練地給乳鴿去骨。大爐子上八個爐口全開了火，各自熬煮不同的醬汁、湯和燉菜。糕點主廚自己也像他揉出的麵糰一樣，渾身是麵粉，打開烤箱門，拉出兩大盤布里歐麵包。而這些活動的中心，是一隻眼睛盯著助手，一根手指不停指點各方，手裡拿著一把大菜刀的埃米爾・朱可夫斯基。

若把博亞斯基餐廳的廚房比喻成一個管弦樂團，那麼埃米爾就是指揮，而他手裡的菜刀就是指揮棒。底部寬兩吋、全長達十吋的這把菜刀，他幾乎從不離手，就算放下，也一定隨時擺在垂手可得的範圍內。儘管廚房各類刀具配備齊全，從削皮刀、去骨刀、切肉刀到剁肉刀，一應俱全，但是只要這把十吋長的菜刀在手，埃米爾就可以完成其他各式刀具所能完成的任務。他可以拿這把菜刀剁兔子皮，削檸檬皮，給葡萄去皮切為四塊。他可以用這把菜刀給煎餅翻面，給湯攪拌，還可以用刀尖來測量一小匙份量的糖或一小撮鹽。但這把刀最重要的功能是，讓他拿來指著廚房裡的其他人。

「你，」他揮著刀尖，對調醬汁的廚師說，「你是打算把醬汁燒到乾嗎？燒得乾巴巴的是要拿來幹嘛，啊？鋪馬路？塗雕像？」

「你，」他指著流理臺盡頭那個戒慎恐懼的新實習生，「你在幹嘛？香菜要切到什麼時候才會好？等我香菜都種好了你還沒切好！」

而春季的最後一天呢？這把菜刀就指向史坦尼斯拉夫了。原本在給羊排剔除肥油的埃米爾突然停手，怒沖沖瞪著桌子另一頭。

「你！」他說，菜刀刀尖指著史坦尼斯拉夫的鼻子，「那是什麼？」

史坦尼斯拉夫，這位瘦瘦高高的愛沙尼亞人向來乖乖學習主廚的每個做菜步驟，這時正在處理乳鴿，聽到這句話猛然抬頭，滿眼驚懼。

「您說什麼，先生？」

「你口哨吹的是什麼？」

沒錯，史坦尼斯拉夫腦袋裡是有段旋律，是他昨天晚上經過飯店酒吧門口時聽見的一小段樂曲，但竟沒發現自己用口哨吹了出來。此刻，面對這把菜刀，他怎麼也想不起來這段曲子是什麼。

「我不確定。」他老實說。

「不確定！剛才是你在吹口哨，不是嗎？」

「是我，先生，是我在吹口哨。但這只是一首小調。」

「只是一首小調？」

「小曲子。」

「我知道小調是什麼！但誰准你在這裡哼曲子的？啊？中央委員會任命你為小調吹奏委員了嗎？你胸口掛的是小調大勳章嗎？」

埃米爾眼睛還是瞪著史坦尼斯拉夫，但手裡的菜刀往流理臺一剁，羊排被劈成兩半，彷彿也把這首曲子永遠從史坦尼斯拉夫的記憶裡給剁掉了。主廚再次揚起菜刀，刀尖朝外，但還來不及開口，那道隔開埃米爾的廚房與外在世界的門就敞開了。那是安德烈，像平常一樣準時現身，手裡拿著訂位登記簿，眼鏡推到頭頂上。埃米爾活像剛戰完一輪的強盜，把菜刀插在圍裙的腰結裡，滿懷期待地看著門，一會兒之後，門又開了。

萬花筒裡的玻璃碎片只要輕輕一轉，就能變化出新的圖案。行李服務生的藍帽子從這個男孩手裡交到另一個男孩手裡；像金絲雀般耀眼的黃洋裝被塞到皮箱裡；紅色的旅遊指南更新登載了新的街名。而從埃米爾廚房門走進來的是亞歷山大．伊里奇．羅斯托夫伯爵，手臂上掛著一件博雅斯基餐廳的白色西裝制服外套。

一分鐘之後，埃米爾、安德烈和伯爵坐在可以監控廚房的小辦公室桌子旁。這三巨頭每天下午兩點十五分聚在這裡，一起決定餐廳員工、顧客，以及雞肉與番茄的命運。

一如既往，安德烈把眼鏡推到鼻梁上，翻開訂位登記簿，會議就開始了。

「今天晚上包廂沒有私人宴會。」他說，「但大廳每一桌都訂滿了，而且每桌都有兩輪訂位。」

「啊，」埃米爾咧嘴笑，神似喜歡以寡擊眾的指揮官，「但你不會催他們快點吃完吧？」

「當然不會。」伯爵保證，「我們只需要確保他們能儘快拿到菜單，馬上開始點菜。」

埃米爾點點頭，表示理解。

「還有別的棘手問題嗎？」伯爵問餐廳經理。

「沒什麼特別的。」

安德烈把訂位登記簿轉個方向，讓他的餐廳領班可以自己看看。

伯爵的手指順著一行行訂位紀錄往下滑。誠如安德烈所言，沒有什麼特別的。交通人民委員[28]最討厭美國記者；德國大使討厭交通人民委員；而所有的人都討厭ＯＧＰＵ（國家政治保安總局）*的副局長。最棘手的是，第二輪訂位的客人裡，有兩位是政治局委員，同時在這裡請客。因為他們都剛上任未久，所以不見得非給他們最好的位子不可，但重要的是，他倆所接受的待遇在每一方面都必須完全相同。服務人員對他們的關注必須相同，甚至桌子大小、離廚房門的距離也都必須完全一致。最理想

28　即交通部長。蘇聯成立之初，成立蘇聯人民委員會，下設內政、外交、財政、農業等各部，各部負責人稱為「人民委員」，但在一九四六年改「人民委員會」為「部長會議」，「人民委員」隨之改稱「部長」。

的狀態是，把他們的座位安排在餐廳正中央那盆插花（今晚插的是鳶尾花）兩側。

「你有什麼想法？」安德烈手裡拿著筆說。

伯爵正在建議誰該坐哪裡的時候，有人輕輕敲門。史坦尼斯拉夫端著一個湯碗和盤子進來。

「各位好，」副主廚對安德烈和伯爵露出親切的微笑說，「除了平常供應的菜色之外，我們今天晚上還有黃瓜湯和——」

「好了，好了，」埃米爾蹙起眉頭說，「知道了。知道了。」

儘管埃米爾揮手趕他走，史坦尼斯拉夫還是道聲歉，把碗和盤子擺在桌上。他一走，主廚就指著碗盤說：「除了平常供應的菜色之外，我們今晚還有黃瓜湯和紅酒薄醬羊排。」

桌上有三個茶杯。埃米爾把湯舀進兩個杯子裡，等兩位同事試喝。

「太美味了。」安德烈說。

埃米爾點點頭，然後轉頭看伯爵，挑起眉毛。

去皮黃瓜熬成的濃湯，伯爵想。加了優格，當然。一點點鹽。有蒔蘿，但加得沒有預期那麼多。但是，還有另一種完全不同的味道……帶來某種強烈的夏日風情，但格外別出心裁的……

「薄荷？」他問。

主廚露出甘拜下風的微笑。

「**太厲害了，先生。**」

「……這羊排令人期待。」伯爵讚賞地說。

埃米爾再次低下頭，從腰間抽出菜刀，從一大排的羊排上切下四塊，在兩位同事的盤子裡各放上兩塊。

外皮裹了迷迭香與麵包屑的羊排香嫩鮮美，風味絕佳。餐廳經理和侍者領班都發出讚賞的嘆息。

大都會飯店酒窖裡又有貼上標籤的葡萄酒了，這得歸功於中央委員會的某位委員，因為他在一九二七年的時候想訂一瓶波爾多葡萄酒送法國新任大使，卻沒能如願。（畢竟，龍不只體型龐大，發起怒來也像毒蛇一樣致命。）安德烈轉頭問伯爵，應該推薦什麼酒來搭配這道羊排。

「負擔得起的人，推薦他們喝一八九九年的拉圖堡紅酒。」

主廚和餐廳經理點點頭。

「負擔不起的呢？」

伯爵想了想。

「也許配隆河丘紅酒吧。」

「甚好！」安德烈說。

埃米爾拿起菜刀，指著大盤子上還沒切開的羊排，慎重其事對伯爵說：「告訴你那些小夥子，我的羊排只做三分熟。要是有人想點五分，叫他去大眾食堂吧。」

伯爵表示理解，也很樂意聽命。於是安德烈闔起登記簿，埃米爾擦淨他的菜刀，但他們兩人推開椅子準備站起來時，伯爵還是坐著不動。

「兩位，」他說，「在散會之前，還有一件事……」

看見伯爵的神色，主廚和經理又把椅子往前拉近桌子旁。

伯爵的目光越過窗戶，看著廚房，確認所有的員工都專心工作，才從外套口袋裡掏出一個信封。是有人塞進他門縫底下的那個信封。他把信封對著埃米爾沒用的那只茶杯，倒出閃著紅色與金色光澤的細絲狀東西。

三個人陷入沉默。

埃米爾往後靠在椅背上。

「**太厲害了！**」他說。

「我可以看看嗎？」安德烈問。

「當然可以。」

安德烈端起茶杯，前傾後斜細看。接著輕輕把杯子擺回杯碟上，動作輕得連瓷杯瓷盤都沒發出一絲聲響。

「這樣夠了？」

全程看著這東西從信封倒出來的主廚，不需要再看第二眼。

「絕對夠。」

「我們還有茴香嗎？」

「食品儲藏室最裡面還有幾顆球莖茴香。我們得把外面幾層老皮剝掉，但裡面應該都還是好的。」

「柳橙有著落嗎？」伯爵問。

主廚沉著臉，搖搖頭。

「我們需要幾顆？」安德烈問。

「兩顆。或許三顆。」

「我想我知道可以上哪兒弄……」

「今天弄得到嗎？」主廚問。

安德烈從背心裡掏出懷錶，擺在掌心裡看了看。

「如果運氣好的話。」

在這麼短的時間裡，安德烈去哪兒弄來柳橙？別家餐廳？只收強勢貨幣的特殊商店？某個位居黨政高層的老主顧？這個嘛，話說回來，伯爵又是從哪裡弄到這四分之一盎司的番紅花呢？好幾年前就沒有人問這種問題了。只要知道番紅花已拿到，柳橙也即將到手，這就夠了。

這三個密謀的共犯交換了滿意的眼神，把椅子往後推。安德烈再次把眼鏡推到頭頂上，埃米爾轉身看著伯爵。

「你會迅速把菜單送到他們手裡，馬上點好菜，對吧？不會拖拖拉拉？」

「絕不拖拉。」

「很好，」主廚作出結論，「我們十二點半見。」

★

伯爵把白色制服外套掛在手臂上，離開博雅斯基餐廳時，唇邊漾著微笑，腳步輕快。事實上，他整個人都顯得容光煥發。

「你好，葛利夏。」他和行李服務生擦身而過時說（這服務生正抱著一只大花瓶往樓梯走，花瓶裡插著兩呎高的萱草）。

「您好！」他用德語對一位身穿淡紫色上衣的德國年輕女子說（她在等電梯）。

伯爵心情這麼好，部分的原因肯定和溫度計上的數字有關。過去三個星期以來，氣溫上升了二點五度，推進了大自然與人類的活動，到今天終於出現了令人興奮的高潮，黃瓜湯裡有了薄荷的香氣，電梯口有淡紫色的上衣，大白天的有人送來高達兩呎的萱草。而讓他腳步輕快的，還有今天下午的幽會，以及半夜的聚會。但是，伯爵的心情之所以這麼好，最直接的原因是埃米爾連著兩次「太厲害了」的讚賞。在過去四年裡，這樣的情況僅僅出現過一兩次。

伯爵穿過大廳，郵件窗口新來的工作人員對他揮手，他也揮手答禮，然後和剛掛下電話的瓦西里打招呼（瓦西里顯然才又替客人搞定兩張早已賣光的某場表演門票）。

「午安，我的朋友。你工作好認真啊。」

禮賓經理聽見他的話，指指大廳。如今大廳熙來攘往的熱鬧盛況，不亞於戰前。彷彿得到某種召喚似的，他桌上的電話再度響起，行李櫃檯的鈴聲也連響三次，還有人高聲喊著：「同志！同志！」

啊，**同志**，伯爵想。這個詞彙也用了好些年了……

伯爵小時候住在聖彼得堡時，很少聽到有人用這個名詞。即使有，也是躲在磨坊後面，或在小酒館的暗處偷偷講，偶爾或許可以在剛印好、攤在某個地下室等待油墨晾乾的傳單上看到。如今，三十年過去，這已經是俄文最常聽見的詞彙了。

「同志」這個詞彙極其萬能，幾近奇蹟。這詞可以用來打招呼，用來道別，用來道賀，用來警告。可以用來呼籲採取行動，也可以用來勸誡勿輕舉妄動。又或者，只是單純要在人來人往的豪華飯店大廳裡叫喚某個人而已。還好有這個功能萬用的名詞，俄國人終於可以擺脫煩死人的繁文縟節，老掉牙的頭銜，無聊透頂的習慣用語——甚至可以擺脫名字！放眼全歐洲，哪個地方有這麼便利的事，用短短兩個字就可以稱呼所有的同胞，不分男女老幼，無論親疏敵友？

「同志！」又一聲喊叫，這一次語氣更急一些。接著有人拉拉伯爵的衣袖。

伯爵一驚，轉頭看見郵件室新來的那個工作人員站在他身邊。

「噢，你好。有什麼我可以效勞的嗎，年輕人？」

伯爵的這個問題似乎讓這傢伙有點愣住了，因為他才是為別人效勞的人。

「有一封您的信。」他解釋說。

「給我的？」

「是的，同志，昨天收到的。」

年輕人指著背後郵件室的窗口，表示信在那裡。

「那好，既然這樣，就麻煩你了。」伯爵說。

於是工作人員和飯店客人就按各自的身分，分站郵件小窗口的內外兩側。

「在這裡。」他找了一會兒之後說。

「謝謝你，小夥子。」

伯爵接過信，有點期待信封上寫著「同志」兩個字，但上面（在兩張看似印著列寧頭像的郵票底下）寫的是伯爵的全名。字跡凌亂不羈，隨心所欲，有幾個字甚至不無疑問。

伯爵從博雅斯基餐廳走到大廳，原本是要去縫紉室找嬌羞可愛的瑪莉娜，希望能找條白線縫好外套的扣子。但他已經快半年沒看到米哈伊爾，就在認出老友筆跡的這一瞬間，有個帶條小狗的女士剛好從兩棵棕櫚盆景之間、他最喜歡的那把椅子站起來。向來相信命運的伯爵，決定待會兒再去找裁縫，先占住這個位子，打開信。

列寧格勒

一九三〇年六月四日

親愛的阿亞，

清晨四點，我睡不著，於是出門到了舊城區。這個時分，徹夜飲酒狂歡的人已經腳步踉蹌返家了，電車上的車掌還來不及把帽子戴好，而我沿著涅夫斯基大街，穿過寂靜的春晨，周遭的一切彷彿是從另一個地方，甚至是另一個時代偷來的。

和這座城市一樣，涅夫斯基大街也有了新的名字。現在叫「十月二十五日[29]大街」。這條有著悠遠歷史的街，冠上了具有歷史意義的名字。然而，在清晨時刻，我的朋友，這條街還是你記憶中的樣貌。我漫無目的，越過莫伊卡河和豐坦卡運河，經過一家家店鋪，和有著玫瑰色牆面的古老豪宅，最

29 蘇聯一九一七年十月革命發生於俄曆十月二十五日。

後，我走到季赫溫墓園，杜斯妥也夫斯基和柴可夫斯基都長眠於此，相距不過幾呎。（你還記得我們曾為爭論他們兩人誰的天分比較高，而吵到深夜嗎？）

我驀然意識到，走過涅夫斯基大街，就彷彿走過俄國文學史的長廊。起點就在大街挨近莫伊卡河河堤之處，也就是普希金度過生命中最後幾年時光的那幢房子。往前幾步，是果里戈動筆寫《死靈魂》的地方。再過來是國家圖書館，托爾斯泰常在這裡找資料。而就在這裡，在墓園牆後，我們的弟兄，我們人類靈魂永恒的見證人費奧多爾[30]，就長眠在櫻桃樹下。

我站在此地沉思，朝陽從墓園牆後升起，陽光遍灑在大街上，我不由自主地想起那偉大的誓言，偉大的聲明，偉大的承諾：

永遠發光發亮
照亮每一寸土地，
直到生命的最後一刻……

伯爵還沒翻看這封信的第二頁，就抬起頭，滿懷感動。

打動他的不是聖彼得堡的回憶——不是懷念在玫瑰色外牆豪宅裡度過的那些年少歲月，不是追憶和米哈伊爾同住在鞋鋪樓上的那段時光。也不是因為米哈伊爾感性十足地提起俄國文學的偉大。讓伯爵深刻感動的，是他這位老朋友渾然不知要往何處去，就踏進這個宛如從時空裡偷來的春日清晨。從讀到這封信的第一行開始，伯爵就已經知道米哈伊爾要往哪裡去。

米哈伊爾隨凱特琳娜遷居基輔，已經是四年前的事了。她為了另一個男人而離開他，也已經一

30 即費奧多爾・杜斯妥也夫斯基。

年了。而他回到聖彼得堡，再次把自己埋進書本堆成的堡壘裡，也已經六個月了。然後，在春天的某一天，天未亮的清晨四點，睡不著覺的他發現自己不知不覺走到涅夫斯基大街，一步一步，正是當年凱特琳娜第一次拉著他的手所走的路。然後，在朝陽升起時，他不由自主地想起那句誓言、聲明與承諾——承諾要永遠發光發熱，照亮每一寸土地，直到生命的最後一刻——而這，也正是每一個人對愛的要求。

這些念頭在伯爵心裡翻騰的時候，他是不是擔心米哈伊爾仍然因為凱特琳娜而心痛呢？是不是擔心這位老朋友在夜深人靜時分，獨自追尋消逝的愛情遺跡，是否很不正常呢？

擔心？米哈伊爾肯定會為凱特琳娜心痛一輩子！不管涅夫斯基大街再怎麼改名，他每一回踏上這條路，就肯定會感覺到難以忍受的失落痛苦。原本就應該如此。我們原本就應該預期也準備好承受失落痛苦，並擁抱著這樣的感覺，直到我們人生的最後一刻，因為只有心碎傷痛，才能證明愛情絕非短暫易逝。

伯爵拿起米哈伊爾的信，準備繼續讀，才剛翻開第二頁，就有三個年輕人從廣場餐廳走出來，站在棕櫚盆栽旁，繼續討論嚴肅的問題。

這三個年輕人一男兩女，男孩年約二十，外型英俊，看起來像共青團成員，而女孩一個金髮，一個黑髮。他們三人顯然負有官方任務，要被派往伊萬諾沃省。男孩是他們的隊長，正在警告他的兩名隊員，他們無可避免會面臨物資匱乏的問題，但他們的工作具有重大的歷史意義。

他說完之後，黑髮女孩問這個省有多大，但他還來不及回答，金髮女孩就代他回答：「面積超過三百平方哩，人口有五十萬。雖然以務農為主，但整個省只有八個電動拖拉機站和六座現代磨坊。」

英俊的隊長對隊友越俎代庖並不以為意。相反的，從表情看起來，他還對她充滿敬佩之意。

金髮女孩教授完她的地理知識之後，又有第四名成員從廣場餐廳蹦蹦跳跳過來。這個男孩比隊長矮一點，也年輕一點，頭戴水手帽。自從電影《波坦金戰艦》播映以來，內陸地區的男孩就流行戴這種帽子。他手裡抓著一件帆布外套，交給金髮女孩。

「我去拿我的外套，」他熱情洋溢地說，「順便也幫你拿了。」

金髮女孩點點頭，接過外套，一句道謝的話都沒說。

一句道謝的話都沒說……？

伯爵從椅子裡跳起來。

「妮娜？」

四個年輕人全轉頭看著棕櫚盆景這邊。

伯爵把白外套和米哈伊爾的信丟在椅子上，從盆景後面走出來。

「妮娜．庫利柯娃，」他喊著，「真是個大驚喜！」

這是伯爵此刻的真心感受：真是個大驚喜。因為他已經兩年多沒見到妮娜了，每回經過牌戲室或大宴會廳的時候，他常會發現自己不由自主地想她人在哪裡，又在做什麼。

但是就在這一瞬間，伯爵看得出來，對妮娜來說，他的突然出現未必恰得其時。說不定她寧可不要向同志解釋她怎麼會認識前朝遺老。說不定她根本沒向他們提起過，她小時候曾住在這家豪華飯店裡。又或者，說不定她只是想繼續和她這幾位胸懷大志的朋友討論意義重大的問題。

「請等我一下。」她對他們說，朝伯爵走來。

當然，經過這麼久的時間不見，伯爵本能地想給小妮娜一個大熊抱，但妮娜的肢體動作，似乎是要制止伯爵這麼做。

「很高興見到你，妮娜。」

「我是也，亞歷山大．伊里奇。」

這對老朋友互看了好一會兒，然後妮娜指著搭在椅子扶手上的那件白外套。

「看來你還在替博雅斯基管他們那些餐桌。」

「是啊。」他微笑說，雖然不太確定應該把她這官樣文章的口吻當成是讚美或批評……他很想反問她（還要露出戲謔的眼神），剛才在廣場餐廳是不是照舊點了一份「開胃菜」，但想想最好還是別問。

「我猜你正要出發去探險。」他只說。

「我想是有探險的成分，」她回答說，「但主要是工作。有很多工作要做。」

她解釋說，他們四個人隔天早上就要和本地共青團的其他幹部一起出發，到伊萬諾沃省的古老農業中心卡迪區，去協助烏達米克，也就是所謂的「生產突擊手」[31]推動區域農業的集體化。一九二八年底，伊萬諾沃省只有百分之十的農業透過集體耕作。到一九三一年底，幾乎全部都會成為集體農場。

「世世代代以來，富農階級耕種自己的農地，也因應自己的需要，利用當地沒有土地的農民提供勞動力。但如今新的時代已經來臨，屬於人民所共有的土地，要用來為全體人民服務。這是歷史的必然性，」她實事求是地說，「無可避免。畢竟，難道老師只教他們自己的小孩嗎？醫生只照顧自己的父母嗎？」

妮娜開始她這小小的演說時，所使用的語氣和術語讓伯爵嚇了一大跳，包括她對富農階級的批評與對集體化「無可避免」的必要性的強調。但看她把頭髮塞到耳後的動作，他突然意識到，她有這樣的狂熱並沒有什麼好意外的。她只不過是把在李西特斯基老師數學課上所展現的無窮熱情與對細節的追求，轉移到共青團的工作罷了。妮娜．庫利柯娃從過去到現在，甚至到未來，都永遠是個對嚴謹之事嚴謹以求的嚴謹之人。

妮娜請她的同志等她一下下就好，但滔滔不絕談起眼前的任務，她似乎忘了他們還站在棕櫚盆景

31 生產突擊手，俄文為烏達米克（Udamik），蘇聯在推動第一個五年計畫時，給予超額生產的工人特殊獎勵，稱之為「生產突擊手」。

的另一邊等她。

伯爵心中暗笑，看著她的背後，發現那位英俊的隊長已經讓其他隊友先離開了，自己留下來等妮娜。不管意識型態怎麼轉變，這都是個高明的手腕。

「我該走了。」她結束演說，對伯爵說。

「是啊，當然。」伯爵回答說，「你有很多工作要做。」

她嚴肅點點頭，和他握手，轉身離去。她似乎沒注意其他兩位同志已經先行離去，對英俊隊長等她好像也早已習以為常。

伯爵望著旋轉門，看這兩位充滿理想的年輕人離開飯店。他看著他倆對帕維爾講話，帕維爾替他們招來計程車。但計程車來了之後，那個年輕男子拉開車門，妮娜卻沒上車，而是指著劇院廣場，顯然要往另一個方向去。英俊的隊長也同樣指了指，大概是要陪她一起去，但妮娜嚴肅地和他握手，就像剛才握伯爵的手一樣，接著，越過廣場，走向歷史必然的方向。

☆

「這不是珍珠白，是奶白色。」

伯爵和瑪莉娜一起看著她從抽屜裡拿出來的線軸，上面全是各種不同的白線，你所想像得出來的色澤層次應有盡有。

「真不好意思，伯爵大人，」瑪莉娜回答說，「聽你這麼一說，我確實發現這比較像奶白色，而不是珍珠白。」

原本看著線軸的伯爵抬起頭，望著瑪莉娜。她一隻眼睛凝神不動，充滿關切之情，但另一隻眼睛卻似乎飄著一抹笑意。接著她笑了起來，像個女學生似的。

「噢，拿給我吧。」他說。

「欸，」她用妥協的語氣說，「讓我來吧。」

「絕對不行。」

「欸，沒關係啦。」

「我絕對可以自己應付得來，謝謝你。」

但是伯爵並不只是鬧彆扭。事實上，他確確實實有能力自己做。若想成為稱職的侍者，理所當然的，你必須打理好外表。你得要乾淨，整齊，優雅得體。同時，衣著也必須格外講究。你當然不能穿著衣領或袖口綻線的衣服在餐廳裡走來走去，要是穿著有顆扣子快掉的衣服去給客人送菜，更是天理不容，因為你的扣子很可能會掉進客人的馬鈴薯奶油冷湯裡。因此，在博雅斯基餐廳擔任侍者三個星期之後，伯爵就請瑪莉娜把奧拉克妮的縫紉藝術傳授給他。伯爵很審慎地空出一個鐘頭來學習，結果，這門藝術卻整整耗了四個星期，花了八個鐘頭才完成。

天曉得光是縫個東西就有這麼多不同的針法？回針、十字針、暗針、間針、鑲邊縫針。即使是耗費畢生精力給所有現象區分、歸類、定義的百科全書編纂人，如亞里斯多德、拉魯斯、狄德羅等大人物，也絕對想不到有這麼多縫紉針法，而且每一種針法都各有不同用途！

伯爵手裡拿著奶白色的線，坐下來，瑪莉娜拿出針墊的時候，他仔細端詳插在上面的縫衣針，彷彿是小孩看著糖果盒裡的巧克力。

「這一根。」他說。

他舔舔線頭，閉起一隻眼睛（這是瑪莉娜教他的），線立刻穿過針孔，那速度比聖徒穿過天堂大門還快。一條線變成一個線圈，打個結，再把線從線軸上剪斷。伯爵坐直身子，開始動手縫，而瑪莉娜也忙著自己手上的工作（縫著一對枕頭套）。

人類自有結伴做針線活的習慣以來，就都是一面縫補一面聊著日常生活，他倆也不例外。大部分的對話都只是「嗯」，或「這樣啊？」，手裡的縫補節奏絲毫不紊。但是偶爾提到某些特別的話題，也會讓他們停下手裡的工作。這天，在聊完天氣和帕維爾漂亮的新外套之後，瑪莉娜的針縫了一半突然停下來，因為伯爵提到他碰見妮娜。

「妮娜·庫利柯娃？」她驚訝地問。

「就是她。」

「在哪裡？」

「在大廳。她和三個同志來吃飯。」

「你們有沒有聊一下？」

「聊了一會兒。」

「她有沒有談到她自己的情況？」

「他們好像是要到伊萬諾沃省去，把富農的土地國有化，農機集體化之類的。」

「我不是問這個，亞歷山大。她好嗎？」

這回輪到伯爵停下縫補了。

「她和以前沒什麼兩樣。」他沉吟一晌說，「還是充滿好奇心，自信滿滿。」

「太好了。」瑪莉娜微笑說。

她又開始動起針線，但伯爵看著她。

「可是……」

「可是……」

瑪莉娜又停下來，迎上他的目光。

……

「沒什麼。」

「亞歷山大，你心裡顯然有什麼話想說。」

……

「只是聽到妮娜談起她即將展開的旅程，是這麼熱情洋溢，充滿自信，甚至可以說是一心一意，非常嚴肅認真。她就像英勇的探險家，已經準備要將自己的旗幟插在北極，以『歷史的必然』為名，占領那片土地。可是我卻不由得懷疑，她的幸福或許在另一個全然不同的地方等待她。」

「唉，亞歷山大。小妮娜應該快十八歲了吧。和她年紀差不多的時候，你和朋友講起話來，肯定也是這麼熱情洋溢，充滿自信。」

「我們當然是這樣沒錯，」伯爵說，「我們坐在咖啡館裡爭辯各種理念，總是要吵到店家拖地熄燈，準備打烊才離開。」

「嗯，你們當年是這樣。」

「我們確實是為理念爭辯，瑪莉娜，但我們從來沒打算把那些理念付諸實行。」

瑪莉娜翻個白眼。

「你可千萬別拿理念去搞什麼行動喔。」

「我是說真的。妮娜這麼堅決，我怕這股堅信不疑的強大力量，會剝奪了她青春的快樂。」

瑪莉娜把針線活兒擺在腿上。

「你向來很疼愛小妮娜。」

「我當然疼她。」

「但你之所以喜歡她，部分的原因就是她有獨立的精神。」

「確實。」

「那你就應該相信她。就算她現在一心一意往錯誤的方向去，你也應該相信，時間會讓她找到正確的人生方向。畢竟，我們每個人遲早都會找到自己人生的方向。」

伯爵連點了好幾次頭，用瑪莉娜的角度來重新思考這個問題，然後重拾工作，把線穿過扣眼，繞了幾圈，纏在扣柄上，打死結，用牙齒咬斷線。他把針插回瑪莉娜的針墊上，發現已經四點零五分了，再次證明，有可喜的同伴愉快聊天，專心做著開心的工作，時光就會飛快流逝。

慢著……伯爵想。

已經四點零五分了？

「我的天哪！」

伯爵謝謝瑪莉娜，抓起外套，衝向大廳，一步兩階地跑上樓梯。抵達三一一號房的時候，看見房門微開。他左右張望一番，溜進房裡，關上門。

雕飾華美的鏡子前擺設一張邊桌，上頭立著的，正是他稍早之前看見的那束高達兩呎的萱草。飛快打量一番之後，伯爵穿過空無一人的客廳，進到臥房，一條纖若柳枝的苗條身影立在大窗前。聽見他走近，她轉身，衣衫悄悄滑落，只發出輕輕的唰一聲。

【作者注】

＊ＯＧＰＵ成立於一九二三年，取代沙俄時期的「契卡」，成為祕密警察的中心組織。一九三四年，ＯＧＰＵ再度轉型，為ＮＫＶＤ（內務人民委員會）所取代，一九四三年改組為ＭＧＢ（國家安全部），一九五四年改為ＫＧＢ（國家安全委員會，亦譯為格別烏）。表面上看來非常複雜難解，但還好，儘管政治黨派、藝術運動與時尚學派多變而創新，但祕密警察的方法和意圖卻始終貫徹一致。所以這些組織名稱縮寫的異同與內涵，諸位毋須深究。

午後約會

飛快打量一番之後，伯爵穿過空無一人的客廳，進到臥房，一條纖若柳枝的苗條身影立在大窗前。聽見他走近，她轉身，衣衫悄悄滑落，只發出輕輕的唰一聲。

這是怎麼回事！

我們最後一次瞥見這對情人在一起，是在一九二三年。當時安娜．伍芭諾娃打發伯爵離開之前，不是叫他「拉上窗簾」嗎？他走出房間，喀噠一聲關上房門之後，不是像條孤魂野鬼似的爬上屋頂嗎？此刻，她鑽進被子裡，這位曾經高傲自大的女明星露出耐心、溫柔、甚至帶著感激的微笑，和她以前的這個對手幾乎一模一樣的微笑。伯爵把博亞斯基的白色外套掛在椅背上，開始解開自己襯衫的鈕扣！

這對南轅北轍的人究竟為什麼又碰在一起了？究竟是什麼曲折的人生路，領著他們一路來到三一一號房，回到彼此的懷抱裡？

這個嘛，曲折的並不是伯爵的人生路。因為過去這些年來，亞歷山大．羅斯托夫每天都在大都會飯店的樓梯上上下下，從他的寢室到博雅斯基餐廳，再從博雅斯基餐廳回到寢室。不，錯綜複雜、曲折離奇、彎去又繞回的，不是伯爵的人生路，而是安娜的人生。

我們一九二三年在大都會飯店大廳第一次見到伍芭諾娃小姐時，伯爵在她身上感覺到的傲慢自大，並非全無憑據，因為這是她當時身為社會名流所必然產生的副作用。一九一九年，伊凡．羅索特斯基在敖德薩郊區的地區劇院發掘了安娜，在他的兩部新片裡擔任女主角。這兩部電影都是歷史愛情故事，歌誦勞苦大眾的純潔情操，批判剝削階級的腐敗。第一部電影，安娜飾演十八世紀的廚房女傭，一名年輕貴族為了她放棄在宮廷的似錦前程。在第二部電影裡，她飾演十九世紀的女繼承人，放棄家產，嫁給一名鐵匠學徒。羅索特斯基以昔日宮廷為電影場景，讓他們兩人散發著夢幻般的朦朧光影，以柔焦鏡頭拍出宛如回憶的懷舊色彩，第一幕、第二幕、第三幕全是他這位初嶄露頭角的女明星：志高氣昂的安娜，心煩意亂的安娜，永浴愛河的安娜。這兩部電影極為賣座，同時也得到政治局的讚賞（經過多年的戰亂之後，他們希望能有一些適合的故事來轉移民眾的焦點），我們這位年輕的女明星不費吹灰之力就聲名大噪。

一九二一年，安娜成為全俄電影工會的會員，得以進出特許商店。一九二二年，她獲准住用彼得霍夫附近的一幢別墅。一九二三年，她得到一幢原本屬於皮草商人的豪宅，屋內鍍金的椅子、彩繪的衣櫥、路易十四風格的梳妝臺，豪奢精美，幾乎全部可以當成羅索特斯基電影場景的道具。也就是在這幢豪宅的社交晚會上，安娜學會了從樓梯上款款而下的這門古老藝術。一手搭著欄杆，背後拖著長長的真絲禮服裙襬，一步一步緩緩走下樓梯，所有的畫家、作家、演員和黨政高級官員都在樓梯底下等候著她。

*

但是，對國家來說，藝術卻是最不可靠的奴僕。不只因為創造藝術的是充滿奇思異想的一群人，也不只是因為他們討厭重覆別人的言行，更痛恨遵照別人的指示行事，更嚴重的是，藝術本身就曖昧不明。一段精心推敲的對話原本是要精準傳達某些意旨清晰的信息，但只要加上稍微嘲諷的語氣，或挑起一邊眉毛，就有了完全不同的效果。事實上，還可能傳達出完全相反的意旨。或許就是因為如此，統治當局必須不時重新檢討一下他們的藝術喜好，不為別的，就算只是為了讓自己可以明哲保身，也不得不這麼做。

於是，安娜和羅索特斯基合作的第四部電影在莫斯科首映時（安娜扮演被誤認為孤兒的公主，愛上被誤認為是王子的孤兒），幾位坐在頭等席的嗅覺靈敏之士就發現，年輕時有「索索」之暱稱的史達林總書記，並沒有像過去看安娜電影時那樣，對著銀幕露出衷心微笑。他們本能地收斂起自己對這部電影的熱愛，如此一來，先是一樓頭等席的氣氛有些冷淡，接著二樓看臺座位的氣氛也受了影響，到最後，整個劇院的人都感覺到有些什麼在蠢蠢欲動。

首映會後過了兩天，一名黨內新星在《真理報》發表公開信（他首映會當天就坐在史達林後面隔幾個位子的地方）。他承認，這部電影確實有其娛樂效果，但是羅索特斯基為何一再回到公主與王子的時代呢？為何不斷描述華爾滋、燭光和大理石階梯呢？他對於往日時光的耽溺，是否讓人開始懷疑他懷念著舊時代呢？同時，他這部電影的故事情節不是又再一次歌頌個人的奮鬥與成就嗎？他向來喜歡大量使用的特寫鏡頭，在這部片子裡不是更加變本加厲嗎？沒錯，我們再次看見一位身穿漂亮禮服的漂亮女主角，但是這和歷史的關係呢？和集體奮鬥的關係呢？

這封公開信在《真理報》發表的四天之後，史達林在蘇共中央全會之前發表的一段談話，特意提到這封公開信，並讚揚作者批判這部電影時的遣詞用字。中央全會兩週之後，這封信的具體內容（以及其中的某些遣詞用字）刊登在其他三份報紙與一本藝術雜誌上。最後這部電影只能淪落到少數幾家二流劇院上映，而且沒得到任何的掌聲。到了秋天，不只羅索特斯基新的電影拍攝計畫告吹了，他的政治可信度也受到質疑……

電影裡的安娜．伍芭諾娃天真無邪，但現實生活裡的她並非如此。她知道羅索特斯基的失勢，像是從雲端墜落的巨石，很可能也會把她拖下萬劫不復的深淵。所以她開始避免和他一起出現在公開場合，轉而公開讚揚其他導演。這樣的策略原本可能保住她巨星的地位，沒想到大西洋彼端的新發明卻讓她的心機盡付流水。美國發明出了有聲電影。安娜的臉蛋在銀幕上依然具有無比的魅力，多年來，觀眾想像她的嗓音也和五官一樣甜美，沒有人想到她的聲音竟然像男人一樣沙啞。於是，一九二八年春季，芳華正盛的安娜．伍芭諾娃，才二十九歲就成為美國人所謂的「過氣明星」。

唉，珍貴古董底下的銅牌可以讓善良的同志安心入睡，因為這些物品都逐一編號，登載在冊，大筆一揮就可以收回，或重新分配。才幾個月的功夫，鍍金椅子，彩繪衣櫥，以及路易十四風格的梳妝臺全不見了，連皮草商人的豪宅與彼得霍夫的別墅也一樣。安娜只帶著兩個皮箱的衣服流落街頭。她的皮包裡還有夠買車票的錢，讓她可以回敖德薩老家。但她沒回去。她和六十歲的貼身女僕一起搬進一間單房公寓。因為安娜．伍芭諾娃永遠都不想再回老家。

伯爵第二次見到安娜是在一九二八年十一月，就在她搬出豪宅差不多八個月之後。當時他正在為一位義大利進口商倒水，看見她身穿一襲紅色無袖洋裝，腳蹬高跟鞋，走進博雅斯基餐廳。伯爵對這位進口商道歉，想用紙巾擦乾濺到這人腿上的水。他聽見安娜對安德烈說，她約了人，隨時會到。

安德烈領她到靠近角落的兩人位。

四十分鐘之後，她的客人到了。

博雅斯基餐廳正中央插了一大盆花（這天插的是向日葵），伯爵站在花的另一側，占有地利之便，可以看得出來女明星和她這位客人應該只是互聞其名，今天是第一次見面。這人是個長得很好看的年輕人，年紀應該比安娜略小幾歲，身穿訂製的西裝外套，但顯然是個鄙俗之人。他才坐下來，嘴裡雖為自己遲到而道歉，眼睛卻已經瞄著菜單；她回答說沒關係的時候，他已經舉起手叫服務生過來。至於安娜，依舊一派迷人風采。她淚光閃閃地述說自己的遭遇，聽他說話時，隨時準備好露出微笑。而有人走過來打斷他們，稱讚年輕人最近的電影時，她也總是表現出十足的耐心。

幾個鐘頭之後，博雅斯基餐廳的客人都已離開，廚房也關門之後，伯爵穿過大廳，正好看見安娜和她的客人從夏里亞賓酒吧出來。那人停下腳步穿外套的時候，安娜指指電梯，顯然是邀他上樓再喝一杯。但他繼續把衣袖套上手臂。今晚會面很愉快，他瞄一眼手錶對她說，但不巧，他還要趕到其他地方，然後便徑直朝大門走去。

年輕導演穿過大廳時，伯爵覺得安娜和一九二三年時一模一樣，光彩耀眼，魅力非凡。但導演一走出大門，身影消失，女明星的微笑和肩膀就垮了下來。她一手撫著額頭，從門口轉身，恰恰迎上了伯爵的目光。

在這個瞬間，她挺起肩膀，揚起下巴，闊步走向樓梯。儘管她對搖曳生姿下樓，顛倒眾生的技巧已練得爐火純青，但獨自上樓的技巧，她顯然還沒能掌握（或許沒有人可以掌握），才走了三個臺階，就停下腳步。她一動也不動地站著，然後轉身，再次走下樓梯，走到伯爵的面前。

「不管什麼時候在大廳碰到你，」她說，「我好像都註定要遭受羞辱。」

伯爵非常詫異。

「羞辱？在我認為，你沒有理由覺得自己被羞辱了。」

「我想你是瞎了。」

她看著旋轉門，彷彿那門還因年輕導演離開而旋轉。

「我邀他喝杯睡前酒，他說他還要早起。」

「我這輩子從不早起。」伯爵說。

她露出這晚第一個真誠的微笑，手朝樓梯比了一下。

「那你或許可以上來。」

安娜這次住的是四二八號房。這不是四樓最好的房間，但也不是最差的。在小小的臥房外面，有個小起居區，有張小沙發和小茶几，兩扇小窗可以俯望提特拉尼大街的電車軌道。像這樣的房間，是雖然不太負擔得起、但又想讓人留下深刻印象的人住的。茶几上有兩個玻璃杯，一碟魚子醬，和一瓶裝在冰桶裡的伏特加。冰桶裡的冰都已經開始融成水了。

他們看著這精心布置的場景，她搖搖頭。

「這花了我好多錢。」

「那我們就不該浪費了。」

伯爵從冰桶裡拿出酒瓶，給兩人各倒了一杯。

「敬往日。」他說。

「敬往日。」她笑著說。兩人一飲而盡。

人人豔羨的生活受到嚴重打擊，人們會有很多不同的選擇。有些人出於羞愧，會想隱藏自己境遇變化的跡證。因此，賭錢輸掉所有積蓄的商人會繼續穿他考究的西裝，直到穿破為止；會高談闊論私人聚樂部的奇聞軼事，雖然他自己早就沒了會員資格。有些人會耽溺於自憐，遠離他們過去有幸擁有的生活。於是，長期受婚姻折磨的丈夫，被妻子公開羞辱之後，很可能會離開原本的家，住到城市另一頭的陰暗小公寓裡。或者，就像伯爵與安娜這樣，直接加入「失敗者聯盟」。

和共濟會一樣，「失敗者聯盟」是關係非常緊密的組織，成員外表上並沒有任何標誌，但是彼此一眼就看得出來。因為突然從雲端墜落，同盟的盟友有著相同的觀點。他們深知美、影響力、名聲和特權，都只是暫時借來，而不是永久擁有的，所以他們並不容易為這些東西所折服。他們不輕易羨慕他人，也不輕易發怒。他們當然也不會忙著翻查報紙，找自己的名字。他們繼續生活在同儕之間，對別人的奉承諂媚謹慎以對，對別人的野心悲憫以對，而他人所展現的優越感，只會讓他們在心中暗暗微笑。

女明星又倒了一杯伏特加，伯爵環顧這個房間。

「狗還好嗎？」他問。

「比我過得好。」

「那就敬那兩條狗吧。」他舉起杯子說。

「好，」她微笑附和，「敬狗。」

於是就這樣開始了。

接下來的一年半，安娜在大都會飯店待過幾個月。首先，她會和某位她認識的電影導演聯絡，如釋重負地承認自己在銀幕上演出的日子已一去不復返了，然後邀他到博雅斯基餐廳吃飯。有了一九二八年的教訓，她不再提早抵達餐廳。她收買了衣帽間的女孩，確保自己在客人抵達的兩分鐘之後出現。席間，她會坦承，自己是這位導演的頭號大粉絲，提起他作品中她最愛的幾個場景，特別是其中有一幕，讓她回味再三——這一幕很容易被忽略，因為只有配角出現，對話也不多，但表現出格外精微的細節與氛圍。安娜陪客人走到大廳時，也不建議到夏里亞賓喝杯睡前酒，當然更不會邀對方上樓到她房間。她只說，今晚能和他見面真是開心，然後就道晚安。

正要套上大衣的導演停頓一晌，看著電梯門關上。他突然覺得，安娜．伍芭諾娃做為大牌明星的日子或許已經結束，然而，他不禁尋思，她也許很適合在下一齣戲演某個小角色。

安娜回到位於四樓的房間，換上一件簡單的洋裝（把晚禮服好好掛在衣櫃裡），舒舒服服看書，等待伯爵來。

有天晚上，就這樣和導演老友吃完飯之後，安娜得到一個只出場一次的角色，扮演一名中年女工，在某座拚命要達成生產配額的工廠工作。還有兩個星期就要結算這一季的生產成果，工人聯名上書給黨領導人，詳盡說明他們為何無法達成預期目標。但就在一一列舉他們所面對的種種困難時，安娜——頭髮用手帕紮起來的安娜——站起來講了一段簡短卻慷慨激昂的話，鼓勵大家繼續努力完成生產目標。

攝影機拉近，給這個沒有名字的角色特寫鏡頭。大家都看見這個女人雖然不復青春，不復迷人，但仍然堅強不屈，自尊自重。而她的嗓音……

啊，她的嗓音……

她一張口講話，觀眾就知道這不是個未經世事的嬌弱女子。因為有著這個嗓音的女人，是個呼吸過泥路塵土、生孩子時曾高聲慘叫、也會在工廠生產線上高聲呼喊姐妹的女人。換言之，這嗓音屬於我的姐妹，我的妻子，我的母親，我的朋友。

毋庸贅言，她的這番話讓工廠女工加倍努力，不只完成生產配額，還超過目標。但更重要的是，這部電影首映時，有個髮際線後退的圓臉傢伙坐在第十五排，他一度是安娜的仰慕者。一九二三年，他曾經有幸在夏里亞賓見過安娜一面，當時他只是莫斯科電影藝術部主任，如今已是文化部的高級官員，甚至謠傳說他很可能高升為部長。她在工廠裡演講的這一幕深深打動了他，不久，碰到每個導演，他都會問他們有沒有看過她精彩的演出。而安娜只要人在莫斯科，他就會送來一束百合到她房間……

啊，你或許會露出會心的微笑說，**原來如此啊**。**她就是這樣東山再起的**……但是，安娜．伍芭諾娃是在舞臺上受過多年磨練的天才藝術家。更重要的是，身為「失敗者聯盟」的一員，她成為一名永遠準時，永遠熟背臺詞，而且從不口出怨言的演員。官方對於電影的偏好，轉向具有現實主義和堅忍精神的作品，因此像她這樣一個有滄桑美貌與沙啞嗓音的女人，永遠都有角色可以演。換言之，安娜的東山再起是許多因素結合而成的，有些是她可以操控，有些則完全在她自己的掌握之外。

你心中或許還有疑慮。好吧，那你自己呢？

毋庸置疑的，你生命中總是有某幾個向前大步躍進的時刻；毋庸置疑的，你回頭看這些時刻的時候，心中充滿著自信與自豪。但這全然是你自己的成就嗎？難道沒有其他人的協助？一絲一毫都沒有嗎？難道沒有某位良師益友，家族親友或同學，提供了及時的建議，介紹你認識某些人，或幫你說了幾句好話？

所以，我們就別再費心剖析為什麼或如何做到的吧。只要知道安娜．伍芭諾娃再次成為明星，住在豐坦卡運河畔，擁有底下鑲有銅牌的家具就夠了。但如今在家請客時，她都站在門口迎接賓客。

☆

下午四點四十五分，伯爵面前的海豚座五顆星星突然旋轉起來。伸出手指，從星座最底下的兩顆星畫一條線，順著軌道越過穹蒼，就到了天鷹座；若是從最上方的那顆星畫一條線，就可以找到飛馬座，也就是柏勒洛豐[32]的飛天座騎。要是畫一條反方向的線，找到的就是一顆全新的星星——是一顆很可能在千年之前就已燃燒殆盡的太陽，但亮光卻才剛抵達北半球，為此後一千年的疲憊旅人、旅居者和冒險家指引方向。

「你在幹嘛？」

安娜轉身面對伯爵。

「我想你又長了一顆新雀斑。」他說。

「什麼？」

安娜想要轉頭看自己的後背。

「別擔心，」他要她放心，「很好看。」

「在哪裡？」

「海豚座往東幾度。」

「海豚座？」

「你知道的啊。星座裡的海豚座。就在你的兩個肩胛骨之間。」

「我有多少顆雀斑？」

「天上有多少顆星星……？」

32 Bellerophon，希臘神話英雄，捕獲飛馬佩格索斯（Pegasus）。

「天哪！」

安娜翻身仰天平躺。

伯爵點起一根菸，抽了一口。

「你不知道海豚座的故事嗎？」他問，把菸遞給她。

「我為什麼會知道海豚座的故事？」她嘆息說。

「虧你還是漁夫的女兒！」

……

「你何不說給我聽。」

「好吧。以前有個很有錢的詩人，名叫阿里翁，他很會彈七弦琴，還創造了酒神頌歌。」

「酒神頌歌？」

「是一種古老的詩歌形式。反正，他有一天從西西里島回來，但船上的水手卻打算搶他的錢，他們給他兩個選擇，一是自殺，一是跳下大海。面對這兩個都沒生還希望的選項，阿里翁唱了一首哀傷的歌，那歌聲美妙非凡，引來一群海豚在船邊聆賞。最後他縱身跳下大海，有隻海豚背著他，把他安全送上岸。為了嘉獎這樁義舉，阿波羅就把海豚放到群星之間，永遠閃耀。」

「好動人的故事。」

伯爵點點頭，又從安娜手裡拿回香菸，翻身仰躺。

「輪到你了。」他說。

「輪到我幹嘛？」

「說說大海的故事啊。」

「我不知道有什麼大海的故事。」

「噢，少來。你父親肯定告訴過你幾個故事。基督教世界的漁民哪一個不會講幾個大海的故事。」

……

「阿亞，我要對你坦白一件事……」

「坦白？」

「我並不是在黑海海邊長大的。」

「那你父親呢？你不是黃昏時分跑到海邊和他一起補魚網？」

「我父親是烏克蘭波塔瓦的農民。」

……

「那你幹嘛編一個這麼荒唐的故事？」

「我當時以為這樣才能吸引你。」

「你當時以為？」

「沒錯。」

伯爵想了想。

「那你剔魚骨的手藝是哪裡學來的？」

「我離家出走之後，在敖德薩的一家小客棧工作。」

伯爵搖搖頭。

「真讓人失望。」

安娜翻身面對伯爵。

「你自己不也講過下諾夫高羅德蘋果樹的荒謬故事嗎。」

「可是那故事是真的！」

「噢，少來。大得像砲彈的蘋果？像彩虹一樣，什麼顏色都有？」

伯爵沉默一會，在床邊的菸灰缸摁熄香菸。

「我該走了。」他說著，從床上爬起來。

「好吧，」她把他拉回來，說：「我想起了一個故事。」

「什麼故事？」

「大海的故事。」

他翻個白眼。

「不，我是認真的。是我奶奶以前告訴我的。」

「大海的故事。」

「有個年輕的探險家，一座荒島，和金銀財寶……」

伯爵很不情願地躺回枕頭上，要她開始講。

安娜開始說：很久很久以前，有個很有錢的商人，他有一支船隊和三個兒子。最小的那個兒子長得非常矮小。有一年春天，商人給老大和老二各一艘船，載滿皮草、地毯和各式高級織品，要他們一個航向東方，一個航向西方，尋找可以做貿易的新帝國。最小的兒子問他的船在哪裡，父親和兩個哥哥哈哈大笑。最後，商人給了小兒子一艘破破爛爛的小船，連船帆也都破爛不堪。船上的水手老得牙齒都已經掉光，船艙只堆著空麻袋。小兒子問父親，他該往哪個方向航行時，父親回答說，他應該一直往前航行，航抵太陽在十二月不會下沉的那個地方。

於是他帶著老弱船員啟程，航向南方。在大海上航行了九個月之後，他們終於抵達十二月永不落日的地方。他們在一座小島靠岸，那裡的山看起來像是堆滿積雪，結果那卻是一整座鹽山。他家鄉並不缺鹽，家庭主婦常想也不想，就把鹽往肩膀後面一丟，去除霉運。但是這年輕人還是要手下在麻袋裡裝滿鹽，就算沒別的價值，至少可以壓艙，增加船的穩定。

因為有壓艙的重量，他們航行得更穩，也更快，沒多久就到了一個大帝國。國王在王宮接見商人的小兒子，問他有什麼可以賣的。這年輕人說他有一船的鹽。國王說他從來沒聽說過「鹽」這種東西，祝他好運，就打發他走。但這年輕人並不氣餒，到了王宮的廚房，偷偷把鹽撒在羊排、湯、番茄和卡士達醬裡。

那天晚上，國王對菜餚的美味嘖嘖稱奇。羊排比以前好吃，湯比以前好喝，番茄比以前鮮美，就連卡士達醬都比以前更好。他把主廚叫來，仔細詢問是用了什麼新的烹調手法。主廚困惑不解，說他們還是照以前的方法烹調啊，不過，那個航海來的年輕人到過廚房……

隔天下午，商人的小兒子啟航返鄉，船上載滿黃金。他的每一袋鹽都換到一袋黃金。

……

「這是你奶奶說給你聽的故事？」

「是的。」

……

「這故事很好聽。」

「是啊，沒錯。」

……

「但你還是騙了我。」

「是啊，沒錯。」

【作者注】

＊蘇聯剛成立的那些年，布爾什維克黨人怎麼能接受影壇新星的豪宅裡有鍍金椅子和路易十四風格的梳妝臺？甚至，他們怎麼能容忍這些東西出現在他們自己的公寓裡？很簡單。在這些豪華家具底下都釘有一小塊刻有號碼的銅牌。這個號碼標明這個物品是廣大人民財產的一部分。因此，善良的布爾什維克黨人心安理得地睡在紅木床上，知道這張床並不是他的。儘管他的公寓裡陳設著無價的古董，但他真正擁有的，比乞丐還少。

聯盟

五點四十五分，伯爵帶著手下的五名侍者巡視博雅斯基餐廳，這是他每晚例行的工作。先從西北角開始，仔細檢查二十張餐桌，確保每一支刀叉、每一個鹽罐、每一瓶鮮花都在正確的位置上。他在四號桌調整了一把刀子，讓它和叉子完美平行。五號桌，一個水杯被從十二點鐘的位置移到一點鐘。六號桌有個酒杯殘留口紅印，立即被撤掉；而七號桌的一根湯匙有水漬，於是給拚命擦拭到這湯匙的表面可以完美反射整個餐廳的景物。

這一幕令人不禁忖思，當年拿破崙就是這樣天未破曉就開始巡視部隊，檢查每一個細節，從彈藥儲備到步兵軍裝都不放過。因為他從經驗裡得知，戰場上的勝利必須從擦亮士兵腳上的軍靴開始做起。

但是拿破崙多場勝仗都只花了一天的時間就大勢底定，通常也都畢其功於一役。

所以，或許應該拿葛斯基和波修瓦芭蕾舞團來比喻比較恰當。葛斯基在充分體會作曲家的意旨之後，和樂團指揮密切合作，訓練他手下的舞者，監督服裝與布景的設計製作，同時也會在戰鬥開始之前的幾分鐘，校閱他的舞團。但是舞臺布幕一落下，觀眾離場之後，這裡卻沒有香榭麗舍大道的慶功遊行。因為不到二十四小時之後，他的芭蕾舞者、樂手和技術人員就要重新集結，讓相同的演出達到同樣完美的水準。這就是博雅斯基餐廳的生活——進行一場讓人感覺起來毫不費吹灰之力、事實上卻是每一個細節都必須完美無瑕的戰役，在一年裡的每一夜周而復始上演。

確信餐廳裡的每一個細節都井然有序之後，五點五十五分，伯爵暫時把注意力轉向埃米爾的廚房。透過門上的小圓窗，伯爵看見主廚的助手們穿著剛洗好的外套，已就定位。爐上煮著調味醬汁，配菜也都準備好要裝盤。而那位惡名昭彰、最沒人情味的主廚呢？博雅斯基餐廳還有幾分鐘就要開門的此刻，他是不是還在罵他的手下、他的客人和他的同事呢？

事實上，埃米爾．朱可夫斯基的每一天都是以最悲觀的陰沉情緒揭開序幕的。一掀開被子睜開眼睛，他就蹙起眉頭，知道自己又置身冰冷殘酷的景況。讀完早報，印證他所猜測的最壞狀況已發生之後，十一點鐘，他站在路邊，等候擁擠的電車帶他晃啊晃的到飯店，忍不住低聲說：「這是什麼世界啊！」

但隨著一天工作的開展，埃米爾的悲觀情緒會一個鐘頭一個鐘頭地消淡，慢慢的開始相信這個世界並不是這樣一無是處。大約中午時分，進到廚房，看到他的銅鍋時，他這個比較樂觀的情緒就會悄悄出現。一個個鍋子掛在勾子上，因昨晚的刷洗而閃閃發亮，彷彿預示著某種無可辯駁的可能性。他走向冰櫃，把一大塊羊排扛在肩上，然後往流理臺上一丟，發出令人滿意的砰一聲，他的世界觀馬上又增亮了一百燭光。就這樣，到了下午三點，聽到剁根莖蔬菜的聲音，聞到煎大蒜的香味時，埃米爾或許會願意承認，這世上還是有令人感到安慰的事。然後到了五點三十分，若是一切就序，他或許會容許自己嘗嘗料理用的葡萄酒，雖然只是為了把瓶裡剩下的一點點酒喝掉，你也知道，不浪費就不匱乏嘛。就和別欠人錢，也不借人錢的道理一樣。大約六點二十五分，從破曉開始就已潛藏在埃米爾靈魂深處的暗黑情緒，在第一張點菜單送進廚房時，就被樂觀與自信所取代了。

那麼，五點五十五分，伯爵透過小窗看見了什麼？他看見埃米爾把湯匙伸進一碗巧克力慕斯裡，拿出來舔乾淨。確認了這一幕之後，伯爵轉身對安德烈點點頭。他站到第一桌和第二桌之間的位置，等待餐廳經理準時打開博雅斯基餐廳的大門。

大約九點鐘，伯爵環顧餐廳的每一個角落，很滿意的發現，第一輪訂位的客人都已離去，完全沒有耽擱。照原定的計畫，菜單迅速送上，立即點菜。四份羊肉差點煮過頭，還好及時發現。開了至少五瓶拉圖酒莊紅酒，兩位政治局委員得到一模一樣的座位安排與晚餐服務。但這時安德烈（他剛帶交通人民委員坐到離美國記者遠遠的座位）有點苦惱地對伯爵招手。

「怎麼了？」伯爵走到餐廳經理面前問。

「我剛接到通知，有人訂了黃廳。」

「總共幾個人？」

「他們沒說，只說是個小型餐會。」

「那我們派瓦桑卡過去。我可以替他招呼第五和第六桌。馬西姆可以照料第七和第八桌。」

「問題就在這裡，」安德烈說，「我們不能派瓦桑卡去。」

「為什麼？」

「因為他們指名要你去。」

☆

站在黃廳門口戒備的，是一個如《聖經》中的歌利亞般高大的魁梧男子，就連大衛見了都要退避三舍。伯爵朝門口走去，這名巨人對周遭的一切恍若未覺，然後突然往旁邊一讓，身手敏捷地打開門。

在大都會飯店的包廂看見有魁梧大漢把守，伯爵並不特別意外。讓他意外的是包廂裡的情景。大部分的家具都已經被移到旁邊，水晶吊燈底下只擺了一張兩人座的餐桌。一名身穿深灰色西裝的中年男子獨自坐在餐桌旁。

雖然這人比門口的壯漢個子小很多，衣著也考究許多，但伯爵卻覺得這人對殘酷暴行並不陌生。他的脖子和手腕粗得像角力選手，剪得短短的頭髮露出左耳上方的一個疤痕，看樣子是有人想從側面劈開他腦袋卻手歪了。這人顯然一點都不急，把玩著手上的湯匙。

「您好。」伯爵鞠躬說。

「你好。」這人微笑回答，把湯匙擺回桌上。

「您等人的時候，要不要先來杯酒？」

「我沒在等其他人。」

「噢。」伯爵說。他開始動手收起另一副餐具。

「不必收走。」

「不好意思，我以為您說沒有其他人要來。」

「我沒在等其他人，我是在等你，亞歷山大·伊里奇。」

兩人就這樣互相打量了一會兒。

「請，」那人說，「請坐吧。」

伯爵略有遲疑，不知該不該坐下。

在這樣的情況下，大家可能會得出結論，認為伯爵之所以遲疑，是因為對這個陌生人懷有疑心，甚至感到害怕。但是，他之所以遲疑，主要是基於禮儀，身穿侍者制服坐在餐桌旁，似乎很不得體。

「來吧，」這陌生人親切地說，「你不會拒絕孤獨的人邀你一同用餐吧。」

「當然不會。」伯爵回答說。

他雖然坐下，但卻沒把餐巾鋪在腿上。

門上輕輕一敲，那個歌利亞開門進來，看也沒看伯爵一眼，就走近餐桌，把酒瓶拿給陌生人細看。

主人傾身，仔細端詳酒標。

「太好了，」他說，「謝謝你，瓦拉迪米爾。」

瓦拉迪米爾想必徒手就能打開酒瓶塞，但他意外守規矩地從口袋裡掏出開酒器，旋開酒瓶塞。

接著，在老闆微微點頭示意下，把開好的酒擺在桌上，回到門外的走廊。陌生人為自己倒了杯酒。然後，舉起酒瓶，以四十五度角對著餐桌，看看伯爵。

「你要和我喝一杯嗎？」

「樂意之至。」

陌生人倒好酒之後，兩人端起起杯子喝酒。

「亞歷山大．伊里奇．羅斯托夫伯爵，」他把酒杯擺回桌上說，「獲授聖安德魯勳章，為馬會成員與宮廷成員……」

「我卻對您一無所知。」

「你不知道我是誰？」

「我知道您是位大人物，可以包下博雅斯基餐廳的包廂獨自用餐，還能安排一個彪形大漢在門口把守。」

陌生人笑起來。

「非常好，」他說，往後靠在椅背上，「你還知道什麼？」

伯爵更加坦然地盯著這位主人看，但聳聳肩。

「我想您大約四十歲，以前是軍人。您一開始應該是步兵吧，但戰爭結束時是上校。」

「你怎麼知道我是上校？」

「辨識出不同階級的人，不是紳士份內的事嗎？」

「紳士份內的事，」這位上校露出微笑，彷彿非常欣賞這句話，「那你看得出來我是哪裡人嗎？」

伯爵揮揮手，不想回答這個問題。

「對比利時的瓦隆人來說，被誤認為法國人是最大的侮辱，儘管他們同樣講法語，而且住的地方離法國不到幾哩。」

「我想確實如此，」上校說，「不過，我還是對你的推測很感興趣，我保證，你猜錯了，我也不會覺得受到冒犯。」

伯爵啜了一口酒，把杯子擺回桌上。

「我幾乎可以確定，您來自喬治亞東部。」

上校精神一振，直起身子。

「太不可思議了。我講話有口音嗎？」

「倒是沒那麼明顯。軍隊就像大學一樣，很容易就讓大家的口音變得一樣。」

「那為什麼猜我是喬治亞東部的人？」

伯爵指著葡萄酒。

「只有喬治亞東部的人才會喝白羽（Rkatsiteli）白酒當餐前酒。」

「因為他是個鄉巴佬？」

「因為他思念家鄉。」

上校又笑了起來。

「你真是個狡猾的傢伙。」

門上又一聲輕敲，那名彪形大漢推著一輛餐車進來。

「噢，太好了。菜來了。」

瓦拉迪米爾把餐車推到桌邊，伯爵椅子往後推，準備站起來，但他的主人打個手勢，要他坐著就好。瓦拉迪米爾掀開半圓蓋子，把大餐盤擺在餐桌正中央。他離開之後，上校拿起切肉刀與叉子。

「來看看吧。這是什麼？啊，烤鴨。我聽說博雅斯基的烤鴨沒有別的餐廳比得上。」

「您的消息絕對正確。請務必配著櫻桃和鴨皮一起嘗嘗。」

上校給自己弄了一份鴨肉，連同櫻桃和鴨皮。然後也為伯爵弄了一份。

「太美味了。」他吃了第一口之後說。

伯爵低下頭，代替埃米爾接受這個讚美。

上校用叉子指著伯爵。

「你的檔案非常有意思，亞歷山大·伊里奇。」

「我有檔案？」

「不好意思，我習慣用語不好。我想說的是，你的**背景**很有意思。」

「噢，是啊。不過人生還是待我不薄，我過得多彩多姿。」

上校露出微笑，接著用查核事實的口吻說：

「你在列寧格勒[33]出生……」

「我在聖彼得堡出生。」

「噢，是啊，沒錯，在聖彼得堡。你父母很早就過世，由祖母撫養長大。你上寄宿學校，然後唸……呃，聖彼得堡……帝國大學。」

「完全正確。」

「你去過很多地方，我猜。」

伯爵聳聳肩。

「巴黎，倫敦，佛羅倫斯。」

「但你一九一四年最後一次出國，是去了法國？」

「五月十六日。」

33 聖彼得堡在一九二四年列寧去世之後改名為「列寧格勒」，一九九一年蘇聯解體後再改回「聖彼得堡」。

「沒錯，就在普洛諾夫中尉出事之後幾天。告訴我，你為什麼對那個傢伙開槍？他不是和你一樣是個貴族嗎？」

伯爵微微露出驚嚇的表情。

「我對他開槍，正**因為**他是個貴族。」

上校笑了起來，又揮著手裡的叉子。

「我從沒這樣想過。不過，沒錯，這是我們布爾什維克需要瞭解的概念。所以革命發生的時候，你人在巴黎，之後沒多久，你就回來了。」

「沒錯。」

「我想我理解你為什麼匆匆趕回來，因為你要幫祖母安全離開這個國家。只是，安排好她的離去之後，你為什麼選擇留下來？」

「為了美食。」

「哎，我是認真的。」

……

「因為我不想再過離鄉背井的日子。」

「可是你並沒有和白軍一起作戰。」

「沒有。」

「我不覺得你是懦夫……」

「希望不是。」

「那你為什麼沒加入戰爭？」

伯爵略沉吟，聳聳肩。

「一九一四年啟程前往巴黎的時候，我就發誓，永遠不要再舉起武器對付自己的同胞。」

「你認為布爾什維克是你的同胞?」

「我當然這樣認為。」

「你認為他們是紳士嗎?」

「這完全是另一回事。但他們之中有些人當然是紳士。」

「我懂了。但是從你說話的口氣來看,你並不覺得**我**是紳士。為什麼?」

伯爵輕笑幾聲,彷彿是說沒有任何紳士會回答這樣的問題。

「說嘛,」上校堅持追問。「我們兩個一起吃博雅斯基的烤鴨,配白羽白酒,事實上已經讓我們變成老朋友了。而且我是真的很感興趣。我身上究竟有什麼不對勁的地方,讓你覺得我不是個紳士?」

上校為了鼓勵他講,還傾身越過桌子,為伯爵的杯子斟酒。

「並不是某個特定的點,」伯爵想一想之後說,「是很多小細節綜合而成的。」

「像馬賽克。」

「沒錯,就像馬賽克。」

「那麼,這些小細節究竟是什麼?舉個例子吧。」

伯爵啜了一口酒,把杯子擺回桌子的一點鐘方向。

「身為主人,您拿起分菜工具原本是很恰當的行為。但是身為紳士,會先替客人布菜,才拿給自己。」

剛咬下一口鴨肉的上校,對著伯爵所舉的第一個例子露出微笑,揮著叉子。

「繼續。」他說。

「紳士不該用手上的叉子指著別人。」伯爵說,「或嘴巴裡塞滿東西講話。但也許更重要的是,他應該在對話的一開始就自我介紹,特別是在他對客人知之甚詳的情況下。」

上校放下餐具。

「而且我點錯酒了。」他微笑說。

伯爵伸出手指指了一下。

「不。想點某一瓶酒有很多不同的原因，但其中最好的一個原因就是對家鄉的回憶。」

「那就請容我介紹一下自己：我是歐西普．伊凡諾維奇．葛雷尼柯夫，前紅軍上校，目前在黨內任職。我生長於喬治亞東部，從小夢想到莫斯科來，如今三十九歲，住在莫斯科，卻夢想回到喬治亞東部。」

「很榮幸能見到您。」伯爵把手伸過桌子。兩人握手，然後繼續吃。一會兒之後，伯爵又開口：

「請恕我冒昧，歐西普．伊凡諾維奇，您在黨內擔任的究竟是什麼工作？」

「這麼說吧，我負責監控那些我們有興趣的人。」

「噢，這樣啊，我敢說，把他們關在房子裡軟禁，這工作就變得容易多了。」

「事實上呢，」上校糾正他，「把他們埋了更容易達成目標……」

這個論點伯爵很同意。

「可是不管從哪一個方面來看，」歐西普接著說，「你似乎都已經適應了你的環境。」

「身為歷史學者與努力生活在當下的人，我承認我沒花太多時間去想像，自己可能有什麼不同的境遇。但我還是認為，屈服於這個境遇和適應這個境遇之間還是有區別的。」

歐西普笑起來，輕輕敲了敲桌子。

「你說到重點了。這也就是我來找你幫忙的原因。」

伯爵放下刀叉，很感興趣的看著對桌的主人。

「亞歷山大．伊里奇，我們的國家，正處在非常錯綜複雜的關頭，我們和法國、英國建立正式外交關係已經七年了，很多人說我們很快也會和美國建交。自從彼得大帝的時代以來，我們一直是西方兄弟眼中的窮表弟，我們讚賞他們的理念，就像讚賞他們的服飾一般。但是，我們即將扮演完全不同的角色。再過幾年，我們就會比歐洲其他國家輸出更多穀物，生產更多鋼鐵。我們在意識型態方面也會大幅超越他們。因此，有史以來第一次，我們將在世界舞臺上擁有我們應得的地位。要達到這個目的，我們不只要聽得仔細，也要講得明白清晰。」

「您想學英語和法語。」

歐西普舉起杯子，證實伯爵的說法。

「是的，先生。但我不只是要學習語言，我還希望瞭解講這些語言的人。尤其是，我想要瞭解他們的特權階級，因為掌權的是這些人。我想瞭解他們是怎麼看這個世界的，他們心中有哪些道德規範，他們珍視哪些價值，鄙視哪些事情。這對增進外交技巧是很重要的，可以這麼說。但是像我這個職位的人，學習這些技能……最好還是私下進行。」

「您希望我怎麼幫您？」

「很簡單，一個月和我在這個房間裡吃一次飯。和我講法語和英語。告訴我你對西方社會的觀察。為了報答你……」

歐西普沒講完這個句子，並不是表示他可以為伯爵做的不多，相反的，是暗示他可以幫得上很多忙。

但伯爵舉起手，不讓他再談交換條件的事。

「只要您是博雅斯基餐廳的客人，歐西普・伊凡諾維奇，我永遠都樂於提供服務。」

苦艾酒

十二點十五分，伯爵走向夏里亞賓酒吧。這個一度安靜得像教堂，讓人可以祈禱沉思的地方，此時卻傳出陣陣聲浪，這在十年前簡直難以想像。這聲音包括陣陣笑聲，各種語言，小號的吹奏，以及碰杯的哐哐噹噹聲。換句話說，就是肆無忌憚的歡快喧鬧。

這樣的轉變是怎麼發生的？就夏里亞賓的情況來說，主要有三個原因。一是美國名之為「爵士」的那種上氣不接下氣的音樂又回來了。這種音樂曾因為潛在的墮落頹喪而遭禁，但在一九二〇年代中期，布爾什維克又開禁了。他們之所以這麼做，或許是認為可以透過這個方式，瞭解單一的理念如何風靡全球。無論理由為何，在酒吧靠後方的小舞臺上，不斷傳出尖著嗓子的嘶吼與低沉的鼓聲。

第二個原因是外國記者回來了。在革命之後，布爾什維克直接把外國記者掃地出門（連同他們的信仰、懷疑，和其他的麻煩鬼一起趕走）。但是外國記者詭計多端，他們藏起打字機，越過國界，換件衣服，數到十，就一個一個又溜回來了。所以一九二八年，國際新聞辦公室又重新開張，設在一幢沒有電梯的六層樓建築頂樓，地理位置非常優越，就位在克里姆林宮和祕密警察辦公室之間，對街恰恰是大都會飯店。因此，隨便哪一個晚上，你都會在夏里亞賓碰見十五個各國記者，纏著你聊個沒完沒了。若是找不到聽眾，他們就在吧檯前坐成一排，活像停在岩石上的海鷗，同時嘎嘎叫。

一九二九年還有另一個格外不可思議的發展。那年四月，夏里亞賓突然有了女侍，不是一個，不是兩個，而是三個。每一個都年輕貌美，穿著短到遮不住膝蓋的黑色洋裝。她們帶著迷人優雅的風韻遊走在酒客之間，身影苗條，巧笑倩兮，再加上香水的香味，讓酒吧裡風情萬種。若說酒吧裡的外國記者喜歡講話多過於聆聽，那麼他們絕佳的共生體，就是愛聽而不愛講的女侍了。當然，部分原因是，她們必須這樣才能繼續工作。每週，她們必須去一次捷爾任斯基街轉角的一幢灰色樓房，有個坐在灰色辦公桌後面的灰色小傢伙，會逐字記錄她們碰巧聽見的話*。

這些女侍的任務會讓記者更加小心，更不敢洩露口風，怕隨口講出的一句話傳到當局耳朵裡？恰恰相反。外國記者圈有個長期有效的賭局：哪個人要是被叫到內政人民委員會去，就可以得到十美元的賞金。正因為如此，所以他們捏造了聳動的消息，還在閒聊中加以透露。有個美國人「說溜嘴」，透露了一條消息，說有個頹喪的工程師，在某幢別墅的後院，依據儒勒．凡爾納小說裡提到的尺寸規格，造了一顆大氣球……另外一個人則透露，某個不知名的生物學家，利用雞和鴿子交配，培育出一種新的鳥類，早上可以下蛋，晚上可以送信……總而言之，女侍聽得見的時候，他們什麼話都說，就希望這些胡言亂語可以被載入報告裡，重重擺在克里姆林宮的桌子上。

伯爵站在夏里亞賓的門口，發現今晚比平常更熱鬧。爵士樂團在角落裡演出，節奏分明，和酒吧裡不時爆出的笑聲和拍背鼓勵聲相互應和。伯爵穿過喧鬧的人群，走到吧檯比較隱密的地方（這裡有根大理石柱從地板直伸到天花板）。不一會兒，奧德里斯前臂貼在吧檯上，傾身靠近伯爵。

「您好，羅斯托夫伯爵。」

「你好，奧德里斯。今天晚上好熱鬧啊。」

「黎昂斯先生今天被帶去國家政治保安總局。」

酒保的頭一傾，指向一個美國人。

「國家政治保安總局！怎麼回事？」

「聽說是在珀洛夫茶館找到一封他親筆寫的信，信裡描述了斯摩稜斯克郊區的軍事行動和軍力布署。他們拿出那封信，要黎昂斯先生解釋，他說他只是抄寫了《戰爭與和平》裡他最喜歡的段落而已。」

「啊，沒錯，」伯爵微笑說，「鮑羅金諾戰役。」

「因為達成了這個成就，所以他贏了賭金，現在正請大家喝酒。不過，您今晚想喝什麼呢？」

伯爵敲了敲吧檯兩次。

「你該不會剛好有苦艾酒吧？」

奧德里斯挑起一邊眉毛，雖然動作並不大。

這位酒保非常瞭解伯爵的喜好。他知道伯爵在餐前喜歡來杯香檳或香艾酒。也知道伯爵在餐後喜歡嘗一杯白蘭地，但夜裡平均氣溫降到設攝氏4°以下時，他就會改喝威士忌或波特酒。可是苦艾酒？他們認識十年來，伯爵從沒喝過半杯苦艾酒。事實上，他幾乎沒點過添加糖漿的酒，當然更不會點綠色和據說會導致瘋狂的酒。

但是非常專業的奧德里斯，儘管驚訝，卻只微微挑起眉毛。

「我想我應該還有一瓶。」他話一說完，就推開牆上密合無縫的門，鑽了進去。比較昂貴或難得一見的酒，他都儲藏在這個壁櫃裡。

吧檯對角的舞臺上，爵士樂團正演奏輕快的曲子。老實說，伯爵第一次聽到爵士樂的時候，並不怎麼喜歡。他從小欣賞的是情感細膩豐富的音樂，需要耐心與細心聆賞的音樂，在四個樂章裡，強弱快慢、抑揚頓挫都安排有致，而不是這種把音符隨意塞進三十小節裡的樂曲。

然而……

然而，他慢慢也學會欣賞不同的藝術形式。就和美國記者一樣，爵士樂似乎有著與生俱來的高度社交能力，儘管有些莽撞，常想到什麼就說什麼，但基本上都出於善意與幽默。此外，從何而來，又往何處去，似乎也完全不重要。爵士樂散發出大師般的自信，卻又同時具有學徒般的天真生澀。這麼特別的藝術竟然不是源自歐洲，豈不是太令人驚訝了嗎？

伯爵的沉思被瓶子擺在吧檯上的聲音打斷了。

「羅貝特苦艾酒。」奧德里斯微傾酒瓶，讓伯爵可以看見上面的標籤。「但恐怕瓶裡只剩一兩盎斯的酒了。」

「這就夠了。」

酒保把瓶裡的酒全倒進一只甜酒高腳杯裡。

「謝謝你，奧德里斯，請記在我的帳上。」

「不用了。今天算黎昂斯先生請客。」

伯爵轉身離開的時候，一直占據鋼琴的那個美國人彈起一首輕快的小曲，歌頌香蕉缺貨[34]，今天沒香蕉了。不到一會兒，所有的記者都跟著唱起來。換成是其他日子，伯爵或許會留下來看他們熱鬧歡慶，但他有自己的慶祝會要參加。所以他小心翼翼捧著寶貝高腳杯，穿過擁擠的人群，不濺出任何一滴酒。

是啊，伯爵一面爬上二樓一面想，今晚「三巨頭」有我們自己要慶祝的理由……

這早在三年前就已開始醞釀的計畫，是從安德烈一句感傷的話與埃米爾的回應開始的。

「只可惜，這根本就不可能。」餐廳經理哀嘆說。

「是啊。」主廚也贊同地搖搖頭。

但真的不可能嗎？

需要的材料總共十五種。其中六種，一年到頭都隨時可以從博雅斯基的食品儲藏室拿到。另外五種，只要季節對了，也隨時拿得到。問題在於，儘管整體來說，食物供給的狀況已有大幅改進，但最後的四種材料仍然很難取得。

他們從一開始就達成共識，不能便宜行事。也就是說，不能刪減材料，也不能用替代品。所以三巨頭必須非常有耐心，也必須隨時保持耳聰目明。他們必須去哀求，去以物易物，去找人串通，必要

34 此處指的應該是〈是的，我們沒有香蕉〉（Yes! We have no bananas），這是美國一九二三年的暢銷金曲。

的時候，甚至要使出狡詐詭計。有三次，他們離夢想的實現僅僅咫尺，但卻在最後關頭被沒料想到的情況給搞砸了。（一次純粹是因為運氣不好，一次是發霉，一次是老鼠。）

但前幾天，幸運之星似乎再次閃耀了。埃米爾的廚房備齊了九樣材料，然後有三條黑線鱈和一袋貽貝，原本要送到全國飯店的，卻誤送到大都會飯店來，這樣就一口氣補足了第十與第十一項材料。三巨頭馬上就開會決定，安德烈去打電話請人幫忙，埃米爾去找人以物易物，伯爵去找奧德里斯。於是，第十二、十三和十四項材料有著落了。可是第十五項呢？這得要有門路找上供應最稀有奢侈品的商店，也就是伺候黨政最高層首長的商店。伯爵偷偷找上某位有特殊人脈的女演員幫忙。說也奇怪，一個沒寫名字的信封就這樣塞進伯爵的門縫底下。此刻，十五樣材料全部到手，三巨頭的耐心將得到回報。再過不到一個鐘頭，他們就得以再次享用那層次繁複的美味，那神聖的精華，那迷人豐富的意象……

「你好，同志。」

伯爵陡然停步。

他遲疑了片刻，然後緩緩轉身。飯店的副理彷彿是從壁龕的陰影裡冒出來。

大都會飯店的這位主教和他棋盤上的那些棋子朋友一樣，從來不走直線。他永遠都走斜線，不是沿著對角線從這個牆角走到那個牆角，不然就是繞過棕櫚盆景旁邊，或從門縫裡溜過去。如果有人看見他，也都是從眼角瞥見的。

「你好。」伯爵回答說。

兩人從頭到腳互相打量一圈。他們彼此懷疑，也希望用這仔細打量證實他們最壞的猜測。主教身體微向右傾，露出無所事事的好奇表情。

「你這裡……」

「哪裡？」

「嗯，那裡。你背後。」

「我背後？」

伯爵緩緩把手伸到身前，手掌朝上，證明自己手上沒東西。主教嘴唇的右上角抽搐了一下，微笑慢慢變成假笑。伯爵報以親切的態度，頷首致意，轉身走開。

「要去博雅斯基……？」

伯爵停下腳步，轉身。

「是啊，沒錯。去博雅斯基。」

「不是打烊了……？」

「是打烊了。但是，我想我的筆大概是落在埃米爾的辦公室了。」

「啊，詩人丟了筆啦。**如今安在**……嗯？要是沒在廚房裡，也許你該在你那個東方風格的藍色寶塔裡找找看。」主教再次露出假笑，斜著穿過走道而去。

伯爵等到他的身影消失，才快步走向反方向，一面低聲說：

「**如今安在……？也許在你的藍色寶塔……？**還真是伶牙俐齒，虧他連韻腳是什麼都不知道，還在那裡欲言又止。」

主教自從升官之後，每個問句最後都故意留下尾巴不問完。但這是什麼意涵……？這語氣特別的一頓原本並無必要……？就像審問的時候，問句永遠不會問完……？儘管他是在問問題，但並不需要答案，因為他心裡早有定見……？

當然是。

伯爵走進博雅斯基的大門，安德烈特意沒上鎖。伯爵走過空無一人的餐廳，穿過旋轉門，進到廚房。他看見主廚在角落的桌上切茴香球莖，四根芹菜整整齊齊排成一列，像斯巴達勇士等待命運的到來。旁邊是已經切成片的黑線鱈和那一袋貽貝，爐子上有個大銅鍋，冒出一團團蒸氣，讓空氣裡瀰漫大海的氣息。

切著茴香的埃米爾抬頭迎上伯爵的目光，露出微笑。光看上一眼，伯爵就發現今天主廚心情甚佳。下午兩點，他就已經覺得一切應該都不會有問題，在半夜十二點半的此刻，他更加堅定相信，明天太陽會依舊閃耀，而且他也相信人心大多是善良的，不管怎麼說怎麼做，一切都會圓滿。

主廚沒浪費時間打招呼，手下的刀一刻也沒停，只歪著頭指向旁邊的小桌子。這張桌子是從主廚辦公室裡搬來的，正耐心等待有人來擺放餐具。

但是事情還是要講究輕重緩急。

伯爵小心翼翼地從長褲背後的口袋裡掏出高腳杯，擺到流理臺上。

「啊。」主廚說，手在圍裙上抹了抹。

「這樣夠嗎？」

「這只是用來提味。用來點綴，帶來一點刺激。如果這是真的苦艾酒，那一點點就夠了。」

埃米爾用小指沾點酒，舔一舔。

「完美。」他說。

伯爵從餐布櫃裡挑出一條適合的桌巾，輕快一甩，鋪到桌上。在伯爵鋪桌巾的時候，主廚吹起口哨，伯爵不禁露出微笑，因為主廚哼的正是剛才他在夏里亞賓聽到的那首曲子，也就是講香蕉缺貨的那首。這時，彷彿得到某種登場暗示似的，通往後梯的門打開來，安德烈捧著柳橙衝進來。他柳橙捧個滿懷，幾乎就要掉下來，疾步走到埃米爾身邊，彎腰把柳橙全倒在流理臺上。

柳橙彷彿發現監獄大門開敞的牢犯，朝向四面八方奔逃，以增加逃亡成功的機率。安德烈立時伸長手臂，圍兜住柳橙。但是有顆柳橙逃開經理的圍捕，滾過流理臺，直衝向苦艾酒！埃米爾丟下菜刀，往前衝，及時撈起流理臺上的高腳杯。這顆柳橙似乎越來越有信心，滾過茴香後面，跳下流理臺，重重落地，朝門口逃去。但在這最後關頭，把埃米爾廚房和外面世界隔開的旋轉門突然從外朝裡推開，把柳橙撞得往相反方向滾回地板的另一頭。而站在開敞門口的正是主教。

三巨頭全都愣住了。

站在西北角的主教朝北跨進兩步，深吸一口香味。

「各位好啊，」他用親切的口吻說，「這麼晚的時間，是什麼事讓你們到廚房來……？」

向來臨危不亂的安德烈指著流理臺上的食材。

「我們在盤點。」

「盤點……？」

「是的。我們每季一次的盤點。」

「是喔。」主教露出他那神職人員似的微笑說，「是誰下的命令，要你們做季度盤點的……？」

隨著主教和經理你來我往的對話展開，伯爵發現旋轉門剛打開時臉色慘白的埃米爾已經慢慢恢復血色了。在主教剛踏進門來的時候，埃米爾的臉頰微微染上粉紅色。主教問**是什麼事讓你們到廚房來……？**的時候，他的臉色已經變得紅潤。等問到**是誰下的命令……？**時，主廚的臉頰、脖子和耳朵已經因為義憤填膺而紅得發紫了。他的表情讓人不禁尋思，誰敢在他的廚房裡提出問題，都是在找死。

「是誰下的命令？」主廚問。

主教的目光馬上從經理身上轉向埃米爾，對主廚態度的轉變顯然很驚訝。他好像有點畏懼。

「是誰下的命令？」主廚再問一次。

埃米爾眼睛直盯著主教，伸手去拿他的菜刀。

「誰下的命令！」

埃米爾往前踏進一步，手裡的菜刀高舉過頭，主教的臉變得像黑線鱈的魚肉般雪白。廚房的門又一推，主教跑得不見人影了。

安德烈和伯爵的目光從旋轉門回到埃米爾身上，兩人都瞪大眼睛，不敢置信。安德烈那纖長的手指指著埃米爾高舉的手。怒火狂燒的主廚抓起的不是他的菜刀，而是一根芹菜，那綠色的葉子還在空中瑟瑟抖動。三巨頭不約而同大笑起來。

凌晨一點，三個串謀的共犯坐了下來。面前的餐桌上有一根蠟燭，一條麵包，一瓶粉紅酒，以及三碗馬賽魚湯。

三個人互看一眼，同時把湯匙伸進魚湯裡，但埃米爾的動作只是做做樣子而已，因為安德烈和伯爵把湯匙送進嘴裡的時候，埃米爾的湯匙卻停在湯碗上方。他想好好觀察一下這兩位朋友嘗到第一口時的表情。

伯爵知道埃米爾在看他，閉上眼睛，更加專心品嘗那滋味。

該怎麼形容呢？

先嘗一口湯，這用魚骨、茴香與番茄熬煮出來的精華，洋溢著濃郁的普羅旺斯風情。接著嘗一口黑線鱈的鮮嫩魚片和貽貝那略帶海水鹹味的鮮韌貝肉，這都是在碼頭上直接向漁夫買來的新鮮魚貨。而西班牙柳橙和只有小酒館才嘗得到的苦艾酒，更為你的味蕾帶來驚喜的感受。這種種不同的滋味全部由番紅花收束調理在一起。飽嘗夏日豔陽菁華的番紅花採集自希臘山丘，裝在布袋裡，由騾子馱運到雅典，再搭三桅船航過愛琴海。換言之，只要嘗上一口，你就會覺得自己置身在千里之外的馬賽，一個滿街都是水手、扒手、漂亮女人，有著陽光與夏日，有著各式語言與生活的城市。

伯爵張開眼睛。

「無與倫比！」他用法語說。

安德烈放下湯匙，纖長的雙手合掌，做出無聲的鼓掌動作。

主廚綻放笑顏，對兩位朋友頷首致意，然後和他們一起享用這等待已久的美食饗宴。

接下來兩個鐘頭，三巨頭各吃了三碗魚湯，各喝了一瓶酒，而且輪流說起心底話。

這三位老友談了什麼呢？應該問的是他們沒談什麼！他們聊起在聖彼得堡、明斯克和里昂度過的童年。聊起他們的初戀和第二次戀愛。談起安德烈四歲大的兒子和埃米爾也已經有四年之久的腰痛。他們談起過去擁有的，哀傷與美好的一切。

很少熬夜到這麼晚的埃米爾，卻處在一種前所未有的亢奮狀態。聊著年輕的種種，他真心大笑，笑得前仰後合，原本用來擦拭嘴角的餐巾，更多時間卻是用來擦拭眼角。

至於最精彩的部分呢？凌晨三點，安德烈不經意提起他以往在大帳篷底下的往事。

「啊？什麼？在什麼底下？」

「你是說『大帳篷』？」

是的，他指的就是：馬戲團。

安德烈由鰥居的父親一手帶大。父親酗酒，常對他拳打腳踢，所以安德烈十六歲時就逃家，加入巡迴馬戲團。就因為和馬戲團一起，所以他才會在一九一三年來到莫斯科，愛上阿爾巴特大街的書店店員，和馬戲團「說再見」。兩個月後，他在博雅斯基餐廳找到侍者的工作，一直待到今天。

「你在馬戲團做什麼？」伯爵問。

「雜技演員？」埃米爾問，「還是小丑？」

「馴獅員？」

「我玩雜耍。」

「不會吧！」埃米爾說。

彷彿回應主廚的話似的，安德烈站起來，從流理臺上拿起三顆沒派上用場的柳橙。他手裡拿著水果，身體站得挺拔。或者應該說，他因為喝了酒微醺，而站得略微傾斜，差不多是十二點零二分的角度。稍微停頓之後，他開始拋起柳橙來。

老實說，伯爵和埃米爾原本對這位老友的說法抱持懷疑態度，但他一開始耍起來，他們就只能驚訝以前竟然從沒猜到他有這個技藝。因為上帝給安德烈的這雙手，天生就適合玩雜耍。他的動作非常靈巧，柳橙在他手裡彷彿依據自己的韻律動彈。這樣形容還不夠貼切，柳橙就像受到某種重力吸引的行星，既可往前轉動，又能保持在空中而不掉下來。安德烈站在這些行星前面，彷彿就只是把這些星球從它們的運轉中撈出來一會兒，就再放它們回到自然的運轉軌道裡。

安德烈那雙手的動作輕盈且節奏分明，讓觀眾幾乎要被催眠了。事實上，就在埃米爾和伯爵都沒注意到的情況下，又一顆柳橙突然加入這個小小的太陽系裡。安德烈雙手優雅且誇張地一揮，把四顆柳橙抓在手裡，深深一鞠躬。

這會兒輪到伯爵和埃米爾鼓掌了。

「可是，你在馬戲團肯定不是玩柳橙的。」埃米爾說。

「確實不是，」安德烈承認，小心地把柳橙擺回流理臺上，「我玩刀。」

伯爵和埃米爾還來不及說他們不信，安德烈就已經從抽屜裡拿出三把刀，開始耍起來。這可不是行星。刀子像某種窮凶惡極機器的零件在空中飛舞，燭光映照在刀刃上反射出閃閃亮光，更增添了戲劇效果。然後，就像開始飛舞時那般突然，刀子的握柄就又被安德烈穩穩抓在手裡了。

「啊，你可以一口氣耍四把刀嗎？」伯爵戲謔地問。

安德烈一語未發，又拉開放刀具的抽屜，但他還沒把手伸進去，埃米爾就站起來。他露出小男孩被街頭魔術師迷住的表情，羞澀地從觀眾群裡走出來，遞出他那把菜刀——這把刀將近十五年來，從來沒有第二個人碰過。安德烈鄭重其事地鞠躬，接過那把刀。他開始耍起四把刀的時候，埃米爾靠在椅背上，看著他心愛的刀輕盈地在空中飛舞，眼角泛著淚光，深深感覺到這一刻，這個時光，這個宇宙，都完美到無可比擬。

☆

凌晨三點半，伯爵搖搖晃晃爬上樓梯，回到自己的房間，穿過衣櫃，掏出口袋裡所有的東西，全擺在書架上，給自己倒了一杯白蘭地，發出滿足的嘆息，坐在椅子裡。牆上的艾蓮娜對他露出溫柔會心的微笑。

「是啊，是啊，」他承認，「時間有點晚了，我也有點醉了。但我得替自己說句公道話，今天發生了很多事。」

彷彿要證明自己的論點似的，伯爵突然站起來，抓起外套的皺摺。

「你看見這顆鈕扣沒？我得告訴你，這顆鈕扣是我自己縫的。」伯爵又坐回椅子裡，拿起白蘭地，喝了一小口，想了想。「她說的一點都沒錯，你知道嗎。我指的是瑪莉娜。百分之百絕對正確。」伯爵又嘆口氣，開始和妹妹分享他的觀點。

他說，人類自從有故事以來，都描述死神是在不知不覺中降臨的。在一個又一個故事裡，死神總是悄悄進城，溜進某個小客棧的房間，潛伏在某條暗巷，或徘徊在市場裡，偷偷摸摸的。然後，趁著某位英雄從日常繁務裡稍稍脫身喘息之際，死神就來訪了。

這樣也沒什麼不好，伯爵承認。但是少有人提到的是，生命之神和死神其實一樣狡猾。他們都同樣身穿有帽兜的斗篷，同樣都悄悄溜進城裡，躲在暗巷，在小酒館後面伺機而動。

米哈伊爾自己不就碰上他了嗎？他不是就躲在書堆裡，突然從圖書室冒出來，拉著米哈伊爾的手，走到一個早就挑選好、可以俯瞰涅瓦河的地點嗎？

生命之神不也是這樣在里昂找上安德烈，帶他到大帳篷去的嗎？

伯爵喝光杯裡的酒，站起來，腳步踉蹌地走向書架，伸手去拿白蘭地。

「不好意思啊，先生。」

伯爵給自己又倒了小小一杯酒，僅只一滴滴，一小口就喝光的量，然後就又倒回椅子裡。他輕輕搖著手指，繼續說：

「集體的集體化，艾蓮娜，以及富農的非富農化——就所有的可能性來看，這都是相當可能發生的。甚至還比可能更加可能。但是**必然性**？」

伯爵露出會心的微笑，對自己說出的每一個字搖搖頭。

「請容我告訴你，什麼叫做必然性。必然性就是生命之神也會找上妮娜。她或許像聖奧古斯丁那般理智清晰，但她太機警，也太靈活，生命之神沒辦法找她握手，帶她走。但生命之神會跟著她坐上計程車，會找機會和她不期而遇，會照著他的步驟影響她的情感。為了達成目的，他會哀求，會交換條件，會找人串通，如果有必要，甚至會使出狡詐詭計。

「這是什麼世界啊。」最後伯爵嘆口氣，就在椅子上睡著了。

☆

隔天早上，眼睛有點模糊，頭有點痛的伯爵，給自己倒了第二杯咖啡，坐在椅子裡，歪著身子，伸手到外套裡想找出米哈伊爾的信。

可是信不見了。

伯爵明明記得前一天離開大廳的時候，把信塞進外套內側口袋。他到瑪莉娜工作室去縫鈕扣的時候，信絕對還在……

一定是掉出來了，他想，在他把外套丟向安娜房間的椅子時。所以，伯爵喝完咖啡，就下樓到三一一號房，卻只看見門敞著，衣櫃空了，字紙簍也空無一物。

但他只讀一半的那封米哈伊爾的信，並沒有從伯爵的外套掉在安娜的房間裡。伯爵凌晨三點半掏空口袋裡的東西，蹣跚去拿白蘭地時，撞掉那封信，掉進書架和牆壁之間的縫隙，就一直留在那裡了。

或許這樣比較好也說不定。

米哈伊爾悲喜交織地在涅夫斯基大街漫步，吟詠著感傷浪漫的詩句，讓伯爵深受感動。但是，那些詩句並不是米哈伊爾自己寫的，而是一九二三年馬亞柯夫斯基站在椅子上演講時即興唸出來的。而米哈伊爾之所以吟詠這些詩句，也和凱特琳娜第一次拉起他的手無關。他之所以引述，只因為他寫那封信是在四月十四日，就在那天，革命的桂冠詩人瓦拉迪米爾．馬亞柯夫斯基扣下左輪槍的扳機，結束了自己的生命。

【作者注】

＊沒錯，坐在灰色辦公桌後面的灰色小傢伙，拿工資並不是只記錄女侍所蒐集到的情報，他也負責確保她們樂意參與此事。他提醒女侍，她們對國家負有什麼責任，她們的工作有多容易就丟掉，有必要的話，甚至還會加上更為不祥的暗示。但我們別太快責怪這個傢伙。

他從未去過夏里亞賓酒吧，也沒在博雅斯基餐廳吃過飯。他被分配到的人生是一種間接體驗的生活，也就是說，所有的生活經驗都和他隔著一段距離，全都是二手的經驗。沒有小號的吹奏，沒有碰杯的聲響，沒能親眼看見年輕女子光裸的膝蓋。他就像科學家的助手，份內的工作就只是記錄資料，不加潤飾或推敲，如實向上司報告。

老實說，他工作毫不懈怠，部門裡的人甚至都把他當異類。因為全莫斯科沒有人像他寫報告這麼認真翔實的。他不需要太多人指點，就掌握了不表露內心想法，不增添珠璣妙語，不使用譬喻、類比或暗示的完美技巧，基本上來說，也就是用盡一切力氣不讓自己抒發詩意。事實上，如果他盡責記錄的那些記者有機會一睹他的傑作，他們肯定會脫帽鞠躬，承認他才是可以充分掌握「客觀」技藝的大師。

附記

六月二十二日早晨，就在伯爵忙著翻口袋找米哈伊爾那封信的時候，妮娜．庫利柯娃和她的三名隊友搭上朝東開的火車，前往伊萬諾沃，活力充沛，心情亢奮，滿懷使命感。

一九二八年第一個五年計畫啟動以來，數以萬計的同事在各個市中心努力不懈，蓋電廠、鋼鐵廠和重工機械製造廠。隨著這歷史性的工程展開，糧食生產區也必須竭盡所能，也就是說，農業區的產能必須飛快躍進，才能滿足各個城市激增的麵包需求。

為了替這個宏偉的計畫鋪路，必須放逐人數多達百萬的富農，但這些剝削者與人民敵人，卻恰恰是這些地區生產力最高的農業人口。留下來的農民，對新引進的農業生產方法心懷怨恨，猜忌懷疑，任何再小的創新之舉，都會遭到他們的抗拒。原應引領新時代前進的拖拉機，最後卻供應不足。不符期待的天氣更讓情況雪上加霜，導致農業產值崩潰。但是城市的糧食需求極為迫切，所以儘管農穫歉收，生產的配額和徵收量卻還是被迫提高。

一九三二年，這些棘手的因素結合在一起，造成舊俄羅斯境內農業省份的嚴重經濟困境，在烏克蘭更造成數百萬農民餓死*的慘況。

但就像前面所說的，這些事情都要再隔一段時間之後才會發生。妮娜的火車終於抵達伊萬諾沃偏鄉時，放眼望去，遍野是剛冒出綠芽的麥苗在微風中微微彎腰，這鄉野之美令她折服。她覺得自己的人生終於開始了。

【作者注】

＊許多熱心的有志青年（如妮娜）加入偏鄉的「生產突擊手」，但在目睹真實情況之後，對黨的信心遭受嚴重考驗。然而，在俄羅斯的大部分地區，甚至世界上的其他地方，都無從瞭解這場人為慘劇的景況。鄉村的農民被禁止進入城市，城市的記者也被禁止進入鄉村，個人之間的通信也不再投遞，連火車客廂的窗戶都被塗黑。事實上，封鎖危機消息的策略非常成功，所以聽到烏克蘭有幾百萬人餓死的消息時，《紐約時報》駐俄的首席特派員（也是夏里亞賓酒吧的領頭記者之一）華特・杜蘭迪（Walter Duranty），竟然在報導中指稱饑荒的謠言太過誇張，很可能是反蘇聯集團的宣傳手法。因此，外界對這個消息不以為意。而且就在這場人為大禍猶在蔓延之時，杜蘭迪還獲得了普利茲獎。

一九三八年到來

我們不得不說，一九三〇年代初期的俄羅斯情勢險峻。

除了農村餓殍遍野，一九三二年的饑荒也讓大批農民湧向城市，造成住房過度擁擠，基本民生物資短缺，甚至暴力橫行。同時，在市區，就連最健壯的工人也因為長時間勞動而變得疲累衰弱；藝術家面對更嚴格的管制，不知道自己可以或不可以創作什麼；教堂不是關閉、用做他途，就是被夷為平地。革命英雄謝爾蓋·基洛夫[35]遭暗殺身亡之後，國家又藉機清理了一批政治上的可疑份子。

然而，一九三五年十一月十七日，第一屆蘇維埃斯達漢諾夫[36]大會上，史達林本人宣稱：**生活已大幅改進，同志們，生活如此幸福……**

這句話如果是出自其他政治人物之口，肯定就和地上的灰塵線頭一起被掃進垃圾堆裡了。但是這句話出自「索索」之口，大家沒有理由不相信。因為這位蘇聯共產黨中央委員會總書記總是喜歡利用次要場合的次要談話，放出他想法改變的風向。

事實上，在發表這場演講的幾天前，史達林在《先鋒論壇報》上看見一張照片，有三名布爾什維克女孩站在工廠大門口，身上穿著束腰短上衣，頭上紮著手帕，是黨向來喜歡的裝束。正常的情況

35 Sergei Kirov，1886-1934，蘇共革命與早期領導人，一九二六至一九三四年擔任列寧格勒州委書記，在辦公室遭槍殺身亡，觸發「大清洗」的恐怖鎮壓。

36 斯達漢諾夫（Strakhanovite）是蘇聯的一名礦工，他在一九三五年八月三十日創下採礦超過定額十三倍的紀錄，於是形成新的勞工運動，稱為斯達漢諾夫運動。

下，這樣的畫面會讓他心頭暖暖的。但是這則西方媒體的報導卻讓蘇共總書記意識到，這些女孩簡樸的裝束，或許是向全世界表明，在共黨統治十八年之後，俄國女孩還是過著像貧苦農民一樣的生活。於是，他在演說中加進了這個重要的句子，從而扭轉了國家的政策方向。

從《真理報》上讀到生活已大幅改善之後，心思細膩的黨政官員便知道重大的轉捩點來了：革命既已取得全面的勝利，現在黨不只允許，而且鼓勵個人多展現一點色彩，多享受一點奢華，多發出一些歡樂笑聲。不出幾個星期，早就被禁絕的聖誕樹和吉普賽音樂都熱烈回歸。外交部長夫人寶琳娜·莫洛托娃被委以重任，推出莫斯科的第一款香水。新光明工廠（在許多進口機械的協助之下）以每天一萬瓶的速度生產香檳。政治局委員脫下軍裝，換上訂製西服。而在工廠裡辛勤工作的女孩呢，黨也鼓勵她們在走出工廠大門後，不再穿得像農民，而是打扮得像香榭麗舍大道上的女孩*。

於是，就和《創世紀》裡說要有這個、有那個，然後就真的有這個有那個的傢伙差不多，史達林說「生活大幅改善了，同志們」，然後生活就真的改善了！

舉個例子來說吧：就在此刻，兩名年輕女子在庫茲尼斯基大街閒逛，身穿顏色豔麗的窄腰洋裝，裙長及小腿肚。其中一個甚至戴了頂黃色帽子，斜斜的帽簷底下露出睫毛纖長的眼眸。新開通的地鐵在腳下轟隆隆駛過，但她們不為所動，駐足在中央百貨公司的大櫥窗前，看著裡面所展示的堆得像金字塔的帽子，堆得像金字塔的手錶，以及堆得像金字塔的高跟鞋。

確實，這兩個女孩依舊住在擁擠的公寓裡，在共用的水槽洗她們漂亮的衣服，但她們望著百貨公司的櫥窗心存怨念嗎？一點也不。或許有點嫉妒吧，或是睜大眼睛驚歎，但並沒有怨念。因為這家精品百貨公司的大門再也不會阻擋她們進入。以往只服務外國人和黨政高官的這家公司，在一九三六年對一般民眾開放，只要付得起外幣、白銀或黃金的人都可以買東西。事實上，中央百貨公司的地下室還有間可以預約服務的辦公室，行事隱密的紳士可以幫你把祖母遺留下來的珠寶首飾打對折，換成店內的購物禮券。

看見沒？生活更加幸福了。

所以，她們欣賞櫥窗裡的商品，想像有朝一日，她們也可以有間附帶衣櫃的公寓，裝滿她們的帽子、手錶和鞋子。然後這對迷人的小姐繼續往前走，聊著和她們約好一起吃晚飯的那兩個人脈甚廣的年輕男子。

到了提特拉尼大街，她們站在路邊等待車流間隙，然後過街，進了大都會飯店，經過禮賓經理的桌子前面，走向廣場餐廳。一位頭髮幾絲灰白，儀表堂堂的男子欣賞著她們……

「啊，春天結束了。」伯爵對瓦西里說（瓦西里正在檢視今晚的訂房），「看看這些年輕小姐的裙襬，我就知道特維爾大街的溫度應該有攝氏21°，雖然都已經晚上七點了。再過幾天，男孩子就要到亞歷山大花園偷摘花，而埃米爾也會在餐盤上撒青豆……」

「絕對是。」禮賓經理說，活像圖書館員附和學者似的。

事實上這天稍早的時候，廚房已經收到第一批採收的草莓，埃米爾還偷偷塞了一把給伯爵，讓他明天配早餐吃。

「肯定是，」伯爵說，「夏天即將到來，白天會越來越長，日子更加無憂無慮……」

「亞歷山大・伊里奇。」

伯爵沒想到會聽到有人喊他的名字，一轉頭，發現一名年輕小姐站在她背後。不過這位穿的是長褲。她高約五呎六吋，一頭金色直髮，淺藍色眼睛，態度是少見的從容自若。

「妮娜！」他喊著，「見到你太開心了！我好幾年沒你的消息。你什麼時候回莫斯科的？」

「我可以和你談一下嗎？」

「當然可以……」

伯爵察覺到妮娜來找他肯定是有私人的事情，所以跟著她走到離禮賓經理桌子幾步外的地方。

「是我的丈夫——」她說。

「你的丈夫，」伯爵馬上打岔，「你竟然結婚了！」

「是的，」她說，「雷奧和我結婚六年了。我們一起在伊萬諾沃工作——」

「啊，我記得他！」

伯爵打岔，讓妮娜很無奈。她搖搖頭。

「你們沒見過面。」

「你說的沒錯，我們沒正式見過面。但我們確實見過。就在你要離開莫斯科之前，他和你一起到飯店來。」

伯爵想起那個英俊的隊長打發其他人離開，自己留下來等妮娜，不由得露出微笑。

妮娜努力回想，想要憶起和丈夫一起到大都會飯店的事，但馬上又擺擺手，彷彿是說不管他們是不是來過飯店，都已事過境遷，沒什麼重要了。

「拜託，亞歷山大．伊里奇，我沒有太多時間。兩個星期前，我們從伊萬諾沃被召回來，參加規劃未來農業計畫的會議。會議第一天，雷奧就被逮捕了。經過一番努力之後，我才知道他在KGB總部盧比揚卡，但他們不肯讓我見他。當然，我開始擔心會發生最壞的情況。但是昨天，我接到他的消息，說他被判五年勞改。他們今天晚上就要送他上火車到西伯利亞的東北勞改營去。我要跟他去。但在我安頓好之前，需要有人替我照顧蘇菲雅。」

「蘇菲雅？」

伯爵順著妮娜的目光，望向大廳另一頭，有個黑髮白膚的小女孩，年約五、六歲，坐在一張高背椅上，腳離地幾吋，不停晃啊晃的。

「我現在沒辦法帶她一起去，因為我必須找工作，找地方住，可能需要一兩個月的時間。但我一安頓好，就會回來帶她。」

妮娜說明自己的情況，彷彿是在做一系列科學研究結果的報告：一系列像萬有引力和運動定律一般足以引起我們恐懼憤怒的事實。但伯爵克制不了內心的驚駭，光是聽到她迅速講出的那一連串名詞：丈夫、女兒、逮捕、盧比揚卡、勞改……

妮娜誤以為伯爵的表情是猶豫，向來泰然自若的她，竟然抓住伯爵的手臂。

「我沒有其他人可以求助，亞歷山大。」頓了一下之後，她又說：「拜託。」

伯爵和妮娜一起穿過大廳，朝那個黑髮白膚藍眼的五、六歲小女孩走去。倘若是在其他情況下見到蘇菲雅，看見妮娜在女兒身上展現的粗獷實用主義，伯爵一定會打趣幾句：蘇菲雅穿著樸實，頭髮短得像男生，就連她摟在懷裡的布娃娃，穿的也不是裙子。

妮娜蹲下來，平視女兒的眼睛。她一手搭在蘇菲雅膝蓋上，用高了幾度的聲音對女兒講話。伯爵從沒聽過她這樣的嗓音，非常溫柔的嗓音。

「雅雅，這是我以前常提起的阿亞叔叔。」

「送你漂亮望遠鏡的那個？」

「沒錯，」妮娜微笑說，「就是他。」

「哈囉，蘇菲雅。」伯爵說。

妮娜解釋說，因為媽媽要準備新家，所以蘇菲亞必須和叔叔在這家漂亮的飯店裡待幾個星期。妮娜告訴她，在媽媽回來之前，她必須堅強、乖巧，聽叔叔的話。

「然後我們就會搭很久很久的火車去找爸爸。」小女孩說。

「沒錯，親愛的。我們會搭很久很久的火車去找爸爸。」

蘇菲雅盡力表現得像媽媽一樣堅強，但她畢竟沒辦法像媽媽那樣完全控制自己的感情。她沒問問題，沒苦苦懇求，沒表現出沮喪，只點點頭，表示她了解，可是淚水卻淌下了她的臉頰。

妮娜用拇指抹去女兒一邊臉頰上的淚水，蘇菲雅用自己的手背抹去另一邊的淚水。妮娜牢牢盯著蘇菲雅的眼睛，直到確定她已經不哭了。妮娜點個頭，親吻女兒的額頭，帶伯爵走開幾步。

「拿去，」她說，交給他一個有肩帶的帆布包，很可能是某個士兵揹過的。「這是她的東西。還有這個，也許應該也交給你。」妮娜交給他一張沒加框的照片。「最好是你自己收著。我不知道。由你決定吧。」

妮娜又抓住伯爵的手臂，握了握。然後，她邁著大步穿過大廳，彷彿不給自己反悔的機會。

伯爵看著她走出飯店門口，走向劇院廣場，就像八年前那樣。她離開之後，他低頭看自己手上的照片。這是妮娜和丈夫，也就是蘇菲雅父親的照片。從妮娜的面容，伯爵看得出來這是幾年前拍的。他也發現自己剛才的揣測只對了一半。多年前他在大都會飯店確實見過妮娜的先生沒錯，但妮娜嫁的並不是那個英俊的隊長，而是那個熱心去幫她拿外套的倒楣小夥子。

從妮娜喊伯爵名字，到她走出飯店大門，整個過程僅僅不到十五分鐘。所以伯爵並沒有時間思索她請求他承諾的究竟是什麼。

當然，這也就只是一兩個月的時間。他不必為這女孩的教育、品德或宗教教養負責。可是，她的健康和生活福祉呢？就算只照顧她一個晚上，他也得負起這些責任。她要吃什麼？她要睡哪裡？還有，他今天晚上雖然剛好輪休，但明天晚上他穿上博雅斯基餐廳的白外套時，該拿她怎麼辦呢？

不過，且讓我們想想，倘若伯爵在做出承諾之前，有時間全面考慮相關問題，思考他所會碰到的挑戰和阻礙，承認自己欠缺經驗，瞭解到就照顧孩童來說，他自己可能是全莫斯科最不合適、最沒有條件、處境最艱難的人選。如果有時間也有心力來衡量這一切，他就會拒絕妮娜的要求嗎？

他無論如何都不會拒絕她的。

他怎麼可能拒絕？

這個女人當年還只是個孩子的時候，穿過大廳，朝他走來，成為他的朋友。也正是她，帶他去探索飯店各個隱密的角落，還把可以打開所有祕密的那把鑰匙送給了他。當這樣一位朋友開口求援，特別是在碰到非常困難的情況下提出要求時，他當然只能答應。

伯爵把照片收進口袋裡，讓自己的心情平靜下來。然後，轉過身來，看見他新負起的這個責任正仰頭看他。

「好啦，蘇菲雅。你餓不餓？你想吃東西嗎？」

她搖搖頭。

「那我們上樓安頓一下。」

伯爵把蘇菲雅抱下椅子，帶她穿過大廳。就要爬上樓梯時，他發現她盯著電梯看。因為電梯門打開，有兩個飯店的客人走出來。

「你以前搭過電梯嗎？」他問。

蘇菲雅緊緊摟著娃娃，再次搖搖頭。

「這樣的話……」

伯爵壓著電梯門，要蘇菲雅往裡走。她帶著謹慎但好奇的表情，走進電梯裡，挪出空間給伯爵，然後看著門關起來。

伯爵做了個誇張的手勢，嘴裡唸唸有詞：「變，變，變！」一面按下五樓的按鈕。電梯晃了一下，開始動起來。蘇菲雅穩住自己，微微靠向右邊，透過電梯廂看見一層層經過的樓層。

「到啦！」電梯抵達五樓時，伯爵用法語嚷著。

伯爵帶著蘇菲雅穿過走廊，進到窄小的樓梯間，再次做個手勢，請她往前走。但蘇菲雅仰頭看看狹窄旋轉的樓梯，轉身伸出雙手，這是全球通用的肢體語言：「抱我！」

「嗯。」伯爵說。儘管他年紀不小了，還是把她抱起來。

她打個哈欠。

一回到房間裡，伯爵把蘇菲雅放到他的床上，她的背包則擺在大公的書桌上，然後對她說，他馬上回來。他走出房門，回到走廊上，從他的皮箱裡抽出一條冬天的毯子。他打算在他床邊的地板上給她打個地鋪，挪一個枕頭給她。他只需要夜裡醒來的時候格外小心，別踩著她就行了。

但伯爵不必擔心踩到蘇菲雅，因為他帶著毯子回到房間時，她早就已經鑽進他的毯子裡，睡著了。

【作者注】

＊沒錯，後來又發生了一波整肅，但那是針對黨內的高級官員與祕密警察成員。事實上，令人聞風喪膽的內務人民委員會（ＮＫＶＤ）部長葛里奇．雅戈達（Genrikh Yagoda）也死到臨頭了。他被控叛國、謀反和走私鑽石，在大都會飯店對面的工會大廈公開受審，被判有罪，立即槍決。很多人認為這是個好徵兆，象徵更為美好的日子就要來臨……

調適

鐘聲從未像此刻這般受到歡迎。在莫斯科沒有。歐洲沒有。全世界都沒有。就算是法國拳擊手卡朋提耶迎戰美國選手丹普西時[37]，聽到第三回合終了的鐘聲響起，都沒像伯爵聽見他的鐘敲響十二點鐘時這麼如釋重負。甚至，布拉格市民聽到教堂鐘響，宣告腓特烈大帝的圍城終告結束時，那種大鬆一口氣的感覺，和伯爵此時也沒得比。

這孩子究竟做了什麼，讓大人會度分如年，迫不及待等著午餐時間到來？她嘰嘰喳喳說個不停嗎？她咯咯咕咕笑個沒完嗎？她動不動就哭，動不動就鬧脾氣嗎？

恰恰相反，她非常安靜。

靜得讓人不安。

她起床，著衣，摺被子，一句話都沒說。伯爵給她早餐時，她像個嚴守噤口律的苦行僧那樣，小口小口吃著。然後，靜悄悄收拾好碗碟之後，她爬到伯爵書桌的椅子上，雙手擱在桌上，靜靜盯著他看。這究竟是什麼眼神啊。瞳孔如此漆黑深邃，讓人非常不安。沒有一絲羞怯或不耐，彷彿在說：再來要做什麼啊，亞歷山大叔叔？

是啊，要做什麼？把床整理乾淨，吃完小麵包之後，他倆還有一整天的時間要消磨。十六個鐘頭。九百六十分鐘。五萬七千六百秒！

光想就令人心驚。

37 法國籍的輕量級世界冠軍拳擊手卡朋提耶（Georges Carpentier，1894-1975）和美國籍的重量級世界冠軍拳擊手丹普西（Jack Dempsey，1895-1983）於一九二一年在美國對戰，丹普西占有身材的絕對優勢，但卡朋提耶奮戰不懈，直到第四回合才敗陣。這場比賽營收一百七十餘萬，是第一場跨過營收百萬門檻的拳擊賽。

但亞歷山大・羅斯托夫是何許人?不是個交談經驗最豐富的人嗎?從莫斯科到聖彼得堡，從婚禮到命名典禮，他總是被安排坐在最難應付的賓客旁邊。老古板的姑媽和自負浮誇的叔伯，或是最鬱鬱寡歡、最尖酸刻薄與最羞怯的客人。為什麼?因為不管鄰座的賓客是哪一種性格，亞歷山大・羅斯托夫就是有辦法讓他們意興盎然地聊開來。

如果碰巧在宴會上坐在蘇菲雅隔壁，或者是坐在同一個火車車廂穿越鄉野，他會怎麼做?理所當然的，他會問起她的生活：**你從哪裡來的啊，親愛的朋友?哇，伊萬諾沃，我從沒去過，但一直想去。哪個季節去最好?哪些地方最值得一看?**

「那麼，告訴我……」伯爵一微笑開口，蘇菲雅眼睛就睜得大大的。

但是話才出口，伯爵就改變主意了。因為他並不是在晚宴上和蘇菲雅毗鄰而坐，也不是和她一起坐在火車車廂裡。她是個不由分說就被迫離家的孩子。問起伊萬諾沃的景色和季節，或是問起她和父母親生活的情況，肯定會勾起很多傷心事，讓她思念與失落的感覺更加強烈。

「那麼，告訴我……」他又說，覺得頭已經開始發暈，而她的眼睛瞪得更大。就在這時，他突然靈機一動：

「你的娃娃叫什麼名字?」

這是很安全的問法，伯爵想，心裡暗暗給自己鼓掌。

「娃娃沒有名字。」

「什麼?沒有名字?可是你的娃娃肯定要有名字的呀。」

蘇菲雅盯著伯爵看了好一會兒，歪著頭，像隻烏鴉似的。

「為什麼?」

「為什麼?」伯爵說，「因為這樣別人才能叫她呀。別人才可以邀她去喝茶，在房間另一頭喊她。她不在的時候，別人也可以談起她；而且，你禱告的時候也可以替她祈福啊。這些都是有名字的好處。」

蘇菲雅思索的時候，伯爵身體往前靠，準備進一步說明細節。但是小女孩只點點頭說：「那我應該叫她娃娃。」然後瞪著那雙藍色大眼睛繼續看著伯爵，彷彿在說：就這麼決定了，再來呢？

伯爵靠在椅背上，開始回想他與人閒聊的龐大題庫，但捨棄一個又一個話題。說來湊巧，伯爵無意間發現蘇菲雅的目光轉到他背後，不知看著什麼。

伯爵悄悄回頭看。

是那隻黑檀木大象，他露出微笑。這孩子出生在偏遠農村，很可能從沒想像到有這樣的動物存在。**這奇怪的動物是什麼？她一定很好奇，是哺乳類還是爬蟲類？是真有這種動物，還是傳說中才有的？**

「你見過這種東西嗎？」伯爵朝後一指，微笑問。

「你是說大象？」她問，「還是檯燈？」

伯爵咳了一聲。

「我是說大象。」

「只在書上看過。」她有點難過地說。

「噢，這樣啊。大象是體型很龐大的動物。非常神奇。」

這挑起了蘇菲雅的興趣。伯爵開始詳細述說不同種類的大象，每提到一種，都要比手畫腳形容一番。「大象原產於非洲大陸，成年大象重量可達一萬磅。腿粗得像樹幹，洗澡的時候是用鼻子吸起水，噴向空中——」

「所以你見過大象？」她開心地打岔，「在非洲大陸？」

伯爵不由得坐立難安。

「也不是在非洲大陸……」

「那是在哪裡？」

「在很多書上……」

「噢。」蘇菲雅說，迅速結束了這個話題，乾脆俐落得像斷頭臺。

……

……

伯爵想了想，究竟有什麼自己親眼見過的事情可能引起她的興趣。

「你想聽公主的故事嗎？」他問。

蘇菲雅坐得直挺挺的。

「貴族的時代已經過去了，現在是普通人的時代。」從她的口氣聽來，可以正確背出這些字句，讓她覺得很自豪，「這是歷史的必然。」

「是啊，」伯爵說，「我也這樣聽說。」

……

……

「你喜歡畫嗎？」他問，拿起他從飯店地下室借來的一本有圖片的羅浮宮指南。「這裡收藏了你一輩子都看不完的畫。我梳洗的時候，你拿去看看？」

蘇菲雅略微挪動一下，讓娃娃可以坐在她身邊，鄭重其事地接過那本書。

安全躲進盥洗室之後，伯爵脫下襯衫，洗洗上身，在臉頰上抹肥皂，嘴裡嘟囔著讓他一個早上覺得很不解的問題：

「她體重不到三十磅，身高不到三呎，所有的隨身用品一個抽屜都塞不滿。你不問話，她就不開口；而心臟跳動的聲音，恐怕不比小鳥大聲。像這樣一個小小孩，怎麼可能占據這麼大的空間？」

這麼多年來，伯爵始終認為自己的房間空間寬裕。早晨，他可以輕輕鬆鬆在房間裡做二十個下蹲和二十下伸展運動，然後吃頓悠閒的早餐，翹起椅腳讀一會兒小說。晚上下班之後，他可以任由思緒奔騰，回憶以往的旅程，沉思過往的歷史，然後睡個好覺。然而，這名揹個小背包、帶個布娃娃的小房客不知怎麼的，竟然改變了房間的整個空間。她讓天花板變低，地板變高，牆往裡縮，不管他想移往哪個角落，她都已經在那裡了。一夜睡得不安穩的伯爵從地板上站起來，準備要做晨間運動時，她卻已經站在他要做運動的位置了。早餐時，她吃掉了大部分的草莓，而他正要拿第二個小麵包沾咖啡時，她瞪著麵包，一臉渴望的表情，他別無選擇，只能問她要不要吃。最後，他準備舒舒服服靠在椅子裡看書的時候，她卻早就坐在那把椅子上，用充滿期待的表情盯著他看。

伯爵突然發現自己出神地拿著刮鬍刀對著鏡裡的自己揮舞，猛然停了下來。

天哪，他想，有可能嗎？

已經這樣了？

四十八歲就這樣？

「亞歷山大．羅斯托夫，難道你已經變得習慣一個人生活了？」

年輕的時候，身邊有人，伯爵從來不覺得有什麼不便或不自在。每天一早醒來，就忙著呼朋引伴。

只要坐在椅子裡看書，什麼事情都打擾不了他。事實上，他還喜歡在稍微有點嘈雜聲的環境裡看書。例如街頭的小販叫賣，或鄰居公寓裡的鋼琴音階練習。而最棒的是跑上樓梯的腳步聲——飛快奔跑的腳步聲，一步兩階，陡然停住，砰砰敲他的門，上氣不接下氣地說，有兩位朋友的馬車停在路邊，要他趕快下去。（畢竟，書本之所以要標頁碼，不就是為了讓人在放下書一陣子之後，可以很快找到之前讀的段落嗎？）

至於財物，他一點都不在乎。有熟人需要傘或書，他總是第一個出手相借。（儘管從開天闢地以來，就沒有人歸還借來的傘或書，但他才不在乎呢。）

而每日的規律行程？他向來引以為豪的，就是沒有「規律」這件事。他今天可能早上十點吃早餐，明天就下午兩點才吃。在最喜歡的餐廳，同一道菜，他也不在同一季裡點兩次。他探索菜單，就像李文斯頓先生探索非洲大陸或麥哲倫探索七大洋那樣。

不，年方二十二歲的亞歷山大．羅斯托夫伯爵不會覺得不便，不會覺得被打擾，也不會坐立難安。任何意外的訪客、言論或事件，都像夏夜天空的煙火一樣，會得到他由衷的歡迎。值得驚歎與喜悅。

但是事實擺在眼前，如今情況變了……

這個只有三十磅的小東西無預期地闖進他的生活，撕開了遮蔽他視線的這一層紗。不知不覺的——在他不知情，無作為，也未認可的情況下——他的每日生活已經建立了規律。很顯然，他現在每天必須在固定的時間吃早餐。很顯然，他必須在沒有人打擾的情況下，小口喝他的咖啡，小口吃他的麵包。他必須坐在某一把傾斜到某個角度的椅子上專心看書，除了拖著腳步走來走去的鴿子之外，不能有別的事情讓他分心。他必須先刮右臉，再刮左臉，然後才刮下巴。

就因為這樣，所以伯爵此時頭往後仰，拿起剃刀。但是目光的角度一挪動，他就看見鏡子裡有一雙沒被肥皂泡淹沒的眼睛瞪著自己。

「天哪！」

「我已經看完圖畫了。」她說。

「哪些畫？」

「全部。」

「全部！」這回輪到伯爵瞪大眼睛，「噢，這太厲害了！」

「我想這是給你的。」她拿出一個小信封。

「這是哪裡來的？」

「從你的門縫底下塞進來……」

伯爵接過信封，知道裡面沒有信，但在原本該寫地址的位置，有幾個字：「三點鐘？」筆跡如楊柳款擺。

「噢，沒錯，」伯爵把信封塞進口袋裡，「一點小事。」他謝謝蘇菲雅，意思是她可以離開了。

她回答說：「不客氣。」意思是她並不打算離開。

因此，聽見第一聲鐘聲響起，伯爵就從床上跳起來，拍著手。

「好了，」他說，「我們去吃午飯吧？你一定餓了。我想你一定會覺得廣場餐廳很有趣。那不只是一家餐廳，而是按整座城市的型態來設計的，是城市的延伸，包括了花園、市場和街道。」

但是伯爵滔滔不絕描述廣場餐廳有多麼好的時候，卻發現蘇菲雅盯著他父親的那座大鐘看，露出驚詫的表情。他們走到門口準備下樓的時候，她又回頭看了一眼，略顯遲疑，彷彿想開口問這麼精巧的東西怎麼可以發出如此美妙的聲音。

這個嘛，伯爵正要關門的時候想，若是她想知道這座雙響鐘的奧祕，那就來對地方了。因為伯爵不只對計時學略知一二，同時也對眼前這座鐘的一切瞭若指掌——

「亞歷山大叔叔，」蘇菲雅用溫柔的口氣說，彷彿準備宣布什麼壞消息似的。「我想你的鐘是壞了。」

伯爵嚇了一跳，握在門把上的手立刻鬆開。

「壞了？不，不，我保證，蘇菲雅，我的鐘準得很。事實上，製作這座鐘的，是世界上最知名、手藝最好的工匠。」

「這鐘的時間沒有問題，」她解釋說，「有問題的是鐘聲。」

「可是這鐘聲很好聽啊。」

「沒錯。這鐘在中午十二點鐘響了。可是九點、十點、十一點都沒響。」

「啊，」伯爵微笑說，「在通常的情況下，你的看法一點都沒錯，親愛的。但是，你知道嗎，這是雙響鐘。是很多年以前，我父親特別請人設計的，一天只響兩次。」

「為什麼？」

「為什麼，親愛的，究竟是為什麼呢？我會告訴你為什麼。我們先到廣場餐廳，點好菜，坐得舒舒服服的，然後我再把我父親為什麼要訂製這座鐘的故事，從頭說給你聽。因為啊，享受一頓文明的午餐，一定得要有生動有趣的話題來搭配才行。」

☆

十二點十分，廣場餐廳還沒到門庭若市的熱鬧時間。但或許這樣比較好，因為伯爵和蘇菲雅被安排坐在很棒的位子，馬汀也迅速提供服務。馬汀是新來的服務生，很能幹，以令人讚賞的有禮態度，幫蘇菲雅拉開椅子。

「這是我姪女。」伯爵解釋說。蘇菲雅驚奇地東張西望。

「我也有個六歲大的姪女。」馬汀微笑回答，「兩位請先看菜單。」

老實說，雖然蘇菲雅也算是頗有知識，連大象都略有所知，但廣場餐廳這樣的地方，她確實從沒見過。她不只讚歎餐廳的規模與精緻，還有那一個個看似有違常理的構造：玻璃天花板，室內熱帶花園，以及位在餐廳正中央的噴泉！

蘇菲雅觀察完謎一般的廣場餐廳之後，好像本能地知道，來到這樣的餐廳，也必須表現出高水準的言行舉止才行。因為她突然把娃娃拿下餐桌，擺在她右邊的空椅子上。伯爵從餐具底下抽出餐巾，鋪在大腿上，蘇菲雅也照著做，格外小心，免得刀叉碰在一起哐噹響。他們點完餐之後，伯爵對馬汀說：「非常謝謝你，老朋友。」蘇菲雅也一字不漏地照著說。然後，她看著伯爵，充滿期待。

「再來呢？」她問。

「什麼再來，親愛的？」

「你不是要告訴我那座雙響鐘的故事嗎？」

「啊，對。一點都沒錯。」

但要從哪裡講起呢？

當然是要從頭開始講起啊。

伯爵說，這座雙響鐘是他父親委託最負盛名的寶璣公司製做的。寶璣一七七五年在巴黎創立，沒多久就成為全球知名的公司，因為他們打造的鐘不只計時精密（也就是說，他們的鐘都走得很準），而且他們設計了很多精巧的方法，讓時間的流逝可以在時鐘上具體表現出來。他們有一種鐘，在每個鐘頭結束前，會演奏幾小節的莫札特。有的鐘不只在整點響起鐘聲，而且半點、十五分鐘就響一次。還有的鐘會表現出月相、季節的流轉與潮汐的循環變化。伯爵的父親一八八二年拜訪這家公司，提出了一個全新的挑戰：製做一座每天只響兩次的鐘。

「他為什麼要這樣做？」伯爵問（他早就料到他這位小聽眾最想問的就是這個問題）。

很簡單，伯爵的父親相信，人應該關注生活，而不應該過度關注時鐘。他是斯多葛學派與蒙田的信徒，相信上帝創造上午時光，是為了讓人辛勤工作。也就是說，如果一個人在六點以前起床，吃個簡單的早餐，然後開始工作，不受任何干擾，那麼到中午時分，他應該已經完成這天該做的事了。

因此，他父親相信，中午十二點鐘是個總結的時刻。正午鐘響，勤奮的人應該為自己善用上午的時間而引以為豪，心安理得坐下來吃午餐。至於那些輕浮懶散的人，一個上午賴在床上，或吃一頓早餐看三份報紙，再不然就是在客廳閒聊混時間的人，到了正午鐘聲響起時，別無選擇，只能去祈求造物者的諒解。

而下午的時間呢，伯爵的父親相信，我們最要注意的，是不要讓生活被掛在背心上的懷錶所控制。千萬不要分秒必爭，把生活裡的每一個事項都當成是火車路線上的一個車站似的，嚴格控制抵達時間。相反的，因為午餐之前已經孜孜不倦勤奮工作了，下午的時間就應該過得悠遊自在。也就是說，他應該在柳樹林裡散步，讀一篇雋永的文章，和朋友在藤架底下聊天，或在火爐前面沉思。這些事情都不應該受時間限制，隨心所欲，由自己決定何時開始，何時結束。

那麼第二聲鐘響呢？

在伯爵父親的想法裡，沒有人該聽到這第二聲鐘響。要是每天都過得充實——認真工作、自在休息、敬奉上帝——早在午夜未到之前，應該就已經睡熟了。所以雙響鐘的第二聲鐘響絕對是一種警告。**你還沒睡，究竟在幹嘛？**鐘聲這麼說。**你該不會是白天把大好時光都浪費掉，到三更半夜才想到有事沒做吧？**

「您的小牛肉。」

「謝謝你，馬汀。」

馬汀很得體的把第一個盤子擺在蘇菲雅面前，第二個盤子放在伯爵面前。然後湊近餐桌，但似乎沒有必要挨得這麼近。

「謝謝你。」伯爵又說了一遍，這是請他離開的委婉說法。但是低頭看餐具的伯爵抬起頭，準備開始告訴蘇菲雅，他和妹妹在十二月的最後一個晚上，是怎麼坐在雙響鐘旁邊，等待鐘響宣告新年來臨時，馬汀卻更往前挨近一步。

「什麼事？」伯爵問，有點不耐。

馬汀有點遲疑。

「我應該……幫小姐切肉嗎？」

伯爵看著桌子對面的蘇菲雅，手裡拿著叉子，眼睛瞪著盤子。

哎呀，伯爵心想。

「不必了，朋友，我來就好。」

馬汀鞠躬退開，伯爵繞過桌子，迅速的幾刀，就把蘇菲雅的牛排切成八塊。正要放下餐具時，他想了想，又把八塊切成十六塊。等他回到自己的座位坐好，她已經開始吃第四塊了。

吃了東西恢復體力之後，蘇菲雅開始拋出一連串的「為什麼」。為什麼上午工作、下午休息比較好？為什麼有人要看三份報紙？為什麼應該在柳樹林散步，而不是在其他樹下？什麼是藤架？而這些問題的答案又引來更多關於埃鐸豪爾、伯爵夫人和艾蓮娜的問題。

一般來說，伯爵認為一連串的質問是很失禮的行為。逕自丟出**誰**、**什麼**、**為什麼**、**什麼時候**、**什麼地方**等等字眼，根本無法構成對話。但是伯爵回答蘇菲雅連珠炮似的問題時，用叉子在桌布上畫線，勾勒出埃鐸豪爾的莊園布局，描述家人的個性，提到各式各樣的傳統。他發現蘇菲雅聽得非常入神，極度專心。大象和公主無法達成的目標，顯然靠埃鐸豪爾的生活達成了。就這樣，她的小牛肉不知不覺吃完了。

餐盤撤走之後，馬汀再次出現，問他們要不要吃甜點。伯爵微笑看著蘇菲雅，以為她肯定不會放過這個機會。但她咬著下唇，搖搖頭。

「你確定嗎？」伯爵問，「冰淇淋？餅乾？蛋糕？」

但她在椅子上動了動，又搖搖頭。

這真是新世代了，伯爵聳聳肩想，把甜點菜單還給馬汀。

「看來我們是吃飽了。」

馬汀接過菜單，但還是沒離開。接著，微微轉身背對餐桌，俯身對著伯爵的耳朵，打算對他低聲說什麼。

天哪，伯爵想，這回又要幹嘛了？

「羅斯托夫伯爵，我想您的姪女……應該想去一下。」

「去？去哪裡？」

馬汀有點遲疑。

「去方便……」

伯爵抬頭看看服務生，然後看著蘇菲雅。

「別再說了，馬汀。」

服務生鞠躬告退。

「蘇菲雅，」伯爵猶疑地說，「我們要不要上洗手間？」

蘇菲雅還是咬著下唇，點點頭。

「你需要我……帶你進去嗎？」他帶她穿過走廊之後問。

蘇菲雅搖搖頭，自己走進洗手間門裡。

等候的時候，伯爵怪自己這麼遲鈍。不只沒幫她切肉，沒帶她上洗手間，顯然也沒想到要幫她整理行李，因為她現在穿的還是昨天的那一身衣服。

「你還說你自己是個侍者呢……」他對自己說。

一會兒之後，蘇菲雅出來了，看起來大大鬆了口氣。雖然她很愛問問題，但這時卻顯得有點遲疑，彷彿不知道該不該問這個問題。

「怎麼啦，親愛的？你在想什麼？」

蘇菲雅又掙扎了一會兒，才鼓起勇氣：

「亞歷山大叔叔，我們還可以吃甜點嗎？」

這回輪到伯爵如釋重負了。

「沒問題，親愛的。沒問題。」

上上下下

兩點鐘，有人敲門，瑪莉娜打開門看見伯爵站在門口，身邊一個緊緊摟著布娃娃的小女孩，驚訝得眼珠子都快掉下來了。

「嗨，瑪莉娜，」伯爵說，意味深長地揚起眉毛，「你記得妮娜·庫利柯娃嗎？請容我介紹她的千金蘇菲雅。她要在飯店和我們待一陣子……」

瑪莉娜身為兩個孩子的母親，不需要伯爵提醒，就知道這孩子的生活想必發生重大變故。但她也發現，小女孩顯然對房間另一頭傳來的轉動聲很好奇。

「很高興見到你，蘇菲雅，」她說，「我認識妳媽媽，當時她比你大不了幾歲。告訴我，你有沒有見過縫紉機？」

蘇菲雅搖搖頭。

「那好，過來，我帶你去看看。」

瑪莉娜伸出手，牽著蘇菲雅到房間另一頭，她的助手正在修補一條皇家藍的窗簾。瑪莉娜蹲下來，指著縫紉機的不同部位，解釋它們各自的用途。然後，她請年輕的裁縫拿她們收集的各種布料和鈕扣給蘇菲雅看，自己則走回伯爵身邊，露出詢問的表情。

他壓低聲音，迅速交待了前一天發生的事情。

「你現在知道我陷入什麼困境了吧。」伯爵說。

「我是知道蘇菲雅陷入什麼困境了。」瑪莉娜糾正他。

「是啊，你說的一點都沒錯。」伯爵懊悔承認，但就在正要開口時，卻突然閃過一個念頭，太不可思議了，他之前竟然沒想到。「我之所以過來，瑪莉娜，是想問你可不可以幫我照顧蘇菲雅一個鐘頭，因為我要去博雅斯基開每天的例會……」

「當然可以啊。」瑪莉娜說。

「我本來是想來請你幫這個忙的……但就像你說的，需要照顧和考慮的是蘇菲雅。看你們兩個在一起的樣子，你與生俱來的溫柔，以及她在你身邊的放心自在，我突然明白她需要的是什麼，特別是在她人生的這個轉折點，她需要媽媽的關心，像媽媽一樣的照顧，媽媽的——」

但是瑪莉娜打斷他的話，發自內心說道：

「別要求我這麼做，亞歷山大。要求你自己吧。」

我辦得到的，伯爵快步上樓到博雅斯基的時候心想。畢竟，只需要做一點小小的調整就可以了——家具重新布置一下，調整一些習慣。蘇菲雅年紀太小，不能一個人獨處，所以他去上班的時候，必須找個人來看她。今天晚上，他會請假，把他該招呼的餐桌分給丹尼斯和狄米崔。

伯爵趕到三巨頭會議的時候已經遲到幾分鐘，但好朋友的默契就在於不必等他開口就知道其需求，安德烈說：

「你來了啊，亞歷山大。埃米爾和我正在討論，今天晚上可以由丹尼斯和狄米崔分擔你的工作。」

伯爵跌坐在椅子裡，如釋重負地呼一口氣。

「太好了，」他說，「我明天一定會想個比較長期的解決方法。」

主廚和經理困惑地看著伯爵。

「更長期的解決方法？」

「你們不是讓丹尼斯和狄米崔分擔我的工作，讓我今天晚上可以請假嗎？」

「今天晚上請假！」安德烈驚呼。

埃米爾捧腹大笑。

「亞歷山大，我的朋友，今天是這個月的第三個星期六。你十點鐘要到黃廳……」

我的天哪，伯爵想。他根本就忘了這回事。

「……而且，高爾基汽車公司的晚宴七點半在紅廳舉行。」

高爾基汽車公司是國內首屈一指的汽車製造公司，廠長今天晚上要舉行正式的晚宴，慶祝五周年慶。除了主要的幹部之外，主管重工業的政治委員和三名一句俄語也不會講的福特汽車公司代表也會出席。

「由我來負責吧。」伯爵說。

「很好，」經理說，「狄米崔已經把場地布置好了。」

接著他把兩個信封滑過桌面，推到伯爵面前。

紅廳的餐桌安排依據布爾什維克的習慣，排成長長的U字形，椅子擺在桌子的外側，這樣一來，大家坐下之後，不需要伸長脖子，就可以看見餐桌的主位。伯爵很滿意餐桌的安排，把注意力轉到安德烈交給他的信封。他先打開比較小的那個，抽出裡面的座位表，應該是克里姆林宮裡的某個辦公室安排好的。接著他打開比較大的那個信封，倒出座位卡，開始依序擺在座位上。排好之後，又繞著桌子轉了一圈，再檢查一次，然後才把兩個信封塞進長褲口袋。這時，他才突然發現口袋裡的另一個信封……

伯爵掏出這個信封，蹙起眉頭看了看，翻到背面，看到那宛如楊柳款擺的筆跡。

「老天爺啊！」

牆上的時鐘顯示，時間已經三點十五分。

伯爵衝出紅廳，穿過走廊，跑上樓梯。三一一號房的房門微開，他溜進去，關上門，穿過客廳。

在臥房裡，苗條的人影從窗前轉身，衣服發出輕輕的咻一聲，滑落在地上。

伯爵輕咳一聲。

「安娜，親愛的……」

女明星注意到伯爵臉上的表情，迅速把衣服披回肩上。

「真的非常非常抱歉，因為出乎意料的事情影響，我今天無法履行我們的約定。事實上，也因為這樣，我需要請你幫個小忙……」

兩人認識十五年來，伯爵只請安娜幫過一次忙，而且他當時要求的東西，重不過兩盎司。

「沒問題，亞歷山大，」她回答說，「要幫什麼忙？」

「你帶了幾個行李箱？」

幾分鐘之後，伯爵快步衝下員工樓梯，手裡提著兩個巴黎人旅行箱。他想起飯店的兩名行李服務生，葛利夏和簡亞，以及他們的前任，心中滿懷敬意。儘管安娜的行李箱是上好的材料所製，但設計的時候，似乎完全沒考慮到要怎麼提。皮製的小把手非常之小，連伸進兩根手指都很困難；而箱子的體積又無比巨大，所以每走一步都會從欄杆彈回來，撞到膝蓋。行李服務生怎麼可能輕鬆地扛這些行李箱呢？更何況，他們扛這些箱子的時候，上面通常都還有另一個帽盒。

伯爵走到地下室之後，穿過員工專用門，進到洗衣房。他在第一個行李箱裡裝進兩條床單，一條床罩，和一條毛巾。在第二個行李箱裡裝進兩個枕頭。然後再爬上六段樓梯，每一回轉過狹小的樓梯，就狠撞一下膝蓋。回到房間裡，他把這些寢具全拿出來，然後穿過走廊，到空房間裡去搬一張床墊回來。

伯爵想到這個方法的時候，自己覺得是個很好的點子。但是床墊似乎並不樂意從命。他彎腰想從彈簧床上扛起床墊，但床墊卻卯足勁，不肯屈服。他想盡辦法把床墊豎起來，床墊卻馬上就打中他的頭，差點把他擊倒在地。等他終於把床墊拖過走廊，丟進房間裡，這床墊躺在地板上一動也不動，占據了每一寸的空間。

這樣肯定不行，伯爵雙手叉腰想。要是把床墊擺在這裡，他們要怎麼走動？而且他也不可能每天把這床墊拖進拖出。這時，十六年前那個早晨的情景如電光石火般在腦海閃現，他想起當時自我安慰，把住在這個房間，當成是搭火車旅行吧。

沒錯，他想，就是這樣，一點都沒錯。

他從邊角拉起床墊，讓它靠在牆壁上，希望它好自為之，就這樣乖乖站著。然後他抓起安娜的行李箱，再次衝下樓梯到博雅斯基餐廳的食品儲藏室，這裡有很多番茄罐頭。高八吋，直徑六吋的罐頭，再適合不過了。所以他把罐頭裝進行李箱，拉到樓上，好好喘口氣之後，忙著堆疊，抬起、推拉、擺放，把房間整理停當。然後把行李箱還給安娜，再次衝下樓梯。

伯爵回到瑪莉娜的工作室，時間已經過了一個多鐘頭了。看見裁縫師和蘇菲雅坐在地板上親密聊天，他鬆了一口氣。蘇菲雅一看見他就跳起來，遞出娃娃給他看。她的布娃娃穿了一身皇家藍的洋裝，前襟還綴有一排小扣子。

「你看我們給娃娃做了什麼，亞歷山大叔叔！」

「好漂亮！」

「她真是個好裁縫。」瑪莉娜說。

蘇菲雅擁抱瑪莉雅，然後帶著她一身新衣的小夥伴走到走廊。伯爵正要跟著出去，卻被瑪莉娜叫回來。

「亞歷山大，你今天晚上上班的時候，蘇菲雅怎麼辦？」

伯爵咬著嘴唇。

「好吧，」她說，「今天晚上我陪她。可是明天你得找別人才行。你可以找客房部那些年輕的女服務生看看。也許找娜塔莎。她沒結婚，而且很會帶小孩。可是你得付她合理的工資才行。」

「娜塔莎，」伯爵很感激，「我明天一早就找她談談。一定付給她合理的工資。太感謝你了，瑪莉娜。七點左右，我會請博雅斯基餐廳送晚餐過來給你和蘇菲雅。如果情況和昨天晚上一樣，她應該九點就睡著了。」

伯爵轉身離開，但馬上又折回來。

「之前的事我很抱歉……」

「沒關係，亞歷山大。你以前沒帶過孩子，所以肯定會焦慮。但我相信，這個挑戰你可以應付得來。要是有什麼不明白的，就請記住，小孩和大人不一樣，他們**想要**開心。所以他們有辦法從最簡單的事情裡找到最大的樂趣。」彷彿要舉例說明似的，裁縫師把一個看起來很不起眼的小東西塞到伯爵手裡，交代了幾句，要他放心。

於是，伯爵和蘇菲雅爬上五層樓回到房間，蘇菲雅睜大藍眼睛充滿期待看他時候，他已經有所準備了。

「你想玩遊戲嗎？」他問。

「想。」她說。

「那就過來吧。」

伯爵鄭重其事地帶蘇菲雅穿過衣櫃。

「哇，」她從另一邊鑽出來的時候嚷著，「這是你的祕密房間？」

「這是**我們的**祕密房間。」伯爵回答說。

蘇菲雅慎重點頭，表示她理解。

孩子們未必知道國會、法院或銀行是做什麼的，但肯定知道祕密房間是做什麼用的。

蘇菲雅有點害羞地指著牆上那幅畫。

「這是你妹妹？」

「是的。這是艾蓮娜。」

「我也喜歡桃子，」她一手摸著茶几，「你的祖母就是在這裡喝茶的？」

「沒錯。」

蘇菲雅再次嚴肅點頭。

「我準備好要玩遊戲了。」

「那好。玩法是這樣的。你回到臥房去，從一數到兩百。我留在這裡，把這個東西藏在書房裡。」他說著，像變魔術似的，拿出瑪莉娜給他的那枚銀頂針。「蘇菲雅，你會數到兩百嗎？」

「不會，」她坦白說，「可是我會數到一百。我可以數兩遍。」

「太好了。」

蘇菲雅又鑽進衣櫃離開，把門在背後拉上。

伯爵四下看看，找尋適當的地點。這個位置得對她這個年齡的孩子來說具有適度的挑戰性，又不會顯得他倚老賣老欺負她。考慮了幾分鐘之後，他走向小書架，小心翼翼把頂針擺在《安娜．卡列妮娜》上面，然後坐下來。

數到兩百之後，衣櫃門打開了一條小縫。

「你藏好了嗎？」她問。

「是啊，藏好了。」

蘇菲雅走進來，伯爵以為她會滿房間亂竄，不放過任何一個角落。但沒有，她靜靜站在門口，靜得讓人有點不安。她像把房間分成四個象限似的，上左，下左，上右，下右，仔細打量一圈。然後一語未發地直接走向書架，從托爾斯泰的著作上方拿起頂針。她沒花多少時間，伯爵只數到一百，她就找到了。

「太厲害了。」伯爵口是心非地說，「我們再玩一次。」

蘇菲雅把頂針交給伯爵。但她一離開書房，伯爵就怪自己，沒在提議玩第二回合之前，就先想好要把東西藏在什麼地方。現在他只有兩百秒的時間，可以去找個合適的位置。彷彿是為了讓他更緊張似的，蘇菲亞這次數得更大聲，讓他隔著關起的衣櫃門都聽得見

「二十一，二十二，二十三……」

突然之間，到處亂竄，忙著找地方藏東西的變成是伯爵自己了：這個地方太容易，那個地方又太困難。到最後，他把頂針藏在「大使」的把手裡。這裡和書架剛好位居房間的兩端。

蘇菲雅回來的時候，還是像上次那樣站在門口細細觀察。但她彷彿洞悉伯爵的詭計似的，特別留意遠離第一次找到頂針那個位置的角落。她花了二十秒鐘，就找到頂針藏身的地方。

伯爵確實低估了自己的對手，而且，把頂針藏在這麼低的地方，反而讓蘇菲雅的身高發揮了優勢。下一回合，他要利用她身高的限制，把頂針藏在離地七呎高的地方。

「再一次？」他露出狐狸似的狡猾微笑。

「輪到你了。」

「輪到我幹嘛？」

「輪到我來藏，你來找。」

「不行，你知道的，在這個遊戲裡，是我來藏，你來找的。」

蘇菲雅盯著伯爵看，很像她母親當年看伯爵的模樣。

「如果**永遠**都是你來藏，**永遠**都是我來找，那就不算遊戲了。」

這個無可辯駁的觀點，讓伯爵蹙起眉頭。她伸出手，他乖乖把頂針放在她的手掌心。但光是這樣，她好像還不放心。他伸手要轉開門把時，她拉拉他的袖子。

「亞歷山大叔叔，你不會偷看吧？」

不會偷看？伯爵本來想講幾句話，為羅斯托夫家族的名譽辯護一下，但決定不說，只讓自己保持平心靜氣。

「不會，蘇菲雅，我不會偷看。」

「你保證……」

……

「我保證。」

伯爵鑽過衣櫃到臥房，嘴裡唸唸有詞，說他向來說話算話，打牌從不作弊，賭輸從不賴帳，然後開始數數兒。數到一百五十的時候，他聽見蘇菲雅在書房裡走動的聲音，數到一百七十五，他聽見椅子拖過地板的聲音。伯爵很清楚紳士和無賴之間的區別，所以他等到書房裡完全靜止無聲，也就是數到二百二十二。

「好了沒？」他喊道。

他走進書房，蘇菲雅坐在一張高背椅上。

伯爵誇張地把手背在背後，繞著房間走，嘴裡不時發出「嗯」的聲音。但繞了兩圈之後，還是沒看見這枚銀頂針。所以他開始更認真找。他學蘇菲雅的方法，把房間分成四個象限，有條理地搜尋。但還是沒找著。

他想起剛才聽見拉動椅子的聲音，而且考量到蘇菲雅的身高和手伸長的距離，伯爵估計，她大概可以搆得到離地五呎的地方。所以，他找了妹妹畫像的後面，看看小窗子底下的開關，甚至還找了門框上方。

頂針還是沒個影子。

他偶爾會回頭看看蘇菲雅，希望她會瞥著藏東西的地方，透露出線索來。但她一動也不動，臉上始終是漠不關心的表情，彷彿根本不知道伯爵在找東西。一雙小腿不時前後晃盪。

伯爵學過心理學，知道要解決問題，必須從對手的觀點進行考量，就像他剛才想利用她身高的限制一樣，她或許也想利用他身材的劣勢。**一定是這樣**，他心想。拉動家具的聲音並不代表她爬到椅子上，她也有可能拉開家具，好把東西藏在後面。伯爵趴到地板上，像蜥蜴一樣，從書架爬到「大使」，再爬回來。

但她還是坐在椅子上，雙腿晃啊晃。

伯爵站起來，一不小心頭撞到傾斜的屋頂。方才這麼爬來爬去，讓他膝蓋好痛，外套沾滿灰塵。就在有點慌亂地四下張望時，他突然發現有個不可必免的結局悄悄接近。它像隻貓緩緩溜過草地朝他走來，名字就叫：失敗。

這可能嗎？

他，羅斯托夫，準備好要投降了嗎？

這個嘛，答案是：沒錯。

沒有別的辦法了。他被打敗了，而且他知道。當然，他不免要自怨自艾幾句，但他首先怪罪瑪莉娜，因為她說這是個很簡單的遊戲。他深吸一口氣，然後吐氣，走到蘇菲雅面前，那神態彷彿是走到拿破崙面前投降、讓俄軍逃過一劫的奧地利馬克將軍。

「你太厲害了，蘇菲雅。」他說。

蘇菲雅盯著伯爵看，這是他進到書房以來，她第一次直視他。

「你認輸了嗎？」

「我放棄了。」伯爵說。

「這和認輸是同樣的意思？」

……

「是的，和認輸是同樣的意思。」

「那你就該說認輸。」

自當如此。他得要毫無保留地表現出自己所受的屈辱。

「我認輸。」

蘇菲雅接受了他的投降，沒露出絲毫得意的神情。她跳下椅子，走向他。他往旁邊讓開，以為她一定是把頂針藏在書架上了。但她沒走向書架，反而停在他面前，手探進他外套的口袋，拿出頂針來。

伯爵整個愣住了。

事實上，他有點語無倫次了。

「可是，可是，可是，蘇菲雅——這不公平！」

蘇菲雅好奇地端詳伯爵。

「為什麼不公平？」

該死的為什麼永遠問不完。

「因為不公平啊。」伯爵回答說。

「可是你說我可以藏在這房間裡的任何地方啊。」

「這就對了，蘇菲雅。可是我的衣服口袋並不在這個房間裡。」

「我藏這枚頂針的時候，你的口袋是在這個房間裡。而你找頂針的時候，也是在這個房間裡……」

伯爵瞪著她那天真無邪的小臉蛋，恍然大悟。他這個擅長察言觀色的高手，今天徹底被耍了。她把他從門口叫回來，叫他不許偷看的時候，撒嬌似的拉拉他的袖子，就趁這個機會偷偷把頂針塞進他的口袋裡。至於數到快兩百的時候，那拖動家具的聲音呢？純粹是戲劇效果。徹頭徹尾的欺騙手法。

甚至他在滿屋子尋找的時候，她就靜靜坐著，抓著娃娃的藍色洋裝，完全沒有洩露出一絲破綻。

伯爵往後退一步，深深一鞠躬。

☆

六點鐘，伯爵帶蘇菲雅下樓，交給瑪莉娜照顧，接著又衝回樓上拿她的娃娃，再跑到樓下給她，然後才到博雅斯基餐廳。

他為遲到向安德烈致歉，迅速檢視工作團隊，視察餐桌，調整杯子，排好餐具，瞄一眼埃米爾，最後打個手勢，表示餐廳可以開門了。七點半，他到紅廳督導高爾基汽車公司的晚宴。十點鐘，他穿過走廊，到門口有個歌利亞把守的黃廳。

打從一九三〇年以來，伯爵和歐西普就在每個月的第三個星期六一起用晚餐，以增進這位前紅軍上校對西方世界的認識。

剛開始的那幾年，他們決定先研究法語，包括法語的諺語和稱謂，拿破崙、黎希留[38]、德塔列朗[39]等人的性格，啟蒙運動的本質，印象畫派的原創性，以及法國人不時掛在嘴巴上的「je ne sais quoi」（不知道耶）。接下來幾年，伯爵和歐西普決定研究英語，包括喝茶的必要性，難以理解的板球規則，獵狐的規矩，對莎士比亞永不止息的熱愛自豪，以及各種小酒館所具有的絕對重要性。而最近

38 Cardinal Jean du Plessis Richelieu，1585-1642，法國樞機主教，路易十三時期擔任首相，創設「法蘭西學院」，為法國最高學術機構。

39 Charles Maurice de Talleyrand-Périgord，1754-1838，法國政治家與外交家，是拿破崙時期最重要的外交官，在拿破崙失敗後舉行的維也納和會裡，扮演重要角色。

呢，他們把興趣轉向美國。

為此，今晚餐桌上，擺在他們差不多吃完的餐盤旁的，是兩本托克維爾[40]的《論美國的民主》。歐西普看到書這麼厚，有點畏懼。但伯爵告訴他，要對美國文化有基本的瞭解，這是最好的一本入門書。於是，這位前上校三個星期以來，焚膏繼晷地埋首研讀，來到黃廳時，像個準備充分的學生，迫不及待想接受畢業考。聽到伯爵說他喜歡夏夜，歐西普表示贊同，也附和著讚美今晚的黑胡椒醬，稱讚今晚的紅酒，但急著想要進入正題。

「今晚的紅酒很棒，牛排好吃，夏夜也很美。」他說，「但我們是不是應該開始談這本書了？」

「是啊，當然。」伯爵放下酒杯說，「我們來談談這本書吧。你何不先來說說……」

「這個嘛，我得先說，這不是《野性的呼喚》。」

「對，」伯爵微笑說，「這當然不是《野性的呼喚》。」

「而且我必須承認，雖然我很欣賞托克維爾的觀察入微，但是整體來說，第一卷，也就是探討美國政治體系的部分，節奏太慢了。」

「是的，」伯爵嚴肅地點點頭，「第一卷對細節的描述可能有點太過詳盡了……」

「但是第二卷，談他們社會特色的部分，我覺得非常精彩。」

「不是只有你一個人有這樣的感想。」

「事實上，從第一行開始……？等等，是在哪裡？找到了：『我認為，在文明世界裡，沒有其他國家像美國這麼不重視哲學。』哈，這句話就透露出很多含意了。」

「是沒錯。」伯爵輕笑一聲。

40 Alexis-Charles-Henri Clérel de Tocqueville，1805－1859，法國思想家，法蘭西學院院士，曾任法國第二共和外交部長。以遊歷美國的體驗，從自由主義出發，寫成《論美國的民主》等書，成為社會學重要著作，至今仍影響不輟。

「還有，在幾章之後，他指出他們對物質生活的享受展現了很不尋常的熱情。他說美國人的心思『都只放在滿足身體的需求與生活的舒適便利。』這還是一八四〇年的情況。想想看，如果他是在一九二〇年代訪問美國！」

「哈，一九二〇年代造訪美國。很好的觀點，我的朋友。」

「可是，請告訴我，亞歷山大，他說民主制度特別適合工業社會，這個觀點你有什麼看法？」

伯爵往後靠在椅背上，手裡把玩著餐具。

「嗯，工業的問題。這是很值得深入探討的一點，歐西普。這就是重點。你怎麼看？」

「可是我是在問你的看法，亞歷山大。」

「我一定會把我的看法告訴你的。但是身為你的老師，應該先讓你有機會表達自己的看法，免得我的意見影響了你的想法。所以先讓我們聽聽你怎麼想吧。」

歐西普看著伯爵。伯爵伸手端起酒杯。

「亞歷山大……你讀過這本書……」

「我當然讀過這本書。」伯爵回答說，放下酒杯。

「我的意思是，你兩卷都讀過，每一頁都讀過？」

「歐西普，我的朋友，學術研究的基本規則是，學者是否仔細研讀過著作的每一頁並不是那麼重要，最重要的是，他能不能對基本的要旨有合理程度的瞭解。」

「那麼你對哪一頁有合理程度的瞭解呢？」

「這個嘛，」伯爵翻開目錄，「我看看……對了，這裡，」他抬頭看歐西普，「八十七頁？」

歐西普盯著伯爵看了一會兒，然後拿起托克維爾的書，朝伯爵丟去。這位法國歷史學家一頭撞上相框，裡面是一張列寧站在講臺上的照片。相框玻璃粉碎，砰一聲掉在地板上。黃廳的門立即敞開，歌利亞掏出手槍衝了進來。

「該死！」伯爵大叫，高舉雙手。

差點就要叫保鑣一槍斃了老師的歐西普深吸一口氣，搖搖頭。

「沒事，瓦拉迪米爾。」

瓦拉迪米爾點點頭，回到走廊上的崗位。

歐西普雙手交疊擱在桌上，看著伯爵，等他解釋。

「對不起，」伯爵的難堪不是裝出來的，「我真的打算讀完的，歐西普。事實上，我還特別空出今天的時間來看完書，可是……有狀況發生。」

「狀況。」

「意外的狀況。」

「哪一種意外狀況？」

「有位年輕女孩。」

「年輕女孩！」

「是一位老朋友的女兒。她突然冒出來，要和我待上一段時間。」

歐西普看著伯爵，彷彿一時說不出話來，接著放聲大笑。

「哎，這樣啊，亞歷山大．伊里奇。一位年輕女孩和你住在一起。你幹嘛不早說。我原諒你，你這隻老狐狸。就算沒完全原諒，也差不多啦。提醒你，我們還是要讀托克維爾的，你得讀完每一頁。但是現在，別讓我再耽誤你的時間了。你們還來得及去夏里亞賓吃點魚子醬，然後你可以帶她去廣場餐廳跳一會兒舞。」

……

「其實呢……她年紀很輕。」

「年紀多輕？」

「五、六歲吧。」

「五、六歲？」

「我想應該快六歲了吧。」

「你在照顧一個六歲女孩？」

「是啊……」

「在你的房間裡？」

「沒錯。」

「要照顧多久？」

「幾個星期吧。也許一個月。應該不會超過兩個……」

歐西普微笑，點點頭。

「我明白了。」

「老實說，」伯爵承認，「目前，她的到來確實打亂了我的日常生活安排。但這是可以料想得到的，因為她才剛來。只要我們做一些小小的調整，讓她有機會適應，一切就會回到常態，不再有任何干擾。」

「絕對是，」歐西普說，「我現在還是別耽誤你了。」

伯爵保證在下次見面之前讀完托克維爾，起身告退，悄悄離開。歐西普又端起他的葡萄酒，發現瓶子空了，伸手越過桌子，把伯爵杯裡沒喝完的酒，倒進他自己的杯子裡。

他是不是想起自己的孩子六歲時的情景呢？想起天還沒亮，走廊就響起劈里啪啦的腳步聲；任何比蘋果還小的東西常會莫名其妙不見，然後就被踩到了；讀不了書，看不了信，思緒永遠無法持續的那些日子？那些光景還清清楚楚的浮現眼前，恍如昨日。

「絕對是。」他兀自微笑說，「只要做一些小小的調整，他們的生活就會回歸常態，不受任何干擾。」

☆

一般說來，伯爵認為成年人不該在走廊奔跑。但和歐西普道別的時候已近十一點，他已經過度濫用瑪莉娜的善心了。所以他破例一次，跑過走廊，轉過牆角，撞上一個鬍子亂七八糟，在樓梯口踱步的傢伙。

「阿米！」

「啊，你來了，阿亞。」

伯爵一認出他這位老朋友，腦中閃起的第一個念頭竟然是得要打發他走。不然還能怎麼辦？沒有別的辦法啊。

可是等他仔細打量米哈伊爾的臉，就知道這絕對做不到。他這位朋友顯然碰上什麼重大的事情了。所以，伯爵沒打發他走，反而帶他回書房。米哈伊爾坐下來，摘下帽子拿在手裡。

「你不是明天才要來莫斯科的嗎？」短暫沉默之後，伯爵開口問。

「是啊，」米哈伊爾心不在焉地揮著帽子，「可是夏拉莫夫要我提早一天來……」

維克多．夏拉莫夫是他們大學時代的舊識，目前擔任《真理報》的資深編輯。請米哈伊爾編纂安東．契訶夫書信集就是他的主意。米哈伊爾從一九三四年就開始了這個編纂計畫。

「啊，」伯爵開心地說，「你一定是差不多弄完了。」

「差不多弄完了，」米哈伊爾笑著說，「你說對了，阿亞。我差不多弄完了。事實上，只要刪掉幾個字就行了。」

事情的經過是這樣的：

米哈伊爾從列寧格勒搭夜車，在今天上午抵達莫斯科。書信集即將進廠付印，所以夏拉莫夫說過，要請他去中央作家大樓吃午飯慶祝。但米哈伊爾在十二點多、快一點時趕到出版社櫃檯，夏拉莫夫卻要他先到辦公室。

他們坐下之後，夏拉莫夫恭喜米哈伊爾，說他做得很好。然後，拍著桌上的樣稿。原來樣稿還在編輯桌上，並沒送交印刷廠印刷。

這是部細膩精深的作品，夏拉莫夫說。是學術的經典之作。但在付印之前，還有一個小問題必須解決。一九〇四年六月六日的那封信，有個地方需要修改。

米哈伊爾很清楚他說的是哪封信。那是契訶夫在過世前幾個星期寫給妹妹瑪麗亞的信。一封苦樂交織的信，契訶夫告訴妹妹說自己必將康復。在排版的過程中，一定有些字漏掉了。不管檢查多少遍，都絕對無法找出每一個錯誤。

「我們來看看吧。」米哈伊爾說。

「在這裡，」夏拉莫夫翻動樣稿，讓米哈伊爾可以自己看看那封信。

柏林

一九〇四年六月六日

親愛的小瑪：

我從柏林寫信給你。我已經在這裡待了一整天。你離開之後，莫斯科變得很冷，甚至還下雪了。想必是這惡劣的天氣讓我感冒了。手腳的風濕痛讓我夜不成眠，體重也減輕許多。我打過嗎啡，吃過幾千種不同的藥，但想起來，只有阿特修勒有一回開給我的海洛因有效。儘管如此，啟程的時候，我的體力開始好轉了。我恢復了食欲，也開始給自己注射砷，就這樣，我終於在週四出國。我非常瘦，一雙腿也細得不像樣，但旅程很愉快。來到柏林，我在最好的飯店找了一間舒服的房間。我很喜歡這裡的生活，也已經很久沒吃過這麼好吃、讓我胃口大開的麵包了。這裡的麵包好到不可思議，我每次都吃一大堆。這裡的咖啡很棒，菜餚更是好到難以形容。沒出過國的人，不會知道麵包可以好吃到什麼程度。這裡的茶不怎麼樣（但我們帶了自己的茶），也沒有我們的開胃小菜，但其他的一切都非常之好，而且也都比俄國便宜。我的體重已經增加，今天雖然很冷，但我有體力坐很久的車到蒂爾公園。所以你可以轉告媽媽和其他興趣知道的人，說我已經慢慢恢復健康，甚至可能完全康復……

A·契訶夫

米哈伊爾把這一段重新讀了一遍，然後再一遍，努力回想記憶裡那封信的原文。經過四年的編纂時間，每封信他都幾乎熟記於心。但不管怎麼努力，他都看不出來是哪裡錯了。

「漏了哪一句？」最後他問。

「噢，」夏拉莫夫說，彷彿這時才發現米哈伊爾並不理解他的意思。「不是漏了哪一句。是有幾個字要拿掉。就在這裡。」

夏拉莫夫越過桌子，指出契訶夫描述對柏林的第一印象那幾行，尤其是他描述那好吃到不可思議的麵包，以及他說沒出過國的俄國人，不知道麵包可以好吃到什麼程度。

「這部分要拿掉？」

「對，沒錯。」

「整段刪掉？」

「可以這麼說。」

「我可以請教是為什麼嗎？」

「為了更簡潔一些。」

「所以是為了省紙！拿掉了六月六日這封信的這一小段，該把這段放在哪裡？存進銀行？收進衣櫃抽屜？還是埋在列寧的墳墓裡？」

米哈伊爾把這段對話說給伯爵聽，嗓音變得越來越大，彷彿怒火再次燃起，但沒一會兒，他就突然沉默下來。

「這時，夏拉莫夫，」他沉默一晌之後說，「我們從年輕時候就認識的夏拉莫夫，他告訴我，就算我把這段文字從大砲裡射出去，他也不在乎，但無論如何，我都必須從書稿裡刪掉。你知道我怎麼做嗎，阿亞？你想像得出來嗎？」

有人可能會斷下結論，這麼一個喜歡踱步的人，行事肯定極為理智，因為他曾經耗費了大量時間思索原因與結果，權衡利弊與得失。但就伯爵的經驗，喜歡踱步的人通常都行事衝動。因為踱步的人雖然受制於邏輯，但邏輯有很多不同的面向，不見得能讓他們清晰思考，甚至也不見得能讓他們堅信不移。有時候他們反而會陷入迷惘的狀態，就連最微不足道的一絲衝動，也能給他們帶來莫大的影響，讓他們採取倉促或草率的行動，彷彿從未稍加思索過一般。

「不，米哈伊爾，」伯爵害怕地承認，「我想像不出來。你究竟怎麼做？」

米哈伊爾伸手摸摸額頭。

「碰到這種瘋狂的事，我們該怎麼辦呢？我把那一段拿掉。然後沒說一句話，就離開他的辦公室。」

聽到這個結局，伯爵大大鬆了一口氣。若不是他這位老朋友一臉垂頭喪氣的模樣，他肯定要露出微笑了。不得不承認，這事確實有點可笑。很像果戈里筆下的故事，而夏拉莫夫扮演的就是那個飽食終日，對自己的地位沾沾自喜的欽差大臣。至於這段惹出問題的文字，一聽到自己懸而未決的命運，就嚇得爬出窗戶，逃過後巷，消失得無影無蹤，直到十年之後，才再出現在某位戴夾鼻眼鏡、佩勳章的法國伯爵夫人懷裡。

但伯爵保持嚴肅的表情。

「你做得很對，」他安慰朋友，「那只不過是幾句文字而已。幾十萬字裡的五十個字。」

伯爵指出，整體來說，米哈伊爾的成就值得自豪。俄羅斯早就該出版一套具有公信力的契訶夫書信全集。這套書的出版必將鼓舞新一代的學者和學生、讀者與作家。而夏拉莫夫呢？長鼻小眼的這個夏拉莫夫，伯爵向來覺得他長得很像白鼬，千萬別讓白鼬毀了你的成就感，或是慶祝的心情。

「聽我說，朋友，」最後伯爵露出微笑說，「你搭夜車來，也沒吃午飯，這肯定是個問題。回你的飯店去，洗個澡，吃點東西，喝杯酒，好好睡一覺。明天晚上，我們照原定計畫在夏里亞賓碰面，一起為安東兄弟舉杯，好好取笑那隻白鼬一番。」

就這樣，伯爵想辦法安撫了他這位老朋友，鼓舞他的情緒，輕輕把他往門口推。

十一點四十分，伯爵終於來到一樓，敲瑪莉娜工作室的門。

「對不起，我來晚了。」裁縫師開門之後，他輕聲說，「蘇菲雅呢？我帶她上樓。」

「你不必這麼小聲，亞歷山大。她還醒著。」

「你還沒讓她睡！」

「我沒不讓誰睡。」瑪莉娜反駁說，「她堅持要等你來。」

他們兩人進門，看見蘇菲雅端坐椅子上，非常鎮靜。一看見伯爵，她就跳下來，走到他身邊，拉起他的手。

瑪莉娜挑起眉毛，彷彿在說：「你看吧……」

伯爵也挑起眉毛，彷彿回答說：「想想看……」

「謝謝你請我吃晚餐，瑪莉娜阿姨。」蘇菲雅對裁縫師說。

「謝謝你來，蘇菲雅。」

蘇菲雅抬頭看伯爵。

「我們可以走了嗎？」

「當然可以，親愛的。」

離開瑪莉娜工作室時，伯爵很確定蘇菲雅已經準備要上床睡覺了。她拉著他的手，帶他走向大廳，進到電梯，迅速按下五樓的按鈕。走到塔樓時，她沒要他抱，而是拖著他走完最後一段樓梯。他讓她欣賞一下他所設計的新床位時，她連看都沒看，快步衝過走廊到盥洗室刷牙，換睡衣。

但是從盥洗室回來之後，她沒鑽進被子裡，卻爬到書桌的椅子上。

「你還不睡嗎？」伯爵詫異地問。

「等等。」她回答說，還伸起一隻手要他安靜。

她身體往右邊歪，免得被伯爵擋住視線。伯爵不知道她要幹嘛，但往旁邊挪開，轉頭看，剛剛好看見邁著大步的分針趕上了他那位短腿的時針兄弟，兩人擁抱，彈簧鬆開，齒輪旋轉，雙響鐘的小鎚子開始宣告午夜到來。蘇菲雅側耳傾聽，一動也不動坐得直直的。第十二響敲完，她跳下椅子，爬到床上。

「晚安，亞歷山大叔叔。」她說。伯爵還來不及幫她蓋好被子，她就睡著了。

☆

對伯爵來說，這天非常漫長，是他記憶裡最長的一天。筋疲力竭的他刷牙，換睡衣，速度幾乎和蘇菲雅一樣快。然後回到臥房，熄燈，鑽進蘇菲雅床架下方的床墊。沒錯，伯爵的床墊沒有彈簧床架，而且用番茄罐頭堆疊支撐的高度，也只夠他在蘇菲雅的床下翻身。但比起直接睡在硬木地板上，這已經是很大的改進了。於是，過了他父親想必會引以為榮的一天之後，伯爵聽著蘇菲雅均勻的呼吸聲，閉上眼睛，準備進入無夢的沉睡裡。但是，睡眠並未輕易降臨到我們這位疲憊的朋友身上。

就像輕快的雙人舞，舞者兩兩排列，一對對依序快步跳過長長的走道，伯爵心裡的擔憂也一一跳出來，以誇張的動作鞠躬，然後站到最後面排好，等待下一個擔憂跳出來。

伯爵究竟在擔憂什麼呢？

他擔心米哈伊爾。知道他這位朋友的苦惱是因為第三卷第三百頁被刪掉四個句子而起，他本來應該鬆一口氣，但他卻又不由自主地覺得，這五十個字的事並未完全結束……

他擔心妮娜和她的東行之旅。伯爵對東北勞改營所知不多，但對於西伯利亞，他聽過的事情夠多了，讓他不禁擔憂這一路上可能碰到的重重艱難……

他擔心小蘇菲雅，不只是幫她切肉，替她換衣服這些小事。不管是在廣場餐廳吃飯，或是搭電梯到五樓，一個小女孩在大都會飯店很快就會引來注意。雖然蘇菲雅只會和伯爵待上幾個星期，但在妮娜回來之前，主管機關有可能會發現她住在這裡，而加以禁止……

最後還有非常直接迫切的一點，那就是伯爵擔心隔天早上。他怕蘇菲雅一吃完小麵包，又瓜分掉他的草莓之後，會再次爬上他的椅子，用那雙藍色的眼睛盯著他看。

生活在動盪之中，我們或許不免時刻擔憂，就算舒舒服服躺在自己的床上，我們也還是因著種種擔憂而夜不成眠。無論擔憂的事情是大是小，是真實發生或僅止於想像。事實上，羅斯托夫伯爵對老友米哈伊爾的擔憂並非沒有道理。

米哈伊爾六月二十一日深夜離開大都會飯店，採納了伯爵對那封信的建議，直接回自己下榻的飯店，洗澡，吃飯，上床好好睡一覺。但醒來之後，他對前一天所發生的事情，有了新的觀點。

在晨光裡，他覺得伯爵的說法一點都沒錯，那只不過是五十個字的小事。夏拉莫夫又不是要他刪掉《櫻桃園》或《海鷗》裡的句子。這只不過是一小段話，是任何在歐洲旅行的人都可能在信裡提及的事，甚至連契訶夫自己，很可能也是不假思索寫下來的。

但在換好衣服，吃完有點過晚的早餐，走向中央作家大樓的時候，米哈伊爾恰巧經過阿爾巴特廣場，這裡原本有尊沉思的果戈里，現在換上了高爾基的雕像。除了馬亞柯夫斯基之外，馬克西姆·高爾基是米哈伊爾心目中最偉大的當代英雄。

「就是這個人，」米哈伊爾自言自語（他站在人行道中央，完全不理會行經的旁人），「以無比清新冷靜的直率筆觸描繪青春記憶，也成為我們的青春記憶。」

原本定居義大利的高爾基，一九三四年被史達林誘回俄國，住進富商里亞布辛斯基的豪宅，創立了唯一屬於全俄羅斯人民的社會現實主義藝術風格……

「可是後來又怎麼樣了？」他逼問雕像。

全都毀了。布爾加科夫好幾年都沒寫出一個字來。阿赫瑪托娃放棄寫作，曼德斯坦剛服完刑，卻再次被逮捕。而馬亞柯夫斯基呢？噢，馬亞柯夫斯基……

米哈伊爾扯著自己的鬍子。

想起一九二二年，他曾對亞歷山大大膽預言，說這四個人將為俄羅斯創造出新的詩歌型式。這大概不太可能。但是到頭來，他們確實是做到了。他們創造了名為「沉默」的詩歌。

「是啊，沉默可以是一種意見。」米哈伊爾說，「沉默可以是一種抗議的形式，也可以是生存的手段。但沉默也可以是一種詩歌的學派——有著自己的節奏、音律與傳統的學派。這不需要用鉛筆或鋼筆來寫，只要拿槍對著胸口，就能用靈魂寫出來。」

帶著這樣的想法，米哈伊爾轉身離開馬克西姆·高爾基的雕像和中央作家大樓，去了《真理報》的辦公室。他爬上樓梯，不理會接待員，推開一扇又一扇的門，終於在一間會議室裡找到正在主持編輯會議的白鼬。桌子中央擺著一盤盤乳酪、無花果和燻鯡魚。這個場景不知為什麼讓米哈伊爾心中生起一把無名火。原本看著夏拉莫夫的編輯和助理編輯紛紛轉頭看是誰開門闖了進來。他們全都年輕而熱情，這讓米哈伊爾更加忿怒。

「很好！」他嚷著，「我看見你又把刀子掏出來了。今天是要砍什麼？《卡拉馬助夫兄弟》嗎？」

「米哈伊爾．費奧多拉維奇！」夏拉莫夫驚駭地說。

「這是什麼！」米哈伊爾大聲吼著，手指著一名年輕女子。她手裡正好拿著一片有燻鯡魚的麵包。「這是柏林來的麵包？小心一點，同志，要是你咬了一口，夏拉莫夫就會把你像砲彈一樣從大砲裡射出去。」

米哈伊爾看得出來那年輕女子以為他瘋了，但她還是乖乖把麵包擺回桌上。

「啊哈！」米哈伊爾嚷了一聲，像為自己辯護似的。

夏拉莫夫從椅子上站起來，既緊張又擔憂。

「米哈伊爾，」他說，「你心情顯然很不好。等一下到我的辦公室，我很樂意和你聊聊你的心事。可是你也看到了，我們正在開會。我們有很多工作要做，要忙好幾個鐘頭……」

「要忙好幾個鐘頭。我一點都不懷疑。」

米哈伊爾開始列舉今天要做的工作，每唸出一項，就拿起工作人員面前的手稿，往夏拉莫夫身上丟。

「把雕像移走！把這幾行文字刪除！到了五點鐘，你還得趕去陪史達林同志到澡堂洗澡。因為如果你不去，誰來幫他搓背呢？」

「他瘋了。」有個戴眼鏡的年輕人說。

「米哈伊爾。」夏拉莫夫懇求他。

「俄羅斯詩歌的未來就是徘句！」米哈伊爾咆哮著說出結論，然後心滿意足地摔上門離開。事實上，他非常得意，所以從會議室走到大門口，把經過的每一道門都用力摔上。

那麼，套句他自己的話說，後來又怎麼樣了？

不到一天，米哈伊爾所說的話就被上報當局；不到一個星期，就逐字逐句寫成了書面紀錄。到了八月，他被列寧格勒的內務人民委員會請去問話。十一月，那個時代特有的司法體制外三人小組審理了他的案子。一九三九年三月，他坐上開往西伯利亞的火車，沉浸在後悔莫及的思緒裡。

伯爵為妮娜擔心是應該的，雖然實情始終未能得知，但幾個月之後，她仍然沒回到大都會飯店。甚至幾年之後也沒有。再也沒有。十月，伯爵想辦法要打探她的下落，但徒勞無功。或許妮娜也想辦法要和伯爵聯絡，但沒有隻字片語傳來，妮娜．庫利柯娃就這樣消失在俄羅斯廣袤的東部。

伯爵擔心蘇菲雅住在飯店的事情會引起注意。這也猜對了。不只有人發現她住在飯店裡，而且她來不到兩個星期，就有人給克里姆林宮的某個行政辦公室寫了封信，說有個被軟禁在大都會飯店頂樓的「前要人」，收留了一個父母不詳的五歲孩童。

這封信送達之後，被仔細閱讀，蓋上戳章，送到更高階的辦公室，然後又再蓋上一個章，送往更高兩層樓的辦公室。在這個辦公室裡，負責處理這封信的人，只要大筆一揮，國立孤兒院的女舍監就會立即出動。

然而，他們對這位「前要人」近日往來的人士略加調查之後發現，其中有位纖細如楊柳的女明星，而這位女明星是某位剛進入政治局的圓臉高官多年來的情婦。這個單調乏味的小辦公室位居高牆之內，隸屬於格外僚氣的政府部門，他們通常難以想像外在世界的運作情況。但他們絕對不難想像，萬一把政治局委員的私生女給抓進孤兒院，對他們的前途會造成什麼影響。這麼做什麼好處都沒有，只會落得戴上眼罩，給根菸抽，然後挨子彈槍決的下場。

因此，這個案子只進行最隱密謹慎的調查。調查結果顯示，這位女明星和政治委員可能已經有六年的私情。除此之外，據一名飯店員工證實，這小女孩抵達飯店的那天，女明星也住進飯店。就因為這樣，這次調查所蒐集到的資料就全收進上鎖的抽屜裡（有一天或許用得著也說不定）。而當初引發調查的那封邪惡的信，被燒掉，丟進垃圾桶。這才是它應得的歸宿。

所以，伯爵有十足的理由必須擔心米哈伊爾、妮娜和蘇菲雅。但是他有理由擔心隔天早上嗎？

隔天，他們疊好被子，吃完麵包，蘇菲雅果然又爬上椅子，但她沒充滿期待地盯著伯爵看，而是丟出一堆和埃鐸豪爾與他家族有關的問題，彷彿是在睡夢中想好問題似的。

接下來的幾天，這位向來以自己講故事言簡意賅、只強調最緊要重點的人，竟然在必要的情況下，變得擅長東拉西扯、詳加解釋、附加說明，最後甚至在蘇菲雅還來不及拋出下一個問題之前，他就已經可以猜到她要問什麼了。

★

大家都知道，無數擔憂的問題浮現心頭，讓我們難以入睡時，最好的辦法就是數羊。但是伯爵喜歡的是裹上香草和紅酒醬汁的羊排，所以他用了另一種完全不同的方法。聽著蘇菲雅均勻的呼吸聲，他開始回想自己在硬木地板上醒來的那一刻，依序重新回顧他一趟趟到大廳、廣場餐廳、博雅斯基餐廳、安娜房間、地下室、瑪莉娜工作室，他仔細計算他那天爬上爬下多少層樓梯。他在心裡看見自己上上下下，數著一層又一層，最後一趟上樓趕上雙響鐘敲響午夜鐘聲時，總共是五十九層樓——這時，一天辛勤勞動的他，終於沉沉睡去了。

附記

「亞歷山大叔叔……？」

……

「蘇菲亞……？」

……

「你還醒著嗎，亞歷山大叔叔？」

……

「我還醒著，親愛的。什麼事？」

……

……

「我把娃娃掉在瑪莉娜阿姨那裡了……」

……

……

「噢，好吧……」

一九四六年

一九四六年六月二十一日，星期六，太陽高掛在克里姆林宮上空，一條修長的人影緩緩爬上莫斯科河河堤的階梯，經過聖巴索大教堂，走向紅場。

他身穿破舊的冬季大衣，每跨出一步，右腳都要拐一下，畫個小小的半圓。換成其他時候，這麼一個穿破大衣的瘸腿男子出現在豔陽高照的夏日，必定會引來注目。但在一九四六年，首都的每一個角落，都有身穿借來的大衣、瘸著腿走路的人。事實上，是歐洲的每一個城市都有很多瘸著腿走路的人。

這天下午，紅場人多得像辦市集似的。身穿花洋裝的女人在舊廣場百貨公司的拱廊裡流連往返。克里姆林宮大門前面，學生爬上兩輛已經除役的坦克車，站在一旁戒備著的，是穿白色束腰上衣的衛兵，手鬆鬆背在背後，彼此間隔著固定距離站崗。列寧墓的大門口有一百五十人的排隊人龍。

身穿破大衣的這人停下腳步，這些大排長龍的同胞如此井然守序，讓他不禁佩服。隊伍最前端的是八名烏茲別克人，留鬍子，穿著他們最好的真絲外套；再來是四個從東部來的女孩，打著長髮辮，頭戴鮮麗的刺繡帽子；接著是十名喬治亞來的農民；再來是……一個地區接著一個地區的人民耐心等待，向已去世二十幾年的偉人遺體獻上敬意。

這形單影隻的人輕輕笑了一聲，心想，就算我們別的沒學會，至少也學會排隊了。

在外國人眼中，莫斯科已經變成排有幾萬條人龍的地方了。電車站有人排隊，雜貨店有人排隊，安排工作、教育和住房的單位前面有人排隊。事實上，莫斯科並沒有一萬條排隊的隊伍。連十條都沒有。只有一條無所不包的人龍蜿蜒穿越全國，跨越時間。這是列寧最偉大的創舉：一條隊伍，就像無產階級本身一樣，遍及各地，永無止境。他以一九一七年的法令創設了這條隊伍，然後自己站在隊伍最前端，讓同志一個個跟在他背後排隊。一個接一個俄國人站到隊伍裡面，隊伍越來越長，最後涵納了各行各業的每一個人。透過這條人龍，人們建立起友誼，編織起浪漫愛情。人們因此養成耐心，形成文明習慣，甚至產生了智慧。

如果人們為了買麵包，願意花八個鐘頭排隊，這個形單影隻的人想，排個一兩小時的隊，免費參觀英雄的遺體，又算得了什麼呢？

經過原本應該是喀山大教堂矗立的位置，他往右轉，繼續前行。但踏進劇院廣場時，他停下腳步。因為他的目光從工會大廈轉到波修瓦劇院，再到馬利劇院，最後停駐在大都會飯店，他很驚訝地發現，有這麼多老建築並沒有遭到破壞。

五年前的今天，德國展開巴巴羅薩行動，在敖德薩到波羅的海的俄國邊境投入超過三百萬人的兵力。

行動展開時，希特勒預估德軍可以在四個月之內打下莫斯科。事實上，隨著攻克明斯克、基輔、斯摩稜斯克，到了十月，德軍已經推進將近六百哩，從北方和南方，以典型的鉗形攻勢包夾莫斯科。只要再幾天功夫，德軍就將兵臨城下。

這時，首都城內出現相當程度的失序現象。街道上擠滿難民和逃兵，睡在臨時搭建的營地，就地生火煮食。政府遷往庫比雪夫的行動已展開，莫斯科的十六座橋都埋下地雷，只要命令一下達就即刻炸毀。克里姆林宮牆內升起一柱柱濃煙，是在銷毀機密文件。而在街頭，已經好幾個月沒領到薪水的政府機關與工廠員工，看著這座古老城堡永不熄滅的燈一盞接一盞熄滅，心中有著飽經世故的不祥預感。

但在十月十三日下午，如果站在身穿破舊大衣的這人現在所站的位置，就會看見令人不解的一幕。一隊工人在祕密警察的指揮下，把波修瓦劇院的椅子搬到馬亞柯夫斯基地鐵站。

那天晚上，政治局全體委員在地鐵月臺上開會。深藏在城市馬路下方一百呎處，德國炮火打不到他們，非常安全。九點鐘，他們在擺滿食物與葡萄酒的長桌旁就座。不久之後，只有一個車廂的列車開進站，車門打開，全副軍裝的史達林下車。「索索」元帥在桌首坐下，說他召開黨領導階層會議有兩個目的。第一，他宣布，出席者可以自由決定是否遷往庫比雪夫，但他並不打算到任何地方去。他要留在莫斯科，直到俄羅斯流盡最後一滴血。第二，他宣布，十一月七日，一年一度的革命紀念日閱兵將如期在紅場舉行。

後來在很多莫斯科人的記憶裡，這次的大閱兵是個轉捩點。聽見令人熱血澎湃的《國際歌》，和著五萬名士兵腳踏皮靴踢正步的聲音在紅場響起，看見領袖無所畏懼地站在校閱臺上，讓他們湧起自信，堅定決心。就在這天，他們回憶道，整個浪潮轉向了。

然而，也有些人指出，「索索」暗中布署在遠東的七十萬大軍，在紀念閱兵舉行的同時，已經橫越國土，來援救莫斯科了。也有其他人指出，那年十二月的三十一天裡，下了二十八天的雪，有效阻擋了德軍的前進。雪上加霜的是，氣溫陡降到攝氏零下20°，就像當年逼退拿破崙軍隊的情況一樣，天氣站在俄羅斯這一邊。無論原因為何，希特勒的軍隊只花了五個月就從俄國邊境逼近莫斯科城郊，但他們始終未能攻進城門。在俘虜了一百多萬名戰俘和奪走一百萬條人命之後，他們在一九四二年一月開始撤軍。這座城市意外的毫髮未傷。

有個年輕的軍官騎著摩托車過來，載了一名身穿鮮豔橘色洋裝的女孩。我們這位形單影隻的人從路沿讓開。樹葉落盡的廣場上，正在展示兩架擄獲的德國戰鬥機。他穿過飛機之間，繞過大都會飯店的大門，轉過牆角，消失在飯店後面的暗巷裡。

鬧劇，對比，意外

一點三十分，在大都會飯店的總經理室裡，亞歷山大．伊里奇．羅斯托夫伯爵在辦公桌前面坐下，對面是個小頭銳面、神情高傲的人。

在廣場餐廳接到主教的傳喚通知時，伯爵覺得事態想必非常緊急，因為派來跑腿的那人一等他喝完咖啡，就馬上把他帶到行政辦公室來。但伯爵進了總經理辦公室，主教卻忙著簽文件，連頭都沒抬，用鋼筆指著空椅子，彷彿是說等我空了再說。

「謝謝。」伯爵說，接受了他這個敷衍了事的請坐，也敷衍了事地點個頭。

伯爵向來不愛無所事事坐著，所以利用這幾分鐘的空檔，好好打量這間辦公室。這裡和約瑟夫．赫雷基先生使用的時候有點不同。雖然前任總經理的辦公桌還留著，但已經不像以前那樣空無一物。現在桌上有六疊文件，還有一個釘書機，一個筆座，和兩部電話（想來是讓主教可以在和政治局通話的時候，讓中央委員會的人在線上等候）。據說是以前那位波蘭老頭躺臥的酒紅色躺椅已經搬走，換上了三個配有不鏽鋼鎖的灰色檔案櫃排排站。掛在紅木鑲板上的歡快狩獵風景畫也不見了，取而代之的是諸位領袖的畫像。史達林。列寧。馬克思。

主教在十二份文件上簽好名，滿意至極，整整齊齊疊成辦公桌上的第七疊文件，把筆擺回筆座上，才第一次抬頭正眼看伯爵。

「我想你一向很早起，亞歷山大．伊里奇。」他沉默了一晌之後說。

「有毅力的人通常都很早起。」

主教的嘴角微微揚起。

「當然啦，有毅力的人。」

他伸手把桌上剛堆好的那疊文件弄整齊。

「你早上七點左右在房間裡吃早餐……？」

「沒錯。」

「然後，八點鐘，你到大廳看報紙。」

這討厭的傢伙，伯爵心想，派人把我叫來，害我不能好好享受完美妙的午餐。他心裡肯定轉著什麼念頭。但他非得這麼拐彎抹角嗎？有什麼問題不能直說嗎？還是他就是不愛這麼做？他們就要坐在這裡，把伯爵一天的生活一分鐘一分鐘拆解分析嗎？三巨頭的每日例會再不到一個鐘頭就要召開了！

「是的，」伯爵有點不耐煩，「我早上看早報。」

「但是是在大廳裡。你下樓到大廳。」

「沒錯。我走樓梯下來，到大廳享受一下看報紙的樂趣。」

主教靠在椅背上，露出最短暫的微笑。

「那麼你應該知道，今天早上七點四十五分在四樓走廊發生的意外……」

正式來說，伯爵是在七點剛過的時候起床。做完十五個深蹲和十五次伸展之後，他享用咖啡、麵包和一份水果（今天是橘子），洗澡，刮鬍子，換衣服，親吻蘇菲雅的額頭，離開臥房，打算到大廳他最喜歡的椅子上，讀他的報紙。一如平常的習慣，他走下一層樓之後，就離開塔樓，穿過走廊到客用樓梯。但就在轉到五樓平臺的時候，他聽見底下傳來騷動的聲音。

乍聽之下，彷彿有十五個不同的嗓音講著二十種不同的語言。伴隨著摔上房門、砸破碟子，以及某種聽似鳥類粗嘎叫個不停的聲音。等他大約七點四十五分走到四樓的時候，情況已經亂得不可收拾了。

幾乎每一扇房門都敞開，每一個房客都跑到走廊上來。其中包括兩名法國記者，一位瑞士外交官，三個烏茲別克皮草商人，一位羅馬天主教會代表，還有從國外回來的男高音一家六口人。他們全都穿著睡衣，比手畫腳地拚命表達不滿，因為有三隻大鵝在他們腳邊轉來轉去，拍著翅膀，嘎嘎叫。幾個女人大驚失色，彷彿被鳥身女妖攻擊似的。男高音的妻子蜷縮在丈夫龐大的身軀後面，飯店的客房服務生克莉斯蒂娜嚇得靠在牆上，把空托盤緊緊抱在胸前，砸碎的碗盤和蕎麥粥灑在她腳邊，混成一團。

男高音的三個兒子表現得英勇無懼，各自追著朝不同方向奔去的三隻鵝，梵蒂岡大使勸告男高音要管好自己的兒子，但只會講幾句義大利語的男高音，卻用強調語氣對著這位高階神職人員說，他可不會任人擺布。俄語和義大利語都很流利的瑞士外交官，徹底表現出他們國家遠近馳名的中立態度，閉緊嘴巴，靜靜聽這兩個男人雞同鴨講。教士往前踏進一步，想強調自己的觀點時，被男高音大兒子逼到無路可逃的一隻鵝鑽過他腿邊，衝進他的房間。這時，一名顯然並非羅馬天主教會代表的年輕女人從房間衝到走廊，身上只裹著藍色的睡袍。

到這個時候，四樓的喧鬧顯然也把五樓的房客全給叫醒了，有好幾個人步下樓梯來看究竟出了什麼事。走在最前頭的是位美國將軍，從不廢話的他，是從所謂「偉大的德克薩斯州」來的。這位將軍迅速衡量形勢，抓住一隻鵝的脖子。他出手的迅捷程度，讓圍觀的眾人油然生出信心，甚至還有幾個人為他歡呼。但是，見他把另一隻手也伸過來，掐住鵝脖，顯然是要折斷牠的脖子，身穿藍色睡袍的女人立時尖叫起來，男高音的女兒掉下眼淚，瑞士外交官則厲聲斥責。這個斷然的舉動一被阻止，將軍馬上對這些圍觀群眾的軟弱忿忿難平，大步走進教士的房間，把鵝丟出窗外。

一心想平定亂象的將軍，片刻之後又轉身，動作嫻熟地抓起第二隻鵝。但他舉起鵝，想向眾人表達他無意傷害牠時，他睡袍的腰結突然鬆開，袍子敞開來，露出陳舊的橄欖綠短褲。男高音的妻子一看見就昏倒了。

站在平臺上看著這一切發生的伯爵，發現有人走到他身邊，一轉身，原來是將軍的副官。這傢伙很愛交際，已經是夏里亞賓的常客了。這副官瞄了一眼走道上的混亂場景，滿足地嘆口氣，不知對誰說：

「我真是太愛這家飯店了！」

所以，伯爵「知不知道」七點四十五分在四樓發生了什麼事？這豈不是像問挪亞知不知道大洪水的事，或者問亞當知不知道蘋果的事一樣嗎？他當然知道。天底下沒有人比他更清楚。但是他知不知道究竟有什麼重要，重要到連讓他好好喝完咖啡都不行？

「今天早上發生的事情我很清楚。」伯爵承認，「因為事情發生的時候，我剛好經過樓梯平臺。」

「所以你**親眼**看到那場混亂……？」

「我親眼看見這場鬧劇發生。儘管如此，我還是不明白為什麼要找我來。」

「所以你一無所知。」

「事實上，我非常困惑，完全不明白怎麼回事。」

「當然。」

一陣沉默之後，主教露出他最像神職人員的微笑，然後起身，彷彿交談之中在辦公室裡漫步是再正常不過的事似的。他走到牆邊，伸手扶正馬克思肖像。這畫像掛得有點歪，對這間辦公室的意識型態權威產生了負面影響。

主教轉身，繼續說。

「我明白你在談到這一個不幸事件的時候，不說是『騷動』，而說是『鬧劇』。因為『鬧劇』聽起來有點孩子氣……」

伯爵想了想。

「你該不會是懷疑男高音的兒子吧?」

「不太可能。因為那幾隻鵝原本是關在博雅斯基餐廳食品儲藏室的籠子裡。」

「你是在暗示埃米爾和這件事有關?」

主教不理會伯爵的問題,又坐回辦公桌後面的位子。

「大都會飯店,」他毫無必要地對伯爵說,「接待來自全國各地最顯赫的政治家與最傑出的藝術家。只要走進我們的大門,他們就有權利期待享受無與倫比的舒適,超乎尋常的服務,以及不吵不鬧的寧靜早晨。理所當然,」他伸手拿筆,做出結論,「我一定會把這件事查個水落石出。」

「是啊,」伯爵從椅子裡起身,「如果是要查個水落石出,我相信你是最適合的人選。」

有點孩子氣,伯爵走出行政辦公室的時候,嘴裡嘟囔著。**不吵不鬧的寧靜早晨……**

主教當他是傻瓜嗎?難道他以為伯爵會看不出來他是衝著自己來的嗎?看不出來他是在暗示什麼嗎?這事怎麼可能和小蘇菲雅有關?

伯爵不只一眼就看穿主教心裡在想什麼,同時也大可以講幾句含沙射影的話回擊,並且還要講得抑揚頓挫像唸詩一樣。但是指控蘇菲雅和這事有關,實在太空穴來風,太荒謬可笑,太令人忿怒了,根本不值得回擊。

伯爵不否認蘇菲雅有調皮的一面,就像其他的十三歲孩子一樣。但她從不到處閒晃,從不打擾別人,從不無所事事。事實上,伯爵回到大廳的時候,就看見她坐在大廳,低頭讀一大本厚重的教科書。這是大都會飯店所有的員工都習以為常的畫面。她在這張椅子上一坐就是幾個鐘頭,熟背各國首都,練習動詞變化,解開X或Y的數學題目。她也秉持同樣認真的態度,向瑪莉娜學習縫紉,向埃米爾學習調製醬汁。哎,去問問認識蘇菲雅的每一個人,看她是什樣的人,他們肯定會告訴你,她好學、害羞、乖巧,簡單用兩個字來概括就是:端莊。

伯爵爬樓梯上樓，一面像法官那樣列舉相關事證：八年來，蘇菲雅從沒發過一次脾氣；她每天都乖乖刷牙，乖乖上學，從不吵鬧；不論是要她添衣服、做功課或吃豆子，她都乖乖照做，從不抱怨。就連玩他們發明的小遊戲，她也表現出超齡的鎮靜氣質。

他們的遊戲是這樣玩的：

他們兩人坐在飯店某處——譬如說，星期天上午在他們的書房裡看書。十二點鐘響，伯爵立即放下書，出門去赴每週一次的理髮約。走下塔樓的一層狹窄樓梯之後，他穿過客房走廊到客用樓梯，往下繼續走五層樓，到達地下室，經過花店和報攤，走進理髮店，然後就發現蘇菲雅靜靜坐在牆邊的長椅上看書。

當然，這一定會引來伯爵驚呼，嚇得鬆手摔掉手裡拿著的東西（今年到目前為止，已經摔過三本書和一杯葡萄酒了。）

就算我們撇開這個遊戲對年近六十的男人來說確實是個大挑戰不提，這年輕女孩的本事也還是令人歎為觀止。似乎只要一眨眼的功夫，她就可以瞬間從飯店的這一頭移動到另一頭。這些年來，飯店裡的每一條隱密走廊、祕密通道和連接門，她必定都已瞭若指掌，同時也培養出不可思議的時間感。但最令人佩服的是，伯爵發現她時，她永遠都是氣定神閒。不管剛剛跑了多遠或多快，她身上看不出來絲毫費力的模樣。沒有心臟狂跳，沒有氣喘噓噓，額頭也沒有點點汗光。她甚至不會咯咯笑，不會露出得意的表情。恰恰相反。她的表情永遠認真、害羞、乖巧，輕輕對伯爵點個頭，就繼續看書，翻過一頁，端莊沉靜。

指控這麼一個自重的孩子把鵝放出來到處亂跑，簡直是無稽之談。乾脆說巴別塔是她弄倒的，或人面獅身像的鼻子是她敲掉的算了。

沒錯，主廚聽說那位瑞士外交官質疑他點的烤鵝不新鮮時，蘇菲雅正在廚房裡吃晚飯。而且沒錯，她很愛她的埃米爾叔叔。儘管如此，一個十三歲的女孩，怎麼可能在清晨七點鐘，把三隻大鵝弄到一家國際飯店的四樓走廊，竟然沒有人察覺？伯爵打開房門時想，這個推論違反理性，牴觸自然法則，有違正常人的常識——

「我的天哪！」

片刻之前還在大廳的蘇菲雅，此時坐在大公書桌前，埋首認真讀她那本大部頭的書。

「噢，哈囉，爸爸。」她頭也沒抬地說。

……

「嗯，有人進屋的時候抬頭一下招呼，顯然已經不是必要的禮貌了。」

蘇菲雅在椅子裡轉身。

「對不起，爸爸，我看得正起勁呢。」

「這樣啊。這是什麼書？」

「講同類相食的一篇隨筆。」

「同類相食！」

「是蒙田寫的。」

「噢，是啊，好吧。我只能說，這肯定值得花時間看。」伯爵讓步。

但朝書房走去的時候，他突然想：蒙田……？他陡然轉身，瞥著櫃腳底下。

……

「那是《安娜．卡列妮娜》吧？」

蘇菲雅順著他的視線望去。

「是啊，我想是的。」

「可是她在那裡幹嘛？」

「因為她的厚度和蒙田最接近。」

「厚度最接近！」

「有什麼問題嗎？」

……

「我只能說，安娜．卡列妮娜絕對不會把你放在櫃腳下，只因為你的厚度和蒙田差不多。」

☆

「這個想法簡直匪夷所思，」伯爵說，「一個十三歲的女孩怎麼可能在沒有人發覺的情況下，拎著三隻大鵝爬上兩層樓？況且，我問你，像她這樣的個性，做得出這樣的事嗎？」

「當然不會啦。」埃米爾說。

「不，絕對不會。」安德烈附和說。

三個人義憤填膺，一起搖頭。

共事多年的好處之一，就是可以迅速解決例行問題，留下充裕的時間討論更值得關切的事情，例如風濕痛，大眾運輸設施不足，以及某個莫名其妙升職的人器量狹小的行為。經過二十年，這三巨頭對於坐在大疊文件後面那個小家子氣的人已經有點瞭解，同時，也領教過從日內瓦來的那位所謂「美食家」的本事，那人連鵝和松雞都分辨不出來！

「太讓人生氣了。」伯爵說。

「絕對是。」

「而且還在我們例會開始之前半個鐘頭叫你去，我們明明有好多重要的事情要討論。」

「真的是。」安德烈也認同，「這倒提醒了我，亞歷山大……」

「嗯？」

「在今晚營業之前，你能不能找人把送飯菜的升降梯打掃一下？」

「沒問題。那裡很髒嗎？」

「恐怕是。到處都是羽毛……」

安德烈一面說，一面用他那以修長聞名的手指搓搓上唇，而埃米爾則假裝啜一口茶。至於伯爵呢？他張開嘴巴，想講個完美的回答——足以顯示他的機智，而且可以雋永流傳的一句話。

但有人敲門，年輕的伊里亞帶著他的木杓走了進來。

在偉大的衛國戰爭期間，埃米爾的團隊失去了一個接一個有經驗的成員，就連愛吹口哨的史坦尼斯拉夫也沒能倖免。因為每一個身強力壯的男人都從軍去了，所以他不得已只好用青少年來補足廚房的人力。就這樣，一九四三年受僱的伊里亞，在一九四五年就因為年資最深而被拔擢為副主廚，雖然他當時年僅十九歲。埃米爾給了他一把木杓，而不是刀，這多少顯示了埃米爾對他的信任程度。

「幹嘛？」埃米爾不耐煩地抬頭問。

伊里亞遲疑著不敢回答。

埃米爾看看三巨頭的其他兩名成員，翻個白眼，彷彿在說：看見沒，我竟要忍受這些？然後又轉頭面對徒弟。

「你也看見了，我們還有事要忙。但你顯然覺得有很重要的事情，非打斷我們不可。那好，快說，趁我們還沒等到斷氣之前，趕快說。」

這年輕人張開嘴巴，但沒出聲解釋，只用木杓指著廚房。三巨頭成員順著他那把木杓的方向望去，透過辦公室的窗戶，看見靠近後梯的門邊，站著一個身穿破舊冬季大衣，看來窮途潦倒的人。一看見他，埃米爾的臉就漲得通紅。

「誰讓他進來的？」

「是我，先生。」

埃米爾猛然起身，差點撞倒了自己的椅子。接著，他搶走了伊里亞手裡的木杓，活像司令官扯掉麾下軍官肩膀上的軍階肩章似的。

「你現在是笨蛋委員會的委員啊，是不是？我一轉身，你就升官成了草包總書記啦？」

這年輕人退後一步。

「不，長官，我沒升官。」

埃米爾用木杓狠狠敲了桌子一記，木杓差點斷成兩半。

「你當然沒有啦！我告訴你多少次，別放乞丐進廚房來？你不明白嗎，要是你今天給他一片麵包皮，他明天就會帶五個朋友來，後天就來了五十個！」

「是的，先生，可是……可是……」

「可是可是，可是什麼？」

「他不是來要吃的。」

「呃？」

年輕人指著伯爵。

「他是要找亞歷山大・伊里奇。」

安德烈和埃米爾都詫異地看著他們這位同僚。伯爵也透過窗子，看著那個乞丐。他什麼話都沒說就起身，走出辦公室，擁抱這個他已經八年沒見過面的好夥伴。

雖然安德烈和埃米爾都沒見過這個陌生人，但一聽到他的名字，他們就都知道他是誰：他曾和伯爵一起住在鞋鋪樓上；他曾在十五呎長的房間裡來回踱步，累積了一千哩的步行距離；他深愛馬亞柯夫斯基和曼德斯坦，也和許多人一樣因五十八條的罪名而受審判刑。

「別客氣，」安德烈伸手一指，「你們可以用埃米爾的辦公室。」

「對，」埃米爾也附和，「不要客氣，儘管用我的辦公室。」

素來設想極為周到的安德烈，帶著米哈伊爾坐到背對廚房的椅子上，埃米爾則把麵包和鹽擺在桌上，這是俄羅斯人表達待客熱忱的古老傳統。一會兒之後，他又端著裝有馬鈴薯和切片小牛肉的盤子進來。然後主廚和經理告退，關上門，讓這兩個老朋友可以不受打擾的敘舊。

米哈伊爾看著桌子。

「麵包與鹽。」他露出微笑說。

伯爵看著對桌的米哈伊爾，心中兩股矛盾的情感相互激盪。一方面，出乎意料地見到年少的朋友有著格外的喜悅，無論何時何地，這都是值得慶賀的事情。但同時，伯爵也必須面對無可迴避的事實，那就是米哈伊爾大異以往的形貌。他瘦了三十磅，身穿破舊的大衣，瘸著一條腿，難怪埃米爾要把他誤認為乞丐。當然，這些年來，伯爵也在三巨頭的身上看見歲月開始留下的痕跡。他注意到，安德烈的左手偶爾會顫抖，而埃米爾的右耳也有點重聽。他也發現安德烈頭髮花白，而埃米爾頭髮日漸稀薄。但是留在米哈伊爾身上的，不僅僅是歲月的殘酷。他身上留著兩個不同的人、兩個不同時代的痕跡。

最驚人的，或許是米哈伊爾的微笑。年輕的時候，米哈伊爾嚴肅認真到不可思議的程度，講話也從不帶一絲嘲諷。但他剛才說「麵包與鹽」的時候，臉上卻露出諷刺的微笑。

「見到你真好，阿米。」伯爵沉默了一會兒之後說，「你寫信告訴我說你被釋放了，我開心得不得了。你什麼時候回莫斯科來的？」

「我沒。」他這位朋友臉上還是掛著他那個新的微笑。

服完八年的勞動刑期之後，米哈伊爾解釋說，他可以到六大都市以外的地方定居。為了到莫斯科來，他向人借護照。那人長得和他很像，而且很有同情心。

「這樣做好嗎？」伯爵有點擔心地問。

米哈伊爾聳聳肩。

「我從亞瓦斯搭火車，早上到莫斯科，今天晚上得再趕回亞瓦斯。」

「亞瓦斯……那在哪裡？」

「在有人種麥子和有人吃麵包之間的某個地方。」

「你在教書……？」伯爵試探問道。

「沒有，」米哈伊爾搖搖頭，「他們不喜歡我們教書。可是他們也不喜歡我們看書寫作。他們甚至不太喜歡我們吃東西。」

米哈伊爾開始述說他在亞瓦斯的生活。他老是用第一人稱複數的「我們」，讓伯爵以為他八成是搬去和某個從集中營出來的人一起住。但慢慢的，他聽出來米哈伊爾說的「我們」，其實並不包括特定的某個人。對米哈伊爾來說，「我們」代表了他**所有的**獄友，而且不只是他在阿爾漢格爾斯克認識的那些人。「我們」涵蓋了曾被流放到索洛韋茨基群島、東北勞改營或白海運河勞改的幾百萬人，無論他們是在二〇年代或三〇年代被送去勞改，或是如今仍在那裡*。

米哈伊爾沉默下來。

「到了夜裡就更有意思了，」他過了一晌之後說，「我們丟下鏟子，拖著沉重的腳步走回營房，吞下稀薄的粥，裹好毯子，渴望睡一覺。但是腦子裡總是會出乎意料地浮現一些想法，有些回憶襲來是不請自來的，纏著要人加以審視、權衡和估量。很多個夜晚，我發現自己想起你有一回在酒吧裡碰到那個德國人的事——就是說俄國人除了發明伏特加之外，對西方世界一無貢獻的那個人，還打賭說沒有人可以講出其他三個貢獻。」

「我也記得很清楚。我借用你的話，說托爾斯泰和契訶夫是兩位敘事大師，還提到柴可夫斯基，最後點了一盤魚子醬來請那個痞子。」

「沒錯。」

米哈伊爾搖搖頭，微笑看著伯爵。

「幾年前的一個晚上，我想到另一件事，阿亞。」

「第五項貢獻？」

「是啊，第五項貢獻：火燒莫斯科。」

伯爵嚇了一跳。

「你指的是一八一二年的大火？」

米哈伊爾點點頭。

「你想像得出來拿破崙臉上的表情嗎？他凌晨兩點起床，走出位在克里姆林宮裡的新寢宮，卻發現他幾個鐘頭之前才占領的城市，已經被自己的居民放火燒了。」米哈伊爾發出短促的笑聲，「火燒莫斯科，這是格外具有俄羅斯風格的作風，我的朋友。一點疑問都沒有。因為這不是個別的事件，而是一種**模式**。是數千樁歷史事件裡的一個例子。俄羅斯這個民族特別擅長摧毀自己創造的東西。」

或許是因為腿瘸了，所以米哈伊爾並沒有站起來踱步，但伯爵看得出來，他用他的眼睛在踱步。

「每個國家都有自己的名畫，阿亞，就是掛在神聖的廳堂裡，成為世世代代國族象徵的那些所謂的「傑作」。例如法國有德拉克洛瓦的《自由領導人民》，荷蘭有林布蘭的《夜巡》，美國有《華盛頓越過德拉瓦河》，而俄國呢？是兩幅像雙胞胎似的畫：尼可萊·傑（Nikolai Ge）的《彼得大帝審訊阿列克西王子》和伊里亞·列賓（Ilya Repin）的《恐怖伊凡與兒子》。好幾十年來，這兩幅畫為我們的人民崇拜，為我們的評論家推崇，為我們勤奮的美術學生臨摹。然而，這兩幅畫描繪的是什麼？在第一幅畫裡，我們最開明的沙皇以懷疑的目光看待自己的兒子，即將判處他死刑。第二幅畫是從不畏怯退縮的伊凡，揮舞權杖打中長子的頭部之後，摟著他的屍體。

「我們的教堂素以獨樹一幟的美聞名於世，有繽紛鮮豔的尖塔和精緻富麗到難以置信的穹頂。然而我們卻一座接一座的把它們夷為平地。我們推倒古老英雄的雕像，抹去他們留在街道上的名字，彷彿他們只是我們憑空想像出來的虛構人物。對於詩人，我們要麼保持沉默，要麼就耐心等待他們自己沉默下來。」

米哈伊爾拿起叉子，叉進完好無缺的小牛肉裡，舉了起來。

「你知道在一九三〇年代，他們宣布要施行農業集體化政策的時候，有一半的農人寧可宰殺自己的牲口，也不願把牠們送進集體農場嗎？一千四百萬頭牛，就這樣任由禿鷹和蒼蠅享用。」

他把牛肉輕輕擺回盤裡，彷彿表達某種敬意。

「我們怎麼可能理解，阿亞？驅策自己的人民去摧毀自己民族的藝術作品，毀滅自己的城市，殺害自己的子嗣，卻毫不愧疚，這是什麼樣的一個國家啊？外國人想必會驚駭至極吧。他們一定認為我們俄羅斯人對一切都殘忍冷漠，沒有任何東西是神聖不可侵犯的，包括我們胯下所生的親生骨肉。這個想法讓我非常痛苦，非常不安。儘管已經累得筋疲力盡，但這些念頭卻還是讓我徹夜難眠，直到天亮。

「然後有天晚上，他來到我夢裡，阿亞。馬亞柯夫斯基來到我的夢裡。他唸了幾句詩，好迷人好美的詩句，我從沒聽過那麼美的詩，描述白樺樹的枝幹在冬日陽光裡搖曳閃爍的情景。接著，他卻長嘆一聲，給左輪槍上膛，抵在自己胸口上。醒來之後，我頓時領悟，這種自我毀滅的傾向並不可惡，也並不是令人羞愧或憎惡的事。這反而是我們最強大的力量。我們把槍口對準自己，並不是我們比英國人、法國人或義大利人更加冷漠，或更加不文明。恰恰相反。我們準備好要摧毀自己所創造的一切，是因為我們比他們更相信畫作、詩文、祈禱和人的力量。」

米哈伊爾搖搖頭。

「請記住我的話，朋友，這絕對不是莫斯科最後一次被燒成灰燼。」

和以往一樣，米哈伊爾說到激動處，彷彿是對著自己說的。但一旦把自己的重點講完，他的目光就越過桌子，看著一臉痛苦的伯爵。他突然發出真心的笑聲，毫無痛苦，也不帶嘲諷的笑聲，伸手抓住老友的前臂。

「我知道我提到左輪槍，讓你覺得不安，阿亞。但是別擔心，我不會這麼做的。我還有事情要做。事實上，這也是我溜到莫斯科來的原因：我到圖書館找資料，因為我在做一個小小的研究計畫……」

伯爵如釋重負，再次在米哈伊爾眼睛裡看見昔日的光芒——在他一時衝動讓自己陷入今天的困境之前，他眼裡始終有著這樣的光芒。

「是和詩有關的研究？」伯爵問。

「詩？是啊，從某種意義上來說，我想是這樣沒錯……但也比詩更為根本，更為重要，是可以做為其他事物基礎的東西。我還沒有準備好要讓別人知道，可是等我準備好，會第一個告訴你。」

伯爵帶著米哈伊爾走出辦公室，到後梯的時候，廚房裡已經忙起來了。有人在流理臺上剁洋蔥，切甜菜根，拔雞毛。爐子上同時有六個鍋子在煨煮。埃米爾朝伯爵做個手勢，要他等一下。他在圍裙上抹抹手，走到門邊，手裡一包用褐紙包起來的食物。

「你帶在路上吃，米哈伊爾．費奧多拉維奇。」

埃米爾的這個舉動似乎讓米哈伊爾嚇了一跳，有那麼一會兒，伯爵以為他這位老朋友就要因為原則問題而拒絕。米哈伊爾看著廚房裡的豐盛食材和忙碌活動，過了片刻，又看看溫文有禮的安德烈和真情流露的埃米爾，最後轉頭看伯爵。

「多年之前，你被判終生拘禁在大都會飯店的時候，」他說，「誰能想得到，你竟然會成為全俄羅斯最幸運的人。」

☆

這天晚上七點三十分，伯爵進到黃廳，歐西普掐熄手裡的香菸，從椅子上跳了起來。

「嘿，你來了，亞歷山大！我本來以為我去舊金山幾天就能回來，結果竟然待了一年。可以麻煩關燈嗎？」

歐西普快步走回房間後面，伯爵心不在焉地在雙人桌前坐下，攤開餐巾鋪在腿上。

……

「亞歷山大……」

伯爵轉頭。

「怎麼了？」

「燈。」

「噢，對不起。」

伯爵站起來，關掉燈，站在牆邊沒回座。

……

「你要坐下嗎？」歐西普問。

「噢，要啊，當然要。」

伯爵回到餐桌旁，坐在歐西普的椅子上。

……

「你還好嗎，我的朋友？你好像有點不對勁……」

「沒，沒有，」伯爵微笑說，「我非常好。請繼續吧。」

歐西普等了一會兒，確定一切都沒事，才打開開關，回到座位上，看著包廂牆上開始出現大大的黑影。

歐西普稱之為「托克維爾事件」的那個風波過後兩個月，他帶著一部投影機和沒有刪剪的《賽馬場的一天》電影拷貝來到黃廳。從那天晚上之後，兩人就不再讀書架上那些厚重的大部頭著作，開始透過電影來研究美國。

歐西普．伊凡諾維奇早在一九三九年就已經掌握英語的精髓，連過去完成進行式的文法都難不倒他。但是，他說美國電影仍然值得他們仔細研究，因為這不只是窺見西方文化的窗口，也是前所未見的階級壓迫機制。因為美國人發明了極為簡單的方法，透過電影，每週花上五分錢，就能把整個勞工階級安撫得妥妥貼貼的。

「看看他們的經濟大蕭條，」他說，「從開始到結束，總共十年。整整十年，無產階級被丟在一旁自生自滅，在暗巷乞討，在教堂門口哀求。如果美國勞工想要揭竿而起，那幾年豈不是最好的機會？但他們加入無產階級兄弟的行列了嗎？他們掄起斧頭，砸爛豪宅的大門了嗎？根本就沒有。他們只是拖著腳步走到最近的電影院，因為最新上映的夢幻影片吸引著他們，就像拴在錬子上的懷錶一樣在他們面前晃盪。沒錯，亞歷山大，這個現象絕對值得我們費心盡力研究。」

所以他們就盡力研究了。

伯爵可以證明，歐西普竭盡最大的心力仔細研究這個課題，因為電影一開演之後，他幾乎坐不住。看西部片的時候，如果在酒吧裡發生鬥毆，他就握緊拳頭，躲開飛來的一拳，對著肚子來一記左勾拳，衝著下巴再來一拳。佛雷．亞斯坦和金潔．羅傑斯在銀幕上共舞時，他張開十根手指頭，在腰際輕拍，雙腳在地毯上來回移動。而貝拉．盧戈西從暗處冒出來的時候[41]，歐西普從座位上跳了起來，差點跌倒。等電影播放到最後的演職員表時，他會搖搖頭，露出對他們道德淪喪很失望的表情。

41　佛雷．亞斯坦（Fred Astaire，1899-1987）和金潔．羅傑斯（Ginger Rogers，1911-1995）是美國歌舞片經典組合。貝拉．盧戈西（Bela Lugosi，1882-1956）以扮演吸血鬼德古拉角色為人所知。

「丟臉。」他會說。

「太可恥了。」

「太陰險了！」

不管看的是什麼，歐西普都會像個經驗豐富的科學家，冷靜分析他們看完的電影。音樂片是「精心設計的甜美點心，用難以實現的幸福白日夢來撫慰貧民階級」。恐怖片是「障眼法，用漂亮女生的恐懼來取代勞工階級的恐懼」。笑鬧喜劇片是「荒謬可笑的麻醉劑」。而西部片呢？是最狡詐的宣傳手法，在這些虛構的故事裡，壞人永遠成群結隊，喧譁吵鬧，半路搶劫；而好人則是單槍匹馬，冒著生命危險去保護某人的私有財產。總結來說呢？「在階級鬥爭的歷史上，好萊塢是最可怕的一股力量。」

歐西普原本的看法確實是如此，但後來他發現了一種名之為「黑色電影」的美國電影類型。他迷上了這類電影，把《合約殺手》、《辣手摧花》、《雙重保險》之類的電影全找來看。

「這是什麼？」他會沒頭沒腦的問，「這些片子是誰拍的？又是誰出的錢？」

在一部接一部的片子裡，美國被刻劃成一個腐敗殘酷的國家，在那裡，只有乞丐才會相信正義，只有傻瓜才會表現善意；在那裡，所謂的忠誠薄如紙片，而私人利益則堅韌如鋼。換句話說，這些電影大膽無畏地揭露資本主義的真面目。

「怎麼會這樣呢，亞歷山大？他們怎麼會准許拍這種電影？他們知道這是在敲毀他們自己國家的地基嗎？」

而在所有的明星裡，最讓歐西普著迷的就是亨佛萊．鮑嘉。除了《北非諜影》（歐西普認為那是給女人看的電影）之外，鮑嘉的每一部電影，不管是《化石森林》、《江湖俠侶》或《馬爾他之鷹》（特別是《馬爾他之鷹》）他都至少看過兩遍。歐西普喜歡這位演員冷酷的外表，譏諷的言談，以及對一切的漠然。「你會發現，他在一出場的時候總是和大家隔得遠遠的，對什麼事情都漠不關心的樣子。可是一旦被激起怒氣，亞歷山大，他比任何人都義無反顧。他思緒清晰，動作迅速，從不後悔。這才是真正有毅力的男人。」

在黃廳裡，歐西普吃了兩口埃米爾的燉小牛肉佐魚子醬，喝了一大口喬治亞葡萄酒，一抬頭，正好看見金門大橋的畫面。

接下來幾分鐘，又有一位迷人但也頗為神祕的萬得利小姐來找山姆．史貝德協助。史貝德的合夥人再次在暗巷被槍殺，而幾個鐘頭之後，佛洛德．塞斯比也遭到同樣的命運。胖子喬爾．凱羅和布莉琪．歐雪尼西再次串謀，在史貝德的威士忌裡下毒，前往碼頭，他們的目標眼看著就要得逞了。但是史貝德在處理自己頭上的傷口時，一位黑衣黑帽的陌生人闖進他的辦公室，倒在沙發上死了[42]！

「你覺得俄羅斯人特別殘忍嗎，歐西普？」伯爵問。

「你在說什麼？」歐西普低聲說，彷彿旁邊還有其他觀眾，他不希望打擾他們。

「你覺得比起法國人，英國人，或這些美國人來說，我們更加殘忍嗎？」

「亞歷山大，」歐西普輕聲斥責（這時史貝德正忙著洗掉沾在他手上的陌生人的血），「你究竟在說什麼啊？」

「我是說，你覺得我們比其他民族更愛摧毀我們自己創造的東西嗎？」

原本一直盯著銀幕的歐西普，這時轉頭看伯爵，一臉難以置信。他猛然起身，走到投影機前，按下暫停鍵，畫面停留在史貝德把一捆草草包起的東西放在辦公桌上，從口袋掏出小刀。

「你不可能沒看到這是怎麼回事吧？」他指著銀幕逼問，「賈可伯船長從東方一路航行到舊金山的途中，一共被打了五槍。他從起火的船上跳下來，蹣跚穿過城市，卯盡最後一口氣，給史貝德送來

42 此為《馬爾他之鷹》的劇情。

這個用紙和繩子草草綑起來的神祕東西。你卻還在這個時候和我談形上學！」

伯爵轉頭，伸起手來擋住投影機射來的強光。

「可是，歐西普，」他說，「他打開包裹的那一幕，我們最起碼看過三次了。」

「那又怎樣？《安娜．卡列妮娜》你至少讀過十遍，但我敢說，讀到她臥軌自殺那段，你還是會哭。」

「這是兩回事。」

「是嗎？」

兩人沉默。接著，歐西普忿忿然關掉投影機，打開燈，回到餐桌旁。

「好吧，朋友，我看得出來你心裡有事在煩。看看我們能不能搞清楚是怎麼回事，然後我們才能再繼續我們的研究。」

於是，伯爵轉述他和米哈伊爾的對話給歐西普聽。也就是，莫斯科大火，雕像被毀，詩人沉默，以及一千四百萬頭牛被宰殺的事。

原本很惱火的歐西普已經冷靜下來，認真聽伯爵說，對米哈伊爾的觀點，偶爾還點頭贊成。

「好吧，」伯爵說完之後，他說，「讓你覺得不安的究竟是什麼，亞歷山大？你朋友的論點嚇到你了嗎？這傷害了你的情感？我知道你擔心他的精神狀態，但是，也有可能他的意見是對的，但感受卻是錯的。」

「什麼意思？」

「就像《馬爾他之鷹》。」

「歐西普，你在說什麼啊？」

「我是認真的。那隻黑鳥不就是西方文化傳承的象徵嗎？十字軍騎士用黃金珠寶打造，呈獻給國王的雕像，也是教會和王權的象徵。歐洲的藝術與思想難道不是以這些貪婪的機制為基礎建立起來的嗎？誰敢說他們對這個文化傳承的熱愛，不是和胖子對那隻鷹的渴望一樣呢？也許這正是他們的民族追求進步時所必須掃除的障礙。」

他的語氣變得輕柔。

「布爾什維克黨人不是西哥德人，亞歷山大。我們不是那批襲擊羅馬帝國，因為無知和嫉妒而摧毀所有美好文明的野蠻人。正好相反。一九一六年，俄羅斯是個野蠻的國家，是歐洲文盲最多的國家，絕大部分的人口都生活在改良的農奴制度之下：用木犁耕田，在燭光下打老婆，灌伏特加灌到醉，倒在長凳上就睡，然後一早醒來，又對他們崇拜的偶像畢恭畢敬。他們的生活就和他們五百年前的祖先一模一樣。是不是對雕像、教堂和古老制度的熱愛，羈絆了我們前進的腳步？難道沒有這個可能性嗎？」

歐西普暫停一下，又把自己的酒杯斟滿。

「但是如今的我們呢？我們已經進步了多少？我們完美結合了美國的節奏和蘇維埃的目標，我們全國的文盲即將全部消失。俄羅斯長期受苦的女人，長期受壓迫的農奴，都已經取得平等的地位。我們建造了全新的城市，我們的工業產值贏過大部分的歐洲國家。」

「但是我們付出的代價呢？」

歐西普拍了一下桌子。

「我們付出了最大的代價！但是你以為美國的成就，那些讓全世界豔羨的成就，是沒有代價的嗎？問問我們的非洲弟兄就知道！你以為他們的工程師在建造雄偉的摩天大樓或高速公路時，會因為有個可愛的小社區擋道，而猶豫過一分一秒，不立即加以摧毀嗎？我敢向你保證，亞歷山大，他們絕對不會猶豫，他們會親手埋下炸藥，按下引線。就如同我之前對你說的，在這個世紀，我們和美國將是唯二領導世界的國家，因為只有我們兩個國家學會把過去的一切丟到旁邊，而不是在歷史面前俯首稱臣。但是，美國人這麼做，是為了替他們所熱愛的個人主義服務；而我們，則是為了造福眾人。」

☆

伯爵十點鐘和歐西普道別，沒爬上樓梯回六樓，反而轉向夏里亞賓，希望酒吧今晚沒客人。但一踏進酒吧，就看見滿室喧鬧，有記者，有外交官，還有兩個身穿黑色短洋裝的年輕女服務生。而在騷亂的人群正中央，是那位美國將軍的副官，他已經連續第三晚出現在這裡了。他拱著背，伸長雙臂，兩腳在地板上前前後後移動，彷彿是個站在地毯上講故事的角力選手。

「……老波特豪斯避開神父大人，緩緩走向第一隻鵝，靜靜等著他這隻獵物轉頭和他四目交接。訣竅就在這裡，你們知道吧：就是四目交接。就在這一刻，波特豪斯讓對手以為他和自己勢均力敵，雖然只有一秒鐘的時間。波特豪斯往左兩步，迅雷不及掩耳地又突然往右三步。這隻鵝猛然失去平衡，迎上這老傢伙的目光——就在這時，波特豪斯往前一跳。」

這副官自己也跳了起來。

兩名女服務生放聲尖叫。

接著她們又咯咯笑起來。

副官直起身，手裡抓了個鳳梨。他一手掐住鳳梨脖子，一手抓著鳳梨頭，讓大家都看見他手上的這個水果，彷彿將軍手裡抓著第二隻鵝似的。

「就在這千鈞一髮的時刻，將軍的腰帶鬆了，睡袍敞開來，露出一條美國陸軍內褲。一看到這個場面，維洛雪基夫人就昏倒了。」

觀眾喝彩，副官鞠躬答禮。他把鳳梨輕輕擺回吧檯上，端起自己的酒。

「維洛雪基夫人的反應很可以理解，」有個記者說，「可是**你**看見那老傢伙的內褲時，有什麼反應？」

「我有什麼反應？」副官嚷著，「哎，我當然是敬禮啊。」

其他人哈哈大笑，他一口喝乾杯裡的酒。

「嘿，各位，我建議我們一起出去玩。根據我的親身體驗，全國飯店酒吧的森巴音樂是北半球最難聽的。那個鼓手瞎了一隻眼，連鈸都打不中。還有那個樂隊指揮，一點拉丁音樂的節奏感都沒有。他只有從紅木樓梯摔下來那次，才展現一絲絲南美風味。不過他倒是個好人，頭上那頂假髮活像是從天上掉下來的。」

就這樣，一大群人跌跌撞撞往外走進夜色裡。酒吧頓時安靜下來，伯爵走向吧檯。

「你好，奧德里斯。」

「您好，羅斯托夫伯爵。您要來點什麼？」

「來一杯阿瑪涅克白蘭地吧。」

頃刻之後，伯爵正輕輕搖晃杯裡的白蘭地時，回想起方才那位副官描述的場景，不禁露出微笑。這也讓他想起一般美國人的個性。極具說服力的歐西普曾經提到過這一點，說在經濟大蕭條期間，好萊塢利用精心設計的詭計，壓制了難以避免的革命力量。但是伯爵很懷疑，歐西普的分析是否恰恰顛倒了。確實，閃閃動人的音樂劇和鬧劇在一九三〇年代風靡美國，但爵士和摩天大樓也是啊。難道這也都是用來讓騷動不安的國民沉睡的麻醉劑？又或者，這些事物象徵著這個國家無法壓抑的精神，就連經濟大蕭條也無法扼殺的精神？

伯爵又輕輕晃動酒杯時，有個顧客坐在他左邊隔三個空位的地方。讓伯爵意外的是，這人竟是副官。

向來待客周到的奧德里斯把手擱在吧檯上。「歡迎回來，上尉。」

「謝謝你，奧德里斯。」

「您需要什麼呢？」

「和以前一樣吧。」

奧德里斯轉身準備飲料的時候，上尉雙手敲著吧檯，看起來頗為無聊。他發現伯爵在看他，就點點頭，露出友善的微笑。

「你不是要去全國飯店嗎？」伯爵不由自主地問。

「我那些朋友走得太急了，沒等我，害我沒跟上。」這美國人回答說。

伯爵露出同情的微笑。「真可惜。」

「不，別為我覺得可惜。沒跟上挺好的。因為這樣可以讓我用新的角度，觀察我原本以為自己就要離開的地方。況且，我明天一大早就回國了，所以留在這裡也許更好。」

他對伯爵伸出手。

「我是理查．范德淮。」

「我是亞歷山大．羅斯托夫。」

上尉又友善地點點頭，目光突然轉向其他地方，然後又轉回來。

「我昨天晚上在博雅斯基吃飯的時候，你是我的侍者吧？」

「沒錯，就是我。」

上尉如釋重負地呼一口氣。

「謝天謝地，否則我就要禁止自己再喝酒了。」

彷彿接到暗示似的，奧德里斯馬上把他的酒擺在吧檯上。上尉喝了一小口，又嘆口氣，但這次是滿足的嘆氣。他盯著伯爵看了一晌。

「你是俄羅斯人？」

「徹頭徹尾。」

「噢，那我首先要說，你們這個國家讓我很著迷。我喜歡你們有趣的字母，還有塞肉的小糕點。

可是你們對於雞尾酒的認識實在是……」

「是怎麼樣？」

上尉偷偷指著吧檯另一頭，有個看起來像黨員的濃眉男子在和一名年輕女子聊天，兩人手裡各端了一杯酒，顏色是鮮豔的洋紅，怵目驚心。

「我聽奧德里斯說，那酒是用十種不同的成分調製而成的。除了伏特加、蘭姆酒、白蘭地、石榴糖漿之外，還加了玫瑰萃取液，少許苦啤酒，和一點融化的棒棒糖。可是雞尾酒並不是隨便把什麼東西都混在一起。不應該是大雜燴，或像復活節遊行那樣，什麼都有。最好的雞尾酒應該要爽口，優雅，精粹，而且成分應該不超過兩種。」

「只能有兩種？」

「沒錯，但這兩種成分應該要互補，就像兩個彼此開得起玩笑、能容許對方犯錯，而且從不在交談時互相大呼小叫的人。比方琴酒和通寧水，」他指著自己的酒說，「或者波旁和水……威士忌和蘇打水……」他搖搖頭，舉起杯子，喝掉他的酒。「請原諒我，說得這麼多。」

「沒關係。」

上尉感激的點點頭，但一會兒之後又問：「我可以再問一件事嗎?我指的是私人的事。」

「可以啊。」伯爵說。

上尉把杯子滑過吧檯，坐到伯爵身邊的凳子上。

「你好像有心事。我的意思是，你半個鐘頭之前就開始晃動這杯白蘭地，要是不小心一點，你這動作會在地板鑽出個洞來，然後我們就會全掉進地下室啦。」

伯爵笑了笑，放下杯子。

「你說的沒錯。我確實是有心事。」

「很好，」理查指著空蕩蕩的酒吧說，「那你來對地方了。從很久很久以前，體面的人就會聚在像這樣的酒吧裡，對著陌生人講？」

「或者對著陌生人講？」

上尉豎起一根手指。

「誰能比陌生人更有同情心呢。我們就省略開場白吧。是女人的事嗎？錢？寫作瓶頸？」

伯爵又笑起來，然後像很久很久以來的體面男人一樣，對著心懷同情的人傾訴他的心事。他談起米哈伊爾和他的觀點，說俄國人通常喜歡摧毀自己一手創造的東西。然後他又談起歐西普和他的看法，說米哈伊爾的說法雖然沒錯，但摧毀紀念建築和藝術傑作，是民族進步所必經的過程。

「噢，原來如此啊。」上尉說，彷彿這正是他剛才揣測的第四個原因似的。

「是啊。但是你會有什麼結論呢？」伯爵問。

「什麼結論？」

理查喝了一口酒。

「我覺得你這兩位朋友都很厲害啊。我的意思是，能抽絲剝繭理出頭緒，沒有一點頭腦是做不到的。可是我還是覺得他們欠缺了一點……」

他的手指敲著吧檯，彷彿想要理清思緒。

「我知道在俄羅斯的歷史上曾經有一段拆解舊事物的時期，漂亮的老建築被夷為平地，會讓人對消逝的景物感到傷心，但也會興奮期待即將出現的新景觀。只是什麼都說完也做完之後，我不由得想，偉大的事物依然長存。

「就拿蘇格拉底這個人來說吧。兩千年前，他在市場遊走，不管碰到誰，都要把他的哲學思想說給人家聽，他甚至沒花時間把這些想法寫下來。最後陷入困境，選擇自我了結，就像給自己的人生車票打了洞，拔了插頭，收了雨傘。別了。再見。永遠結束。

「時代不斷向前，一向如此。先是羅馬人掌政，接著是野蠻人奪權，再來就是整個中世紀，幾百年的瘟疫、毒害、焚書。然而，經過這漫長的一切之後，那人在市場裡說的話卻依舊流傳下來，與我們同在。

「我想我要說的是，我們人類是不擅長寫訃告的。我們不知道某人的成就在三代之後會有什麼評價，我們頂多只能猜想，這人的曾孫在三月的某個星期二早餐會吃什麼。因為不管命運之神想給我們的子嗣什麼東西，都會背著我們，不讓我們知道的。」

兩人沉默一晌。然後上尉一口喝乾他杯裡的酒，指指伯爵的白蘭地。

「那麼，告訴我，這東西夠勁嗎？」

☆

一個鐘頭之後，伯爵離開夏里亞賓（他和范德淮上尉各喝了兩杯奧德里斯調的鮮紅色的酒），看見蘇菲雅還在大廳看書，覺得非常意外。他看見她抬起眼，就對她微微揮手，她也微微揮手，然後低頭繼續看書，非常端莊……

伯爵煞費心思地假裝緩緩踱步，穿過大廳，像是個悠哉的人，慢慢走上樓梯，往上爬。但是一拐過樓梯轉角，他就拔腿狂奔。

他一路往上衝，幾乎克制不了心中的狂喜。蘇菲雅這個遊戲的祕訣就在於，什麼時候開始，由她決定。當然，她會等待他分心或沒有戒備的時候，所以等他意識到遊戲開始的時候，勝負其實已經決定了。但是今晚情況有所不同，因為蘇菲雅那看似隨意的揮手，讓伯爵知道遊戲就要開始了。

這次我逮到她了，伯爵跑過二樓的時候想，不由得笑出來。但是轉過三樓平臺的時候，他卻不得不承認，蘇菲雅還有第二個優勢，也就是她的年紀。毋庸置疑，他的腳步已經明顯變慢了。如果考慮到他氣喘噓噓的情況，等跑到六樓的時候，他可能已經要用爬的了——如果他這條命還在的話。為了安全起見，他從五樓開始放慢速度，用走的上樓。

打開通往塔樓的梯門時，他停下來豎起耳朵聽。透過樓梯間往下看，他什麼也沒看見。難道她已經超前了？不可能。她不可能那麼快。然而，說不定她又靠什麼巫術幫忙，瞬間移動到樓上了。所以伯爵踮著腳尖爬上最後一段樓梯，打開房門時，也刻意裝得一臉漠然，但卻發現，房間裡根本沒有人。

他搓著雙手，尋思：**我現在該怎麼做呢？**他想過要爬上床，假裝睡著，但又很希望能看見她臉上的表情。於是他坐在書桌的椅子裡，翹起椅子前腳，抓起靠他最近的一本書，那本恰好是《蒙田隨筆》。他隨手翻開這本厚重的書，開始讀〈論孩童教育〉。

「就這樣啦。」他露出狡猾的微笑說，擺出博學多聞的樣子，開始假裝看書。

但是過了五分鐘，她還是沒現身。

「唉，好吧，我大概是會錯意了。」他有點失望地說。但這時門被推開，只是進來的不是蘇菲雅。

是一名客房服務部的女服務生，滿臉倉惶。

「伊蘭娜。怎麼啦？」

「是蘇菲雅！她摔下去了！」

伯爵從椅子上跳起來。

「摔下去？在哪裡？」

「在員工樓梯。」

伯爵馬上從伊蘭娜身邊衝出去，跑下塔樓。衝下兩層空無一人的樓梯之後，他內心角落裡有個聲音說，伊蘭娜必定是搞錯了。但是就在轉過三樓平臺時，他看見蘇菲雅。她癱在樓梯上，閉著眼睛，頭髮沾著血。

「噢，天哪。」

伯爵跪在她身邊。

「蘇菲雅……」

她沒反應。

伯爵輕輕抬起她的頭，看見她額頭的傷口。她的頭骨看來還完好，但在流血，而且昏迷不醒。

伊蘭娜站在他背後哭。

「我去找醫生來。」她說。

但這時已經十一點多了，誰知道醫生要多久才能來？

伯爵的雙臂分別伸到蘇菲雅的脖子和膝蓋底下，把她從樓梯上抱起來，走下樓去。到了一樓，他用肩膀頂開門，穿過大廳。他察覺到有對中年夫妻在等電梯，知道瓦西里在櫃檯，也聽見酒吧裡的聲音，但都是隱隱約約的，感覺非常遙遠。突然之間，他發現自己站在大都會飯店門口的臺階上，溫暖的夏夜空氣撲面而來。這是二十多年來的第一次。

值夜班的門僮羅狄安看著伯爵，一臉驚駭。

「計程車，」伯爵說，「我需要計程車。」

越過門僮的肩頭，伯爵看見有四輛計程車停在離飯店入口約十五呎的地方，在等待夏里亞賓最後一批離場的客人。排在最前面的兩個計程車司機在抽菸聊天。羅狄安還來不及吹口哨，伯爵就朝他們跑去了。

司機看見伯爵跑來，一個露出心照不宣的詭笑，一個浮現譴責的表情，想必都認為這位先生手裡抱著一個喝醉酒的女孩。但一看見女孩臉上的血，他們就立刻站直起來。

「我女兒。」伯爵說。

「過來。」一名司機把香菸丟在地上，跑過去打開後車門。

「到聖安瑟姆醫院。」

「聖安瑟姆……？」

「儘快。」

司機踩下油門，開上劇院廣場，朝向北方飛馳。伯爵一手用摺起的手帕壓緊蘇菲雅的傷口，另一手輕撫著她的頭髮，輕聲說著安慰的話，聲音低到根本聽不見。城市的街道在窗外飛掠而過，他根本無心觀看。

「到了。」司機說。他下車，打開後門。

伯爵小心翼翼抱著蘇菲雅下車，突然停下腳步。「我沒錢。」他說。

「什麼錢！看在老天爺的份上，快去吧。」

伯爵跨過路沿，衝向醫院，但還沒踏進大門，他就知道自己犯了大錯。在進門大廳，有身穿袍子的男人睡在長椅上，和睡在車站裡的難民一樣。走廊的燈忽明忽滅閃爍，彷彿發電機故障似的，而空氣裡瀰漫著阿摩尼亞和香菸煙霧的味道。伯爵年輕時，聖安瑟姆醫院是莫斯科最好的醫院。但那已經是三十年前的事了。如今，布爾什維克應該已經蓋了很多新醫院——更現代、更明亮、更乾淨的醫院。這家老醫院已經成為落伍的診所，專門收治退伍軍人、流浪漢和其他無人聞問的人。

伯爵繞過一個睡在他腳邊的人，走向櫃檯。有個年輕的護士在看書。

「這是我女兒，」他說，「她受傷了。」

護士放下雜誌，抬起頭，走到一扇門後。經過漫長到像永遠不會結束的時間之後，她帶著一名身穿內科醫師白袍的年輕男子回來。伯爵把懷裡的蘇菲雅往前推，揭開浸滿鮮血的手帕，讓他看見她的傷口。內科醫師摸著嘴唇。

「這女孩應該看外科醫生。」他說。

「這裡有外科醫生嗎？」

「什麼？沒有。當然沒有。」他看看牆上的時鐘，「大概要到六點鐘吧。」

「六點？她需要立即治療。你一定要想想辦法。」

內科醫生又摸摸嘴唇，轉頭看護士。

「去找克拉茲納柯夫醫師來。要他到第四開刀房報到。」

護士走開之後，醫生推了一張輪床過來。

「讓她躺下，跟我來。」

醫生推著蘇菲雅穿過走廊，進了電梯。伯爵緊緊跟在旁邊。到了三樓，他們穿過一道雙開門，進到長長的走道，那裡還有兩張推床，上面都睡著病人。

「那邊。」

伯爵推開門，醫生把蘇菲雅推進四號開刀房。這房間很冷，從地板到天花板都貼滿磁磚，但角落裡的磁磚已經開始剝落，露出底下的灰泥。這裡有手術臺、長臂燈，和一張直立的托盤架。幾分鐘之後，門又打開，一名滿腮鬍碴的醫生和那名年輕護士一起進來。他看起來一副剛被叫醒的樣子。

「怎麼了？」他的聲音很疲憊。

「有個女孩頭部受傷，克拉茲納柯夫醫師。」

「好，好。」他說，然後對著伯爵搖搖手，說：「開刀房裡不准有外人。」

那名內科醫生拉著伯爵的手肘。

「等等，」伯爵說，「這人行嗎？」

克拉茲納柯夫看著伯爵，臉漲得通紅。「他說什麼？」

伯爵繼續對那位年輕內科醫生說：

「你說她得看外科。這人是外科醫生嗎？」

「把他趕出去，聽見沒！」克拉茲納柯夫醫生大聲嚷著。

但開刀房的門又開了，一名年近五十的高個頭男子走了進來，身邊是個打扮中規中矩的助手。

「這裡是誰負責？」他問。

「是我負責。」克拉茲納柯夫說，「你是誰？這又是怎麼回事？」

剛進來的這人推開克拉茲納柯夫，走近手術臺，俯身靠近蘇菲雅。他輕輕撥開她的頭髮，檢查她的傷口，用拇指撐開她的眼皮，然後按住她的手腕，一面看著自己的手錶，量她的脈搏。之後，他才轉頭看克拉茲納柯夫。

「我是拉佐夫斯基，市立第一醫院的外科主任。這位病患由我來診治。」

「這是怎麼回事？都給我聽著！」

拉佐夫斯基轉頭看伯爵。

「你是羅斯托夫？」

「是的。」伯爵回答說，非常震驚。

「告訴我，這意外是什麼時候、怎麼發生的。越精確越好。」

「她跑上樓梯的時候摔下來。我想她的頭是撞到樓梯平臺邊緣了。是在大都會飯店。事情發生不到三十分鐘。」

「她喝了酒嗎？」

「什麼？沒有。她還是個孩子。」

「幾歲？」

「十三歲。」

「她叫什麼名字？」

「蘇菲雅。」

「好。非常好。」

克拉茲納柯夫還在迭聲抗議，但拉佐夫斯基不理他，轉頭交待他那位打扮中規中矩的助手，要她替手術團隊找手術服，以及適合的刷手地點。還要她找到必要的開刀器械，消毒清潔。

門打開，一名年輕人走進來，滿臉笑容，彷彿剛參加完舞會回來。

「您好，拉佐夫斯基同志，」他微笑說，「您這個地方可真迷人啊。」

「好了，安托諾維奇，別再說風涼話了。傷患左側頂骨前壁裂傷，很可能會造成硬腦膜下血腫。快點準備好。看能不能把燈光弄亮一點。」

「遵命，長官。」

「但是，先把他們弄走。」

安托諾維奇帶著滿不在乎的笑容，把兩名住院醫生趕出開刀房，拉佐夫斯基則指著剛才在樓下看櫃檯的那名年輕護士。

「你別走。你準備好，等一下幫忙。」

然後他轉頭對伯爵說：

「你女兒摔得很厲害，羅斯托夫，不過她又不是從飛機上倒栽蔥掉下來。我們的頭顱本來就可以承受一定強度的撞擊。像這樣的情況，最大的危險不是她的傷勢，而是血腫。我們什麼樣的病例都處理過，馬上就會替你女兒治療。你必須到外面去坐。有什麼消息，我都會儘快去向你說明的。」

伯爵被帶到開刀房外面的一張長椅。他過了好一會兒才發現，僅僅幾分鐘的時間，走廊已經被清空了。那兩張有病人睡在上面的輪床，連人帶床都不見了。走廊盡頭的門又打開來，走進來的是已經刷手換上手術服的安托諾維奇，邊走邊吹口哨。門正要關上之前，伯爵看見外面有個穿黑西裝的人幫他拉住門。安托諾維奇回到第四開刀房之後，空蕩蕩的走廊就只剩伯爵一個人了。

他該怎麼打發等待的時間呢？誰有辦法打發這種時間啊。

他開始禱告，這是他長大之後第一次禱告。他想像最壞的情況，但馬上又安慰自己說一切都不會有事，反覆想著外科醫生說的那句話：

「我們的頭顱本來就可以承受一定強度的撞擊。」他對自己說了一遍又一遍。

然而他還是不由自主地想著完全相反的實例。譬如，他想起佩特羅夫斯柯伊村子裡有個人很好的樵夫，正值壯年的時候，被樹上掉下來的大枝幹砸到頭，恢復意識之後，他和往常一樣身強力壯，但鬱鬱不樂，偶爾還會認不得自己的朋友，會完全沒來由的對著自己的姐妹發脾氣，彷彿上床睡覺時是一個人，醒來之後換了另一個人。

伯爵開始責怪自己：他怎麼能讓蘇菲雅玩這麼危險的遊戲呢？就在命運之神準備伸手干預他女兒的人生時，他竟然還耗了一個鐘頭在酒吧大談特談歷史、繪畫和雕像！

儘管養育子女有諸多擔憂，要擔心他們的功課，擔心他們的衣著，他們的應對進退。但說到底，父母親的責任其實很簡單：讓孩子平平安安長大成人，讓她可以有機會體驗有意義的人生，如果蒙上帝庇佑，甚至可以得到幸福。

不知過了多久的時間。

開刀房的門打開，拉佐夫斯基醫師走出來。他把口罩拉到下巴，手上沒戴手套，但手術服上有血跡。

伯爵跳起來。

「請坐，羅斯托夫，」這位外科醫生說，「請坐下。」

伯爵又坐回長椅上。

拉佐夫斯基沒坐下，雙手叉腰，低頭看著伯爵，臉上的表情充滿自信。

「就像我之前提過的，在這樣的情況下，最大的危險是血腫。我們已經移除這個風險了。但是，她還有腦震盪，基本上來說，也就是腦部的瘀傷。她會覺得頭痛，需要休息一段時間。但是只要一個星期，她就會活蹦亂跳了。」

外科醫生轉身就要走。

伯爵伸出一手。

「拉佐夫斯基醫師……」他說，彷彿是想問問題，但突然又想不出該怎麼問。

但這位外科醫生早就對這樣的情況司空見慣，非常理解他想問什麼。

「她會和沒受傷之前一樣，羅斯托夫。」

伯爵開口道謝，但那名穿黑西裝的男子再次打開走廊盡頭的門，只是這回出現的是歐西普・葛雷尼柯夫。

「失陪了。」外科醫生對伯爵說。

歐西普和拉佐夫斯基在走廊中央碰頭，壓低嗓音講了幾句話，讓伯爵看得目瞪口呆。外科醫生再次回開刀房之後，歐西普過來和伯爵一起坐在長椅上。

「好啦，我的朋友，」他手搭在膝蓋上說，「你的小蘇菲雅可把我們給嚇壞了。」

「歐西普……你怎麼會來這裡？」

「我想確定你們兩個都沒事。」

「你怎麼會知道我們在這裡？」

歐西普微笑。

「我不是告訴過你了嗎，亞歷山大，我的工作就是掌握特定人士的動態。但是這在眼前不重要。重要的是蘇菲雅不會有事。拉佐夫斯基是莫斯科最好的外科醫生。明天早上，他就會把蘇菲雅轉到市立第一醫院，她會舒舒服服待到康復。但是你恐怕不能再留在這裡了。」

伯爵開始抗議，但歐西普伸起一手，要他別再說了。

「聽我說，阿亞。我知道今晚發生的事，其他人也很快就會知道。要是他們發現你人坐在這裡，對你自己，或對蘇菲雅來說，恐怕都很不好。所以你現在要這麼辦：這條走廊盡頭有個樓梯，你從那裡走到一樓，穿過一道黑色的鐵門，就會到醫院後面的巷子。有兩個人會在巷子裡等你，他們會帶你回飯店。」

「我不能離開蘇菲雅。」伯爵說。

「恐怕你不得不。但你的擔心完全可以理解，所以我也安排了一個人，代替你照顧蘇菲雅，直到她康復出院。」

他正這麼說的時候，門又打開，走進來的是個滿臉迷惑驚恐的中年婦女。那是瑪莉娜。在裁縫師背後，跟了個穿制服的護理長。

「啊，」歐西普說，「她來了。」

因為歐西普站起來，所以瑪莉娜先看到他。她以前沒見過歐西普，所以一臉擔憂。可是等她看見伯爵坐在長椅上，就快步跑了過來。

「亞歷山大！怎麼回事？你在這裡幹嘛？他們什麼也不肯告訴我。」

「是蘇菲雅，瑪莉娜。她在飯店的員工樓梯摔了一跤，很嚴重，不過有外科醫生在幫她治療。她不會有事。」

「感謝上帝。」

伯爵轉身面對歐西普，彷彿要介紹他。但歐西普搶先開口。

「薩馬洛娃同志，」他微笑說，「我們沒見過，但我也是亞歷山大的朋友。他恐怕得回大都會飯店了。但是，如果你能留下來陪蘇菲雅到她出院，亞歷山大應該會比較放心。是吧，我的朋友？」

歐西普一手搭在伯爵肩上，但眼睛始終牢牢盯著瑪莉娜。

「我知道這樣的請求有點過分，瑪莉娜，」伯爵說，「可是……」

「別再說了，亞歷山大。我當然會留下來。」

「太好了。」歐西普說。

他轉頭看那名穿制服的女人。

「你來招呼薩馬洛娃同志，她需要什麼，都務必提供。」

「好的，先生。」

歐西普又對瑪莉娜露出安慰的笑容，然後拉著伯爵的手肘。

「這邊走，我的朋友。」

歐西普帶伯爵穿過走廊，到靠後方的樓梯。他們一起默默走下一層樓，然後歐西普停在平臺上。

「我們要在這裡道別了。記住：走下樓梯，從黑色鐵門出去。當然，你最好別向任何人提起我們曾經到過這裡的事。」

「歐西普，我不知道該怎麼報答你。」

「亞歷山大，」他微笑說，「這十五年來，一直都是你在幫我的忙。很高興我總算幫得上你一次。」說完，他就走了。

伯爵走下樓梯到一樓，穿過黑色的鐵門。天快亮了，儘管身在後巷，伯爵仍然感覺得到晚春的溫暖氣息。巷子另一端有輛白色的廂型車，車身漆著「紅星烘焙集團」幾個大字。一個鬍碴亂七八糟的年輕人靠在駕駛座門邊抽菸。他一看見伯爵，就丟下菸，關上車門，沒問伯爵是誰，逕自繞到車後，打開後門。

「謝謝你。」伯爵上車時說，但年輕人沒回答。

車門關上之後，伯爵才發現自己得縮起身體窩在廂型車後座，而且還聞到某種特殊的味道：新鮮出爐的麵包香味。剛才他看見車身漆著「烘焙集團」字樣，以為只是個障眼法，沒想到這輛廂型車的一側有一整排架子，整整齊齊堆放超過兩百條的麵包。伯爵不敢置信，伸出手，輕輕摸了一個麵包，發現還熱熱軟軟的，出爐應該還不到一個鐘頭。

前座的車門用力關上，引擎啟動。伯爵立刻面對麵包架，在長條鐵椅上坐好。車子上路了。

伯爵靜靜聽著車子換檔的聲音。車子左轉右拐，車速忽快忽慢，開到寬闊的馬路之後，廂型車開始高速前行。

伯爵拱背窩在廂型車裡，從門上小小的方窗望見外面。看著建築、遮陽篷、商店招牌飛掠而過，他有好一會不知自己身在何處。但他突然看見老英國俱樂部，知道車子已經轉上特維爾大街。這條古老的大道從克里姆林宮往聖彼得堡的方向延伸，他以前在這裡來回走過好幾千遍。

一九三〇年代，特維爾大街拓寬，好容納一一列隊排到紅場的政府大樓。當時，有些較精美的建築被吊起來往後移，其他的房舍則被夷為平地，由高樓取而代之。根據新的法令，大街兩側的建築不得低於十層樓。所以在車子行進的過程裡，伯爵必須費很多功夫才能找到熟悉的地標。但是他不再尋找熟悉的建築了，而是看著建築立面和街燈模糊的身影快速從他眼中消逝，彷彿有人把這一切往後拉得遠遠的。

☆

回到大都會飯店的閣樓，伯爵發現他的房門還敞著，蒙田也還在地板上。他撿起父親的書，坐在蘇菲雅的床上。熬過這一夜，他到這時才哭出來，因為鬆了一口氣，使得胸口輕輕起伏。但是淌下臉頰的淚，並不是悲傷的淚。這淚，是全俄羅斯最幸運的人所流下的眼淚。

幾分鐘之後，伯爵深呼吸幾口氣，覺得心平靜下來了。他發現手裡還拿著父親的書，於是站起來，把書放回去。就在這時，他才看見大公桌上的那個黑色皮盒。這皮盒大約一呎見方，高六吋，有個真皮把手和鍍鉻的鎖扣。蓋子頂端貼著一張紙條，筆跡很陌生，但卻是寫給他的。伯爵把紙條拿起來，打開來看。

亞歷山大：

今晚很高興見到你。如我所言，我將回國待一段時間。在這段時間裡，我想你可以好好利用這個。你或許應該特別注意最上面那個套子裡裝的東西，你會發現那和我們今晚聊的話題很有關係。

祝福你，並期待下次見面，

理查．范德淮

伯爵打開鎖扣，掀開皮盒蓋子。這是一部手提留聲機。褐色的紙套裡裝著一小疊唱片。伯爵遵照理查所言，拿出最上面的一張。唱片中央貼有標籤，說這是瓦拉迪米爾．霍洛維茲在紐約卡內基音樂廳演奏柴可夫斯基第一號鋼琴協奏曲的現場錄音。

伯爵一九二一年曾聽過霍洛維茲的演出。不到四年之後，這位鋼琴家赴柏林演出，鞋子裡塞了一疊外幣……

伯爵在皮盒背面找到一個收起電線的小空間，拉出電線，插到牆上的插座。他從紙套裡拿出唱片，放在唱盤上，打開開關，放下唱針，然後又坐回蘇菲雅的床上。

起初，他聽見悶悶的聲音，幾聲咳嗽，以及晚到的聽眾匆匆入席的聲音。接著響起熱烈的掌聲，想必是鋼琴家走上舞臺了。

伯爵屏息以待。

小號率先吹出雄壯的樂音之後，弦樂聲逐漸顯現，接著，他這位同胞就開始演奏了，讓臺下的美國聽眾聽見狼穿過樺樹林，風吹過俄羅斯大草原，大宴會廳裡燭光搖曳，以及波羅迪諾的大砲火光乍現。

【作者注】

＊關在古拉格勞改營的人被剝奪姓名與家庭，剝奪職業與財產，集體挨餓受苦，一個個變得面目模糊，每一個人都和其他人沒有什麼不同。這當然就是送他們進勞改營的用意之一。把他們拘禁在惡劣的氣候環境裡強迫勞動，集權當局並不滿足，他們還希望進一步抹滅這些人民的敵人。

然而，這個策略卻造成意想不到的結果，也就是新城邦的出現。這些被剝奪身分的勞改犯儘管數目高達數百萬，但卻能集體行動，清貧樂道，而不喪失反抗的意志。因此，無論何時何地，只要見到彼此，他們就能認得出來。他們給彼此地方住，食物吃，稱呼彼此為「兄弟」、「姐妹」、「朋友」，無論在任何情況下，都不會叫對方「同志」。

附記

六月二十三日下午四點鐘，安德烈．杜拉斯搭公車回他位於阿爾巴特大街的公寓。他今天趁著休假，去市立第一醫院探望蘇菲雅。

他準備在隔天的三巨頭會議上向大家報告，她精神很好。她的病房在醫院專門安置特殊病人的翼樓，是間陽光充足的單人病房，有一整隊護士日夜輪班照料。埃米爾一定會很開心知道他做的餅乾大受歡迎，而且蘇菲雅保證一吃完就會告訴他。至於安德烈自己，他帶了一本探險故事的書去給她，因為他兒子向來也愛看這類型的書。

在斯摩稜斯克廣場，他讓座給位老太太。他再過幾條街就要下車，到廣場的農夫市集買些小黃瓜和馬鈴薯。埃米爾給了他半磅絞肉，他打算為妻子做肉丸子。

安德烈和妻子住的四層樓公寓位居街區中央。整棟樓有十六間狹小的公寓，他們住的是其中最小的一間，但不必和別人合住。至少目前是如此。

逛完市集之後，安德烈爬上樓梯到三樓。穿過走廊，經過一間間敞著門的公寓，他聞到這家飄出炒洋蔥的氣味，聽到那家傳出收音機的聲音。他把購物袋換到左肩，掏出鑰匙。

安德烈進屋，喊著妻子，雖然他知道她並不在家。她此時應該是在新開的牛奶店門口排隊。牛奶店位在街坊的另一頭，是已關閉的教堂舊址。她說那裡的牛奶比較新鮮，而且排隊的人比較少，可是安德烈知道實情並非如此。她和許多人一樣，之所以到那裡去，只因為教堂後面的小禮拜堂裡有幅馬賽克壁畫，描繪耶穌和撒馬利亞婦人在井邊的場景。沒有人費事拆掉這幅壁畫，排隊等牛奶的時候，如果想溜到小禮拜堂裡去禱告一下，一起排隊的婦人也都願意為彼此保留隊伍裡的位子。

安德烈帶著購物袋進到可以俯瞰街道的小房間，這裡兼做廚房與客廳。他把蔬菜一一擺在流理臺上，洗好手，洗好小黃瓜，開始切。他給馬鈴薯去皮，放進鍋裡，加水。然後把洋蔥拌進埃米爾給他的絞肉裡，捏成一顆顆肉丸，蓋上毛巾。他在爐上擺好烤盤，倒了一點油，待會兒再開火。清理完流理臺之後，他再次洗手，在餐桌上擺好餐具，穿過走道，想去躺一會兒。但他經過臥房門口時，卻不由自主的並沒進去，而是走進隔壁房間。

很多年以前，安德烈到聖彼得堡參觀過普希金的公寓，也就是他度過晚年的住所。公寓裡的每一個房間都保留詩人過世時的原貌，書桌上甚至還有他的筆和沒寫完的詩。當時站在繩子外面看著詩人的書，安德烈覺得這個場景實在太荒謬了，彷彿只要讓幾樣東西留在原處，就能真的保留住某個時刻，不讓它隨無情歲月的沖刷而逝去。

但是，戰爭結束的幾個月前，他們的獨生子伊利亞在柏林戰役殉職，他和妻子也做了同樣的事：房裡的每一條毯子，每一本書，每一件衣服，都維持原貌，和他們聽到消息的那天一模一樣。

安德烈不得不承認，一開始他們確實因為這樣而感到莫大的安慰。他獨自在家的時候，會不時來到這個房間裡。但每次一進來，就會看見床上有個凹痕，那是他妻子在他上班時獨坐在此的痕跡。然而，他現在卻擔心，這個精心保留原貌的房間會延長、而非減輕他們的哀慟。他知道，這該是清理掉兒子東西的時候了。

他儘管心裡明白，卻不敢對妻子提起這件事。因為他也知道，一旦他們有動作，公寓裡的其他住戶很快就會向住屋當局舉報他兒子已過世的事實。如此一來，他們就會被迫搬進更小的公寓，或接受某個陌生人搬進他們兒子的房間裡，展開新的生活。

安德烈雖然這麼想，卻還是走到床邊，撫平妻子坐過的地方，然後熄掉燈。

第四部

一九五〇年

慢板，行板，快板

「才一眨眼的時間。」

六月二十一日，瓦西里提到蘇菲雅長得好快，亞歷山大・羅斯托夫伯爵就用這句話來總結女兒從十三歲長到十七歲的歷程。

「沒多久之前，她還是個在樓梯上蹦蹦跳跳的小女孩，整天煩人，到處閒晃，可是才一眨眼，她就長成一個聰慧優雅的小姐了。」

這話大致也不假。伯爵當年用「端莊」來形容十三歲的蘇菲雅，或許有些言之過早，但倒是非常貼切地預見了即將邁入成人階段的她，在此刻所展現出來的個性特質。如今的蘇菲雅皮膚光潔（除了因為那次跌傷在額頭留下的淡色疤痕），一頭黑色長髮，常常在他書房裡一坐幾個鐘頭，靜靜聽音樂。她也可以在縫紉工作室和瑪莉娜做好幾個鐘頭的女紅，或者和埃米爾在廚房裡聊好幾個小時，在椅子上連動都不動。

蘇菲雅五歲的時候，伯爵以為她長大會變成妮娜的翻版，只是頭髮是黑色而已。這樣的想法或許有點太過天真。因為蘇菲雅雖然和妮娜一樣，觀察力敏銳，對自己的看法很有信心，但言談舉止卻大不相同。她母親對這世界要求甚高，任何一絲瑕疵都無法忍耐。而蘇菲雅卻認為，地球就算偶爾脫序，也還是個充滿善意的地方。妮娜聽見和自己不同的意見，總是毫不遲疑地打斷，提出自己的看法，然後蓋棺論定，不容其他人再加反駁。但蘇菲雅在面對不同的看法時，總是專心聆聽，臉上露出同情的微笑，讓滔滔不絕發表意見的對方開始質疑自己的論點，聲音變得越來越小……

端莊。只有這個詞彙能形容她。而她的這個變化，僅僅在一眨眼的時間裡就發生了。

「等你到了我們這個年紀啊，瓦西里，時間過得飛快。彷彿還來不及在我們的記憶裡留下任何痕跡，一個季節就過完了。」

「真的……」禮賓經理贊同道（他一面說一面整理票券）。

「但是當然，我們也從中得到安慰。」伯爵繼續說，「對我們來說，時間一個星期一個星期過去，變得越來越模糊，但在我們孩子心裡，卻留下最深刻的印象。孩子長到十七歲，開始經歷第一個真正獨立的時期，他們的感官會變得非常敏銳，情感也變得極為協調，每一個對話，每一個眼神，每一個笑聲，都會深深烙印在他們的記憶裡。而在最容易留下印象的這幾年裡所交的朋友呢？真摯的情感會讓他們成為一輩子的朋友。」

講完大人與小孩不同的這番觀點之後，伯爵的目光恰巧掃過大廳，看見葛利夏提著一位客人的行李走向櫃檯，而簡亞則提著另一位客人的行李從櫃檯走向大門。

「這或許和穹蒼的平衡有關，」他沉思說，「某種宇宙均衡。說不定時間體驗的總量是固定的，所以為了讓我們的孩子可以在這個六月有深刻生動的印象，我們就必須放棄自己的記憶與印象。」

「也就是說他們會記得，而我們得忘記。」瓦西里總結說。

「完全正確！」伯爵說，「他們會記得，而我們必須忘記。但我們應該為此忿怒嗎？我們應該因為他們對此刻的體驗比我們更豐富而覺得自己吃了虧嗎？我想不應該這樣。因為在人生的暮年，我們的目標並不是創造永久留存的回憶。相反的，我們應該做的，是犧牲自己，讓他們可以更自由地享受各種體驗。我們必須一無所懼的這樣做。我們不必再替他們蓋被子，或扣大衣扣子，我們要對他們有信心，相信他們會自己蓋被子、扣扣子。如果他們對自己剛找到的自由顯得有些手足無措，我們必須保持鎮定，寬宏大度，謹慎明智。我們必須鼓勵他們走出我們關注的眼神，勇於冒險，等他們終於通過人生旋轉門時，我們就可以驕傲的嘆一口氣……」

伯爵彷彿要說明似的，用看來寬宏大度又謹慎明智的態度，朝飯店門口一指，然後作勢嘆了一口氣。他敲敲禮賓經理的桌子。

「順便問一下。你知不知道她在哪裡？」

低頭整理票券的瓦西里抬起頭。

「蘇菲雅小姐？」

「對。」

「我想她和維克特先生在大宴會廳吧。」

「啊，她一定是幫他去擦地板了，因為有宴會。」

「不，不是維克特．伊凡諾維奇。是維克特．史帝潘諾維奇。」

「維克特．史帝潘諾維奇？」

「是的。維克特．史帝潘諾維奇．斯卡多夫斯基。廣場餐廳樂團的指揮。」

如果剛才伯爵是努力想讓瓦西里明白，在我們的黃金歲月裡，時光的流逝可以如此之快，在我們記憶裡留下的印象可以如此之淡，彷彿從未發生過似的，那麼眼前就是個絕佳的例子。

伯爵從禮賓櫃檯的愉快聊天，到大宴會廳只花了三分鐘，而他衝進宴會廳，抓起那個渾蛋的衣領，也只是一眨眼的功夫。哎，事情發生得好快，伯爵根本不記得他衝過大廳的時候撞掉了葛利夏手裡的行李箱，也不記得他用力推開廳門，大吼一聲**好啊**！更不記得他把那位自命為風流才子的傢伙從情人座上拉起來，因為這個渾蛋竟然和蘇菲雅手指交纏。

不，伯爵什麼都不記得。但因為穹蒼的平衡與宇宙的均衡，這個留鬍子、穿晚宴服的渾蛋這輩子肯定怎麼也忘不掉。

「伯爵大人，」被拎得雙腳離地的他哀求說，「這是個可怕的誤會啊！」

伯爵抬頭看看這個被他雙拳緊緊抓住的傢伙，確信這才不是什麼誤會。這人就是在廣場餐廳臺子上揮舞指揮棒的傢伙。儘管他還知道要及時喊出伯爵的尊稱，但他明明就是條邪惡的毒蛇，和爬行在伊甸園灌木底下的那條毒蛇一樣邪惡。

但是不管這個惡棍壞到什麼程度，眼前的情況著實令人為難。因為你抓住這惡棍的衣領之後，接下來要怎麼做呢？要是你勒住某人的脖子，至少可以把他拖到門外，丟下樓梯。但抓著他的衣領，就很難拖他走。伯爵還沒解決他的難題，蘇菲雅就提出了她的困惑。

「爸爸！你這是在做什麼？」

「回房間去，蘇菲雅！這位先生和我還有些問題要討論，然後我就要狠狠揍他一頓，讓他終生難忘。」

「揍他一頓？終生難忘？可是維克特．史帝潘諾維奇是我的老師啊。」

「你的什麼？」

「我的老師。他在教我彈鋼琴。」

這位所謂的老師迅速連點了四次頭。

伯爵還是沒放開這傢伙的衣領，只把身體往後傾，好更仔細打量眼前的場景。仔細看看，這兩人剛才坐的情人座其實是張鋼琴凳子。他倆手指交纏的位置，是一排井然有序的象牙色琴鍵。

「這是你的把戲，對吧？用你的跳舞音樂來引誘年輕女孩？」

伯爵拉得更緊了。

這名所謂的老師一臉驚駭。

「當然不是，伯爵大人。我從來沒用跳舞音樂引誘過任何人。我們在練音階和奏鳴曲。我自己是在音樂學院受的正統訓練，還得過穆索斯基獎。我之所以在餐廳指揮，是為了生計。」趁著伯爵的片刻遲疑，他把頭朝鋼琴方向點了點。「讓我們彈給你聽聽吧。蘇菲雅，你何不彈彈我們剛才練習的那首夜曲？」

夜曲……？

「沒問題，維克特．史帝潘諾維奇。」蘇菲雅很有禮貌地回答，然後轉身面對琴鍵，整理樂譜。

「也許……」指揮對伯爵說，頭又往鋼琴方向點了點。「如果我可以……」

「噢，」伯爵說，「對，當然。」

伯爵把他放下來，隨手拍拍他的領子，拂整齊。

指揮和學生一起坐在琴凳上。

「好了，蘇菲雅。」

蘇菲雅挺直身子，手指擺在琴鍵上，以最優雅靈巧的姿態開始彈。

第一個音節的琴音才彈出，伯爵就不由自主倒退了兩步。

他很熟悉這八個音符嗎？就算他已經三十年沒聽到這首曲子，但只要樂音一飄進他火車上的包廂，他馬上就知道這是哪一首樂曲。只要他在某個熱鬧的季節走在佛羅倫斯街頭偶然聽見，他也馬上就認得出這是哪一首樂曲。換句話說，無論走到哪裡，他都聽得出這是什麼曲子。

是蕭邦。

作品九，第二號，降E大調夜曲。

以輕巧完美的指法彈完第一段反覆的旋律之後，她開始以漸強的力道進入第二段旋律，伯爵又不由自主倒退兩步，坐了下來。

他以前可曾為蘇菲雅感到驕傲過？當然了。他每一天都以她為榮。她的學校課業，她的出色美貌，她的雍容大方，以及飯店裡的每一個員工對她的喜愛，在在都讓他引以為榮。也就因為這樣，他知道自己此時此刻的心情，是不能用「驕傲」兩個字來形容的。因為要覺得「驕傲」，你必然事先知情。**看，**驕傲的心情說，**我不是告訴你了嗎，她有多麼出眾？多麼聰明？多麼可愛？現在你自己親眼看**

到啦。但是聽蘇菲雅彈奏蕭邦，伯爵已經遠離「知情」的領域，踏進「驚奇」的世界。

一方面，蘇菲雅會彈鋼琴這件事，就已經讓他覺得不可思議。另一方面，她能用這麼高明的技巧掌握主旋律與副旋律，更讓他難以置信。但最讓他驚喜的，是她在樂曲中所流露出來的感性。有人可以花一輩子的時間精進鋼琴彈奏的技巧，但卻完全無法掌握音樂的表現力。要呈現音樂的表現力，演奏者不只需要理解作曲家的情感，也必須透過自己的彈奏，把作曲家的這些內在情感傳達給聽眾。

無論蕭邦想透過這首曲子表達哪一種心痛的感覺，是失戀的心碎，或只是看見草地上的晨霧而有點傷感，都細膩呈現在聽眾面前了，讓聽眾坐在大都會飯店的大宴會廳裡，就能完整體會過世一百年的這位作曲家所想表達的感受。但是，疑問猶在，一個十七歲的女孩如何能表現出這麼深沉的情感，難道是因為她自己也親身體驗過傷痛與渴望？

蘇菲雅開始彈第三段旋律時，維克特．史帝潘諾維奇轉頭，挑起眉毛，彷彿在說：**你相信嗎？你曾經想像過嗎**？然後又立即轉頭面對琴鍵，盡責地為蘇菲雅翻琴譜，那態度宛如學生為老師翻琴譜。

伯爵帶著維克特．史帝潘諾維奇到走廊私下講了幾句話之後，又回到大宴會廳。蘇菲雅還坐在鋼琴前面，他背對琴鍵，在她身邊坐下。

兩人都沒說話。

「你為什麼沒告訴我說你在學鋼琴？」過了一會兒之後，伯爵問。

「我想給你驚喜。」她說，「是你生日的驚喜。我不是故意要讓你難過的。很對不起。」

「蘇菲雅，如果有人該道歉，那應該是我。你什麼也沒做錯。恰恰相反。你做得很好，非常之好。」

蘇菲雅臉紅起來，低頭看琴鍵。

「這是一首可愛的曲子。」她說。

「是啊，沒錯。」伯爵笑起來，「這是一首可愛的曲子。但也是一張有著圓圈、直線和點點的紙。一百年來，每個學鋼琴的人，或多或少都彈過蕭邦。但大部分的人，都只是照著樂譜彈而已。只有千分之一，甚至十萬分之一，才能像你這樣，賦予樂曲生命力。」

蘇菲雅還是盯著琴鍵。伯爵有點遲疑，然後略帶慌張地問：

「你還好嗎？」

蘇菲雅抬起頭，有點意外。她看見父親凝重的表情，不禁露出微笑。

「我很好，爸爸，你為什麼這麼問？」

伯爵搖搖頭。

「我這輩子沒彈奏過任何樂器，但對音樂，我還是有些瞭解的。你在這首樂曲的開頭幾個小節，投入了那麼深的情感，完美呈現了那種哀傷心痛的感覺，聽到的人一定會認為，你自己心裡肯定也有這麼深沉的哀痛。」

「噢，我明白了。」她說。然後，她用年輕學者的那種熱情開始解釋：「維克特．史帝潘諾維奇說這是『培養情緒』，也就是說，在彈奏每一首樂曲之前，都要先培養情緒，讓自己找到和作曲家隱藏在樂曲背後的情感相符的情境。彈這首曲子的時候，我想到的是媽媽。我想著我對她原本就不多的回憶，隨著時光逐漸淡去，然後才開始彈。」

伯爵沒答話，又被一波新的震驚給懾住了。

「這樣有道理嗎？」蘇菲雅問。

「非常有道理。」他說。思索了一會兒之後，伯爵又說，「我年輕的時候，對我妹妹也有相同的感覺。一年年過去，她一點一滴消逝。我開始擔心自己有一天會完全忘了她。但事實是：無論經過多久的時間，我們所愛的人永遠不會從我們心裡完全消失。」

兩人都沉默下來。伯爵看看四周，用手指了指。

「這是她最喜歡的地方。」

「你妹妹？」

「不，不是。是你媽媽。」

蘇菲雅有些意外地看看四周。

「大宴會廳……？」

「絕對是。革命之後，以前的行事作風全部廢棄了。不過，我想革命不就是為了這樣嗎？只是新的方法又還沒建立，所以全俄羅斯，各式各樣的團體組織，像是工會、委員會、人民委員部等等，都在像這樣的大廳裡開會，好讓一切就緒。」

伯爵指著樓上的看臺。

「你媽媽那時才九歲，常蹲在欄杆後面看大會召開，一看就是幾個鐘頭。她覺得非常有趣。椅子推拉的聲音，慷慨激昂的演講，還有槌子重重敲下的聲響。現在回頭想想，她是對的。畢竟，這個國家嶄新的進程就這樣在我們眼前展開。但在當時，彎腰趴在那裡，我只覺得脖子酸痛。」

「你也在那上面啊？」

「是啊，她非要我去不可。」

伯爵和蘇菲雅同時露出微笑。

「現在想想，」過了一會兒之後，伯爵說，「我也是因為這樣才和瑪莉娜阿姨熟起來的。因為每到看臺一次，我的褲子就破一次。」

蘇菲雅笑起來。伯爵搖搖手指，彷彿想起了別的事。

「後來，你媽媽十三歲還是十四歲的時候，會到這裡做實驗……」

「實驗！」

「你媽媽從來不隨便相信任何事情。如果不能親眼目睹某個現象發生，她就認為那只是一種假設，就連物理和數學定律也不例外。有一天，我在這裡找到她，看她在證實伽利略和牛頓的定理，從看臺上把不同物體丟下來，用碼表測量落地的時間。」

「真的有可能證實嗎？」

「對你媽媽來說是可能的。」

兩人靜默了好一會，然後蘇菲雅轉身，親吻伯爵的臉頰。

☆

蘇菲雅出門去見朋友，伯爵到廣場餐廳，給自己點了杯白酒配午餐。三十多歲時，他每天午餐都配杯酒，但後來就很少這麼做了。不過，上午有了這麼意外的發現，這時來一杯似乎頗為得宜。事實上，餐盤撤走，婉拒甜點之後，他又給自己點了第二杯酒。

他靠在椅背上，手裡端著酒，打量鄰桌一名在素描簿上畫圖的年輕人。伯爵前一天就在大廳見到過他，當時他的素描簿擺在腿上，旁邊一小盒色鉛筆。

伯爵稍微往右邊靠。

「風景？肖像？還是靜物？」

那名年輕人有點意外地抬起頭。

「不好意思？」

「我注意到你在素描。我只是在想，你畫的是風景、肖像，還是靜物？」

「恐怕都不是。」那年輕人很客氣地回答，「是內景。」

「餐廳的內景？」

「是的。」

「我可以看看嗎？」

年輕人有點遲疑，但還是把素描簿遞給伯爵。

伯爵接過素描簿，馬上就後悔自己竟然用了「素描」這兩個字，因為這個詞彙不足以形容這位年輕人的繪畫功力。他完全掌握了廣場餐廳的氛圍。簡潔明快的印象派筆觸，勾勒出坐在餐桌旁的客人，讓人感覺到他們正在熱烈交談；而靈巧穿梭桌間的服務生，則以略顯模糊的筆調來描繪。相對於人物的速寫風格，這位年輕人對餐廳本身細節的描繪卻非常細膩，在畫面上形成強烈的對比。柱子、噴泉、拱門全都按精準的比例畫得栩栩如生，連所有的裝飾品也都一一入畫。

「畫得真好！」伯爵說，「我不得不說，尤其是你的空間感，格外的好。」

這陌生的年輕人露出略帶憂傷的微笑。

「那是因為我原本唸的是建築，而不是繪畫。」

「你在設計飯店？」

這位建築師笑了起來。

「照這個情況發展下去，我如果有鳥籠可以設計，就該偷笑了。」

看到伯爵露出好奇的表情，這年輕人解釋說：「目前莫斯科有很多建築計畫在進行，但對建築師的需求並不大。所以我在旅遊局找了工作。他們要編纂一本莫斯科頂級飯店的小冊子，我負責畫飯店的內景。」＊

「啊，」伯爵說，「因為照片無法捕捉到每一個地方特有的**氛圍**！」

「其實，」這位建築師說，「是因為照片太容易捕捉到一個地方的**情況**了。」

「噢，我明白了。」伯爵說，他替廣場餐廳覺得有點委屈。為了辯護，他不由得指出，廣場餐廳在全盛時期確實以高雅著稱，但這裡的富麗宏偉並不只是來自於家飾裝潢與建築細節。

「那是來自於什麼呢？」年輕人問。

「來自於市民。」

「這是什麼意思?」

伯爵把椅子轉個方向，面對鄰桌的這位客人。

「在我年輕的時候，曾有幸到各地旅行。以個人的經驗，我可以告訴你，大部分飯店的餐廳——不只是俄羅斯，你知道的，還包括歐洲各地——都是設計來為飯店的房客服務的。但這家餐廳不是，向來不是如此。這裡的設計宗旨，是提供全莫斯科人民一個可以聚會的場所。」

伯爵指著餐廳正中央。

「過去四十年，大部分的時間裡，每到星期六晚上，你可以看到身穿各形各色衣服、各行各業的莫斯科人群集在噴泉旁，和碰巧坐在鄰桌的人開心聊天。當然，這免不了醞釀了一些浪漫韻事，或引來諸如普希金和佩脫拉克誰優誰劣的熱烈爭辯。啊，我就看過計程車司機與政治委員、主教與黑市販子比肩而坐。而且不只一次，親眼看見年輕小姐說服老人家改變意見的情況。」

伯爵指著二十呎外的地方。

「你看見那兩張桌子沒?一九三九年的某個下午，我就看見兩個隱約覺得彼此眼熟的人一起坐下來，吃了開胃菜、主菜和甜點，逐步追溯自己人生的每一個階段，想找出他倆在什麼時候見過面。」

建築師用全新的欣賞眼光環顧餐廳，說:

「我想，一個房間應該是在這個空間裡發生的所有事情的總合。」

「沒錯，我想就是這樣。」伯爵贊同，「雖然這個房間裡曾經有過什麼，我並不是完全都知道，但我相信，因為有了這裡，所以世界變得更好了。」

伯爵沉默了一會兒，也轉頭看看四周，然後伸出手指，要建築師注意餐廳另一頭的舞臺。

「你有沒有聽過晚間的樂隊演奏?」

「沒有，我沒聽過。為什麼問?」

「我今天碰上了最不可思議的事……」

☆

「是這樣的，他穿過走廊的時候，聽見大宴會廳裡傳來莫札特變奏曲的樂音，所以探頭進去，看見彈琴的是蘇菲雅。」

「不會吧。」理查．范德淮大叫。

「這人當然就問她是在哪裡學的鋼琴。她說她沒拜師學過鋼琴，他簡直嚇壞了。她是每天聽你送給我的唱片，一個音符一個音符記住，然後自己就會彈了。」

「不可思議。」

「那人對她的天賦讚不絕口，當場就收她當學生了。」

「你說的這人，就是廣場餐廳的那個傢伙？」

「正是。」

「拿指揮棒的那個？」

「就是他。」

理查驚奇地搖搖頭，「奧德里斯，你聽過這件事嗎？我們得趕快為這位年輕小姐乾一杯。來兩杯秋麒麟草吧，老兄。」

這位永遠服侍周到的酒保，已經把好幾個大小不一的酒瓶排成一列了，包括黃色的蕁麻酒、苦味酒、蜂蜜，以及加了檸檬的伏特加。一九四六年的那個晚上，伯爵和理查因為奧德里斯調的那杯洋紅色雞尾酒而認識，於是這美國人向酒保下戰帖，看他能不能調出聖巴索大教堂上的每一種顏色。於是，就有了黃色的「秋麒麟草」，藍色的「知更鳥蛋」，紅色的「磚牆」，和蒼綠色的「聖誕樹」。

除此之外，來這家酒吧的人也都知道，若是有誰可以把這四種顏色的雞尾酒一口氣喝完一輪，就可以贏得「全俄羅斯族長」的封號——當然是等他清醒過來之後。

目前在美國國務院工作的理查，每回來到莫斯科，多半的時間都待在大使館裡，但仍然不時到大都會飯店的酒吧來，和伯爵喝一杯睡前酒。奧德里斯幫他們倒了兩杯秋麒麟草，兩人碰杯：「敬老朋友！」

有人或許會覺得奇怪，他倆不過才認識四年，怎麼就把彼此當成老朋友了？但是友誼的深淺，向來就不是以時間長短來衡量的。這兩個人才認識不到幾個鐘頭，就覺得彼此是老朋友了。從某個方面來說，是因為他們志趣相投，彼此有很多共同之處，所以可以輕鬆交談，暢快歡笑。但另一方面，也和他們的成長背景有關。他們都出身大都市的名門望族，過富裕優渥的生活，有深厚的人文素養，接觸過最精緻優雅的事物，儘管伯爵比這位美國人年長十歲，兩人的家鄉也相隔四千哩，但他倆之間的共同點，遠超過他們和大多數同胞之間的共同點。

當然，這也是為什麼世界各國首都的一流大飯店，看起來都差不多。紐約的廣場飯店，巴黎的麗池飯店，倫敦的克雷里吉和莫斯科的大都會，在十五年內相繼建造完成，也有諸多共同之處，都是各自所在的城市裡，第一座擁有中央暖氣系統、客房配備熱水和電話、大廳有各國報紙、餐廳有各國料理、大廳旁邊有美式酒吧的頂級國際飯店。這些飯店是為理查．范德淮和亞歷山大．羅斯托夫這樣的人所建的，好讓他們到異國城市時，仍然會覺得像回到家一樣舒服，遇見和他們心性相同的其他旅客。

「我到現在還是不敢相信，那人竟然是廣場餐廳的指揮。」理查又搖搖頭說。

「我知道，」伯爵說，「可是他真的唸過莫斯科音樂學院，拿過穆索斯基獎。他是為了生計才在廣場餐廳指揮樂隊的。」

「生計不維持不行啊，」奧德里斯實事求是地說，「不然生活就過不下去了。」

理查盯著酒保看了好一會兒。

「嗯，這話確實是人生智慧，對吧？」

奧德里斯聳聳肩，知道這所謂的「人生智慧」不過是每個酒保的老生常談而已。他告退，去接吧臺後面的電話。看著他走開，伯爵好像還沒從聽見他那句話的震驚中醒過來似的。

「你聽說過曼徹斯特飛蛾[43]嗎？」他問理查。

「曼徹斯特飛蛾……是足球隊嗎？」

「不是，」伯爵微笑說，「不是足球隊，是自然科學史上的一件大事，我小時候聽我父親提過。」

伯爵正準備說明的時候，奧德里斯回來了。

「電話是您夫人打來的，范德淮先生。她要我提醒您，明天早上有約。您的司機已經在外面等候了。」

儘管酒吧裡大部分的客人都沒見過范德淮夫人，但大家都知道她和亞卡迪一樣處變不驚，和奧德里斯一樣細心周到，和瓦西里一樣對理查的行蹤瞭若指掌。她的來電，當然就讓范德淮先生的夜晚畫下了句點。

「啊，好吧。」范德淮先生只好說。

公務第一，伯爵和范德淮先生都這樣認為。兩人握手，互相祝福，期待再見。

理查離開之後，伯爵又四下看看，想知道酒吧裡有沒有其他認識的人。他看見在廣場餐廳碰到的那位年輕建築師坐在角落裡，低頭正在畫畫，顯然是要描繪酒吧。

43　指霜斑枝尺蠖蛾，翅膀灰白，有黑點。一八四八年，昆蟲學家首次在曼徹斯特發現原為灰白色的蛾有黑化型的成蛾，極為罕見。在工業革命後的一八七五年，捕獲黑化成蛾的紀錄還不多，但到一八八六年，即開始大幅成長，引起科學界的興趣，進而探討其黑化之原因，但都無定論。

伯爵心想，他也是隻曼徹斯特飛蛾。

伯爵九歲的時候，父親解釋達爾文的物競天擇理論給他聽。伯爵當時覺得這位英國人的想法實在太有創意了——物種可以為了讓生存的機率最大化，而耗費幾萬年的時間慢慢進化。畢竟，如果獅子的爪子變得更尖利，瞪羚的腳程也必須變得更快。但是讓伯爵想不透的是，父親說這個物競天擇的過程並不需要幾萬年的時間，甚至連一百年都不需要。有時僅僅幾十年就可以完成。

是真的，他父親說，在相對穩定的環境裡，進化的速度會減緩，因為物種缺乏新的環境變化需要去適應。但如果環境長期不斷變動，大自然的力量就會因為適應環境的必要性加速啟動。例如長期的乾旱，異常酷寒的冬天，火山爆發等等，都可能改變物種之間的生態平衡，損害某些物種的生存機會。這就是十九世紀發生在英國曼徹斯特的情況。當時，曼徹斯特是工業革命發生之後，第一批出現的工業重鎮。

好幾千年以來，曼徹斯特的霜斑枝尺蠖蛾都是白色翅膀，黑色斑點，停在這個地區林木的淺灰色樹幹上，形成很好的掩護。每一代都可能出現少數變種，例如黑色翅膀的蛾，但這樣的蛾往往在還沒有機會交配之前，就因為在樹幹上顯得太醒目而被鳥吃掉。

但是在一八〇〇年之後，曼徹斯特工廠雲集，煙囪冒出來的煙灰開始覆蓋放眼所及的一切東西表面，包括樹木的枝幹。也正因為這樣，原本靠著灰白翅膀當保護色的霜斑枝尺蠖蛾，在掠食者眼中變得一覽無遺，但翅膀顏色較黑的變種蛾反而隱而無形。於是，在一八〇〇年只占曼徹斯特霜斑枝尺蠖蛾總數不到百分之十的黑翅變種蛾，到了十九世紀末，已經超過百分之九十了。伯爵父親就以務實的科學道理來解釋這個變化。

但這個說法並不能讓伯爵滿意。他想，如果進化可以在蛾身上這麼輕易就發生，那為何不會輕易發生在小孩身上呢？比方說，如果他和妹妹碰上煙囪飄出的大量煙灰，或是突然遭遇極端的氣候，他們會發生什麼變化呢？他們會不會成為加速進化的受害者？事實上，這個想法始終讓他不安，所以那年九月埃鐸豪爾下暴雨的時候，他夜裡老是夢見巨大的黑蛾。

幾年之後，伯爵才醒悟，他把這件事情倒因為果了。該害怕的不是進化的速度，因為蛾的翅膀是黑是白，對大自然來說無關緊要。大自然只是希望霜斑枝尺蠖蛾可以繼續存活。也正是因為這樣，大自然才會設計出只要經歷幾代、而非幾萬年時間就可以完成的進化力量，來讓蛾與人類可以適應。

就像維克特．史帝潘諾維奇，伯爵心想。身為人夫與兩個小孩的父親，他不得不為生計奔走。所以他在廣場餐廳指揮樂隊，把古典音樂拋在腦後。然後有天下午，剛好碰見一名有天分的年輕鋼琴手，只要擠得出時間，他就用借來的鋼琴，教她彈蕭邦的夜曲。就這樣，米哈伊爾有他的「計畫」，這名不能蓋房子的年輕建築師，自得其樂地在速寫簿上仔細畫出飯店的內景。

伯爵本想走到這名年輕人身邊，但看他這麼滿足地用畫筆勾勒圖像，前去打擾，簡直是一種罪惡。所以，伯爵喝光杯裡的酒，敲了吧臺兩下，上樓去睡覺。

★

當然，伯爵說的一點都沒錯。儘管為生活所迫，讓夢想變得遙不可及，但人們還是會想辦法追求自己的夢想。所以，伯爵刷牙時，維克特．史帝潘諾維奇把正在改編給樂隊演奏的曲子擱在一旁，開始搜尋郭德堡變奏曲，想挑一首適合蘇菲雅彈的。而在亞瓦斯租屋住的米哈伊爾，在不比伯爵房間大的狹小房間裡，就著燭光，埋首書桌，給十六張手稿「縫縫補補」。而夏里亞賓的情況呢？那名年輕建築師自得其樂沒錯。但和伯爵的揣測相反，他並不是在飯店內景的素描簿上添加酒吧一景，他是在另一本素描簿上畫畫。

這本素描簿的第一頁畫的是一幢摩天大樓，高達兩百層，樓頂有個跳板，讓住戶可以縱身一躍，跳向下方綠草如茵的公園。另一頁畫的是無神論者的教堂，有多達五十個圓頂，其中有好幾個可以發射火箭到月球。還有一頁畫的是龐大的建築博物館，展示著原尺寸大小的建築模型，是老莫斯科城為更新建設，早已拆毀的老建築。

但在此時此刻，建築師精心描繪的是一間擁擠的餐廳，看起來很像廣場餐廳。只是，在餐廳的地板底下有個由輪軸、嵌齒和齒輪構成的精密機械裝置，還有一個巨大的曲柄凸出在外牆，只要一轉動，餐廳的椅子就開始像音樂盒裡的芭蕾伶娜一樣旋轉起來，在整個屋裡轉來轉去，最後停在另一張餐桌旁邊。在這個餐廳模型上方，還有個年約六十的紳士手握曲柄，透過玻璃屋頂往內看，準備要讓用餐的客人全動起來。

【作者注】

＊究竟是什麼亂七八糟的情況導致建築業繁榮發展，而建築師卻沒工作可做呢？很簡單：

一月，莫斯科市長召集全市建築師開會，討論首都人口急遽增加的問題。經過三天的討論，各委員會得出了令人興奮的共識，也就是應該立即採取大膽進取的政策。他們提議利用最新的建材與科技，在市內各處建造高達四十層的大樓，每一幢都配備從一樓大廳到屋頂的電梯，大樓裡的每一戶公寓都能滿足個人的需求，內裝有現代化的廚房，獨立浴室，以及擁有自然採光的玻璃窗！

在大會的閉幕典禮上，市長（一個粗魯的禿子，我們後面還有機會談到他）感謝與會者提供精湛技藝與創見，對黨做出極大的貢獻。「很高興知道我們全體一致得到共識，」他總結說，「為了用最快的速度、最經濟的方法安置我們的同志，我們必須採取大膽進取的政策。因此，不要再拘泥於精美的設計，或屈服於美學的考量，讓我們採行更適合時代需要的普遍性觀念。」

於是，五層樓制式公寓的黃金時代就此揭開序幕。每一幢公寓都採預鑄式結構，水泥牆，居住空間四百呎見方，共用的浴室配有四呎長的浴缸。（但是，鄰居在浴室外敲門的時候，誰還有心情享受泡澡樂趣呢？）

這些新型公寓建築的設計如此巧妙，建築構造如此直截了當，所以只靠著一張紙的說明就能蓋好——不管是橫著寫、豎著寫，都只要一張紙就能寫完！不到六個月，數以萬計的五層樓公寓建築就如雨後春筍般出現在莫斯科郊區。而且這些建築的規格化做得非常徹底，要是你回家時一不小心走錯門，也肯定馬上會有賓至如歸之感。

一九五二年

美國

六月底的一個星期三晚上，伯爵和蘇菲雅手挽手走向博雅斯基餐廳。每逢伯爵不必上班的晚上，他們都是這樣一起去用餐的。

「你好，安德烈。」

「您好，先生。您好，小姐。位子已經準備好了。」

安德烈做了個「請」的手勢，領他們穿過餐廳，伯爵看得出來今晚依舊很忙。朝十號桌走去時，他們經過四號桌，這裡坐的是兩位人民委員的夫人。獨自在六號桌用餐的，是位知名的文學教授，據說單手就可以把杜斯妥也夫斯基的作品打得倒地不起。而坐七號桌的不是別人，正是迷人的安娜·伍芭諾娃，以及被她迷得暈頭轉向的男伴。

安娜在一九三〇年代成功重返大銀幕，一九四八年，在馬利劇院導演的遊說下，重登劇院舞臺。這對五十歲的女明星來說，實是幸運之舉。因為相對於格外偏愛年輕美女的大銀幕，劇院似乎更加瞭解年歲的價值。畢竟，美狄亞、馬克白夫人、艾琳娜·阿卡蒂娜[44]這些角色，都不是給藍色眼睛、粉嫩肌膚的年輕演員演的。飾演這些角色的女演員必須瞭解人生的喜悅與苦澀，嘗過希望與絕望的滋味。而安娜的重返舞臺，對伯爵來說也是好事一樁，因為她不再是一年只到大都會飯店幾次，而是一住就

44 美狄亞是希臘神話中的女巫；馬克白夫人是莎士比亞悲劇《馬克白》中的人物；伊琳娜·阿卡蒂娜是契訶夫《海鷗》中的角色。

幾個月，讓我們這位飽經世事的天文學家，可以無限細心地在她背上勾勒最新的星星……

伯爵和蘇菲雅落座之後，就開始詳細研究菜單（他們總是顛倒過來，先決定主菜，再點開胃菜，這是他們的習慣），向馬汀點了菜（他在伯爵的推薦之下，一九四二年被拔擢到博雅斯基餐廳來），然後才開始把注意力轉到手邊的事情來。

從點完菜到開胃菜上桌之間的空檔，是人類社交互動裡最危險的一段時間。年輕戀人如果不能克服這段時間所產生的沉默，豈不是要懷疑他們之間是否能有足夠的化學反應成為伴侶？而已婚的夫妻也會心生恐懼，擔心是不是再也沒有足夠緊要、熱情或驚喜的事情可以對彼此說？所以，在這個危險的空檔，我們大部分人都會有著不祥的感覺。

但是伯爵和蘇菲雅呢？他們一整天都在期待這個時刻的來臨。因為這是他們玩「朱特」（Zut）的時間。

「朱特」是他們自創的遊戲，規則非常簡單。由一方先提出某個可以含括其他特殊事物的大類別，例如絃樂器、知名的島嶼、除鳥類之外有翅膀的生物等等。然後兩方就輪流舉出可以歸屬於這個類別的個別事物，直到有一方無法在規定的時間（比方可能是兩分半鐘）講出答案來。遊戲進行三回合，先贏得兩回合的就獲勝。至於這個遊戲為什麼叫「朱特」呢？因為據伯爵說，在面對挫敗的時候，沒有比喊出「Zutalos!」[45]更貼切的了。

他們一整天都在準備晚上要提出挑戰的類別，並仔細思考各種可能的答案。於是馬汀一點完菜，父女倆就開戰了。

因為伯爵之前輸了好幾次，所以有權先提出第一個挑戰的類別。他充滿自信地說：「四個一組的知名組合。」

45 法文，「該死」之意。

「選得好。」蘇菲雅說。

「謝謝。」

兩人各喝了一口水，然後由伯爵先提出答案。

「四季。」

「四元素。」

「東西南北。」

「方塊，梅花，紅心，黑桃。」

「男低音，男高音，女低音，女高音。」

蘇菲雅沉思。

……

「四福音書：馬太、馬可、路加、約翰。」

「四風神：玻瑞阿斯、俄瑞斯、諾特斯、齊非兒[46]。」

……

……

伯爵心中暗自竊喜，開始數秒，但他高興得太早了。

「四體液：黃膽汁、黑膽汁、血液和黏液[47]。」

「厲害！」伯爵用法語說。

「謝謝！」蘇菲雅也用法語回答。

46 Boresa，Zephyrus，Notos，Euros，希臘神話中的四位風神，分別掌管北風、西風、南風和東風。

47 古希臘認為人由四種體液組成，主宰人的健康與性情。

蘇菲雅拿起水杯喝了一口，想掩飾自己的得意之色。但這次是她高興得太早了。

「啟示錄裡的四騎士[48]。」

「啊。」蘇菲雅像受到致命一擊那樣發出歎息，而這時馬汀恰好送上伊肯酒莊的頂級葡萄酒。他給客人看了看酒瓶之後，打開酒塞，倒了一小杯上桌，給伯爵試喝。

「第二回合？」馬汀離去後，蘇菲雅說。

「樂於奉陪。」

「身上有黑白兩色的動物，像斑馬那樣的。」

「很好。」伯爵說。

他重新擺好自己的餐具，喝了一口酒，緩緩把酒杯擺回桌上。

「企鵝。」他說。

「海鸚。」

「臭鼬。」

「貓熊。」

伯爵想了想，露出微笑。

「殺人鯨。」

「霜斑枝尺蠖蛾。」蘇菲雅說。

伯爵有點憤慨地挺直身子。

「那是我的動物啊。」

「這才不是你的動物呢。但現在輪到你了⋯⋯」

48 聖經《啟示錄》第六章裡有四人騎著顏色各不相同的馬，代表著瘟疫、戰爭、饑荒、死亡。

伯爵皺起眉頭。

……

「大麥汀狗！」他大叫。

這回輪到蘇菲雅擺弄餐具，喝一小口酒。

……

……

「時間滴答滴答……」伯爵說。

……

……

「我！」蘇菲雅說。

「什麼？」

她微側著頭，一頭烏黑頭髮上有綹白色的頭髮。

「你又不是動物！」

蘇菲雅露出同情的微笑，說：「該你了。」

……

……

有黑白兩色的魚嗎？伯爵問自己。**黑白兩色的蜘蛛？黑白兩色的蛇？**

……

……

「滴，答，滴，答。」蘇菲雅說。

「好啦，好啦，等一等。」

……

我知道還有其他黑白兩色的動物，伯爵想。**非常普通的動物。我親眼見過。答案就在舌尖……**

「請問，我可以和亞歷山大．羅斯托夫說幾句話嗎？」

伯爵和蘇菲雅同時抬頭，非常驚訝。站在他們面前的是那位坐第六桌的知名教授。

「當然，」伯爵站起來，「我是亞歷山大．羅斯托夫。這是我女兒蘇菲雅。」

「我是國立列寧格勒大學的馬特吉．席洛維奇教授。」

「久仰。」伯爵說。

教授微微頷首致謝。

「我和很多人一樣，」教授說，「都很喜歡你的詩。我是不是有這個榮幸，在你用餐之後，邀你喝杯干邑白蘭地？」

「這是我的榮幸。」

「我住三一七號套房。」

「我一個鐘頭之後過去。」

「請慢慢來無妨。」

教授微笑離開他們的餐桌。

伯爵坐下，從容地把餐巾鋪在腿上。「馬特吉．席洛維奇，」他對蘇菲雅說，「是最知名的文學教授。他顯然是想和我一邊喝白蘭地，一邊討論詩。你覺得呢？」

「我覺得你時間到了。」

伯爵眉毛垮了下來。

「噢，好吧。我的答案明明就在舌尖了，要不是被打斷，我早就說出來了……」

蘇菲雅點點頭，態度友善，但並不打算再多給伯爵一點時間。

「好吧。」伯爵讓步，「一比一。」

伯爵從西裝背心裡拿出一枚硬幣，擺在大拇指的指甲上，用拋硬幣的方式來決定由誰指定最後這一局的類別。但還沒來得及拋硬幣，馬汀就端上第一道菜：給蘇菲雅的是埃米爾特製的俄國沙拉，給伯爵的則是鵝肝醬。

他們從不邊吃邊玩遊戲，所以就開始討論起這天發生的趣事。伯爵正把最後一些鵝肝醬塗在吐司上時，蘇菲雅偶然發現安娜．伍芭諾娃也在餐廳裡。

「怎麼了？」伯爵說。

「安娜．伍芭諾娃，那位女明星，坐在七號桌。」

「是嗎？」

伯爵抬起頭，不太有興趣地瞥了餐廳那端一眼，然後就繼續塗他的鵝肝醬。

「你幹嘛從不邀她來和我們一起吃飯？」

伯爵抬起頭，露出微帶驚嚇的表情。

「邀她來吃飯！我是不是也該邀卓別林呢？」伯爵笑著搖搖頭，「我們得要先認識某人，才能邀他來一起吃飯，這是禮貌啊，親愛的。」他吃完他的鵝肝醬，也結束這段對話。

「我想你是擔心我會覺得反感。」蘇菲雅繼續說，「但是瑪莉娜覺得是因為……」

「瑪莉娜！」伯爵驚呼，「我該不該邀這……這位安娜．伍芭諾娃來一起吃飯，瑪莉娜也有意見？」

「當然啦，爸爸。」

伯爵往後靠在椅背上。

「我明白了。那瑪莉娜理所當然的意見是什麼？」

「她覺得是你喜歡把你的鈕扣擺在它們各自的盒子裡。」

「我的鈕扣在它們各自的盒子裡！」

「你知道的啊，你的藍色鈕扣在一個盒子裡，黑色鈕扣在另一個盒子裡，紅色鈕扣又另有一個盒子。你和這人有這樣的關係，和那人有那樣的關係，也不喜歡把這些關係混在一起。」

「真的是這樣？我不知道大家認為我對人就像對鈕扣一樣！」

「不是所有的人，爸爸，就只是對朋友這樣。」

「這真讓我鬆了一口氣。」

「不好意思。」

是馬汀，指著已吃完的空盤子。

「麻煩你了。」伯爵不太耐煩地說。

馬汀這才意識到他打斷了他們的交談，迅速撤走第一道菜，端著兩份香煎小牛肉餅回來，為酒杯斟滿，就一語未發地消失了。伯爵和蘇菲雅深吸一口蘑菇的木香味，然後開始默默吃起來。

「埃米爾的手藝越來越好了。」伯爵吃了幾口之後說。

「確實。」蘇菲雅贊同。

伯爵喝了一大口伊肯堡葡萄酒，這一九二一年份的美酒，和小牛肉是絕配。

「安娜覺得是因為你太墨守成規。」

伯爵嗆了一口，用餐巾蒙著嘴巴猛咳嗽。他很久以前就知道，酒嗆到氣管裡，用這招最有效。

「你還好嗎？」蘇菲雅問。

伯爵把餐巾擺回腿上，手朝七號桌的方向揮了揮。

「請問一下，你怎麼會知道安娜．伍芭諾娃是怎麼想的？」

「因為是她自己告訴我的呀。」

「所以你們兩個認識?」

「我們當然認識。已經認識好多年了。」

「好,太好了。」伯爵氣惱的說,「那你幹嘛不去邀她來吃飯?如果我真的是顆擺在鈕扣盒裡的鈕扣,那也許瑪莉娜、伍芭諾娃小姐和你,你們三個應該自己去吃飯。」

「哎,安德烈也是這麼建議的。」

「今天晚上菜色還可口嗎?」

「說人人到!」伯爵把餐巾丟到盤子上,大聲說。

安德烈嚇了一跳,看看伯爵,又看看蘇菲雅,一臉關切。

「怎麼了?」

「博雅斯基的菜餚舉世無雙,」伯爵回答說,「服務無懈可擊。但是八卦呢?真的是滿天飛。」

伯爵站起來。

「我想你有鋼琴要練,小姐,」他對蘇菲雅說,「請二位見諒,我樓上還有事。」

伯爵沿著走廊往下走,心裡不禁忖思,沒多久之前,紳士還可以期待自己在私生活方面保有一些隱私。他可以把信擺在書桌抽屜裡,甚至把日記留在床頭櫃上,也自信不會出事。

但換個角度來說,自有史以來,渴望追求智慧的人總是隱居到山巔、洞穴或林中小屋裡。一個人若想不受好事者干擾地得到啟蒙,或許只能隱居到那些地方去。眼前就有個活生生的例子:伯爵朝樓梯走去,卻恰好碰上一個等電梯的人。這人是誰?不是別人,正是那位大名鼎鼎的人類行為觀察家安娜·伍芭諾娃。

「你好,伯爵大人……」她對伯爵說,露出一抹微笑。但一看到伯爵的表情,她就挑起眉毛,「你還好嗎?」

「我不敢相信，你竟然一直和蘇菲雅祕密往來。」伯爵壓低嗓音說，儘管旁邊並沒有人。

「這才不是什麼祕密往來，」安娜也小聲說，「只是我們碰面的時候，你剛好去上班。」

「你覺得這樣做是對的嗎？背著我和我女兒培養感情。」

「唉，你就喜歡把你的鈕扣擺在各自不同的盒子裡，阿亞……」

「我就知道！」

伯爵扭頭就走，但馬上又折回來。

「但是，就算我喜歡把不同的鈕扣擺在不同的盒子裡，又有什麼不對？」

「當然沒什麼不對。」

「我們把所有的鈕扣都擺在一個大玻璃罐裡，這個世界就會變得更好嗎？在那樣的世界裡，就算你只是想找一顆顏色再平常不過的鈕扣，手指也必須在罐子裡掏來掏去，把這顆鈕扣給壓到其他顏色的鈕扣下面，再也看不見了。最後你生氣了，就把所有的鈕扣全倒在地上，然後再花一個半鐘頭，一顆顆撿回來。」

「我們現在是在討論真的鈕扣？」安娜是真的很有興趣，「或者只是一種比喻？」

「我和一位有名的教授有約，」伯爵說，「這可不是什麼比喻。順便告訴你，今晚的其他約會都要取消了。」

十分鐘之後，伯爵敲了敲三一七號房的門。這道門他以前曾經開過上千次，但卻是第一次敲門。

「啊，你來了。」教授說，「請進。」

伯爵已經有二十五年沒踏進他以前住的這間套房了。上次來是一九二六年的那個晚上。他來過這裡之後，就到了屋頂，站在圍欄邊上。

這間套房仍然維持十九世紀的法國沙龍風格，布置雅緻，雖然略微有些陳舊。原本掛在牆上的兩面鑲金邊的鏡子，如今只剩一面。暗紅色的窗帷褪了色，配成套的沙發和單張椅子都需要換椅面了。他家祖傳的那座鐘還站在門邊，但指針停在四點二十二分，變成屋裡的裝飾品，而不是實用的器具。屋裡再也聽不見時間流逝的輕柔聲音，取而代之的，是餐廳壁爐架上那部電子收音機傳出的華爾滋音樂。

伯爵隨著教授走進客廳，習慣性地瞥了西北角一眼，因為那裡的窗戶可以俯瞰波修瓦劇院。但此時，在窗框裡的，是一條修長的身影，有個人臉朝外凝望夜色。身材高瘦，散發著貴族氣息，彷彿是伯爵自己的化身。但這時，那個身影轉了過來，跨過房間，伸出手。

「亞歷山大！」

……

「理查？」

不是別人。身穿訂製西裝的理查．范德淮露出微笑，握住伯爵的手。

「真高興見到你？多久不見了？快兩年了吧？」

餐廳裡傳來的華爾滋樂聲變得大聲一些了。伯爵一轉頭，恰好看見席洛維奇教授關上臥房的門，轉動門閂。理查指著茶几旁的椅子。茶几上有個什錦拼盤。

「請坐。我想你應該吃過飯了，但不介意我吃東西吧？我真的餓壞了。」理查在沙發坐下，拿起一片煙燻鮭魚擺在麵包上，津津有味地吃起來，接著又在薄餅上抹魚子醬。「我今天下午在大廳遠遠看見蘇菲雅，簡直不敢相信我的眼睛。她變得好漂亮啊！全莫斯科的小夥子一定都跑來敲你們的門了。」

「理查，」伯爵指著房間說，「我們在這裡幹嘛？」

理查點點頭，拍掉手上的碎屑。

「是有點太戲劇性，我該向你道歉。席洛維奇教授是我的老朋友，很慷慨地把房間借給我一用。

我只在這裡待幾天，但不想錯過可以和你私下談談的機會，因為我不確定我是不是還會回來。」

「出了什麼事嗎？」伯爵很關心地問。

理查豎起雙手。

「沒有。事實上，他們還說我是升官了。接下來幾年，我會在巴黎的大使館工作，督導我們推動的一些新方案，我大概會忙得沒時間離開辦公桌。老實說，亞歷山大，這也是我希望見你的原因……」

理查身體往前靠，手肘擱在膝上。

「戰爭結束之後，我們兩國的關係或許不算特別親密，但也一直都在可以預期的範圍裡。我們推出馬歇爾計畫，你們推動莫洛托夫計畫。我們創設北大西洋公約組織，你們籌組華沙公約組織。我們發展原子彈計畫，你們也發展原子彈計畫。就像打網球一樣，不只是很好的運動，欣賞起來也挺精彩的。伏特加？」

理查給兩人各倒了一杯。

「乾杯。」他說。

「乾杯。」伯爵說。

兩人喝乾杯裡的酒，理查又重新斟滿。

「問題是，你們帶頭的那位頂尖選手打得很好，也打了很久，我們只認識他一個。要是他明天突然退賽，我們完全不知道誰會接下他的球拍，也不知道他會喜歡底線防禦或網前截擊。」

理查沉吟片刻。

「你打網球嗎？」

「不打。」

「好吧。重點是，史達林同志看起來已經快不行了。他一旦嚥氣，情況就會變得難以預測。而且不只是國際關係方面，也包括莫斯科內部。我的意思是，由誰來繼任，將會決定莫斯科是要對世界敞開大門，或關起門來，把自己鎖在裡面。」

「你們一定希望會是第一種狀況。」伯爵說。

「沒錯。」理查贊同，「我們沒道理希望你們關起大門。但不管情況如何，最好都能夠事先預測。這也是我來看你的主要原因。你知道，我在巴黎負責帶領的是情報方面的團隊。一些研究單位。我們希望能在各地找到一些朋友，不時讓我們瞭解一些……」

「理查，」伯爵有點意外，「你該不會是要我當間諜，刺探我自己的國家吧？」

「什麼？當間諜刺探你的國家？當然不是，亞歷山大。我覺得應該稱之為『國際八卦』比較合適。你知道的：誰獲邀去參加舞會，誰不請自來，誰和誰在角落裡拉手，誰又大發雷霆之類的。也就是世界各地的人都會在週日早餐上閒聊的話題。如果你能提供這些瑣碎的小事，我們不吝……」

伯爵微笑。

「理查，我不愛當間諜，也不愛八卦。所以別再提了，我們還是繼續當好朋友吧。」

接下來一個鐘頭，兩人丟開網球話題，聊起他們的生活。伯爵談起蘇菲雅，說她在音樂學院進步得很快，但還是那麼體貼，那麼沉靜。理查談起他的兒子，在幼稚園裡也進步很多，但既不體貼，也不沉靜。他們聊起巴黎、托爾斯泰和卡內基音樂廳。九點鐘，兩個心靈相通的朋友同時起身。

「我就不送了，」理查說，「噢，要是有人問起，你就說你和席洛維奇教授為十四行詩的未來發展辯論了好久。你持正面看法，他則有負面觀點。」

握手之後，伯爵看著理查消失在臥房裡，他打開門，自己走出去。但就在經過座鐘時，他略微遲疑了一下。它忠貞不二地在他祖母的會客室裡站了那麼多年，為下午茶、晚餐和上床的時間敲響報時。平安夜，也是這座鐘提醒伯爵和妹妹何時可以推開客廳門，奔向聖誕禮物。

伯爵打開鐘櫃上的一個小玻璃門，手探進去，摸到一把仍掛在勾上的小鑰匙。他把鑰匙插進鎖孔，把發條轉到最緊，調整好時間，輕輕推了鐘擺一把，心想：**就讓這老傢伙再多撐幾個鐘頭吧。**

差不多將近九個月之後，一九五三年的三月十五日，大家稱之為「偉大的父親」、「領袖」、「柯巴」[49]、「索索」，或只叫他史達林的那個人，因為中風，病逝在他的昆茲沃別墅裡。

隔天，工人和載滿鮮花的卡車抵達劇院廣場的工會大廈，不到幾個鐘頭，大樓正面就掛上了高達三層樓的史達林肖像。

到了第六天，《紐約時報》駐莫斯科辦事處的新任處長哈里遜·索爾茲伯里站在伯爵以前住的那個房間（現在的房客是墨西哥大使館代辦），看著最高蘇維埃主席團成員搭著一長排禮車抵達，然後一輛亮藍色的救護車送史達林的靈柩前來，扛進大廈裡，舉行儀式。第七天，工會大廈對大眾開放，索爾茲伯里看著大廈前排起長達五哩的人龍，無數民眾趕來對領袖表達最後的敬意，簡直難以置信。

許多西方觀察家都覺得不解，為什麼有上百萬民眾要排隊來看這個獨裁領袖的遺體？有些人隨口論斷，民眾是為了親眼確認史達林真的死了。但這個說法無法解釋男女老少為何願意大排長龍，還哀傷落淚。事實上，大批民眾哀悼的是這位帶領他們在衛國戰爭中打敗希特勒軍隊的領袖；還有更多人哀悼的是這位一心一意要建設俄羅斯成為世界強權的偉人；當然也有人單純只是因為一個不確定的新時代已然來臨，而擔憂落淚。

理查的預言果然成真。「索索」嚥下最後一口氣時，並沒有接班計劃，看不出有指定的接班人選。主席團裡有八個人具掌政資格：安全部長貝利亞，國防部長布加寧，部長會議副主席馬林可夫，貿易部長米高揚，外交部長莫洛托夫，蘇聯共產黨中央委員會書記處書記卡岡諾維奇和佛洛席洛夫，以及前莫斯科市長尼基塔·赫魯雪夫——也就是那個粗魯蠻橫，禿了頭，不久之前才蓋完大批五層樓

49 Koba，是史達林從事革命活動時的化名。

水泥公寓的傢伙。

讓西方鬆一口氣的是，在葬禮過後，看起來比較可能掌權的似乎是馬林可夫。他是個開明的國際主義者，且公開批判核子武器。馬林可夫當時和史達林一樣，身兼總理與黨中央書記處總書記。但是沒過幾天，黨內高層達成共識，此後再也不容任何人同時身兼此二職位。於是十天之後，總理馬林可夫被迫把黨中央總書記的職位讓給保守的赫魯雪夫，為蘇聯的集體領導搭好了舞臺——兩人意見相悖，卻維持著微妙的同盟關係，在接下來幾年，蘇聯的動向始終讓世界各國猜不透。

★

「怎麼可能會有人希望過這樣的生活呢？」

伯爵雖然宣稱這天晚上的其他約會都取消，但問這個問題的他，此時卻躺在安娜·伍芭諾娃的床上……

「我知道夢想著過第一種生活是有點唐吉訶德式的幻想，」他說，「但是不管怎麼說，只要有那麼一絲絲可能性，我們為什麼要委屈自己去過第二種生活呢？這樣做完全違反人類的精神。想想，希望瞥見另一種生活方式，或和其他人分享我們的生活方式，這不都是最基本的渴望嗎？就算第二種生活的力量強把城門關起，第一種生活的力量也會找到方法從縫隙裡溜出去的。」

伯爵伸手借了安娜手上的香菸，抽了一口。他想了想，把香菸朝著天花板的方向揮了揮。

「最近幾年，我伺候過不少從各地來到莫斯科欣賞波修瓦芭蕾舞演出的美國人。同時，夏里亞賓那支隨意組成的三人樂隊，不時嘗試演奏美國音樂，哪怕他們只是從收音機裡聽到過一小段。這就是第一種生活力量的展現。」

伯爵又抽了一口菸。

「埃米爾在廚房裡煮東西的時候，是按第二種生活方式來做的嗎？當然不是。他燉煮煎烤，遵循的都是第一種生活方式。維也納小牛肉，巴黎乳鴿，南法燉海鮮。再想想維克特．史帝潘諾維奇的例子——」

「你該不會又要開始講曼徹斯特的蛾了吧？」

「不是，」伯爵氣惱的說，「我要講的是完全不一樣的重點。維克特和蘇菲雅坐在鋼琴前面，他們從頭到尾只彈穆索斯基嗎？才不。他們彈巴哈和貝多芬，羅西尼和普契尼，而卡內基音樂廳的觀眾也為霍洛維茲彈奏的柴可夫斯基熱烈鼓掌。」

伯爵轉身端詳女明星。

「你今天和平常不太一樣，特別安靜？」他把香菸還給她，「也許你不同意我的看法？」

安娜抽了一口，緩緩吐出煙來。

「不是我不同意你的看法，阿亞。但是我不確定我們是不是可以就這樣，隨著你所謂的第一種生活方式的曲調起舞。無論生活在哪裡，都必須面對一些現實狀況，在莫斯科，這可能就意味著，你必須稍微委屈一下自己，適應第二種生活方式。拿你喜歡的馬賽魚湯和卡內基音樂廳的鼓掌聲來做例子吧。你所提到的這兩個城市，馬賽和紐約，都是港口城市，這並不是巧合。我敢說，你在上海和鹿特丹也找得到相同的例子。但莫斯科不是港口，親愛的。克里姆林宮矗立在俄羅斯所有事物的中心，無論是文化、心理，甚至連命運都是。這座高牆聳立的城堡，已屹立千年，離海洋四百哩遠。務實來說，克里姆林宮的城牆高度已不足以抵禦外來攻擊，然而，它的陰影，仍然籠罩著全部的國土。」

伯爵翻身仰躺，瞪著天花板。

「阿亞，俄國人天生就沒有世界觀，這個想法你或許不想接受。但你想想，美國人會討論像我們這樣的話題嗎？他們會擔心紐約的大門是要開敞或是封閉嗎？會思索第一種生活方式是不是比第二種生活方式更有可能嗎？從各個方面來看，美國都是奠基在第一種生活方式之上的。他們甚至不知道有第二種生活方式的存在。」

「你好像夢想要生活在美國。」

「每個人都夢想要生活在美國。」

「胡說。」

「胡說？為了舒適便利的生活環境，歐洲有一半的人都想搬去美國。」

「便利！什麼舒適便利？」

安娜側身摁熄香菸，打開床頭櫃的抽屜，拿出一本大開本的美國雜誌，伯爵看見封面印著醒目的大字：《生活》。安娜一頁頁翻著，開始指著一張張色彩鮮豔的照片。每一張看起來都是同一個女人，穿著不同的衣服，微笑站在各種新奇的機器前面。

「洗碗機。洗衣機。吸塵器。烤麵包機。電視機。還有，你看，這是電動車庫門。」

「電動車庫門是什麼？」

「就是可以自動開關的車庫門啊。你不必自己動手。想得到嗎？」

「我想我要是個車庫門，一定很懷念美好的往日。」

安娜又點了一根菸，遞給伯爵。他抽了一口，看著煙霧盤旋飄上天花板，彩繪的繆思正從煙霧裡頭看著他們。

「我來告訴你什麼叫舒適便利，」他沉默一晌之後說，「睡到中午才起床，有人用托盤端著午餐送到床上來。在最後一分鐘才取消約會。參加宴會時，讓馬車在門口等著，好讓你可以隨時趕赴另一場宴會。年輕時躲開婚姻，不考慮生小孩的問題。這才是最大的舒適便利，小娜，這一切，我都曾經擁有。但到頭來，對我來說最重要的，反而是最不舒適便利的東西。」

安娜．伍芭諾娃從伯爵手裡接過菸，丟進水杯裡，親吻他的鼻子。

一九五三年

使徒與叛教者

「宛如星辰運轉。」伯爵一面踱步，一面喃喃自語。

莫名其妙被丟到一旁等待的時候，時間就是這麼難捱。一個鐘頭又一個鐘頭，漫長得沒有盡頭；一分鐘又一分鐘，讓人焦躁難安。而那一秒又一秒呢？唉，每一秒鐘都想要登臺亮相，來一段獨白表演，不只有著抑揚頓挫，還有刻意表現藝術手法的沉吟與遲疑，只要臺下有人喝采，哪怕是多麼稀落的掌聲，也馬上就跳回臺上再來段安可表演。

伯爵自己不也曾經詩興大發地高談星體的運轉如何緩慢嗎？他不也曾經用熱情浪漫的文字描述在某個溫暖的夏夜，有人仰躺在草地上，聆聽腳步聲走近時，那點點星辰在運轉的過程中似乎停頓了，彷彿大自然刻意在破曉之前的幾個鐘頭拉長時間，好讓他們可以享受這美妙的夏夜？

這個嘛，是沒錯。但那都是二十二歲時的往事，是在草地上，攀上長春藤，敲著酒杯，等待某位佳人到來時做的事。但如今他已經年屆六十三，還要他等？頭髮稀薄，關節僵硬，每個呼吸都可能是最後一口氣的他？這真是太無禮了。

時間應該已近凌晨一點，伯爵想。表演預定十一點結束，酒會十二點結束。那兩人半個鐘頭前就該到了。

「莫斯科沒計程車嗎？沒電車嗎？」他大聲問。

或者兩人在回家途中繞到什麼地方去……？有沒有可能是經過某家小咖啡館，克制不了衝動，進去喝杯咖啡，一起吃塊糕點，然後放他一個人在這裡等了又等，等了又等？那兩人會這麼沒良心嗎？

（如果真是這樣，別想瞞得住他，因為他遠在五十呎之外，就聞得出是否吃過甜點！）

伯爵停下踱步，瞥了一眼「大使」後面，他在那裡藏了一瓶香檳王。

為**或許有可能**要舉行的慶祝會做準備是件棘手的事。要是命運女神對你微笑，那麼你就要做好準備，讓香檳塞飛上天花板。但如果命運女神聳聳肩，那你就要表現得像今晚只是另一個尋常無奇的夜晚，沒有什麼特別的事情，之後再找機會把沒開的香檳丟進海底。

伯爵把手伸到冰桶裡。冰塊差不多半融化，水溫約莫攝氏10°，完美的溫度。要是那兩人不快點回來，溫度就會慢慢上升，變得不冷不熱，那麼這瓶香檳也差不多該丟進海裡不喝了。

哎，這可是那兩人自找的。

伯爵才縮回手，站直身子，就聽到隔壁房間傳來離奇的聲音。是那座雙響鐘敲出的鐘聲。這座信用可靠的寶璣時鐘宣告午夜的到來。

絕對不可能！伯爵已經等了至少兩個鐘頭。他來回踱步，走了至少二十哩。現在一定已經凌晨一點半了。只會晚，不可能早。

「說不定準時可靠的寶璣已經沒那麼可靠了。」伯爵嘟囔說，畢竟這鐘已經五十幾歲了，就算是最頂尖的零件也抵擋不了歲月的摧殘。齒輪終究會被磨平，而彈簧也遲早會失去彈性。但就在伯爵這麼想的時候，透過斜屋頂上的小窗，傳來遠處鐘塔的鐘聲，一聲，兩聲，三聲……

「好啦，好啦，」他癱在沙發上說，「我知道了啦。」

這天顯然是註定要讓人懊惱的一天。

稍早之前的這天下午，博雅斯基餐廳的副理召集全體員工，宣布了點菜、下單和結帳的新程序。他解釋說，從今以後，客人點菜後，侍者必須記錄在為點菜專門設計的小簿子上。離開餐桌之後，他要把點單交給記帳員，由記帳員登錄在他的登記本上，然後再簽發訂菜單給廚房。廚房收到訂菜單，也必須先登錄在烹調紀錄本裡，然後才開始做菜。菜餚做好之後，廚房必須簽發一張確認單給記帳員，記帳員再交給侍者一張蓋了章的收據，賦予侍者可以端菜上桌的權力。於是，幾分鐘之後，侍者就可以在他的小簿子上做適當的註記，確認點菜、登錄、烹調和上桌的程序已經完成……

亞歷山大．伊里奇．羅斯托夫伯爵應該算得上是全俄羅斯最喜歡書面文字的人了。年輕時，他親眼看過有人因為普希金的兩句詩而下定決心。也看過杜斯妥也夫斯基的一小段文字，讓某人奮起採取行動，卻讓另一個人變得冷漠——而且還是同時發生的呢。當蘇格拉底在集會中滔滔不絕大發議論，或耶穌在山頂上對信眾發言的時候，竟然有人想到要寫下來流傳後世，他覺得簡直是天意。所以我們必須瞭解，伯爵對這個新規定的擔憂，並非出於對紙筆的厭惡。

他關切的是這個規定所代表的意義。我們選擇到廣場餐廳用餐的時候就料想得到，招呼我們的服務生會俯身靠近餐桌，在他的小本子上記下我們所點的菜。但是從伯爵在博雅斯基餐廳擔任領班以來，這裡的顧客早就習慣服務人員會看著他們的眼睛，回答問題，提供建議，完美地記住他們各自的喜好，而且雙手始終背在背後，不需要任何紙筆記錄。

也因此，在新制度實施的這天晚上，到博雅斯基餐廳用餐的客人，看見經理桌後面多出一張小桌子，坐了一名記帳員，肯定會大驚失色。看著小紙條滿屋子飛轉，他們也一定會大惑不解，以為自己進了證券交易所。等他們發現他們點的小牛肉和蘆筍終於上桌，卻冰冷得像肉凍一樣，那絕對要發火了。

這套制度絕對是行不通的。

說來也巧，就在第二輪客人用餐的時候，伯爵發現主教剛好站在博雅斯基餐廳門口。伯爵從小所受的教育告訴他，有教養的人但凡有擔憂的事情，都應該提出來，秉持互相切磋的精神加以討論。於是伯爵穿過餐廳，跟著主教走到走廊上。

「雷普列夫斯基總經理！」

「羅斯托夫領班，」主教說，伯爵叫住他，他有點意外。「有什麼事嗎……？」

「其實是件小事，我本來不想打擾您的。」

「只要是飯店的事，也就是我的事。」

「是這樣沒錯。」伯爵說，「總經理，我向您保證，全俄羅斯最欣賞書面文字的就是我……」伯爵就這樣切入正題，開始讚賞普希金的詩句，杜斯妥也夫斯基的文章，蘇格拉底與耶穌被記錄下來的演說。接著，他解釋鉛筆和小簿子會對博雅斯基餐廳的浪漫優雅傳統造成多大的傷害。

「您能想像嗎，」伯爵眼神發亮說，「您想向您的夫人求婚時，必須先提出申請，得到有關機構的核章，然後在紙上記錄下她的回答，一式三份，一份給她，一份給她父親，一份給府上所屬教區的神父。您能想像這個情景嗎？」

伯爵儘管妙語如珠，但一看見主教的表情，就提醒自己，妙語最好別涉及別人的婚姻……

「我不懂這和我太太有什麼關係？」主教說。

「沒有關係，」伯爵說，「是我引喻失當。我想說的是安德烈、埃米爾和我——」

「所以你是代表杜拉斯經理和朱可夫斯基主廚提出申訴？」

「噢，也不是。我是自己來找您的。而且這也不是申訴。但我們三個都盡心盡力想讓博雅斯基餐廳的客人滿意。」

主教露出微笑。

「當然啦。我也相信你們三個各有職掌，各有需要關切的事。身為大都會飯店總經理，我是唯一一個要面面俱到，確保飯店各方面都百分之百符合完美標準的人。這也就表示，我必須時時警覺，消除所有的短差。」

伯爵很不解。

「短差？哪一種短差？」

「各式各樣的短差。某一天，可能是送進廚房的洋蔥與做成菜餚的洋蔥數目之間的短差。另一天，可能是點了幾杯酒和倒了幾杯酒之間的短差。」

伯爵一懍。

「你是說有人偷竊？」

「我這麼說了嗎？」

兩人瞪著彼此好一會兒，主教的微笑慢慢消失。

「既然你們對餐廳如此關心，那就請儘早把我們的對話，轉達給朱可夫斯基主廚和杜拉斯經理吧。」

伯爵咬牙切齒。

「請放心，我明天會在我們的例行會議上逐字轉告。」

主教打量伯爵。

「你們還有例行會議……？」

毋庸贅言，博雅斯基餐廳當晚第二輪的客人和前一輪客人一樣，看見紙條滿餐廳飛舞，就像聽見槍聲的農夫那樣大驚失色。好不容易忍受完這一切之後，伯爵獨自坐在書房裡，熬過一分鐘又一分鐘。

伯爵先是手指敲著椅子扶手，接著在屋裡踱步，嘴裡哼著莫札特C大調第一號鋼琴奏鳴曲。

「噠滴噠滴噠。」他哼著。

這是一首歡快的曲子，而且你不得不承認，這曲子非常適合他女兒的個性。第一樂章的節奏，就和蘇菲雅十歲放學回家時，一口氣講完這天發生的十五件趣事一樣。她沒有時間解釋誰是誰，什麼是什麼，就這樣打開話匣子，不停的「然後……然後……然後……」說個沒完。到了第二樂章，奏鳴曲變成徐緩的行板，比較像十七歲時的蘇菲雅，那時的她喜歡週日下午的雷雨，因為這樣她就可以坐在書房裡，捧著一本書，或放張唱片。第三樂章的輕快步調與點描畫風格，讓你幾乎可以聽見十三歲的她在飯店樓梯跑上跑下，偶爾在樓梯平臺陡然停下腳步讓人先過，然後又繼續快活地往前衝。

沒錯，這是一首歡快的曲子。毫無疑問。但會不會太歡快？評審會不會認為這欠缺了時代的莊重感？蘇菲雅選擇這首曲子的時候，伯爵委婉表達了他的擔憂，說這首曲子「聽起來很舒服」，「相當有趣」。但之後，他就沒再多表示意見。因為身為父母，表達完關切之後，就必須往後退開三步。注意喔，不是一步，兩步，而是三步。說不定要四步呢。（但絕對不至於要五步。）沒錯，父母可以說出自己心裡的擔憂，但說完就要退開三、四步，讓孩子自己做決定，儘管這決定可能帶來失望。

但慢著！

這是什麼聲音？

伯爵轉身，看見衣櫃門敞開，安娜衝進書房，背後拉著蘇菲雅。

「她贏了！」

二十年來頭一次，伯爵放聲大叫：「啊哈！」

他擁抱了帶來這個好消息的安娜。

接著擁抱贏得比賽的蘇菲雅。

然後他又再擁抱安娜。

「對不起，我們回來晚了。」安娜上氣不接下氣地說，「但他們不肯讓她離開酒會。」

「別這麼說！我根本沒注意到時間已經這麼晚了。坐啊，坐啊，快坐下來，詳細說給我聽吧。」

伯爵把高背椅讓給兩位小姐，自己坐在「大使」邊上，目光充滿期待地看著蘇菲雅。蘇菲雅害羞微笑，把這個任務讓給安娜。

「太不可思議了，」安娜說，「蘇菲雅前面有五位參賽者。兩名小提琴手，一名大提琴手——」

「在哪裡？哪個音樂廳？」

「在表演大廳。」

「我知道那個地方，是札果斯基（Vasily Petrovich Zagorsky）在二十世紀初設計的。人多不多？有誰去了？」

安娜皺起眉頭。蘇菲雅嘆口氣。

「爸爸，聽她說。」

「好吧，好吧。」

於是伯爵乖乖聽，讓安娜好好說。她說蘇菲雅前面有五位參賽者：兩名小提琴手，一名大提琴手，一名法國號手，還有另一位鋼琴手。這五個人都足以讓音樂學院引以為榮，舉手投足散發專業氣息，樂器演奏精準至極。五首曲子包括兩首柴可夫斯基，兩首林姆斯基—高沙可夫，還有一首鮑羅定。接著就輪到蘇菲雅出場了。

「我告訴你，阿亞，她一出場，所有的觀眾就倒抽一口氣。她穿過舞臺走到鋼琴前面，衣服連發出一絲絲的聲音都沒有。彷彿是飄過去的。」

「這是你教我的呀，安娜阿姨。」

「不，不，蘇菲雅，你進場的那個氣質是誰也教不來的。」

「絕對是。」伯爵贊同。

「嗯，院長宣布蘇菲雅要彈奏莫札特第一號鋼琴奏鳴曲的時候，臺下開始有人交頭接耳，拉動椅子。但她一開始彈，所有的人全被迷住了。」

「我就知道。我不是早就說過了嗎？來段莫札特，永遠都合時。」

「爸爸……」

「她彈得好美，」安娜繼續說，「好歡欣，從第一個音符就擄獲了觀眾的心。我可以告訴你，每一排座位的每一張臉都在微笑。她彈完之後的那個掌聲，你應該要自己聽聽看的，阿亞。熱烈得不得了，連水晶吊燈上的灰塵都被震得掉下來了。」

伯爵也用力拍手，然後雙手合掌。

「蘇菲雅之後還有幾位上臺？」

「幾位都無所謂了。比賽已經結束，每個人都知道。排在蘇菲雅後面那個可憐的男生，簡直要用拖的才能把他拖上臺。後來在酒會上，她是全場的焦點，走到哪裡都有人向她敬酒。」

「天哪！」伯爵跳起來，「我徹底忘了！」

他把「大使」挪開，拿出放著香檳的冰桶。

「瞧！」

伯爵手伸進冰水裡，知道溫度已經上升到攝氏11°了，但管他的。他手指一扭，扯開酒瓶上的錫箔，瓶塞噴向天花板。香檳流得他滿手都是，他們全笑了起來。他倒了三杯酒，兩個香檳杯給兩位小姐，一個紅酒杯給自己。

「敬蘇菲雅，」他說，「就讓今晚成為偉大探險的啟程之日。她必將走向遼闊的遠方世界。」

「爸爸，」蘇菲雅紅著臉說，「這只是校內比賽。」

「只是校內比賽！你們年輕人就是這樣自我設限，永遠都不知道偉大的探險從哪一刻就開始了。但我是個經驗豐富的人，我向你保證——」

安娜突然豎起手，要伯爵安靜下來。她看著衣櫃門。

「你聽見了嗎？」

三人站得一動也不動。沒錯，雖然有點隱約，但他們確實聽到有人講話的聲音。有人站在臥房門口。

「我去看看是誰。」伯爵說。

他放下酒杯，穿過成排的外套，打開衣櫃門，踏進臥房，發現安德烈和埃米爾正站在床腳，壓低嗓音爭辯。埃米爾端著一個有十層內餡的鋼琴形狀蛋糕，安德烈先前大概是建議把蛋糕擺在床上，留張紙條，因為伯爵打開衣櫃門的時候，聽到埃米爾回答說，不會有人把這麼漂亮的蛋糕擺在床上的。

伯爵從衣櫃裡跳出來。

安德烈驚呼一聲。

伯爵倒抽一口氣。

埃米爾手上的蛋糕掉了。

倘若蛋糕就此落地，這個夜晚或許就告結束了。但安德烈天生就有不讓任何東西摔落地上的本能。他輕盈踏出幾步，伸長手指，這位曾經是雜耍藝人的餐廳經理就穩穩接住了蛋糕。

安德烈如釋重負地呼一口氣，埃米爾張大嘴巴，眼睛瞪得圓圓的，伯爵儘量用實事求是的口吻對他們說：

「哎，安德烈，埃米爾，真是意外……」

安德烈聽到伯爵的口氣，也表現得彷彿沒什麼特別的事情發生似的。「埃米爾預期蘇菲雅會贏得比賽，所以給她做了個小東西。」他說，「請幫我們轉達由衷的恭賀。」他輕輕把蛋糕擺在大公的書桌上，轉身走向門口。

但埃米爾沒動。

「亞歷山大．伊里奇，」他追問，「你究竟在衣櫥裡搞什麼鬼啊？」

「衣櫥？」伯爵問，「哎，我……我在……」他的聲音越來越小。

安德烈露出同情的微笑，雙手輕輕一揮，彷彿在說：**世界何其大，驚奇何其多……**

但埃米爾對安德烈皺起眉頭，彷彿回答說：**胡說八道**。

伯爵看著他這兩位三巨頭夥伴。

「我怎麼這麼沒禮貌？」最後他說，「蘇菲雅見到你們一定會很開心。請跟我來。」他做了個歡迎的手勢，走向衣櫃。

埃米爾看著伯爵的那副神情，彷彿當他是瘋子。但面對客氣邀請從不遲疑的安德烈，拿起蛋糕，走向衣櫃門。

埃米爾氣呼呼嘟囔。「要是我們進去，」他對安德烈說，「那你最好小心一點，別讓糖霜沾到衣袖。」於是餐廳經理把蛋糕交給埃米爾，用他那雙纖長靈巧的手撥開伯爵的外套。

踏出衣櫃的另一頭，安德烈頭一次看見伯爵的書房，驚詫莫名，但一看見蘇菲雅心情就馬上轉變了。「我們的冠軍！」他用法語說，把她擁進懷裡，親吻臉頰。至於埃米爾，看見伯爵書房的驚訝，馬上被另一個更大的驚訝所取代：因為他看見電影明星安娜．伍芭諾娃竟然在這裡！三巨頭其他兩位不知道的是，主廚埃米爾看過她的每一部電影，而且通常都坐在第二排看。

安德烈注意到埃米爾驚詫的表情，馬上快步向前，雙手接住蛋糕。但埃米爾並沒有鬆手掉下蛋糕，反而突然把蛋糕送到安娜面前，彷彿這是專門為她烤的。

「太謝謝你了，」她說，「但這是給蘇菲雅的吧？」

埃米爾從肩膀到漸禿的頭頂都紅了起來，轉頭看蘇菲雅。

「我做了你最喜歡的口味，」他說，「巧克力奶油的多層蛋糕。」

「謝謝你，埃米爾叔叔。」

「這是鋼琴形狀的喔。」他又補上一句。

埃米爾從他的圍裙腰帶裡抽出菜刀，伯爵則從「大使」裡多拿出兩個杯子，斟滿香檳。蘇菲雅獲勝的經過又再講了一遍，而且安娜拿埃米爾完美無瑕的蛋糕來和蘇菲雅精湛的演出相提並論。主廚開始對女明星說明做這種蛋糕的繁複程序，而安德烈則為蘇菲雅轉述多年前的那個夜晚，他和其他幾個人為伯爵搬到六樓舉杯致敬。

「你還記得嗎，亞歷山大？」

「清晰得像昨天一樣。」伯爵微笑說，「你那天晚上帶著白蘭地來，我的朋友。瑪莉娜和瓦西里一起來……」

像變魔術似的，伯爵才剛提到瓦西里，這位禮賓經理就穿過衣櫃門出現了。他一副軍人風格，雙腿用力併攏，對屋裡的人致意，看見他們竟然群聚於此，竟然沒有露出絲毫的詫異。

「伍芭諾娃小姐，蘇菲雅，安德烈，埃米爾，」然後他對伯爵說，「亞歷山大．伊里奇，我可以和你談一下嗎……？」

從問這句話的神態看起來，他顯然是想要拉伯爵到一旁講話。但伯爵的書房才一百平方呎，他們再怎麼走，也只能離其他人三呎遠，勉強擁有一點隱私。但這個行動證明毫無意義，因為其他四個人也跟著往同一個方向移動了相同的距離。

「我是要通知你，」瓦西里神祕兮兮地說，「飯店總經理要過來了。」

這回輪到伯爵大驚失色了。

「過來哪裡？」

「過來你這裡。或者……應該說是那裡。」瓦西里指著伯爵臥房的方向。

「他怎麼可能來？」

瓦西里說他正在整理明晚的訂房紀錄時，無意間發現主教在大廳徘徊。過了幾分鐘之後，一個戴著寬邊帽的**小個子**男人走到櫃臺，指名要找伯爵。主教迎上前去自我介紹，說他正在等待這位貴客來臨，準備親自帶他到伯爵的房間。

「是什麼時候的事？」

「他們一進電梯，我就從樓梯跑上來。但是二一五號套房的哈里曼先生和四二六號房的塔柯福夫婦也一起搭電梯。我想他們應該隨時會到了。」

「天哪！」

所有的人面面相覷。

「別出聲。」伯爵說。他踏進衣櫃，關上書房的門，然後比方才更小心謹慎地打開通向臥房的門。發現房間裡沒人，他鬆了一口氣，關上衣櫃門，拿起蘇菲雅的那本《父與子》，坐在書桌旁的椅子上，才剛往後仰，把椅子的兩隻前腳抬起來，正好聽見有人敲門的聲音。

「是誰？」伯爵大聲問。

「我是雷普列夫斯基總經理。」主教回答。

伯爵讓抬起的兩隻椅腳重重著地，打開房門，看見主教和一名陌生人站在走廊上。

「希望沒打擾到你。」主教說。

「嗯，這個時間來訪很不尋常……」

「是沒錯，」主教微笑說，「但請容我介紹佛里諾夫斯基同志。他在大廳說要找你，所以我就親自帶路，因為你的房間……有點遠。」

「您真是太體貼了。」伯爵回答說。

瓦西里形容佛里諾夫斯基同志個子小，但伯爵覺得禮賓經理在形容詞的選擇上實在太過字斟句酌了。因為事實上，「小個子」這個詞彙並不足以形容佛里諾夫斯基同志的體型。伯爵和這位客人講話的時候，一直忍不住想蹲下來。

「有什麼我可以效勞的嗎，佛里諾夫斯基先生？」

「我是為了令千金而來的。」佛里諾夫斯基摘下小帽子說。

「蘇菲雅？」伯爵問。

「是的，蘇菲雅。我是紅色十月青年管弦樂團的指揮。我們最近注意到，令千金是位傑出的鋼琴家。事實上，我今晚有幸聆聽她的演出。這也是我這麼晚登門拜訪的原因。我們非常榮幸邀請她擔任我們的第二鋼琴手。」

「莫斯科青年管弦樂團！」伯爵驚呼，「太棒了。你們樂團在什麼地方？」

「不是的，很抱歉，我沒把話說清楚。」佛里諾夫斯基解釋說，「紅色十月管弦樂團並不在是莫斯科，而是在史達林格勒。」

伯爵困惑了一晌之後，想辦法平復自己的心情。

「就如我所說的，這個邀約實在是太棒了，佛里諾夫斯基先生……但恐怕蘇菲雅並不打算接受。」

佛里諾夫斯基看著主教，彷彿不明白伯爵所說的話。

主教只搖搖頭。

「但這和她個人的意願沒有關係，」佛里諾夫斯基對伯爵說，「徵召令已經下達，人事任命也已經得到文化事務地區副書記的核可。」他從外套口袋裡掏出一封信，交給伯爵，指著副書記的簽名，「你看見了，蘇菲雅必須在九月一日到樂團報到。」

伯爵一陣頭暈目眩，看著那封用著最制式口吻寫成的信，歡迎他女兒到六百哩外的工業城市去。

「史達林格勒的青年管弦樂團，」主教說，「你一定覺得太開心了，亞歷山大．伊里奇……」

低頭看信的伯爵抬起頭來，看見主教的微笑裡有一絲恨意，但和伯爵的暈眩與困惑一樣，倏地消失，立即換上了冷淡忿怒的表情。伯爵挺直身子，朝主教走去，恨不得揪住他的衣領，或掐住他的喉嚨，但這時，衣櫃門打開，安娜．伍芭諾娃走進房裡。

伯爵、主教和那小個子樂團指揮全都驚訝地抬起頭。

安娜風姿綽約地走到伯爵身邊，一手優雅地搭在他的下背，打量站在門口的那兩名男子，微微一笑對主教說：

「怎麼啦，雷普列夫斯基總經理，沒見過漂亮女人從衣櫃裡出來嗎？」

「是沒有。」主教結結巴巴說。

「當然啦。」她同情地說，然後把注意力轉到那名陌生人身上，「這位是？」

主教和伯爵都還來不及開口，小個子就自己回答了：

「我是伊凡．佛里諾夫斯基同志，史達林格勒紅色十月青年管弦樂團指揮。能見到您，榮幸之至，伍芭諾娃同志。」

「榮幸之至，」安娜露出最讓人卸下心防的微笑，「你太過誇張了，佛里諾夫斯基同志，但我不會因此責怪你的。」

面對女明星的微笑，佛里諾夫斯基同志紅了臉。

「哎，」安娜說，「把帽子給我吧。」

因為這位指揮家把帽子捏在手裡，折了兩折，所以安娜從他手裡拿過帽子，輕輕把帽頂拉平，整理好帽簷，然後還給指揮。在未來的幾年裡，指揮家會把這件事說上好幾百遍。

「那麼，你是史達林格勒青年管弦樂團的指揮？」

「是的。」他說。

「那你也許認識納崔夫柯同志？」

提到這位圓臉的文化部長，指揮立刻站得挺直，讓他身高增加了一吋。

「我沒這個榮幸認識他本人。」

「潘特列蒙是個很有趣的人，」安娜說，「而且大力支持青年藝術發展。事實上，他個人也很欣賞亞歷山大的女兒，也就是年輕的蘇菲雅。」

「個人也很欣賞……？」

「噢，沒錯。昨天晚上吃晚飯的時候，他還告訴我說，看到她能發揮才華，他覺得非常開心。我覺得他對蘇菲雅另有計畫，希望她留在首都發展。」

「我沒聽說……」

指揮看了主教一眼，一副無辜淪落到這個境地的模樣。接著又轉頭看伯爵，輕輕抽回那封信。

「如果令千金有意到史達林格勒來演出，」他說，「請隨時和我聯繫。」

「謝謝，佛里諾夫斯基同志。」伯爵說，「您的盛情讓人感動。」

佛里諾夫斯基看看安娜，再看看伯爵，說：「很抱歉，在這麼晚的時間給您帶來不便。」然後戴上帽子，轉身朝塔樓走去，主教亦步亦趨跟在他背後。

伯爵悄悄關上房門，轉頭看安娜，臉上的表情異常凝重。

「文化部長什麼時候說，他個人也很欣賞蘇菲雅的？」他問。

「最快明天下午。」她回答說。

☆

主教到訪之前，群集在伯爵書房裡的眾人有理由好好慶祝；而在主教離開之後，他們有了更好的理由可以慶祝。伯爵開白蘭地的時候，安娜在理查留下的那疊古典音樂唱片裡找到一張夾雜其中的爵士樂唱片，就在留聲機上放了起來。接下來的時間裡，他們暢飲白蘭地，把埃米爾的蛋糕吃得一乾二淨，爵士樂唱片放了一次又一次，每位男士都輪流和在場的女士跳舞。

最後一滴白蘭地喝完之後，已經興奮得有點迷茫的埃米爾提議大家下樓再喝一杯，再跳幾支舞，也要拉維克特．史帝潘諾維奇一起來慶祝。這個時間，維克特應該還在廣場餐廳演奏。

埃米爾的動議得到大夥兒一致同意。

「在我們離開之前，」蘇菲雅紅著臉說，「我想要敬酒。敬我的守護神，我的父親，我的朋友，亞歷山大．羅斯托夫伯爵。一位可以看見我們身上優點的人。」

「說得好!說得好!」

「你不必擔心,爸爸,」蘇菲雅繼續說,「不管來敲門的是誰,我都不打算離開大都會飯店。」眾人歡呼,喝光杯裡的酒,腳步踉蹌地穿過衣櫃,走出房門到走廊上。伯爵拉開塔樓的門,微微鞠躬,做了個「請」的手勢,請大家往前走。但就在伯爵要隨著眾人一起走進樓梯間的時候,突然看見從走廊的暗處走出一名中年婦女,頭髮包著布巾,肩上揹著背包。伯爵沒見過她,但從她的神態看來,她是等著要和他講話。

「安德烈,」伯爵對著樓梯間說,「我有東西忘在房間裡,你們先走,我稍後就來……」

直到再也聽不見樓梯間的腳步聲,這女人才走近。在燈光下,伯爵發現她有種近乎嚴肅的美,面對她,似乎不應有其他非分之想的那種美。

「我是凱特琳娜.李特文諾娃。」她說,臉上一絲微笑都沒有。

伯爵想了好一會兒才明白,她就是米哈伊爾的凱特琳娜,出身基輔、一九二〇年代和他同居的那名女詩人。

「凱特琳娜.李特文諾娃!太意外了。我竟有機會——」

「我們可以找個地方談談嗎?」

「噢,好……當然沒問題……」

伯爵帶凱特琳娜到他的房間,遲疑了一晌,帶她穿過掛滿外套的衣櫃,到書房去。他其實不必遲疑,因為她看看四周,彷彿早就聽人提起過這個房間。她的目光從書架轉到茶几,再到「大使」,微微點頭。她放下肩上的背包,突然顯得很累。

「請坐。」伯爵指著椅子說。

她坐下,把背包擱在腿上。然後一手從頭頂拉下布巾,露出一頭短得像男人的淡褐色頭髮。

「是米哈伊爾的事吧,他……」伯爵好一會兒之後說。

「是的。」

「什麼時候的事？」

「上個星期的今天。」

伯爵點點頭，彷彿早就料到這個消息。他沒問凱特琳娜說他這位老朋友是怎麼死的，而她也沒告訴他。他們都很清楚，他是被他的時代背叛了。

「你和他在一起？」伯爵問。

「是的。」

「在亞瓦斯？」

「是的。」

……

「我怎麼記得……」

「我丈夫幾年前過世了。」

「對不起，我不知道。你有孩子嗎……」

「沒有。」

她口氣不太客氣，彷彿回答的是個愚蠢至極的問題。但她馬上又放緩語氣，「我一月接到米哈伊爾的信，就去亞瓦斯找他。過去六個月，我們都在一起。」沉吟片刻，她又說：「他常提起你。」

「他是位忠實的朋友。」

「他是熱情奉獻的人。」凱特琳娜糾正說。

伯爵本來想提起米哈伊爾安於清貧和喜歡踱步的習慣，但她對他這位老朋友的形容，比他貼切多了。米哈伊爾・費奧多拉維奇・敏狄奇是個熱情奉獻的人。

「也是位傑出的詩人。」伯爵補上一句，幾乎是自言自語。

「兩位傑出詩人之一。」

伯爵看看凱特琳娜，彷彿不理解她的意思。但他馬上就露出哀傷的微笑。

「我這輩子從沒寫過詩。」他說。

這回輪到凱特琳娜不解了。

「什麼意思？那首《如今安在》呢？」

「那首詩是米哈伊爾寫的。在埃鐸豪爾的南廳……一九一三年的夏天……」

凱特琳娜依舊滿臉困惑，所以伯爵進一步解釋。

「一九〇五年革命爆發，鎮壓行動隨即展開。在我們畢業的那個時候，寫詩來宣洩對政治的不滿，是很危險的事。基於米哈伊爾的背景，祕密警察隨便拿一根掃帚都能對付他。所以有天晚上，在喝完一瓶格外醇美的瑪歌酒莊葡萄酒之後，我們決定用我的名義出版這首長詩。」

「為什麼用你的名義？」

「他們能拿亞歷山大．羅斯托夫伯爵怎麼樣？我獲授聖安德魯勳章，為馬會成員與沙皇宮廷大臣的教子啊！」伯爵搖搖頭，「很諷刺的是，到頭來因為那首詩而逃過死劫的人是我，而不是他。不過，當年為了那首詩，他們差點在一九二二年把我給槍斃了。」

凱特琳娜專心聽他講這樁陳年舊事，突然泫然欲泣，但強忍住了。

「但你還是保護了他。」她說。

兩人陷入沉默，她也恢復鎮靜。

「我希望你知道，」伯爵說，「你親自來告訴我這個消息，我真的非常感激。」但凱特琳娜不接受他的謝意。

「我來是因為米哈伊爾要求我來。他要我帶東西來給你。」

她從背包裡拿出一個長方形的包裹，用普通的褐色紙張包起來，紮上繩子。

伯爵把包裹拿在手上，掂掂重量，知道應該是一本書。

「這就是他的研究計畫吧。」伯爵微笑說。

「是的。」她說，然後又意有所指地強調：「他簡直成了這件事的奴隸。」

伯爵點點頭，表示理解，要凱特琳娜放心，他絕對會慎重對待米哈伊爾的遺贈。

凱特琳娜再次打量書房，輕輕搖頭，彷彿這一切正印證了世事難料。她說她該走了。

伯爵和她一起站起來，把米哈伊爾的研究計畫放在椅子上。

「你要回亞瓦斯嗎？」他問。

「不是。」

「你會留在莫斯科？」

「不會。」

「那你要去哪裡？」

「到哪裡不都一樣嗎？」

她轉身就要走。

「凱特琳娜……」

「什麼？」

「我有什麼可以幫得上忙的嗎？」

聽見伯爵這麼問，她起初有點意外，馬上就準備要拒絕。但隔了一晌，她說：「好好記住他。」

說完便走出門去。

伯爵靜靜坐回椅子裡。好幾分鐘之後，他拿起米哈伊爾的那個包裹，解開繩子，打開褐色的紙。裡面是一本皮面的小書，封面壓印簡單的幾何圖形，正中央是書名：《麵包與鹽》。從紙張粗糙切割與鬆散的裝訂看起來，這裝幀肯定是出自熱情奉獻的外行人之手。

伯爵摸摸封面，翻開書名頁。有張照片夾在這一頁裡。照片是一九一二年拍的，伯爵堅持要拍，讓米哈伊爾很懊惱。年輕的伯爵站在左邊，頭上戴頂禮帽，眼神發亮，鬍子長長的，翹得比臉頰還寬。站在右邊的米哈伊爾，看起來像隨時要跳到相片外面似的。

然而，他還是把這張照片保留了這麼多年。

伯爵哀傷微笑，放下照片，翻開他老朋友這本書的第一頁。整頁只有一段排版不太工整的引文：

又對亞當說：你既聽從妻子的話，吃了我所吩咐你不可吃的那樹上的果子，地必為你的緣故受詛咒……你必汗流滿面才得有**麵包**[50]糊口，直到你歸了土，因為你是從土而出的。你本是塵土，仍要歸於塵土。

——〈創世紀〉，第三章，第十七至十九節

伯爵翻到第二頁，這一頁也還是只有一段引文：

那試探人的進前來，對他說：「你若是神的兒子，可以吩咐這些石頭變成**麵包**。」耶穌卻回答說：「經上記著說：人活著，不是單靠**麵包**，乃是靠神口裡所出的一切話。」

——〈馬太福音〉，第四章，第三至四節

50 下列引文皆引自中文聖經，但其中的Bread，在不同章節中有譯為「食物」、「餅」等等，為配合小說中的原意，皆改譯為「麵包」。

接著是第三頁……

又拿起麵包來，祝謝了，就掰開，遞給他們，說：「這是我的身體，為你們捨的，你們也當如此行，為的是紀念我。

——〈路加福音〉，第二十二章，第十九節

伯爵一頁頁慢慢翻看，不覺笑了起來。因為簡單來說，米哈伊爾的這個研究計畫，就是從重要文獻中摘出內文段落，再按年代順序排列，但只要提到「麵包」兩字，他就用粗體標示出來。這些摘句從《聖經》開始，接著是希臘、羅馬時代的作品，再到莎士比亞、彌爾頓、歌德等大師的著作。其中最為重要的是俄羅斯文學黃金時代的作品：

為求得體，伊凡．雅可列夫斯基在汗衫外面罩上燕尾外套，擺好餐具，倒了些鹽，準備兩顆洋蔥，手拿著刀，裝出慎重其事的樣子，開始切**麵包**。他把一條**麵包**切成兩半，看看裡面，很意外地發現裡面有白白的東西。伊凡．雅可列夫斯基用他的刀子小心地戳了戳，又用手指摸一摸。「硬的！」他自言自語，「會是什麼呢？」

他用手指把那東西拉出來——是個鼻子！

——尼古拉．果戈里，《鼻子》（一八三六年）

一個人不該活在世上時，太陽就不會像溫暖其他人那樣帶給他溫暖，麵包也不會帶給他營養，讓他強壯。

——伊凡．屠格涅夫，《獵人筆記》（一八五二年）

過去與現在揉和在一起。他夢見他到了流著奶與蜜的應許之地，那裡的人不須工作就有麵包吃，身上穿金戴銀……

——伊凡．岡察洛夫，《奧勃洛莫夫》（一八五九年）

「根本是胡說八道，」他滿懷希望的說，「沒什麼好擔心的！只是有點身體不適而已。喝杯啤酒，吃塊麵包，等著瞧——精神馬上就會變得更好，腦筋更清楚，意志更堅定！」

——費奧多爾．杜斯妥也夫斯基，《罪與罰》（一八六六年）

「我，無恥的列伯多夫，不相信那些送麵包給人的馬車！因為用馬車送麵包給每一個人的這個行為本身，沒有任何道德基礎，也很可能會將很大一部分人排除在外，讓他們無緣享用馬車所送來的東西。」

——費奧多爾．杜斯妥也夫斯基，《白癡》（一八六九年）

你知道嗎？你知道人沒有英國人還可以活下去，沒有德國人，沒有俄國人，沒有科學，沒有麵包，也都同樣可以活得好好的，但唯獨沒有美就活不下去……

——費奧多爾．杜斯妥也夫斯基，《群魔》（一八七二年）

這一切都是同時發生的：一個男孩跑去追鴿子，微笑著抬頭看了雷文一眼；鴿子拍著翅膀飛起，在漫天飄雪裡，陽光顫顫閃爍，窗裡飄出烤麵包的香味，因為麵包卷出爐了。這一切如此的非比尋常，所以雷文笑了起來，欣喜地落下眼淚。

——列夫．托爾斯泰，《安娜．卡列妮娜》（一八七七年）

你看見這荒涼焦灼沙漠裡的石頭嗎？把它們變成麵包，人們就會像羊群一樣跟著你跑，心存感激，乖乖聽命……但你不想剝奪人們的自由，拒絕這個提議，因為你認為，如果聽命是用麵包換來的，那又算得上什麼自由呢？

——費奧多爾．杜斯妥也夫斯基，《卡拉馬助夫兄弟》之〈宗教大法官〉（一八八〇年）

伯爵一頁頁翻讀，發現米哈伊爾的暴躁個性在這個研究計畫裡表露無遺，不禁露出微笑。但在〈宗教大法官〉那段引文之後，又引用了一段《卡拉馬助夫兄弟》的摘文，伯爵對這段文字完全沒有印象。這一段講的是那個老被同學欺負，後來罹患重病而死的小男孩伊柳沙。小男孩死了之後，他傷心欲絕的父親告訴聖徒般的阿遼沙．卡拉馬助夫說兒子臨終前有個遺願：

爸爸，在他們把土撒到我的墳上時，也請撒一些麵包屑吧，這樣麻雀就會來到我的墳上，我就可以聽到牠們的歡唱，慶幸自己不是孤獨一人。

讀到這裡，亞歷山大・羅斯托夫終於情緒崩潰，哭了起來。他當然是為自己的這位朋友而哭，這位慷慨大方卻個性焦急的朋友，在生前只短暫地綻放光芒。米哈伊爾就像小說裡的孤獨小男孩一樣，忍受諸多不公平，卻仍無意譴責這個世界。

當然，伯爵也是為自己而哭。儘管他和瑪莉娜、安德烈、埃米爾友誼深厚，儘管他愛安娜，儘管他有蘇菲雅這上天恩賜的非凡禮物，但米哈伊爾・費奧多拉維奇・敏狄奇一過世，這世上就再也沒有他年少時代所認識的人了。然而凱特琳娜說得對，至少他還會永遠記得這位朋友。

伯爵深吸一口氣，想讓自己的心平靜下來，讀完老朋友這本書的最後一頁。這些引文的時間跨度雖長達兩千多年，但並沒有對現代著墨太多。因為摘錄的文字只到一九〇四年六月，也就是米哈伊爾從契訶夫書信集裡刪掉的那段話：

來到柏林，我在最好的飯店找了一間舒服的房間。我很喜歡這裡的生活，也已經很久沒吃過這麼好吃、讓我胃口大開的麵包了。這裡的麵包好到不可思議，我每次都吃一大堆。這裡的咖啡很棒，菜餚更是好到難以形容。沒出過國的人，不會知道麵包可以好吃到什麼程度……

考慮到一九三〇年代國內的艱苦情況，伯爵或許可以理解夏拉莫夫（或他的上司）為什麼要進行這小小的刪改，因為契訶夫的這段話只會引起不滿與厭惡。但是說來諷刺的是，如今俄羅斯人比歐洲任何地方的人都明白麵包可以好到什麼程度。

伯爵闔上米哈伊爾的書，並不想到樓下和其他人一起慶祝。他留在書房裡，陷入沉思。

在這樣的情況下，從旁觀察的人，或許會合理推斷伯爵是沉浸在老友的回憶裡。但事實上，他已經不再想米哈伊爾了。他想的是凱特琳娜。他帶著不祥的預感想著這位老友口中的螢火蟲，風車，人間奇蹟，怎麼只經過二十年，就變成眼前這個女人：他問她要到哪裡去，她竟毫不猶豫地說：「到哪裡不都一樣嗎？」

第五部

一九五四年

掌聲與讚譽

「巴黎……？」

安德烈問，彷彿不相信自己的耳朵。

「是的。」埃米爾說。

「巴黎……法國？」

埃米爾皺起眉頭。「你是喝醉了？還是把頭給撞壞了？」

「但是怎麼可能？」餐廳經理問。

埃米爾往後靠在椅背上，點點頭。因為這才是有腦筋的人該問的問題。眾所周知，地球的所有物種之中，適應能力最強的就是人類。把一群人放到沙漠，他們會給自己穿上棉衣，睡在帳篷裡，騎在駱駝背上遠行；把一群人放到北極，他們會給自己穿上海豹皮，睡在冰屋裡，用狗拉雪橇代步。要是你把他們放到蘇聯的環境裡呢？他們便學會在排隊時和陌生人客氣交談，學會把自己的衣服整整齊齊收進分配給他們的半個抽屜櫃裡，學會在素描簿上畫想像的建築。也就是說，他們在什麼環境裡都能適應。但對那些革命之前就去過巴黎的人來說，必須適應的一個大問題，就是接受自己永遠再也不能去巴黎的事實……

「他來了，」伯爵進門來的時候，埃米爾說，「你自己問他。」

伯爵坐下來，證實再過六個月，也就是六月二十一日，蘇菲雅要到法國巴黎去。被問到這怎麼可能時，伯爵聳聳肩，回答說：「ＶＯＫＳ。」也就是蘇聯對外文化關係協會。

這回輪到埃米爾不敢相信了。「我們和外國有文化關係？」

「顯然是有。現在我們派藝術家到全世界各地去。四月，我們派芭蕾舞團到紐約。五月，我們派一個劇團去倫敦。六月，我們要派莫斯科音樂學院管弦樂團去明斯克、布拉格和巴黎。蘇菲雅要在巴黎歌劇院演奏拉赫曼尼諾夫。」

「太不可思議了。」安德烈說。

「太棒了。」埃米爾說。

「我知道。」

三個人一起笑起來，笑到埃米爾拿著菜刀指向他這兩位同事。

「她當之無愧。」

「噢，絕對是。」

「毫無疑問。」

三個人安靜下來，各自沉浸在他們對這座光之城市的回憶裡。

「你們覺得那個地方會和以前不一樣嗎？」安德烈問。

「肯定變了，」埃米爾說，「變化大得像金字塔一樣。」

這三巨頭很可能就這樣踏進他們玫瑰色的美好年少往事，只是埃米爾的門一敞而開，走進來的是博雅斯基餐廳每日例會的新成員：主教。

「各位好，讓你們久候，不好意思。大廳櫃檯有些事需要我立即處理。之後，你們等我到了再過來開會就好。」

埃米爾咕噥一聲，聽不清楚在說什麼。

主教不理會主廚，面向伯爵。

「羅斯托夫領班，你今天不是輪休嗎？你既然不上班，就不必非來參加這個例行會議不可。」

「掌握情況，才能準備妥當。」伯爵說。

「沒錯。」

幾年前，主教曾經向伯爵說明，大都會飯店的每一名員工都只負責自己那一小塊領域的工作，唯獨總經理一個人負責維持整個飯店的高品質水準。持平來說，主教的個性讓他非常適合這份工作。因為不管是客房還是大廳，甚至是二樓的織品儲存櫃，再小的細節，再無關緊要的瑕疵，再不合時宜的場合，主教都會挑剔至極、略帶不屑地親自干預。博雅斯基餐廳裡的事情當然也不例外。

每日例行的會議對當晚的特別餐餚會有深入討論。理所當然的，主教已廢棄試菜的傳統，理由是主廚應當很了解他自己的菜嘗起來是什麼味道，為員工另備一份試吃的菜，不僅沒有道理，也很浪費。所以他要求埃米爾寫一份特別餐點的說明。

主廚又咕噥一聲，把菜單推過桌子。主教畫了一堆圈圈、箭頭和叉叉之後，停下筆。

「我覺得，用甜菜搭配豬排的效果，應該和蘋果差不多吧。」他想了想，「如果我沒記錯的話，朱可夫斯基主廚，你的食品儲藏室裡應該還有一籮甜菜吧。」

主教把這個建議寫在菜單上，埃米爾狠狠瞪著桌子對面的這個人，他現在都叫這人是「大話伯爵」。

主教把更正過的菜單交還給主廚，注意力轉到餐廳經理身上。安德烈把訂位登記簿推過桌子給他。儘管這時已是一九五三年年底，但主教還是先打開第一頁，再一個星期一個星期地翻，最後終於翻到今天的日期，用鉛筆筆尖一一指著今晚的每一個訂位紀錄。他下達了座位安排的指令之後，才把登記簿還給安德烈。主教叮囑的最後一件事是，提醒餐廳經理，餐廳正中央的鮮花已經開始凋萎了。

「我也注意到了，」安德烈說，「但是恐怕我們花店的庫存不太夠，沒辦法讓我們經常更換鮮花。」

「要是艾森柏格花店沒辦法提供足夠的鮮花，那我們也許該改插絹布做的人造花。那樣不僅不必定期更換，而且肯定更經濟實惠。」

「我會去找艾森柏格花店談談。」安德烈說。

「好。」

主教一宣布散會，埃米爾就咕咕噥噥去找他那籮甜菜，伯爵則和安德烈一起走向客用大樓梯。

「回頭見。」餐廳經理走向花店時說。

「待會兒見。」伯爵準備上樓回房間。

但安德烈的身影一消失，伯爵就折回二樓平臺。他在牆角四處張望一番，確定他的朋友已經走遠了，才匆匆走進博雅斯基餐廳。他鎖上門，看看廚房，確定埃米爾和他的手下都忙得不可開交。這時他偷偷溜進餐廳經理的接待桌，在胸前劃了兩次十字，拿出一九五四年的訂位登記簿。

不到幾分鐘，他就看完一月和二月的訂位紀錄。三月在黃廳的一場活動和四月在紅廳的另一場活動，都讓他略微遲疑地想了想，但這兩個活動都不行。他繼續往後翻，日期越是往後，訂位的紀錄越少。有時好幾個星期連一筆訂位都沒有。伯爵以更快的速度翻動登記簿，開始有點絕望——有了，他停在六月十一日那一頁。伯爵仔細看看安德烈在頁緣寫下的註記，敲了這個紀錄兩次。主席團與部長會議的聯合晚宴，這是蘇聯兩個最重要的權力機構啊。

伯爵把登記簿放回抽屜裡，爬上樓梯回臥房，拉開椅子，幾近三十年來頭一次打開大公書桌桌腳的一個暗門。早在六個月之前，凱特琳娜來訪的那個夜裡，伯爵就已經下定決心採取行動了。但直到音樂學院友好訪問的消息公布之後，行動才正式展開。

☆

這天晚上六點鐘，伯爵到夏里亞賓酒吧，酒吧的外國常客正在替倒楣的「矮胖子」韋伯斯特舉行慶祝會。韋伯斯特是個愛熱鬧但有點倒楣的美國人，剛到莫斯科沒多久。雖然已經二十九歲，但小時候的綽號「矮胖子」到現在都還擺脫不了。他父親在紐澤西的蒙特克萊爾有家自動販賣機公司，派他到莫斯科來，說要是賣不出一千臺機器，就別想回美國。經過三個星期，他終於敲定和黨政官員（高爾基公園溜冰場經理的助理）的第一個約會，所以好幾個記者慫恿他請大家喝杯香檳。

伯爵在吧臺盡頭的凳子坐下，接過奧德里斯給他的香檳杯，感激地點點頭，露出微笑，彷彿他自己也有事情要慶祝。人類天生就難以擺脫巧合、猶豫與輕率的宰制。伯爵就算有天賦的能力可以主導事情往樂觀的方向前進，倘若沒有命運女神的配合，也是枉然。所以他嘴帶笑意，舉起酒杯。

但是舉杯向命運女神致敬，也等於是引起命運女神的注意。確實如此，伯爵才剛放下香檳杯，頸背就一陣涼風，接著是一聲急促的耳語。

「伯爵大人！」

伯爵從凳子轉身，意外看見站在他後面的是維克特．史帝潘諾維奇，衣肩有著白霜，帽上還有雪花。幾個月前，維克特加入一個室內樂團，所以夜裡很少出現在大都會飯店。而且，他氣喘噓噓的，彷彿跑步穿過整個城區而來。

「維克特！」伯爵嚷著，「怎麼了？你看起來好著急！」

維克特不理會他的問話，逕自講了起來，那慌張急促的模樣，一點都不像平常的他。

「我知道您對女兒呵護有加，伯爵大人，而且這麼做也沒錯。為人父母本就有責任呵護子女，才能教養出溫柔善良的人。但是請恕我無禮，我覺得您正犯下可怕的錯誤。蘇菲雅再六個月就要畢業，同時很可能得到一份極好的工作，但您的決定卻將粉碎她的未來。」

「維克特，」伯爵從凳子上站起來，「我不知道你在說什麼。」

維克特盯著伯爵看。

「您沒叫蘇菲雅退出？」

「退出什麼？」

「瓦維洛夫團長剛剛打電話給我，說蘇菲雅拒絕參加音樂學院管弦樂團的巡迴演出。」

「拒絕參加？我向你保證，朋友，我根本不知道。事實上，你剛才說的每一字每一句我都同意，她的未來就繫於這次的巡迴演出。」

兩人面面相覷，不知該說什麼才好。

「她一定是自作主張決定的。」過了一會兒之後，伯爵說。

「可是為什麼呢？」

他搖搖頭。

「這恐怕都是我的錯，維克特。昨天下午，我聽到這個消息時，有點太過興奮了。**有機會在巴黎歌劇院的觀眾面前演奏拉赫曼尼諾夫！**我的反應想必讓她緊張不安。就像你說的，她有顆溫柔善良的心，但她也很有膽識。再過幾個星期，她就會沒事的。」

維克特扯著伯爵的衣袖。

「但是我們沒有幾個星期的時間。這個星期五，他們就要正式公布管弦樂團的行程與演出曲目。在宣布之前，團長要所有的團員都就位。我以為要蘇菲雅退出是您的主意，所以我請團長給我二十四小時來說服您，真不成，再找替代蘇菲雅的人選。如果是她自己決定退出的，那您今天晚上一定要找她談談，勸她改變心意。她得要好好展現她的天分啊。」

一個鐘頭之後，在博雅斯基餐廳的十號桌，研究完菜單、點完菜之後，蘇菲雅滿懷期待地看著伯爵，因為今天輪到他先開始玩「朱特」。儘管伯爵早就精心準備好今天的遊戲（蠟的常見用途*），卻打算先講一樁以前沒提過的陳年往事。

「我有沒有告訴過你，我唸寄宿學校的時候，學校舉行『獎章日』的事？」

「有啊，」蘇菲雅說，「你講過。」

伯爵蹙起眉頭，把這些年和女兒的對話，由遠至近從頭想了一遍，就是想不起來曾經提起這件事。

「我也許提過『獎章日』一兩次，」他出於禮貌只好這麼說，「但我相信我沒說過這個故事。你知道，我年輕的時候，在射箭上表現出很高的天分。有一年春天，大概和你年紀差不多大的時候吧，學校舉行『獎章日』，我們每個人都被派去參加不同的比賽！」

「你那時候不是才快滿十三歲？」

「什麼？」

「這件事發生的時候，你才十三歲不是嗎？」

伯爵的眼睛東溜西轉，在心裡盤算著。

「噢，沒錯，」他有點不耐煩的說，「我想我大概是十三歲沒錯。重點是，因為我本領高超，所以全校的每個人都認為我在射箭比賽上肯定奪冠，我也很期待比賽到來。可是越接近『獎章日』，我的表現就越差。我原本可以在五十步之外射中葡萄，但這時就算在十五呎之外，連大象都射不中。光是看到弓，我就雙手發抖，兩眼泛淚。突然之間——我，羅斯托夫——發現自己竟在找藉口說我生病了，好躲到保健室去——」

「可是你沒有。」

「是的。我沒有。」

伯爵喝了一口酒，停了一晌，製造戲劇效果。

「那可怕的一天到來時，所有的觀眾集聚操場，我心裡想見自己即將面對的羞辱——雖然我的箭術很有名，但一箭射出去，肯定會遠遠偏離靶心。可是我顫抖的雙手握弓時，眼角瞥見老教授塔爾塔科夫拄著手杖，身體一顛，竟倒在一堆糞便上。啊，這一幕讓我快活起來，手指一鬆，箭就飛了出去——」

「箭咻一聲往前飛，正中標靶紅心。」

「噢，是啊，沒錯。正中紅心。所以我大概以前講過了。可是你知道嗎，就從那天之後，我只要擔心自己無法射中目標，就會想想老教授塔爾塔科夫跌倒的那一幕，馬上就能正中靶心。」

伯爵揚起手，以一個誇張的手勢做出總結。

蘇菲雅笑了，但一臉不解，彷彿不明白今天為什麼要特別挑這個射箭的故事來談。於是，伯爵進一步解釋。

「我們每一個人的人生都一樣，總會面對一些讓我們心生畏懼的時刻，無論是踏進國會的議席，走向田徑賽的比賽場地……或是站上音樂廳的舞臺。」

蘇菲雅盯著伯爵看了好一會兒，愉快地笑了起來：

「音樂廳的舞臺。」

「是的，」伯爵說，好像有點不太高興，「音樂廳的舞臺。」

「有人把我找瓦維洛夫團長談的事告訴你了。」

伯爵重新擺放他的刀叉，彷彿餐具突然變得不整齊了。

「也許有人對我說了什麼吧。」他不置可否說。

「爸爸，我不是怕在觀眾面前和管弦樂團一起演出。」

「你確定？」

「百分之百確定。」

「你以前沒在像巴黎歌劇院那麼大的地方演出過……」

「我知道。」

「而且法國聽眾出了名的挑剔……」

蘇菲雅又笑起來。

「嗯，如果你是想讓我不要緊張，那麼你做得可不太成功喔。可是老實說，爸爸，我的決定和焦慮擔憂沒關係。」

「那是為什麼？」

「我只是不想去而已。」

「你怎麼會不想去？」

蘇菲雅低頭看著桌子，挪動她的餐具。

「我喜歡這裡，」最後她說，指著餐廳，指著整個飯店，「我喜歡和你待在這裡。」

伯爵端詳女兒。一頭烏黑長髮，白淨皮膚，深藍眼眸，她看起來有超乎年齡的沉靜氣質。如果沉靜是成熟的象徵，那麼青春應該要充滿衝動才對。

「我講另一個故事給你聽吧，」他說，「我確信你沒聽過這個故事。故事就在這個飯店裡，三十年前，像今天一樣，一個大雪紛飛的十二月夜晚……」

伯爵開始對蘇菲雅講起一九二二年，他和她母親在廣場餐廳慶祝的那個聖誕節。他講到妮娜拿冰淇淋當開胃菜，講到妮娜覺得坐在學校裡聽課很無聊，因為她說要走到地平線以外的地方才能真正拓展視野。

伯爵突然變得嚴肅起來。

「我想我是對你造成很大的傷害了，蘇菲雅。從你還小的時候，我就讓你習慣了這基本上是被困在飯店四牆之內的生活。我們都是。瑪莉娜，安德烈，埃米爾，還有我。我們都想辦法讓這座飯店看起來和外面的世界一樣遼闊，一樣美好，好讓你願意花更多時間和我們待在一起。可是你媽媽說的一點都沒錯。坐在鎏金大廳裡聽《天方夜譚》或在小房間裡讀《奧德賽》，並不能讓人實現遠大的抱負。你必須航向未知的遠方，像馬可．波羅航向中國，或哥倫布航向美洲大陸那樣。」

蘇菲雅理解地點頭。

伯爵繼續說。

「我有無數的理由以你為榮。而其中最驕傲的一件事，就是你在音樂學院的比賽奪冠。但是讓我覺得驕傲的，並不是你和安娜帶著勝利消息回來的那一刻，而是看著你們走出飯店大門，前往音樂廳的時候。因為人生最重要的不是我們得到多少掌聲，重要的是，儘管我們不確定會不會得到讚譽，卻還能勇往直前。」

「如果我在巴黎演出，」隔了一會兒之後，蘇菲雅說，「我唯一希望的，是你也能在觀眾席裡聆聽。」

伯爵綻開微笑。

「我向你保證，親愛的，就算你是在月亮上彈鋼琴，我也可以清清楚楚聽到每一個音。」

【作者注】

＊可以用來做蠟燭，封信封，製做雕像，打亮地板，去除毛髮，梳整鬍子！

勇士阿基里斯

「你好啊，亞卡迪。」

「您好，羅斯托夫伯爵。今天早上有什麼可以效勞的嗎？」

「如果不太麻煩的話，可以借用一下信紙嗎？」

「沒問題。」

伯爵站在櫃臺前面，用印有飯店名銜的信紙寫了只有一句話的短箋，同時在信封上斜斜地寫上一行字。他趁領班忙別的事時，若無其事地穿過大廳，把那封信塞到領班桌上，然後下樓去赴每週一次的理髮約。

亞洛斯拉夫．亞洛斯拉夫爾在大都會飯店理髮廳展現神乎其技的理髮技術已經是很多年前的事了。自此之後，有很多人想取代他的位置。最近的這個傢伙，叫波里斯什麼還是什麼歐維奇的，幫人剪頭髮或許還算稱職，但要論起藝術手法或健談程度，都無法和亞洛斯拉夫相提並論。事實上，他工作的時候效率甚高，沉默不語，讓人懷疑他是部機器。

「修？」他問伯爵，沒在主詞、動詞或其他話語上多浪費唇舌。

因為伯爵的頭髮日漸稀疏，而理髮師又效率驚人，整個修剪的時間頂多十分鐘。

「是的，修一下。」伯爵說，「但或許也刮一下鬍子……」

理髮師皺起眉頭。他躲在軀殼裡面的那個人或許要說，伯爵幾個鐘頭前才自己刮過鬍子。但是裝在他軀殼上的那個機器早就調好所有的功能，一聽到指令，就自動放下剪刀，去拿刮鬍刷了。

波里斯打足了肥皂泡之後，就開始抹在伯爵原本需要刮、但現在已沒有鬍子可刮的臉頰上。剃刀在皮帶上磨了磨，椅子往後倒，平穩的手一刀就刮淨伯爵的右上臉頰。他抓起腰際的毛巾抹淨剃刀，俯身靠近伯爵的左上臉頰，以同樣俐落的動作刮得乾乾淨淨。

伯爵想，若以這個速度進行，他大概只要一分半鐘就完成工作了。

理髮師彎起指關節，抬起伯爵的下巴。伯爵感覺到金屬的刀刃貼在喉嚨上。就在這時，新來的大廳服務生出現在店門口。

「不好意思，先生。」

「什麼事？」理髮師說，他的剃刀迅速滑過伯爵下顎。

「有信要給你。」

「擺在長凳上就好。」

「可是很緊急。」這個年輕人焦急地說。

「緊急？」

「是的，先生。是總經理給你的。」

理髮師這才第一次抬頭看這名服務生。

「總經理？」

「是的，先生。」

理髮師呼了長長的一口氣，剃刀離開伯爵脖子，接下那封信。服務生一溜煙就跑得不見人影，理髮師用手上的剃刀割開信封。

他打開折起的信紙，看了足足一分鐘。在這六十秒裡，他來回讀了十遍，因為信上只有五個字：

馬上來見我！

理髮師再次吐了口氣，瞪著牆壁。

「難以想像。」他不像對任何人說話。接著又思索了一分鐘，才轉頭對伯爵說：「我有事要離開一下。」

「沒關係，你忙吧，我不急。」

為了強調，伯爵頭往後靠，閉上眼睛，彷彿要打盹。但聽見理髮師的腳步聲穿過走廊遠去，他馬上像隻貓似的跳下椅子。

★

伯爵年輕的時候，很引以傲的一個本領是，對於時光的流逝，從來就不為所動。二十世紀初，他的許多朋友都染上了時興的急迫感，再微小的言行舉止都急匆匆的。不管是吃早餐，步行到辦公室，把帽子掛在掛勾上，都要給自己規定時間，精準得像準備軍事行動似的。電話鈴聲才響第一聲就要接起；拿到報紙必先快速瀏覽頭條；和人談話只限最切身相關的事。總而言之，他們每天都是在分秒必爭的緊迫感裡度過。

至於伯爵，他向來刻意過得從容不迫。他不只不願意給自己規定時間——他甚至不願戴手錶——而且他最大的滿足是，勸服朋友說俗事可以暫時擱在一旁，先好好享受一頓悠閒午餐，或沿著河堤散一回步再說。酒不是越陳越香嗎？家具不是要經過歲月洗禮，才能呈現動人的光澤嗎？說到底，最時髦的人視為急迫的事情（例如和銀行經理的約晤，或趕火車之類的）往往都可以等的，而那些被視為最無關緊要的事（例如喝杯茶，或愉快聊聊天）反而才是最值得重視的。

喝杯茶，愉快聊聊天！現代人肯定會反駁，**要是把時間花在這麼無聊的事情上，怎麼會有時間去做大人該做的事呢？**

還好，早在西元前五世紀，哲學家芝諾就已經為這個問題提出解答了。行動極其敏捷的阿基里斯，跑步的速度快到必須用十分之一秒來計算，理論上，他應該可以飛快地跑過二十碼的距離。但是為了前進一碼，這位勇士必須先前進十八吋；為了前進十八吋，他必須先前進九吋；為了前進九吋，他必須先前進四吋半；以此類推。因此，為了跑完這二十碼的距離，阿基里斯必須先跨越數不盡的長度，也就是說，要耗費數不盡的時間。擴而言之（這是伯爵最喜歡指出的）十二點鐘有約的人，在此刻與十二點之間有無盡的時間空檔，可以用來追求心靈的滿足。

Quod erat demonstrandum.（證明終了）。

但自從蘇菲雅在十二月的那個晚上帶回音樂學院巡迴演出的消息之後，伯爵對於時間流逝的感覺變得完全不同了。他們還沒慶祝完這個大好消息，他就已經開始計算，距離她啟程只有不到六個月的時間了。精確來說是一百七十八天。或者是雙響鐘敲響三百五十六次。在這麼短的時間裡，有這麼多事情要做……

由於伯爵從年輕時代就是個從容不迫的人，有人或許會以為如今他耳畔盡是時鐘滴答響的聲音，就像夜裡蚊子飛個不停一樣；又或者，他會像奧勃洛莫夫那樣，徹夜輾轉，面對牆壁難以成眠。但情況恰恰相反。接下來的這段日子，他的腳步更輕快，感覺更敏銳，頭腦也更清晰。因為就像亨佛萊·鮑嘉被激怒時一樣，時鐘的滴答聲反而讓伯爵展現出意志堅定的那一面。

十二月的最後一個星期，伯爵從大公書桌桌腳拿出一枚金幣，由瓦西里帶到中央百貨公司的地下室，換成商品禮券。這位禮賓服務員用這些禮券買了一小罐凡士林和其他的旅行用品，例如毛巾、肥皂、牙膏和牙刷。這些都用漂亮的包裝紙包起來，在平安夜（午夜時分）送給蘇菲雅。

依照瓦維洛夫團長的安排，蘇菲雅演奏的拉赫曼尼諾夫第二號鋼琴協奏曲應該是倒數第二個節目，緊接著是一位小提琴家演奏德弗札克的協奏曲，但他們這兩個曲目都由全團一起演出。伯爵一點都不懷疑，蘇菲雅可以把拉赫曼尼諾夫的第二號鋼琴協奏曲掌握得很好，但就算是霍洛維茲，也有位塔爾諾夫斯基老師教導啊。所以一月初，伯爵就請了維克特．史帝潘諾維奇來協助她排練。

一月底，伯爵委託瑪莉娜為音樂會裁製新衣。經過瑪莉娜、安娜和蘇菲雅的服裝設計討論會（為了某些令人費解的原因，伯爵被排除在外）之後，瓦西里又被派去百貨公司買回一匹藍色塔夫綢。

這些年來，伯爵花了很多功夫教蘇菲雅基本的法語會話。儘管如此，從二月開始，這對父女不再玩「朱特」了，而是利用等待開胃菜上桌的時間練習法語的應用。

「Pardonnez-moi, Monsieur, avez-vous l'heure, s'il vous plait?」（**對不起，先生，您知道現在幾點嗎？**）

「Oui, Mademoiselle, il est dix heures.」（**噢，小姐，現在十點。**）

「Merci. Et pourriez-vous me dire où se trouvent les Champs-Élysées.」（**謝謝，您能告訴我香榭麗舍大道怎麼去嗎？**）

「Oui, continuez tout droit dans cette direction.」（**噢，就朝這個方向走。**）

「Merci beaucoup.」（**非常感謝。**）

「Je vous en prie.」（**不客氣。**）

三月初，伯爵造訪已多年未去的大都會飯店地下室。他經過鍋爐室與配電間，走到飯店堆放客人遺落物品的房間。他蹲在書架前，查看一排排書脊，注意到幾本印著金字的紅色小書：《貝德克爾旅遊指南》。當然，堆放在地下室的旅遊書大多是俄羅斯的旅遊指南，但也有些是其他國家的，大概是先去了其他國家再到俄羅斯，所以旅行結束時，就把這一路參考用的旅遊書全丟下。伯爵從被丟棄的小說裡，找到幾本散置的旅遊指南，有義大利的，法國的，英國的，最後還找到兩本巴黎的。

三月二十一日，伯爵用飯店的信紙寫了只有一句話的短箋，偷偷放在領班桌上，然後去赴每週一次的理髮約，等待那封信送達……

★

伯爵探頭看看走廊，確定波里斯已經走上樓梯，於是關上理髮店的門，把注意力轉向亞洛斯拉夫那知名的玻璃櫃。櫃子最前面是兩排白色的大瓶子，印有鐮刀與鐵鎚洗髮精公司的商標。但在這排準備為全球清洗工作出擊的戰士後面，已經被大家所遺忘的，是久遠以前所生產的顏色鮮豔的瓶子。伯爵拿開幾個洗髮精瓶子，開始細看那些生髮水、肥皂和精油，但就是找不到他要找的東西。

一定在這裡的呀，他想。

伯爵開始像移動棋盤上的棋子那樣挪動瓶子，看看究竟有什麼東西藏在後面。找到了，塞在角落裡，躲在兩小瓶法國古龍水後面，瓶身滿是灰塵的黑色小瓶子，亞洛斯拉夫．亞洛斯拉夫爾曾經眨著眼睛對他說，這是「青春之泉」。

伯爵把瓶子放進口袋裡，擺好玻璃櫃裡的東西，關上櫃門，匆匆回到理髮椅，撫平身上的罩袍，躺回椅子上。他還沒閉上眼睛，就突然想到波里斯用剃刀割開信封的畫面，忙跳了起來，從櫃臺上抓起一把備用的剃刀，塞進口袋，才又回到椅子上。就在這時，理髮師衝進店裡，嘴理咕噥罵著不知是哪個笨蛋辦事不力，害他白白浪費時間。

伯爵上樓回到房間裡，把黑色小瓶子擺到抽屜深處，然後坐在書桌前面讀起《巴黎旅遊指南》。他先查看目錄頁，翻到第五十頁，從這裡開始是介紹巴黎的第八區。不出所料的，在介紹凱旋門和巴黎大皇宮、瑪德蓮與美心餐廳之前，有一張薄薄的折頁，是這一區的詳盡地圖。伯爵從口袋裡掏出波里斯的剃刀，小心翼翼割下地圖，然後用紅筆畫了一條鋸齒狀的線，從喬治五世大道經過皮耶夏朗大街，到香榭麗舍大道。

在地圖上做完標示之後，伯爵到書房裡，從書架抽出他父親那本《蒙田隨筆》。從蘇菲雅不再把書拿去墊在櫃腳下之後，這本書就一直安安穩穩待在架上。伯爵把書拿到大公的書桌上，開始翻找，不時停下來讀他父親劃線的段落。他正讀著《論兒童教育》那章時，雙響鐘開始宣告正午已到。

還有一百七十三次的鐘響，伯爵想。

他嘆口氣，搖搖頭，在胸前劃了兩次十字，然後拿起波里斯的剃刀，從這本兩百頁的名著上割下這一章。

再會

五月初的一個傍晚，伯爵坐在兩棵棕櫚盆景之間的那把高背椅上，假裝在看報紙，實際上是偷偷看著一對年輕的義大利夫婦走出電梯。太太是皮膚黝黑、身材修長的美女，身穿黑色長洋裝。先生個子較矮，穿寬鬆長褲搭西裝外套。伯爵不確定這對夫婦為何到莫斯科來，但他們每天晚上七點一定離開飯店，想必是要享受這城市的夜生活。這天晚上，他們六點五十五分步出電梯，朝禮賓櫃臺走去，瓦西里已經幫他們準備好兩張歌劇《鮑里斯．戈東諾夫》的票，並幫他們訂好稍晚的餐廳位子。然後這對夫婦走向櫃臺，寄存他們的房間鑰匙，讓亞卡迪把鑰匙插進第四排的第二十八個插孔裡。

伯爵把報紙放到桌上，站起來，打個哈欠，伸伸懶腰。他走到旋轉門邊，好像是想看看外面天氣如何。在門外的臺階上，門僮羅狄安迎向這對夫婦，招來計程車，為他們打開後座車門。車子開走之後，伯爵立即轉身，穿過大廳走向樓梯。他一步一階（從一九五二年以來就養成這個習慣了），爬到四樓，穿過走廊，停在四二八號房門口。他伸出兩根手指到背心的口袋裡，掏出妮娜的鑰匙，左右張望一番，然後開門走進房裡。

從一九三〇年代初期（也就是安娜努力重振影藝事業的那段時間）以來，伯爵就沒再踏進四二八號房，但他沒浪費時間查看房間的裝潢有無改變。他逕直走向臥房，打開左邊的衣櫃門。滿滿的都是洋裝，和膚色黝黑的那位修長美女今晚穿的款式非常近似：長及腳踝，短袖，素色。（畢竟，這樣的款式很適合她。）伯爵關上屬於她的這一半衣櫃，打開另一邊的櫃門。這裡的衣架掛滿寬鬆長褲與外套，有個勾子上還掛了一頂報僮戴的那種帽子。他挑了一條淺褐色的長褲，關上櫃門。在抽屜櫃的第二個抽屜裡，找到一件白色牛津襯衫。他從口袋裡掏出摺起來的枕頭套，把衣服塞進去。接著他到了客廳，拉開一條門縫，確定走廊沒人，才溜了出去。

門閂喀答一聲關上時，伯爵才想到，應該把那頂帽子也帶走的。但才要伸手到口袋裡掏鑰匙，他就清清楚楚聽見輪子嘎吱嘎吱轉動的聲音。伯爵朝走廊大步跨前三步，躲進員工樓梯裡。就在這時，客房服務部的歐列格正好推著手推車轉過牆角。

☆

十一點鐘，伯爵在夏里亞賓喝白蘭地，檢查他的清單。金幣，旅遊指南，青春之泉，長褲與襯衫，從瑪莉娜那裡拿來的耐用針線，全都到手了。雖然還缺了幾樣東西沒備齊，但其中最緊要的一件事情是：通知的問題。打從開始，伯爵就知道這會是整個計畫最難達成的一項。畢竟，你又不能就這樣打通電報去。但也不見得絕對不能這麼做。要是別無選擇，伯爵就準備這麼做。

伯爵喝光杯裡的酒，打算回樓上，但才離開凳子站起來，就看見奧德里斯拿著一個酒瓶。

「讓酒吧請喝一杯？」

年過六十之後，伯爵就限制自己十一點鐘之後不碰酒精，因為發現深夜喝酒，會讓他像睡不安穩的孩子一樣，凌晨三、四點就醒來。但是斷然拒絕酒保的好意，伯爵又覺得很失禮，尤其是奧德里斯已經打開瓶蓋了。於是，伯爵面露感激地接受這杯酒，舒服坐下，看著酒吧另一頭開心大笑的那一小群美國人。

這次逗得眾人開心大笑的，依舊是紐澤西蒙特克萊爾來的那個倒楣推銷員。一開始，他為了和任何一個稍微有點權力的人通上電話，著實費了好一番功夫。到了四月，他開始和每一個政府機構的資深官員安排面對面會晤。到目前為止，他已經見過好幾個人民委員會的官員，包括食品、金融、勞動、教育，甚至外交部。派駐莫斯科的記者都知道，要向克里姆林宮推銷自動販賣機，就像推銷喬治・華盛頓的肖像一樣困難，但看到事態的發展，不得不嘖嘖稱奇。他們後來才知道，韋伯斯特終於搞明白，光是說他們家的機器有多厲害是沒有用的，他請父親寄來五十箱美國香菸和巧克力。原本怎麼也排不到約晤時間的這名推銷員，突然成為炙手可熱的人物，數以百計的政府官員都對他敞開雙臂，歡迎他的到訪，還把他的機器搶購一空。

「我差點以為今天要功虧一簣了。」他正在說。

聽著這位美國人談起他近日的成就，伯爵不禁想起理查，他就像韋伯斯特一樣天真好奇，一樣喜歡交際，也不在乎拿自己開玩笑，取樂大家。

伯爵把酒杯擺回吧臺上。

這真令人懷疑，他心想，真的有可能嗎？

但伯爵還來不及回答自己的問題，那個矮胖的美國人就熱情地對大廳裡的某人揮手，而向他揮手回應的，是某位知名的教授……

☆

午夜剛過未久，那個美國人在吧臺結完帳，拍拍同伴的肩膀，便爬樓梯上樓，邊用口哨吹著《國際歌》。走到四樓的走廊上，他摸找鑰匙開門。但房門一關上，他整個人就變得挺拔了一些，表情也更嚴肅了。

就在這時，伯爵開了燈。

看見房裡有個陌生人，理當嚇一大跳，但這個美國人並沒有跳開，也沒有大叫。

「不好意思，」他露出醉醺醺的微笑說，「我大概是走錯房間了。」

「不，」伯爵說，「這是你的房間沒錯。」

「噢，如果這是我的房間沒錯，那就是你走錯房間了……」

「大概吧，」伯爵說，「但我想並不是這樣。」

這美國人往前踏進一步，更仔細地打量眼前這位不速之客。

「你不是博雅斯基餐廳的侍者嗎？」

「是的，」伯爵說，「我正是。」

那美國人緩緩點頭。

「嗯，你尊姓大名？」

「我是羅斯托夫。亞歷山大・羅斯托夫。」

「好，羅斯托夫先生。我很想請你喝一杯，但時間很晚了，而且我明天一早有約。有什麼我可以幫得上忙的嗎？」

「有的，韋伯斯特先生，我想是有的。你知道嗎，我有封信要送給人在巴黎的一位朋友，我想你應該也認識他……」

儘管時間已經很晚，而且明天一早又有約，但矮胖的韋伯斯特終究還是請伯爵喝了一杯威士忌。伯爵既然規定自己在十一點之後不喝酒，當然更不應該在午夜過後碰酒。事實上，在深夜不喝酒的這個問題上，他還曾經引用父親的告誡來提醒蘇菲雅，說這麼做的後果不外三個：做出莽撞的事，與人私通，欠一屁股債。

但因為偷偷溜進這個美國人的房間，同時又有信要請他轉送，所以伯爵心想，亨佛萊・鮑嘉肯定不會拒絕在午夜過後再喝一杯。其實呢，從所有的證據看起來，亨佛萊・鮑嘉還比較喜歡在午夜過後來一杯呢。在管弦樂團停止演奏，酒吧空無一人，嗜酒之徒都在夜色裡蹣跚離去之後。因為這個時候沙龍的門已關上，燈光調暗，一瓶威士忌擺在桌上，意志堅定之人才能擺脫情愛笑鬧的干擾，真正談一些正事。

「好的，謝謝你，」伯爵對韋伯斯特先生說，「一杯威士忌恰是我所需要的。」

事實證明，伯爵的直覺完全正確，一杯威士忌確實是他所需要的。第二杯亦然。

他終於向韋伯斯特先生道別時（一邊口袋裝了包給安娜的美國菸，另一個口袋裝了給蘇菲雅的巧克力），伯爵心情亢奮地往自己房間的方向走去。

四樓走廊空無一人，靜悄悄的。在成排的房門後面，務實和守規矩的，謹慎和享受安逸的，都已沉睡。他們蓋著被子，夢見早餐，把深夜的走廊讓給山姆・史貝德、菲力普・馬羅和亞歷山大・伊里奇・羅斯托夫之類的人……

「是啊，」伯爵沿著走廊往前走，「我正是那名侍者。」

這時，憑著和他這些偵探兄弟同等的耳聰目明，伯爵眼角突然注意到了某個東西。啊哈，是四二八號的房門。

《鮑里斯・戈東諾夫》這齣戲長達三個半鐘頭。看完戲之後吃晚飯，大概要耗掉一個半鐘頭。所以，這對義大利夫婦很可能還要再三十分鐘才會回到飯店。伯爵敲敲門，等了等。再敲一次，確定一下。然後從背心裡掏出鑰匙，打開房門，睜大眼睛走進房裡，動作迅速，絲毫不覺愧疚。

才瞥了一眼，伯爵就知道夜班服務生已經來過這間套房，因為所有的東西都已擺得整整齊齊：椅子、雜誌、水罐、玻璃杯。臥房裡，床單已塞進床的四角，方方整整的四十五度角。

他打開右邊的衣櫃門，正準備拿走那頂報僮帽，卻發現了他之前沒注意到的東西。在衣服上方的架子上，有個用紙包起來、繩子綑好的包裹，差不多就是個小雕像的大小……

伯爵把帽子戴在頭上，拿下那個包裹，擺在床上，解開繩子，小心翼翼地打開包裝紙，結果裡面只是一組俄羅斯娃娃。漆著傳統的花色，在莫斯科商店裡隨處可見的俄羅斯娃娃，是來俄羅斯旅遊的爸媽會買回家給孩子的那種新奇玩具。

而孩子們可以在裡頭藏任何東西……

伯爵坐在床上，打開最大的那個娃娃，接著打開第二個，第三個。正要打開第四個的時候，他聽見門鎖轉動的聲音。

霎時，這「意志堅定之人」變成「不知所措之人」。但聽見走廊房門打開的聲音，以及那兩個義大利人的交談，他馬上抓起拆成兩半的娃娃，溜進衣櫃，悄悄關上門。

吊桿上的層架大概離地不到六呎，因為伯爵為了把自己塞進衣櫃裡，得要低著頭，活像個告解的人。（他確實也需要告解。）

過了一會兒之後，這對夫妻脫下外套，走進臥房。要是他們進了臥房之後，一起到浴室漱洗，伯爵心想，那他就有了逃脫的絕佳機會。但四二八號房只有一間小浴室，與其一起擠在洗臉臺前，他們夫妻倆會選擇輪流使用。

伯爵豎起耳朵，聽見兩人先後刷牙、打開抽屜、換上睡衣的聲音。他聽見他們拉開床單，聽見他們低聲交談，拿起書，一頁頁翻著的聲音。過了十五分鐘（也或許是過了無窮無盡的時間之後）他倆親暱地說了幾句話，輕輕親吻，熄了燈。上帝保佑，這對外型俊俏的夫婦終於要歇息了……

但是，伯爵心想，他們要多久才會熟睡呢？他很小心地保持身體不動，側耳傾聽他們呼吸的聲音。他聽到一聲咳嗽，一聲嘖嘖，還有一聲嘆息。然後有人翻身。要不是這個姿勢讓他脖子酸痛，而且覺得越來越想上廁所，伯爵肯定也會擔心自己就這樣睡著。

唉，現在你知道了吧，伯爵心想，過了半夜不該喝酒的原因又多了一個……

★

「Che cos'era questo?! Tesoro, svegliati!」（**這是什麼聲音？親愛的，醒醒啊！**）

「Co'è?」（**什麼？**）

「C'è qualcuno nella stanza!」（房間裡有人！）

……

（砰）

「Chi è la?」（是誰？）

「Scusa.」（對不起。）

「Claudio! Accendi la luce!」（克勞帝，快開燈！）

（乒）

「Scusa.」（對不起。）

（哐）

「Arrivederci!」（再會！）

成年

「準備好了嗎？」瑪莉娜問。

伯爵和安娜併肩坐在女明星套房的沙發上，齊聲給了肯定的答覆。

瑪莉娜以舉行儀示般的隆重態度，打開臥室門。蘇菲雅正站在門口。

裁縫師為她的演出裁製了一套長袖的魚尾禮服，腰部以上合身剪裁，膝蓋以下如花盛開。藍色的衣料宛如大海深處，映著蘇菲雅皎潔的肌膚與烏亮的頭髮，呈現出清新脫俗的氣質。

安娜不禁驚呼。

瑪莉娜綻開笑顏。

而伯爵呢？

亞歷山大．羅斯托夫不是科學家，也不是聖哲，但是六十四歲的人生歷練讓他知道，人生並不是跳躍式前進，而是逐漸展開的。任何的一個時刻，都是千百種細微變化共同的展現。我們的身體機能增進減退，我們的經驗不斷累積，我們的看法會持續演進，即使不是極其緩慢地變化，至少也會是逐漸改變。就這樣，尋常日子的一件件小事慢慢改變了我們，就像一小匙胡椒粉就足以改變一鍋燉菜的滋味一樣。然而，對伯爵來說，安娜房門敞開的那一刻，看見身穿禮服的蘇菲雅走出來，彷彿是看見她跨過門檻，正式踏進成年。在門檻的那一端，是個五歲、十歲或二十歲的女孩，沉靜文雅，充滿奇幻瑰麗的想像力，倚賴他的陪伴與意見；而門檻的這一端，卻是個美麗優雅、聰慧過人的年輕小姐，她不需要倚賴任何人，可以獨立自主。

「怎麼樣？你們覺得好看嗎？」蘇菲雅有點害羞地說。

「我不知道該說什麼才好。」伯爵掩不住驕傲說。

「你太美了。」安娜說。

「真的很美吧？」瑪莉娜說。

在他們的讚賞和安娜的掌聲中，蘇菲雅踮起腳尖轉了一圈。

這時伯爵才發現，蘇菲雅這件禮服竟然是露背的，簡直難以置信。塔夫綢（他們當初不是買了一整匹嗎？）從她的肩膀以令人目眩神迷的拋物線往下直探脊骨底部。

伯爵轉頭看安娜。

「我猜這一定是**你**的主意！」

女明星停止鼓掌。

「什麼我的主意？」

他指著蘇菲雅。

「這件根本不算衣服的衣服。一定是你從那些舒適便利的雜誌裡描下來的。」

安娜還來不及回答，瑪莉娜就跺了跺腳。

「是**我**的主意！」

裁縫師的語氣讓伯爵大吃一驚，非常不安。瑪莉娜一隻眼睛朝天花板翻著白眼，另一隻眼睛的忿怒目光則像大砲朝他襲來。

「這件禮服是**我**設計的。」她說，「是**我**親手為**我的**蘇菲雅設計的。」

伯爵這才發現他可能得罪藝術家了，忙用安撫的語氣說：

「這絕對是一件非常漂亮的禮服，瑪莉娜。我這輩子見過的禮服可多了，這一件肯定是最漂亮的。」伯爵尷尬地輕笑一聲，希望能讓氣氛輕鬆一點。接著用老朋友談事說理的口吻說，「蘇菲雅準備了好幾個月，要在巴黎歌劇院演奏拉赫曼尼諾夫。如果觀眾只盯著她的背，而不專心聽她演奏，不是太可惜了嗎？」

「也許我們該給她披上麻布袋，」裁縫建議說，「這樣保證觀眾不會分心。」

「我怎麼可能建議給她披上麻布袋呢？」伯爵抗議，「我只是希望在不損美麗的範圍之內，再稍微折衷一下而已。」

瑪莉娜又跺腳。

「夠了！亞歷山大・伊里奇，你的瞎擔心我們一點興趣都沒有。總不能因為你看過一八一二年的彗星，就要蘇菲雅穿著束腰蓬裙上臺吧。」

伯爵正要開口反駁，但安娜介入了。

「也許我們該聽聽蘇菲雅怎麼說吧。」

三人一起看著蘇菲雅。她沒理會他們的辯論，兀自欣賞鏡裡的自己，這時轉身拉起瑪莉娜的手。

「我覺得漂亮極了。」

瑪莉娜得意地看著伯爵，然後又轉頭看蘇菲雅，歪著頭，用更嚴格的目光打量她的作品。

「怎麼啦？」安娜坐到裁縫師身邊問。

「好像缺了什麼……」

「披肩！」伯爵低聲說。

沒人理他。

「我知道了。」安娜想了想之後說。她走進臥房，帶著一條掛有藍寶石鍊墜的頸鍊回來。她交給瑪莉娜，瑪莉娜為蘇菲雅戴在頸間，然後兩個年齡較長的女人往後退開一步。

「完美極了。」她倆說。

「是真的嗎？」安娜問。試衣完成之後，她和伯爵穿過走廊。

「什麼真的？」

「你真的看過一八一二年的彗星嗎？」

伯爵不以為然地哼了一聲。

「我講禮貌，並不代表我是老古板。」

安娜笑起來。

「你有沒有發現你剛才哼了一聲？」

「也許有吧。可是我畢竟是她父親。你們期待我怎樣？拋棄我為人父的責任？」

「拋棄？」安娜笑得更大聲了，「當然不是啦，伯爵大人。」

兩人已經走到走廊邊角通往員工樓梯的隱密門口。伯爵停下腳步，轉身裝出客套的微笑對安娜說：

「我要去開博雅斯基的每日例會了。所以，恐怕我們現在得道再見啦。」伯爵朝她點個頭，消失在門後。

走下樓梯的時候，他覺得如釋重負。這樓梯的幾何構造與寂然無聲，感覺更像座教堂或閱覽室，一個設計來讓人獨處和暫時歇息的地方。但是，門被推開，安娜走了下來。

伯爵不敢置信地又往上走。

「我正要去大廳，」她說，「所以我想我可以陪你一起走。」

「你不能陪我一起走。這是員工樓梯。」

「可是我是飯店的客人啊。」

「這就是問題所在。員工樓梯就是給員工走的。走廊盡頭的大樓梯是給你們這些尊貴的客人走的。」

安娜笑著朝伯爵走近一步。

「你幹嘛生氣？」

「我沒生氣。我才沒有生氣。」

「我覺得這是可以理解的，」她一副分析事理的模樣說，「父親發現自己的女兒長成漂亮的美女，總是有點不安的。」

「我才沒有不安。」伯爵後退一步說，「我的重點是，那件禮服的後背可以不必那麼露。」

「你也承認她的後背很漂亮。」

「也許吧。但也沒必要把她身上的每一根脊椎骨，都展露在大家面前吧。」

安娜又往前一步。

「你不是常說我的脊椎骨……」

「這完全是另一回事。」伯爵又想退後一步，但卻已經碰到牆壁了。

「我要把一八一二年的彗星獻給你。」安娜說。

★

「可以開始了嗎？」

提出這個開門見山問題的，不是別人，正是這個不管吃飯、喝水或睡覺都帶著偏見的人。

埃米爾咕噥一聲，把菜單推到桌子對面。

伯爵和安德烈在椅子裡挪了挪身體。

主教從一九五三年的夏天開始參加博雅斯基餐廳的每日會議，到一九五四年四月，已經把會議地點從埃米爾的辦公室換到他自己的辦公室，理由是廚房裡的動靜太容易讓人分心了。為了容納三巨頭，總經理在辦公桌前並排擺放了三張法式高背椅。這幾張椅子小巧精緻，想來原本是為了路易十四的宮廷侍女所設計的。換言之，就是不可能讓成年男子坐得舒舒服服的，特別是這三張椅子又緊挨著擺在一起。這整體的效果，就是讓博雅斯基餐廳的經理、主廚和領班，像三個被校長叫來訓話的學童一般。

主教接過菜單，在桌上攤開，用鉛筆尖一項一項檢查，很像銀行行員在核對實習生的帳目。當然，在他檢查的時間裡，這三個學童就有機會東張西望。如果辦公室牆壁上掛的是世界地圖或化學元素表，那他們就可以好好利用時間，想像自己是橫跨大西洋的哥倫布，或古埃及亞歷山卓港的鍊金術士。可惜這裡的牆上只有史達林、列寧和馬克思的肖像可看，所以他們三個沒別的可做，只能坐立難安。

主教修改完埃米爾的菜單，交還給他，然後對著安德烈哼了一聲，安德烈就乖乖交出訂位登記簿。一如既往，主教從第一頁開始翻起，三巨頭只能一肚子氣，看著他慢慢翻到五月的最後一天。

「找到了。」他說。

那支銀行經理也似的鉛筆筆尖從一格移向另一格，一欄移向另一欄，一行移向另一行。主教對當晚的座位安排做了一些指示，然後放下鉛筆。

三巨頭察覺到會議就要結束，身體都往前挪到椅子邊緣。但主教沒闔上訂位登記簿，卻繼續往下翻到接下來的幾個星期。翻了幾頁之後，才停住。

「主席團和部長會議的聯合晚宴準備得如何了……？」

安德烈清清嗓子。

「都按部就班進行。依據官方的要求，晚宴從紅廳改到四一七號套房舉行。亞卡迪已經把那天的房間空下來了。埃米爾剛擬好菜單，亞歷山大會負責督導晚宴會場。他會和我們在克里姆林宮的聯絡窗口帕洛普同志密切合作，確保那天的晚宴順利進行。」

原本看著登記簿的主教抬起頭來。

「那個晚宴這麼重要，你不覺得應該自己來督導嗎，杜拉斯經理？」

「我本來是打算留在博雅斯基餐廳裡的，但你如果覺得我應該到場，那我就到晚宴現場。」

「很好，」主教說，「羅斯托夫領班就留在餐廳，確保一切如常。」

主教闔上訂位登記簿，伯爵覺得渾身冰冷。

對他的計畫來說，主席團和部長會議的聯合晚宴簡直是天賜的良機。再也沒有比這個晚宴更適合的時機了。況且，離音樂學院巡迴演出啟程只有十六天，就算有別的良機，也來不及了。

主教把登記簿推過桌子，會議結束了。

一如往常，三巨頭一語未發地離開校長辦公室，朝樓梯間走去。但走到樓梯平臺，埃米爾開始往二樓爬的時候，伯爵拉拉安德烈的衣袖。

「安德烈，親愛的朋友，」他低聲說，「可以借用你幾分鐘嗎……？」

宣告

六月十一日下午六點四十五分，亞歷山大．羅斯托夫伯爵身穿博雅斯基餐廳的白色晚宴外套，站在四一七號套房裡，確保在主席團和部長會議一九五四年的聯合晚宴開始之前，會場安排一切就續，而他的手下也都服裝整潔。

十一天之前，如我們所知，主教順口解除了伯爵今晚的這項任務。但六月十日下午，杜拉斯經理在博雅斯基餐廳每日會議上帶來壞消息。他說有段時間以來，他的手不時發抖，症狀很像中風。前一天晚上輾轉反側，今天早上醒來發現症狀更嚴重了。為了加以說明，他把右手伸到桌上，讓大家看見他的手抖得像風中的樹葉。

埃米爾一臉驚駭。他心裡彷彿在想，是什麼樣的上帝會創造出這樣的世界，讓這個日漸老去的人罹患重病，剝奪了他最出類拔萃、廣受眾人矚目的本領？

這是什麼樣的上帝啊，埃米爾？就是剝奪了貝多芬聽力和莫內視力的那一個上帝啊。凡上帝所賜與的，祂必將收回。

埃米爾臉上露出的或許是褻瀆上帝的憤恨，而主教呢，卻只因為安德烈給他添了大麻煩而皺起一張臉。

安德烈注意到總經理的不快，所以想辦法安撫他。

「您不必擔心，雷普列夫斯基總經理。我已經和克里姆林宮的帕洛普同志聯絡過了，要他放心，明天的晚宴我雖然不能親自督導，但會由羅斯托夫領班代理我的職務。不消說，」餐廳經理又補上一句，「這個消息讓帕洛普同志大大鬆了一口氣。」

「當然。」主教說。

安德烈向總經理報告說，帕洛普同志聽到羅斯托夫領班要督導這場晚宴的時候大大鬆了一口氣，並非誇大其辭。革命後才出生的帕洛普同志，並不知道羅斯托夫領班是被軟禁在大都會飯店裡，甚至也不知道羅斯托夫領班是個「前要人」。他從個人的經驗裡得知的是，羅斯托夫領班可以滴水不漏地照顧好宴席上的每一個小細節，任何客人稍稍顯露出絲毫的不滿，他都可以立刻擺平。儘管帕洛普同志對克里姆林宮的行事風格仍然欠缺經驗，但從親身的體驗裡知道，這個晚上要是出了任何紕漏，都會算在他頭上，彷彿餐具是他親手擺的，菜是他親手煮的，而酒也是他親手倒的一樣。

在宴會舉行當天早上的簡報會議上，帕洛普同志也親口向伯爵透露了他的放心。在博雅斯基餐廳的兩人座上，這位年輕的聯絡官和伯爵相當沒有必要地核對當晚所有的細節：時間（廳門必須在九點鐘準時打開），餐桌擺設（U型長桌，每邊各二十個座位，桌首六個位子），菜單（由朱可夫斯基主廚詮釋的俄羅斯傳統經典大菜），酒（烏克蘭白酒），以及必須在十點五十九分熄滅蠟燭。像是為了強調今晚宴會的重要性似的，帕洛普同志讓伯爵瞄了一眼賓客名單。

儘管伯爵並不太關心克里姆林宮的內部運作，但並不表示他不熟悉這張名單上的人名，因為每個人他都曾經伺候過。當然，他曾經在紅廳與黃廳的正式宴會上為他們提供過服務，但他們和妻子或情人、朋友或敵人、保護或受保護的人一起到博雅斯基來吃飯時，伯爵也曾在這些較為不正式的場合服務過他們。他在他們魯莽的行為裡看到粗野的本性，在他們的誇張的吹噓裡聽出苦澀的內情。他見過清醒時的他們，也見過他們大部分人喝醉酒時的失態。

「一切都會安排得妥妥當當的，」這位年輕官員站起來要離開時，伯爵說，「不過，帕洛普同志……」

帕洛普同志停下動作。

「什麼事，羅斯托夫領班？我忘了什麼嗎？」

「您沒給我座次表。」

「噢，別擔心，今天晚上沒有安排座次。」

「那我就安心了，」伯爵微笑回答，「今晚一定很成功。」

伯爵聽到今晚的正式晚宴沒安排座次，為什麼這麼高興呢？

千年以來，文明世界都把餐桌的主位當成是至高無上的位子。只要朝擺設完成的正式宴會桌瞄上一眼，你馬上會直覺地知道桌首的位子比其他位子更重要，因為坐在那個位子上的人，勢必比其他人享有更多的權力、地位與影響力。擴而言之，你也會知道離主位最遠的位子，也就是權力、地位與影響力最低的人坐的。因此，邀請四十六位黨政要員來參加晚宴，圍坐在U型長桌旁，卻不做任何座次安排，那肯定是要一團亂了……

湯瑪斯．霍布斯[51]一定會把這個情況和他所謂的「自然狀態下的人」相提並論，並斷言今晚肯定會有一場混仗。與會的這四十六位賓客地位相當，內心的渴望也差不多一樣，每一個人都有相同的權利可以坐在長桌上的任何一個位子。因此，為了坐到主位，他們很可能會互相指責、反控、拳打腳踢，甚至還拔槍相向。

相反的，約翰．洛克[52]則會主張，宴會廳的門一打開，這四十六個人或許會愣上一晌，但很快的，他們就會展現人性本善的一面，用理性的態度來決定公平有序的座位安排。因此，最有可能的情況是，與宴者以抽籤的方式來決定座位，或簡單的把桌子拼成一張圓桌，就像亞瑟王讓他的每位騎士得到平等的待遇那樣。

51 Thomas Hobbes，1588-1679，英國政治哲學家，提出「自然狀態」與國家源起說，認為人性的行為都是出於自私的動機。

52 John Locke，1632-1704，英國哲學家，相信人的理智與自由，提出與霍布斯「自然狀態」相反的主張，認為政府只有在取得被統治者的同意，並保障人民生命、自由、財產等自然權利的情況下，才具有統治的正當性。

尚・雅克・盧梭[53]也會從十八世紀中葉跑來湊熱鬧，告訴洛克先生和霍布斯先生說，這四十六位賓客終於擺脫長久的社會習俗束縛，會把桌子推到一旁，親手採收大地的果實，在大自然和樂的氣氛中自由分享。

但共產黨並非「自然狀態」。恰恰相反，這個黨是由人類所打造的，是人類有史以來最複雜、也最有目的性的組織。從本質上來說，就是所有的層級節制體系裡最層級節制的體制。

因此，在賓客抵達之時，伯爵心裡已相當確定，他們不會拳腳相向，不會抽籤，更不會自由分享果實。他們經過一陣輕微的推擠，耍些小手段之後，就會各自找到適合的位子。而這「自發性」的座位安排，可以讓認真的觀察家得知，俄羅斯未來二十年的政治權力結構。

★

在伯爵的指揮之下，四一七號套房房門準時在九點鐘打開。九點十五分，四十六位級別與資深程度各有不同的官員都已經找到適當的位子了。無須提醒，桌首的主位留給布加寧、赫魯雪夫、馬林可夫、米高揚、莫洛托夫和佛洛席洛夫，也就是黨內最有權勢的六個人，而正中央的兩個位子留給了馬林可夫總理與赫魯雪夫總書記*。

事實上，赫魯雪夫剛走進房間的時候，彷彿要刻意強調似的，沒往桌首的方向走去，反而和坐在靠近桌尾的中型機械製造部部長維亞謝斯拉夫・馬利謝夫講了幾句話。等所有的人都就座之後，這位莫斯科前市長才拍拍馬利謝夫的肩膀，滿不在乎地在馬林可夫身旁坐下。這個位子是整個宴會廳唯一的空位了。

53 Jean Jacques Rousseau，1712-1778，法國哲學家，提出影響深遠的「社會契約論」。

接下來的兩個鐘頭，與宴的人痛快吃，暢快喝，不斷敬酒。雖然敬酒的理由從高貴嚴正到幽默打趣不一而足，但都是出於熱切的愛國情操。在一輪又一輪敬酒的間隙，伯爵上菜，斟酒，更換餐具，撤掉空盤，拂掉桌巾上的碎屑。與宴賓客不是在和左邊的人說悄悄話，就是在和右邊的人咬耳朵，再不然就是在滿室歡暢的聲音裡喃喃自語。

讀到這裡，你或許想要冷嘲熱諷地問一句，向來以光明磊落自許的伯爵是不是偷聽了餐桌上的竊竊私語呢？你的問題和你的譏諷或許都用錯地方了。因為，就和最出色的僕人一樣，最出色的侍者也會把偷聽席間交談當成是他們份內的工作。

就拿狄米鐸夫大公的管家坎普來說好了。當年，坎普總是在圖書室角落裡靜靜站上幾個鐘頭，動也不動，活像座雕像。但只要大公的客人覺得口渴，坎普就立刻送上飲料。要有人低聲抱怨太冷，坎普就往壁爐裡添煤炭。而大公對朋友說夏馬托夫伯爵夫人「很可人」，而她兒子「很不可靠」時，坎普不必有人交待就知道，夏馬托夫家的這兩位如果不請自來，大公有空見其中哪一位，而又沒空見哪一位。

那麼，伯爵是不是偷聽與宴者的竊竊私語呢？他有沒有聽到任何打趣的評論，意有所指的耳語，或壓低嗓音的不屑批評呢？

他每一個字都聽見啦。

每個人在餐宴上都有他各自的習慣，你不必服侍這些共產黨員二十八年也可以知道，馬林可夫同志敬酒只偶一為之，而且舉起的永遠都是一杯白葡萄酒；赫魯雪夫同志一個晚上會敬四次酒，而且用的是伏特加。因此，伯爵注意到，這位莫斯科前市長整頓飯期間，一次都沒站起來。但在十點五十分，餐宴就快結束前，總書記用刀尖敲敲他的酒杯。

「各位，」他說，「大都會飯店見證過許多歷史事件。事實上，一九一八年，斯維爾德洛夫把憲法起草委員會的成員關在我們腳下的二樓套房裡，說工作沒完成，就不放他們出來。」

笑聲與掌聲。

「敬斯維爾德洛夫。」有人喊著，赫魯雪夫露出自信滿滿的笑容，一口喝乾杯裡的酒，整桌的人也都跟著乾杯。

「今晚，」赫魯雪夫繼續說，「我們有幸在大都會飯店見證另一個歷史事件。請和我一起走到窗邊，同志們。我想馬利謝夫同志有事要宣布……」

赫魯雪夫與馬利謝夫以外的四十四名賓客表情各異，從好奇到困惑都有，但全推開椅子，走向可以俯瞰劇院廣場的大窗前。馬利謝夫已在窗前就定位了。

「謝謝您，總書記。」馬利謝夫先對赫魯雪夫一鞠躬，刻意停頓了一晌才繼續說：「同志們，誠如你們之中大部分人所知，三年半前，我們開始在奧布寧斯克市建造新電廠。我很榮幸在此宣布，在星期一的下午，奧布寧斯克電廠已經全面運轉，比預定的時程提前六個月。」

讚賞聲此起彼落，大家紛紛點頭。

「不只如此，」馬利謝夫繼續說，「在今晚十一點整，也就是再過不到兩分鐘，這座電廠要開始供應莫斯科市一半的電力……」

馬利謝夫一面說，一面轉頭面向窗戶（伯爵和馬汀悄悄熄滅餐桌上的蠟燭）。窗外的莫斯科依然燈火輝煌，隨著時間一秒一秒流逝，屋裡的人開始不安地挪動腳步，低聲交談。但就在這時，城市遠端的西北角，大約有十條街左右的區域，燈光突然瞬間熄滅。接著，鄰接區域的燈光也紛紛熄滅。黑暗宛如越過平原的陰影，在城市裡擴展開來，離他們越來越近，越來越近，約莫十一點零二分，克里姆林宮一扇扇永遠燈火通明的窗戶也變暗了，幾秒鐘之後，大都會飯店也一片漆黑。

在黑暗裡，原本的竊竊私語聲變大，語氣也改變了，有意外，也有驚駭。但只要細心觀察，就會從馬利謝夫的側臉上發現，黑暗降臨，他既不驚訝，也不為所動，就只是繼續瞪著窗外看。突然之間，城區的西北角，也就是燈光最早熄滅的那幾條街，燈又亮了起來。光明跨越整座城市而來，越來越近，越來越近，克里姆林宮的燈光重新亮起，宴會廳天花板的水晶吊燈也重現輝煌，主席團與部長會議聯合晚宴會場爆出熱烈掌聲。莫斯科的燈光似乎比往常更加明燦，因為這是由世界第一座核電廠所提供的電力。

☆

毫無疑問，這場重大晚宴的閉幕表演是莫斯科有史以來最精彩的一場政治秀。但燈光熄滅，難道不會對市民造成任何不便嗎？

還好，一九五四年的莫斯科還算不上世界的電器之都。但在這短暫的停電期間，至少有三十萬個時鐘停擺，四萬部收音機不響，五千架電視機螢幕漆黑。狗兒咆叫，貓兒喵喵。立燈被撞倒，孩童哭鬧，家長們膝蓋撞上茶几，還有很多開車的人，因為抬頭看著擋風玻璃外的大樓突然陷入黑暗，而不小心撞上前車的保險桿。

在捷爾任斯基街角的那幢灰色小房子裡，灰色的小個子男人不停把酒吧女侍偷聽到的對話打成紀錄。他和任何優秀的官僚一樣，閉著眼睛也知道打字機上鍵盤的位置。然而，燈光熄滅的那幾分鐘裡，走廊有人跌倒，我們這位警覺的打字員抬起頭來，手指無意間往右邊的鍵盤偏移了一行，因此他後面打出來的紀錄不知道是不知所云，還是全為密碼，這就要看你用什麼觀點來看了。

與此同時，在馬利劇院，安娜．伍芭諾娃頭戴灰白的假髮，扮演契訶夫《海鷗》裡的艾琳娜．阿卡蒂娜，觀眾席突然發出不安的竊竊私語。儘管安娜和同臺的演員都練習過如何在黑暗中離開舞臺，但他們不打算就這樣離開。他們都曾經受過史坦尼斯拉夫斯基表演學的訓練，立即以劇中角色碰到停電情況的反應演了起來：

阿卡蒂娜：（驚慌）燈熄了！

特里果林：告訴我你在哪裡，親愛的。我去找蠟燭。

（步步為營的腳步聲，是特里果林從右邊下臺，緊接著一片寂靜。）

阿卡蒂娜：噢，康斯坦丁，我好害怕。

康斯坦丁：只是黑暗而已，媽媽。我們都從黑暗來，有一天也要回黑暗去。

阿卡蒂娜：**（彷彿沒聽見兒子說的話）**你覺得全俄羅斯的燈都熄了嗎？

康斯坦丁：不，媽媽，是全世界的燈都熄了⋯⋯

而大都會飯店呢？廣場餐廳的兩名服務生端菜上桌時撞在一起。夏里亞賓酒吧有四名客人打翻了酒，還有個人被掐了一把。矮胖的美國人韋伯斯特搭電梯被卡在二樓和三樓之間，掏出巧克力與香菸和其他受困的客人分享。飯店總經理一個人在辦公室裡，咒罵說一定要「追究到底」！

但在博雅斯基餐廳裡，客人享受的用餐服務並未受干擾，因為這裡延續近五十年的傳統，靠著燭光營造優雅氛圍。

【作者注】

＊細心的讀者可能會記得，史達林過世後，黨高層有八位重要人士。那晚宴上怎麼會只有六位呢？那兩個哪裡去了？冷血無情的史達林親信拉札爾．卡岡諾維奇被派到烏克蘭去處理行政事務。幾年之後，他被派往離莫斯科千哩遠的地方掌管一座鉀肥工廠。但他的下場至少比拉夫連季．貝利亞好。原是祕密警察頭子的貝利亞在史達林過世之初，被許多西方觀察家看好將繼承大位，結果卻遭黨祕密處決，頭部中彈身亡。所以這時的黨高層只有六個人。

軼事

六月十六日晚上，在蘇菲雅的空行李箱與背包旁邊，伯爵把為她準備的東西一件件擺出來。前一天晚上，她排練回來之後，伯爵要她坐下來，詳細告訴她，接下來她該怎麼做。

「你為什麼到現在才告訴我？」她問，就快要哭出來了。

「我怕我如果先告訴你了，你會反對。」

「可是我的確反對。」

「我知道，」他拉起她的手說，「但是，蘇菲雅，最好的行動方案往往一開始都讓人覺得反感。事實上應該說，幾乎都是如此。」

接著父女倆針鋒相對，一個問為什麼，一個提出種種理由。他倆看事情的角度不同，對時間跨度的定義不同，內心深處真正的渴望更是完全不同。最後，伯爵請蘇菲雅信任他，而這是個她無從拒絕的請求。於是，兩人沉默一晌之後，蘇菲雅展現了他們第一天見面時的勇氣，認真聽伯爵一步一步詳細解說他的計畫。

今晚把所有的東西一一排出來之後，伯爵再次把所有的細節仔細檢視一遍，確保沒有任何一項被遺忘或被忽視。最後他覺得一切都準備就緒了，就在此時，房門敞開。

「他們改了場地！」蘇菲雅上氣不接下氣地大喊。

父女倆擔憂地互看一眼。

「改到哪裡？」

蘇菲雅正要回答，卻停了下來，閉上眼睛。她再次睜眼，卻是一臉氣惱。

「我想不起來。」

「沒關係，」伯爵安慰她。他知道氣惱只會讓她更想不起來。「團長是怎麼說的？你記不記得他提到新地點的時候講了什麼？所在的地區或街名什麼的？」

蘇菲雅再次閉起眼睛。

「是個音樂廳，我想……叫什麼廳的？」

「是皮勒耶音樂廳嗎？」

「沒錯！」

伯爵鬆了一口氣。

「那就不必擔心了。我對那個地方很熟。是個歷史悠久的音樂廳，音響效果很好。而且也在第八區……」

於是，蘇菲雅收拾行李的時候，伯爵又跑到地下室，找到另一本巴黎旅遊指南，撕下地圖，爬上樓梯，坐在大公的書桌前，畫了一條新的紅線。準備停當之後，伯爵慎重其事地領著蘇菲雅穿過衣櫃門，進到書房，就像十六年前一樣。而和當年一樣的，蘇菲雅也不禁大叫：「哇！」

她下午出門去參加最後一次排練，回來後，書房竟然已經完全變了樣。書架上有個枝型的大燭臺燦燦閃爍。兩張高背椅擺在伯爵夫人東方風格的茶几兩側。茶几鋪上桌巾，妝點著一小缽鮮花，擺著飯店最高級的銀製餐具。

「你的座位準備好了。」伯爵微笑說，為蘇菲雅拉出椅子。

「俄羅斯冷湯？」她問道，把餐巾鋪在腿上。

「沒錯。」伯爵也坐下說，「出國遠行前，喝一碗家鄉簡單但暖心的湯是最好的，這樣你心情不好的時候，只要想起這碗湯，就會覺得安心。」

「只要一想家，」蘇菲雅微笑說，「我就會想著這碗湯。」

喝完湯，蘇菲雅發現在鮮花旁邊有個小小的銀雕像，是個身穿十八世紀服飾的仕女。

「這是什麼?」她問。

「你何不自己拿起來看看呢?」

蘇菲雅拿起銀雕像，聽見一陣叮叮噹噹的鈴聲，就拿著晃了晃。隨著鈴響，書房門打開來，安德烈推來一輛餐車，上面一個大大的半圓形銀蓋。

「您好，先生!您好，小姐!」

蘇菲雅笑起來。

「我想今晚的湯應該合您口味吧?」他說。

「非常好喝。」

「太好了。」

安德烈撤走桌上的湯碗，放到餐車的下層架子裡。伯爵和蘇菲雅則滿懷期待地看著大銀蓋。但安德烈直起身之後，並沒有馬上把朱可夫斯基主廚的精心傑作展現在他們面前，反而拿出一個小本子。

「在我上第二道菜之前，」他說，「我需要你們確認這道湯合乎你們的口味。請在這裡、這裡和這裡簽名。」

伯爵臉上的驚駭表情，引來安德烈和蘇菲雅的哈哈大笑。餐廳經理以誇張的手法掀開銀蓋，送上埃米爾的最新鉅獻：蘇菲雅烤鵝。「這鵝的作法很麻煩，」他解釋說，「要烤之前，得先用送餐的小升降機把鵝送到樓上，趕到走廊上，追著跑，然後再從窗戶丟出去。」

安德烈切開鵝肉，配上蔬菜，倒好瑪歌酒莊的紅酒，動作流暢，一氣呵成。然後他祝兩位客人用餐愉快，就再推開門走了。

享受著埃米爾的最新佳餚時，伯爵把一九四六年那個清晨，在四樓走廊上發生的混亂情況，詳細說給蘇菲雅聽，包括讓理查·范德淮舉手敬禮的那條軍用內褲。而這也讓伯爵提起安娜·伍芭諾娃有一回把衣服全丟出窗外，然後半夜又跑到街上一件件撿回來。也就是說，他們回味了家族史上一件件有趣的小故事。

有人或許會覺得意外，以為伯爵會利用這頓特別的晚餐，像《哈姆雷特》裡的波隆尼爾給兒子雷提爾臨別贈言那樣，給蘇菲雅一些特別的忠告，或是表達出惜別的心痛欲碎。但伯爵刻意在昨天晚上就把該做的，都對蘇菲雅交待完了。

今晚伯爵的自我克制，簡直到了有違個性的程度。身為父親，他只給了蘇菲雅兩個簡單的忠告：第一，你如果不掌控情勢，就會被情勢所掌控；第二是蒙田的箴言，判斷一個人是否有智慧，最簡單的標準就是快樂。但說到了惜別之情，伯爵還是毫無保留地告訴她，她不在身邊，他會多麼傷心，然而，只要想到她正展開人生的大探險，他又會多麼開心。

伯爵為什麼刻意要在蘇菲雅臨行前的這天晚上這麼做呢？因為他非常清楚，第一次出國遠行的人，最不希望日後回想起來，只記得沒完沒了的叮囑，沉重的忠告，或是涕泗縱橫的感傷。就像一碗家常湯的回憶，思鄉的人回想起已經講過千百遍的有趣小故事時，總是可以得到最大的安慰。

吃光盤裡的佳餚之後，伯爵又想提起一個顯然沉甸甸壓在他心裡的話題。

「我在想……」他有些吞吞吐吐，「噢，我是剛好想到，你也許想……或者說不定……可能……」

看見爸爸這麼反常，蘇菲雅覺得很有趣，笑了起來。

「到底是什麼啊，爸爸？我也許想怎樣？」

伯爵手探進外套裡，有點羞怯地拿出一張照片。那是米哈伊爾夾在書裡的那張照片。

「我知道你很珍惜你爸媽的照片，所以我想……你或許會想要一張我的照片。」伯爵臉紅了，這是四十多年來頭一次。他把照片遞給蘇菲雅，又說：「這是我唯一的一張照片。」

蘇菲雅非常感動地接下照片，不知道要如何表達這最深的感激之意。但一看到照片，就手掩住嘴巴又笑起來了。

「你的鬍子！」她一面笑一面說。

「我知道，我知道。」他說，「說來你可能不信，當時在馬會裡，大家可都很羨慕我的鬍子呢……」

蘇菲雅又大笑起來。

「好啦，」伯爵伸出手，「你若是不想要，我也可以理解。」

但她把照片貼在胸口。

「我這輩子走到哪裡都會帶著它。」她微笑著，又瞄一眼照片上的鬍子，然後用好奇的眼神看著父親。「後來鬍子哪裡去了？」

「後來哪裡去了，這實在……」

伯爵喝了一大口酒，告訴蘇菲雅，一九二二年的某個下午，飯店理髮店的某個胖傢伙無禮地剪掉他一邊的鬍子。

「太粗魯了。」

「沒錯。」伯爵說，「那也就是後來一切的開端。不過，如果不是那個傢伙，你就不會來到我的人生裡。」

「怎麼說？」

伯爵解釋說，在鬍子被意外剪掉的幾天之後，她媽媽跳到他在廣場餐廳用餐的餐桌旁，開門見山地問了蘇菲雅這時問的問題：「鬍子哪裡去了？」就是這個簡單的問題，開啟了他們後來的友誼。

這回輪到蘇菲雅喝了口酒。

「回到俄羅斯，你有沒有後悔？」她隔了一會之後問，「我指的是革命以後。」

伯爵端詳女兒。蘇菲雅身著藍色禮服走出安娜臥房的那一刻，伯爵霎時感覺到她已跨進成年的門檻；而此時聽到這個問題，伯爵更是確信不移：她已經是個大人了。因為不管從問話的語氣或意旨來說，她都不是以女兒的身分問爸爸問題，而是以一個大人的身分問他當年所做的抉擇。所以伯爵仔細思索了一下這個問題，然後如實回答：

「回首過往，我覺得人生的每一個轉折處都有一些扮演重要角色的人。我指的不只是像拿破崙那種影響歷史發展的人，而是一些尋常的人，不管是男是女，在藝術、商業、甚至理念發展的轉折點上，剛好出現的人。彷彿是命運之神再一次召喚他們，好去完成他所設定的目標。這麼說吧，蘇菲雅，從我出生以來，只有一次，命運之神需要我在特定的時間出現在特定的地點。那就是你媽媽帶著你出現在大都會飯店的那一天。就算拿可以統治全俄羅斯的沙皇寶座來和我交換，我也絕對不會在那時離開飯店。」

蘇菲雅站起來，越過桌子，親吻父親的臉頰。她坐下之後，身體往後靠，瞇著眼睛說：「知名的三組合。」

「啊哈。」伯爵大叫一聲。

於是，蠟燭漸漸在火光中消融，瑪歌紅酒漸漸喝到見底，而他倆玩起他們的遊戲，一一列舉知名的三組合：聖父、聖子與聖神；煉獄、天堂與地獄；莫斯科的三條環道；東方三博士；命運三女神；三劍客；《馬克白》裡的三名女巫；人面獅身獸的三謎題；冥府的三頭犬；畢達哥拉斯定理；刀、叉、湯匙；閱讀、寫作、算術；信、望、愛（愛是最重要的）。

「過去、現在、未來。」

「開始、中間、結束。」

「早、午、晚。」

「太陽、月亮、星星。」

拿這個類別來當挑戰的目標，他們大概可以玩上一整夜吧，但伯爵主動低頭認輸，因為蘇菲雅說出了：

「安德烈、埃米爾與亞歷山大。」

十點鐘，伯爵和蘇菲雅熄了蠟燭，回到臥房，有人輕聲敲門。兩人互看一眼，露出哀傷的微笑，知道時間到了。

「請進。」伯爵說。

是瑪莉娜，已經穿戴好帽子和外套了。

「不好意思，我是不是來晚了？」

「沒，沒有，你來得正是時候。」

蘇菲雅從衣櫃裡拿出外套，伯爵幫她提起擱在床上的行李箱和背包。三個人走下塔樓到五樓，然後穿過客房的走廊，到客用大樓梯繼續下樓。

這天稍早的時候，蘇菲雅已經和亞卡迪、瓦西里道過再見了，但他們還是從各自的櫃臺後面走出來，送她啟程。不到一會兒，身穿晚宴服的安德烈和圍著圍裙的埃米爾也到了大廳。就連奧德里斯也暫時丟下客人，溜出夏里亞賓酒吧。這一小群人圍著蘇菲雅，祝她旅途平安。他們微微有些嫉妒羨慕，但這樣的心情在親人與朋友，在長輩與晚輩之間是完全可以接受的。

「你會是全巴黎最漂亮的女生。」其中一位說。

「我們迫不及待想等你回來講給我們聽。」

「誰幫她把行李提過來。」

「哎，她的火車再過一個鐘頭就要開了。」

瑪莉娜走到門外叫計程車，亞卡迪、瓦西里、奧德里斯、安德烈和埃米爾彷彿早就說好似的，不約而同退開幾步，讓伯爵和蘇菲雅可以單獨講幾句話。父女倆擁抱，蘇菲雅雖然不確定自己能不能在巡迴演出裡得到讚譽，卻還是義無反顧地穿過大都會飯店那似乎永遠轉個不停的旋轉門。

伯爵回到六樓，花了好一番功夫打量自己的房間，每一個角落都不放過，覺得一切都變得異常沉寂了。

這是個已經空了的巢，他想。真是悲哀。

他給自己倒了杯白蘭地，一口灌下，坐在大公的書桌前，用飯店的信紙寫了五封信。寫好之後，他把信收進抽屜，然後刷牙，換上睡衣。儘管蘇菲雅已經離開了，但他還是睡在她床架下方的那個床墊。

聯繫

隨著第二次世界大戰爆發，在被囚禁的歐洲，有許多人把充滿希望、或絕望無比的目光轉向美國的自由。里斯本成為最大的上船點。但不是每個人都能直接到里斯本去，因此一條艱苦曲折的逃難路線就此產生。從巴黎到馬賽，越過地中海到阿爾及利亞的奧蘭，然後再搭火車、汽車，甚至徒步，穿過阿爾及利亞邊境到法屬摩洛哥的卡薩布蘭加。幸運的人可以靠著金錢、影響力，或單純的運氣，在這裡弄到離境簽證，到里斯本去，然後從里斯本前往新世界。而其他的人就留在卡薩布蘭加等待，一直等，一直等，一直等……

「我非給你看不可，亞歷山大，」歐西普壓低嗓音說，「這片子太棒了。我都忘了這片子有這麼好看！」

「噓……」伯爵說，「開始了。」

他們從一九三〇年代開始每月上課一次，經過這麼多年，伯爵和歐西普見面的次數越來越少。先是變成每一季見一次面，接著半年一次，後來就突然再也不見面了。

為什麼？有人或許要問。

但非得要有理由不可嗎？你還會和二十年前經常一起吃飯的朋友吃飯嗎？其實呢，這兩個人彼此欣賞，但儘管他們想常常見面，卻也不時碰上生活中的種種干擾而無法如願。六月初，歐西普帶一位同事到博雅斯基餐廳吃飯，就要離開前，他走上前對伯爵說真是好久不見。

「是啊，真的好久不見，」伯爵說，「我們應該一起看部電影的。」

「越快越好。」歐西普微笑說。

兩人或許會就這樣道別，但在歐西普轉身走向等在門邊的朋友時，伯爵卻突然開口。

「與其想，還不如實際計劃一下？」他拉拉歐西普的袖子，「如果**越快越好**，那我們何不約下個星期？」

歐西普轉身看著伯爵好一會兒。

「知道嗎，你說的對極了，亞歷山大。十九號怎麼樣？」

「十九號很好。」

「我們要看什麼片子？」

伯爵毫不遲疑地說：「《北非諜影》。」

「《北非諜影》……」歐西普低聲沉吟。

「你不是最愛亨佛萊．鮑嘉？」

「當然。但《北非諜影》不算是亨佛萊．鮑嘉的電影，就只是他剛好有演的愛情故事而已。」

「恰恰相反，我告訴你，《北非諜影》才是亨佛萊．鮑嘉的電影。」

「你會這麼想，是因為他在這部電影裡面有一半的時間都穿著白色的晚宴西裝。」

「這太荒謬了。」伯爵不肯讓步。

「也許是有點荒謬，」歐西普回答說，「可是我不想看《北非諜影》。」

大男人耍起孩子脾氣，沒人治得了，伯爵繃著臉。

「好吧好吧，」歐西普嘆口氣說，「既然電影由你挑，那吃什麼就我來決定。」

結果，一看起電影，歐西普比誰都入戲。畢竟這電影一開場就是兩名德國人在沙漠遇害，警察在市集追捕嫌犯，有名逃犯被槍殺，英國人錢包被扒，蓋世太保飛機降落，瑞克酒吧的音樂和賭博，還有在鋼琴上偷偷易手的兩張通行證。而這時，電影才開演十分鐘！

演到第二十分鐘時，警察局長雷諾指示手下的警察悄悄帶走尤佳利，警察對局長行禮，歐西普自己也行了個禮。尤佳利把自己贏得的籌碼兌換成現金，歐西普也把他的籌碼換成現金。尤佳利衝過兩名警衛之間，用力摔上門，拔出手槍，開了四槍，歐西普自己也彷彿跟著跑，跟著摔上門，開槍。

（尤佳利無處可躲，沿著走廊狂奔，看見瑞克出現在另一端，就衝過去抓住他。）

尤佳利：瑞克！瑞克！救我！

瑞克：別蠢了。你逃不了的。

尤佳利：瑞克，幫我躲起來！想想辦法！你一定要救我，瑞克！想想辦法，瑞克！瑞克！

（衛兵和警察把尤佳利拖走。瑞克站在那裡，不為所動。）

客人：等他們來抓我的時候，希望你能好心一點。

瑞克：我才不會為任何人賣命。

（瑞克滿不在乎地穿過桌子和驚魂未定的客人之間，有些人已經準備離開了。瑞克用平靜的口吻對酒吧裡的人說話。）

瑞克：不好意思，各位，驚擾大家了，但現在沒事了。一切都料理妥當了。請坐下，好好享受。請好好享受……好了，山姆。

山姆和他的樂團開始演奏，酒吧裡的氣氛也慢慢輕鬆下來。歐西普挨近伯爵。

「你說的沒錯，亞歷山大，這或許是鮑嘉最好的一部電影。你看到尤佳利抓著他的衣領時，他臉上那種漠不在乎的表情嗎？還有那個自認高人一等的美國人自吹自擂的時候，他連看都不看他一眼的神情？他叫鋼琴開始演奏之後，就料理自己的事情去了，彷彿什麼事都沒發生過。」

伯爵蹙著眉頭聽歐西普說完，突然站起來，關掉放映機。

「我們是要看電影，還是要聊電影？」

歐西普被他的舉動嚇了一跳，安撫他說：「我們要看電影。」

「看到完？」

「全部看完。」

於是，伯爵打開放映機，歐西普的注意力再次回到銀幕上。

老實說，伯爵雖然大發雷霆，要他這位朋友專心看電影，但他自己並不在乎電影演到哪裡。沒錯，電影演到三十八分鐘時，也就是山姆發現瑞克自己一個人在酒吧裡喝威士忌那一段，伯爵看得非常仔細。但是瑞克的菸霧化為蒙太奇，浮現他和伊莉莎在巴黎的那段往日情懷時，伯爵的思緒也幻化成他自己的巴黎蒙太奇。

然而，和瑞克不同的是，伯爵的蒙太奇並非來自於回憶，而是來自於想像。從蘇菲雅在巴黎北站下車開始，穿過火車蒸汽瀰漫的月臺，一會兒之後，提著行李和其他團員一起站在火車站外，準備登上巴士。巴士開往飯店途中，她望著窗外的城市風景。這些年輕的音樂家在巴黎期間都住在這家飯店，由官方人員嚴密監控，包括兩名音樂學院的教職人員、兩名蘇聯對外文化關係協會代表、一名文化專員、三名ＫＧＢ的所謂「監護人」……

電影從巴黎再回到卡薩布蘭加，伯爵也是。他把對女兒的思緒擱置一旁，看著電影，也悄悄瞄著歐西普，發現他完全被主角給迷住了。

但伯爵格外高興的是，看見他這位朋友沉醉在電影最後幾分鐘裡。飛往里斯本的飛機已升空，史特勞塞少校躺在地上死了，警察局長對著一瓶維奇礦泉水皺起眉頭，一把丟進垃圾桶，伸腳一踢，瓶子滾過地板。歐西普，這位前紅軍上校與共黨高階官員，往前挪坐到椅子邊緣，也給自己倒了一杯水，皺起眉頭，用力一丟，再伸腳一踢。

近身搏鬥（以及赦免）

「您好，歡迎光臨博雅斯基餐廳。」伯爵用俄語歡迎一對中年夫婦。金髮碧眼的他們從菜單裡抬頭看他。

「你會講英語嗎？」那位先生用英語問，但帶有明顯的北歐口音。

「您好，歡迎光臨博雅斯基餐廳。」伯爵又用英語講一遍。「我是亞歷山大，是兩位今晚的侍者。在介紹我們今晚的主廚特選餐點之前，是否先給二位來點開胃菜？」

「我想我們已經可以點菜了。」那位先生說。

「我們今天趕了一天的路，才剛到飯店。」那位太太疲憊地說。

伯爵有點遲疑。

「我可以請問兩位是從哪裡來的嗎？」

「赫爾辛基。」那位先生有點不耐煩地回答。

「噢，歡迎來到莫斯科。」伯爵用芬蘭語說。

「謝謝。」那位太太露出微笑，用芬蘭語回答。

「兩位旅途勞累，我會確保可口餐點迅速上桌，不讓你們多等候。但在點菜前，我可以先請問兩位的房號是……？」

從一開始，伯爵就決定他需要從北歐人那裡偷到幾樣東西，不管是丹麥人、瑞典人或芬蘭人都行。表面上看來，這個任務應該不算太難，因為大都會飯店的北歐旅客很常見。問題是，旅客一發現東西被偷，肯定會通知飯店總經理，接著就會驚動有關當局，針對飯店員工進行正式調查，甚至還會搜查房間，在火車站派駐衛兵。所以只能在最後時刻才能動手偷東西。而伯爵也只能祈求上帝，在關鍵時刻，飯店裡能有個北歐男人入住。

他之前曾經密切注意一位斯德哥爾摩來的推銷員，但他在六月十三日退房了。接著，在六月十七日，一名奧斯陸來的記者臨時被報社召回國。而如今，在只剩二十四小時的此刻，兩名旅途勞頓的芬蘭人來到博雅斯基餐廳，而且就坐在他所服務的餐桌。

但還是有個小問題：伯爵最想要弄到手的東西，是這位男士的護照。但來到莫斯科的大部分外國人，都會隨身攜帶護照，伯爵沒辦法等他們明天早上出門觀光的時候，再去搜查他們的房間，他必須在今晚動手，趁他們在房間裡的時候。

儘管我們不願承認，但命運並不偏袒任何一方。只不過，它也會考量我們所付出的努力，在成功與失敗之間維持一定的平衡。因此，命運女神給伯爵如此大的挑戰，要他在最後一刻將護照偷到手，但同時也給了他小小的撫慰，因為才九點半，伯爵問這兩位芬蘭人要不要看看甜點推車時，他們婉拒了，因為他們已經累壞了，只想上床睡覺。

午夜過後不久，博雅斯基餐廳打烊，伯爵和安德烈、埃米爾道晚安，爬樓梯到三樓，穿過半條走廊，脫下鞋子，靠著妮娜的鑰匙，只穿襪子溜進三二一號房。

許多年前，在某位女明星的魔咒之下，他曾經過了一段隱形人的日子。因此，踮著腳尖走進這對芬蘭人的房間時，他祈求維納斯能為他蒙上一層水霧，就像為她浪跡迦太基街頭的兒子埃涅阿斯所做的那樣，好讓他腳步落地無聲，呼吸靜止，讓人在房間裡的他微渺如一縷輕風。

時值六月底，夜空此時猶未暗黑，芬蘭人拉起窗簾，遮擋天光。但兩片窗簾之間的空隙，仍然射進一道銀白的光。靠著這道光線，伯爵走到床腳，看著兩名熟睡的旅人。感謝上帝，他們大約四十歲。要是再年輕個十五歲，他們肯定還沒睡覺，肯定剛從阿爾巴特大街吃完晚餐、喝完兩瓶好酒，腳步踉蹌回到飯店，依偎在彼此懷裡。要是再老個十五歲呢？他們肯定輾轉反側，一個晚上要起來上兩次廁所。但四十歲？他們有足夠的好胃口，可以好好吃頓飯；他們也有足夠的自制力，不會飲酒過度；而且還有足夠的智慧，決定用一夜好眠來慶祝兒女不在身邊的夜晚。

僅僅幾分鐘的時間，伯爵就已經從抽屜裡拿到這位先生的護照和一百五十元芬蘭幣，然後又躡手躡腳穿過房間，回到空蕩蕩的走廊。

走廊是真的空蕩蕩的，連他剛才脫在門口的鞋子也不見了。

「該死！」伯爵低聲說，「一定是夜班工作人員把鞋拿去擦了。」

暗罵自己好一陣子之後，伯爵又安慰自己說，最有可能的情況是，明天早上芬蘭人會把他的鞋子拿到大廳櫃臺，然後他們就扔進飯店那堆沒有人認領的物品裡面。爬上樓梯回房間的時候，他又覺得可堪安慰的是，一切都按計畫進行。**明天晚上的這個時候……**他一面想著，一面推開他的房門，卻看見主教坐在大公的書桌旁。

伯爵的第一個反應當然是氣憤難平。這個整天抓短缺、撕掉酒標的人，不僅不請自來進到他的房間，而且還把手肘擱在這凹凸不平的桌面上。要知道，這桌面以前可是曾經用來寫過許多極具說服力的政治文件，以及給朋友的真誠忠告與書信哪。伯爵正要開口請他解釋，卻發現有個抽屜被拉開，而主教手裡捏著一張紙。

那些信，伯爵突然一陣恐慌。

噢，那只不過是信而已……

寫信表達由衷的友善情誼，在同事之間或許並不常見，但也很難引起什麼懷疑。每個人都有權利、有責任，讓朋友知道他心裡的美好感受。但主教拿在手裡的，並不是伯爵最近所寫的信，而是旅遊指南的地圖——巴黎地圖。伯爵用紅筆畫出從巴黎歌劇院經過喬治五世大街，再到美國大使館路線的那張地圖。

然而，他捏在手上的是信還是地圖，說不定一點都不重要。因為主教聽見開門聲轉頭時，已經清楚看見伯爵的表情從氣忿變成驚恐。神情的轉變證明他心中有鬼，儘管主教根本還沒開口指控。

「羅斯托夫領班，」主教說，彷彿看見伯爵回到自己房間很讓他意外似的，「你真的是個興趣廣泛的人：酒……美食……巴黎的街道……」

「沒錯，」伯爵想辦法讓自己鎮靜下來，「我最近讀了一些普魯斯特，所以又想重溫一下巴黎的城區。」

「當然啦。」主教說。

冷酷無情並不需要特別製造戲劇效果，儘可以冷靜且平和。可以是悄悄的一聲嘆息，可以是不可置信地輕輕搖頭，如果必要的話，甚至可以同情地道聲歉。冷酷無情的行動可以緩慢、有條不紊，但卻讓人在劫難逃。因此，主教輕輕把地圖擺在大公凹凸不平的書桌上，從椅子上起身，越過房間，從伯爵身邊走過，連一句話都沒說。

主教從閣樓走下五層樓的時候，心裡在想什麼？又有什麼感覺呢？

也許是自鳴得意吧。三十多年來，他始終覺得伯爵看不起他，今天終於可以讓這個自命不凡的書呆子認清現勢，或許因而從中感覺到喜悅吧。但也許他心中的感受是正義終於得以彰顯。雷普列夫斯基同志堅決擁護無產階級弟兄（他自己也是無產階級出身），這位「前要人」竟然可以在新俄羅斯有立足之地，向來讓他忿忿不平，因此眼前的際遇，讓他終於有正義昭彰的感覺。但也許他只是單純因為嫉妒而覺得有滿足的快感。那些在年輕時代唸書或交朋友方面碰到問題的人，永遠都會用苦澀的目光看著那些人生似乎一帆風順的人。

不管是自鳴得意，是正義昭彰，還是有滿足的快感，又有誰在乎呢？但主教推開自己辦公室門那一瞬間的感覺，毫無疑問，是絕對的驚嚇。因為幾分鐘之前才和他在閣樓分手的那個敵手，此刻竟坐在總經理辦公桌後面，手裡還有一把槍。

這怎麼可能？

主教離開伯爵房間時，伯爵僵在那裡，心裡的萬千情緒如波濤洶湧，忿怒、不可置信、自責與恐懼交相湧至。他竟然沒把地圖燒掉，反而傻呼呼的把地圖收在收屜裡。六個月的精心籌劃和費勁執行，竟然因為一步錯，而將全盤皆沒。更可怕的是，他讓蘇菲雅陷入險境。她要因為他的粗心大意付出什麼代價呢？

但伯爵就算僵在原地，也只僵了五秒鐘而已。儘管這可想而知的情緒激動幾乎要抽乾他心臟裡的血，但他的決心最後還是占了上風。

伯爵轉身走向塔樓，豎起耳朵聽主教下樓的腳步聲。他聽到主教已經走下兩段階梯，才跨出自己這雙只穿襪子沒穿鞋子的腳，跟在主教後面下樓。但到五樓時，他離開塔樓，跑過客房走廊，衝下客用大樓梯，就像蘇菲雅十三歲時那樣。

伯爵彷彿還藏身在隱形的水霧裡似的，衝下樓梯，跑過大廳，闖進行政辦公室，沒有驚動半個人。跑到主教辦公室門口時，他發現門是鎖著的。雖然差點就要罵髒話，但他的手拍拍背心口袋，就安心了。因為妮娜的萬用鑰匙還在他的口袋裡。伯爵進了辦公室，重新把門鎖好，走到另一頭的牆邊。這裡原本擺著赫雷基先生的躺椅，如今已被檔案櫃所取代。伯爵從牆上那幅馬克思的肖像開始數起，手伸到右邊第二塊鑲板，往下一壓，那塊板子就彈開了。伯爵從裡面拿出一個雕花盒子，擺在辦公桌上，掀開盒蓋。

「簡直太帥了！」他說。

伯爵坐在總經理的椅子上，拿出盒裡的兩把手槍，子彈上膛，等待著。他猜想，再過幾秒鐘，門就會打開，但他利用這個時間讓自己緩過氣來，降低心跳速度，讓自己不再緊張。因此，等主教轉動門鎖的時候，他已經像殺手那般冷靜了。

主教完全沒料到伯爵會坐在辦公桌後面，所以在把門關好之前，根本沒發現辦公室裡有人。如果說每個人都有自己的長處，那麼主教的長處就是再細瑣的規則，他都會死命遵守，而且，他還有與生俱來的優越感。

「羅斯托夫領班，」他有點生氣地說，「你來我辦公室幹嘛？我命令你馬上離開。」

伯爵舉起一把手槍。

「坐下。」

「你真大膽。」

「坐下。」伯爵又說一遍，但這次講得更慢一些。

對於武器，主教一點概念都沒有。事實上，他連左輪槍和半自動手槍都分不清楚。但就算是笨蛋也看得出來，伯爵手上的那把槍是古董。是該收在博物館裡的珍藏，是某人的收藏品。

「你讓我別無選擇，只能通報有關當局。」他說，然後往前走，拿起兩部電話其中一部的話筒。

伯爵的槍口從主教身上轉到牆上的史達林肖像，扳機一扣，擊中這位已故總理的兩眼之間。

手槍的聲音與殺傷力讓主教嚇得往後跳，丟下電話話筒。

伯爵舉起另一把槍，對準主教的胸口。

「坐下。」他又說一遍。

這一次，主教乖乖聽命。

伯爵站起來，手裡的槍仍然瞄準主教的胸口，把電話話筒擺回擱架上，繞過主教的椅子，把辦公室門鎖上，然後又回到辦公桌後面坐下。

兩人沉默不語，但主教的優越感又回來了。

「嗯，羅斯托夫領班，你利用武力威脅，想來是要強迫我做不想做的事。你究竟是想做什麼？」

「我們要等一等。」

「等什麼？」

伯爵沒回答。

一會兒之後，有部電話響了。主教本能地想伸手去接，但伯爵搖搖頭。電話響了十一聲，然後靜止了。

「你要扣留我多久？」主教追問，「一個鐘頭？兩個鐘頭？到天亮？」

這是個好問題。伯爵看看四牆，想找時鐘。但一座鐘都沒有。

「把你的手錶給我。」他說。

「你說什麼？」

「你聽見我說的話了。」

主教從手腕取下手錶，丟到辦公桌上。一般來說，伯爵並不喜歡拿槍逼著別人交出財物。但這麼多年來始終以從容不迫自豪的他，卻非得要留意時間的流逝不可。

依據主教的手錶顯示（這錶很可能故意調快五分鐘，好讓他上班不遲到），現在差不多是凌晨一點。這個時間飯店客人還沒完全回房歇息，有些剛吃完宵夜回來，有些在酒吧流連。而工作人員也還在打掃整理廣場餐廳，用吸塵器清理大廳。要到凌晨兩點半，飯店的每一個角落才會寂靜無聲。

「輕鬆一點吧。」伯爵說。為了打發時間，他開始用口哨吹起莫札特歌劇《女人皆如是》裡的曲子。吹到第二樂章的時候，他發現主教露出輕蔑的笑容。

「你在想什麼？」伯爵問。

主教的左上嘴角抽動了一下。

「你們這種人，」他不屑地說，「總是相信自己不管做什麼都是對的。彷彿上帝也被你們迷人的舉止和愉快的言談給打動了，所以祂會護佑你們，讓你們為所欲為。你們真是太自以為是了。」

主教發出響亮的笑聲。

「沒錯，你們是曾有過輝煌的時代，」他繼續說，「你們是曾經有過肆無忌憚與夢想共舞的機會。但是你們的樂團已經停止演奏了。你們現在不管做什麼，說什麼，想什麼，就算凌晨兩三點鎖上門，你們的所思、所言、所行，也都會曝光。到了那時，你們就必須付出代價了。」

伯爵很感興趣的聽完主教的話，不免有一絲驚訝。他們這種人？上帝護佑他們為所欲為？他們肆無忌憚與夢想共舞？伯爵完全搞不懂主教在說什麼。畢竟，他大半輩子都被軟禁在大都會飯店裡。他差點就要露出微笑，也差點就要講幾句玩笑話譏諷這個小人偉大的想像力。但沒有，他表情變得更加凝重，因為想到主教所說的，他所做的一切「都會曝光」。

他的目光轉到檔案櫃。那一排總共有五個檔案櫃。

伯爵槍口瞄準主教，走到檔案櫃前，拉開左邊最上面的一個抽屜。但抽屜上了鎖。

「鑰匙呢？」

「你不能開這些抽屜。裡面是我的個人檔案。」

伯爵繞過辦公桌，拉開桌子的抽屜。意外發現裡面什麼都沒有。

像主教這種人，會把個人檔案櫃的鑰匙收在哪裡？當然是在他自己身上啦。

伯爵離開辦公桌，站到主教面前。

「你可以自己把鑰匙交出來，」他說，「或者我也可以動手搜出來。二選一，沒有第三條路。」

主教微帶憤慨地抬起頭，卻發現伯爵高舉古董手槍，顯然馬上就要對著他的臉開槍。主教從口袋裡掏出一串鑰匙，丟到桌上。

隨著鑰匙叮噹一聲落在桌面，伯爵發現主教整個人也變了個樣。他突然失去優越感，彷彿他這一向的優越感都只因為身上帶有這串鑰匙的緣故。伯爵拿起鑰匙，找到最小的那一支，逐一打開檔案櫃的每一個抽屜。

前三個櫃子裡，是依序整理完備的飯店報告：盈餘、住房率、人事、維護費用、庫存，當然還有短缺的統計。但在其餘的櫃子裡，則是有關個人的檔案。除了這些年來住過飯店的客人資料之外，還有按姓氏字母排列的員工檔案。有亞卡迪、瓦西里、安德烈和埃米爾。甚至還有瑪莉娜。伯爵只瞄上一眼，就知道製作這些檔案的目的為何。檔案裡詳盡細數每個人的缺點，記錄他們每一次的遲到、莽撞、不滿、醉酒、怠惰和期望。這些紀錄不能說是以偏概全或是偽造，檔案上所載的這些人確實都曾在某個時間點犯了人性脆弱的過錯，但若是伯爵一一記錄下來，恐怕檔案要比這裡多上五十倍。伯爵把朋友的檔案抽出來，丟到辦公桌上，然後又重新打開檔案櫃，翻找「R」項下的檔案。找到自己的檔案時，伯爵發現他的檔案是最厚的一份，心中竟暗暗有些歡喜。

伯爵看看手錶（這是主教的錶）。凌晨兩點三十分，是萬籟俱靜的深夜時分。伯爵給第一把手槍重新裝填子彈，插在腰際，然後用另一把槍指著主教。

「我們該走了，」他說，用手槍指指桌上的檔案。「這是你的財產，你來拿吧。」

主教乖乖拿起檔案。

「我們要去哪裡？」

「你馬上就會知道。」

伯爵帶著主教穿過空無一人的辦公區，進到封閉的樓梯間，走到地下二樓。

儘管主教在飯店管理上看似鉅細靡遺，但他顯然沒到過地下室。走到樓梯盡頭，打開門，他看看四周，臉上的表情既有恐懼，也很嫌惡。

「第一站。」伯爵說。他拉開沉重的鐵門，這裡是鍋爐間。主教遲疑不前，於是伯爵用槍柄戳戳他。「進去，」伯爵從口袋裡掏出一條手帕，打開小小的爐門，「丟進去燒了。」他說。

主教一語未發地把檔案丟進火裡。也許是因為靠火太近，也或許是因為抱著一大疊檔案走下兩層樓的關係，主教竟然開始流汗。這和他平常的樣子可大不相同。

垮掉似的。

「出來，」伯爵說，「第二站。」

一走出鍋爐間，伯爵就逼著主教穿過走廊，走向擺放旅客遺落物的小隔間。

「到了。在架子的最下層，拿出那本紅色的小書。」

主教聽命行事，把芬蘭的旅遊指南交給伯爵。

伯爵點點頭，示意要往地下室更深處走去。主教一臉慘白，走了幾步之後，膝蓋彷彿隨時會癱軟

「再走幾步就到了。」伯爵哄他。沒走多遠，他們就到了一扇藍色的門外。

伯爵掏出妮娜的鑰匙，打開門。「請進。」他說。

主教走進去，轉身說：「你究竟要對我怎樣？」

「我不會對你怎樣。」

「那你什麼時候回來？」

「我不會回來了。」

「你不能把我丟在這裡。」主教說，「很可能要好幾個星期之後，才會有人找到我。」

「你每天都出席博雅斯基餐廳的會議啊，雷普列夫斯基同志。要是你最後一次開會的時候認真聽，就會知道星期二晚上大宴會廳有一場晚宴，我相信到時候一定會有人找到你。」

說完，伯爵就關上門，把主教鎖在這滿是過時華麗器物的房間裡。

他們肯定可以處得來，伯爵想。

伯爵從大廳走進員工樓梯的時候，已經凌晨三點了。爬上樓梯時，伯爵不住慶幸自己在千鈞一髮之際逃過一劫。他伸手從口袋裡掏出偷來的護照和芬蘭幣，塞進芬蘭旅遊指南裡。但轉過四樓的轉角時，他突然背脊發涼。因為上方的平臺上有隻眼睛瞪著他，是那隻神出鬼沒的獨眼貓。居高臨下的貓

俯視這位「前要人」，而這位「前要人」只穿襪沒穿鞋，腰間插著一把槍，滿手是偷來的東西。

據說納爾遜將軍在一七九八年的尼羅河戰役裡被打瞎了一隻眼睛，三年後，在哥本哈根戰役裡，不顧指揮官的撤退信號，他拿起望遠鏡，貼在已經瞎了的那隻眼睛上，繼續發動攻擊，直到丹麥願意展開停火協商。

儘管這是大公最喜歡的故事，也常講給小時候的伯爵聽，要他學習納爾遜，面對不可能的挑戰，也仍然要勇敢堅毅。但伯爵始終覺得這個故事不太可信。因為，在武裝衝突的迷霧裡，真相也像船與人一樣，很容易受到損傷，甚至比人船更容易毀損。但在一九五四年夏至的這一天凌晨，大都會飯店的獨眼貓，用牠瞎了的那隻眼睛盯著伯爵非法得來的戰利品，沒有流露出絲毫的失望，轉身消失在樓梯間。

完美典範

儘管凌晨四點才上床睡覺，六月二十一日早晨，伯爵依舊在慣常的時間起床。他做了五次深蹲，五次伸展，五次深呼吸。他早餐喝了一杯咖啡，吃了一個小圓麵包，以及每日水果（今天是綜合莓果），之後，他下樓看報紙，和瓦西里閒聊。午餐是在廣場餐廳吃的。下午，他到縫紉室去找瑪莉娜。因為今天輪休，所以七點鐘，他在夏里亞賓喝開胃酒，和永遠都服務周到的奧德里斯感嘆了一下夏天到了。八點鐘，他在博雅斯基餐廳的十號桌用餐。也就是說，他這一天過得和尋常的日子差不多。只是，十點鐘離開餐廳時，他溜進沒有人的衣帽間，借用了美國記者索爾茲伯里的風衣和軟呢帽。

伯爵回到六樓，從舊行李箱深處挖出他一九一八年從巴黎回埃鐸豪爾時用過的那個背包。和那次一樣，他這趟旅程只會帶少數幾樣必要的東西。三件換洗衣物，牙刷和牙膏，《安娜·卡列妮娜》，米哈伊爾的書，以及一瓶教皇新堡紅酒。這酒是他準備留到一九六三年六月喝的，以紀念他這位老友逝世十週年。

收拾好東西之後，伯爵看了書房最後一眼。許多年前，他被迫拋棄家園。隔了幾年，他被迫拋棄他的套房。如今，他又被迫拋棄這個只有一百平方呎的小房間。毋庸贅言，這個房間是他這輩子所住過最小的一個房間。然而，在這四面牆裡，世事依舊流轉。想到這裡，伯爵對著艾蓮娜的畫像碰碰帽子致意，關掉電燈。

☆

伯爵走下樓梯到大廳的這個時間，蘇菲雅正在巴黎的皮勒耶音樂廳舞臺上，彈出最後一個音符。她從鋼琴前站起來，轉身面向觀眾。她感覺到不可思議，因為她每次一開始演奏，就完全沉浸在自己的世界裡，甚至忘了有觀眾在場。掌聲喚醒了她，她沒忘了要先向管弦樂團與指揮優雅致謝，然後再向觀眾最後一次鞠躬。

一下舞臺，文化專員就正式恭喜她，瓦維洛夫團長也給她一個真誠的擁抱。他說這是她截至目前最精彩的一場演出。但這兩人都馬上把注意力轉回舞臺上，因為小提琴神童已經在指揮面前就位了。音樂廳安靜下來，所有的人都聽得見指揮敲著指揮棒的聲音。在一段懸而未決的等待之後，樂音響起，蘇菲雅走向更衣室。

音樂學院管弦樂團演奏的這首德弗札克協奏曲長達三十分鐘，而蘇菲雅只有十五分鐘的時間，就必須走到出口。

她拿起背包，直接進到保留給樂團團員使用的洗手間。她鎖上門，甩掉鞋子，脫下瑪莉娜為她縫製的漂亮藍色禮服，取下安娜送給她的項鍊，丟在衣服上。她穿上父親從那位義大利男士房裡偷來的長褲與牛津襯衫，對著洗手臺上的小鏡子，掏出父親給她的剪刀，開始剪頭髮。

這支長嘴剪原本是她父親妹妹的，很顯然是用來剪線，而不是剪頭髮用的。剪刀把手的握環緊緊扣在她拇指和食指的指關節上，不管怎麼用力，都無法剪下她的頭髮。蘇菲雅沮喪得開始落淚。她閉上眼睛，深吸一口氣。**沒有時間掉眼淚**，她告訴自己。她用手背抹掉臉頰的淚水，再次動手——一次只抓起較少的一把，很有條理地剪掉整頭頭髮。

剪完之後，她用雙手捧起剪下來的頭髮，遵照父親的指示，用馬桶沖掉。接著，她從背包的側袋掏出大都會飯店理髮師的那個黑色小瓶子。這是他用來替華髮初生的客人染髮用的。瓶蓋附有一支小刷子，她抓起頭頂那一小綹從十三歲就冒出來、宛如她個人商標似的白髮，挨近洗手槽，仔細刷上染髮劑，讓那綹白髮和其餘的頭髮一樣烏黑。

完成之後，她把瓶子和剪刀收回背包裡，拿出義大利人的那頂帽子，擱在洗手槽上。她低頭看地板上的那堆衣服，這時才意識到他們沒想到鞋子的問題。她只有一雙優雅的高跟鞋，是安娜在前一年的學院比賽時幫她挑的。她別無選擇，只能把這雙鞋丟進垃圾桶。

她捧起衣服和項鍊，也要丟進垃圾桶。沒錯，這衣服是瑪莉娜縫製的，項鍊是安娜給的，但她不能帶它們走——在這一點上，她父親說得非常明白。因為萬一她在路上被攔了下來，有人搜查她的背包，這些華麗的女性衣飾會洩露她的身分。蘇菲雅遲疑了一會兒，把禮服丟進垃圾桶，和鞋子一起，但偷偷把項鍊收進口袋裡。

她把背包的肩帶穩穩揹在肩膀上，帽子緊壓在頭上，打開洗手間的門，豎起耳朵聽。弦樂開始湧現，第三樂章快要結束了。她走出洗手間，沒回更衣室，反而走向大樓後面。經過舞臺後方時，她聽見音樂變得更加大聲。在最後一個樂章的第一個音符響起時，她已穿過音樂廳的後門，光著腳走進夜色裡。

蘇菲雅加快腳步，但沒跑起來，從後門繞過皮勒耶音樂廳，走到聖多諾黑大街。音樂廳燈火輝煌的大門就在這條街上。她過街，到一家店門口，摘下帽子，從帽沿掏出父親從旅遊指南撕下來、折成火柴盒大小的地圖。蘇菲亞攤開地圖，找到自己的位置，開始沿著聖多諾黑大街走過半條街，然後轉到奧什大道，往凱旋門走，接著再左轉到香榭麗舍大道，往協和廣場去。

伯爵在地圖上標出從皮勒耶音樂廳到美國大使館的路線時，刻意挑選了一條彎彎曲曲的路線。其實如果走直線，只要沿著聖多諾黑大街走過十條街就到了。但是伯爵希望蘇菲雅儘快離開音樂廳附近。多繞一些路，雖然要多花上幾分鐘的時間，但卻可以讓她在香榭麗舍大道的人潮裡消失蹤影。而且，就算多花了這幾分鐘，她還是有足夠的時間，可以在樂團發現她失蹤之前抵達美國大使館。

可是伯爵在做計畫的時候，卻沒估算到，生平第一次看見在夜裡燈光璀璨的凱旋門和羅浮宮，對一個二十一歲的女孩會產生多大的衝擊。沒錯，蘇菲雅前一天已看過這些景點，就如同伯爵所想像的，她坐在巴士裡，透過車窗看見許多的景點。但這完全不一樣，在初夏的街頭，離開熱烈的掌聲，換了一個人似的，逃進夜色裡……

儘管古老傳說裡並沒有專司建築的繆思，但是我們想必都會同意，在特定的情境之下，建築的外觀可以影響我們的回憶，影響我們的情感，甚至改變我們的人生。也就因為這樣，蘇菲雅雖然時間緊迫，卻還是冒險花了幾分鐘，在協和廣場駐足，緩緩在原地轉了一圈，彷彿要努力記住這一切。

離開莫斯科的前一天晚上，蘇菲雅對父親的安排表示痛苦沮喪時，父親想辦法安慰她。他說，我們的人生受不確定的因素所宰制，這些因素很多都有破壞性，甚至非常可怕。但是只要我們敞開心胸，堅持不懈，我們便有可能在某個時刻頓然領會，發生在我們身上的這一切，都是人生道路必經的過程，也唯有如此，我們才能跨進我們註定要擁有的嶄新人生。

父親說這番話的時候，蘇菲雅覺得荒謬至極，誇張透頂，完全無法減輕她心裡的痛苦。但在協和廣場原地轉圈圈的時候，她看見凱旋門，看見艾菲爾鐵塔，看見杜樂麗花園，以及繞著協和廣場方尖碑開的汽車和摩托車，蘇菲雅這才真正明白父親想告訴她的是什麼。

☆

「一整個晚上都是這樣？」

在大使館的公寓裡，理查．范德淮站在臥室鏡子前，發現自己的領結有點歪。歪了二十五度。

「你的領結一直都這樣啊，親愛的。」

理查驚訝地轉頭看妻子。

「一直都這樣！那你為什麼都沒說？」

「因為我覺得這樣看起來很瀟灑。」

理查點點頭，彷彿勉強可以接受「瀟灑」這個形容詞。他又瞄了鏡子一眼，扯掉領結，把晚宴外套披在椅背上，正要建議來杯睡前酒的時候，聽見有人敲門。是理查的隨員。

「什麼事，比利？」

「很抱歉這麼晚打擾您，長官。但有個年輕小夥子說要找您。」

「小夥子？」

「是的。他應該是要尋求庇護……」

理查挑起眉毛。

「什麼原因的庇護？」

「我也不確定。但他沒穿鞋……」

「那好，你趕快帶他進來吧。」

范德淮夫婦互看了一眼。

幾分鐘之後，隨員帶著一名頭戴報僮帽的年輕人回來。這年輕人光著腳，很有禮貌但焦急地摘下帽子，用雙手抓在腰間。

「比利，」范德淮太太說，「這可不是個小夥子啊。」

隨員的眼睛睜得大大的。

「哎，不會吧，」理查說，「你是蘇菲雅．羅斯托夫。」

蘇菲雅露出如釋重負的微笑。「范德淮先生。」

理查告訴隨員說他可以離開了，然後笑著走近蘇菲雅，拉住她的手肘。

「讓我好好看看你，」理查手還拉著蘇菲雅，轉頭對妻子說：「我有沒有告訴過你，她有多漂亮？」

「你當然講過。」范德淮太太微笑說。

雖然就蘇菲雅看來，范德淮太太才是真正的大美人。

「事情這麼順利，真是太好了。」理查說。

「你們該不會在……等我來吧？」蘇菲雅小心翼翼地問。

「我們當然是在等你！可是你父親就是喜歡搞神祕。他告訴我說你會來，但不讓我知道是什麼時間，什麼地點，又是怎麼來的。他當然更不會告訴我，你會光著腳來。」理查指著背包，「你的東西就只有這樣？」

「恐怕是。」

「你餓了嗎？」范德淮太太問。

蘇菲雅還來不及回答，理查就說：「她當然餓了。我才從宴會回來，都覺得餓了。這樣吧，親愛的，我和蘇菲雅聊聊的時候，你何不去幫蘇菲雅找幾件衣服，然後我們在廚房碰面。」

范德淮太太去找衣服，理查帶蘇菲雅到他的書房，坐在書桌旁。

「你不知道我們有多開心你能來到這裡，蘇菲雅。但在慶祝之前，我們有正事要辦。等我們坐下來吃晚飯，一定要好好聽你說說你的歷險故事。去廚房之前，請先告訴我，你父親是不是提過有東西要給我……」

蘇菲雅有些羞怯和遲疑。

「我父親說你可能會有東西要先給我……」

理查笑起來，雙手一拍。

「你說對了！我完全忘了。」

理查走到書房另一頭的書櫃，踮起腳尖，伸手到最上面一層，拿出看起來像本大書的東西，結果是個用褐色紙張包起來的包裹。理查放在書桌上，發出「砰」一聲。

蘇菲雅也開始在背包裡翻找。

「在你把東西交給我之前，」理查謹慎地說，「你最好確認一下我給你的這個東西沒錯……」

「噢，是啊，我知道。」

「況且，」他又補上一句，「我也好奇得要命。」

蘇菲雅和理查一起坐在書桌旁邊，打開繩子，拆開包裝紙，裡面是一本老舊的《蒙田隨筆》。

「哎，」理查有點困惑，「你不得不佩服這個法國老頭。他這本書可比亞當．史密斯和柏拉圖重多了。我完全沒想到。」

但蘇菲雅翻開書，露出挖空書頁的部分，裡面藏了八枚金幣。

「原來如此。」理查說。

蘇菲雅闔上書，重新綁好繩子。她抓起背包，把裡面的東西一股腦全倒在椅子上，然後把空袋子交給理查。

「爸爸請你拆開肩帶頂端的縫線。」

有人敲敲門，是范德淮太太。她探頭進來。

「我找了幾件衣服給你看看，蘇菲雅。你們聊完了嗎？」

「時間掐得剛剛好。」理查對蘇菲雅點點頭，「你們先去，我一會兒就來。」

理查獨自在書房裡，從口袋裡掏出一把小折疊刀，打開刀刃，小心地拆開沿著肩帶頂端精心縫妥的縫線。肩帶露出一條狹長的空隙，塞著一張緊緊捲起的紙。

理查把紙從藏著的地方拿出來，在書桌上攤開。紙張頂端畫了一張圖，標題是：「一九五四年六月十一日部長會議與主席團聯合晚宴」。這圖是一張U形長桌，標注四十六名出席者的名字與座位，在每個人的名字下方，都寫有職銜，同時用三個詞描述他們各自的個性特質。紙條背面則詳細描述晚宴的情況。

當然，伯爵描述了當晚宣布奧布寧斯克核子發電廠運轉消息的情況，以及開始供電給莫斯科的戲劇性場面。可是他報告裡格外強調的是，這場晚宴人際往來的細節。

首先，伯爵提到賓客抵達的時候，都對場地的安排感到意外。他們抵達飯店的時候，以為晚宴會是在博雅斯基餐廳的正式包廂裡舉行，結果卻被帶到四一七號房。唯一不覺得意外的人是赫魯雪夫總書記。他進到晚宴會場的時候，很冷靜，也很滿意，顯然事先已知道晚宴會在哪裡舉行，也很高興見到所有的安排都按計畫進行。十點五十分的時候，總書記站起來敬酒，特別提到兩層樓之下那間套房的歷史，要是有人還懷疑他對晚宴安排不知情的話，這時也都該相信一切情況都在他的掌控之中了。

但在伯爵看來，這天晚上最精彩之處，是赫魯雪夫在有意無意之間與馬利謝夫的相互唱和。最近幾個月，馬林可夫總理毫不掩飾他在核子軍備的問題上與赫魯雪夫頗有歧見。馬林可夫預言，和西方世界展開核子競賽，只會造成毀滅性的後果，還將之稱為「世界末日政策」。但藉由當天晚上一場小小的政治表演，赫魯雪夫亮出絕妙招數，把核子競賽所帶來的末日威脅，轉化成以核電照亮整座城市，呈現振奮人心的璀璨美景。僅此一擊，這名鷹派保守人物讓自己成為帶領俄羅斯邁向未來的人，讓他那位抱持開明態度的對手反而成為反動派。

不得不注意的是，在城市大放光明，餐桌上擺滿伏特加之際，馬利謝夫穿過房間，過來和總書記講話。因為大部分人都還面帶微笑四處走動，所以馬利謝夫就很自然地在赫魯雪夫身旁的空椅子坐下。於是，等所有的人回座時，總理很尷尬地站在一旁等著他倆講完話，才能回到他自己的座位上。滿桌的人眼睛連眨都不敢眨一下。

理查讀完伯爵對晚宴的描述之後，背靠在椅子上，露出微笑，心想，像亞歷山大．羅斯托夫這樣的人，他用上一百個也不嫌多。就在這時，他發現辦公桌上另有一張微捲的小紙片。理查拿起來，馬上就認出是伯爵的字跡。這張紙條應該是捲在報告裡面的，寫著應該如何確認蘇菲雅已經安全抵達大使館，接著是一行長達七個的數字。

理查馬上跳起來。

「比利！」

頃刻之後，門被推開，隨員探頭進來。

「有事嗎，長官？」

「巴黎時間快要十點鐘，莫斯科應該是幾點？」

「將近十二點。」

「總機有幾位小姐值班？」

「我不確定，」隨員說，有點不好意思，「這個時間應該有兩個吧，說不定有三個？」

「不夠！去打字房，解碼室，廚房。只要手上有手指的人全都找來！」

☆

伯爵肩上揹著背包走到大廳，坐在兩棵棕櫚盆景之間的椅子上，非常鎮靜。他沒起身走來走去，也沒看晚報。甚至也沒瞄著手上那只主教的手錶。

如果事前有人要他想像，在這種情況之下，心裡應該會有什麼感覺，伯爵大概會料想自己焦慮非常。但是隨著時間分分秒秒過去，伯爵卻沒感覺到任何的不安，反而異常平靜。他帶著近乎超凡入聖的耐心，看著飯店的客人來來去去。他看著電梯門打開關上。他聽見夏里亞賓酒吧傳來的音樂與笑聲。

在這一刻，伯爵覺得所有的人都各安其位，這裡發生的任何小事都只是宏大計畫裡的一部分。在這個計畫裡，他原本就該坐在棕櫚盆景之間的這把椅子上等待。差不多十二點鐘，他的耐心得到了回報。因為如同他寫給理查的指示一樣，大都會飯店一樓的每一部電話都開始響了。

接待櫃臺的四部電話響了。電梯兩旁的內線電話響了。瓦西里桌上和行李服務處的電話響了。廣場飯店的四部電話，咖啡廳的三部電話，行政辦公室的八部電話，還有主教辦公桌上的兩部電話。總共有三十部電話同時響起。

三十部電話同時響起，這是個什麼概念啊？這馬上引起一陣騷動。大廳裡的人開始東張西望，看看這頭，又看看那頭。半夜十二點鐘，怎麼可能有三十部電話同時響起？是大都會飯店被雷電擊中了？是俄羅斯遭受攻擊了？或者是往昔的幽靈要來索回代價呢？

無論是哪一個原因，這鈴聲確實讓人心神不寧。

如果單只有一部電話響了，我們會本能的去接起電話，說聲「喂」。但如果三十部電話同時響，我們會本能的倒退兩步，瞪著電話看。值夜班的員工不多，他們東奔西跑，但卻發現自己一點都不想接起任何一部電話。夏里亞賓喝醉的客人開始擠到大廳來，他們的騷動驚擾了二樓的客人，紛紛走下樓來。在這一片混亂之中，亞歷山大．伊里奇．羅斯托夫伯爵悄悄穿戴上美國記者的帽子和風衣，揹上背包，走出大都會飯店。

後記

之後……

一九五四年六月二十一日，維克特．史帝潘諾維奇．斯卡多夫斯基在午夜剛過未久，離開他所住的公寓，出門赴約。

他妻子要他別去。她逼問他，這個時間的約會能有什麼好事。他以為警察半夜不會在街頭巡邏嗎？警察就是會挑半夜出來巡邏啊。況且，古往今來，是哪種笨蛋才會約在半夜見面？

維克特回答妻子說，她講的不只沒道理，還很危言聳聽。他離開家門之後，走了十條街到花園環道，搭上巴士，看到沒有其他乘客注意他，覺得很安心自在。

沒錯，他妻子聽說他半夜出門赴約，非常擔心。但如果她知道他赴約的目的，肯定要抓狂了。更何況，如果她知道他打算做什麼，逼問他為什麼要這樣做，他肯定答不出來。因為連他自己都不太確定是為什麼。

並不只是因為蘇菲雅的關係。當然，對蘇菲雅在鋼琴演奏上的成就，他有著像父親一般的自豪。協助年輕音樂家發展天分，是維克特很久以前就已放棄的夢想；能在毫無心理準備的情況下，體驗到這樣的經歷，那美好的感覺是任何言語都無法形容的。更重要的是，教蘇菲雅彈琴的時候，也終於讓他開始追尋另一個夢想：在室內樂團演奏古典音樂。儘管如此，他今晚之所以赴約，並不僅僅是因為她。

更大部分的原因是為了伯爵。不知為何，維克特對亞歷山大．伊里奇．羅斯托夫懷有很深的忠誠，這種忠誠根植於他對伯爵難以言喻的尊敬。這是他妻子永遠無法理解的。

但他之所以答應伯爵的要求，最重要的原因，或許是因為他覺得這麼做是對的。這種堅信不移，對他來說是一種越來越罕有的愉快滿足。

懷著這樣的想法，維克特走下巴士，進到舊稱聖彼得堡車站的火車站，穿過中央大廳，走向燈火通明的咖啡廳，按照他接獲的指示，在這裡等候。

維克特坐在角落的座位，看著一名老風琴手在桌子之間走來走去演奏。伯爵進來了。他身穿美式風衣，頭戴墨綠軟呢帽。看到維克特，他走了過來，放下背包，脫掉風衣和帽子，和他一起坐。女服務生過來之後，他點了杯咖啡，等到咖啡上桌，他才把那本紅色的小書遞給桌子對面的維克特。

「謝謝你願意這麼做。」他說。

「不必謝我，伯爵大人。」

「維克特，請叫我亞歷山大。」

維克特正要開口問伯爵，有沒有得到蘇菲雅的消息，卻被咖啡廳另一頭的吵鬧聲給打斷了。兩名形容憔悴、提著編織籃的水果販子為了爭地盤吵了起來。因為時間已經很晚，兩人籃裡都只剩下賣相不佳的幾顆水果，旁觀者或許會覺得他們這架吵得沒什麼必要，但卻絲毫不減他們為原則而戰的決心。最後，在互罵幾句髒話之後，其中一人揍了另一人的臉。這人被打得嘴唇出血，水果掉滿地，於是也出拳回敬。

咖啡廳裡的客人都停止交談，用厭煩、見怪不怪的表情看著這場打鬥。咖啡廳經理從吧檯後面出來，拉著兩人的領子，把他們拖到店外。咖啡廳裡突然沉寂下來，所有的人都隔著窗戶，看著那兩個水果販子相隔幾呎的距離，坐在地上。突然之間，原本已經停止演奏的老風琴手拉起了溫馨的曲子，大概是想藉此恢復咖啡廳裡的和諧氣氛吧。

維克特啜了一口咖啡，伯爵意興盎然地看著風琴手。

「你看過電影《北非諜影》嗎？」他問。

維克特有點不解，但回答說沒有。

「你有一天應該要看看的。」

於是伯爵把朋友歐西普的事情告訴他，說他們最近才看過這部電影。他特別描述其中一段情節，說有個三流騙子被警察拖走，開酒吧的那個美國人告訴客人說沒事了，還很輕鬆的要樂團指揮開始演奏。

「我那位朋友對這一段情節印象深刻，」伯爵說，「他覺得警察才剛逮人，酒吧老闆就要鋼琴手開始演奏，正足以證明他對其他人的命運漠不關心。但我不覺得……」

★

隔天上午十一點半，兩名KGB官員來到大都會飯店，要求就某件機密事宜，訊問亞歷山大．伊里奇．羅斯托夫。

行李服務生帶他們到羅斯托夫位於六樓的房間，但沒找到他。他沒在理髮店修頭髮，沒在廣場餐廳吃午飯，也沒在大廳看報紙。他的幾個親近夥伴，包括朱可夫斯基主廚和杜拉斯經理，都接受偵訊，但從前一夜之後，就再也沒有人見到羅斯托夫了。（KGB官員也想要找飯店總經理問話，但卻發現他沒來上班，這件事已被記入他的個人檔案了！）下午一點鐘，又有兩名KGB的人被叫來，準備對飯店進行徹底的搜查。兩點鐘，有人建議負責調查的高階官員找禮賓經理瓦西里談談。他們在大廳的禮賓櫃臺找到他（他正忙著為客人搞定戲票）。這位KGB官員不拐彎抹角，開門見山地問：

「你知道亞歷山大．羅斯托夫在哪裡嗎？」

禮賓經理回答說：「我什麼也不知道。」

★

聽說雷普列夫斯基總經理和羅斯托夫領班雙雙失蹤，朱可夫斯基主廚和杜拉斯經理下午兩點十五分在主廚辦公室舉行他們的每日會議，開始熱烈討論。坦白說，他們在雷普列夫斯基總經理不見的這件事上，幾乎沒花什麼時間，但花了許多功夫討論羅斯托夫領班的失蹤……

剛得知老朋友失蹤的消息時，這三巨頭的兩名成員都非常擔心，但看見KGB顯而易見的沮喪失望，他們稍微放心一些，因為這證明伯爵並未落入他們手裡。只是，問題還是沒解決：**他究竟會在哪裡？**

接著，飯店員工開始傳出流言。儘管KGB人員受過專業訓練，隨時保持高深莫測，但這時的他們，基本上無論言談、舉止或面部表情，都不受控制了。所以，經過一個早上，就開始有流言傳出，揣測蘇菲雅在巴黎失蹤了。

「有可能嗎……？」安德烈大聲問，顯然是暗示，他們的朋友也可能趁夜逃脫了。

時間才兩點二十五分，朱可夫斯基主廚的心情還不到從悲觀轉為樂觀的時候，只草草回答說：「當然不可能！」

於是兩人就此展開辯論，對很有可能、不可能與可能之間的不同情況，爭論了起來。若不是有人敲門，他們大概會吵上一個鐘頭還沒完沒了。埃米爾沒好氣的問：「幹嘛？」以為會看見伊里亞帶著他的木杓走進來，結果一轉頭，卻是郵件室的辦事員。

這人突然出現，讓主廚和經理都很意外，直盯著他看。

「兩位是朱可夫斯基主廚和杜拉斯經理嗎？」他隔了一會之後問。

「我們當然是！」主廚說，「不然會是誰啊？」

前一天晚上，有人把五封信丟在他桌上。他把其中兩封交給他們。（他已經去過縫紉室、酒吧和禮賓經理櫃臺了。）儘管這些信重得出奇，但這位辦事員非常專業，沒對這幾封信流露出絲毫的好奇，也沒等他們打開信，放下信就匆匆離去，因為他自己有一大堆工作要做。

郵件室辦事員離開之後，埃米爾和安德烈好奇地盯著各自的信封看。他們一眼就認出信封上的筆跡，是那個曾經如此體面、自豪、瀟灑的人寫的。兩人抬頭互看一眼，挑起眉毛，撕開各自的信封。信封裡是一封道別的信，謝謝他們給他的友誼，說他永遠不會忘記馬賽魚湯之夜，同時，希望他們收下信裡所附的東西，當成他們友誼的紀念。「所附的東西」原來是四枚金幣。

同時打開信的這兩人，同時讀完各自手上的信，此時同時把信丟在桌上。

「竟然是真的！」埃米爾驚呼。

向來謹慎且有教養的安德烈，幾乎脫口說出：**我就說吧**。但沒有，他只帶著微笑說：「看來是……」

但埃米爾從喜悅的驚喜（收到四枚金幣，以及老友逃脫！）中回過神來之後，憂傷地搖搖頭。

「怎麼啦？」安德烈關切地問。

「亞歷山大走了，你又中風了，」主廚說，「我該怎麼辦？」

安德烈看了主廚一晌，綻開微笑。

「中風！朋友啊，我的手還是像以前那樣靈活。」

為了加以證明，安德烈拿起四枚金幣，開始拋耍了起來。

★

這天下午五點，在克里姆林宮一間裝飾精美的辦公室裡（不騙你，這裡可以看見亞歷山大花園的紫丁香），蘇聯複雜的國家安全體系中，某個特別行動部門的主任，坐在辦公桌後面看報告。這位主任身穿深灰色西裝，看起來和官僚體系裡其他年約六十、開始禿頂的官員差不多一模一樣，只是他左耳上方有道傷疤，看來是有人曾經想把他的頭顱劈成兩半。

聽見敲門聲，這位主任說道：「進來！」

敲門的是個穿襯衫打領帶的年輕人，手上抱著厚厚一疊褐色卷宗。

「什麼事？」主任對他的手下說，頭連抬都沒抬。

「長官，」這位手下說，「今天早上接到消息，說有個莫斯科音樂學院友好訪問團的學生，在巴黎失蹤了。」

主任抬起頭。

「莫斯科音樂學院的學生？」

「是的，長官。」

「男生還是女生？」

「年輕的女生。」

……

「叫什麼名字？」

年輕人查看手裡的卷宗。

「她名叫蘇菲雅，住在大都會飯店。由一名被軟禁的『前要人』亞歷山大．羅斯托夫撫養長大，但她父母的身分仍然有些疑問……」

「我明白了……這個羅斯托夫接受審問了嗎？」

「這就是問題，長官。我們也找不到羅斯托夫。初步搜查飯店也沒有結果。接受偵訊的每一個人都說，從昨天晚上之後就沒看見他。今天下午進行了更仔細的搜索，結果找到飯店的總經理，被鎖在地下室的儲藏室裡。」

「該不會是雷普列夫斯基同志吧……」

「就是他，長官。看來是他發現那女孩準備叛逃的計畫，正要向KGB舉報，卻被羅斯托夫制伏了。羅斯托夫用槍指著他，把他關進地下室。」

「槍！」

「是的，長官。」

「羅斯托夫從哪裡弄到槍的？」

「他好像有一對決鬥用的古董手槍，所以就派上用場了。這件事證據確鑿，因為他用槍射了總經理辦公室裡的史達林肖像。」

「開槍射了史達林的肖像？他還真是殘忍無情。」

「是啊，長官。容我多言，我覺得他非常狡猾。兩天前，飯店有位芬蘭旅客的護照和錢被偷了。昨天晚上，有個美國記者被偷走了風衣和帽子。今天下午，警政單位派人到列寧斯基火車站，證明有個穿風衣戴帽子的男人搭上開往赫爾辛基的夜班火車。後來，在俄羅斯與芬蘭邊界的維堡，俄羅斯境內終點站的洗手間裡，找到了這件風衣和帽子，以及一本地圖已經撕掉的芬蘭旅遊指南。有鑒於俄芬邊境的安全檢查嚴格，羅斯托夫應該是在維堡下車，徒步穿過芬蘭邊界。我們已經通知當地安全單位，但他很可能早就已經溜掉了。」

「我明白了……」這位主任又說，從年輕人手裡接過檔案，放在辦公桌上。「可是告訴我，我們一開始怎麼知道失竊的芬蘭護照和羅斯托夫有關係？」

「是因為雷普列夫斯基同志，長官。」

「怎麼說？」

「雷普列夫斯基同志被帶到地下室的時候，他看見羅斯托夫從被丟棄的書本裡拿走芬蘭旅遊指南。因為有這個情報，所以我們很快就把護照失竊的事情和羅斯托夫連在一起，馬上派員警到火車站去。」

「做得很好。」主任說。

「是的，長官。雖然還有一點很奇怪。」

「哪一點？」

「羅斯托夫明明有機會殺掉雷普列夫斯基同志，但他為什麼沒動手？」

「再明顯不過了，」這位主任說，「他沒開槍殺死雷普列夫斯基，是因為對方不是貴族。」

「什麼？」

「噢，沒什麼。」

主任的手指敲著這疊新檔案，他年輕的手下站在門口遲疑了一下。

「還有事嗎？」

「沒有，長官。沒事。但我們要採取什麼行動？」

主任想了想這個問題，然後身體往後靠在椅背上，臉上隱隱有絲幾乎察覺不到的微笑，回答說：

「去抓幾個普通的可疑份子來吧。」

★

把該死的證據留在維堡終點站洗手間裡的，當然是維克特．史帝潘諾維奇。和伯爵分手一個鐘頭之後，他穿戴美國記者的風衣和帽子，口袋塞一本芬蘭旅遊指南，搭上開往赫爾辛基的火車。他在維堡下車，撕下地圖，把旅遊指南和其他東西一起丟在車站的洗手間裡。然後他空著手搭下一班火車回莫斯科。

差不多過了一年之後，維克特才有機會看《北非諜影》。場景轉到瑞克酒吧，警方逼近尤佳利的時候，他的注意力自然而然集中起來，因為他記得在火車站咖啡廳裡和伯爵的對話。他極其專注地看著瑞克不理會尤佳利的求救，看見警察把尤佳利拖走時，瑞克的表情依舊冷酷淡漠。瑞克穿過驚魂未定的顧客，走向鋼琴手時，維克特突然注意到一件事。這只是個極其微小的細節，僅僅一個鏡頭：在這段短短的路程裡，瑞克經過一張桌子，他沒放慢腳步，也沒停下安撫客人的動作，但一面把在打鬥中推倒的一只雞尾酒杯豎直起來。

是了，維克特想，就是這個。沒錯。

因為這裡是卡薩布蘭加，大戰期間遙遠的前哨。在城市的中心地帶，探照燈掃射之下，有著這一家瑞克酒吧。被圍困在此地的人可以聚在這裡賭錢、喝酒，聽音樂；可以勾串陰謀、相互安慰，更重要的，是可以擁抱希望。而這片綠洲的中心就是瑞克。就像伯爵的朋友說的，這位老闆對尤佳利被捕漠然以對，一轉頭就要樂隊再開始演奏，或許可以認為是他不關心其他人的死活。但在混亂之後，扶起酒杯的這個動作，難道不正展現他對這世界最根本的信心？再微小的舉動，都可以為恢復這世界的秩序盡一分力量。

不久之後

一九五四年初夏的一個午後，下諾夫高羅德一片長得雜亂無章的蘋果樹下，一名六十多歲的高個子男人站在高長的草叢裡。他下巴有參差的鬍子，靴子滿是塵土，背上的背包讓人覺得他應該是徒步走了好幾天，雖然他看起來並不疲累。

這旅人在樹下駐足，看著前方幾步的距離之外，依稀記得那裡曾經有條路，只是如今已被叢生的雜草給遮蔽了。這人走上那條舊路，露出既懷念又平靜的微笑。空中有個聲音問他：**你要到哪裡去？**

旅人停下腳步，抬起頭，樹枝颯颯作響，一名十歲男孩跳下蘋果樹。

旅人眼睛睜得大大的。

「你安靜得像隻老鼠似的，年輕人。」

男孩一臉得意，把旅人的話當成莫大恭維。

「我也是。」樹葉裡又傳來一個怯怯的聲音。

旅人抬頭，看見一個七、八歲的女孩坐在枝頭。

「真的耶！你需要我拉你下來嗎？」

「不需要。」女孩說。但她挪了挪角度，下來的時候，正好滑進旅人的懷抱裡。

女孩和男孩併肩而立，旅人看得出來他們是兄妹。

「我們是海盜。」男孩一臉認真的說，眼睛看著遙遠的地平線。

「我看得出來。」這旅人說。

「你是要去大宅嗎？」女孩好奇的問。

「很少有人去那裡。」男孩警告說。

「在哪裡？」旅人問，從樹林裡看不見那幢大宅。

「我們帶你去。」

男孩和女孩帶著旅人踏上雜草叢生的舊路，這是一條不算太彎的弧形長道。走了大約十分鐘之後，大宅不見蹤影的謎團終於得解：因為在幾十年前就被焚毀了，如今只剩兩根煙囪歪倒在空地兩端，而煙囪裡竟然還有著煙灰。

倘若你已經幾十年沒回到你一度深愛的地方，那麼睿智的人一定會勸你永遠別再回去。

歷史不乏這樣的例子：奧德修斯漂流海上數十載，克服種種艱辛之後，終於回到故鄉伊薩卡，但幾年之後又不得不離開。魯賓遜在與世隔絕多年之後，回到英國，沒多久，卻又上船航向他一度渴望遠離的那座小島。

經過這麼多年的渴望返鄉，這些旅人為何在這麼短的時間之內又再度離去呢？這很難說是為什麼。但也許是因為，離鄉這麼多年，深刻的情感與時間的無情影響，只為旅人帶來了失望。風景地貌不像記憶中那麼美麗，本地產的蘋果酒也沒那麼甜美，古雅的建築經過重建，已經不復往昔面貌，而美好的古老傳統也被令人費解的新穎娛樂方式所取代。想想看，你曾經夢想回到這個小宇宙的中心居住，但這個地方已經面目全非，也沒有人認得你了。所以，最睿智的方法就是離家鄉越遠越好。

然而，不管歷史上有多少例證，也沒有任何一個睿智的忠告可以一體適用於所有的情況。兩個人就像兩瓶葡萄酒，即使出生的時間只差一年，或出生的地點只隔一座小丘，但風味就會完全不同。彷彿為了證明這個論點似的，旅人站在老家的廢墟前，並沒覺得驚駭、忿怒或絕望。相反的，他還是和剛才看見那條野草叢生的舊路時一樣，露出微笑，那個既懷念又平靜的微笑。事實證明，只要心裡知道一切都已經改變，就可以用愉悅的心情探訪往昔。

我們這位旅人和兩名海盜道別，繼續走向約莫五哩外的小村。

看見許多舊地標都已消失，他並不以為意，但看見村子邊上的小客棧還在，他顯得非常開心。他低頭穿過大門，拿下背包，客棧主人迎上前來。這是個中年婦女，從後面走出來，手在圍裙上擦了擦。她問他是不是要住房。他說是的，但想先吃點東西。於是她歪頭指著一道通往小酒館的門。

他再次低頭進門。在這個時間，人並不多，只有幾個人散坐在老舊的木桌旁，吃著簡單的燉包心菜與馬鈴薯，或來杯伏特加。只要有人抬頭看他，他就客氣地點點頭。旅人走進酒館深處一個有俄羅斯爐子的小房間。角落裡，有張雙人桌，一名頭髮有幾縷灰白，但身形依舊如楊柳般纖細的女子，在等著他。

莫斯科紳士

A Gentleman in Moscow

作　　者　亞莫爾．托歐斯（Amor Towles）
譯　　者　李靜宜
封面設計　高偉哲
內文排版　高巧怡
行銷企畫　蕭浩仰、陳慧敏
行銷統籌　駱漢琪
業務發行　邱紹溢
責任編輯　吳佳珍
總 編 輯　李亞南
出　　版　漫遊者文化事業股份有限公司
地　　址　台北市105松山區復興北路331號4樓
電　　話　（02）27152022
傳　　真　（02）27152021
服務信箱　service@azothbooks.com
營運統籌　大雁文化事業股份有限公司
地　　址　台北市105松山區復興北路333號11樓之4
劃撥帳號　50022001
戶　　名　漫遊者文化事業股份有限公司
初版一刷　2019 年 10 月
初版四十九刷　2022 年 11 月
定　　價　新台幣450 元

ISBN　978-986-789-364-5

版權所有．翻印必究
本書如有缺頁、破損、裝訂錯誤，請寄回本公司更換。

A Gentleman in Moscow by Amor Towles
Copyright © Cetology, Inc., 2016
This edition arranged with William Morris Endeavor Entertainment, LLC
Through Andrew Nurnberg Associates International Limited
Complex Chinese Translation copyright © 2019 AzothBooks Co., Ltd
All rights reserved.

國家圖書館出版品預行編目(CIP)資料

莫斯科紳士 / 亞莫爾．托歐斯(Amor Towles)著；
李靜宜譯. -- 初版. -- 臺北市：漫遊者文化出版：大雁文化發行, 2019.10
488面；14.8×21公分
譯自：A Gentleman in Moscow
ISBN 978-986-489-364-5(平裝)
874.57　　1080161111

https://www.azothbooks.com/
漫遊，一種新的路上觀察學
漫遊者文化 AzothBooks

遍路文化
on
the road
https://ontheroad.today/about
大人的素養課，通往自由學習之路
遍路文化．線上課程